Kegelbei

Allen Werdauq-Freunde viel Freude beim Lesen!

Tanja

Zu diesem Buch

Die Figuren dieses Romans treffen zu einem Zeitpunkt aufeinander, der sie alle an ihrem persönlichen Scheideweg zeigt. Die tausend kleinen Entscheidungen des Alltags sind es, die letztendlich unseren Lebensweg ausmachen, die zeigen, wer oder was wir sind. Nez hält es nicht mehr aus, mit ihrem Lebenspartner um dieselbe Redaktionsstelle zu konkurrieren. Constanze quält sich mit dem Gedanken, schon wieder im Job versagt zu haben. Oder sind die Jugendlichen schuld, die ihr in einem Kölner Heim das Leben schwer machen? Im Heim spitzt sich die Lage gefährlich zu und ihr Schützling Natascha flieht. In dieser chaotischen Situation erhalten die beiden Unterstützung. Der bisher unauffällige Nachbar Xie, dessen Traum es ist, in Deutschland Freunde und Anerkennung zu finden, setzt viel aufs Spiel um seinen neuen Freunden zu helfen.

Die Figuren des Romans taumeln zwischen schier unbegrenzter persönlicher Freiheit und deren Schattenseite hin und her. Denn Freiheit heißt auch, ohne Halt zu sein, im schlimmsten Fall sogar hilflos und orientierungslos, oder auch die Verantwortung dafür zu tragen, andere im Stich gelassen zu haben. Kann da Constanzes chinesischer Nachbar Xie mit seiner scheinbaren inneren Ruhe und Gelassenheit helfen? Xie hat nicht nur ein Geheimnis. Und als er auffliegt, zeigt sich, ob die Gruppe zusammenhält.

Tanja Ewerhardy wurde im Saarland geboren und hat nach einer kaufmännischen Ausbildung Germanistik und Sozialwissenschaften auf Lehramt in Köln studiert. Heute unterrichtet sie an einem Berufskolleg am Niederrhein.

Über die asiatische Kampfkunst entstand das Interesse an der asiatischen Denk- und Lebensweise. Seit mehreren Jahren betreibt Tanja Ewerhardy Tai Chi und Qi Gong im Stil der Wudang-Berge (siehe auch Kurzgeschichten in „Kinderkampfkunst", erschienen 2014 im Verlag Xin e.V., Overath bei Köln, ISBN 978-3-942357-16-6).

Kegelberge

Tanja Ewerhardy

© 2015 Tanja Ewerhardy
Covergestaltung: Giessel Design www.giessel.de
Buchsatz : mach-mir-ein-ebook.de
CreateSpace Independent Publishing Platform

Meinen Eltern

und meinem Mann, die immer an mich glauben

Teil I

1.

Xiao Bo'

Manchmal, wenn die Reste von Schnee die Erde bedecken und der gnädige Schlaf der Kälte mir noch einen Moment Aufschub gewährt, sehe ich dein Gesicht vor mir. Wie aus einer anderen Wirklichkeit, blass, aus Eis und Schnee geformt, jedoch von einer Schönheit, die mein Herz erstarren lässt.

Ich danke dem Universum für das Geschenk, das ich durch dich bekommen habe. Wie ein Mann Zärtlichkeit empfinden kann, Liebe und Hoffnung, durch die Geburt eines Kindes, habe ich durch dich erfahren. Mein kleiner Bonian, tausend Jahre Glück wünsche ich dir! Dein Name - *tausend Jahre Glück* - soll dir im Leben alle Steine und Schlangen aus dem Weg räumen und dich vor Dämonen schützen.

In mir brennt die Frage, ob du, mein kleiner Schatz, spürst, wie sehr ich, „Onkel Li", dir verbunden bin. Ob du dein eigenes Blut fühlst, an den wenigen Tagen, an denen ich dich aus der Entfernung sehen darf, an denen ich den Freund der Familie, den guten Onkel, spiele und mich davon überzeugen kann, dass es dir gutgeht?

Fühlst du, wie das Herz deiner Mutter, deiner leiblichen Mutter, sechstausend Kilometer weit entfernt schlägt? Ich kann in leisen Nächten ihre Schreie hören. Die Schreie, als sie sie ins Auto zerrten, zum Flughafen, weil sie einen Fehltritt getan hat. Mein kleiner Bo´, mehr als tausendmal habe ich mich gefragt, ob ich hätte anders handeln können, beständig unter der Gefahr, dass sie auch mich ausgewiesen hätten und niemand mehr in deiner Nähe wäre, um über dich zu wachen.

Mein lieber, geliebter Xiao Bo´, wenn ich wüsste, ob du mir jemals verzeihen könntest, könnte ich der Müdigkeit nachgeben und sterben. In Frieden würde ich aus der Geisterwelt betrachten, wie du meiner voller Liebe gedenkst und Räucherwerk vor meinem Bild anzündest. Doch so – so muss ich weiterleben.

Dein Vater Li He Xie im Jahre 2005

2.

Köln 2007

Die dunkelgraue Dampfsäule schoss aus der Motorhaube. Nez´ Blick raste von den rotblinkenden Signalleuchten am Armaturenbrett über den kochenden Vorderteil des ebenfalls roten Fiestas zum Straßenrand. Gott sei Dank! Platz zum Anhalten. Aufprall, grobes Rütteln, Schreddern. Was war das? Das konnte unmöglich der überkochende Motor sein.

„Verdammt, verdammt, verdammt!" Mit ganzer Kraft hielt Nez den Wagen einigermaßen gerade beim Ausrollen, konnte jedoch nicht verhindern, jetzt nach rechts geneigt, in einen flach abfallenden Graben zu schliddern. Langsam rollte der Wagen aus. „Sch!", keuchte Nez.

Schnell raffte sie ihre Handtasche, die Jacke und den Beutel mit dem Warndreieck zusammen und öffnete die Tür. *Lieber Gott, danke, dass die Tür nicht klemmt.* Atmen, raus und weg! Sie stampfte durch den Matsch, hinter den Wagen und sah das ganze Ausmaß des Unfalls.

Es waren große braune Augen, die sie hohl anstarrten. Auf den Schock war sie nicht vorbereitet. Blut sickerte auf den grauen Asphalt. Dunkelrot, zäh und dampfend. Braunes Fell wurde befleckt, das Maul geöffnet. „Oh nein, es tut mir so unendlich leid." Eine

Welle von Trauer und Scham schlug über ihr zusammen. Sie näherte sich dem Tier, sorgsam bedacht, nicht zu fest aufzutreten, es nicht zu wecken und ihm nicht noch einmal in die Augen sehen zu müssen. Wie verrückt.

„Atmest du noch? Armes, es tut mir so leid. Ich wollte das nicht", flüsterte sie.

Keine Antwort. Das Rot legte sich wie ein Schleier über ihre Augen, für Sekunden starrte sie in die Blutlache, die sich am Rand schon dunkler verfärbte. Das Blut roch nach Eisen und strahlte Wärme aus. Sie unterdrückte ihren Brechreiz.

„Es tut mir so leid. Warum geht bei mir nur alles schief im Moment? Ich habe dich wirklich nicht gesehen. Ich habe überhaupt nichts mehr gesehen. Nur Dampf. Es ging alles so schnell."

Nez schob die Hand Millimeter für Millimeter in Richtung des Tiers, zu seinem Brustkorb. Nach einer Weile bedeckte sie die Stelle, die sie für das Herz hielt. Kein Heben und Senken mehr. Kälte und Entsetzen krochen an ihr hoch. Um erneutem Brechreiz zu entgehen setzte sie sich ins Gras. Bodenhaftung gewinnen. Jede Sehne in ihr, jeder Muskel schien zu zittern. Sie wusste nicht, wie lange sie dort verharrte, vielleicht Minuten, vielleicht Stunden.

„Das ist der Preis dafür, dass ich heute zu Vater musste. Wäre ich nur zuhause geblieben! Nein, ich liebe Tochter wollte mit dem alten Herrn reden, wollte seinen Rat, seinen Trost. Ja, gute Idee!"

Ihr zynisches Lachen erstarb ihr in der Kehle. Mit wem sprach sie gerade? Ihr Vater hatte sich zunächst freudig überrascht gezeigt, als sie heute unangemeldet bei ihm hereingeschneit war. Doch schon nach wenigen Sätzen war die Stimmung gekippt. Er sagte, sie sähe blass aus und fragte, was denn los sei. Von so viel Sorge gerührt hatte sie ihm die Wahrheit gesagt. Fehler Nummer zwei. Sie hatte ihm gestanden, dass ihre Beziehung mit Lars wahrscheinlich nicht mehr zu retten sei, dass sie nur ein Anhängsel für ihn sei, dass sie ihre Eigenständigkeit in Gefahr sah, dass er in den letzten Monaten so komisch geworden sei, selbst nicht wisse, was er wolle, aber von ihr verlange, sich hundertprozentig auf seinen gewünschten

Lebensstil einzustellen. „Eigenständigkeit", hatte Vater geantwortet. „Das ist dummes Zeug. Hohles Geschwätz. Was willst du denn? Du hast studiert, du bist bisher nicht gerade erfolgreich und Lars lässt dich alles machen, was du willst. Dir geht es einfach zu gut." So hatte es angefangen.

„Ich habe dir dein Studium finanziert. Wozu? Um alleine gelassen zu werden. Jetzt bist du auch dabei, deinen Verlobten, den besten, den du jemals kriegen wirst, alleine zu lassen", fuhr Vater verächtlich fort und blickte sie herausfordernd an.

„Was soll denn das jetzt bitte schön heißen?", konterte Nez.

„Schau dich an, du kannst von Glück sagen, dass du jemanden hast, der neben deinen 1,81 Meter Höhe nicht aussieht wie ein Gartenzwerg mit Schneewittchen. Nur, dass Schneewittchen wusste, was sie wollte. Du bist die Prinzessin, die von anderen immer nur nimmt. Jetzt ist Lars nicht mehr spannend genug. Dein Job wird dir irgendwann auch nicht mehr passen. Was kommt dann?" Vater stierte sie an.

„Vater!", rief Nez entrüstet.

„Hast du irgendwann mal daran gedacht, Verantwortung zu übernehmen?" Er schien sich in Fahrt zu reden. Sein Blick war jetzt nicht mehr liebevoll. Was sie am meisten erschreckte, war nicht die unerwartet grobe Auseinandersetzung, sondern für den Bruchteil einer Sekunde lodernden Hass in seinen Augen zu erkennen. Das konnte doch nicht sein! Wenn auch ihr Vater nie ein intellektueller Mensch gewesen war, der mit Worten parieren konnte, wenn er auch immer einfache und klare Positionen vertrat und kaum Empathie in Konfliktsituationen entwickeln konnte, so war in den langen Jahren ihrer Jugend doch immer ein sicherer Grundoptimismus von ihm ausgegangen. Sie gestand sich ein, dass dies insgeheim der Grund gewesen ist, dass sie heute bei ihm unterkriechen wollte und sich ein paar Worte des väterlichen Trostes abholen wollte, wie „Kindchen, wir finden eine Lösung." Das war das Credo ihrer Kinderzeit gewesen. Waren Kinder gemein zu ihr, stürzten Puppenhäuser ein, oder waren die Monster unter dem Bett die ganze Nacht lang unterwegs, das

„Alles wird gut" von Vater konnte alles heilen. Und für komplexe Probleme gab es „immer eine Lösung."

Siegfried Reinhardt war vor seinem Ruhestand nicht nur von Beruf sondern mit Leib und Seele Bauingenieur gewesen. Projekte wuchsen. Probleme wurden gelöst. Die Sicherheit und die Allmacht des Problemlösers war für Nez ein Grundpfeiler in ihrem Weltbild. Dass Vater dabei nie viel redete, störte sie nur manchmal.

„Wahrscheinlich wirst du auch keine Kinder bekommen", knurrte er bösartig, während er sich auf den Küchenstuhl aufstützte.

Domenica, die langjährige Haushaltshilfe betrat nun mit einem großen Kochtopf die Küche. Als sie wahrnahm, wie die beiden sich stritten, ging sie wortlos auf leisen Sohlen wieder hinaus, ohne eine Einmischung zu zeigen.

„Ja und? Und wenn das so wäre? Ist das nicht meine Sache?", zischte Nez zurück.

Nez knallte den Wasserkocher auf die weiße Arbeitsfläche. Wasser schwappte heraus, ihr Vater zuckte in ihren Augenwinkeln zusammen. Sie drehte sich zum Fenster und spürte, wie ihre Augen heiß wurden. So hatten sie sich noch nie gestritten. Auch Vater wandte sich ab und schien eine Zeitung zu suchen. Er kramte in einem Stapel Papiere.

„Vielleicht ist es besser so. Vielleicht bist du wie deine Mutter", knurrte er.

„Verdammt nochmal!" Nez hob den gefüllten Wasserkocher in die Höhe und knallte ihn mit voller Wucht auf das schwarze Ceranfeld des Küchenherds. Knirschend zerbarst die Oberfläche.

„Meine ganze Kindheit lang großes Geheimnis um meine Mutter! Nie durfte ich Fragen stellen und jetzt sagst du mir, ich werde wie meine Mutter", schrie sie nun. Ihre Tonlage ähnelte derjenigen eines Schwans, der im Park Passanten um ihre Butterbrote belästigte.

„Was war mit meiner Mutter?", schrie sie.

„Du weißt, was war. Sie ist bei deiner Geburt gestorben." Er blickte verbittert.

„Ach ja, und wenn ich nicht gewesen wäre, würde sie noch leben, ja? Ist es das, was du mir sagen wolltest, ja? Sag es, los, sag es!"
„Noch ein Wort und ..."
„Und was? Entweder du sagst mir ganz genau, was du mir über meine Mutter noch nicht gesagt hast, oder ich werde dieses Haus jetzt auf der Stelle verlassen."
„Nez, nimm dich in Acht." Drohte er ihr? Er zog die Augenbrauen hoch und richtete sich auf.
„Was, also doch! Es gibt ein Geheimnis. Was hast du mir noch nicht gesagt?"
„Nichts, was du wissen müsstest." Dunkle Wolken zogen durch Vaters Gesicht, sein Blick verdüsterte sich und seine Haut wirkte grauer als sonst. „Ich will nichts mehr davon hören", schob er nach und verließ das Zimmer. Sie hörte, wie er nach draußen ging und sah, wie er in Richtung Holzschuppen schlurfte. Er ging gebeugt und wirkte in dieser Haltung erschreckend alt. Nez tobte innerlich. Am liebsten wäre sie ihm nachgelaufen und hätte ihn gewaltsam zur Rede gestellt. Doch sie konnte gerade jetzt nicht dafür garantieren, ihm nichts anzutun.

Nez nahm ihren Beutel, schritt entschlossen von der Küche durch den Flur und ließ die Haustür mit Wucht zuschlagen, ohne sich wie gewöhnlich von Domenica zu verabschieden. Einige Minuten später fand sie sich mit salzigen Tränen auf der Autobahnauffahrt wieder, beschleunigend, krank vor Wut und noch in ihren Hauspantoffeln.
Eine halbe Stunde später kochte ihr Auto.

Könnte sie doch nur machen, dass das Reh wieder lebendig würde! Sie fühlte sich schuldig, eine schöne, eine unschuldige Kreatur ermordet zu haben. Abscheu vor sich selbst stieg auf und der sehnliche Wunsch, es irgendwie wieder gutmachen zu können. Sie ertappte sich, das braune Fell zu streicheln, es war schon verkrustet, ihre Finger nun blutig.

Wenn jetzt bloß Lars hier wäre. Er würde sie in den Arm nehmen, trösten, wie es sich für einen Freund gehörte. Sie krallte mit bloßen Händen in das junge Gras, lehnte sich halb über das Reh, als ob die Totenwache es wieder lebendig machen würde. Obwohl heute ein warmer Apriltag war, fröstelte sie. Am Abend würde es Trost geben, Umarmungen, das „Alles-wird-wieder-gut-Gemurmel", das meistens nicht stimmte, Menschen jedoch ungeahnte Kräfte verlieh. Instinktiv dachte sie an Lars als Retter aus dieser Situation, wie sie immer in brenzligen Situationen einen Retter hatte. Sie hatte schon einmal eine Autopanne gehabt, vor Frankfurt, 250 km weit weg. Nachts um halb zwei, auf dem Heimweg von einem Assessment-Center eines großen Unternehmens. Sie hatte damals nicht den ADAC angerufen, nein, Lars musste kommen. Er kam, er rief den ADAC an und ließ ihren Wagen abschleppen. So hatte die Welt ihre Ordnung und alles wurde gut.

Wo war das vermaledeite Handy denn nun? Sie durchwühlte systematisch ihre Tasche, räumte panisch Strümpfe, Schokoriegel und Heftpflaster von einer Ecke in die andere. Handy weg! Jetzt wenigstens konnte sie weinen! Was eben noch der Schock verhinderte, kam nun hoch wie die Auflehnung aller inneren Flüssigkeiten gegen die Ungerechtigkeiten dieses Tages, dieser Woche, dieses Lebens.

„Junge Frau, kann ich Ihnen helfen?", schob sich ein grober Kopf durch die Beifahrerseite eines LKW, der am Straßenrand hielt. Drei Meter breite Croissants lächelten goldbraun auf der Werbefläche.

„Wie?", schniefte Nez in die Richtung des Geräuschs.

„Nun, Frollein, Sie sitzen hier neben einem toten Reh und tragen Hausschlappen, verschmieren sich mit blutigen Händen das Gesicht und weinen, während vermutlich Ihr Wagen fünfzig Meter weiter im Graben steht und suppt wie ein Dampfkochtopf. Da fragte ich mich, ob ich Ihnen helfen kann."

„Danke. Haben Sie ein Handy?", entgegnete Nez kleinlaut.

„Ja, junge Frau. Einen Moment. Ich steige mal aus. Wen sollen wir denn anrufen?"

„Ich weiß es nicht." Sie war ratlos.

„Och, sie wissen nicht. Aber hören se mal, dat is doch alles nidde so schlimm. Komme ma, ich hab nochn Kaffe inner Thermoskanne, da trinken se jetzt ma en Schluck und beruhigen sich erst ma. Sind sie im Automobilclub?"
„Ja", antwortete Nez wie unter Hypnose.
„Na sehen se, den rufen wir jetzt an und dazu das Forstamt. Das kümmert sich dann um das Reh. So ein Pech aber auch. Aber dat weed alles wieder jut, glauben se mir dat, Frollein."
„Bitte, sagen sie das noch einmal", flüsterte Nez.
„Was?"
„Na, das von gerade, was Sie gesagt haben."
„Han ich wat gesaht? Dat weß ich doch jetzt nit mee. Han se wirklich *niemanden*, den ich benachrichtigen soll?"
„Nein, niemanden."
Warum sage ich das dem Fremden?, zog ein Blizzard durch ihren Kopf. *Der kann mich mitnehmen und abmurksen, wenn niemand mich vermisst.*

Der Gutmütige mit dem dicken Gesicht und dem filzigen Nest von Haaren auf dem Kopf zwängte sich erneut aus der Beifahrerkabine, mit einer Thermoskanne und einer Tüte voller Schokoriegel bewaffnet. Nez bekam durch einen Nebel mit, wie sie in einer anderen Dimension einen heißen Becher in die Hände und an die Lippen gedrückt bekam und es nach Kaffee mit vier Löffeln Zucker roch. Vielleicht hat sie auch davon getrunken, aber in ihrer Dimension leuchtete gerade auf ihrem inneren Bildschirm auf „Du hast niemanden". NIEMANDEN! Dein Vater verachtet dich, dein Freund ist nicht mehr dein Freund. Erinnere dich. Du bist heute zu deinem Vater gefahren, um ihm beizubringen, dass du die Beziehung zu Lars heute Abend beenden wirst. Heute Abend soll das Gespräch sein, und du wolltest Ratschläge von deinem Vater haben. Du wolltest Verzeihung. Erinnere dich! Du bist eine Frau, die sich heute Abend trennen wird. Noch sitzt du mit blutigem Gesicht und in Hausschlappen auf der Kölner Landstraße neben einem toten Reh und lässt dir von einem Fremden Kaffee einflößen, aber heute Abend wirst du es hinter dich bringen.

„Nein, ich habe niemanden und wir sollten jetzt den ADAC anrufen", kehrte sie in die eigene Dimension zurück, ihrer eigenen Stimme wieder bewusst, und hörte „... und dann sind wir also aus der Raststätte raus, die anderen drei Typen hinter uns her und glauben Sie mir, Frollein, die waren nicht gerade klein, drei so bullige Typen ..."

Sprach jemand mit ihr?

Später saß sie vorne im Abschleppwagen und verfolgte die graue Linie des Seitenstreifens, während im Radio vor einem Geisterfahrer auf der A3 gewarnt wurde. Ihr Handy drückte sich durch die Brusttasche ihrer Weste, dort hatte sie in ihrer Panik nicht gesucht, und ihre Hände wurden langsam wieder warm. Der Mann vom Forstamt hatte eine strenge Verwarnung ausgesprochen. Es werde noch geprüft, ob es sich bei diesem speziellen Fall um eine Ordnungswidrigeit handeln würde, sie hätte dann jedoch richtig gehandelt. Hatte sie sich eigentlich bei dem fremden LKW-Fahrer mit dem großen Kopf und der Thermoskanne bedankt? Er war das Gute, das ihr heute passiert war. Ihr eigener Vater hatte sie aus heiterem Himmel beleidigt, während sie trostsuchend zuhause war. Ein fremder, ungepflegter LKW-Fahrer war ihr Engel des Tages, und hatte die heilenden Worte für sie ausgesprochen. „Es wird schon wieder gut werden." War Lars´ Bruder auch so ein Engel der Straßen? Half er ebenfalls verunglückten Frauen in Not, ohne eine Gegenleistung zu erwarten?

Kai war das schwarze Schaf in Lars´ Familie, er hatte nicht studiert, hatte keinen beruflichen Aufstieg hinter sich oder vor sich, und war nun, nach mehreren Existenzversuchen, ebenfalls ein LKW-Fahrer. Er fuhr Deutschlandstrecken für Gemüsegroßmärkte. Wenn Lars´ Familie zusammenkam, wurde Kai immer ein wenig mitleidig behandelt. Der „kleine" Kai war fünf Jahre älter als Lars, doch Lars sah in ihm nur den „kleinen" Bruder. Was in Kai vorging, wusste keiner so genau, ob überhaupt etwas in ihm vorging, ebenfalls nicht. Wie ein großes Kind wurde er angesprochen mit „Und Kai, wie geht's, fährst du immer noch diese LKW-Strecken? Wann geht's denn mal weiter bei dir? Du möchtest doch nicht ewig LKW fahren, oder?" Joviales Lachen von Tanten und Onkeln, die ihre eigenen Lanzenstiche als Scherze tarnten, entblößte Zähne. Kai war gutmütig. War er nicht unendlich viel wertvoller als ein erfolgsverwöhnter Lars, dem alles in den Schoß fiel? Kai hätte sie ebenfalls aus dieser schlimmen Lage am Straßenrand geholt, Lars wollte sie nicht anrufen. Es war aus.

„So, junge Frau, dann unterschreiben Sie noch hier und in ein-zwei Wochen haben wir Ihr Wägelchen wieder flott", frohlockte der Werkstattmeister in sagenhafter Lautstärke.

In der Straßenbahn setzte sie sich ganz nach hinten und nahm den Geruch nach Urin und vergammelten Butterbroten wahr. Ein offensichtlich Obdachloser schnarchte vor ihr. Sie wanderte mit den Augen die Kritzeleien auf den Sitzen ab und stellte beruhigt fest, dass sie für sie selbst keinerlei Bedeutung ergaben. Entspannend. Zuhause ließ sie sich aufs Bett fallen und stellte sich vor, ein Teil der Zimmerdecke zu sein, weiß-grau, ununterscheidbar von anderen, ein Teil des Ganzen, ohne den Plan, sich heute Abend von ihrem Lebenspartner zu trennen.

Die beiden Eichelhäher mit den blauen Flügeln inspizierten Ast für Ast die Tanne vor Nez´ Fenster. So, als befänden sie sich auf einer Wohnungsbesichtigung für eine akzeptable, jedoch finanziell nicht erschwingliche Wohnung. Jedes Ästchen wurde Stück für Stück begutachtet. Man wartete förmlich auf die Frage nach der Anzahl der Kellerräume.

Gedanken an Kellerräume und Nestbauphasen waren Nez zuwider. Das Anziehen dauerte heute länger als sonst. Obwohl sie heute Abend als Single nachhause gehen würde, zwängte sie sich in ihre vorteilhafteste Jeans, schlüpfte in einen engen schwarzen Pullover mit Schalkragen und Pumps. Ein breiter Schal schützte sie vor allzuviel Wahrnehmung der Umgebung. Am liebsten hätte sie auch noch die Bettdecke über sich gezogen oder sich gleich ganz im Kleiderschrank verbarrikadiert. War die Entscheidung richtig?

Mit Lars war es anfangs wunderbar gewesen. Als sie vor acht Jahren einen Job in der Anzeigenaufnahme hatte, stand er eines Tages vor ihr: wirres blondes Haar, gebräunte, windgegerbte Haut und seegrüne Augen. Er war schön, aber hatte aber auch die Rauheit, die ein anständiger Artusritter vor achthundert Jahren hätte haben müssen, nachdem er zwei Jahre durch den sagenhaften Wald Brocéliande geritten war. Anfangs fühlte sie sich geschmeichelt und sie genoss die Spannung, mit einem so attraktiven Mann auszugehen. Bei ihrem Kennenlernen wollte er eine Anzeige für die Band aufgeben, in der er Gitarre spielte. Das konnte kein Mann für sie sein, dessen war sie sich sicher. Daher nahm sie ihn überhaupt nicht ernst, und sah das Techtelmechtel mit ihm völlig locker. Eine Affäre, wie sie dachte. Sie wollte kein Groupie im Schatten eines attraktiven Gitarristen sein, allzeit belagert von einer Schar Sechzehnjähriger, die hinter den Bandmitgliedern her waren. Als ihr dann langsam dämmerte, dass dies keine Affäre mehr, sondern eine bereits fast ein Jahr dauernde Beziehung war, verlor sie auch ihre Lockerheit. Ab dem Moment, in dem sie die Angst ihn zu verlieren fühlte, verlor sie ihre Unverkrampftheit. Alles wurde plötzlich *ernst*.

Das war jetzt sieben Jahre her. Sie waren unglaublich verliebt gewesen. Sie drehte das Steinchen, einen Ozean-Jaspis, in ihrer Hand hin und her. Steine faszinierten sie seit ihrer Kindheit. Kleine Kieselsteinchen füllten damals Schubladen und Kästchen. Es gab Steine, die sie seit dreißig Jahren hütete. Sie ertastete die geschliffene Oberfläche und glaubte, die runden Farbstrukturen zu fühlen. Der Stein sollte seinem Träger Belastbarkeit verschaffen und helfen, Konflikte zu lösen. Sie zog das Lederband durch die Öse und hängte sich den Stein um, unter den Pullover.

Länger konnte sie das Date nun nicht mehr herausschieben. Sie zog die Haustür hinter sich zu und begann das Gespräch, jetzt mit der frischen Aprilluft der Straße in den Lungen, im Kopf durchzuspielen. Trennung, Trennung, Trennung ... was soll ich ihm sagen? *Ich liebe dich nicht mehr? Naja, weiß ich nicht. Ich möchte nicht mehr mit einem Arbeitskollegen liiert sein?* Hätten wir lange vorher klären müssen. *Wir beide konkurrieren vermutlich um dieselbe freie Stelle?* Bingo. *Ich will nicht mehr zurückstecken, seitdem ich dich kenne, bewegt sich bei mir beruflich nichts mehr.* Bingo. *Deine Eltern möchten mich in eine Schablone pressen.* Bingo. *Ich glaube, ich möchte überhaupt gar keine Kinder und schon gar nicht, bevor ich beruflich abgesichert bin.* Bingo. *Du bist mir zu rechtschaffen, selbstgerecht, das Leben ist für dich zu einfach, es gibt nicht nur schwarz und weiß, du weißt immer, was du willst, ich nicht, du engst mich ein* ... Plötzlich rasselten die Vorwürfe wie der Hauptgewinn an einem einarmigen Banditen vor ihr herunter. Alles lag klar vor ihr. Jetzt konnte sie ihm gegenübertreten. Sie drückte die Klingel.

„Sofort, eine Minute", klang es aus der Sprechanlage, „oder nimm doch den Schlüssel."

Lars hatte noch das Badehandtuch um. Trotz aller guten Vorsätze hatte er doch noch zu viele Termine in den Nachmittag gequetscht. Der Bericht über die Grundschulinitiative „Kindern eine Stimme leihen" einiger engagierter Schulen hatte ihn länger beschäftigt als beabsichtigt, aber er hatte noch ein paar tolle Interviewstimmen gesammelt. Dann hatte er sich durch die Läden geschlagen und die Zutaten für ein passables Abendessen erstanden. Es sollte ein besonderer Abend werden. Am Telefon hatte ihn Nez gebeten, sich für den Abend nichts vorzunehmen. Wie gerne! Er lächelte in sich hinein. Er hatte doch etwas vor. Aber es ließ sich wohl damit vereinbaren. Dann hatte unerwartet seine Mutter angerufen. Im Wäschegeschäft seiner Eltern war eingebrochen worden. Aber Gott sei Dank sind alle mit dem Schrecken und ein paar Scheinen aus der Kasse davon gekommen. Schon lange wollte er seine Eltern mehr unterstützen.

Gar nicht so einfach, mit einem Redaktionsjob, den man sich erst einmal erkämpfen musste. Für die Redaktion stand er quasi achtzehn bis zwanzig Stunden am Tag zur Verfügung. Es war nicht alles Arbeitszeit, aber sobald das Handy Signale gab, meist relevante Twitternachrichten, war es um seine Seelenruhe geschehen. Das musste noch in die nächste Ausgabe. Demnächst würde auch noch der liebe Gott zu Twitter greifen, um die News der Woche abzusetzen. Aber er hatte es geschafft für heute! Stolz sog er den Duft von provenzalischem Schmorbraten mit Rosmarin ein, der im Backofen vertrauenserweckend vor sich hin brutzelte. Dazu würde er Kartöffelchen reichen und grüne Speckböhnchen. Göttlich. Heute blieb das Handy ausgeschaltet in der Schublade. Es durfte heute nichts Dummes passieren. Mist, jetzt hatte er sich beim Rasieren sein Muttermal unter dem linken Auge eingeritzt. Hektik war doch der Feind jeder größeren Sache!

Es tat ihm leid, dass er Nez in der letzten Zeit ein wenig vernachlässigt hatte. Der Druck in der Redaktion war schon enorm. Am meisten ärgerte ihn, dass alle Welt dachte, er hätte einen Traumjob. Als Journalist schläft man morgens lange, schreibt dann einen schönen Artikel und hat Feierabend. Pustekuchen. Das dachten seine Eltern, sein Bruder, seine Bandmitglieder und letztlich auch seine Freunde. Er hatte sich trotz allem in der Redaktion in dieser Woche ein dickes Lob eingeholt. Eigentlich war er in der Stadtpolitik mit einem Jahresvertrag beschäftigt, zusätzlich hatte er jedoch noch einige Artikel im Feuilleton untergebracht. Sein heimlicher Wunsch war, nur dort zu schreiben.

Er hörte, wie Nez die Tür aufschloss, der Schlüssel klackerte in die Steingutschale.

Für Nez war es wie das Eintauchen in warmes Badewasser: er nahm ihr den Mantel ab, es roch nach leckerem Essen, irgendetwas mit Kräutern ... Es wirkte ungewohnt sauber und aufgeräumt in der

Wohnung. Der Wein war entkorkt. Mit der wohligen Atmosphäre bahnte sich auch die Anspannung des Tages ihren Weg. Sie berichtete von dem Streit mit ihrem Vater, natürlich ohne den wahren Grund zu nennen, dem Autounfall, dem Reh, dem Abschleppen in die Werkstatt.

„Du Arme, das war für dich ja grauenvoll. Komisch, dass ich deinen Anruf nicht mitbekommen habe." Seine grünen Augen konnten in solchen Momenten eher hinderlich sein. Ihre Gefühle waren klar. Trotzdem genoss sie das Umsorgtwerden noch einmal. Sie fand sich selbst erbärmlich.

Während des Essens kreisten ihre Gedanken nur um die eine Frage: Wie sollte sie beginnen?

„Nez, wie fandest du das Essen?", fragte er, nach Komplimenten fischend.

„Wirklich soo lecker, danke, dass du gekocht hast", entgegnete sie geistesabwesend. Wann war der richtige Moment? Sie wusste, es würde erdrutschartig ihr bisheriges Leben begraben, sobald sie den ersten Schritt getan hätte.

„Bist du jetzt wieder entspannter?" Seine Stimme klang sanft, hatte jedoch aus diesen fordernden Unterton, den sie so sehr hasste.

Es würde eine Explosion geben, Feuer und Geschrei und hinterher, wenn die Asche noch heiß dampfen würde, schreckliche Selbstvorwürfe.

„Hm, naja, es geht. Aber war gut heute, jemanden zu haben, der mir einfach zugehört hat."

„Das ist auch immer noch so", entgegnete er verwirrt und tupfte sich den Mund mit der Serviette ab.

„Ja, selbstverständlich. Danke." Nez quälte sich. Sie hatte gar nicht gehört, was er gesagt hatte.

„Nochmal *danke*?" Lars blickte sie begriffsstutzig an.

Sie beobachtete, wie sich seine Stirn in Falten legte. Das wäre jetzt wirklich der Moment, wo ich etwas sagen müsste, gestand sie sich.

„Nez, du bedeutest mit so viel, so unendlich viel. In den letzten Wochen war es bestimmt nicht so einfach mit mir." Er atmete tief ein und wollte fortfahren, als Nez ihn unterbrach:

„Genau."

Genau, dort wollte sie hin. Ihr Solarplexus wurde zu einer dunklen, zähflüssigen Masse und rollte über ihren Magen. Dabei fühlte sie den Ozean-Jaspis, wie er *nicht* seiner Arbeit nachging und ihr in Konfliktsituationen nicht beistand. Er baumelte nutzlos in der BH-Mulde.

„Du, Nez, wir beide gehören doch schon so lange zusammen. Ich finde, wir können etwas ganz Großes daraus machen." Sein Tonfall klang jetzt demjenigen eines Märchenerzählers aus dem Radio, fand sie.

„Ich weiß nicht, warum du das gerade jetzt sagst." Sie stellte ihr Weinglas ab und sah in den Spiegel an der Wand.

„Ich verstehe. Ja, ich war in den letzten Wochen etwas unkonzentriert, auch was uns beide anging. Aber versteh mich doch, da war die Band. Wir mussten öfter proben und ich habe einfach eine Menge Artikel abgeben müssen." Es schien ihm aufrichtig leid zu tun.

„Nicht alle *müssen*. Das kannst du mir nicht erzählen, du hast ganz schön gestrebt. Du bist auch so was von ehrgeizig geworden. Das entgeht Kalle bestimmt nicht. Für mich ja *Herr Reiter*." Sie hatte Mühe, sich zu beherrschen, wenn sie an Kalle Reiter dachte. Kalle Reiter war leitender Redakteur im Ressort Stadtpolitik, Lars´ Mentor und eigentlich ein Fan seiner Band seit jenem Abend, an dem sie sich nach einem Konzert an der Bar kennengelernt hatten.

Nez hatte nie verstanden, warum Lars Kalle duzen durfte, sie jedoch noch beim *Sie* bleiben musste. Sie war immerhin auch bei der *Kölnpress*, wenn auch als freie Mitarbeiterin, und Lars´ Lebenspartnerin. Sie hatte Lars nie unterstellt, die persönliche Nähe zu Kalle beruflich auszunutzen, jedoch war Kalle Lars´ Schutzengel in der Redaktion. Das war nicht zu leugnen. Ihre Eifersucht schmeckte nach Galle. Aber sie ließ sich nichts anmerken.

„Du musst nicht so pampig auf Kalle reagieren. Er ist total in Ordnung. Ihr beide werdet euch bestimmt noch besser anfreunden", schwärmte Lars.

„Wieso?" Hatte sie etwas verpasst?

„Ich meine nur. Wir alle. Wir werden doch noch öfter alle zusammen sein. Aber eigentlich wollte ich auf etwas anderes hinaus, Nez." Er stand auf und kramte in der Vitrinenschublade. Er nahm eine kleine Verpackung heraus und drehte sich jetzt zu ihr hin. Doch sie sah ihn gar nicht an.

„Ich glaube, der Wein ist ganz schön stark", sagte sie. Er kam einen Schritt näher und versuchte ihren Blick einzufangen: „Nez, liebst du mich noch so wie am Anfang?" Nez schluckte. Der Wein kratzte beim Abgang.

„Normalerweise sind die Frauen es, die solche Fragen stellen. Um aber deine Frage zu beantworten: Ich glaube, dass keine Liebe an keinem Tag gleich sein kann", entgegnete sie leise.

„Nez, ich habe viel über uns nachgedacht." Lars gab nicht auf. Ein verschwommenes Flackern lag in seinen Augen. Was war denn mit seinem Gesicht passiert? Ein Pflaster bedeckte sein Muttermal unter dem Auge. Wieso hatte sie das vorher noch nicht gesehen?

Sie stand auf und begann das Geschirr zusammenzuräumen.

„Lass das doch jetzt!" Er hörte sich ungeduldig an.

Widerstrebend ließ sie sich auf die Stuhlkante sinken und sah in an. Lars setzte ein formvollendetes Lächeln auf, als er weitersprach.

„Ich würde mir so sehr wünschen, dass wir beide noch ein bisschen enger zusammenleben würden." Während er dies aussprach, rückte er unmerklich näher an sie heran.

„Wie, *enger?*" entfuhr es Nez mit ungewollter Heftigkeit. Im gleichen Moment schlug sie sich selbst auf den Mund.

„Nez, was ist?" Seine Stimme klang jetzt flehend. Er fasste sie an den Schultern.

„Nichts", log sie.

„Also, ich meine, wir sind doch nun so lange zusammen und ..."

„Ähm, ja, das meine ich auch, und ich weiß gar nicht ...", entgegnete Nez gequält.

„Liebe Nez, lass mich doch mal ausreden." Er schien sich einen Ruck zu geben. Seine Stimme klang jetzt schon wieder ein bisschen mehr wie auf der freitäglichen Redaktionssitzung, nörgelig und quängelig. Vielleicht war es auch nur Einbildung. Es war einfach nicht gut, Arbeit und Beziehung miteinander zu mischen.

„Ich habe ein Geschenk für dich", womit er das Päckchen wieder aus dem Nichts hervorzauberte, ganz wie im Hollywood-Protokoll vorgeschrieben, treue Augen aufsetzte und das Kästchen mit viel Spannung und einer devoten Körperhaltung öffnete. Ein zierlicher, eleganter Weißgoldring mit einem dezenten weißen Edelstein darin strahlte sie an.

Nez stand erneut auf, drehte Lars und dem Ring den Rücken zu und räumte die Teller zusammen.

Als sie aus der Küche zurückkam, war sein Gesicht in seinen Händen begraben, die Ellenbogen auf dem Tisch aufgestützt, der Ring in seinem Kästchen versuchte mit aller Kraft, Nez anzulächeln und sie in ihren Bann zu ziehen. „Nimm mich", flüsterte er süßlich, seine Augen groß und hell. Mit einem Klapp wurde er zum Schweigen gebracht. Sie tastete nach Lars´ Hand. Er wischte sie weg, etwas zu heftig, das Rotweinglas flog durch die Luft und versprühte den Rest des Grätzweines über die Gitarre im Ständer, bevor es auf dem Parkett aufschlug.

„Lass das!" Nez legte den Lappen wieder hin. Seine Stimme grollte, das Erdbeben Stärke acht war nun ausgelöst. In 5,5 Minuten würde der Tsunami vor der Küste Thailands die ersten Hotels erreicht haben.

Lars fuhr beschwörend fort: „Ich möchte dich heiraten. Ich will, dass du meine Frau wirst. Du bist mein Leben." Er zitterte jetzt. Das war selten.

„Als wir an unserem ersten Wochenende in Holland am Meer waren, da habe ich die Farbe deiner Augen gesehen. Es war das gleiche Grün" entgegnete sie tonlos. Sie verzog keine Miene.

Er stand auf, holte aus, schlug mit voller Wucht mit der offenen Hand gegen die Tür. Der laute Knall endete in vollkommener Stille.

„Was soll das jetzt? Was soll das", schrie er. „Liebst du mich noch?"

„Es war das Grün der tiefen See", hauchte Nez abwesend.

„Das ist keine Antwort. Liebst du mich jetzt? Willst du mich heiraten?", schrie er.

„Menschen können keine Steine sein. Ich bin es nicht. Ich bin nicht das, wofür du mich hälst." Sie drehte ihm den Rücken zu und blickte aus dem Fenster. Die Stadt machte sich für die Nacht bereit.

„Nez. Was soll das Geschwafel? Liebst du mich noch?" Seine Stimme klang jetzt weinerlich.

Sie drehte sich um und beobachtete, wie er um Fassung rang, wie er versuchte, sein Gleichgewicht wieder zu finden, doch sein Kopf lehnte am Küchenschrank. Leichtes Vibrieren des Rückens verriet, dass er weinte. Er weinte zum ersten Mal in ihrer Gegenwart.

Doch sie konnte ihm nicht antworten.

Sie zog den Jaspis-Anänger aus ihrem Pullover hervor, hob ihn über den Kopf, betrachtete ihn noch einen Moment lang und legte ihn vor Lars auf die Anrichte.

„Pass auf ihn auf", sagte sie leise, und strich noch einmal sanft über den Stein.

„Du bist ein Monster. Ein gefühlskaltes Monster", weinte Lars.

„Er lag Jahrmillionen unter der Erde. Schön, echt, kalt und würdig. Ich bewundere ihn."

„Du bist krank. Du kannst doch nicht so einfach gehen." Sein Rücken zitterte jetzt heftiger.

Das war´s. Der Tsunami war vorüber. Die Aufräumarbeiten konnten beginnen, die Toten und Verletzten ihrer Ruhestätte zugeführt werden, die Trauer setzte bereits ein. Zeit, den Unglücksort zu verlassen, denn Nez wusste nicht, wozu die bereits aufsteigenden Schuldgefühle sie noch treiben würden.

Draußen auf der Straße sah sie noch einmal nach oben. Sie sah, wie seine Gestalt vom Fenster zurückwich. *Jetzt bin ich wieder draußen*, dachte sie. Das vertraute Gefühl, nicht Teil zu sein, von draußen hereinzuschauen, die Geborgenheit und Wärme einer Gruppe aus der Kälte heraus zu erahnen, stellte sich ein. Es schmeckte bitter, jedoch nicht neu. Das Gefühl des Ausgeschlossenseins war ein alter kratziger Mantel, der zu ihrer eigentlichen Haut geworden war. Glücklich waren immer nur die anderen. Das wohlige Zusammengehörigkeitsgefühl einer Familie schwebte Zeit ihres Lebens wie ein unerreichbarer Heiliger Gral über ihr, hämisch grinsend, rosa und golden funkelnd. Die Vision versprach gleichzeitig das zu sein, was Nez immer suchen würde und das, was sie Tag für Tag umtreiben würde, und zur Flucht antreiben, sobald sie am Rande eines wärmenden Lagerfeuers angekommen war.

Sie roch die feuchte, aber lebendige Aprilluft und sog die Geräusche der Südstadt in sich auf. Das Leben äußerte sich im Durcheinander der Kneipenmusiken, der Straßenbahn, palavernder Jugendlicher und dem unregelmäßigen Schimmern der Fernseher durch die Wohnzimmerfenster. Sie würde nie in der Lage sein, Teil einer dieser kleinen Flimmerwelten zu sein, in beheizten Wohnzimmern im mediterranen Baumarkt-Stil vordefinierte Gefühlswelten zu durchleben, die Vielfalt ihrer Welten einzutauschen für das schnelle Abbrennen eines Teelichtes beim sonntäglichen Familienkaffee. Sie fragte sich immer, wann das Leben mit den *wirklichen* Gefühlen beginnen würde. Als Teenager war ihr klar: du musst nur lange genug durchhalten, dann beginnt *das Leben*. Jetzt, mit neununddreißig, kinderlos, freie (rechtlose) Mitarbeiterin, jetzt auch noch *beziehungslos*, war dieses „Später" weiter weg denn je.

Sie war davon überzeugt, irgendwann würde sie merken, *jetzt* beginnt das Leben. Sie lebte in dem guten Glauben, dass sie auf jeden Fall spüren würde, wenn dieses *Jetzt* da wäre. Das war das Leben ihr schuldig. Sie lief weiter.

Sie spürte sich erst wieder, als ihr ein kräftiger Windzug zwischen Hals und Rücken fuhr. Sie musste irgendwie vorbeigekommen sein, an den Kneipen der Südstadt, den Kiosken, den Dönerläden, den Baguette-Ketten. Den fetten, Glückseligkeit versprechenden Duftgemischen der Kneipenviertel entkommen sein. In der Tasche spürte sie die Flasche, die sie unterwegs an einem Büdchen erstanden haben musste. Die Häuserzeilen wurden nun weiter. Sie folgte keiner bestimmten Richtung. Eher einer natürlichen Kraft, die sie weiterzog. Intuitiv bewegte sie sich in Richtung Rhein. Hier am Rheinufer schien keine bürgerliche Lichtergemütlichkeit mehr aus den Wohnungen. Doch fühlte es sich richtig an. Laufen. Laufen. Laufen. Nicht denken. Nicht denken an Hoffnungen, die optimale Familie, Vater, Lars, Nez wie in einem Fotoalbum, Nez′ Magisterfeier, Lars′ Liebeserklärung auf der Bühne an sie, der erste Kontoauszug mit dem selbst erarbeiteten Redaktionsgehalt. Bilder wie in einer Ausstellung, vermischt mit Grafittis an den Stromkästen, dem allgegenwärtigen Schmutz auf den Straßen, windschiefen Fahrrädern, irgendwo festgemacht. *Nicht denken!*

Der Luftzug wurde kälter, gleichzeitig konnte man den Rhein irgendwie riechen. Nez roch das Wasser immer. Es roch nach Freiheit. Dumme Idee. Aber wo Wasser war, gab es eine Flucht auf das offene Meer.

Ist es das, was ich will? Fliehen? Die unbekannte Kraft zog sie in Richtung Severinsbrücke. Einen kurzen Schreckmoment lang wurde ihr bewusst, dass sie beobachtet wurde, dann aber rief sie sich in Erinnerung, dass es unter nahezu jeder Brücke obdachlose oder einfach so lagernde Menschen gab, vor denen es sich weniger lohnte Angst zu haben als vor den meisten guten Onkeln in vielen guten Familien. Sie blickte zu Boden und schritt an der Person vorbei. Nein, heute bin ich nicht sozial. Und andere Menschen lösen bei mir heute auch kein soziales Gewissen aus, dachte sie. Sie konnte sich aber den Blick zurück über die Schulter nicht verkneifen. Eine Person mit Kopftuch huschte jetzt durch die Schatten. Gruselig, dachte sie. Aber das war keine Gefahr. Dass sie die Wendeltreppe zur Brücke hoch erstieg, nahm sie selbst erst an den lauten metallischen Schritten wahr, die nach oben klapperten. Jedenfalls folgt mir hier keiner unbemerkt, dachte sie. Luft. Ja, jetzt konnte sie atmen. Es wäre so nötig, den Kopf leer zu bekommen. Sobald sie versuchte, in ihre eigenen Gedanken einzudringen, zeigte sich eine schwarze Masse, wie lebendig gewordene Filmstreifen, die alle gleichzeitig versuchten, ihren Ausschnitt abzuspielen. Es war bescheiden beleuchtet, vieles lag im Dunkeln, aber ihr Leben war jetzt zu etwas geworden, das sie von außen betrachten musste. Oskarverleihung im eigenen Kopfkino. Kein klarer Gedanke mehr. Nicht denken.

Sie marschierte die Brücke entlang. Mit ihrer Steigung wuchsen auch die im blassen Kölner Grün gestrichenen Dreieckspylonen in den anthrazitfarbenen Himmel. Die dunkelgrauen Wolkenschwaden der Abenddämmerung umringten die hohen Pfeiler. Undurchdringbar, scheinbar, doch die Pfeiler an ihren Hängeseilen hätten auch angepflockte Riesen sein können, den Kopf hoch in den Wolken.

Nach einigen Minuten gab sie auf. Sie ging denselben Weg wieder zurück und setzte sich am Treppenaufgang auf die Stufen. Sie blickte in die Dunkelheit. Die Straßenbahn kreischte hinter ihr langsam über die Schienen. Niemals wird es in dieser Stadt still, dachte sie, das ewige Rauschen der Autos über und unter ihr war das höhnische Lachen der Stadt über all jene, die hier ihren inneren Frieden suchten. Aus der Dunkelheit schälte sich in der Ferne die Silhouette des Doms heraus. Das Wahrzeichen wurde aus dem Dunkel heraus angestrahlt. Kaltes Gemäuer in Knochenfarbe unter dem blassgrünen Dach. Sie hatte den Dom immer geliebt. Näher am Rhein flackerte das Opernblau. Lebe und liebe, carpe diem, versprach es.

Warum kann *ich* das nicht, fragte sich Nez. Eigentlich habe ich nicht nur mein Auto in den Graben gefahren, sann sie, wahrscheinlich auch mein ganzes Leben. Ich werde in diesem Jahr verdammte vierzig. Ich habe immer noch eine Art verlängerter Studentenjob. Seit zwei Jahren füttert man mich mit der Hoffnung auf eine Festanstellung. Keine Beziehung, keine Familie. Ich hasse mein Leben. Ja, ich hasse es. Kann ich mir selbst noch trauen? Wenn ich mir all das nur einbilde? Ein Auto auf der anderen Straßenseite hielt. Drei Jugendliche schienen völlig bekifft zu sein. Die Musikanlage dröhnte *Major Tom*, ein Stück aus den Achtzigern, das sie damals geliebt hatte. Als sie noch keine sechzehn war, feierten sie in fröhlicher Trance zu diesem Song. Jeder kannte ihn. Heute Nacht sah sie sich selbst losgelöst treiben, die Seile gekappt. Und sie fühlte es, so echt und so nah, die Kälte und die panische Angst, nicht mehr zurück zu können. Von allen und allem wegzutreiben, haltlos in eine andere Realität. Sie öffnete mit einem kräftigen Ruck den Billigwhisky, den sie an einem Büdchen gekauft hatte, hustete den ersten Schluck wieder aus und bestrafte sich gleich darauf mit dem zweiten.

„Major Tom, auf dich! Wie schnell kann man eine halbe Flasche Whisky trinken, Major?" Sie prostete Major Tom zu, der weit weit unten an den Bootsanlegestellen stand. Dann prostete sie den Jugendlichen auf der anderen Straßenseite zu, doch sie nahmen Nez nicht einmal wahr. Sie war im Einbruch der Nacht wohl nicht mehr zu erkennen. Besser so.

„Wah!, Haben Sie mich erschreckt! Shit!", rief Nez aus.

Neben ihr saß plötzlich eine Frau. Lautlos musste sie herangeschlichen sein. Nez erwartete eine Antwort. Die Unbekannte saß im Schneidersitz, den Rücken merkwürdig gerade, braune lange Haare unmodisch im Nacken zusammen genommen, dunkle Kleidung. Röcke? Sie hatte ein dunkles, gemustertes Tuch um den Hals gelegt und eine größere Umhängetasche unter den Arm geklemmt. Komisches Gesicht, fand Nez. Eigentlich schien es alt, eigentlich faltig, ihre Augen aber fixierten sie hellwach. Sie waren durchdringend, groß, vielsagend, lauernd auf den ersten Blick, und heiter gelassen auf den zweiten. Eine der jetzt häufig bettelnden Rumäninnen oder Bulgarinnen konnte es kaum sein, trotz der fremdartigen Kleidung. Dafür waren die Augen zu hell, schätzte Nez, ohne es wirklich zu wissen.

„Hören Sie, ich habe nichts dabei, das ich Ihnen geben könnte", sagte sie laut.

Die Fremde schaute sie nur an. Nun begann sich Nez extrem unwohl zu fühlen. Ob die Alte wahnsinnig oder kriminell war? Vielleicht stand an der nächsten Kreuzung schon der Mercedes mit den Brüdern oder diejenigen, die sich dafür ausgaben, die am Abend die Frauen einsammelten und mit ihnen auch gleich die Beute.

„Verstehen Sie Deutsch? Ich habe nichts, und bitte lassen Sie mich alleine." Sie sprach jetzt noch lauter.

„Ich möchte nichts von dir", antwortete die Fremde ruhig.

Sie tickte eindeutig nicht richtig. Bloß nicht wütend werden. Schön deeskalieren, schoss es Nez durch den Kopf, man wusste nie. Nez schwieg und schaute demonstrativ die Brücke hinunter in den schwarzen Rhein. Sie trank noch einen Schluck auf Major Tom und hoffte insgeheim, dass er da draußen war und sie beschützen würde. Sie wäre jetzt auch gerne da draußen.

„Warum sitzen Sie hier?", versuchte Nez noch einmal, ihre Einsamkeit zu verteidigen.

Es gab keine Antwort.

„Hören Sie mich, ist etwas mit Ihnen? Brauchen Sie Hilfe?" rief Nez in einer extremen Lautstärke und deutlich artikuliert für hörgeschädigte Nichtmuttersprachler.

„Brauchst *du* denn Hilfe, mein Kind?", entgegnete die Frau sanft.

Das gab es nicht! Nez wollte nur alleine sein. Ihren Weltschmerz in einer Flasche ertränken, ein bisschen weinen, noch mehr alleine sein und später vielleicht noch in den Rhein springen. Alles war möglich und das war das Letzte, was ihr geblieben war, und jetzt kam diese verrückte Alte und belagerte sie. Vielleicht war sie auf Drogen oder suchte die Gelegenheit, Nez ein Messer in die Rippen zu stoßen und mit ihrem Geld und dem Handy davon zu laufen. Oder wollte die Frau nur, dass sie ihre Flasche mit ihr teilte?

Sie hielt ihr die Flasche wortlos hin.

Beherzt nahm ihr Gegenüber die Flasche, setzte sie auf, trank, trank, und die Flasche war leer. Ein Drittel der Whisky-Flasche hatte Nez zuvor getrunken. Nein, das musste ein schlechter Film sein, in dem sie sich jetzt befand.

„Scheiße. Jetzt, da sie meine Flasche leergemacht haben, können Sie ja gehen", schimpfte Nez.

Und die Fremde ging davon.

Nein, Nez konnte das alles nicht glauben. Fast hatte sie sich an eine weitere Gegenwart gewöhnt, da schlich die fremde Person auf lautlosen Sohlen, einer Art Yoga-Schläppchen, über die Brücke davon. Nez´ Schluchzen ließ sich jetzt nicht mehr aufhalten. Sie wusste irgendwann nicht mehr, wie lange sie schon am Brückengeländer angelehnt geweint hatte. Ihre Augen fühlten sich dick verschwommen an und es war brutal kalt. Auch laue Aprilnächte konnten einen umbringen. Aber zu solchen Gedanken war sie nicht mehr fähig. Der Rhein schob sich jetzt als träge, schwarze Masse unter der Brücke durch. Von ihm ging eine Kraft aus, die gleichzeitig anziehend und abstoßend war. Einzelne Strömungen schienen sich nach oben zu zwängen, machtvoll und düster. Nez war nicht in der Lage, sich wegzubewegen. Das kalte Geländer presste sich an ihre Wange. Wenigstens etwas gab ihr Halt, wich nicht vor ihr zurück. Unten am Treppenabsatz wühlten die Ratten im Müll. Die Zeit verging. Sie dämmerte weg und erwachte wieder.

Sie schaute sich um. Nein! Die Alte saß erneut neben ihr. Einbildung? Oder war dies von der fast halben Flasche Whisky? Das konnte nicht sein. Es mussten inzwischen ein oder zwei Stunden vergangen sein. So musste es sein, dachte Nez, wenn man vor Kummer langsam den Verstand verlor. Am Ende saß man nicht mehr auf der Brücke, sondern eine Etage tiefer, aber hatte alle Zeit der Welt, um mit Major Tom durch das All zu ziehen. Freiheit war nicht mehr denken müssen.

„Sind Sie echt?", fragte sie die Frau. Allmählich zeigte der Whisky seine Wirkung, und sie traute ihren Augen nicht mehr.

Die Frau mit dem jung-alten Gesicht und den großen klaren Augen zeigte für einen kurzen Moment einen Anflug von Lächeln.

„Gute Frage. Das entscheidest du, mein Kind." Sie blickte in die Ferne, das Lächeln schien sich langsam auf die Wasseroberfläche des schwarzen Flusses zu legen. Nez beobachtete, wie die Frau ihrem Blick auswich. Oder bildete sie sich das ein?

„Gute Frau, ich habe nichts mehr zu trinken. Ich kann Ihnen nichts geben." Nez lehnte wieder ihr Gesicht gegen das tröstende kalte Metall, ihre Arme und Hände zitterten, das Zittern breitete sich aus bis in den Zwerchfellraum. Die Kälte fraß sich durch alles. Neben ihr wurde in der Tasche gewühlt und es erschien eine volle Flasche Ben Riach 16, nicht der Billigfusel, der vor zwei Stunden geleert worden war. Diese Flasche hatte Stil. Sie sah Hände, die zitternd und sehnig am Flaschenhals drehten, den Korken herauslösten, und sie sah, wie diese alt-jungen Hände ihr daraus anboten. Sie fühlte, wie die Alte ihren hautwarmen Umhang mit ihr teilte und ihr eine Hälfte davon über die Schultern legte.

„Wow, das hätte ich nicht gedacht. Eigentlich ist es heute Abend entschieden zu voll hier auf der Brücke, aber ich will nicht unhöflich sein." Nez setzte die Flasche auf. Es konnte nur noch besser werden, dachte sie.

So, das wars. Sie hatte anstandshalber einen Schluck mit der Fremden getrunken und jetzt wäre es gut, wenn sie sich einfach verziehen würde. Sie hörte Gemurmel. Es interessierte sie nicht, was die Fremde von sich gab. Nez wollte einfach ihre Ruhe. Sie nahm wahr, wie sie wütend wurde, wie sie sich genervt und ausgenutzt fühlte, als Trinkkumpan, der sie nicht sein wollte. Sie sammelte ihre Kraft für einen weiteren Versuch und lallte: „Ich hab heute nicht meinen sozialen Tag. Könnten Sie mich jetzt wieder alleine lassen?"

Nez stocherte mit den Fingern in den schmutzigen Steinchen am Rand der Befestigung.

Jetzt murmelte die Frau in einer fremden Sprache, die Nez noch nie gehört hatte, wippte unmerklich vor und zurück. Oh verdammt, eine verrückte Ausländerin, vielleicht Landstreicherin und sie hatte sorglos aus ihrer Flasche getrunken. Nez, du hast wirklich alles verdient!

Sie war wütend auf sich selbst, auf die Verrückte, auf die Welt. Sie nahm einen Stein auf und zielte auf die Ratte unten am Mülleimer. Der Stein verschwand in der Dunkelheit.

Nez hörte in ihrem Kopf das Rauschen der Stadt. Wenn mir nicht so speiübel wäre, dachte sie, könnte ich aufstehen, der Verrückten einen Schubs geben und mir nichts, dir nichts, ab in die Fluten. Und ich könnte alleine sein. Niemand hätte es gesehen. Sie hob weitere kleine Steinchen auf und begann auf die Mülleimer zu zielen.

„Glauben Sie an Steine?", fragte die Frau sie nun direkt.

„Vielleicht hilft es." Nez fühlte sich ertappt.

„Trinken Sie noch einen Schluck. Vielleicht hilft das heute Abend auch ein wenig." Ihre Sprache hörte sich seltsam an, aber ein klar definierbarer Dialekt war für Nez in diesem Zustand nicht mehr zu erkennen. Sie nahm der Frau die Flasche aus der Hand und setzte sie an. Wenn schon denn schon. Du wirst mich kennen lernen. Wenn du mich nervst, mache ich deinen Qualitätswhisky leer. Die ersten Schlucke ergaben noch den anfangs fruchtigen Vorgeschmack und den typischen torfigen Geschmack nach dem eigentlichen Kosten. Nach drei Schlucken war alles nur noch Terpentin. Nez fühlte eine Feuersäule in ihrer Speiseröhre, Übelkeit und das flauschige Vergessen umhüllten sie. Sie konnte aber noch an die Steine denken.

„Warum haben Sie mich nach Steinen gefragt?" Ihre Aussprache klang nach einem faustgroßen Wattebausch im Mund.

„Ein weiser Mann sagte einmal: *Sieh dir die Steine dort an. Wenn du einen der Steine direkt vor dein Auge hältst, wird er dir riesig vorkommen und dir die Sicht versperren.*"

„Gott. Psycho!"

„Wahr."

„Und was will der Dichter damit sagen?", lallte Nez.

„Lass mich deine Hand lesen." Das machte jetzt auch keinen Unterschied mehr.

„Ich muss dich warnen, mein Kind. Das Leben treibt uns schnell an einen Punkt, wo wir gar nicht hinwollen." Ruckartig zog sie ihr die Hand weg. Das reichte doch jetzt!

Ein Wanderer der Nacht, Besitzer dreier Kartons und eines Einkaufswagens, schob seine Habseligkeiten über die Brücke. Er näherte sich mit schleppendem Gang zwei weiblichen Personen, in ihrer Mitte eine Flasche. Eine der Personen lehnte mit vor dem Magen verschränkten Armen am Brückengeländer. Die andere lagerte mit einer großen Tasche und einem großen Schultertuch daneben. Er beobachtete, wie die wohl Jüngere aufstand, sich taumelnd einige Meter entfernte, in die Hocke ging und sich lautstark ins Gebüsch übergab. Mit dem Ziel, den Zustand der sehr edel wirkenden Flasche zu überprüfen, näherte er sich den beiden Frauen und wünschte einen guten Abend.

3.

Seit ihrem letzten Stress mit Frau Herhold waren drei Wochen vergangen. Natascha schneutzte sich die Nase. Sie vergrub sich tief in tief in die knautschige Sofaecke. Anders als in der kleinen Wohnung ihrer Mutter war hier alles auffallend sauber. Kaum Flecken auf dem Sofa. Nirgends volle Aschenbecher oder offene Flaschen, die den aufdringlichen Alkoholgeruch verströmten. Kein wochenlang stinkendes Katzenklo. Und vor allem: kein Jackie, der abwechselnd ihre Mutter oder sie zu verprügeln suchte. Manchmal lag Jackie auch vollgedröhnt auf dem Sofa, mit einer Körperhälfte schon halb zum Boden abgerutscht. In solchen Momenten wünschte sich Natascha regelmäßig, er würde an seinem Schnarchen ersticken oder zumindest sich beim nächsten Schuss in die ewigen Jagdgründe ballern. Sie hasste den Typen ihrer Mutter. Aber seitdem sie im Jugendheim St. Elisabeth untergebracht war und nur noch ein Wochenende im Monat bei ihrer Mutter verbringen durfte, hatte sie das Gefühl, am Ende als Überlebende aus der Sache herauszukommen. Nur, es geschah nach diesen Wochenenden, dass Frau Herold, ihre Erzieherin, besonders ausrastete. Natascha gab sich die allergrößte Mühe, keinen neuen Ärger mehr zu machen. Doch nach den Wochenenden zuhause reichte eine gedankenlos angezündete Kippe in ihrem Zimmer, und die Hölle brach für sie los.

So war es auch heute morgen gewesen, als Frau Herold reinkam, schrie, rot anlief und sie dann anfing zu beleidigen. Natascha hasste an solchen Tagen die ganze Welt. Klar war im Heim mehr los, aber oft gingen die anderen zehn Mitbewohner ihr auf die Nerven. Abends gab es Zoff um das Fernsehprogramm. Die Jungs wollten doofe Horrorstreifen und Action-Thriller sehen, und meistens waren es die Mädchen, die nachgaben und dann irgendwelche Streifen mitguckten. Schreierei gab es oft, es verschwanden Dinge, einige ließen ihren Frust an den Schwächeren aus. Aber alles war nicht so schlimm wie ein Jackie, der randalierend ihre Mutter mit den Fäusten bearbeitete. Manchmal warf er auch eine leere Flasche nach Natascha. Alles war möglich. Sie kroch tiefer in das müffelige Sofa-Kissen. Aber an den Tagen, an denen sie auch hier noch mit den Erziehern Ärger hatte, wollte sie gar nicht mehr sein. Sie kannte nur den dunklen, dumpfen Hass auf alles, der sich für viele Stunden zwischen sie selbst und die Welt legte.

Im Büro des Heims saß eine magere Figur mit dem Kopf in die Händen gestützt. Von Weitem hätte man sie für einen der elf Heimbewohner halten können. Sie war auffallend schlank, aber mit gekrümmtem Rücken wirkte sie schon nicht mehr so jung, trotz Pferdeschwanz, Minirock mit Strickstulpen in Regenbogenfarben, die aus braunen Trapperstiefeln ragten, und klimpernden Armreifen. Bei näherem Hinsehen wurde man auch der dunklen Augenringe gewahr und die wenigen aber nicht wegzudenkenden Falten auf der Stirn sagten klar aus, dass es sich hier nicht mehr um eine Sechzehnjährige handeln konnte. Auch Constanze Herold, die Trägerin der Stirnfalten, hatte geweint. Doch dies war bereits zwei Stunden her. Seitdem hatte sie die wöchentlich anfallenden Berichte verfasst, die Kostenabrechnung geführt, Telefonate mit dem Jugendamt abgewickelt, und nun war sie dabei, ihre nächsten Tage zu strukturieren. Das Osterwochenende stand bevor. Das Wetter zeigte sich für diese Jahreszeit schon gnädig und sie hatte viel zu viele Dinge, die sie in den vier Tagen unternehmen wollte. Eigentlich verplante Constanze Herold ihre Zeit immer dreifach. Die erste Lage waren die tatsächlich anfallenden Termine. Dringende Besprechungen, Amtstermine, Elterngespräche, Supervisionsgespräche, Arztbesuche und natürlich die Dienstzeiten. Die zweite Lage waren die Dinge, die sie sich darüber hinaus vornahm. Fünfmal trainieren in dieser Woche, mindestens. Täglich mit dem Hund gehen. Auf jeden Fall. Diese Woche den Kleiderschrank auswischen. Es würde sonst eklig werden. Den Hund baden gegen den Gestank. Das arme Tier konnte nichts dafür. Täglich etwas Bass üben. Sie wollte unbedingt wieder reinkommen. Noch irgendwie zum Friseur gehen. Die dritte Lage von Vorhaben waren die Dinge, die sie sich noch zusätzlich wünschte, wenn denn ein Termin aus der ersten Kategorie platzte, oder wenn sie mit den Etappenzielen der zweiten Lage schon früher fertig sein sollte. Dann war Luft für die dritte Gruppe: sich drei Stunden lang auf dem Sofa entspannen. Zur Massage gehen. Eine Freundin anrufen. Aber nur dann, wenn alles andere gemacht war. Vor allem die fünf Trainingsblöcke in der Woche durften nicht ausfallen. Diese drei Pakete mit Vorhaben füllten die zur Verfügung stehende Zeit demnach dreifach aus. Denn es durfte nicht sein, dass es aus unvorhergesehenen Gründen zu einer ergebnis- oder genusslosen Zeit kam. Zeit, die weder zu einem Arbeitsfortschritt noch zu größerem – und zwar bewusstem Genuss führte – war eine Sünde gegen die noch zur Verfügung stehenden rund vierzig Lebensjahre, bevor man zum Sterben in einen Verschlag mit Sicherungsgitter fixiert und verkabelt wurde. Carpe diem, das Gebot der Stunde.

Sie schrieb also mit Bleistift in ihren Kalender, denn mit einem schnellen Radieren war es möglich, von Terminlage eins zu Ersatztermin zwei oder zu Entspannungstätigkeit Nummer drei zu wechseln. Praktisch.

„Noch Kaffee da?"

„Hätte noch gar nicht mit Ihnen gerechnet."

Frau Maas klapperte schon in der Küche mit den Untertassen und kam mit zwei dampfenden Tassen zurück.

„Was haben Sie denn mit Natascha gemacht?"

Die Art der Fragestellung löste in Constanze ein unbehagliches Gefühl aus. War es Fürsorge? Frau Maas hatte schon ein wirkliches

Talent dafür, starke Zuneigung zu zeigen. Es musste an ihrer Körpersprache liegen, durch die sie ihrem Gegenüber hundertprozentige Aufmerksamkeit zollte. Es konnte auch angenehm entlastend sein, ein vertrauliches kollegiales Gespräch zu führen. Nicht immer ließ sie die Heimleiterin heraushängen.

„Sie war am Wochenende auf Familienbesuch und wieder total von der Rolle zurückgekommen. Das Übliche halt. Ich hab sie vor zwei Stunden rauchend auf dem Zimmer erwischt."

„Und da waren Sie ja nicht gerade sparsam. Die Kleine liegt völlig zerstört auf dem Sofa."

Heftige Entrüstung packte Constanze. Von wegen vertraulich. Von wegen Kollegin. Als ob ich das arme sechzehnjährige Kind grob misshandelt hätte, als ich sie wegen der Zigarette ausgeschimpft habe. Natascha sollte als erzieherische Maßnahme für den Verstoß gegen die Heimordnung eine Woche alle Mülleimer ausleeren, was man einer Sechzehnjährigen ohne Weiteres zumuten konnte. Daraufhin war sie pampig geworden und hatte Constanze gefragt, ob sie heute noch nicht gekackt hätte. Constanze hatte dies so abstoßend gefunden, dass sie ihr an den Kopf geworfen hatte, ihr asoziales Verhalten von zu Hause könne sie in zwei bis drei Jahren unter der Brücke ausprobieren, wenn sie so weitermache.

Keine schöne Geschichte.

„Ich habe sie zurechtgewiesen und ihr eine Hausarbeit für den Verstoß gegeben. Es klingt aber so, als würden Sie glauben, dass ich das arme Mädchen schwer verletzt hätte. Ich kann ganz gut entscheiden, was ich als erzieherische Maßnahme in so einer Situation richtig finde und Sie können mir glauben, dass ich mir das gut überlegt habe, Frau Maas."

„Ich wollte Sie gar nicht angreifen. Das haben Sie missverstanden. Nur offensichtlich haben Sie keine Ahnung davon, wie verletzlich Natascha ist. Ich weiß, dass das alles viel für Sie ist. Wir haben das Heim jetzt zum ersten Mal voll ausgelastet, seitdem Sie hier sind. Ich würde Ihnen gerne Hilfe anbieten. Das meine ich ernst. "

Constanze stockte der Atem. Diese aufgeblasene Matrone wagte es. Sie wusste nicht, was sie mehr abstieß. Die arrogante Art, wie die Heimleiterin auf die Mitarbeiter zuging, oder die Unverfrorenheit, mit der sie behauptete, ein Mitarbeiter habe keine Ahnung. Sie konnte jetzt einfach nicht antworten. Jede Antwort würde eine Beleidigung werden, zwangsläufig dienstrechtliche Konsequenzen nach sich ziehen und noch viel mehr Ärger verursachen als das Hinnehmen dieser Beleidigung.

Frau Maas lenkte ein. „Ich wollte Sie nicht kritisieren. Sie engagieren sich ja schon sehr hier."

Alles, was Frau Maas sagte, klang wie vergifteter Wein. Schmackhaft, bewusst oder unbewusst verletzend.

Dabei war sie in der Ausbildung ihre Mentorin gewesen. Noch vor drei Jahren war sie offen freundlich und kollegial gewesen. Merkwürdig fanden die Kollegen, dass sie sich von allen, ausnahmslos *Frau Maas* nennen ließ. Die meisten Erzieher duzten sich untereinander, auch im Umgang mit der Heimleitung, denn die Heime waren in der Regel sehr kleine persönliche Welten.

Auch ein Piranha-Becken war eine kleine persönliche Welt.

„Haben Sie schon auf den Dienstplan geschaut, Frau Herold?"

„Nein."

„Wir benötigen jemanden, der über Ostern einspringt. Frau Schale hat eine böse Grippe erwischt, sie hat eben bei mir angerufen, und ich habe die goldene Hochzeit meiner Eltern an diesem Wochenende. Da kann ich wirklich nicht. Da wäre es schön, wenn Sie über das ganze Wochenende hier Stallwache halten würden."

„Das kommt jetzt aber kurzfristig."

„Ja, das tut mir auch leid. Aber das ist nun eben so. Das mit Frau Schale habe ich auch gerade erst gehört. Ich habe sie beruhigt und ihr gesagt, dass Sie das sicherlich übernehmen können. Sie haben doch auch keine familiären Verpflichtungen über Ostern. Zumindest nicht mit Kindern."

Nein. Kinder habe ich nicht, dachte Constanze. Schade. Keine familiären Verpflichtungen, klingt wie *ausgestoßen, menschlicher*

Müll, geburtsunfähig, oder was noch schlimmer: *sich der Keimzelle der menschlichen Gesellschaft versagend, der Familie.* Büßend für Familienverweigerung ist es meine gesellschaftliche Verpflichtung, an Feiertagen Dienste zu übernehmen. Nicht nur einfache Schichten von neun Stunden, nein, auch noch „Stallwache" mit Übernachtung, wie sie nur zu solchen Ausnahmesituationen angeordnet wurde. In der Regel verbrachten die Erzieherinnen nur die Arbeitszeit im Heim. „Dann vielen Dank für das Vertrauen!"

Natascha streckte den Kopf ins Büro. „Sind Sie mir noch böse, Frau Herold? Darf ich Sie mal sprechen?"
„Natascha. Klar. Komm doch einfach herein."
„Ich w... wollte sagen, scheiße, ich, Tschuldigung."
„Es tut dir leid, was denn?"
„Dass ich Sie beleidigt habe."
„Ja, das hast du im Eifer des Gefechts. Es ist passiert. Aber jeder von uns macht Fehler. Ich freue mich, dass du wieder zurück bist und es ist schon vergessen. Natascha, du machst Fortschritte und ich bin immer traurig, wenn du dann wieder einen Schritt zurückgehst."
„Ich weiß. Und Sie haben ja Recht. Ich mach auch die Mülleimer leer. Und..."
„Und?"
„Sie wissen, dass ich Kirschtorte backen kann, mit Mürbeteig und Sahne obendrauf?"
„Ja."
„Möchten Sie mit mir zusammen an Ostersamstag einen Kuchen backen? Ich möchte nicht mehr, dass Sie traurig sind. Der wird bestimmt lecker."

Noch auf dem Nachhauseweg musste Constanze beim Gedanken an Natascha schlucken. Sie konnte diese Kinder, ja es waren Kinder, noch mit zwanzig manchmal, nie in Grautönen sehen. Entweder sie war zutiefst von ihnen gerührt. Nach Nataschas Entschuldigung hatte sie ein starkes Verlangen, dieses Mädchen in die Arme zu schließen und nie wieder loszulassen. Ein kurzes angedeutetes In-die-Arme-nehmen hatte sich mittlerweile innerhalb des Heims etabliert. Alle waren nun mal Menschen, und viele der Heranwachsenden hatten überhaupt keine familiären Bezugspersonen mehr. Aber manchmal musste Constanze sich auch verbieten mehr zu empfinden als nur Zuneigung, Mitleid oder kochenden Hass, wenn sie wieder mal beleidigt wurde. Mussten leibliche Eltern auch diese Gefühle durchleben? Dieses Wechselbad von grenzenloser Liebe und dem unbedingten Tötungswunsch oder der Hätte-ich-dich-nie-auf-die-Welt-gesetzt-Gedanke? War er Sünde oder alltägliche Normalität? Sie erinnerte sich nur noch an die schnelle Flucht von Frau Maas, die lautlos von ihrem pädagogischen Sockel glitt und die ganze Szene vermutlich als eine für normale Menschen nicht nachvollziehbare Bestätigung all ihrer Theorien umdeutete.

Constanze mochte ihre Kollegin Lisa Schale trotz des vermiesten Wochenendes sehr. Lisa konnte ja nichts dafür, dass die Grippe sie erwischt hatte. Sie wählte Lisas Nummer.

„Du armes krankes Huhn. Wollte dir nur gute Besserung wünschen."

„Es tut mir so leid. Jetzt habe ich dir das Wochenende vermasselt."

„Lisa, pfleg dich schön und sei ein braves Kind. Werd schnell wieder gesund!"

„Ich wollte dich eigentlich fragen, ob wir mal wieder zusammen ins Kino gehen. Im Minimax laufen wieder so tolle Filme für uns." Oh, ein Programmkino mit Literaturverfilmungen oder Frauenfilmen. Constanze liebte diese Abende mit einer Freundin. Ein Glas Wein schlürfen, über uralte, aber immer noch gute Filme schwärmen, nach dem Motto „Das Geheimnis liegt in der Soße". Das Erkennungszeichen all derjenigen, die „Grüne Tomaten" bis zu zwölfmal gesehen hatten, der ultimative Freundinnenfilm des zwanzigsten Jahrhunderts.

Freundinnen.

„Dann erhol dich mal gut. Kann ich sonst noch was für dich tun?"

„Nein, naja, ich weiß nicht. Ich bin so fertig, jetzt liegen die ganzen Entwicklungsberichte der letzten Wochen da, mit denen ich die neuen Förderpläne ausarbeiten wollte, da. Ich habe Fieber und die Dinger müssen fertig gemacht werden. Frau Maas hat mich schon auf ihrer Abschussliste, glaube ich. Ich glaube, die war sogar erfreut, dass ich mich krankgemeldet habe."

„Du spinnst."

„Sie sucht Gründe, mich rauszuekeln."

„Das könnte ich von mir vielleicht behaupten, aber du doch nicht. Mit dir kommt sie doch viel besser klar."

„Vielleicht bilde ich mir das nur ein. Ich werde mich nachher jedenfalls an die Pläne setzen müssen."

„Du hast Grippe."

„Besser Grippe als keinen Job mehr."

„Das kann ich nicht mitansehen. Ich komme gleich bei dir vorbei und hole die Akten ab. Ich schreibe dir die Förderpläne."

„Das hätte ich dich niemals von mir aus gefragt. Du bist ein wahrer Engel", krächzte die Stimme am anderen Ende der Leitung.

Am Abend, drei Tage vor dem Osterwochenende, saß Constanze mit einem dicken Aktenstapel und vier zusätzlichen Wochenenddiensten im Kalender am Tisch. Sie radierte ihre drei Alternativpläne für das Wochenende aus dem Kalender. Sie wusste, warum sie nur mit Bleistift in ihren Filo schrieb. Nun schrieb sie: HEIM.

Dann wechselte sie ihre Kleidung, zog die Joggingschuhe an und lief los. Heute würde sie die 15 km laufen, dann würde es ihr besser gehen. Vielleicht würde sie noch in die Maschinenhalle gehen, nach Mitternacht und es war ihr egal, in welchem Zustand sie morgen den Lieben und den Kriminellen entgegentrat, denn sie hatte in dieser Woche nichts mehr zu gewinnen.

Ihre übliche Runde verließ Constanze nach zwei Kilometern. Anfangs wollte sie schon umkehren. Eine innere Blockade zwang sie fast zum Anhalten. Immer wieder musste sie über das nachgrübeln, was heute geschehen war. Ihre Pläne, die sie seit Wochen ausgebrütet hatte, was sie alles am Osterwochenende für sich selbst hatte tun wollen. Die Überforderung der ganzen letzten Wochen durch gezielte, fein geplante Aktivität abbauen. Wenn sie jeden Augenblick des Wochenendes bewusst genossen hätte, hätte sie es schaffen können. Jetzt empfand sie die Art von erniedrigender Wut, die sie sich selbst zugleich als hässlich und nichtswürdig empfinden ließ. Wie konnte sie das mit mir machen? Warum gerade mit mir? Ich habe keinen Schutz gegen Ausbeutung, gegen Überforderung. Nichts und niemand schützt mich. Kein Arbeitsvertrag, kein Gesetz, keine Gewerkschaft.

Und wenn ich selbst krank würde? Tja, dann müsste Frau Kotzdich-aus von der goldenen Hochzeit ihrer Eltern absehen, oder aber im Festtagsgewand Stallwache im Heim der Gestrandeten und Kriminellen schieben. Sie fühlte, wie sich ein kleines Schmunzeln in ihrem Gesicht ausbreitete. Es konnte nicht ganz die Bitternis der Erniedrigung aufheben. Es begann zu regnen, die fremde Strecke führte nun durch ein Waldstück, überquerte längst vergessene Bahngleise, die von Farnen überwuchert wurden. Plötzlich sah Constanze nur noch kleine schwarze Fetzen vor Augen, durchsetzt von noch kleineren hellen Funken, die sich munter drehten.

4.

Nez erwachte. Kopf. Schmerz. Augen. Weh. Magen. Die U-Bahn von London.

Oh Gott, was habe ich gestern getan, war Nez´ erste Frage an sich selbst. Es folgten eine Menge weiterer Fragen, doch zunächst musste sie es schaffen, aus dem Bett – doch, ja, es war IHR Bett – bis zur Keramik zu kommen. Sie würgte auf den Knien hängend, ließ sich dann mit dem Rücken gegen die kalte Badewanne fallen und rekapitulierte. Nichts. Doch. Streit war da, Lars, wie er gegen die Wand schlug und dann weinte und plötzlich kam der große Brocken, der in Westernfilmen immer am Rande der Schlucht weit oben gelockert auf die schwer beladene Postkutsche wartete, auf sie zugerollt. Die Wucht traf sie plötzlich. *Ich habe mit Lars Schluss gemacht.* Draußen zwitscherten wahre Kolonien von Vögeln. Das Wetter schien trübe, aber wahr zu sein. Wieso dunkel? Wo war der Tag? Sie überlegte, ob es möglich gewesen war, einen ganzen Tag komplett zu verschlafen. Wach bin ich, schoss ihr durch den Kopf. Aber was war dann? Sie stellte sich vom Boden aus auf die Hinterbeine, richtete wie ein Hund zunächst das Hinterteil auf, dann den Rumpf und fühlte sich auf zwei Beinen irgendwie nicht zuhause. Der Weg zur Kaffeemaschine war gesäumt von schmutzigen Socken, abgestreiften Schuhen und zerknüllten Tempo-Tüchern.

Sie lehnte am Türrahmen, sog gierig den Kaffeeduft ein, die kühle frische Abendluft – ja, es war bereits Abend - war nun angenehm und

half ein wenig, aber wirklich nur ein klein wenig, gegen die Übelkeit. Whisky. Das fiel ihr wieder ein. Es half nichts. Die Brücke zu dem, was in der Nacht zuvor gewesen war, war abgerissen. Sie griff sich instinktiv an den Hals. Der Jaspis-Anhänger! Stimmt, bei der Trennung Lars gelassen. Schön blöd. Ja, da war sie wieder, die Trennung.
Sie wählte die Handy-Nummer ihrer besten Freundin.

„Ich bin so ein Schwein, der arme. Ich habe die perfekte Beziehung zerstört, ihn, der immer gut zu mir gewesen war, verstoßen. Ich habe das Unglück heraufbeschworen. Von jetzt an wird es nichts Gutes mehr in meinem Leben geben", jammerte Nez.

„Nez, nun beruhig dich doch erst mal. Das ...", versuchte Constanze sie zu beschwichtigen.

„Ich weiß nicht mehr, was gestern alles war, es muss ganz fürchterlich gewesen sein. Ich kann mich an das meiste gar nicht erinnern. Ich weiß nur noch, dass ich aus Lars´ Wohnung rausgerannt bin und dann war irgendwas mit Whisky, einer alten Frau auf der Rheinbrücke, und heute habe ich den ganzen Tag verschlafen."

Constanze lief langsam aus.

„Ich steh am Abgrund. Constanze, hörst du? Wo bist du eigentlich?", rief Nez durch die Leitung.

Ihre Stimme hörte sich wirklich ungewöhnlich blechern an. Durch Constanzes Kopf zogen gerade Bilder von Lars, von ihm an der Gitarre, lachend, beim Feiern, Lars mit Nez im Arm, Lars ohne Nez. Constanze setzte sich auf einen Baumstumpf. Sie kratzte mit bloßen Nägeln ein Stück von der Baumrinde.

„Nez, bist du jetzt wieder nüchtern? Deine Stimme, naja, ist anders als sonst."

Nez schluchzte jetzt in den Hörer. „Danke für so viel Mitgefühl."

„Entschuldige Liebes, du hörst dich so verändert an."

„Ich *bin* verändert!" Die Stimme war nun nicht mehr blechern, sie klang wie ein Orchester von seit dem kalten Krieg nicht mehr gestimmten Bläsern.

„Ich habe von heute auf morgen keinen Freund mehr, meinen Vater hätte ich gestern töten können, danach hatte ich einen Autounfall, und ich weiß nicht, wo ich heute Nacht war."
„Hm, und du bist sicher, dass du heute Nacht nicht doch... naja, ich meine nur, du weißt gar nichts mehr?"
„Im Gegensatz zu anderen, die ich nennen könnte, ist das bei mir NICHT normal."
Constanze überhörte die offene Spitze. Dass sie hin und wieder mal einen Trost für die Nacht mit nachhause brachte, ging Nez nun gerade nichts an. Mit Lars war es damals anders gewesen...
„Hörst du mir eigentlich noch zu?"
„Ja, tschuldige, Nez. Ich sitze mitten im Wald, es wird dunkel und es ist nass. Es tut mir leid, was gerade bei dir ist. Bei mir ist gerade auch alles so schlimm. Ich musste jetzt einfach mal loslaufen und eben ist mir etwas schlecht geworden. Mein Kreislauf ist abgestürzt."
„Wann sehe ich dich denn mal wieder?" hörte sie Nez am anderen Ende.
„Es ist im Heim momentan so viel los. Ich habe über die ganzen Ostertage extra-Dienste. Kranke Kollegin."
„Aber du hast doch bestimmt mal irgendwann frei."
„Nein. Oder dann bin ich so kaputt, dass ich nichts mehr will und kann."
„Verstehe."
„Nein, nicht so, wie du denkst."
„Du solltest dich nicht so sehr ausbeuten lassen. Andere können auch mal Dienste übernehmen."
Vor so viel Verständnis hatte Constanze geradezu Ehrfurcht. Und Abscheu. Mit keinem Wort war Nez auf ihre Kreislaufschwäche eingegangen.
„Sehe ich dich wenigstens zum Yoga, nächsten Freitag?"
„Vielleicht."

Nez legte traurig auf. Das Gespräch war überhaupt nicht so verlaufen wie geplant. Sie wusste nicht, was mit Constanze los war. Sie fühlte sich schlecht und eine eigenartige Mischung von Schuldgefühlen ergriff von ihr Besitz. Sie schaltete ihren Rechner ein und scrollte durch die 67 neuen E-Mails, die seit gestern ihre Box gefüllt hatten. Arbeit beruhigte. Für einige Stunden zumindest.

5.

Lars hatte in dieser Nacht lange wachgelegen, in der Mitte des Wohn-Arbeitszimmers die Decke angestarrt, den Stein, den Nez dagelassen hatte, abwechselnd gestreichelt, beweint oder verflucht. In den Morgenstunden hatte er dann versucht, seine Vorbereitungen für den heutigen Tag noch einmal durchzugehen. 10 Uhr: Termin bei Kalle Reiter, Leiter des Ressorts Stadtpolitik, zum Personalentwicklungsgespräch. Vor drei Wochen hatte Lars mit stolzgeschwellter Brust den Termin in seinen Kalender eingetragen. Die lang ersehnte Resonanz auf all die Extra-Arbeit. Die quälenden Nachtschichten für nicht angeforderte Artikel, die er unentgeltlich im Feuilleton eingereicht hatte, würden sich jetzt auszahlen. Anfangs zwar noch nicht finanziell. Doch er hatte die Hoffnung, endlich Anerkennung zu finden. Nicht mehr der ehemalige Student mit Zeitvertrag, der Jobber, der Hungerkünstler und Nebenbei-Journalist.

In seiner Vorstellung sah Lars immer die großen Augen seiner Mutter, wenn sie in Gegenwart von Nachbarn und Verwandten schwärmte: Mein Jung, der schreibt so schöne Artikel. Wenn er mal fertig ist, dann wird er bei der Zeitung sein. Ich bin *fertig*, sagte sich Lars. Doch in den Tiefen seines Egos fühlte er sich unfertig, kindergleich, vom Leben ferngehalten, stets dankbar für eine Verlängerung seines Zeitvertrages, immer auf Bewährung, gerne zu zusätzlichen Aufgaben bereit. Verlängerte Jugend bis 35. Oder: im Aufbruch. Er *wollte* diese Stelle, die im Feuilleton ausgeschrieben war. Kalle hatte den

Kontakt zur Geschäftsführung hergestellt. Dumm, dass auch Nez sich Hoffnungen auf die Stelle machte. Er hatte die besseren Voraussetzungen, das Volontariat abgeschlossen, die längere Erfahrung. Auch eine Frau musste dies einsehen. Aber die Bewerbung würde fair verlaufen, er würde offen spielen. Er würde Nez alles von dieser Besprechung berichten, alle Karten auf den Tisch legen und der bessere sollte gewinnen. Wenn Nez die besseren Artikel schrieb, und das hielt er durchaus für möglich, sollte sie den Job haben. Er würde nicht seine Freundschaft zu Kalle benutzen, um die Stelle zu ergattern, sie würde – so hoffte er – nicht die Frauenkarte ausspielen.

Obwohl Kalle eher locker war, hatte Lars sich wieder einmal auf alle Eventualitäten vorbereitet und sich Fragen und Antworten überlegt. Er hatte eine Liste verfasst mit dem, was er sagen würde. Nach Nez´ Ausraster gestern Abend und der durchwachten Nacht konnte er seine rasenden Gedanken nicht auf die Liste bannen. Im ersten Licht der Dämmerung griff er seine E-Gitarre, stöpselte die Kopfhörer ein, leise für die Nachbarn, und ließ erst seine Finger ein paar Läufe gleiten. Ohne Ziel, ohne Antrieb, immer gleiche Akkorde. Die Leere in der Musik war Balsam für seine innere Verwirrung. Wann immer Lars sich ganz den Bassläufen überließ, stieg er zwischen den Saiten in eine parallele Welt ein, die nur für sich selbst existierte. Eine Welt, in der die Zerrissenheit einem nichts anhaben konnte. Er nannte es *sein inneres Haus; den Platz, an dem er fertig war*. Es war eine Welt, in der er er selbst war, unabhängig von dem, was er vorzuweisen hatte. Ein Leben ohne Musik käme ihm wie ein Leben in der Verbannung vor.

Sein Handy blinkte eine SMS. *Dr. Ohrig heute anwesend. 9 Uhr Büro geschäftsführender Direktor, Kalle.*

Das kam unerwartet. Geradezu panisch rempelte Lars nun seine Gitarre in die Ecke. Aus dem Kleiderschrank zauberte er sein Outfit für den Ernstfall heraus. Der Anzug, eine gute Marke natürlich, war leicht, aber passend für die Jahreszeit. Der *Erfolgsanzug*, wie er ihn genannt hatte, als er ihn vor einigen Monaten zusammen mit Nez ausgesucht hatte. Also war heute doch das ganz große Kino angesagt. Vorwärts, Lars, sagte er sich, das ist ein gutes Zeichen. Sie wollen dich. Die Geschäftsführung begutachtet dich. Seine Glieder waren bleiern, sein Inneres fühlte sich an wie nach einem Überfall von Wölfen, sein Herz blutete noch vor Verlangen nach einer Versöhnung mit Nez. Schwer verletzt stand er vor dem Spiegel und sprach sich Mut zu. Von Nez hatte er viel gelernt. Er hatte sich in einer Kosmetikberatung für Herren das Make-Up für alle Fälle empfehlen lassen. Heute *war* der Ernstfall. Herren-Make-up, welches nicht zu sehen war, aber alle Spuren der durchkämpften Nacht vertuschte. Den Rücken gestärkt, trat er aus dem Redaktionsaufzug und achtete genau darauf, nicht zu schnell zu gehen, denn Hektik offenbarte Führungsschwäche. Er bewegte sich im merkelschen Schritt durch den schmalen Flur.

Wie erwartet achtete Dr. Ohrig auf einen mittelstarken aber prägenden Händedruck. Lars erwiderte diesen beherzt.

„Herr Bové, Sie haben gestern einen sehr schönen Artikel in der Ausgabe gehabt. *Kindern eine Stimme leihen,* glaube ich. Gratuliere".

Die Eröffnung verlief gut. Lars schaute auf die Uhr: eine Minute vor neun. Das Zimmer der Geschäftsleitung hatte er bisher erst zweimal betreten, jedes Mal vorher eingeschüchtert durch die Aura der allmächtigen Pressewelt und voller Hochachtung vor den ganz Großen der Kölnpress, die in einer Fotogalerie im Flur aufgereiht waren und jeden Besucher kritisch musterten. Wie einfallslos, dachte er heute. *Lars, konzentrier dich, das Spiel ist noch nicht gewonnen.*

Kalle meldete sich nun zu Wort. „Wie Sie wissen, Herr Bové, wird Herr Warringer im Feuilleton uns verlassen und da wird eine feste Redaktionsstelle vakant."

Jetzt fühlte sich Lars wie ein Esel auf Glatteis. Kalle *siezte* ihn! Er sah sich plötzlich wieder als studentischer Bewerber. Heiß und kalt meldete sein Rücken, der Schweiß floss in Strömen seine Achseln hinunter. Er konnte nicht verhindern, dass seine Stirn sich kräuselte, was in einem Mitarbeitergespräch am falschen Ende des Tisches eine berufliche Laufbahn erheblich stören konnte.

„Herr Bové, worin sehen Sie Ihre Stärken?" „Kalle, jetzt *Herr Reiter*, wiederholte die Frage. Lars musste alle mentalen Register ziehen um nicht einfach „häh?" zu sagen.

Er betete seine Stärken herunter und allmählich gewann er wieder etwas Sicherheit. Das hatte er schließlich gelernt. Dinge wie Harnäckigkeit, Ehrlichkeit...

„Damit kommen Sie weiter?" grunzte Dr. Ohrig von der Seite.

„Ja, ich erwarte von Kollegen und Mitmenschen Ehrlichkeit und ich versuche auch in meiner täglichen Arbeit nach diesem Prinzip vorzugehen", ratterte Lars herunter, so wie ein Prüfling in der mündlichen Abiturprüfung seinen Stoff.

Für einen Bruchteil einer Sekunde schien ein Lächeln über Dr. Ohrigs Gesicht zu flirren. Es stellte sich jedoch schnell als eine unsymmetrische Grimmasse heraus. Hielt er Lars für naiv? Lars war sich nicht bewusst, etwas Lustiges oder gar Subversives gesagt zu haben. Er wollte auch als Journalist gewisse Maßstäbe einhalten. Er litt unter dem mörderischen Zeitdruck, unter dem er arbeiten musste, und oft genug hieß es: entweder schlechte Qualität, oder du schaffst den Artikel einfach nicht in die Ausgabe. Und, wer schreibt deinen Artikel dann? Wird er dann besser? Vielleicht. Aber er fühlte sich wohler so. Er hätte sich vor wenigen Jahren nicht vorstellen können, dass der Arbeitsdruck derart von allen Seiten kommen würde.

Früher wollte er lieber im sozialen Bereich arbeiten, zu der Zeit, als er noch in der katholischen Jugendgruppe engagiert war. Etwas bewirken. Gut sein. Doch das war lange her. Danach wollte er sich politisch einsetzen, Musik machen, studieren. Pläne über Pläne. Und hier saß er nun und las Dr. Ohrig von den Lippen ab, was dieser von einem jungen dynamischen Aufsteiger gerne hören wollte.

„Worin sehen Sie Ihre kommunikative Mission?", gab Dr. Ohrig in einem gleichförmigen Ton von sich. War dies sein Ernst?

„Ich möchte schreiben, aufdecken und im Feuilleton vor allem die kleinen Events auf ihre Qualität hin beurteilen lernen. Ich will Kultur an die Menschen heranbringen." Lars gewann wieder Auftrieb.

„Sehen Sie sich eher als Einpeitscher, Stratege oder Diplomat?", hakte Dr. Ohrig sofort nach.

„Wie?" Stirnrunzeln. Schon wieder. Lars wischte die schweißnassen Hände unauffällig an seinen Oberschenkeln ab.

„Nun, wenn Warringer in einigen Monaten aus der Abteilung raus ist", sagte *Herr Reiter*, „wird die kommissarische Leitung des Ressorts mit zu übernehmen sein. Das wird für ungefähr zwei Jahre der Fall sein. Danach wird offiziell ein neuer Leiter benannt. Nicht ausgeschlossen, dass das der kommissarische Leiter sein könnte. Sie sehen, das Gespräch hat heute schon seine Wichtigkeit."

Wenn Kalle nur aufhören würde, mich zu siezen, dachte Lars. Zumindest gelang es ihm jetzt, die Worte in ihrem Zusammenhang zu verstehen. Er konnte wieder etwas wahrnehmen.

„Wir wollen sicher gehen, Herr Bové, dass Sie uns uneingeschränkt zur Verfügung stehen", schob Dr. Ohrig nach. Wir investieren in Sie und wir bauen Sie auf. Sicher erwarten wir von Ihnen dann mehr Einsatz. Sie werden Verantwortung übernehmen müssen. Wie alt sind Sie, fünfunddreißig?"

„Selbstverständlich!" hörte sich Lars antworten und fand sich dabei unglaublich dumm. Was war mit seiner Musik? Die Band hatte ihm so etwas wie ein stilles Ultimatum gestellt und wartete ebenfalls darauf, dass er sich mehr einbrachte.

„Haben Sie noch Fragen?" Dr. Ohrig formulierte dies in einem Ton, der ein baldiges Ende des Gesprächs nahelegte.

„Mit wem führen Sie noch ein Entwicklungsgespräch in dieser Art?", schaffte es Lars zu seiner eigenen Verwunderung dann doch zu fragen. Lars fühlte sich jetzt wenigstens wieder so weit zurechnungsfähig, dass er auch Nez´ Chancen ausloten wollte.

„Wir können Ihnen nur so viel dazu sagen, dass Sie jetzt bereits die Gelegenheit haben, sich stärker zu engagieren im Hinblick auf die

Neubesetzung der Ressortleitung in ca. zwei Jahren. Im Übrigen, wir haben zwar gesagt, dass wir alle Hände gebrauchen können", führte Kalle Reiter an, „aber wir haben nicht gesagt, dass wir alle *bezahlen* können."

Jetzt war sich Lars sicher, dass ein amüsierter Zug über Dr. Ohrigs Gesicht lag, jedoch ein sehr verletzender. Die Botschaft war klar: wer nicht aufstieg, musste gehen. Noch klarer: Nez oder er. Kaum anzunehmen, dass einer von den familiär gebundenen langjährigen Festangestellten damit gemeint war. Die hatten ihre Schäfchen alle im Trockenen. Wann werde ich jemals irgendwo ankommen, fragte sich Lars.

„Wie lautet Ihre Antwort, Herr Bové?" Dr. Ohrig drängte wie jemand, der zu siegen gewohnt war.

„Ich danke Ihnen und bin dabei." Ohne dass sie Lars´ Antwort ernstlich abgewartet hätten, standen Dr. Ohrig und Kalle Reiter zeitgleich auf.

Fester Händedruck und Ende.

Beim Rausgehen stürzte Lars zu den Örtlichkeiten, schloss sich ein und riss das Fenster auf. Zwei Minuten sammeln. Was war da gelaufen? Er wartete, bis er Dr. Ohrig und Kalle im Fahrstuhl verschwinden hörte, richtete sich wieder auf, verbarg seine Schweißflecken im Markenanzug und verabschiedete sich bei Frau Manninger, der Redaktionssekretärin. Diese grinste. „Der alte Sack hat dir aber ganz schön zugesetzt. Er wollte doch nichts Unanständiges von dir, oder?" Sie hielt ihm wie immer eine Schachtel mit Schokoladenriegelchen hin. „Danke. Das Spiel heute war nicht ohne", entgegnete Lars ohne seine übliche Sicherheit auszustrahlen.

Es war schwer, nicht über den Vorstand zu lästern, doch das war eines seiner Prinzipien. Außerdem war es nicht sehr karrierefördernd. Schokolade lutschend blickte die Sekretärin ihm nach und schürzte die Lippen. „... so lecker!"

Das Zittern ließ auch in der Straßenbahn nicht nach. Lars fühlte sich wie nach einem Autounfall. Zu viel für alles, für die Nerven, für einen Menschen. Gut, dass er mit der Bahn unterwegs war. In seinem Zustand hätte er mit einem Auto heute Tote produziert. Vor der Wohnung gabelte er seinen Bruder auf, der anscheinend gerade wieder im Begriff war zu gehen.

„Komm mit auf eine Tasse Kaffee, aber verschone mich heute."

„Verschonen würde ich dich gerne, aber ich komme wegen des Einbruchs.", sagte Kai, der gestern noch bei den Eltern im Wäschegeschäft nach dem Rechten gesehen hatte. „Sie werden älter und ich weiß nicht, das Geschäft ist zu anstrengend für sie."

„Was kann ich da tun?", fragte Lars, noch in Gedanken bei Dr. Ohrig.

„Überleg mal."

„Ich fühle mich gerade so elend, dass ich mich in der Toilette ertränken könnte. Könntest du ein bisschen präziser werden?", drängte Lars.

„Find´s einfach selbst heraus, wenn du mal Zeit hast. Dein Kaffee ist zu stark, ich komm ein anderes Mal vorbei", maulte Kai zurück.

Kai stand auf um zu gehen.

„Bleib doch da, ich wollte dich nicht vergraulen." Lars fühlte sich schuldig.

„Wie geht's Nez?" fragte Kai.

„Es ist vielleicht doch besser, wenn du gehst. Es ist im Moment alles, naja, *schwierig* wäre vielleicht ein Ausdruck", entgegnete Lars, kurz davor, nun endgültig seine Fassung zu verlieren.

Kai erkannte seine Chance und setzte nach: „Du weißt, dass die Eltern sich große Hoffnungen auf Nez machen. Mutter glaubt immer noch, dass sie das Wäschegeschäft übernehmen und modernisieren kann."

„Oh Gott." Lars setzte sich auf den Küchenstuhl und starrte an die Wand.

„Ist ja gut, ich geh´ für heute, Großer. War mir ´ne Ehre."

Lars hörte noch die knarzende Tür und dann erlaubte er sich, sich auf dem Boden inmitten seines Büros hinzulegen.

6.

„Mehr Tempo, mach hin!" „Ja, Chef!", zischte He Xie zurück in die Richtung, aus der das Kommando gekommen war. Seit bereits sieben Stunden stand er in der Küche eines großen, ewig vollen Restaurants. Gerade schaufelte er mit Gemüse und allerlei Fleischsorten gefüllte Teller der Gäste auf die mongolische Grillfläche, immer bedacht darauf, dass die Klammern mit den Tischnummern nicht verwechselt wurden. Einmal hatte er an einem prall gefüllten Samstagabend die Nummern von fünf Tischen durcheinander gebracht. Das war noch ganz am Anfang seiner Zeit im Peking gewesen. Die Folgen waren Gezeter, Beschwerden, ein brüllender Küchenchef, später Vorsprechen bei Wang, dem Besitzer, und natürlich den Abzug der Gerichte vom Lohn gewesen. Damit hatte er das ganze Wochenende umsonst gearbeitet. Sein Lohn reichte, nach drei Stunden Arbeit, gerade für eines der Gerichte auf der Karte. Heute bildeten die Teller eine lange, sich stauende Reihe auf der Grilltheke. Es wollte kein Ende nehmen. Doch dann endlich: die Pause. Wie ein Dieb auf der Flucht huschte He Xie am Hintereingang um die Ecke, in die Freiheit. Diese Stunde Freiheit war alles, was ihm an einem gewöhnlichen Tage blieb, meist sieben Tage in der Woche. Lange nicht alle Tage davon fanden sich auf dem Lohnstreifen wieder. Man musste ja die Arbeitszeitgesetze beachten.

Vor einem Reisebüro in der Einkaufspassage stand er da, gebeugt, mit ältlicher grauer Blousonjacke, Jeans aus dem vorigen Jahrhundert und grauer Haut. Sein einst so muskulöser Körper wirkte von der Last der täglichen Arbeit zusammengepresst. Das ewige Gehorchenmüssen ganz unten in der Hierarchie des Restaurants hatte ihm die sportlich aufrechte Haltung seiner Jugend ausgetrieben. Seine rechte Hand umklammerte einen dunkelblauen Leinenbeutel mit seinen Pausenutensilien. Bereits seit einigen Minuten drückte er seine Nase regelrecht durch die Scheibe mit den bunten Werbeplakaten. Heute war eine neue Mitarbeiterin im Reisebüro. Sie wirkte jung, noch in der Ausbildung, und unglaublich attraktiv mit ihrem dunklen Pferdeschwanz und der sportlich-mädchenhaften Kleidung. Sie hingegen wusste noch nicht, dass er mehrmals in der Woche hier minutenlang verharrte.

„Kann ich Ihnen helfen, mein Herr? Vielleicht möchten Sie sich ein paar Kataloge mitnehmen?", fragte die junge Mitarbeiterin aufmerksam.

„Ich, äh ...", stammelte Xie verlegen und näherte sich vorsichtig.

„Bitte, kommen Sie doch herein. Es sind so viele neue Angebote eingetroffen. Sie werden überrascht sein." Der Pferdeschwanz der jungen Mitarbeiterin wippte, als sie aufstand und sich lächelnd auf ihn zu bewegte. Ihre Nettigkeit rührte ihn auf eine fast vergessene Weise. Wann hatte zuletzt eine Person so warmherzig zu ihm gesprochen? Nach einem Sekundenbruchteil des Zögerns fand er sich in einem bequemen Lederstuhl mit flexibler Rückenlehne wieder. Es duftete nach Kaffee und irgendetwas Exotischem. Im Nacken kitzelte ihn etwas. Er blickte von unten auf riesige Palmwedel hoch, die die Diskretion der Kunden im Ladenlokal nach außen hin gewährleisteten.

„Darf ich Ihnen ein Glas Wasser oder einen Kaffee anbieten? Fühlen Sie sich ganz ungezwungen. Sehen Sie, es ist gerade nicht viel los, und es macht überhaupt keine Umstände." Er nahm schüchtern eine duftende Tasse Kaffee an, im Hintergrund säuselte Meditationsmusik mit Meeresrauschen. Ganz leise. „Ich bin Marina Schuster", stellte sich die rührige Mitarbeiter in vor und streckte ihm die

Hand hin. Xie verschlug es wie so oft in unerwarteten Situationen die Sprache.

„Interessieren Sie sich für ein Reiseziel?", fragte sie.

„China" war alles, was er heraus bekam. Er blickte sich um. Die bunten Plakate und Kataloge begannen, um ihn herum zu tanzen. Ihm war, als drehte sich die ganze Welt um seinen Kopf.

„Oh, ein wundervolles Land, mein Herr. Es ist gerade heute Morgen ein Angebot hereingekommen, eine Jangtse-Kreuzfahrt, zwei Wochen, all inclusive auf einem Vier-Sterne-Cruizer", antwortete Marina Schuster engagiert und blickte ihn auffordernd an.

„Wie darf ich Sie ansprechen, mein Herr?"

„Nordosten." Sie runzelte für einen Sekundenbruchteil die Stirn, schien aber im Umgang mit wortkargen Kunden geübt zu sein.

„Der Nordosten Chinas? Ähm, Moment, ich schau mal im System nach, was wir Ihnen dort anbieten können." Doch Xie hörte ihr nicht zu und sprach ins Nichts:

„Kennen Sie die grünen Kegelberge? Wenn morgens der Nebel langsam aufsteigt, ziehen die Geister mit ihm davon. Die Berge ragen in die Welt der Unsterblichen hinein. So scheint es uns zumindest. Sie waren schon lange vor uns da. Wenn man dort oben unterwegs ist, ist man den Elementen direkt ausgeliefert. Ganz alleine. Manchmal sieht man tagelang keinen anderen Menschen dort. Das Herz wird frei von allen Steinen, sagt man das so hier?" Er nippte an seinem Kaffee und sog den wohltuenden Geruch ein.

„Steine? Nein, das Herz wird leicht, sagt man", antwortete die junge Beraterin etwas verlegen.

„Ah, danke." Er lächelte.

Die Mitarbeiterin klickte im Stakkato Seiten in Amadeus durch, dem Programm, welches die individuellen Reiseangebote ausspuckte.

„Hier haben wir etwas für Sie: *Thousand Mountain National Scenic Spot*. Die tausend Berge inmitten buddhistischer und taoistischer Tempelanlagen. In der näheren Umgebung können Sie die große Buddhafigur Maitreya besichtigen, Wanderungen in der herrlich be-

waldeten Umgebung unternehmen, oder auch die schöne Stadt Anshan erobern. Wir hätten ein sehr komfortables Vier-Sterne-Hotel für Sie, ganz in der Nähe der Stadt Anshan, das *Golden Dragon*, von wo aus es nur noch ein Katzensprung zu den Kegelbergen ist. Wäre das etwas für Sie?"
„Haben Sie auch etwas in Paris?", entgegnete er geschockt.
„Äh, Paris? Sie meinen, Frankreich? O-ohne Kegelberge?" Marina Schuster stotterte.
„Ja. Ohne Kegelberge. Mit Eiffelturm", antwortete Xie bestimmt.
„Nun, einen Moment, ich sehe einmal, was wir da haben." Sie runzelte die Stirn und schaufelte sich erneut durch die Berge von Angeboten im System.

Als er sich endlich wieder aus den hilfsbereiten Fängen der Touristikkauffrau befreit hatte, war es höchste Zeit für den Rückweg. Er hatte sich wieder ein wenig von dem Schock erholt. Er konnte nicht zulassen, dass SEINE Kegelberge von irgendjemandem BESICHTIGT, VERKAUFT oder EROBERT wurden. Es war seine Heimat! Er war kein Tourist. Er war ein Ausgestoßener. Ein Versager. Der, der die Hoffnungen seiner Familie enttäuscht hatte. Und Familie war in China alles.

„Wo bleibst du denn, Mann?", knurrte sein Kollege, als er kam. Schnell begab er sich hinter seine Grilltheke. Ein besonders freundlich blickender blonder Gast um die vierzig stellte seinen Teller ab. Ein Wunder, was er alles darauf stapeln konnte, ohne dass rechts und links alles wieder in die Umgebung quoll. „Hallo", sagte der Gast. Sie waren alle betont freundlich. Kunden, die vollbeladen vor ihm aufwarteten, zeigten sich von der nettesten Seite und manche versuchten sich in der Reihenfolge der Teller auf der Theke vorzudrängeln. Das waren diejenigen mit dem freundlichsten Lächeln. Manchmal ertappte er sich dabei, wie er dachte, für ihn sähen alle Deutschen sowieso gleich aus. Feiste Gesichter, die Pausebacken oft zu sehr gerötet, den Bauch etwas überhängig über dem Gürtel tragend. Wohlwollende Gesichter, die solange freundlich waren, wie er Herr über die Köstlichkeiten des Abends war. Oft genug hatte er nach seiner Schicht draußen die letzten Kunden noch auf der Straße gegrüßt. In seiner schäbigen Straßenkleidung hatte ihn jedoch nie jemand wirklich wiedererkannt. Nach einer Schocksekunde des Fremdelns grüßten jedoch die meisten völlig distanziert und verwirrt zurück, in der Erinnerung daran, dass sie gerade von einem chinesischen Essen kamen und er dann wohl einer der Chinesen sein müsse, der sie bedient hatte. Einer der Vier-Euro-die-Stunde-Chinesen.

Stunden später auf dem Heimweg setzte sich vor ihm eine Gestalt aus der Dunkelheit ab. Wie vertraut ihm die Silhouette war! Der Gang federnd, der kurze Pferdeschwanz verlieh dem Kopf die besondere Gestalt, auch im Dunkeln erkennbar. Laufschuhe, Sporthose, die kein Gramm Fett auf dem Oberschenkel auswies. Bei Tageslicht betrachtet war die Gestalt eindeutig zu dünn. Geradezu knochig. Für He Xie war jedoch all das unwichtiges Beiwerk zu den warmen, nahezu riesigen braunen Augen. Und obwohl die Augen nicht seinem asiatischen Schönheitsideal entsprachen, nicht mandelförmig, sondern eher kuhförmig waren, verspürte er bei ihrem Anblick jedesmal einen Stich im Herzen. Die junge Frau war nur zu seinem Leidwesen immer, wirklich *immer*, in Eile. Wann immer er sie auf dem Flur grüßte, ihr Gruß war knapp, nicht unfreundlich, aber deutsch. Unverbindlich. Nur nicht einmischen, bloß nicht zu persönlich werden, die Leute nicht mit Interesse belästigen. Frei, schnell und weg. Ihre Augen waren stets bei der Haustür, bevor ihr Gruß zu Ende war. Was sie nicht wusste, war, dass er den Ort kannte, wo sie ihren Ersatzschlüssel aufbewahrte, wenn sie in Urlaub fuhr und ihrer Freundin die Obhut über die Wohnung überließ. In einem Mehrparteienhaus bekam man viel mit, wenn man zu ungewöhnlichen Zeiten zur Arbeit ging. Umso mehr hatte er sich in den letzten Jahren Kontakt zu seinen verschiedenen Nachbarn gewünscht. In seiner Kinderzeit war es selbstverständlich, dass alle Nachbarn eines Viertels alles voneinander wussten, alle per Du waren, alle miteinander über alles Mögliche redeten.

Vielleicht hatte gerade das aber auch zu den schlimmen Verletzungen beigetragen. Damals.

Lange hatte er die Einsamkeit in Deutschland genossen. Niemand, der ihn kontrollierte, solange er seiner Arbeit nachkam. Keine Geheimpolizei, keine politischen Befragungen, keine Spitzel auf Marktplätzen. Die Behörden interessierten sich einfach nicht dafür, was die Leute machten. Und die Leute, nun ja, sie interessierten sich einfach nicht dafür, was der Staat machte. Aber er hatte auch keine Freunde. Immer noch nicht. Er hätte genauso auf einem Asteroidengürtel am letzten Ende der Galaxie wohnen können. Das machte zu einem Mietshaus in Deutschland keinen Unterschied.

Auch heute Abend schien seine Nachbarin in Eile, doch sie schwankte merkwürdig im Gang. So etwas fiel He Xie auf. Als ehemaliger Sportler hatte er Gang und Laufweise seiner Kontrahenten zur Genüge analysiert. Ihm fiel sogar im Dunkeln der Matsch auf dem linken Hosenbein auf und ihre verzogene Haltung im Schulterbereich. Wie immer fühlte er sich im entscheidenden Moment unfähig zu sprechen. Es war nun fast ein halbes Jahr her, dass er mehrmals in der Woche versuchte, die dürre, hektische Gestalt mit den sprechenden Augen zu einem Tee einzuladen. Doch stand er vor ihr, sah er jedes Mal nur furchtbare Schwärze vor seinen Augen. Seine sonst ganz passable deutsche Sprache schrumpfte auf ein Wort zusammen, das er jämmerlich beherrschte. „Hallo." Er schämte sich.

Keine Reaktion. Sie wippte weiter. Erst als er auf Armeslänge aufgeholt hatte, schreckte sie zusammen, drehte sich um, zog die Stöpsel aus den Ohren und unterdrückte ein kurzes Schreien.

„Oh, Herr Li! Ich habe Sie nicht kommen hören. Ich hatte Musik an. Fast hätten Sie mich erschreckt.", sagte Constanze eine Spur zu laut.

„Hallo", antwortete Xie erfreut darüber, dass sie ihm geantwortet hatte.

„Hallo."

„Hallo." Wieder fielen ihm die tausend deutschen Wörter, die er sich vor ein paar Jahren in einem Grundwortschatz selbst angelernt hatte, nicht ein. Drei oder vier wären schon gut gewesen, doch alles, was in der Schwärze seines Kopfes zu finden war, war das eine Wort.

„Ja?" Jetzt klang die junge Frau eine Spur genervt. Nun sah er ihre verlaufene Schminke, sah, wie die Stirnfalten eine Schutzmauer um ihr Gesicht bildeten. Ihre Sportjacke war weit geöffnet, zu weit für die kalte Nachtluft. Ihre Augen waren auf der Hut.

„Entschuldigen Sie bitte, Frau Herold. Ich wollte ... ich wollte ... sie nicht erschrecken.", versuchte er sie zu beruhigen.

„Ja, das hätte ich jetzt auch gesagt", entgegnete sie, während sie ihren Schritt zu beschleunigen versuchte. Doch sie wollte Xie offensichtlich nicht einfach so stehen lassen.

„Wie bitte?" Er verstand nicht. Sein Hirn war wie ausgeblendet. Er fühlte sich nichtswürdig. Erschöpft, hässlich, alt.

„Das war nur Spaß. Entschuldigung, klar wollten Sie mich nicht erschrecken. Alles klar bei Ihnen?", fragte Constanze.

„Oh ja, bestens. Hab nur ein bisschen gearbeitet." Seine Stimme ließ ihn wenigstens nicht im Stich und er bekam auch ein wunderbares Lächeln hin, nach zwei-drei Versuchen. Wenigstens das.

„Ah, verstehe." Nichts verstand Constanze.

Jetzt musste er schnell etwas sagen, sonst würde sie ihn doch noch stehen lassen und sich verabschieden. Das Schwierigste, was er sich auf Deutsch vorstellen konnte, war Small Talk. Worüber redeten die Menschen in Deutschland? Er hatte sich eigens zu diesem Anlass, in der Hoffnung irgendwann mit ihr ein richtiges Gespräch führen zu können, einen Ratgeber über Small Talk gekauft. Darin stand: *Reden Sie über Urlaub, über das Wetter, über die aktuelle Veranstaltung oder über Haustiere.* Small Talk, das waren diese kleinen belanglosen Sätze, die Menschen zueinander brachten. Oder voneinander weg, wenn man ungeschickt war. Meistens war He Xie ungeschickt.

„Wo waren Sie?", fragte er mit bemüht selbstsicherer Stimme. Was dabei herauskam, war jedoch etwas anderes als beabsichtigt.

Fehler! Ihre Brauen zogen sich zusammen, die feinen Geschichtsmuskeln der Frau verzerrten sich. Er hatte es vermasselt. Er wollte doch nur freundliches Interesse signalisieren. Natürlich fragte man eine Nachbarin nicht einfach, wo sie war, oder wo sie herkam. Womöglich noch am späten Abend, so wie jetzt.

„Wie, *wo war ich?*" äffte Constanze spitz nach.

„Äh, Entschuldigung nochmal, Frau Herold. Ich wollte mich nur vergewissern, dass es Ihnen gut geht", versuchte er zu beschwichtigen, aber er fühlte sich wie ein hässliches Entlein, während er dies fiepend von sich gab.

„Aber das haben wir doch gerade geklärt, oder?", gab Constanze ungeduldig und nun offensichtlich genervt zurück.

„Bitte, entschuldigen Sie!", wiederholte Xie.

„Ja, dann gute Nacht, Herr Li", verabschiedete sich Constanze, während sie ihren Schritt noch einmal beschleunigte. Sie war eingeschnappt. Er wusste, dass er es nicht konnte. Er hatte sich so lange unter der Erde verbuddelt, keine Freunde, nicht einmal mehr Kontakte gehabt, nach der unendlich traurigen Geschichte mit Mimi. Er konnte einfach keine Freundschaften mehr knüpfen und schon gar nicht mit Deutschen. Der Himmel allein wusste, wie man in Deutschland Freundschaften schloss. Ein Land, in dem alle eilig an einem vorbei rauschten, die Menschen nach der Arbeit fluchtartig in ihre Wohnungen verschwanden, niemand jemanden ohne einen mindestens eine Woche im Voraus angemeldeten Termin besuchte und nicht mal Nachbarn unangekündigt beieinander anklingeln konnten, ohne Ärgergefühle zu verursachen. Bei ihm zuhause hatte das Leben auf der Straße stattgefunden. Zumindest in dieser Hinsicht war er als Kind niemals einsam gewesen. Alles war öffentlich gewesen.

„Frau Herold, bitte, darf ich Sie etwas fragen?" Mutig startete er seinen letzten Versuch.

„Ja?", gab sie einsilbig zurück, ohne ihn anzusehen.

„ Sie, ich habe mich gefragt ..."

„Was?" Ungeduldig sah sie ihn nun von der Seite an.

„Ich habe mich gefragt, ob Sie vielleicht..." Nein, das schaffte er heute nicht, aber vielleicht das:
„ob Sie vielleicht ein Buch für mich haben?" Uff! Er atmete aus.
„Ein Buch?" Unglaube und Überraschung lag in Constanzes Stimme.
„Also, wissen Sie, ich habe mal eine Radiosendung über deutsche Märchen gehört. Mir haben sie sehr gefallen. Die Deutschen haben so schöne Märchen. Ich würde gerne mehr über diesen Teil der Kultur erfahren."
„Deutsche Märchen. Tja, also jetzt so direkt nicht. Aber ich mag die Märchen von Hans Christian Andersen. Ich kann Ihnen gleich mal ein Buch rausgeben, wenn Sie möchten. Warten Sie."

Tonnen fielen von He Xies Herz ab vor Erleichterung. Er hatte das Zusammentreffen mit Constanze überlebt. Er hatte sich nicht gut angestellt, aber wenigstens hatte er es geschafft, dass sie ihn nicht gleich auf der Stelle als ungehobelten Dummkopf stehen gelassen hatte. Die Frage nach dem Märchenbuch hatte er sich vorher gar nicht überlegt. Sie war spontan zwischen ihnen beiden entstanden. Sie war echt. Und er hatte ein echtes Buch erhalten. Und was ihn geradezu glücklich machte: er hatte ein Thema zwischen ihnen geschaffen.

Erst in seiner Wohnung fühlte er sich wieder sicher. Als er an sich heruntersah, schämte er sich seines altmodischen grauen und durchgehend langweiligen Outfits. Ich sehe noch älter aus, als ich bin, dachte er. Sogar achtundvierzig wäre zu alt für so eine schöne Frau! Sie würde mich verachten, lamentierte er innerlich. Ehrfurchtsvoll legte er noch einmal das Ohr an die Tür, aber außer dem Gewusel und Gewinsel von Constanzes Retriever-Mischung war auf der anderen Seite des Flurs nichts mehr zu hören. Er goss sich grünen Tee auf, leerte eine Tasse und ließ sich dabei alle Zeit der Welt. Niemand störte es, dass es schon sehr spät war, denn als Küchenhilfe musste er erst wieder um neun Uhr morgens auf der Arbeit erscheinen. Ganz überschaubare Arbeitszeiten: von neun bis zweiundzwanzig Uhr, eine Stunde Pause. Das waren die guten Tage, wenn keiner krank war, der morgens um vier auf dem Großmarkt einkaufte. In seinen drei Zimmern verspürte er am ehesten so etwas wie innere Stille. Die Stille konnte ihm nicht über die tiefe Traurigkeit hinweghelfen, die er manchmal empfand, doch sie umhüllte ihn sanft wie ein flauschiger und regendichter Mantel.

Er liebte seine schlichte Wohnung im asiatischen Stil: mit Bambusmatten auf dem Boden, einem rollbaren Futon als Bettstatt, kalligrafischen Rollbildern an den Wänden und einem Hausaltar. An diesem zündete er nun, nach einigen Minuten der Stille, die Räucherstäbchen für seine Familie an, die er schmerzlich vermisste. Er verneigte sich dreimal vor jedem Foto, legte Obststückchen und symbolisierte Opfergaben aus. Die kleine Buddha-Statue blickte zufrieden drein und nahm das Räucheropfer entgegen.

Knall. Die Tür der Nachbarin schlug in ihr Schloss. Wie Kastagnetten klapperten ihre Pumps die Treppe hinunter. Als Fledermaus verschwand sie in der Nacht. He Xie stand am Fenster und sah ihren wehenden schwarz-seidigen Kurzmantel und ihre jetzt noch dünner wirkenden schlanken Beine in schwarzen Seidenstrümpfen, die unter dem Kurzmantel in ein noch kürzeres Kleid verpackt waren. „Die Königin der Nacht", eine Oper von Mozart fiel ihm ein. So *zerbrechlich*, dachte He Xie. Dass Constanze schön gemacht und zu Eroberungen bereit in der Nacht verschwand, hinterließ einen bitteren Abdruck in seinem Inneren. An wem wollte sie sich rächen? Für was? Eigentlich war das Zusammentreffen mit ihr heilsam für ihn gewesen. Alles war einen kleinen Zentimeter weiter gekommen. Dankbar für den kleinen Zentimeter hatte er seinen inneren Frieden wenigstens für heute Abend gefunden. Bis jetzt. Doch nichts war, wie es schien. Finde dich damit ab, lieber He Xie. Constanze wird heute Nacht wieder einmal nicht alleine nachhause kommen. Hast du geglaubt, jetzt würde alles gut? Mit einem Märchenbuch?

Er klappte das Buch auf, das sie ihm geliehen hatte. Nicht ohne die Nase tief in einige Seiten zu stecken, in der Hoffnung ein wenig von ihrem Geruch hätte sich zwischen den Blättern erhalten. Er roch zwar etwas und fragte sich, was es sein könnte, bis ihm der eklige Geruch von Bällchen, ihrem Hund in den Sinn kam. Ok. War ein Versuch. Das Buch knirschte jungfräulich beim Öffnen. Es war im Stil des 19. Jahrhunderts illustriert. Eine wunderschöne Frau, traurig, war auf einer Seite als Holzschnitt abgebildet. *Die Kleine Meerjungfrau*, stand darunter.

Er konnte nicht verhindern, dass Schmerz und Trauer an ihm hochkrochen. Dass sie – wie eine Wolke sich vor den ersten Frühlingshimmel schiebt – seine Seele verdüsterten, sein Herz zurück in die Vergangenheit trieben. Auf dem Hausaltar standen sie alle: Mayleen, seine Mutter, verstorben, Akuma, sein Vater, lebte er noch? Naren, sein jüngerer Bruder, und - lebte dieser noch? Zheng Laosche, sein Mentor und Lehrer. Was war aus ihm geworden? Eine Träne glühte heiß über seine Wange. Es zerriss ihn, ausgestoßen zu sein. Nicht zu wissen, ob seine Lieben, seine einzigen Geliebten, noch am Leben waren. Nein, da waren noch zwei Menschen. Zwei Menschen, die eigentlich gar nicht hätten sein dürfen. Die aber den heiligsten Platz in seinem Herzen einnahmen. Er staubte das Foto seiner Mutter ab.

Das Bild seiner Mutter war jetzt einundvierzig Jahre alt. Ja, er kannte die Jahre. Das Schwarz-weiß-Foto mit dem gewellten weißen Rand war vergilbt. Doch noch in hundert Jahren würde er seine Mutter darauf erkennen. In hundert Jahren würde niemand mehr von ihnen am Leben sein. Besser so. Meine Mutter, bitte verzeih mir! Es tut mir so leid. So unendlich leid, dass ich dich nicht retten konnte. Im Knien vor dem Foto krümmte er sich zusammen. Dann ließ er sich auf den Teppich fallen. Er rollte sich zusammen wie ein Embryo und blieb in seiner Regungslosigkeit, die sein einziger schwacher Trost war. Die Bilder aus seiner Kinderzeit ließen sich nicht abstellen.

Nachts stiegen sie wie Gespenster vor ihm auf. Sie zeigten ihm, wie begrenzt er auf dieser Welt war, wie schuldig, wie allein. 1966 war seine Mutter umgekommen, ermordet von ihren eigenen Schülerinnen. Und er war Zeuge gewesen. Niemand, der zusehen musste, wie seine Mutter durch einen wütenden, verblendeten Mob ermordet wurde, kann unversehrt weiterleben.

He Xie versuchte zu verheimlichen, dass er dabei gewesen war. In den Tagen davor sprach seine Mutter in gedämpftem Ton mit seinem Vater. Der kleine damals siebenjährige He Xie lauschte wie alle Kinder und begriff nichts. Er begriff nicht, was der Große Vorsitzende Mao mit „Klassenfeind", mit „Schwarzen Verrätern an der Revolution" oder mit „Roten Garden" meinte. An der Mauer in seiner Straße hing am Vortag ein auf weißes Leinen geschriebenes Transparent mit der Aufschrift: Weg mit menschlichen Gefühlen. Er hatte seinen Vater gefragt, was dies hieße. Umständlich hatte Vater erklärt, negative Gefühle, wie Hass und Eifersucht seien nicht gut für die Menschen. Das leuchtete sogar dem kleinen He Xie ein. Er fragte sich damals, seit wann die Hände seines Vaters zitterten oder was der ausweichende Blick ausdrückte, ob er vielleicht etwas ausgefressen hatte. Doch er wollte glauben, dass alles in Ordnung sei. Seine Mutter war seit Tagen unausstehlich gewesen. Nervös, fahrig und leicht reizbar. Die Nachbarin, Tante Hu, hatte He Xie gefragt, ob seine Mutter denn wirklich noch zur Schule gehen wolle. „Klar warum?", hatte er geantwortet. Und am nächsten Morgen steht ein kleiner siebenjähriger Junge an der Ecke des Schulhofs. Unter den Bäumen steht eine Lehrerin der Schule, vornübergebeugt etwas in ihrer Tasche suchend. Dann setzt sie sich auf die klapprige Holzbank.

Sie atmet durch. Von der Seite nähern sich etwa dreizehn Mädchen, die Schritte rabiat, soldatisch, forsch. Sie tragen Armeeschuhe. Rotgardistenuniform, das rote Band am Oberarm, die Uniformen sind eher zu groß, doch ihr Wille und ihre Erfülltheit von ihrem Ziel machen die fehlende Körpergröße wett. Die Mädchen scheinen zwischen elf und sechzehn oder siebzehn Jahren alt zu sein.

„Hey, Genossin Li!", ruft die Vorderste sie an.

„Guten Morgen, Mädchen." Die Lehrerin blickt auf.

„Du nennst uns nicht *Genossin!*" Breitbeinig stellt die vordere Genossin sich direkt vor die Lehrerin.

„Genossinnen Schülerinnen. Wie geht es euch?", versucht die Lehrerin die Situation ins Normale zurück zu ziehen.

„Sie will wissen, wie es uns geht? Schaut mal, die revisionistische Frau Lehrerin sitzt vornehm auf einer Bank, während Millionen Volksgenossen draußen hungern. Überlegst du schon wieder, was du uns morgen für Lügen auftischen willst? Hast du heute schon gut gegessen?", höhnte nun eine Dicke aus der Mitte der Gruppe.

„Lügen, wieso? Wovon redet ihr?" Verwirrt blickt die Frau auf der Bank um sich, als die Mädchen sich im Kreis um sie herum aufstellen. Sie kommen näher.

„Hört, wie vornehm sie spricht. Sie soll von einem Fabrikbesitzer abstammen, einem schwarzen Schwein von der schlimmsten Sorte. Soll seine Leute geschlagen haben, seine Arbeiterinnen vergewaltigt haben und bestimmt hat sie es mit ihrem eigenen Vater getrieben, um an sein Geld zu kommen." Provokativ nimmt die Vordere, die auch die Größte ist, das Kinn der Lehrerin in ihre Hand und mustert deren Gesicht abschätzig.

„Also hört mal, das ist eine unerträgliche Frechheit." Die Lehrerin strafft sich und steht abrupt von der Bank auf.

Doch eine der Schülerinnen drückt die Schultern der Lehrerin nieder. Die anderen stehen mit verschränkten Armen um sie herum. Der Kreis zieht sich zusammen. Der heiße Atem der Hyänen hüllt die Frau ein. Die Frau will weiterhin aufstehen und den Arm der Schülerin abstreifen. Die Schülerin packt sie am Haar und schreit „Seht ihr, das Luder hat mich angegriffen!" Speichel fliegt in Fäden aus ihrem Mund.

„Dann ist das bestimmt gar nicht so falsch, was wir gerade vermutet haben." Nun trauen sich auch zwei der hinteren Mädchen zu Wort.

„Wo hast du denn das ganze Geld von deinem Vater? Alles vor der Revolution versteckt? Du Hure! Du hast die Revolution und den

Großen Vorsitzenden betrogen." Sie lachen verächtlich. Wissen sie, was sie sagen?, fragt sich die Lehrerin, die nun hilfesuchend um sich blickt. Wissen sie um ihre Bedeutung im Strom der Geschichte? Aus der Entfernung versteht He Xie nicht alles, was sie sagen. Und er versteht die komplizierten Wörter nicht. Der Wortlaut jedoch brennt sich in sein Hirn und er sieht nur noch einzelne Streifen seiner Mutter zwischen den Beinen der Schülerin aufleuchten, als sie an den Haaren gepackt und zu Boden gezerrt wird.

„Lasst mich los, ihr seid meine Schüler, was fällt euch ein? Wer hat euch erzählt, ihr sollt eure Lehrer beleidigen?", schreit sie nun.

„Du beleidigst also den großen Vorsitzenden persönlich. Er hatte Recht: Wenn man die Teufel des Kapitals beim Namen nennt, zeigen sie ihr wahres Gesicht. Genossinnen, diese Klassenfeindin hier muss vor das Volkstribunal", verkündet die Alpha-Wölfin im Brustton der Überzeugung. Und ja, sie klingt überzeugt.

„Lasst mich los, Hilfe, ich hab euch nichts getan. Hilfe, lasst mich los!" Panik ergreift die Lehrerin, als sie erkennt, dass es zu spät ist.

Der kleine Junge schaut weiter um die Ecke. Er wird nicht gesehen. Seine Augen weiten sich vor Schreck. Sein Schrei bleibt stumm. Das rettet sein Leben. Doch sein Magen entleert sich schlagartig. Das Unfassbare geschieht. Die größere der Schülerinnen schleift die Lehrerin an den Zöpfen über den Boden. Sie drückt ihr Gesicht in den Dreck, und dreht ihr danach den Arm um. Eine weitere mittlerer Größe mit einem breiten Gesicht nimmt den Stoffgürtel aus ihrer Hose und fesselt ihr mit schnellen Bewegungen beide Hände auf den Rücken, während sie ihr Knie in das Kreuz der Frau rammt.

Eine tritt ihr in die Seite, eine zweite folgt.

„Du Verräterin, erzählst uns von den Lügen der Kapitalisten, lässt uns sinnlosen Mist lernen, bücherweise, damit wir nicht wissen, was wirklich passiert. Du bist wie alle anderen Teufel, du Fuchsgeist, du Ungeheuer! Jahrelang hast du uns verraten. Du hast uns nie die Fragen über den großen Vorsitzenden beantworten können. Und jetzt wissen wir, warum." Sie rufen und lachen durcheinander und begaffen ihre Gefangene.

„Au, du tust mir weh. Hilfe! Hilfe! Hört mich denn keiner?" Li He Xie hört sie schreien.. Sie ist seine Mutter. Im oberen Stock geht ein Fenster auf. Ein Mann bleibt hinter den fadenscheinigen Blenden zurück, schaut, reckt sich vor und schließt das Fenster wieder. Es war das zweite von links. Das Büro des Schulleiters.

Der kleine Junge bewegt sich nicht. Er hat nun drei Finger im Mund, beißt, das Blut tropft. Das Blut tropft auch aus dem Gesicht der Lehrerin, das noch eben in die steinige Erde gepresst worden war. Vier Mädchen treten nun auf die Seite der Lehrerin ein, während eine sie hinten an den Fesseln festhält und eine andere sie von vorne mit dem Kopf weiter zu Boden drückt. Eine Handvoll der Mädchen sichert die Umgebung. Sie blicken agressiv und überlegen umher. Die Frau schreit nun wie ein Schwein, aus voller Kehle. Schweine- und Menschenschreie sind nicht immer zu unterscheiden. Das Blut läuft, die Tränen laufen, nun wird sie umgedreht und mit einem aus der Tasche beförderten Dose schwarzer Tine eingerieben. Ihre Zöpfe werden abgeschnitten und in den Beutel gesteckt, aus dem die Tinte kam. Die Kräftige spuckt ihr ins Gesicht. Dann holt sie aus und tritt ihr zuerst zweimal gegen den Kopf, das Krachen ist auch auf Entfernung zu hören, dann in die Rippen und in den Unterleib. Sie nehmen die Verletzte unter den Armen hoch und schleifen sie in das Gebäude. He Xie spürt, wie ihm die heiße Flüssigkeit an den Beinen hinunterläuft, während seine Blase versagt. „Dann lass uns das Schwein mal verhören", tönt die, die die Anführerin zu sein scheint.

Zufrieden, ausgelassen schäkernd ziehen die Genossinnen mit ihrer Beute ab und beraten, wie sie ihre revolutionäre Handlung in der heutigen Sitzung berichten werden.

Der kleine Junge braucht noch lange, bis er in der Lage ist, wegzulaufen. Er weiß nicht, wem er vertrauen kann. Das Haus ist leer. Die Nachbarin von gestern öffnet die Tür dem verrotzten, panisch kreischenden Jungen mit der vollen Hose nicht, aber er glaubt, drinnen Geräusche gehört zu haben. Er läuft zum Fluss und versteckt sich im Binsengras, so wie damals, als er noch ein Kind war und sich nach seinen Streichen eine Weile verdrücken musste. Kind ist er nun nicht mehr und seit jenem Tag hat er sich nie wieder unschuldig gefühlt.

Li He Xie, sein Name, konnte nicht verhindern, dass Schülerinnen seine Mutter ermordeten.

He Xie schläft irgendwann in dieser Nacht einen schweren, aber Gott sei Dank traumlosen Schlaf.

7.

Constanze lief quer über die vierspurige Straße. Sie hasste Unpünktlichkeit. Drei Minuten nach neun stand sie erleichtert im Leitungsbüro des Jugendheims an der Annastraße, bereit zur Ablösung ihres Kollegen Joseph Lewis. Die Übergabe sollte knapp zwei Stunden dauern. Dann wären alle Gespräche geführt. Der Schweiß bildete ein feines Rinnsal auf ihrem Rücken. Stress führte schnell dazu, dass sie sich körperlich geradezu unter Dampf fühlte. Sie zog die Jacke aus. „Hi", rief sie.

„Hi!" Joseph kam aus der Küche, sein Blick suchte einen Haltegriff in ihrer Wahrnehmung. Sie kannte dieses forschende, verharrende Abtasten nur zu gut. Etwas stimmte nicht. Joseph hatte bereits seine braune Lederjacke im Fliegerstil der Zwanzigerjahre an, wirkte aufbruchsbereit und wie immer unverschämt gut aussehend. Sein Großvater, ein afroamerikanischer GI war seiner Zeit in der Nähe von München stationiert gewesen. Später ist die Familie ins Rheinland gezogen.

„Ich habe gesehen, du hast Lisa als krank im Dienstplan ausgetragen", sagte Joseph betont langsam.

„Ja?", fragte Constanzte zurück.

„Dagegen wehre ich mich. Das kann ja wohl nicht sein."

Constanze kannte den weit ausholenden, bestimmten und selbstgerechten Tonfall des Kollegen. Mehr als einmal hatte sie bei seinen blumigen Reden einfach die Augen verdreht und an etwas anderes gedacht. Doch er konnte sich festbeißen. „Ich verlange, dass der Dienstplan geändert wird. Wenn sie nicht kommt, wird sie automatisch als krank entschuldigt. Das ist aber falsch!", nölte er weiter.

„Ja, und? Sie ist doch krank." Sie tappte mal wieder im Dunklen darüber, was der Kollege im Schilde führte.

„Das kann ja wohl nicht sein. Ich verlange, dass, bis die AU eingetroffen ist, sie einfach als *abwesend* geführt wird." Wie ein Terrier ließ er nicht locker.

„Lisa ist krank", wieder holte sie, „basta!"

„Wer sagt das? Bist du Arzt?" Sein Tonfall klang an der Oberfläche sachlich und unschuldig. Doch es war ein Einwickeln. Wie die Python ihr Opfer ganz sacht umkreist, bevor sie es erwürgt, umkreiste auch Josephs naive Fragerei Constanzes Nerven. Vor seinen Augen hatte sie Angst. Sie wusste nicht, ob sie seinen starrenden Blick als Aufmerksamkeit oder als Kaltblütigkeit deuten sollte.

„Aber das stimmt doch nicht. Sie hat sich richtig krankgemeldet." Sie war das Kaninchen, dessen war sie jetzt sicher.

„Noch einmal: BIST du Arzt?" Sein Drängen war ihr unangenehm. Sein Anliegen war so unfair, so abartig und unwesentlich. Wie viel Zeit musste ein Kollege auf der Arbeit haben, um sich über solche angeblichen Ungerechtigkeiten Gedanken zu machen? Wer arbeitete stattdessen die zehntausend Dinge ab?

„Ich sehe, dass sie hier als krank eingetragen ist, ohne eine ärztliche Bescheinigung. So geht das also hier. Man muss nur die richtigen Leute kennen", bohrte er weiter und weiter, jetzt mit einem zynischen Lächeln um die Mundwinkel, das aussagte: *Zappel doch, ich kann dich stundenlang auf kleiner Flamme grillen. Du bist nichts!*

„Ich habe nur eingetragen, was sie mir gemeldet hat und Frau Maas hat mir schließlich ihren Dienst aufgedrückt. Mehr brauche ich nicht zu wissen. Das ist nicht mein Bier."

„Feierst du auch gerne Ostern?", fragte er unvermittelt.

„Ja, klar." Konnte es das gewesen sein?

Er kam näher an sie heran. Hinter ihr standen die große Stehlampe und der CD-Ständer. Seine braunen Augen waren sehr schön, doch das Hässliche, oder eher der Hass selbst, sprühte aus ihnen heraus. Was wollte er, was wollte er von IHR?

„Also, Ostern feiern ist doch schön, oder?", grinste er.

„Sag mir doch mal, worauf du jetzt hinaus möchtest." Ihr bewusst bestimmter Tonfall wirkte wie das Quieken eines Ferkels gegen die selbstgefällige Stimme eines Joseph Lewis.

Sie hatte das Spielchen jetzt langsam satt und versuchte, sich zu wehren, doch Joseph legte noch einmal nach: „Ich möchte dir damit sagen, dass es Leute gibt, die sehen das mit dem Dienst eben ganz anders. Ich übrigens, habe ein Kind bekommen. Ein Mädchen, meine Familie ist größer geworden."

Constanze war fassungslos. Was sollte dieser Sermon? Joseph war gerade vierundzwanzig. Er hatte bisher nie eine Familie erwähnt. Sie konnte vor Verwirrung nur gequält „Aha!" herausquetschen und war genau so schlau wie zuvor.

„Ich habe jetzt eine Freundin. Und die Freundin hat ein Mädchen. Das Mädchen ist sieben und ganz süß. Neulich hat sie über zwei Stunden lang ihre Puppen frisiert."

„Was genau möchtest du mir denn jetzt sagen?" Oh, die arme Constanze saß schon wieder in der Falle. Kaum betrat sie dieses Haus, war sie jedem ausgeliefert. Es gab so viele Schwachköpfe, Unfähige und Intriganten und leider, leider gehörte Joseph zu den letzteren. Mit seiner Art, die auch durchaus warm und freundlich sein konnte, wenn er dies wollte, hätte er einen guten Kollegen abgeben können. Es dämmerte ihr allmählich, was er wahrscheinlich wollte. Entweder wollte er Lisa Maaß gehörig hereinreiten, dass sie ihre AU einen Tag zu spät abgeben würde. Oder er wollte sie selbst angreifen. Aber wieso? Constanze hielt sich für eine ehrliche Haut, und nie, niemals wäre es ihr selbst in den Sinn gekommen, dermaßen asozial mit Kollegen umzugehen. Doch, was man selbst nie imstande wäre zu tun, war besonders schmerzhaft, wenn man es erdulden musste. Joseph fuhr fort:

„Das meint also, wenn ich jetzt sagen würde, ich könnte jetzt zu meiner Freundin und dem Mädchen, würdest du mich ebenso entschuldigen?" Er rückte ein Stück näher an sie heran.

„Nun, du hast aber noch drei Stunden Dienst, und wir müssen die Übergabe fürs Wochenende machen", versuchte Constanze geschäftig zu klingen. „Siehst du, das ist das, was ich meine." Joseph schaute selbstzufrieden drein. Er war jetzt auf drei Zentimeter vor ihrem Auge herangekommen. Hinter ihr war alles durch Möbel zugestellt, der Fluchtweg verbaut. Sie konnte unmöglich ausweichen, ohne den kompletten CD-Ständer umzuwerfen. Sein Kopf neigte sich zu ihr, wie das große Auge eines Wals, der jeden Moment losprusten, oder sein Maul aufreißen würde.

„Ich gehe auf jeden Fall zur zentralen Leitung. Und wenn das so einfach ist zu sagen, *ich bin jetzt mal krank*, dann würde ich jetzt auch gehen. Du verstehst mich schon, du willst mich einfach nicht verstehen."

Sprachlos, einfach sprachlos, hörte und sah Constanze und glaubte doch nicht, dass ein junger Kollege, noch dazu mit einem Äußeren, das ihn zwangsläufig sympathisch erscheinen ließ, eine solche Tirade von sich gab. Was wollte er: sie nötigen, die Eintragung „krank" für Lisa in „unentschuldigt abwesend" zu ändern? Kinderkram! Oder wollte er sich einfach nur wichtigmachen?

Noch sprachloser war sie, als er seinen Rucksack nahm, langsam, bedächtig, so, als wartete er darauf, dass man ihn zurückriefe, und mit stolz erhobenem Haupt, Hohlkreuz, Brust raus und Kaugummi kauend davon zog. Obwohl er noch fast einen halben Tag Dienst hatte.

„Ich geh dann mal zu meiner Familie. Die Kleine braucht jemanden, der mit ihr Puppen spielt!", grinste er, während er die Tür von außen hinter sich zuzog.

Sie lief ihm nicht nach. Keine anständige Übergabe, die unerklärte Abwesenheit eines Kollegen und dicke Luft! Hatte sie etwas Böses getan, das sich genau jetzt an ihr rächen wollte?

Naja, am Abend davor war sie aufgelöst in der Nacht durch die Südstadt gezogen und hatte schließlich in einer mexikanischen Bar einen geduldigen Zuhörer gefunden. Nach zwei Stunden hatte keiner mehr geredet. Sie waren in ein Taxi gestiegen. Mit den Rissen im Kopf kamen die Bruchstücke der Erinnerung wieder. Heute Morgen hatte sie einen Kaltstart in einer fremden Wohnung hinlegen müssen. Hätte es etwas geändert, wenn sie einen klaren Kopf gehabt hätte? Wahrscheinlich nicht. Sie ging zum Dienstplan und trug in Josephs Spalte „Abmeldung privater Grund" ein und legte den Kugelschreiber bedächtig wieder hin. Sollte sich doch die Heimleitung mit seinem kranken Hirn herumschlagen! Gott sei Dank funktionierte wenigstens in dieser Hinsicht ihr Selbsterhaltungstrieb. Doch die Heimleitung würde ihn durchwinken, weil er bei den Kids super ankam. Der Gedanke, dass man auf seiner Arbeitsstelle nicht nur mit den Widrigkeiten der Arbeit konfrontiert war, sondern der größte psychische Druck der Dummheit, der Intrigen und Angriffe von Idioten entsprang, war entmutigend. Man musste dies fest einplanen, wenn man überleben wollte.

Sie packte den Notizzettel für das Übergabeprotokoll wieder weg und machte sich auf die Runde durch die Zimmer um allen *Hallo* zu sagen. Es war nun Karfreitag. Bis Ostermontag sollte sie hier Stallwache haben. Alle waren ausgeflogen. Nur das Notfallhandy zu Frau Maas war ihr einziger Rettungsanker, wenn etwas passierte. Frau Maas griff immer jovial ein, wenn einer ihrer Mitarbeiter sich als pädagogisch unzulänglich erwies. Daraus zog sie ihre Energie.

Heute wollte sich Constanze nicht darüber aufregen, dass sie schon wieder mit billigem Parfüm übertünchten Zigarettenrauch vor den Schlafzimmertüren wahrnahm. Sie würde sich nicht wundern, wenn der nette und allseits beliebte Joseph auch noch weggesehen hätte, wenn auf den Zimmern geraucht würde. Klare Regeln besagten, dass nur von den über Sechzehnjährigen geraucht werden durfte und zwar einzig auf dem Balkon. Aus Milads Zimmer hörte sie gedämpfte Querelen, „ich fick deine Schwester, du Arsch!" „Du Opfer, du Hurensohn, wenn ich deine Schlampe noch einmal sehe, fick ich sie tot!" Ja, alles normal, der Dienst begann. Vier der elf Bewohner verbrachten das Osterwochenende in einem Elternhaus, wie auch immer dieses beschaffen sein mochte oder was auch immer davon übrig sein würde. Meist kamen die Jugendlichen von solchen Wochenenden verändert zurück und hatten viel aufzuarbeiten, die diensthabenden Erzieher danach ebenfalls. Die übrigen sieben waren die Verlassensten unter den Abgeschobenen. Da war zum Beispiel Milad, der sich ewig angegriffen fühlte und nur zu einem klaren Gespräch in der Lage war, wenn man ihn wie ein rohes Ei behandelte. Und der kleine Selim. Seinem Namen nach sollte er eigentlich *glücklich* sein. In seiner Unbeschwertheit war er es auch meistens. Er war erst fünfzehn, arbeitete hart daran, den Hauptschulabschluss zu schaffen und liebte seine Mama wie sein Leben, die ihn jedoch abgeben musste, weil sie nicht für ihn da sein konnte. Constanze wusste, wie seine Mama ihr Geld verdiente, aber selbstverständlich hielt sie die Illusion für Selim aufrecht. Sie mochte Selim unter allen am liebsten. Seine Augen konnten eigentlich gar nicht anders als hoffnungsvoll schauen. Er glaubte fest daran, dass er eines Tages den Hauptschulabschluss schaffen würde und dass dann für ihn alles möglich sei.

Aus Nataschas Zimmer klang leise Musik von Pink *Living in my World*. So etwas gab Natascha Hoffnung. Bei so viel Hoffnung, so viel Grund zu glauben, alles würde irgendwie gut werden, verstand Constanze nicht, warum für diese Kids eigentlich *nie* irgendetwas GUT war. Von Zeit zu Zeit äußerten sich selbst ernannte schlaue Leute in den Medien darüber, was man in der Erziehung alles anders machen müsse. Dann würden schlagartig alle verblendeten Pädagogen erkennen, was zu tun sei. Wenn man nur neue pädagogische Erkenntnisse einführte, würde alles besser werden, zum selben Kostenfaktor. Seit zweitausend Jahren. Schade, dass Sokrates in seinen Schriften über die Verderbtheit der Jugend noch nicht die finnischen Lernlandschaften (und die eklatant hohen Selbstmordraten finnischer Jugendlicher, doch das wollte sowieso niemand hören) gekannt hatte, dachte Constanze zynisch. Vermutlich wäre dann alles anders geworden.

Pech für Selim! Das Osterwochenende war verregnet und kalt. Drei der Jugendlichen erklärten sich am Sonntag dazu bereit, mit zur Ostermesse zu kommen. Für das anschließende Osterfrühstück hatte sie kleine Schokoladenhasen besorgt und Mini-Geschenke, die sie in den zwei letzten Wochen liebevoll ausgesucht hatte. Kleine Wichtelpräsente. Für Natascha ein Federmäppchen mit einer schwarzen Vampirfrau darauf. Für Selim ein Talisman-Anhänger mit Fatimas Augen zum Schutz vor allem Bösen. Die Kids standen auf Fatimas Augen. Trotz Constanzes Anstrengung, eine besondere Stimmung zu erzeugen, verbrachten die Kids die Tage wie immer, zwischen Handy, PC und teilnahmslos herumhängend in kleinen Grüppchen. Wenn man fragte, was sie gerade taten, antworteten sie „chillen". Von ihren pädagogischen Angeboten, die sie machte, etwa einen Osterspaziergang zu unternehmen, einen Stadtrundgang mit Museumsbesuch, oder einem Hundertzettelspiel, wollte niemand etwas wissen. „Och, Frau Herold, bitte lassen Sie uns doch mit Ihrem Pädagogenquatsch in Ruhe! Sie haben doch Ihre Prüfung bestanden, warum tun Sie so etwas mit uns?" Einzig das Gruppenfoto, das Natascha vorgeschlagen hatte, stieß bei den meisten auf Interesse. Constanze war Natascha insgeheim dankbar, da sie diese Gruppenfotos liebte. Von ihnen ging ein Gefühl der Sicherheit und Zusammengehörigkeit aus, die kleine heile Welt im Taschenformat. Die Gruppe gehörte zusammen, war eine „Familie", wie auch immer geartet, und niemand konnte angesichts der auf Fotopapier gebannten lächelnden Gesichter das Gegenteil behaupten.

Der Sonntag verlief langweilig und alles blieb ruhig. Milad brach am Montagnachmittag über sie herein. Anfangs dachte Constanze, es handele sich um ein „normales Gespräch". *Ich bin in einer starken Position*, war ihre Haltung, wenn erzieherisch einzugreifen war. Sie stellte sich gar nicht die Frage, ob irgendetwas an der Situation war, was ausufern konnte.

Nachdem am Ostermontag auch die allerletzten Reste von Nataschas wunderbar gelungener Kirschtorte aufgegessen waren, begannen Marvin, Milad, Samis und Ibrahim in der Sofa-Ecke, die Köpfe zu zweit oder zu dritt über ihre kleinen Smartphone-Bildschirme zusammenzustecken. Sie hörte ein verstohlenes Kichern und erkannte das manifestierte schlechte Gewissen in ihren äußeren Augenwinkeln, wenn die Jungs zu Constanze schielten, die am Esstisch in ihren Unterlagen blätterte. Nichts hasste Constanze so sehr wie diese kleinen Smartphones. Wie sollte sie ihrer Aufsichtspflicht nachkommen, wenn drei Meter weiter die Jungs zwischen prall gefüllten Bikini-Oberteilen, oft genug auch ohne Bikini, wie sie vermutete, und den neuesten Dschihad-Sympathie-Videos hin- und her zappten?

Sie konnte aus ihrem jetzigen Blickwinkel nichts erkennen. Ganz bewusst hatten sich die vier so gruppiert, dass man von außen die Displays nicht einsehen konnte. War es überhaupt richtig, auch in plötzlich eintretenden Krankheitsfällen, dass sie alleine Dienst hatte? Ihnen das Handy einfach so abzunehmen, würde bedeuten, eine aggressive Eskalation heraufzubeschwören. Sie würden Constanze vorwerfen, dass sie ihrerseits die *ehrenvollen* Jungs beschuldigen würde, was auch immer getan zu haben. Ohne Beweise, ohne Zeugen. Ein solcher Vorwurf gegen Unbescholtene würde einen pädagogischen Vertrauensbruch und – viel schlimmer noch – eine Beschmutzung der Ehre des Beschuldigten bedeuten. Ehre war alles und ganz anders, als das, was man sich mancherorts darunter vorstellen mochte. Ehre war Gesicht, Ansehen, *Eier* zu haben. Ein Vorwurf ohne erdrückende Beweise gleich *Eier weg*, so hieß die Gleichung in Köln. Die finnischen Lernlandschaften waren weit weg. Einfache Rechnung. Diese Jungs waren besonders gut darin, den Spieß herumzudrehen und sich als unschuldige Opfer erzieherischen Misstrauens oder gar von Rassismus in Szene zu setzen. Die „verletzte Unschuld" wurde dann so überzeugend und aggressiv dargestellt, dass sich der unglückliche Erzieher wieder tagelang ins Zeug legen musste, um gutes Wetter zu machen. Oder sogar: um den selbst ausgelösten "Vorfall" – wie es später genannt wurde - wieder ins Reine zu bringen. Denn die verletzte Unschuld wurde selbst auch oft durch bedrohliches Verhalten verteidigt, das war das Paradoxe, und der verletzte Jugendliche hatte immer Recht! Der betreffende Erzieher wurde dann beschuldigt, den gerade Angesprochenen seit je her schon diskriminiert zu haben und ihm etwas unterstellen zu wollen. Das wiederrum wurde auf direktem Wege zur Beleidigung der Mutter, da diese ja für alle Erziehungsfragen letztendlich verantwortlich war. Frau Maaß, die Heimleiterin, würde süffisant und wieder einmal sehr hilfreich kommentieren: „Es war nicht so besonders geschickt, dass Frau Herold in diesem Maße provokativ aufgetreten ist."

Constanze wusste um das Spiel. Deshalb beschränkte sie sich darauf, einfach nur das objektiv Beobachtbare anzusprechen: „Milad, was haben wir gesagt zu den Füßen auf dem Tisch?"

Constanze fühlte, wie Erschöpfung sich mit Ärger paarte. Während sie sich den Speiseplan der Hauswirtschafterin für den nächsten Tag ansah, drängte sich ihr wieder demonstrativ „verbotenes" Lachen ins Ohr. Nach dreieinhalb Tagen Dienst im Jugendheim – noch dazu feiertags, die Kids waren gereizt, wussten noch weniger als sonst mit sich anzufangen – konnte sie die Erschöpfung kaum noch verbergen. Sie hörte das Ticken der bunten Küchenuhr, die Zeit kroch dahin. Es gab Phasen, in denen sie die Ohnmacht gegenüber den Kids als demütigend empfand. Sie wusste jedoch nur zu gut, dass sie diese Ohnmacht auf keinen Fall zulassen durfte. Einmal verloren, immer verloren. Trotz pädagogischer Reformen der vergangenen Jahrzehnte galt dieser Satz heute genauso wie vor zweitausend Jahren: Wenn sie sich nicht auch in den kleinen Situationen, im „Kinderkram" behauptete, dann würden bald Prügeleien, Mobbing, Drogen und grobe Beleidigung aller Erzieher, angefangen mit „Willste denn, Schlampe?", auf der Tagesordnung stehen. Die Grenzen wurden in der Regel offen und aggressiv immer wieder neu ausgekämpft. Lieber ein bisschen zu direkt, als das Pädagogenopfer zu sein.

„Milad, die Füße vom Tisch, bitte!", rief sie bestimmt zum Sofa.

Stumm, mit einem Blick, der keinen Zweifel an seiner Verachtung für sie ließ, bedachte Milad Constanze, um sogleich wieder den nächsten Lacher auszulösen.

Aus den Augenwinkeln sah sie, wie er die schmutzigen Sneakers (Wo hatte er das Geld für Converse-Sneakers her?) wieder auf den Wohnzimmertisch packte. Sie war sich sicher: *Ich bin heute hier die Heimleitung. Milad hat mir zu gehorchen. Wenn er mir nicht gehorcht, ist seine nächste Station der Jugendstrafvollzug, denn ich kann mir vorstellen, wie es für ihn weitergehen wird, wenn er erst einmal hier herauskommt.*

„Milad, nimm jetzt die Füße vom Tisch. Wie oft soll ich dir das noch sagen!", wiederholte sie einen kleinen Funken lauter.

Klare Aussage. Wenn sie diese Überschreitung duldete, würden hier alle Dämme brechen. Die nächsten würden mit den Füßen auf dem Tisch gleich eine Kippe anzünden oder eine Tüte rauchen.

Er ignorierte sie einfach. „Milad, hörst du mir jetzt mal zu?" Ihr Tonfall war jetzt ein anderer, sie sprach laut, langsam und setzte sich aufrecht. Sie drückte ihren Rücken durch. Sie leitete die Energie im Raum auf sich um. Es wirkte.

„Was ist denn, wir tun doch nichts", knatschte Milad zurück.

„Wenn ich dir sage, du sollst die Füße vom Tisch nehmen, dann hat das seinen Grund. Es gehört sich nicht, es ist respektlos den anderen gegenüber und es ist unhygienisch."

„Boah ey, stellen Sie sich doch nicht so an. Chillen Sie doch lieber mal", maulte Milad frech zurück, nicht ohne sie mit seinem Grinsen vorzuführen. Die anderen Jungs lachten jetzt offen über sie und ihre Blicke verrieten Sensationslust. Es war für sie spannend und schön, zuzusehen, wie Milad und die Erzieherin sich fetzten. Endlich mal Action.

„Ich kann chillen, wenn du die Füße vom Tisch nimmst und dich an Regeln hälst." Constanze versuchte ruhig zu klingen und so beständig wie die berühmte „kaputte Schallplatte".

„Immer die Scheißregeln. Regeln, Regeln, Regeln. Is doch Scheiße. Wir sind erwachsen, wir tun nichts und Füße auf Tisch is bequem, Frau Herold." Sie spürte Milads Blicke auf ihrer Haut so, als stünde

sie auf einem mittelalterlichen Marktplatz zu Gericht, während die Meute bereits die Fackeln anzündete. Doch sie kämpfte weiter: „Du musst dich einfach mal an den Gedanken gewöhnen, dass auch du Regeln einhalten musst. Du lebst hier nicht ewig im Kuschelpark."
„Herr Lewis stellt sich auch nicht immer so an. Der ist ganz cool. Der respektiert uns auch."
Sie dachte es jetzt klar und deutlich: Herr Lewis ist ein A...! Er machte sich ein schönes Leben, war cool und ließ die Jungs mit den Füßen auf dem Tisch vermutlich auch noch Selbstgedrehte rauchen. Das war RESPEKT?

„Ist es Respekt vor euch, euch *nicht* die Verhaltensregeln beizubringen, die ihr im Leben braucht, um als erwachsene, gut erzogene Menschen anerkannt zu sein? Ich habe Respekt vor euch und gerade deshalb zwinge ich euch, euch zu benehmen, wie es sich ansteht."

„Wollen Sie damit sagen, wir sind nicht erzogen? Sie beleidigen meine Mutter!", schoss er zurück und seine Augen funkelten wie Schießpulver am Lagerfeuer.

„Ich möchte nur, dass du die Füße vom Tisch nimmst. Und zwar jetzt." Sie hasste sich, die Welt und ihren Beruf in solchen Augenblicken. Doch sie musste durch! Nicht aufgeben!

„Sie respektieren uns nicht. Sie haben mich beleidigt. Noch nie hat mich jemand so beleidigt. Wer sind Sie, dass Sie so mit uns reden können, hä?" Milad schrie jetzt, respektlos und vulgär. Er machte noch eine Geste mit drei Fingern, die sie nicht ganz entziffern konnte. Dafür war es zu schnell.

Und ... Füße auf dem Tisch.

„Du nimmst jetzt die Pfoten vom Tisch, oder ich werde Frau Maaß zuhause anrufen und dann hat das für dich Konsequenzen. Vielleicht hast du dann auch schon genug angesammelt, dass man dich hier des Hauses verweist."

Stille.

Plötzlich sprang Milad auf. Er war lange nicht so klein wie Selim. Er war mindestens einen Meter achtzig groß, hatte Bodybuilding-Schultern und die Körpersprache der offenen Straße. Was aber auf Constanze wie ein Schock wirkte, war das verzerrte Gesicht. Was hatte Milad erlebt, um überhaupt einen solchen Gesichtsausdruck produzieren zu können. Es war der starre Blick, der Hass in den großen schwarzen Augen. Es spiegelten sich häuslicher Terror, Bürgerkrieg, vergewaltigte Frauen, keifende Hunde und eine brutale Entschlossenheit in dieser Augenpartie wider. Aber die Augen waren nur ein Teil dieser furchtbaren Maske, die das Ehrlichste war, was Constanze jemals von Milad gesehen hatte. Die Zeit stand still und um sie herum nahm Constanze nichts mehr wahr, außer Milads starren, schwarzen Blick, der jede Sekunde explodieren konnte. Alles war möglich, seine körperliche Übermacht war erdrückend und bedrohlich. Wie in einer unwirklichen Dimension befand sie sich mit Milad in einer Blase, um sie herum nichts mehr. Milad hörte sie nun in einer arabischen Sprache weiterschreien - in voller Lautstärke. Er ging einen Schritt auf sie zu, beugte den Oberkörper angriffsbereit nach vorne. Seine Lautstärke war ohrenbetäubend, seine Nase keine drei Zentimeter von ihrer entfernt. Sein Hass schien grenzenlos. Constanze war von einer Sekunde auf die nächste von ihren Empfindungen abgetrennt, sie konnte seinen Schweiß riechen. Sie konnte noch nicht einmal sagen, ob sie Angst hatte, oder Zorn, sie wusste es nicht. Komischerweise sah sie sich eher als Beobachterin einer schrecklichen Szene. Sie verstand noch nicht, dass sie Teil dieser Szene war.

Dann konnte sie doch die Arme der beiden Jungen Marvin und Selim sehen, wie sie Milad festhielten und beruhigend auf ihn einredeten. Noch einmal schrie Milad „Wenn du mir Schwierigkeiten machst, du Schlampe, dann zeig ich dich an!" Er bäumte sich in den Armen der beiden Jungs auf, die ihn besänftigten. Mehrmals wollte er sich den beiden entreißen und auf sie losstürzen, doch dann ließ er sich wie ein wilder Hengst ein Stückchen weiter zurückführen.

Sie ging in die Küche und setze sich einfach auf einen Stuhl. Ein seltsames Ziehen machte ihre Arme und Beine steif. Sie hatte keine

Kontrolle mehr darüber. In ihren Ohren summte es laut und das Zittern wanderte von ihren Fingern in ihre Arme und in ihren ganzen Körper. Es interessierte sie nicht mehr, dass im Nachbarzimmer ein tobender arabischer junger Mann saß, der Hasstiraden in einer fremden Sprache auf sie brüllte und von zwei anderen zurückgehalten werden musste, damit er sie nicht niederschlug. Es kam ihr auch nicht in den Sinn, dass sie ein Handy hatte, worin Frau Maaß´ Nummer für den Notfall einprogrammiert war. Sie war auch nicht mehr Erzieherin, sondern einfach CONSTANZE.

8.

Nez erwachte an diesem Morgen früher als sonst. Allmählich setzte morgens die Dämmerung immer früher ein, und es war die Jahreszeit, in der das Wachwerden mit dem sanften Trost beginnender Helligkeit einherging. Die aufgerissenen Wunden der vergangenen Tage fühlten sich in diesem Moment noch weniger schmerzhaft an und die Erinnerungen schienen ebenfalls noch in Schlaf gehüllt, unter einer dicken Schicht verborgen. Wohltuende Klarheit legte sich über ihre Gedanken. Für einige Minuten blieb sie noch in ihren kuschelweichen Decken, dösend und dankbar für ihre schläfrige Bewusstlosigkeit. Die Krähe in einiger Entfernung vor ihrem Fenster auf einem Schornstein spreizte die Federn im Nieselregen. Die Nässe verlieh ihren Federn einen tiefschwarzen Glanz. Seltsame Bewegungen ließen die Krähe grotesk aussehen. Mal streckte sie ihren Krähenkörper durch und blieb im Fünfzig-Grad-Winkel an der Schornsteinkante haften. Dann begann sie einen eigenartigen rituellen Tanz, indem sie sich immer wieder vorbeugte, die Schwanzfedern dabei in die Luft streckte und den Oberkörper seltsam nach vorne wippte. Warum fiel diese Krähe nicht herunter? Frühling.

Nez bewegte erst den rechten Fuß, kreiste dann mit dem linken Fuß und testete, ob ihre Halswirbel noch zu ihr gehörten. Langsam schob sie ihren Körper von der Matratze. Da sie eine gute Stunde vor dem Wecker wach geworden war, konnte sie in aller Ruhe duschen. Wie die letzten Überlebenden nach einer langen Schlacht schlurfte sie in Richtung Kaffeemaschine. Sie wollte die frühe Morgenluft nutzen,

um in einem Spaziergang die Spinnweben aus dem Kopf zu vertreiben. Sie zerrte die mindestens dreißig Jahre alte, vor Urzeiten einmal knallrot gewesene Lederjacke, ihre allgegenwärtige Lieblingsjacke, von der Garderobe. In ihrer rechten Tasche fasste ihre Hand in etwas Kantiges. Sie hielt sich die laminierte Karte – eine Art Visitenkarte – vor die Nase. Es standen zwei Zeilen auf der Vorderseite:
Sieh dir die Steine dort an. Wenn du einen der Steine direkt vor dein Auge hälst, wird er dir riesig vorkommen und dir die Sicht versperren.
Wo hatte sie das schon einmal gehört? Sie fragte sich, warum ihr der Spruch bekannt vorkam. Auf eigenartige Weise fühlte sie sich von ihm berührt. Mit niemandem hatte sie jemals über ihre tiefe Verbundenheit zu Steinen gesprochen. Als sie vier oder fünf war, begann sie kleine Steinchen zu sammeln. Heimlich. Sie hortete sie wie Schätze. Wie Jungs ihre Glasmurmelsammlungen hüteten und gegen Angreifer verteidigten. Aber es war mehr als das. Es war ihr Geheimnis, das sie mit niemandem teilte. Sie hortete sie, wenn sie besonders schön waren, leuchteten, besonders glatt oder besonders seltsam aussahen. Ein Freund ihres Vaters, der amateurhafter Naturkundler und Geologe war, sammelte Halbedelsteine. Sonntags schauten sich ihr Vater und sie sich manchmal die violett-weiß schimmernden Steine in der Sammlung an. Sie waren schön. Schön für den Augenblick. Einen kleinen durfte sie sich manchmal aussuchen, ohne, dass sie ihre Leidenschaft für schlichtes Material preisgab. Zuhause fand sie die Halbedelsteine jedoch immer blasiert, unecht. Irgendwann verliebte sie sich in kleine graue Kieselsteine, die doch im Detail so fein und unterschiedlich waren, aber verglichen mit Halbedelsteinen unscheinbar. Genau wie die weiß-lila schimmernden Halbedelsteine waren Kieselsteine schön, echt, kalt und würdig. Sie war voller Bewunderung für sie. Sie brauchten nichts und niemanden, blieben in ihrer Abgeschlossenheit von der Welt nahezu ewig. Sie versteckte die Steine zwischen alten Schuhen in abgegriffenen Kartons. In Stunden, in denen sie alleine zuhause war, nahm sie sie in die Hände, tastete jeden Millimeter der Oberfläche ab und empfand in diesen seltenen Momenten Zutrauen und Verlässlichkeit. Sie würden auch

in zehntausend Jahren noch genauso sein, Millimeter für Millimeter. Genau wie Worte, waren sie immer für sie da. In ihrer Anwesenheit vergaß Nez ihre Einsamkeit, auch all ihre Wünsche. Alles, was sie sonst schmerzte. Es müsste einen Ort der vollkommenen Ruhe geben, dachte sie manchmal.
Später erfuhr Nez von Steinen, denen besondere Heilwirkungen zugesprochen wurden. Sie vermisste ihren Jaspis, den sie Lars zum Abschied hingeknallt hatte, jetzt schmerzlich. Solange sie den Stein nicht wiederhatte, konnte sich die Wunde um den Bruch mit Lars nicht zu schließen beginnen. Der Gedanke brannte sich in ihren Magen. Sie musste sich den Stein wiederholen.
Sie betrat das Treppenhaus und schloss die Wohnungstür. Die seltsame Visitenkarte, die sie noch in ihrer Hand hielt, war abgegriffen und an den Rändern verschmutzt, offensichtlich nicht neu. Auf ihrer Rückseite stand eine Nummer: 180 7667346 und ein Name. Wellington. Werbung vermutlich, oder eine Hotline. Sie konnte sich nicht vorstellen, wie diese Karte in ihre Tasche gekommen war, aber die letzten beiden Tage war sie ja auch nicht Herr ihrer Sinne gewesen. Jemand musste ihr unterwegs eine Werbekarte für irgendetwas in die Hand gedrückt haben. Achtlos stopfte sie die Karte irgendwo in ihre Handtasche, weil sie nicht mehr umkehren wollte und keinen Müll ins Treppenhaus werfen wollte. Sie trat ins Freie.
Die feuchtkalte Morgenluft schmeckte nach Tau, frisch gemähtem Gras und nach lang vergessener Leichtigkeit. Nez ließ sich treiben und fühlte sich als Teil der erwachenden Stadt.

Mit dem Tageslicht stiegen auch ein paar einzelne Erinnerungsbruchstücke in ihrem Bewusstsein auf. Worte auf der fremden Karte, die sie schon einmal gehört hatte. War so etwas nicht auch in dem Gespräch mit der komischen Ausländerin auf der Brücke gesagt worden? Kurz bevor Nez´ Film endgültig gerissen war? Kurz vor dem Blackout. Noch immer wusste Nez nicht, wie sie an jenem Abend nachhause gekommen war. Das Dröhnen im Kopf war deutlich zurückgegangen, jedoch fühlte sie sich noch nicht wieder unversehrt.

Es hätte ihr keine Mühe gemacht, jede einzelne Ader in ihrer Schläfe zu zählen. Trotz allem profitierte sie noch von der ersten Morgenenergie. Sie kramte die undefinierbare Karte zum zweiten Mal hervor. Was genau hatte die Alte auf der Brücke von Steinen gebrabbelt? Oder bildete sich Nez dies alles nur ein? Es war so unendlich ärgerlich, wenn man seinem eigenem Verstand nicht mehr trauen konnte. Nun, Nez, bedauer dich nicht. Wer hat dich gezwungen, fast eine Dreiviertelflasche Whisky zu konsumieren? Stimmt. Nichts war seltsam, nur ihre eigene Dummheit. Sie steckte die Karte gedankenverloren wieder weg und versuchte ihre offenen Jobs von heute im Kopf zu sortieren.

In der Redaktion hatte sie in der letzten Zeit oft ein mulmiges Bauchgefühl gehabt. Als freie Mitarbeiterin hatte sie zwar viel Spielraum. Bei genauerer Betrachtung jedoch musste sie mit jedem einzelnen Bericht für sich werben. Sie wurde nur pro gedruckte Zeile entlohnt und das nicht besonders gut. Vor acht Jahren hatte sie bei der Kölnpress in der Anzeigenaufnahme angefangen und Lars kennen gelernt, der eine der begehrten Volontariatsstellen ergattert hatte. Nach fünf Jahren als Producerin in einem kleinen Kunstverlag, der ihre befristeten Verträge nun endgültig nicht mehr verlängern konnte, stand sie vor dem Nichts. *Frau Reinhardt, verstehen Sie uns nicht falsch. Wir schätzen Ihre Arbeit sehr. Damit Sie nicht ganz aus der Arbeit herauskommen, können wir Sie sehr gerne auf Praktikantenbasis behalten. Aber Ihre Stelle existiert nicht mehr. Bezahlen können wir Sie leider nicht.* Das Schlimmste in diesem Kündigungsgespräch war für sie gewesen, dass ihr der Geschäftsleiter ein Gratisexemplar eines neu erschienen Bandes über lyrische Sprache in wissenschaftlichen Zusammenhängen schenkte. Nach fünf Jahren täglicher Mühsal und gehegter Karrierehoffnungen das Aus für den bis zur Grenze und mit allen legalen Tricks verlängerten Teilzeitvertrag. Abgespeist mit einem Gratisbuch. Ende. Ihre Stellung in der Anzeigenannahme der Kölnpress nahm sie anfangs mit einem diebischen Vergnügen an. „Ich muss nicht viel denken und habe ein Festgehalt. Anders als Tausende anderer dreißigjähriger Praktikanten", sagte sie sich damals. Doch so war es in Wirklichkeit nicht. Sie war längst nicht mehr dreißig, sondern sollte nächstes Jahr vierzig werden. Vor anderthalb Jahren hatte sie begonnen, unaufgefordert Artikel in der Lokalredaktion abzugeben. Sie wurden begeistert aufgenommen. Sie konnte schreiben, das wusste sie. Und sie wollte mehr, nicht ihr Leben in der Anzeigenannahme vertrödeln. Sie hatte daraufhin nach einer Volontariatsstelle gefragt, da sie außer ihrem Studium keinerlei Art von Ausbildungsabschluss vorweisen konnte, doch auch hier wurde gekürzt. Jetzt war der Zeitpunkt schlecht, Lars war seinerzeit in den vorläufig letzten Durchgang aufgenommen worden. Wohl aber wurden immer wieder Redakteure eingestellt, mit unterschiedlichen Qualifikationen als Quereinsteiger, oft auch über Beziehungen, wie sie wusste. Die Redaktion vertröstete Nez damit, dass sie bei der hohen Qualität ihrer Berichte sehr wohl eine Chance auf eine der nächsten Anstellungen habe. Seit dem war nun ein Jahr vergangen. Sie gab ihren Job in der Anzeigenannahme auf und setzte alles auf eine Karte. Sie wollte allen zeigen, dass sie es war, die schreiben konnte. Fortan war sie „freie Mitarbeiterin" und schrieb von morgens bis abends Artikel. Sie tröstete sich damit, dass „Freelancer" doch besser klang als „kaufmännische Mitarbeiterin in der Anzeigenannahme". Finanziell war es ein Desaster. In ihren dunklen Momenten hasste sich Nez dafür. In ihren ausgeschlafenen, glücklichen Phasen sagte sie sich „Ich bin anders als die anderen. Ich bin keine Kauffrau, und wenn ich nicht als Journalistin schreiben kann, fehlt mir die Luft zum Atmen." Ihr Vater hatte sie verächtlich ausgeschimpft. Als Ingenieur konnte er nicht verstehen, wie man nach einem abgeschlossenen Studium keinerlei Geld oder Karriereschritte vorweisen konnte. Das Schlimmste, hatte Vater gesagt, war dann, eine kaufmännische Stelle für seine brotlose Kunst zu opfern. Ob sie überhaupt sicher sei, dass sie schreiben könne, hatte er gefragt. Tatsächlich. Oft zweifelte Nez an sich selbst.

Die lokalen Themen machten es ihr schwer. „Senioren feiern ersten Advent im neuen Pfarrsaal", „Kleingartenverein lädt zum Lampionfest" und „Waldgrundschule Süd macht Sponsorenlauf" waren keine Pulizerpreis-Kandidaten. Während jedoch die meisten ihrer Kollegen die Veranstaltungen im Massenverfahren abgrasten, zehn Minuten blieben und dann oberflächliche Berichte ablieferten, war es Nez´ Anspruch, immer eine eigenwillige Interviewstimme vor Ort gehört zu haben und sich fachlich zum Beispiel in die Geschichte des Vereins einzulesen. Dieser Qualitätsunterschied blieb nicht einmal dem Ressortleiter Gregor Warringer verborgen. „Frau Reinhardt, ich bin stolz auf Sie! Machen Sie gut. Bleiben Sie am Ball!", hatte er einmal zu ihr gesagt.

Danach grübelte sie recht lange, ob sie dies schon als Aussicht auf eine Festanstellung verstehen konnte. Vor einem halben Jahr jedoch wurde er konkreter. „Also, Frau Reinhardt, es stehen ja einige Umstrukturierungen an. Ich würde Sie da schon gerne mit reinnehmen." Dabei kratzte er sich vielsagend an seiner roten mit Äderchen durchzogenen Nase. Das Nasenorakel hatte sich bis jetzt jedoch noch nicht bewahrheitet. Es hatte sich noch gar nichts getan. Das galt jedoch nicht für Nez´ Arbeitsstunden. Seit einigen Monaten reichte sie auch gut recherchierte Hintergrundartikel im Feuilleton ein, die ausnahmslos gelobt wurden. Hier fiel Nez´ qualitativer Anspruch ebenso auf. Sie hatte Blut geleckt. Wer von freier journalistischer Tätigkeit ohne Hilfen vom Amt überleben wollte, musste eine Unmenge Artikel abgeben. Wer noch dazu einen Qualitätsanspruch von diesem Ausmaß verfolgte, ging dabei barfuß durch den Schnee, immer darauf bedacht, dass das Wasser in seiner Hand nicht durch seine Finger rann.

Mit diesem Knoten im Bauch machte sich Nez an ihrem Schreibtisch zu schaffen, den sie im zeitlichen Wechsel mit einer studentischen Honorarkraft – achtzehn Jahre jünger! – teilten musste. Sie scrollte durch ihre E-Mails, einen dampfenden Kaffee unter der Nase und spürte, wie wohl die Regelmäßigkeit vertrauter Arbeit tun konnte.

Wo war der Bericht über die Aufstockung des Kuluretats der Stadt? Sie suchte die Freigabe der Redaktionskonferenz, die vor einer Stunde stattgefunden hatte, und wollte prüfen, ob noch etwas zu ergänzen war, bevor er heute noch in den Druck gehen konnte. Nichts, keine Freigabe. Ein heißer Schwall Blut schoss in ihre Ohren. Sie hörte ein dumpfes Summen und bemerkte ein elektrisches Kribbeln in ihren Fingern. Niemand hatte sie angesprochen. Die Redaktionsgeräusche – hektisches Tippen, artikuliertes Telefonieren und das Computerbrummen – vermittelten Normalität. Nun, sie musste der Sache nachgehen. Ressortchef im Feuilleton war Gregor Warringer. Außerhalb der kurzen Absprachen waren sie sich noch nicht oft begegnet. Die wenigen Absprachen waren jedoch alle recht entspannt verlaufen. Warringer schien Nez kein komplizierter Mensch zu sein. Sie steuerte sein Büro an, vorbei an dem neuen Kaffeeautomaten, huschte hinter dem Rücken der Redaktionssekretärin durch, die auf dem Boden etwas zu suchen schien, und klopfte zaghaft an der Tür. Keine Antwort. Sie startete noch einen Versuch. „Sie können da nicht einfach herein. Haben Sie einen Termin?" Aufgefallen. Sie spürte die negative Aura der Sekretärin und erkannte augenblicklich ihren Faux-Pas. Sekretärinnen waren manchmal sensible Wesen, die nicht gerne übergangen wurden. Ärgerlich. „Herr Warringer ist außer Haus." Tönte die einsame Trompete der Sekretärin. Nez glaubte, eine Brise Schadenfreude herauszuhören. Ach, was war es doch schwierig, am Arbeitsplatz zu kommunizieren. Hätte Nez einen Schwanz gehabt, hätte sie ihn eingezogen bis unter die Vorderzähne. Sie schlich von dannen. An ihrem Schreibtisch angelangt, war sie zunächst ratlos. Um die Zeit zu überbrücken schrieb sie noch zwei lokale Kurzberichte fertig und sah dann ein, dass sie hier nichts mehr ausrichten konnte. Die Abgabefrist für den Druck lief gerade aus. Dann konnte sie auch irgendwo eine Kleinigkeit zu Mittag essen.

Vor der Theke des „Francesco", einem bei den Redaktionsmitarbeitern beliebten Pizza-Büdchen, bestellte sie eine „Frustpizza extra groß Nummer 27 mit allem".

„Frustpizza, Frau Reinhardt?" Die Stimme, die sie immer auf angenehme Weise an hölzerne Urwaldflöten im Regenwald erinnerte, gehörte Warringer. Peinlich getroffen drehte sich Nez um. „Frau Reinhardt, hallo, treibt Sie der Hunger auch aus dem Büro? Gesellen Sie sich doch zu mir!"

„Danke, Herr Warringer", antwortete sie verwirrt.

„Was frustriert Sie denn so, dass Sie eine Extragroße bestellen?" Er zog wie immer aufmerksam die Augenbrauen hoch und signalisierte, dass er eine Anwort erwartete. Nez fing sich schnell und berichtete. In ihrem Artikel setzte sie sich mit der Verwendung der zusätzlichen Kultur-Gelder auseinander. Verschiedene Projekte konkurrierten um Förderung.

„Es war kein schlechter Artikel. Aber er wurde von der Redaktionskonferenz abgelehnt", gab Warringer preis.

Nez war geschockt. Ja, der Artikel hatte sie nicht nur viel Arbeit, sondern auch zwei Nächte gekostet. Für sie war es einer ihrer besten. Mühsam hielt sie ihr Temperament zurück und zwang sich, Warringer in die großen blauen Augen zu sehen. Noch immer konnte sie nichts finden, was sie wirklich an ihm ablehnte.

„Aber warum?", fragte sie.

„Nun, ich möchte nicht zu viel von der Konferenz preisgeben, das darf ich auch gar nicht." Warringer rührte jetzt seinen Espresso, etwas zu schnell, wie Nez fand.

Sie musste sich entscheiden. Taktlos oder feige sein. Gab es einen Mittelweg? Das Gedudel aus dem Ghettoblaster des italienischen Pizzabäckers war nicht auszuhalten. Ihre Nerven spannten sich und sie suchte wieder Warringers Blick.

„Bitte, Herr Warringer. Wissen Sie, ich habe sehr lange an dem Artikel gearbeitet. Bitte sagen Sie mir, war er fachlich schlecht?" Ihr Herz wurde kalt.

„Hm." Er schien unsicher zu sein. Unsicher worüber? Schließlich weiteten sich seine Augen und er wirkte wieder konzentriert.

„Wir beide arbeiten ja nun schon ein paar Monate zusammen und was ich Ihnen jetzt sage, sage ich Ihnen, weil ich Sie für eine sehr talentierte junge Journalistin halte. Ich halte sehr viel von Ihnen."

Jetzt verlor Nez die Hoffnung. Oder wollte er etwas?

„Der Artikel war nicht schlecht. Er war gut. Sie haben einen guten Artikel geschrieben. Ehrlich. Das soll Sie nicht trösten, es ist die Wahrheit", sagte er mit fester Stimme.

„Aber er wird nicht gedruckt." Sie verstand die Welt nicht mehr. Sie zwang sich, nicht zu quengeln.

„Nun, um ehrlich zu sein. Er war vielleicht, naja, an manchen Stellen *zu* gut. Das haben Sie nicht von mir gehört. Das haben Sie überhaupt nicht gehört." Jetzt zogen sich seine Augenbrauen zusammen.

„Aber, ja. Deswegen wird er nicht gedruckt." Alice im Wunderland, es gibt sie doch, dachte Nez, und gleich kommt das Kaninchen.

„Nun, auch das hören Sie jetzt eigentlich nicht. Es gibt da einige, die ihn zu kritisch fanden. Vor allem die Stimmen der Stadtteilaktivisten, die von dem freigegebenen Geld gerne mehr in ihren Projekten gesehen hätten, haben für Aufruhr gesorgt. Das kommt so im Vorfeld der Wahlen nicht gut an."

„Aber wir sind Presse. Wir sind keine Mitarbeiter des Rathauses!", entrüstete sie sich, noch immer darauf bedacht, nicht aus der Haut zu fahren.

„Ja, wie soll ich sagen? Die Redaktionskonferenz besteht ja nicht nur aus mir alleine und der Artikel betrifft ja nicht nur Kultur, sondern er reicht auch in die Zuständigkeiten der Stadtpolitik..." Er kehrte zurück zu seinem Espresso und rührte noch einmal um. Dann packte er ein weiteres Stück Zucker aus und tat es in die Tasse.

„Kalle ... Tschuldigung. Herr Reiter", platzte Nez heraus. Im gleichen Moment hielt sie die Luft an.

„Ich habe schon zu viel gesagt und möchte das nicht bestätigen", sagte Warringer.

„Aber das ist es. Er will den Artikel nicht gedruckt sehen. Ich weiß, dass Kalle .. äh, ich meine Herr Reiter im Rathaus eine Menge Leute kennt. Vielleicht gut kennt."

„Sie sind noch jung und sehr begabt", fügte Warringer hinzu, so, als würde er großväterlich seine Enkelin von etwas Dummem abhalten wollten, „wenn Sie meinen Rat hören wollen, konzentrieren Sie sich auf Kultur und nur auf Kultur und liefern Sie weiterhin so schön recherchierte Artikelchen ab, dann stehen Ihnen alle Wege offen in unserem Blatt. Und nun ärgern Sie sich nicht so. Trinken Sie noch was?"

Nez Reinhardt überstand den folgenden Small-Talk zwar nicht unbeschadet, jedoch gelang es ihr, ihre riesengroße Enttäuschung fein säuberlich zusammenzufalten und in Seidenpapier eingeschlagen nach Hause zu transportieren. Zuhause jedoch ließ sie eine Badewanne ein und kippte aus drei verschiedenen Fläschchen ätherische Öle in das heiße Wasser. Dann öffnete sie eine Flasche chilenischen Rotwein und nahm sie mit zum Wannenrand. Die Kerze für die Stimmung verkniff sie sich. Nach dieser Orgie brachen sich entspannt und kultiviert, anfangs jedenfalls, die Tränen ihren Lauf. Später erlaubte sie sich ein hysterisches Flennen, bis sie schließlich leer und müde einschlief. Sie schlief unruhig, träumte in dunklen Fetzen und wachte gemartert mit dicken Froschaugen auf.

Kampflos wollte sie nicht zur Sozialhilfe-Empfängerin werden. Mit diesem Gedanken, dem einzigen, zu dem sie jetzt noch fähig war, marschierte sie am nächsten Morgen in perfektem Make-Up in die Redaktion und verfasste fünf Artikel zu Themen aus dem lokalen Kleingartenmilieu. Brachte ein paar Euro. Der Kühlschrank wurde gefüllt.

Am Abend wollte sie nicht mit sich selbst in der Wohnung alleine sein. Lars anzurufen und nach ihrem Anhänger zu fragen, den sie zurück haben musste, war ihr jedoch unmöglich. Außerdem waren ihre Froschaugen noch geschwollen. Wenn sie diesen Stein erst wieder hatte, würde ihre Pech-Strähne sowieso aufhören. Daran glaubte sie fest. Doch heute Abend musste sie in der frischen Luft entspannen. Der Himmel zog zu, doch sie verspürte einen starken Bewegungsdrang.

Erst als sie den Fuß auf die Wendeltreppe setzte, erkannte sie die grünen Brückenpfeiler und machte sich klar, dass sie schon wieder die Brücke von neulich Abend bestieg. Oben auf der Brücke war der Wind unangenehm kalt. Er entzog dem Körper alle Energie. Vielleicht war es auch die fehlende Kraft nach einer schrecklich unruhigen Nacht, die sich bemerkbar machte. Tief unten fräste ein voller Schlepper durch den braunen Rhein. Sogar in dieser Stadt gab es Möwen. Das Möwengeschrei klang vertraut. Vieles, was nicht schön war, gab ihr ein Gefühl von Heimat. Das Quietschen der Straßenbahn hinter ihr auf den Schienen. Studenten, die neu in der Stadt waren, wurde immer erzählt, dass das nervtötende Quietschen auf den Gleisen von den vielen toten Ratten stamme, die darunter zerrieben werden. Das waren dieselben Leute, die erzählten, im Mensa-Essen gäbe es Kakerlaken. Niemand glaubte diese blöden Witze, doch einige mussten feststellen, dass es nicht in jedem Falle Witze waren. Ihre Studienzeit lag nun genau zehn Jahre zurück. Mit dem ersten Staatsexamen in Germanistik und Wirtschaft hätte sie auch ins Lehramt eintreten können. Doch das war von Anfang an nie ihr Wunsch gewesen. Im Laufe der Jahre hatte sie auch zu viele in ihrem Bekanntenkreis gehabt, die während ihrer Jahre als Lehrer eine spürbare Veränderung durchgemacht hatten. So wollte sie nicht werden.

Hatte sie sich auch verändert? Zehn Jahre, verschiedene Jobs, Hilfsjobs bei Fernsehsendern, Praktika, Zeitverträge bei Verlagen. Welchen Sinn hatte es überhaupt zu grübeln? Sie blickte in die trübe Brühe unter ihr, die sich nun kaum vom Schmutzgrau des Himmels unterschied. Mittlerweile genoss sie die Kälte mit einer masochistischen Freude an der mit Sicherheit folgenden Erkältung. Kälte spüren. Etwas spüren. Krank werden, egal! Wen störte es? Was wäre, wenn sie all dem Grübeln ein Ende setzen würde? Gleich hier, gleich irgendwie über die Brüstung, auf einen Kahn aufklatschen oder zu benommen, um zu schwimmen, wenn man ins Wasser eintritt, und dann von der starken Strömung mitgerissen wird. Der letzte Ausweg war immer noch da. Ein Joker, für alle gratis. Jeder hat einen, dachte sie und das kann dir keiner nehmen. Sie hatte als Jugendliche eine grausige Begeisterung für Ophelia empfunden, die verschmähte Braut, deren rosige Zukunft Hamlets Wahnsinn zum Opfer gefallen war. Ihre Schönheit, tot und blass im Wasser treibend mit offenem Haar, blieb auf ewig unvergesslich in den Köpfen der Sehnsüchtigen. Sie hatte wenigstens die immerwährende Schönheit, die auch Georg Heym mit seinem allzu drastischen Gedicht nicht verderben konnte. In Gedanken rezitierte sie die morbiden Zeilen, die sie in der Oberstufe gelernt hatte. Pubertärer Quatsch!

Nez würde kein Abbild ewiger Schönheit abgeben, das wusste sie. Eine normale Wasserleiche mit allem, was dazu gehörte. Die Ratten wühlten in den Uferbüschen weiter unten. Sie blieb lange bewegungslos, und war doch zu nichts entschlossen.

Als sie sich wieder hochzog, begann es zu regnen. Mit lauten Schritten nahm sie die Wendeltreppe abwärts. Es musste derselbe Weg sein wie vor einigen Tagen, dachte sie. Im Gestrüpp sah sie eine Flasche liegen. Mit halb erwachtem Interesse näherte sie sich der Glasflasche und las tatsächlich BenRiach 16. An den Namen konnte sie sich sehr deutlich erinnern. Es war die Flasche der Unbekannten gewesen. Die Erkenntnis traf sie unvorbereitet. War es also doch wahr? Ein Stromschlag durchfuhr sie und sie spürte für einen Augenblick ihr Herz hämmern. Dass sie tatsächlich letzte Woche mit einer völlig unbekannten, vermutlich Obdachlosen, eine Flasche Whisky geleert hatte und dann irgendwie nachhause gekommen war? Nichts passte zusammen. Diesen Whisky konnte einfach keine Obdachlose haben. Es war ein Qualitätswhisky, den man nicht am Büdchen an der

Ecke bekam. Und wenn er gestohlen war? Womöglich war er noch der Schlüssel zu einem der in letzter Zeit viel zu oft vorkommenden Wohnungseinbrüche, wogegen die Polizei vor aller Augen machtlos zuzusehen schien. Sie trat mit dem Fuß die Flasche ins Gebüsch und machte sich auf den Heimweg.

Als sie mittlerweile völlig ausgekühlt und durchnässt in ihrer Tasche nach dem Wohnungsschlüssel suchte, fiel die Visitenkarte vom Morgen erneut heraus. Ärgerlich hatte sie schon wieder die Nummer in der Hand. In einer Schreibmaschinenschrift, die an längst vergangene Zeiten erinnerte: W e l l i n g t o n. Die zehnstellige Nummer befand sich ebenfalls auf der Rückseite.

„Na warte, du willst es nicht anders. Da rufe ich jetzt an. Die verkaufen mir dann ein Auto, ein Haus oder die lesen mir aus der Hand, dass ich morgen früh aufstehe und all meine Probleme gelöst sind."

Sie wählte die mit 180 beginnende Nummer. Sollte wohl 0180 heißen ... Die Ansage kam durch eine rauchige weibliche Stimme. Der Text versprach alle irdischen Vergnügen, die man für Geld erwerben konnte. Nez knallte den Hörer auf. Es reichte. Eine Sex-Hotline!

*

Im Auto schob Lars das Demo-Tape in den CD-Player. Noch vor einigen Monaten hatte er beim Hören der eigenen Band-Aufnahmen jedes Mal ein Hochgefühl empfunden. Stolz, Freude und eine Art hibbeliger Aufregung. Heute lösten die gemeinsamen Songs bei ihm eine Mischung von schlechtem Gewissen und Wehmut aus. Im dritten Song Never Talk loud hörte er Probleme in seinem eigenen Riff, die er bisher noch nicht wahrgenommen hatte. Ich müsste mehr üben, grübelte er. Wenn ich mehr üben würde, würde ich eine solche Passage problemlos spielen können. Das wirklich Frustrierende für ihn war, dass er noch vor wenigen Monaten schwierigere Stücke federleicht dargeboten hatte. Er dachte an seinen Platz in der Band. Sie spielten nun schon knappe zehn Jahre zusammen. Seit drei oder vier Monaten spürte er, dass die Mitglieder in einem Zustand der

Verharrung gefangen waren. Und ihn beschlich der unangenehme Verdacht, dass dies teilweise daran lag, dass er selbst nicht genügend einbrachte. Er spürte selbst, dass er sich nicht hundertprozentig dazu bekennen wollte. Es waren einfach zu viele Dinge, die ihn im Moment beschäftigten. Sorgen.

Beim Einfahren in den Ort seiner Kindheit war ihm, als müsste er noch einmal in seine Kinderschuhe schlüpfen und als hätte er gleichzeitig das Bedürfnis, sich dafür zu entschuldigen, wenn dabei seine Zehen bluteten. Schuld? Undankbarkeit?

Als er das Auto in der schmalen Einfahrt parkte, lag das kleine Einfamilienhaus seiner Eltern friedlich in der Nachmittagssonne. Aber auf sein Klingeln reagierte niemand. Seit er zuhause ausgezogen war, hatte er es sich zur Gewohnheit gemacht, immer anzuklingeln, bevor er mit dem Schlüssel aufschloss. Auch Eltern hatten ein Recht auf Privatsphäre. Er kramte nach seinem Haustürschlüssel. Nachdem er alle Taschen zweimal durchsucht hatte, immer noch keine Schritte von drinnen zu hören waren und er langsam kleine Adrenalinschübe im Bauch spürte, vernahm er von hinten die wohlvertraute Stimme der alten Nachbarin. „Sie sind hinten im Garten. Jungchen, hast du keinen Schlüssel?", fragte sie herausfordernd.

„Oh, Frau Millich ...", stammelte er.

„Wenn was sein sollte, ich habe immer einen Schlüssel", ergänzte sie fürsorglich. Wie peinlich. Der verlorene Sohn trippelte schlüssellos um sein altes Elternhaus herum, durchs Gartentörchen und sah von weitem eine Gestalt auf der Gartenbank sitzen. *Wie aus einem Buch*, dachte Lars. Die Gestalt wirkte zerbrechlich! Die Zeit schien in diesem Augenblick still zu stehen. Aus der Distanz, noch unbemerkt, beobachtete er, wie sein Vater einen Apfel schälte. Die Haltung des Mannes, den er vor sich sah, war gekrümmt. Er wirkte dünner, älter und klappriger, als Lars ihn in Erinnerung hatte. Lag es daran, dass er sonst in einem Zimmer, wenn alle nah beieinander und im Gespräch vertieft waren, gar nicht darauf achtete? Als er sich langsam näherte, sah er die sorgenvollen Augen, groß, mit Ringen unterlegt, die Haare mehr grau als braun. Den Nimbus der Würde auf dem Abstellgleis schwach bewahrt, den Ausdruck der großen Augen ängstlich, und mit einem Gesicht, das früher vielleicht einmal für einen Mann „schön" gewesen war, schien er einen neuen, zusätzlichen Ausdruck angenommen zu haben. Lars erhaschte eine Vorahnung, die ihn nervös machte. Der Ausdruck der Vergänglichkeit in diesem gesamten Stillleben „Vater auf Bank" ließ Lars innerlich erschaudern. Irgendwann wird er auf dieser Bank nicht mehr sitzen, schoss ihm durch den Kopf. Es war das erste Mal, dass er so über seinen Vater dachte.

Jetzt hatte sein Vater ihn gesehen. Seine geradezu kindlich anmutende Freude war rührend. Er erhob sich von der Bank, fasste Lars fest bei der Hand, und seine Augen strahlten. Nach einer herzlichen Begrüßung wurde Lars auf die Bank neben seinen Vater gesetzt, mit einem frisch gepflückten Apfel versehen und bewundernd angeschaut.

„Über was schreibst du gerade?", fragte sein Vater, „Werden deine Artikel auf Seite eins gedruckt?" „Musst du viel arbeiten?", „Siehst du deinen Redaktionschef häufig?" „Hast du jetzt deine Festanstellung?" „Willst du nicht doch noch zum Fernsehen wechseln?", „Du könntest ja auch Auslandskorrespondent werden" ...

Fragen über Fragen. Ein bisschen genoss er es, von seinen Eltern bewundert zu werden. Doch ein Quäntchen davon schmeckte immer bitter. Schließlich hatten sie doch selbst einen wesentlichen Anteil daran getragen, dass er sich entwickeln konnte und nicht als Einzelhändler oder Mechaniker an seinem eigentlichen Wesenskern vorbeileben musste. Und manchmal fühlte er sich auch für diese Verehrung schuldig. Was war von ihm zu erwarten? Dass er Auslandskorrespondent Nummer eins in Deutschlands Fernsehwelt werden würde? Was erwarteten SIE?

„Wie geht es Kai?", erkundigte sich Lars. In Wahrheit war er noch etwas angeknackst wegen Kais schnellem Abgang vor ein paar Tagen. Doch davon wollte er Vater nichts erzählen.

„Ach, dem geht es gut. Er fährt jetzt Großmarktfracht von Hamburg nach Berlin.", erzählte Vater, während er ein kleines, pickeliges Äpfelchen liebevoll schälte.

„Täglich?", hakte Lars nach.

„Naja, eigentlich nur zweimal die Woche. Er hat übergangsweise eine Aushilfsstelle", fuhr sein Vater fort.

„Aushilfsstelle? Was ist mit seiner normalen Stelle?" Das war Lars jetzt ganz und gar nicht klar.

„Die Spedition hatte ihm gekündigt, weil sein Knie langfristig keine Besserung mehr erkennen ließ und er seit acht Monaten nicht mehr richtig fahren konnte", sagte er beiläufig.

„Wieso erfahre ich das nicht?" Lars klang etwas aufbrausender als beabsichtig, doch es handelte sich auch nicht gerade um eine Kleinigkeit. War er kein Mitglied dieser Familie mehr?

„Wir wollten nicht, dass du dir Sorgen machst. Du hast ja auch so viel zu tun." Sein Vater blickte ihn von unten nach oben an, über den Brillenrand hinweg wie ein alter Landarzt. Lars fühlte sich peinlich in seiner Haut.

„Aber *er* hätte mir doch was erzählen können." Lars wurde wütend, gerade weil es ihm so peinlich war, dass sie ihn mit Samthandschuhen behandelten. Oder hatte er selbst Kai abgewürgt, als dieser vergangene Woche unvermittelt vor seiner Tür gesessen hatte und Lars selbst signalisiert hatte, dass er überhaupt nichts hören wollte? Oh, er hatte es verbockt. Schon wieder!

„Wieso sagst du mir denn, dass es ihm gut geht? Nichts scheint gut zu sein", und Lars versuchte nicht, die Vorwürfe aus seiner Stimme zu drosseln.

„Naja, aber er hat Arbeit und seitdem er nur noch zweimal wöchentlich fährt, hält er seine Schmerzen im Knie auch aus." Was Vater sagte, klang vernünftig, doch trotzdem schien alles irgendwie merkwürdig. Er hakte noch einmal nach:

„Was macht er die übrige Zeit?"

„Arbeit suchen", entgegnete sein Vater knapp und hielt ihm das kleine frisch geschälte Äpfelchen hin.

„Mann!", stöhnte Lars und nahm den Apfel. Ihm war die Lust darauf vergangen.

Dabei fiel Lars sein Hauptanliegen ein, weswegen er eigentlich nach dem Rechten sehen wollte:

„Was ist mit der Geschichte mit eurem Einbruch geworden?", fragte er.

„Auch alles gut", gab sein Vater in aller Seelenruhe zurück.

„Oh je, das fängt ja gut an. Erzähl aber jetzt alles!", sagte Lars streng.

„Da gibt es nichts zu erzählen. Die Versicherung ersetzt die Schäden an den Türen und ... naja die Waren. Es ist ja nicht viel weggekommen." Alles klang so beiläufig, wenn Vater es erzählte, so wie *Gestern ist der Schornsteinfeger gekommen und dann der Briefträger.*

„Geld?", bohrte Lars.

„War keines in der Kasse." Gott sei Dank! Warum aber war an einem Freitagnachmittag kein Geld in der Kasse?

„Wie geht es in dem Laden?", erkundigte sich Lars weiter und er hatte dabei ein komisches Gefühl. Hatte Kai nicht so seltsam geklungen letztens? Jetzt konnte sich Lars nicht mehr verstecken. Er musste sich damit auseinandersetzen.

„Gut", entgegnete Vater und nahm sich einen Holzstecken zur Hand: „Sieh mal, das wird mal ein Spazierstock. Ich muss nur noch die untere Hälfte nacharbeiten."

Jetzt machte sich Lars Sorgen. Schon lange hatten seine Eltern sich auf die Idee fixiert, dass Nez – nach einer Heirat mit Lars – den Laden übernehmen sollte und eine moderne Boutique für Lingerie daraus machen solle. Als Mitgift sozusagen, und dann wollten sich die Eltern aus dem Geschäft zurückziehen. Ein perfekter Plan. Der einzige Punkt, in dem der Plan nicht funktionierte, war, dass Nez keine Wäsche verkaufen wollte, sondern Journalistin sein wollte. Die Eltern jedoch wussten, wenn erst einmal ein Kind da sein würde, oder sogar zwei, dann würde es für Nez wesentlich leichter sein, im hauseigenen Wäschegeschäft selbstständig zu arbeiten, als sich an einen vollen Redaktionskalender zu halten. Eine Sicht der

Dinge, der Lars durchaus zustimmte. Vielleicht lief der Laden eines Tages so gut, dass man noch eine Halbtageskraft einstellen konnte und dann könnte Nez ein schönes Leben haben. Dann könnte sie auch wieder Artikel für die Zeitung schreiben, vielleicht für den Lokalteil.

„Sag mir wirklich, ob alles gut ist.", insistierte Lars beharrlich.

„Ja, es ist wie immer. Was soll denn sein?", entgegnete der Vater knarzig, ohne Lars anzuschauen. Verbissen schnitzte er an dem Stecken herum.

„Kai hatte so was angedeutet, ich solle mal mit dir sprechen."

„Kai, wann?", blickte Vater auf, jetzt aufmerksamer.

Mist auch, jetzt hatte er es.

„Och, irgendwann. Schon länger her", gab Lars zurück.

Lars nahm von der Seite wahr, wie sich der Blick und die Schatten auf dem Gesicht des Vaters verdunkelten. Er schien die Zähne aufeinander zu beißen und blieb stumm. Die unangenehme Gesprächspause dauerte schon viel zu lange.

Doch nun sah er, wie seine Mutter um die Ecke kam, kräftig und beherzt wie immer. Ihre Freude über Lars´ Anwesenheit trug sie noch schneller voran - ein Wal, der frohgemut auf den Wellen surfte.

„Lars, mein Junge! Das ist so schön, dass du mal nach uns schaust. Ach, Lars!"

Ihre Aufgeregtheit machte sich in noch gefühlten weiteren zwanzig Ausrufen „ach, Lars!" Luft.

In Sekundenschnelle hatte sie auf dem Gartentisch Platzdeckchen ausgelegt und das traditionelle Familiengeschirr mit den bunten Blumen und dem breiten Goldrand aufgetischt. Ob es aus den Zwanziger- oder Fünfzigerjahren stammte, wusste Lars nicht. Es war jedoch ein eisernes Gesetz im Hause Bové, dass Familienbesuch nur, und zwar ausschließlich mit dem von der Urgroßmutter geerbten Geschirr bewirtet wurde. Nach weniger als zwei Minuten stand eine Eierlikörtorte und eine zusätzliche Schüssel Sahne auf dem Tisch und Lars wurde bei der Liebe seiner Mutter zum Essen aufgefordert. Hätte er nicht gegessen, wäre dies einer Liebesverweigerung gleichgekommen. Er ließ es mit sich geschehen und nach zwei Stücken Torte begann er, es zu genießen.

„Wie geht es Nez? Warum ist sie denn heute nicht dabei?", fragte seine Mutter näselnd, während sie sich ein appetitliches Häppchen Torte in den Mund schob.

„Vielleicht muss sie arbeiten?", klärte der Vater das Problem pragmatisch.

Lars schnaufte in den Sahneberg, den er gerade zu seinem geöffneten Mund führen wollte.

„Hm". Jetzt sollte er eigentlich sagen: *Mutter, Vater, wir haben uns getrennt. Es wird keine Heirat geben, keine Nez, die den Laden modernisiert, und keine Kinder. Nichts.*

Er kaute.

„Wieso kommt sie denn nicht mal mit? Was muss sie denn so viel arbeiten?", drängte seine Mutter.

„Sie ist halt fleißig", gab Lars zu bedenken. Vielleicht würde er es ihnen morgen sagen. Vielleicht besser am Telefon.

„Es ist doch alles in Ordnung bei euch, oder?" Nicht auszudenken, was los wäre, dachte Lars, wenn er die Wahrheit sagen würde. Dieses Gesicht seiner Mutter, das er immer so geliebt hatte und noch immer verehrte, konnte sich so schnell verändern wie die Nordsee im September.

„Ja, klar, was soll sein? Hast du noch ein Stückchen Kuchen für mich?" Lars opferte sich, ignorierend, dass sein Magen bereits rebellierte. Ihm war übel.

„Oh, die Sahne ist alle. Ich geh noch schnell in die Küche und schlage noch etwas." Schnell sprang seine Mutter auf und lief keuchend und mit den Armen rudernd in die Küche.

Uff, vom Glatteis! Sein Vater begann jetzt, von den Bäumen im Garten zu sprechen. Von den Früchten, der Marmelade, die einzukochen war, und von der Katze der Nachbarn, die allmählich alt wurde. Dann ging auch sein Vater mit der Kanne in die Küche, um nach neuem Kaffee Ausschau halten. In dem idyllischen Garten begann Lars, sich wieder ein klein wenig zu entspannen.

Die Klippen des Gesprächs waren umschifft und es war schön, einmal wieder mit den Eltern in der Sonne zu sitzen. Wie früher. Er verspürte Druck auf seiner Blase und setzte sich in Richtung Badezimmer in Gang. Aus der Küche vernahm er die Stimmen seiner Eltern, die sich jedoch nicht nach Kaffee-Gespräch anhörten. Der Klangmelodie nach gab es Streit. „Du musst es ihm sagen. Er wird es sowieso bald merken", zischte die Stimme seines Vaters.

„Nein, du wirst es ihm nicht sagen. Wir gehen doch nicht bei unserem eigenen Sohn betteln." Seine Mutter klang weinerlich.

„Und wenn du den Posten nächsten Monat nicht bezahlen kannst? Was dann? Meinst du, er merkt es nicht, wenn auf einmal das Geschäft geschlossen bleibt und der Kuckuck an der Tür klebt?" Sein Vater schien sich Respekt verschaffen zu wollen und klang ungewohnt harsch.

Seine Mutter schluchzte kaum hörbar auf.

„Ich wollte doch so gerne, dass Nez und er einen neuen Anfang machen können. Sogar wenn wir insolvent werden, können sie das Geschäft für einen Bruchteil kaufen und einen neuen Anfang machen. Wenn du aber jetzt Nez unter Druck setzt, dann wird sie nie zustimmen. Du weißt doch, wie sie ist", schluchzte sie, und Lars hörte, wie sie ihre Nase putzte.

„Ja, sie ist schon ziemlich eigen", antwortete Vater, doch es klang nicht wirklich abwertend.

Die Stimmen kamen näher und Lars huschte auf Zehenspitzen ins Badezimmer. Draußen hatte er noch einmal kurz mit seinem Gewissen gerungen und überlegt, seinen Eltern vielleicht doch reinen Wein einzuschenken. Doch jetzt – die Dinge standen schlimmer, als seine Eltern zugaben. Warum konnten sie nicht ehrlich zu ihm sein? Die Wahrheit lastete schwer auf ihm. Er hatte sich nie frei von dem elterlichen Geschäft gefühlt. Und nachdem klargeworden war, dass sein älterer Bruder weder genügend Verstand noch irgendeine Art von Durchhaltevermögen besaß, lag es an ihm, die Last des Nachfolgers zu spüren. Er wusch sich den Schweiß von der Stirn. Was wartete draußen auf ihn?

Als er wieder raus kam, saß Frau Millich auf seinem Platz, die nette Nachbarin, die er schon seit seiner Kindheit „Milli" genannt hatte. Milli sah immer nach dem Rechten, sie war der gute Geist des Hauses, wenn weder sein Bruder noch er in der Nähe war, um einzuspringen, wenn etwas gebraucht wurde. Milli gehörte zur Familie. Wusste Milli auch, wie es um die Familie stand? Er hielt sich erst einmal im Gespräch zurück und seine Vermutung wurde bestätigt, dass niemand etwas wissen sollte. Es wurde nur noch nachbarschaftlicher Tratsch ausgetauscht, die neuesten Krankheiten mit dem im Internet verfügbaren Wissen diskutiert und über die Ärzte hergezogen. Also sollten weder er, Milli noch sein Bruder oder irgendjemand sonst etwas von der Misere wissen. Er spielte noch eine Weile den lieben Sohn und verabschiedete sich bei der ersten Gelegenheit, noch unter dem Schock der erlauschten Nachrichten stehend.

*

Die folgenden Tage in der Redaktion verliefen arbeitsreich. Nez verbrachte viel Zeit mit Außenterminen und versuchte in der Redaktion selbst Kalle Reiter nicht zu begegnen, so lange sie noch hasserfüllt an den gestorbenen Bericht dachte. Lars hatte insgesamt achtmal auf den Anrufbeantworter gesprochen. Er hatte um ein Treffen gebeten. Darum, dass sie es sich noch einmal durch den Kopf gehen lassen sollte, und darum, dass er noch eine Chance bekommen sollte. Er hatte ihr noch einmal einen Heiratsantrag gemacht, diesmal auf dem Anrufbeantworter. Gestern Abend hätte sie fast abgenommen. Seine Stimme klang weicher als sonst. Sie selbst hatte nach einem harten Arbeitstag über ihrer Steinesammlung gesessen und sich gefragt, ob sie nicht vielleicht in einer anderen Stadt neu anfangen sollte, als der AB ansprang. Aber Köln war nun mal die Medienstadt. Wo sollte man es sonst schaffen? Sie war in den letzten Tagen sehr einsam gewesen. Aber auch auf eine ungewohnte Weise frei. Sie hatte noch keine Zeit gehabt, ihre neue Spannweite zu testen. Sie wusste gar nicht, ob sie überhaupt Lust dazu hatte, ihre Flügel auszubreiten. Sie hatte zwar stärker das Gefühl, ihr Leben selbst in die Hand zu nehmen, doch dies konnte sie im Moment nicht trösten.

An diesem Abend war sie zuhause, als Lars auf den AB sprach. Sie hob nicht ab. Sie setzte sich auf den Boden neben das Telefon und weinte mit ihm. Jeder auf seiner Seite der Stadt, weinten sie gemeinsam. Noch lange, nachdem er aufgelegt hatte, wollte sie ihn zurückrufen. Heute hatte er zum ersten Mal so etwas wie Verständnis für sie geäußert. Er sprach davon, ihr mehr Freiraum zu lassen. Vielleicht sei es besser, wenn sie wieder für unterschiedliche Arbeitgeber unterwegs wären und sich nur privat sähen. Er wolle alles verändern, was sie verlangte und sie so akzeptieren, wie sie sein wolle. Ein guter Anfang, oder waren es nur Floskeln? Verstand er sie wirklich? Sie musste sich fast gewaltsam die rechte Hand abklemmen, damit sie nicht zum Hörer griff. Aber sie musste sich auch die Chance geben, selbst zu erfahren, ob sie alleine sein wollte. Dazu waren einige Wochen notwendig. Würde sie jetzt schon zu ihm zurückkehren, wäre ihr kurzer Ausflug in die Freiheit nur die Runde eines Kanarienvogels durch das Wohnzimmer gewesen, bevor er wieder in den Käfig flog.

Trotz dieser Zweifel hatte Nez in den vergangenen Tagen einen Teil ihres Kampfgeistes zurückgewonnen. Zumindest wollte sie sich in der Redaktion nichts über ihren Frust über den verhinderten Artikel anmerken lassen. Sie saß so sehr am kürzeren Hebel, dass sie noch nicht einmal die Möglichkeit einer Beschwerde hatte. Also trat sie die Flucht nach vorne an und verfasste wie besessen Berichte, die Warringers Vorstellungen entsprachen. Sie probte von nun an täglich ihren Auftritt, als handelte es sich jedesmal um ein Vorstellungsgespräch. Ein tadelloses Outfit war selbstverständlich. Sie fühlte sich außerdem attraktiv, wenn sie nichts dem Zufall überließ. Sie gestand sich ein, dass sie sich für attraktiver hielt als die meisten anderen weiblichen Redaktionsmitglieder. Doch verglich sie sich wirklich einmal kritisch mit einer anderen, so schnitt sie im Einzelfall fast immer schlechter ab. Zu alt, zu dick, zu groß, zu laut, zu ungeschickt, zu dumm. Aber mit Kleidung ließ sich viel machen, vor allem, wenn man sich manchmal auf dem Prüfstand wähnte. In der Redaktion konnten besonders die weiblichen Mitarbeiterinnen einen sehr individuellen Stil an den Tag legen, und das gesamte Outfit musste „sitzen". Schlechter Stil zeugte von fehlendem Geschmack, und dies war für eine Journalistin, die im Feuilleton veröffentlichen wollte, *no go*. Ihre rote abgewetzte Kultlederjacke aus den Siebzigerjahren galt, den Bemerkungen zufolge, als stilish und wurde von Nez mit allem kombiniert, was die wirklich angesagten Second-Hand-Läden zu bieten hatten.

In ihrem grauen Cord-College-Rock und kniehohen flachen Stiefeln fühlte sie sich sicher, als sie am brandneuen Kaffeeautomaten Warringer begegnete. Wohlwollend murmelte er leise „Ich habe in der Geschäftsleitung verlauten lassen, dass ich Sie haben will."
„Wie – *haben*?" Augenblicklich wurde Nez ihre Ungeschicklichkeit bewusst. Dies wiederrum blieb auch Warringer nicht verborgen. Hätte er sie nicht wenigstens vorher einmal formell zu einem Mitarbeitergespräch laden können? Über sie wurde verfügt, man „wollte sie haben", wie einen Gegenstand, oder wollte ER sie haben?
„Ich habe auch Neuigkeiten von Ihrem Artikel über die Kulturgelder. Reiter selbst möchte die Recherchen überprüfen und den Artikel neu vergeben, mit einer *objektiveren Ausrichtung*, wie er sagt."
„Meine Recherchen überprüfen und den Artikel an jemand anderen vergeben? Ich verdiene pro veröffentlichte Zeile und meine Recherchen waren meine Vorleistung.", gab Nez ungehalten zurück. Das war doch Frechheit!
„Er ließ schließlich mit sich handeln. Ich habe mich für Sie eingesetzt. Er möchte, dass Sie alles zu den Stadtteilprojekten herausnehmen, dann können Sie den Artikel haben. Heute noch", beschwich-

tigte Warringer. Er schien es ernst mit ihr zu meinen, doch er wollte dem Artikel die Zähne ziehen lassen.

Die Redaktionssekretärin knurrte „Dürfte ich mal an die Kaffeemaschine?" und schüttelte missbilligend den Kopf. Eine Spur zu heftig, ihre Verachtung für Nez war nicht zu übersehen. Dachte sie, hier würden private Affären ausgetragen? Die Situation wurde auch nicht besser, als der neue Wunderkaffeeautomat mit einem lauten Sprotzen Kaffeeschaum mit Sahne vermischt in die Umgebung schoss, den Großteil auf der Sekretärin dunkelblaues, bis dahin neu aussehendes Top.

„Mein Latte", schrie sie gellend auf und verschüttete mit einem Wisch die daneben stehende volle Tasse auf Warringers graue Anzughose.

„Es ist nicht so, wie es aussieht, hm?" säuselte jemand hinter ihr. Lars. In Begleitung von Kalle Reiter. Im gleichen Sekundenbruchteil stürzte Nez' Temperatur in den Keller, ihr Magen hinterher, während Warringer mit einem Geschirrtuch den Vorderteil seiner Hose berubbelte und gellende Latte-Schreie zwischen Spüle und Kaffeeautomat hin- und her feuerten.

„Hi", sagte Nez.

Lars schaute ihr in die Augen ... Schweigen. Verlegen? Sauer? Traurig?

Nez trat den Rückzug an, auf leisen Pfoten, rückwärts zu ihrem Schreibtisch, grabbelte nach ihrer Tasche und murmelte „Mahlzeit" in den äußeren Rand der Runde.

Auf der Straße stieß sie zischend Luft aus. Sollte sie sich ärgern oder freuen? War sie nur Objekt der Begierde oder kurz vor der Erfüllung ihres Lebensentwurfs? Sah Lars zu gut aus, oder vermisste er sie wirklich, und man sah es ihm einfach nicht an? Konnte er gut aussehen (und das tat er) UND sie vermissen? Sollte sie sich erst einmal irgendwo übergeben? Sie stellte sich an die Fußgängerampel und wartete in der Menschentraube.

Sie sah erst ihren Blick auf der anderen Seite der Kreuzung, ebenfalls in einer Menschengruppe. Die großen übermäßig klaren Augen, wie Bergseen in einer seit Millionen Jahren längst nicht mehr bestehenden Gesteinsformation. Ihr Gesicht klein und auf die Entfernung alt wirkend, die Kleidung heute ganz anders, aber es *musste* diese Frau sein, die auf der Brücke mit ihr gesessen hatte und ihr am Schluss aus der Hand gelesen hatte. Diese seltsame Frau. Wieso erkannte sie sie wieder? Was machte sie vor der Redaktion – Zufall? Ihre Blicke explodierten ineinander, körperlich spürbar. Blitzschnell und wendig verschwand die Fremde in der Menge. Nez sprang hinterher. Ein schwarzer BWM quietschte knappe zehn Zentimeter vor ihr auf die Bremse, türkisches Geschimpfe wetterte hinter ihr her, unterstützt durch zwei 120 Watt-Boxen mit ausreichenden Beat-Schlägen, um den Supercup zu gewinnen. Sie hetzte über den Markt und sah die dunklen Haare im Eingang der Passage verschwinden. In der Passage selbst war keine Spur mehr von der Fremden. Nez hätte in einem Ameisenhaufen ein Zuckerkörnchen suchen können. Sie hätte ebensogut unter den Reifen eines schwarzen BMWs liegen können. Keuchend gab sie auf.

Am Abend, der restliche Nachmittag hatte sich aus einem Anfall von göttlichem Mitleid aus ihrem Gedächtnis gelöscht, musste sie einfach Constanze anrufen. Vielleicht war wenigstens hier wieder gutes Wetter.

„Du spinnst. Weißt du das?", krähte Constanze durch die Leitung.

„Warum sollte eine wildfremde Frau vor der Redaktion stehen und dich anstarren? Du sagst selbst, sie sah ganz anders aus", wetterte sie fort.

„Aber es waren die Augen. Ich habe sie wiedererkannt." Nez versuchte durchs Telefon zu flehen. Es war ihr ernst. Sie glaubte sicher, die Fremde gesehen zu haben, wie sie das Redaktionshaus gemustert hatte. Doch Constanze schimpfte gnadenlos auf sie ein:

„Wie willst du das bei dem ganzen Alkohol denn jetzt noch wissen? Das ist jetzt genau zwei Wochen her. Fass dir doch mal an den Kopf! Das mit Lars und der Redaktion ist einfach zu viel für dich gewesen. Sorry!"

„Sie wirkte erschreckt, als ich sie erkannt habe. Sie hat sich erschreckt und ist weggelaufen. Warum sollte sie das tun?", beharrte Nez.

„Genau. Warum sollte sie?" Constanze hätte ebenso sagen können, *ich glaube dir nicht, du bist übergeschnappt, du möchtest dich wichtigmachen, du bist mal wieder der Mittelpunkt, der bedauert werden möchte.*

„Ich hab im Moment totalen Stress." vernahm sie Constanze. Also doch. Constanze interessierte sich nicht wirklich für ihre Sorgen. Constanze berichtete über ihren Streit im Heim.

„Wie gehen die anderen Kollegen damit um?", fragte Nez mehr aus Höflichkeit.

„Sie sehen es unterschiedlich locker. Einer zum Beispiel hält nur die Regeln ein, die er möchte, und macht sich bei den Jugendlichen beliebt. Eigentlich macht jeder, was er will, ohne Konsequenzen."

„Kannst du das denn nicht auch?", war Nez logische Antwort darauf. Es erschien ihr nicht weiter problematisch.

„Begreifst du das denn nicht?", keiferte Constanze durch den Hörer, „Es ist falsch! Es ist falsch, alles laufen zu lassen. Den Kids alles durchgehen zu lassen, kleine heile Welt zu spielen, wo sie einfach nicht ist und sie dann in die Welt der Kleinkriminellen zu entlassen und zu sagen: *Hey Kids, ihr habt alle Chancen der Welt. Nutzt sie.*"

„Ich will dir doch nur helfen. Du könntest das doch auch alles ein wenig lockerer sehen und dich mehr entspannen...", lenkte Nez ein. Wieso regte sich Constanze dermaßen auf?

„O.K., danke, es reicht. Du hast wirklich überhaupt keine Ahnung ... oh Gott, jetzt höre ich mich schon an wie die alte Maas, sowas sagt sie auch immer. Tschuldigung."

„Ist ja gut. Aber, hör mal, ich muss diese Frau suchen. Da ist irgendetwas. Ich habe ein ganz komisches Gefühl", wechselte Nez wieder das Thema.

„Naja, gerade hast du mir noch gesagt, dass ich alles lockerer sehen soll und mir nicht so viele Gedanken machen soll", entgegnete Constanze schnippisch.

Constanze sah mal wieder alles analytisch. Ein kleiner verräterischer Gedanke in Nez´ Hinterkopf piepte Alarm. Was war, wenn Constanze

Recht hatte? Alles war Zufall. Nez stand am Rande eines Nervenzusammenbruchs, in einer akuten Beziehungskrise und als ob dies nicht ausreichen würde, in der weiblichen Midlife-Krise: kein Kind, kein Geld, keine feste Stelle, keinen Sinn, keine Beziehungsperspektive mehr. Sie erlebte gerade die dritte Phase der Kindheit, die Praktikum-bis-fünfunddreißig-Phase, und wünschte sich nichts sehnlicher, als diese hinter sich zu lassen. Schließlich sollte sie bald vierzig werden.

Es schellte.

„Hör´ mal, Liebes, ich muss Schluss machen, jemand klingelt an der Tür."

„Bis dann, tschau. Und meld dich mal wieder!", antwortete Constanze schnell. Etwas in ihrem Ton klang nicht echt. Fordernd. Der Appell war allzu deutlich. Es waren genau diese Dinge, die feinen Nuancen, die Nez eine Zugehörigkeit zu Gruppen, egal welcher Art, unerträglich machten. Man wusste nie, was die Leute von einem wollten. Man konnte alles falsch machen und noch immer im Glauben sein, dass man alles richtig machte. Oft genug hatte sie vieles falsch gemacht und dies daran festgestellt, dass „Freunde" sich auf einmal nicht mehr gemeldet hatten und nach Wochen des Anrufens und Verabredungen Suchens der Kontakt einfach auslief. Viel zu spät festgestellt.

Die Nachbarin brachte Nez ein Päckchen. „Heute für Sie abgegeben", sagte diese freundlich.

Das Päckchen war nicht größer als eine Packung Kaffee. Es war in altmodisches Packpapier gewickelt, fünffach, und mit schwarzem Filzstift beschriftet. Es war schmutzig, hatte eine unleserliche Adresse mit einem Absender aus Indien. Dort war es vor drei Wochen aufgegeben worden, wenn sie den verwischten Poststempel richtig interpretierte. Also eine Woche, bevor alles anfing, auseinander zu brechen.

Indien?

Sie starrte das Päckchen an. Es fühlte sich leicht an, etwas knautschig. Nez hatte keinerlei Kontakte in Indien, nicht einmal in ganz

Asien. Seit dem Tag, an dem sie mit Lars Schluss gemacht hatte, seit zwei Wochen also, fuhr ihr Leben Karussell mit ihr. Oder sie mit ihrem Leben. War das alles ein Fehler und das Päckchen die Botschaft aus dem Off? Die Handschrift auf dem Paket war krakelig, wie von einem ungeübten Schreiber, irgendwie verkrampft und in Druckschrift.

Sie fühlte sich unwirklich und zerriss wie ferngesteuert das Papier. Heraus kamen, in Füllpapier eingewickelt, ein Landschaftsfoto, ein Schlüssel, der an einem Anhänger mit Zettel klebte, und ein Papier, auf dem –diesmal in feiner geschwungener Handschrift – ein Text stand.

*

Als am nächsten Abend das Telefon klingelte, nahm Nez ab. Sie redete sich ein, dass sie ohne den Jaspis-Anhänger nicht leben konnte. Sie musste ihn von Lars zurückfordern. Sofort. Wenn Lars aber einmal auf Widerstand traf, dann neigte er zu einer gewissen Bockigkeit. Daher musste sie sich im Guten mit ihm treffen und ihn freundlich um den Anhänger bitten. Die ach so kluge Nez belog sich selbst. Ungeduldig nahm sie ab. Lars stutzte, dass der Anrufbeantworter so schnell ansprang, bis ihm klar wurde, dass er Nez persönlich hörte.

„Hi, Nez!", stotterte er in den Hörer.

„Hi", antwortete sie, noch unschlüssig darüber, was sie wirklich empfinden sollte.

„Endlich habe ich dich mal angetroffen." Lars´ Freude klang echt, und das rührte Nez. Sie meinte es ernst, als sie ihn fragte „Wie geht es dir?"

„Du fehlst mir" ... Er machte eine Pause und schluckte. „Ich habe zwei Wochen lang versucht dich zu erreichen."

„Das tut mir leid", sagte sie, während ihr Herz gefror. Was erzählte sie da? Sie wusste nicht, ob ihr irgendetwas leidtat. Es änderte sich minütlich, was ihr leidtat, oder was nicht. Aber sie bedauerte, dass sie so mit ihm umgesprungen war. Dass sie seine allgegenwärtige Liebe nicht geschätzt hatte. Aber am meisten vermisste sie seine Nähe, so wie seinen Körper. Ihr Bedauern schmeckte bitter. War dies schon *leidtun*, oder war dies in aller Linie Selbstmitleid? Hatte er jemals etwas so richtig falsch gemacht? Es war ihr Luxusproblem gewesen. Fast hätte sie die Worte ihres Vaters benutzt, um sich selbst zu bestrafen. Sie fühlte sich schäbig. Was waren das für Forderungen an ihn, die sie stellen sollte? Sie nicht einzuengen? Hatte er sie jemals daran gehindert, auszugehen, zu arbeiten, zu leben? Eigentlich nicht. Am liebsten hätte sie ihn jetzt gewiegt wie ein Kind, in den Armen gehalten und die Uhr auf Null gestellt.

„Können wir uns treffen?", fragte er.

Sie stimmte einem Treffen in seiner Wohnung zu.

Als er aufgelegt hatte, las sie noch einmal den Zettel aus dem schmutzigen Päckchen:

Wahrheit
Mit jedem Schritt, den wir tun,
ändert sich unsere Welt.
Ob wir am Ende oder am Anfang aller Fragen stehen,
bestimmen wir selbst,
doch wo immer wir ankommen,
wird die Wahrheit eine andere sein.

9.

Die Spitzen seiner ewig struppigen blonden Haare kribbelten in ihrem Ohr. Sie badete in seinem vertrauten Geruch. Noch im Übergang zwischen Schlaf und Wachzustand, dieser seligen Sekunde, in der das Wohlbefinden des Körpers und der Frieden der Nacht die Wahrnehmung ausfüllen, spürte Nez, dass etwas anders war als in den vergangenen Tagen. Sein Arm lag über ihrem Hals. Arm? Lars? Und schon bohrte sich der vergangene Abend zurück in ihr Gedächtnis. Wie sie zögerlich, fast wie ein ertappter Ladendieb vor der Tür gestanden hatte, und wie er sie wortlos in die Arme geschlossen hatte. Sie hatte an das Bild vom verlorenen Sohn denken müssen. Auch dort waren keine Erklärungen notwendig gewesen, nur die Freude, wieder zuhause zu sein. Sie hatte die Dankbarkeit gespürt, keine Fragen gestellt zu bekommen. Auch nach einigen Minuten hatte es noch keine Worte gegeben. Es schien ihr, als hätte er sie eine lange Ewigkeit in den Armen gehalten, fest umklammert. Sie hatten einander buchstäblich wiedererkannt, wie lang Vermisste. Ein Augenblick außerhalb der Zeit. Im Nachhinein konnte sie nicht mehr rekonstruieren, wann das erste Wort gesprochen worden war. Es musste nach dem leidenschaftlichen Sex gewesen sein, der gestern so anders als sonst gewesen war. Es war ein Versinken in einer wiedergefundenen Tiefe.

Erst als verbrannte Gerüche aus der Küche strömten, war Lars aufgesprungen, hatte den Backofen geöffnet und die schwarze Rauch-

wolke zum Fenster herausgefächelt. Es hatte Lammbraten mit jungem Gemüse geben sollen. Doch beide hatten den Backofen völlig vergessen. Nez hatte ihn durch die Tür beobachtet, wie er halb verzweifelt, halb belustigt das verunglückte Abendessen aus dem Backofen zu retten versucht hatte. Da war sie wieder, die alte Vertrautheit! Sie war nicht mehr allein. Wie sie all das hier vermisst hatte!
„Es tut mir leid um das Abendessen", war ihr erster Satz an diesem Abend gewesen.
„Nimm es als Opferlamm. Bestellen wir eine Pizza?" Doch dazu sollte es dann nicht mehr kommen. Das war gestern Nacht.
Nez genoss jetzt das heiße Wasser unter der Dusche. Zum ersten Mal seit langem fühlte sie sich wieder komplett. Aus der Küche klapperte das Geschirr das bekannte Morgenlied. Willkommene Geräusche. Und es duftete so herrlich nach Kaffee!

Die Küche war nicht wiederzuerkennen. Was in der Nacht noch ausgesehen hatte wie die Reste eines Hausbrands, war nun ein von der strahlenden Morgensonne leuchtender Frühstückstisch. Eine Tischdecke hatte er aufgelegt, was äußerst selten war. Dazu hatte er Eier gekocht und diese mit lustigen Eierwärmern in Mäuschenform geschmückt. Lars hatte sogar an Servietten gedacht, die mit dem Gelb der Tischdecke harmonierten. Es musste ihm ernst sein! Die Küchenuhr schlug elf. Nez sah ihren Jaspis-Anhänger mit einer weißen Rose auf ihrem Teller drapiert. Darunter war ein kleines herzförmiges Kärtchen, auf dem das Wort „Frieden?" in wundervoller Handschrift stand. Wirklich gerührt nahm sie den Anhänger an sich und legte ihn um. Sie lächelte Lars aufrichtig zu. Alles um sie herum schien zu glühen.

Nach einigen Minuten einträchtigen Schweigens bei Brötchen und Kaffee fühlte Nez, dass es nicht richtig wäre, Lars die Sache mit der fremden Frau und dem Päckchen, das aus Indien gekommen war, zu verheimlichen.
„Ich glaube mittlerweile, dass das irgendwie zusammenhängt", begann sie vorsichtig.

„Du lässt dich von einem fremden Bettelweib verfolgen und glaubst, dass ein fehlgeleitetes Päckchen eine geheime Bedeutung hat?" Ein leichtes Grinsen war um seine Mundwinkel herum erkennbar. Wie meinte er das?

„Es war an *mich* adressiert!", widersprach sie.

„Und vermutlich enthält es noch einen Schlüssel, worauf steht, *such mich. Ich bin ein verlorener Schatz!*"

„Nein, es hängt zwar ein Zettel daran, aber nur mit einer Nummer. Eine zehnstellige."

Plötzlich fuhr er sie an: „Bist du verrückt geworden? Du lässt dich in irgendeinen abstrusen Marketing-Müll verwickeln? Wirf das weg und vergiss es!" Lars sprang auf und suchte ein Taschentuch im Garderobenschrank. Sein Ton gefiel ihr immer weniger. In seiner aufbrausenden Art hätte er sich fast den Kopf am Türrahmen gestoßen. Die meisten Altstadtwohnungen in Köln waren nicht für Menschen mit 1,89 Meter Körpergröße geschaffen.

„Jetzt kommt´s: Es ist dieselbe Nummer, die auf dem Zettel steht, den ich nach dem Abend auf der Brücke in der Tasche hatte. Du weißt schon, der Abend, an dem wir uns gestritten hatten."

„Was für eine Nummer?" Lars starrte sie begriffsstutzig an.

„Sieht aus wie eine 0180er-Telefonnummer, fängt aber nur mit 180 an. Mit 0180 vorne war es eine Sexhotline. Mittlerweile glaube ich auch, dass es eine Art Verschlüsselung für etwas anderes sein könnte." Lars fixierte sie kritisch, während er sich langsam wieder auf seinen Stuhl setzte. Dann nahm er ihre Hände in die seinen und redete beschwörend auf sie ein. „Nez. Nun sei doch nicht naiv. Wenn du jetzt irgendeine Dumme wärest, würde ich sagen, ja, ok, verständlich. Du aber, als aufgeklärte Journalistin, kannst doch nicht so blauäugig sein und darauf reinfallen. Im besten Fall ist es ein perfider Marketing-Trick oder eine neue Art bulgarischer Einbrecher-Gang, die ihre Opfer erst nach ihren Gewohnheiten auspioniert und dann ausraubt. Oder, wenn du ganz großes Pech hast, hast du jetzt schon ein Drogennest in deiner Wohnung und kriminelles Pack holt das Zeug, wenn die Luft rein ist, wieder irgendwann bei dir ab."

„Lars, ich hab dich um deine Hilfe gebeten." Nez blickte zu Boden und zerrte an ihren Händen. Er hielt sie noch immer an den Handgelenken fest. Die Küchenuhr tickte zu laut. „Entschuldige." Er sah sie plötzlich wieder mit anderen Augen an. Den verständnisvollen warmherzigen Augen, die immer für die kleine Nez da waren. Es schmerzte sie so sehr, wenn seine Stimmung innerhalb weniger Sekunden in den Keller sank und der liebevolle Blick durch hornochsiges Starren ersetzt wurde. Er ließ ihre Handgelenke los und drehte sich auf dem Stuhl. Er biss sich auf seinen linken Mittelfingernagel und schien ernsthaft nachzudenken. Etwas leiser fuhr er fort:

„Ich will dir ja nur helfen, Liebes. Ich will einfach nicht, dass du Opfer von verrückten oder gewalttätigen Stalkern wirst. Du steigerst dich da in etwas hinein." Er redete auf sie ein wie man auf ein kleines fiebriges Mädchen einredet. Doch sie konnte dies nicht hinnehmen.

„Lars, ich muss diese Frau finden. Ich weiß, da ist etwas. Da geht etwas vor. Vielleicht will sie mich auf eine Story aufmerksam machen. Wahrscheinlich hat sie mich aus der Redaktion kommen sehen, gedacht, aha, eine weibliche Journalistin. Vielleicht geht es um Frauenhandel, um Schlepperringe aus Osteuropa. Vielleicht ist sie von so einem Ring weggelaufen und braucht dringend Hilfe."

„Nein!", entgegnete er abrupt.

„Was, *nein?*", erwiderte Nez kampfbereit, „Du willst mir nicht helfen? Gib´s zu. Am Ende habe ich wieder die bessere Story und dein Kalle vom Stadt-Ressort fühlt sich wie immer auf die Füße getreten, wenn ich herauskriege, dass da irgendetwas läuft. Und dann wird der Artikel wieder einmal rausgenommen, bevor er veröffentlicht wird, damit Kalle seine Freunde im Rathaus nicht verärgert. Stimmt´s?"

„Nez. Du wirfst echt wieder alles durcheinander. Nun sei doch nicht kindisch!", klang Lars überaus erwachsen. Sie hasste ihn für diesen Tonfall!

Seine Augen waren nun so dunkel wie eine Gewitterwolke vor dem ersten Blitz. In diesen Momenten wirkten sie kalt und brutal. Sein Rücken versteifte sich. Von der kuscheligen Frühstücksatmosphäre war nun nichts mehr im Raum spürbar. Er stand auf und räumte das Geschirr zur Spüle.

„Immer wenn es eng wird, kommst du mit deinem Egoismus. Kannst du nicht mal die kleine Prinzessin sein lassen und dich einfach mit der Realität auseinandersetzen?", grollte er.

„Mit *deiner* Realität? Dass du deinen Freund und Fan Kalle Reiter ausspielst, mir meine Stelle wegzunehmen, für die ich seit zwei Jahren redlich schufte? Das ist gar nicht egoistisch, nein, das ist geradezu edel!" Sie hatte nun das Bedürfnis, aufzutrumpfen, und das hörte man deutlich. Sie fühlte sich so sehr im Recht, dass sie ihre Rede vor der Vollversammlung der Vereinten Nationen gehalten hätte.

Seine Mine verfinsterte sich.

„Gerade das wollte ich nicht. Und ich habe mich in dem Gespräch mit Dr. Ohrig absolut integer verhalten und nachgefragt, ob auch du in Betracht gezogen wirst." Seine Stimme klang betont artikuliert.

Die Erkenntnis traf Nez wie ein Schlag ins Gesicht. Erst nachdem sie seinen Tonfall realisiert hatte, wurde ihr klar, was sie gehört hatte: Es hatte bereits ein Personalgespräch gegeben, ohne sie. Ohne Nez.

„Das habt ihr euch ja fein vorgestellt. Und was soll ich machen? Hat Dr. Ohrig auch gesagt *Dann heiraten Sie einfach Frau Reinhardt und das Problem ist aus der Welt?* Wo bleibe ich bei eurem feinen kleinen Plan? Bei deiner Mutter im Miederwarengeschäft für Landwale ab 60 und Körbchengröße gg für *ganz groß*?" Nez war kurz davor, die Fassung zu verlieren. Ihre Stimmlage rutschte eine Oktave höher, und sie fand selbst, dass sie sich anhören musste, wie ein quiekendes Ferkel. Doch ihr war es egal. Sie musste sich verteidigen.

„Du wirst ausfällig. Undankbar und verwöhnt ... " Lars wirkte auf einmal schwach und zweifelnd. Ihm gingen schlichtweg die Worte aus.

„Lars, du wolltest doch auch etwas anderes. Du wolltest Musiker werden, Songs schreiben und dein Geld als Musikjournalist verdienen. Wo sind deine Träume geblieben?", fragte sie und achtete darauf, die Provokation in ihrer Stimme zu vermeiden.

„Es sind meine Eltern. Sie brauchen mich." Jetzte erkannte sie, wie verzweifelt er sein musste. Doch sie ließ die Verzweiflung nicht gelten. Sie war nur eine Seite der Medaille!

„Aber es ist *dein* Leben", antwortete sie.

„Hast du jemals etwas von Verantwortung gehört?", fragte er, und schon wieder glaubte sie, das Oberlehrerhafte in seiner Stimme zu sehr herauszuhören. Er sah sich als etwas Besseres.

„Danke, das ist ja eine klare Botschaft. In dieses Korsett, das kannst du deiner Mutter zum Thema Wäscheladen sagen, passe ich nicht rein", gab sie zurück.

Jetzt erhob sich auch Nez. Sie spürte wieder die alte Anspannung, was die letzten Monate mit Lars zur Hölle gemacht hatte. Doch nun musste sie sich Luft machen. Sie richtete sich auf:

„Du spielst deine Beziehungskarte zu Kalle aus, denkst du bekommst den Redaktionsjob und ich vergesse all meine Träume? Du bist hier der wahre Egoist."

„Wenn du so über mich denkst, hast du mich nie geliebt." Der resignierte Unterton in Lars´ Stimme alarmierte Nez. Streiten war nicht schön, aber wie ein Sommergewitter. Wenn der Donner ausgerollt hatte, konnte man wieder atmen. Das hier war anders. Es war jetzt ein leises Weinen. Das Gewitter war schon weitergezogen. Seine Augen waren gerötet. Er setzte sich hin, seine Haare klebten auf der verschwitzten Stirn, die nun in tiefen Falten lag.

„Nez, kann ich mit einer Frau zusammen sein, die mich in den Tiefen ihres Herzens für ein Arschloch hält? Und was ist daran so verwerflich, an eine Zukunft zu glauben, in der wir ein gemeinsames Zuhause haben, Familienanschluss und vielleicht Kinder? Selbst wenn wir uns ein kleines Reihenhaus anschaffen würden, hätten wir ein schönes, ein eigenes Zuhause. Wir müssen ja nicht ewig bei meinen Eltern wohnen." Seine Stimmung konnte innerhalb von Sekunden komplett umschlagen. Dafür hasste sie ihn ebenfalls. Sie hasste die Achterbahnfahrt der Gefühle, die er ihr jedesmal damit aufzwang. Sie glaubte auch nicht an seine Vorstellung. Es klang zu einfach.

„Jetzt komm aber mal runter vom Planeten Idylle. Wir leben im Hier und Jetzt. Wir gehen auf die Vierzig zu und keiner von uns hat eine feste Stelle, die auch nur irgendwas von deiner Biedermeier-Welt möglich machen würde, von der du gerade faselst", sagte sie.

„Ich habe eine feste Stelle", entgegnete er betont ruhig.

„Ja, genau bis zum 31.11., dann ist dein Zeitvertrag abgefrühstückt. Wir hangeln uns von einem Vertrag zum nächsten. Möchtest du so etwa auch noch Kinder in die Welt setzen?"

„Ja", sagte er bestimmt, doch er sah sie nicht an dabei. Sie war fassungslos.

„Wie kannst du nur?"

„Ich glaube." War er naiv oder nur dumm? Nez spürte, wie sie nicht mehr lange an ihrer Beherrschung festhalten konnte. „An was? Ans Sozialamt? An Harz IV? An die städtische Kleiderkammer? An die wärmende Kraft des Sozialgesetzbuches? An die Caritas oder daran, dass ich das alles mitmache, vielleicht aushilfsweise BHs verkaufe, obwohl ich als anerkannte Journalistin arbeiten wollte, während du dich in der Redaktion verschanzt und *meine* Artikel schreibst?"

„An was glaubst *du*?", entgegnete er tonlos.

„Mich haben die Menschen immer nur verlassen. Von Jobs kann man leben. Menschen sind flüchtig", sagte sie kurz angebunden. Draußen zog Regen auf. Was war es nur für ein Plan gewesen, hierher zurück zu kommen, fragte sich Nez, während sie Lars den Rücken zudrehte und aus dem Fenster schaute.

„Du kannst dich wohl nie den Verhältnissen anpassen. Immer nur Ich, Ich, Ich!", warf er ihr schließlich vor.

„Würdest du deine Träume auf einem Berg verbrauchter Pampers opfern?", schnappte sie zurück.

„Du opferst unsere Liebe auf dem Gipfel deines Egos. Wenn du nicht aufpasst, stehst du am Ende nur noch auf einem Berg von Müll. Soll ich dir schon mal ein Streichholz reichen？", fragte er zynisch.

„Du bist ein opportunistischer Schleimer. Ich habe immer gewusst, dass du ein Spießer bist. Du würdest, nur um deine kleine heile Welt zu bekommen, uns beide jetzt in Ketten legen. Wenn du irgendwann dann merkst, *oh, verdammt, ich bin gefangen,* dann könntest *du* dich herauswinden, und ich? Für mich wären alle Wege versperrt. Ich habe etwas zu verlieren. Mein Studium, meine Erfahrung, mein Leben, wie ich es kenne, während für dich alles beim Alten bleiben würde. Schon mal daran gedacht?" Nez gab nicht auf. Das musste er doch einsehen.

„In welchem Jahrhundert lebst du eigentlich?", maulte Lars lautstark zurück und Verachtung lag in seiner Stimme. „Du musst das Trauma deiner Hippi-Mutter nicht auf dich selbst übertragen", schrie er nun. Er schien sich in etwas hineinzusteigern. Sein Gesicht war jetzt hässlich verzerrt und dunkelrot. Seine Fratze wirkte angsterregend auf Nez. Das war seine widerliche Seite, die sie an ihm fürchtete. Doch sie ließ sich von ihm nicht derartig beleidigen. Sie drehte sich um und sah ihn offen an, während sie drohte: „Wage es nicht, etwas über meine Mutter zu sagen." Sie baute sich in ihrer ganzen Größe auf und forderte ihn heraus. Er hatte sie noch nie geschlagen und er würde es auch heute nicht wagen! Sie fühlte das heiße Adrenalin durch die Adern schießen und zitterte. Das war nicht der Morgen nach der Versöhnung, den sie sich erhofft hatte. Sie stand nach vorne gebeugt da und spürte, wie die Angriffe sie verletzten. Plötzlich schien ihre Energie sich so schnell zu verflüchtigen, wie sie gekommen war. Sie musste sich am Kühlschrank festhalten.

„Ja, und ich bin ein Spießer, wenn ich meinen Eltern nicht in den Rücken falle", setze er nach.

„Ja, dafür fällst du nur mir in den Rücken. Danke." Sie musste jetzt offen sein. Jetzt oder nie.

Er antwortete nicht mehr. Er presste mit beiden Händen den Kaffeebecher zusammen und wurde ruhig.

Doch seine Ruhe hatte nichts friedvolles. Für einen Moment dachte Nez, jetzt käme das ultimative Friedensangebot. Sie wollte schon Hoffnung schöpfen, als er – jetzt ganz leise – fortfuhr:

„Ich kann nicht mit dir leben, wenn du dich nicht zu mir bekennst. Wenn du mich verachtest und wenn du meine Welt als eine Welt von Spießern siehst. Tut mir leid."

Lars stand langsam auf. Er sammelte Nez´ Sachen ein, die überall herum lagen: ihre Socken, ihr Handy, ihre Haarbürste, ihren Slip, ihre Jacke, ihre Tasche. Er legte ihr alles zu einem Häufchen gepackt zu Füßen, schwieg, stand langsam auf und ging auf leisen Sohlen davon. Sie hörte, wie sich der Schlüssel in der Badezimmertür drehte. Dann – noch unter Schock stehend – fuhr sie zitternd in ihre restlichen Kleidungsstücke und schlich sich, wie der Dieb, als der sie gekommen war, aus der Wohnung, in der sie nicht mehr atmen konnte.

10.

Der kleine Junge strahlte vor Glück und wirkte leicht überfordert, als er sich über die riesige Sahnetorte beugte, und seine Backen aufblies.

„Du musst alle Kerzen auf einmal ausblasen, dann darfst du dir etwas wünschen!", rief Cousine Wang. Der Kleine blies mit aller Kraft, hängte sich mit der Brust in die Sahne und pustete nun auch Sahneflocken in die Gesichter der Gäste. Xie sah nur glückliche Gesichter, die den unerwarteten Sahneregen mit lauten Oh-Rufen und Gelächter belohnten. Die heitere Familie applaudierte dem kleinen Jungen, der nun ein breites Kindergrinsen zeigte, eine Milchzahnlücke vorne rechts, was Bonian verschmitzt und niedlich aussehen ließ. Nun wurde er von seiner Familie geherzt und zwischen den Busen der Verwandten nahezu zerdrückt.

Li He Xie stand etwas abseits und konnte nicht verhindern, dass der kleine Bonian ihn an seinen eigenen Bruder erinnerte, als dieser fast im gleichen Alter war. In den Frühlingsfestferien hatten alle Kinder, die in Internaten untergebracht waren, oder weit entfernt von der Familie arbeiten mussten, nach Hause zu fahren. Hunderttausende, die auswärts das Überleben der Familie sicherten, bildeten eine monströse Karawane, und die Züge waren überfüllt. Die Menschen saßen über- und untereinander in den engen Sitzreihen im dichten Gebräu ihrer Ausdünstungen, verteilten mitgebrachtes Essen und erzählten ihre Lebensgeschichten, inmitten von gestapelten Gepäckstücken, plärrenden Kleinkindern und Käfigen voller noch lebender Nahrungsvorräte. Erschlagen von der Reise und hungrig, weil er nicht in den Genuss einer netten Sitznachbarin mit vollem Proviantbeutel gekommen war, stieg Xie aus dem Zug.

Während der letzten Stunden hatte er seine Vorfreude kaum beherrschen können. Er war nervös und kribbelig. Es war der Tag, auf den er gewartet hatte, seitdem er vor nun elf Monaten mit seinem Kleiderbündel vor dem großen Eingangsschild des nationales Sportinternates in Shenyang gestanden hatte. Damals an der Hand von Onkel Wang Wei, der noch einen Gefallen beim Leiter des lokalen Sportinstitutes gut gehabt hatte. Sonst wäre Xie mit seinen zehn Jahren bereits zu alt gewesen. Obwohl Xie bereits in der Grundschule durch seine sportlichen Leistungen aufgefallen war, war er der Sohn der damals als Klassenfeindin entlarvten Lehrerin. In diesen Zeiten war auch den Kindern der so genannten „reaktionären Kräfte" nicht zu trauen, so lautete die öffentliche Propaganda. Mit sieben hatte Xie seine Mutter verloren. Wenn er sich an die darauffolgenden drei Jahre erinnerte, sah er nur eine durchgehende schwarze Masse. Er sah sich in einem Höllenloch ohne Hoffnung und ohne Glück. Sein Vater lebte nur noch durch den Antrieb, den Rest seiner Familie die Wirren des Bürgerkrieges überleben zu lassen. Noch heute gab es Menschen, die die Zeit der Kulturrevolution nicht *Bürgerkrieg* nennen wollten. Wenigstens in dieser Hinsicht war sein Vater als einfacher Arbeiter im Stahlwerk vor politischen Verdächtigungen weitgehend geschützt. Er schuftete von Sonnenaufgang bis Sonnenuntergang, oft auch weitaus länger. Xie sah nur noch einen Schatten seines Vaters, einen gebrochenen Mann von der Arbeit nachhause wanken, gebeugt über das spärliche Abendessen, auf der Pritsche schlafend. Gespräche oder gesellschaftliches Leben waren mit dem gewaltsamen Ableben der Mutter gestorben. Sorgloses Zusammensein unter Nachbarn oder Freunden war ohnehin in der Hochphase der gegenseitigen Denunziationen nicht mehr möglich. Man wusste nie, wer in einem Moment gerade der Feind war. Kinder denunzierten ihre eigenen Eltern, Nachbarn die Menschen, mit denen sie dreißig Jahre lang Freud und Leid geteilt hatten. Bereits als Kind hatte Xie ein erstaunlich ausgeprägtes Gespür dafür, wie sehr sein Vater litt. Es gab noch einen kleinen Bruder, Naren, der nun acht geworden sein musste. Als sie alle noch als Familie zusammen gelebt hatten, war Xie immer zumindest ein bisschen eifersüchtig auf die Liebe und Zuneigung der Mutter für den kleinen Bruder gewesen. Am liebsten hätte er die Liebe seiner Eltern ganz allein für sich beansprucht. Nach dem Tod der Mutter klammerte sich Naren an Xie, und Xie hatte die Versorgerrolle teilweise akzeptiert. Er konnte jedoch vor Scham und Trauer seinem Vater nie wieder ins Gesicht sehen. Seinen vormals so fröhlichen und geselligen Vater als graues Gespenst in der Wohnung herumirren zu sehen, konnte er kaum aushalten.

Um so erleichterter war er, als Großonkel Wang eines Tages die Familie besuchte. Xie hatte nie herausgefunden, was dieser eigentlich gewollt hatte, an jenem Tag. Aber als Onkel Wang sah, wie Xie im Hof mit anderen Kindern herumturnte und sich nach den Leistungen und Möglichkeiten der Geschwister erkundigte und sein Vater nur als gebrochener Mann die Wand anstarrte, formierte sich in Onkel Wang die Idee, den kleinen turnbegabten Xie in einer Sportschule für den Kadernachwuchs unterzubringen. Anfangs erschien es aufgrund der Familiengeschichte unmöglich, doch Onkel Wang schien eine große Zahl von ausstehenden Gefälligkeiten überall in der Stadt zu haben und im Hintergrund nicht ohne Einfluss gewesen zu sein. Später sollte Xie erfahren, dass Onkel Wang auch als Parteimitglied und Armeekoch gute Kontakte hatte. So wurde Xie an einem Freitag zum Vorturnen geladen. Er gab alles – und wurde angenommen.

Erst danach wurde Xie klar, was dies für seinen kleinen Bruder Naren bedeuten sollte: allein mit einem lebenden Toten im Haus und von nun an auf sich selbst gestellt. Er sagte Onkel Wang noch am selben Tag wieder ab und packte sein Bündel für die Heimfahrt. Onkel Wang, nachdem er nach all den gezogenen Strippen für Xie sein Gesicht verlieren würde, wenn dieser jetzt absagte, reagierte schroff. Xie habe eine Verpflichtung für die Revolution übernommen und könne nicht einfach so absagen. Ob sich Xie denn nicht seiner Verantwortung dem chinesischen Volk gegenüber besinnen würde, wenn er schon keinen Begriff von persönlicher Dankbarkeit habe? Xie konnte sich jedoch im Alter von zehn Jahren unter Verantwortung für das Volk nicht all zu viel vorstellen und begann hysterisch zu schreien „Nach Hause!". Onkel Wang packte ihn so fest an seinem Handgelenk, dass Xie panische Angst um seine rechte Hand bekam. Sein Arm wurde gewaltsam hochgerissen und Onkel Wang zischte dem nun außer sich Plärrenden ins Ohr, dass er, wenn er es wolle, schon morgen seinen Vater abholen lassen, ihn wegen Vernachlässigung der revolutionären Erziehung seiner Kinder in ein Lager stecken könne und der kleine Naren dann ebenso in einem Arbeitslager die Charakterlosigkeit seines Bruders würde abbüßen müssen. So also war Onkel Wang. Xie gab seinen Widerstand auf.

Trotz aller Widrigkeiten empfand Xie nach einigen Wochen des Trainings Dankbarkeit. Er war zum Tischtennis auserkoren worden. Zum ersten Mal seit nun vier Jahren empfand er noch etwas anderes als Trauer und Angst. Er konnte eine heimlich aufsteigende Vorfreude und auch, wenn er ehrlich zu sich war, seinen Stolz, zu einer Leistungsgruppe zu gehören, nicht unterdrücken. Und er spürte, was er sich zu Hause seit dem Tod der Mutter nicht mehr hatte vorstellen können: Spaß. Es machte Spaß zu trainieren, Spaß herauszufinden, dass er gut war und dass er mit anderen Tischtennis spielen durfte - eine damals unter Mao protegierte Sportart - ohne dass er ein schlechtes Gewissen haben musste, dass er gerade nicht arbeitete oder Hausaufgaben machte.

Nach einigen Wochen der Eingewöhnung erlaubte er sich sogar, seine Freude offen zu zeigen. Er war glücklich über den Sport und über Menschen um ihn herum, die sich des Lebens freuten. Nur wenn er nachts wachlag und an Naren dachte, bohrte sich sein schlechtes

Gewissen durch seine Eingeweide. Stück für Stück. Doch tagsüber in der Geschäftigkeit des Internats war er wieder Teil des Lebens, eines Alltags, der wieder Hoffnung zuließ. Vielleicht war dies auch der Grund, warum er die quälenden Teile der Sporterziehung vergleichsweise leicht meisterte. Wenn der Trainer ihn zum Spagat zwang und es nicht klappen wollte. Und wenn der Trainer sich dann auf Xies Oberkörper setzte und Xies Sehnen unter unsäglichen Schmerzen noch einige Zentimeter nachgaben, weinte Xie, wie alle anderen Jungen. Sie hatten es in seiner Gruppe längst aufgegeben, sich gegenseitig wegen ihrer Tränen zu schämen. Sie wandten ihre Gesichter einfach ab, bis es vorbei war. Die harte Erziehung durch die Trainer ließ niemanden ohne Verletzungen und andauernde Schmerzen davonkommen. Gemessen an der Entlastung, dass Xie der Trübsal seiner Familie entkommen war, waren die riesigen Schlafsäle, die Morgentoilette mit zugefrorenem Wasser im Hof und die Strapazen des Trainings für ihn keine ernsthafte Überlebensfrage mehr. Nach einigen Wochen erfreute er sich sogar einiger Beliebtheit, weil die anderen Jungs spürten, dass von ihm eine eigentümliche Kraft ausging. Er schaffte sein Pensum und konnte immer noch Worte des Trostes oder kleine Hilfsleistungen für die jüngeren Kinder aufbringen, denn er war mit zehn schon unter den Älteren des Programms. Er war für sie der ätere Bruder. Nur seinen eigenen kleinen Bruder, den hatte er im Stich gelassen.

An all das dachte Xie jedoch nicht mehr, als er vom Bahnhof nachhause marschierte, vorbei an den rußigen Häusern, die geraden öden Straßen starrend vor Schmutz. Der Weg nachhause kam ihm nun sehr viel länger vor. Die Häuser wirkten kleiner und die Stadt erschien ihm nicht mehr so vertraut. Ihm war, als beobachtete man ihn durch die kleinen Fenster. An den sonst staubigen Straßenrändern türmten sich die Reste braun gewordener Schneehäufchen. Für Mitte Februar war es seit drei Tagen außergewöhnlich warm. Der Schnee schmolz. Vor acht Monaten hatte er sein Elternhaus verlassen. Am Horizont erhoben sich die Schornsteine des großen Stahlwerks in

Anshan, ein Relikt der japanischen Besatzung in den Dreißigern, das jetzt zum Garant des Wohlstands werden sollte. Dort war das Viertel, in dem er aufgewachsen war. Das Wort „Zuhause" wollte er nicht mehr denken. Das war zu gewagt.

Das Stahlwerk war von den schmutzigen Wohnvierteln der Arbeiter in unmittelbarer Nähe gesäumt. Die braungrauen Rauchschwaden waberten gen Himmel. Xie sah keine Sonne, nur einen rußigen Lichtbrei über ihm. Dafür war er von seinem Marsch trotz der Jahreszeit erhitzt, und unwillkürlich wischte Xie sich den brennenden Schweiß aus den Augen. Nun war sein rechter Ärmel schwarz. Ihm fiel auf, dass das allgegenwärtige Vogelgezwitscher, an das er sich in diesem Jahr in Shenyang gewöhnt hatte, fehlte. Er merkte jedoch nicht, wie er immer langsamer wurde, ungewiss dessen, was ihn nach den Monaten der Abwesenheit erwarten würde. Er überquerte endlose Bahngleise und bog in seine alte Straße ein.

Eine Gestalt, klein und schmutzig von Kopf bis Fuß, öffnete die Haustür. Die Augen waren schwer zu erkennen, sie waren zugeschwollen. Die dicken Schwielen in dem Gesicht des Kindes waren mit einer fleckigen Staubschicht bedeckt, die Kleidung ebenfalls grau, rußig und abgetragen. Der Kleine trug eine graubraune Wollmütze, dicke Arbeitshandschuhe, war aber an den Füßen nackt. Es brauchte einige Sekunden, bis beide Brüder sich erkannten, sich umarmten und spontan miteinander in das spielerische Rangeln einfielen, welches in ihrer Kinderzeit ihr unbeschwertes Herumtollen gewesen war. Gerade, als Xie Naren – genau wie in alten Zeiten – auf dem Boden liegend im Schwitzkasten hatte, erschien der Vater in der Tür – oder das, was in vergangenen Zeiten einmal der Vater gewesen sein musste. Sein Anblick schnitt eine Furche in Xies Herz. Der in acht Monaten so stark gealterte Mann sollte sein Vater sein? Er spürte augenblicklich die Entfremdung zwischen ihnen. Doch die Augen des Vaters leuchteten, was Xie seit vor dem Tod der Mutter nicht mehr gesehen hatte. Dann lächelte er.

Später gab es ein Familienessen. Die Jiaozi, kleine gefüllte Teigtaschen, die Naren zu seiner Spezialität gemacht hatte, obwohl er erst acht Jahre alt war, wärmten Mägen und Herzen. Vater war losgezogen und hatte auf dem Markt gebackene Hühnerstreifen und Tintenfisch am Spießchen gekauft, Xies damaliges Leibgericht. Fisch und Huhn sollte speziell zur Zeit des Neujahrsfestes Glück und Reichtum für die Zukunft verheißen. Sie hatten sogar zur Feier der Heimkehr des Sohnes die Schnapsflasche geöffnet, die unter einem Bettpfosten im Fußboden versteckt die Wirren der Hausdurchsuchungen überstanden hatte. Die beiden Brüder durften je einen Schluck des nach verrotteten Socken schmeckenden Gebräus probieren. Vater und Naren wurden nicht müde, die Geschichten aus dem Internat zu hören und als Xie die kleinen Geschenke auspackte, die er liebevoll gebastelt hatte, fühlte sich die Männerriege zum ersten Mal an wie eine wirkliche Familie. Xie zündete Räucherstäbchen vor dem Familienaltar an und gedachte seiner Mutter.

Er besuchte in den Tagen nach dem Neujahrsfest, das bescheiden, aber ruhig verlaufen war, die noch am Ort lebenden Tanten und Onkel und wurde überall als zukünftiger nationaler Held gefeiert. Dies war ihm peinlich. Nach einigen Tagen fragte er sich, warum? Er spürte, dass dieses Getue um den Leistungssport eine Art ungerechtfertigter Heldenverehrung war. Er sah, wie sein Vater und sogar sein achtjähriger Bruder zur Arbeit aufbrachen, in verschiedenen Schichten, Vater auch nachts, und er sah, in welch zermartertem Zustand sie wieder zurückkehrten. Auch sein achtjähriger Bruder war Handlanger im Stahlwerk. Er spürte in den Tagen nach den Feierlichkeiten, wie beide ihn mit einer gewissen Distanz betrachteten. In dem Maße, wie sie ihn fast verehrten, als denjenigen aus der Familie, der es geschafft hatte, aufzusteigen, nahm er auch wahr, wie er immer weniger dazugehörte. Er übernahm in diesen Tagen alle Arbeiten des Haushalts, alle Besorgungen und kochte. Doch er fühlte sich auch als Außenseiter, als Made im Speck, die zuschaute, wie die Familie sich bis zum Rand der Erschöpfung im Stahlwerk plagte. Eines Tages bat er seinen Vater, für die restlichen anderthalb Ferienwochen zur Arbeit mitkommen zu dürfen.

„Junge, lass es! Das ist nichts für dich", knurrte dieser, ohne Xie anzusehen. Xie glaubte, einen abfälligen Ton gehört zu haben. War dies ein Ausdruck von Verachtung für den von zuhause weggegangenen Sohn, der jetzt etwas Besseres werden wollte?

„Ich möchte euch zumindest in den Ferien helfen, wenn ich nicht trainieren muss", konterte er.

„Hab ich dir gesagt, dass du mir widersprechen sollst?" Sein Vater brauste auf, doch anders als früher, lag kein weicher Zug von Liebe mehr um seine Augen. Ob Vater herausbekommen hatte, dass Xie den Überfall auf seine Mutter mitangesehen hatte und nichts hatte tun können, um ihr zu helfen? Ob Vater wusste, dass er einen unwürdigen Feigling unter seinem Dach beherbergte? Reagierte er deshalb so barsch?

„Du hast im Werk nichts zu suchen. Am Ende hast du noch einen Unfall und ich kriege es mit Wangs Parteischergen zu tun, wenn du nicht mehr zurückkommst. Bleib du mal schön bei deinen Kniebeugen." Die mitschwingende Verachtung war auch unter größter Anstrengung nicht mehr zu überhören.

„Ich fühle mich so nutzlos, wenn ich nichts tun kann." Xie wurde elend ums Herz. Er sah täglich, wie hart sogar sein kleiner Bruder schuften musste.

„Du wirst schon noch die zwei Wochen mit uns aushalten müssen. Dann darfst du ja wieder zu deinen Turnerfreunden", herrschte sein Vater ihn an, „Mach, dass das Essen heute besser wird als gestern. Gestern war alles versalzen." Damit war das Gespräch für Vater erledigt.

Sein Vater konnte schonungslos sein. Xie fühlte sich plötzlich ungerecht behandelt, wusste aber auch, dass es ihm eigentlich ungerechtfertigt gut ging. Er war verletzt und trotzdem das Besondere der Familie.

An diesem Tag schlich er Naren nach. Er wollte mit eigenen Augen sehen, was er im Stahlwerk verpasste und wenigstens heimlich dabei sein. Es gelang ihm, in schmutzige Kleidung seines Bruders verpackt, in einer Kolonne von Arbeitern durch die Werkskontrollen zu kommen. Aus der Entfernung – versteckt zwischen größeren Schrottteilen - sah er die Gestalt seines Bruders. Dieser schaufelte Kohle in das Maul eines riesigen glühenden Ungetüms in einer dunklen, stickigen Halle voller Arbeiter und tosender Maschinen, eins geworden mit dem Kohlestaub seiner Umgebung. War Xie mit seinem elitären Sportlerleben schuld daran, dass Naren so hart arbeiten musste? Bestimmt nicht. Wäre Xie zuhause geblieben, wäre es ihm ebenso ergangen. Er wusste, dass sie jetzt zu zweit am Hochofen stehen würden. An Narens Situation hätte er nichts ändern können. Er zwang sich trotz der elenden Luft bis zum Ende der Schicht auszuharren. Nach sieben Stunden in dem heißen Klima wurde ihm schwindelig. Er musste raus! Er schlich sich vorsichtig aus dem Werk ohne umzukippen und erkannte plötzlich, dass er zu spät sein würde, um ein Abendessen vorzubereiten. Nutzlos. Sogar das hatte er verpatzt. Er kratzte in Windeseile seine Ersparnisse für die Rückreise zusammen und kaufte auf dem Nachtmarkt ein fertiges Menü für alle, dasselbe, welches der Vater zum Willkommen vor zwei Wochen für ihn besorgt hatte. Außer Atem kam er zuhause an, richtete alles liebevoll an und war gerade fertig, als er die Haustür hörte.

Als der Vater dies sah, zögerte er einen Moment, und dann schlug er zum ersten Mal, seitdem Xie zurückdenken konnte, zu. Er prügelte auf Xie ein, bis Xie glaubte, dass es mehr sein musste, als nur der Ärger über die nicht erledigte Hausarbeit und das verschwendete Essensgeld. Nur nutzte ihm das nichts. Xie schrie, er floh um den Tisch, er versuchte in Deckung zu gehen, doch Vater nahm zuerst einen Strick und schlug nach Xie. Danach griff er nach einem Holzstecken und schlug wie besinnungslos auf Xie ein. Seine Augen sprühten schwarzen Hass wie die Augen eines Drachen. Tollwütig wirkte der Schaum vor dem Mund und seine Hände zitterten. Die Beschimpfungen, die Vater brüllte, versuchte Xie nicht zu hören. Aber Xie wurde klar, dass der Frieden der letzten beiden Wochen kein echter gewesen sein konnte. Er verstand auch, dass der Ausbruch von Hass und Aggression mit den letzten Monaten zu tun haben musste, die er nicht zuhause verbracht hatte. Es war seine Schuld, dass er seine Familie für ein besseres Leben aufgegeben hatte. Vater gab ihm die Schuld daran, dass er seinen kleinen Bruder nicht weiter versorgt hatte und seine Familie „verraten" hatte. Vielleicht damit, dass der Vater doch mehr über die Todesumstände der Mutter herausgefunden hatte. Oder mit dem Hass auf die Obrigkeit, die Xie als Vorzeigesportler der Revolutionären Garden repräsentieren musste. Äffchen der Partei, statt ehrlicher Arbeit. Xie würde bald für die Werbeplakate der Partei posieren müssen. Er würde im Inland, vielleicht sogar auf Wettkämpfen im Ausland, als Musterknabe der Partei für das System werben, das seine Mutter getötet hatte. Von all dem erhaschte er an diesem Abend nur eine kleine Vorahnung, doch seine Erkenntnis reichte dazu aus, dass er seine Prügelstrafe als „gerecht" empfand, obwohl er floh. Xie sah, bevor er zur Tür hinaus stürmte, noch einmal zurück. Seine Blicke trafen auf diejenigen Narens. So direkt hatten sich die beiden Brüder in den vergangenen Wochen noch nicht angesehen. Es war ein Abschiednehmen, ein Fragen, ein Weinen. Die Zeit schien stillzustehen. Naren, wie er um Jahre von der schweren Arbeit gealtert schien, in seiner Entwicklung stehen geblieben, hilflos und unversorgt. Naren, sein kleiner Bruder. Die Zeit und alle Ewigkeit konnten dieses Bild nicht mehr aus seinem Gedächtnis löschen.

Xie war so unendlich dankbar dafür, dass es seinem Sohn Bonian, heute im Jahre 2007, besser ging. Er wuchs geliebt wie ein kleiner Prinz in einem gut besuchten chinesischen Restaurant in Bochum auf, als Sohn von Kleincousine Wang und deren Ehemann, die selbst keine Kinder bekommen konnten. Cousine Wangs Großvater und sein eigener waren damals Brüder gewesen. Alle Familienmitglieder und Angestellten vergötterten Bonian, der heute seinen sechsten Geburtstag feierte. Bonian war in der ersten Klasse, hatte Freunde, hatte eine Familie, die für ihn da war und wenn er selbst einmal später im Familienbetrieb würde arbeiten müssen, würde die Arbeit niemals so hart werden wie das Stahlwerk für Naren seinerzeit.

Xie war leicht ums Herz angesichts dieser Freude und dieses Wohlstandes, worin sein Sohn lebte. Und doch hätte er ihn unendlich gerne „mein Sohn" genannt, ihm von seiner wirklichen Mutter erzählt, ihm gesagt, dass er ihn nicht nur als entfernten Neffen, sondern auch als eigenen Sohn liebte. Er hätte ihn, wenn es möglich gewesen wäre, noch fester und noch länger in die Arme geschlossen.

„Liest du mir aus dem Märchenbuch vor, Großonkel Li?" Xie hatte das Märchenbuch, das Constanze ihm geliehen hatte, gefallen. Daraufhin hatte er es noch einmal neu als Geschenk für seinen Sohn besorgt.

Merkwürdig, wie er auf der einen Seite in ein warmes Bad voller Liebe eintauchte, weil der kleine Junge ihn mochte, und gleichzeitig einen Stich erhielt, wenn sein eigener Sohn ihn *Großonkel Li* nennen musste. Doch das war die Abmachung. „Und immer wenn die kleine Meerjungfrau einen Schritt ging, erlitt sie solche Schmerzen, als wenn sie über Glasscherben gehen müsste", las Xie aus dem Buch vor.

„Warum wollte die Frau denn nicht einfach Meerjungfrau bleiben?", fragte Bonian interessiert. Seine Augen zeigten einen wachen Verstand und Xie erkannte dieselben Züge um den Mund wie bei seinem kleinen Bruder, den er gerade in diesem Moment schmerzlich vermisste.

„Jetzt mal ehrlich, wolltest du den ganzen Tag in kaltem Wasser schwimmen?", übertünchte er seine plötzliche Sentimentalität mit einem Lachen. Alles, was wirklich zählte, hatte er jetzt in seinen Armen. Er sah aus den Augenwinkeln einen scharfen Blick von Cousine Wang, in dem eine Warnung hätte liegen können. Alle Umstehenden lachten über den schlechten Witz, nur Bonian schien mit der Antwort nicht ganz zufrieden zu sein und grübelte noch eine Zeit lang darüber nach.

Später, auf dem Heimweg, dachte Xie zurück an den längst vergangenen Abend in seiner Kindheit. Nachdem sein Vater ihn ohne

Vorwarnung bis auf die Knochen verprügelt hatte, floh Xie zu Fuß ohne Gepäck aus der Stadt. Er überquerte die zahllosen Eisenbahnschienen, passierte die klapprigen Häuser und Schuppen. Er hatte noch lange den letzten Anblick Narens vor Augen. Blind vor Erregung, Wut und Scham stapfte Xie immer weiter, erst ziellos, dann Richtung Südwesten, weil er wusste, dass er dort in den Wäldern untertauchen konnte. Er wollte nur weg. Nicht wegen der Prügel. Die Prügel waren lange nicht so hart wie die körperlichen Züchtigungen vor den Wettkämpfen. Schlimmer war die Schmach, die unausgesprochenen Vorwürfe, die Ungerechtigkeiten und das Elend, das nun die Familiengeschichte ausmachte. Seine Familie zu verlassen war schlimm. Seinen kleinen Bruder einem psychisch zerstörten Vater und einem knochenharten Job zu überlassen, verursachte ihm Übelkeit. Er fühlte sich so miserabel. War es ein Verbrechen? Doch bald würde die Schule wieder anfangen und Naren hätte zumindest dort eine Art Schutzraum. Log er sich gerade selbst etwas vor? Er war so verwirrt. War er schuldig, weil er nur an sich selbst dachte und floh? Er wusste, dass er es in diesem Haus nicht aushalten konnte. Neben der unerträglichen Stimmung, die Vater verbreitete, war die Erinnerung an seine Mutter, die er über alles geliebt hatte, zu lebendig, um sie ertragen zu können. Vielmehr die Erinnerung an ihren grausamen Tod. Mit seiner Mutter war damals jede Heimat für ihn gestorben. Sein Zuhause gab es nicht mehr.

Er wanderte immer tiefer in den Wald hinein, immer weiter nach Südwesten. Gegen Morgen, als das erste Tageslicht aufschien, konnte er sich orientieren und er sah die mächtigen, majestätischen Kegelberge aus dem satten Grün aufsteigen. Mehrere hundert Meter hohe, hellrötliche Felskegel durchbrachen den dichten Morgennebel. In den oberen Schichten lag der Nebel noch wie eine Decke über dem Areal. Nackter Fels und dichtes Grün trafen hier so unvermittelt aufeinander wie das Schwarz und Weiß in Xies Seele. Ehrfurchtsvoll sog er die kühle Morgenluft ein.

Erst jetzt wurde ihm bewusst, dass er die ganze Nacht durchwandert hatte. Ohne Ziel, Karte oder Absicht war er einer inneren Richtung gefolgt, weg von dem Unglücksort seiner Kindheit. Die Luft schmeckte klar, Wasser rauschte in einiger Entfernung und die Vögel begannen nach und nach ihr lautes Geschwätz. Das hatte er in seinem Viertel vermisst. Wo es keine Vögel mehr gab, gab es keine Freude mehr. Er verspürte Hunger. Aber auch eine seit langem vermisste Erleichterung. Einsam war er, ja, aber niemand verachtete ihn oder machte ihm allein wegen seiner Anwesenheit Vorwürfe. Er war frei. Er setzte sich auf einen Felsblock. Vor ihm tat sich ein steiles Tal auf, eine Schneise im dichten Nadelholzgrün. Die Umgebung beruhigte ihn. Etwas weiter oben sah er Möglichkeiten zum Aufstieg, weiter hoch in die Felsformationen. Er konnte der Versuchung nicht widerstehen und begann den Aufstieg über ungesicherte Geröllpfade.

Nach einiger Zeit lichtete sich der Morgennebel und gab die Sicht über das Areal der Tausend Berge frei, die Szenerie sich aus dem Tal erhebender Kegelberge, von denen jeder für sich frei und majestätisch in der Landschaft zu stehen schien. Dort, wo sie nicht bewachsen waren, zeigte sich ihr rötlicher Fels aufgerissen und den Elementen schutzlos ausgeliefert. „Und doch stehen sie in ihrer Schönheit aufrecht, zeitlos, für Jahrmillionen", dachte Xie und fröstelte. Ein Raubvogel zog seine Kreise über ihm.

Zu Tode erschrak er, als er von hinten am Ärmel gepackt wurde. Ein geschorener Alter in schmutzig-brauner Mönchskleidung berührte ihn, lächelte, sprach jedoch nicht, und zog ihn in eine bestimmte Richtung. Xie erschrak heftig, ließ sich dann aber zunächst widerwillig, und nach einigen Minuten etwas entspannter mitziehen. Irgendwie wirkte dieser Mann in Mönchskleidung nicht wie eine wirkliche Bedrohung auf ihn. Mönche waren zu dieser Zeit selten geworden. Während der Grausamkeiten der Kulturrevolution in den sechziger Jahren waren die meisten von ihnen als Konterrevolutionäre, als Feinde des Volkes, aus ihren Klöstern verjagt worden. Die

Klöster selbst waren zerstört oder für profane Zwecke missbraucht worden. Viele buddhistische Mönche und Nonnen waren in dieser Zeit zu Tode gefoltert worden, während ihre Klöster als Pferdeställe der Gardisten oder Lagerstätten für beschlagnahmte Revolutionsgüter herhalten mussten.

Der Zehnjährige wusste noch nicht um all diese Dinge, wusste aber wohl, dass die meisten Mönche vertrieben worden waren. Umso mehr war Xie über die Existenz dieses Waldmönches erstaunt. Als sie ein paar Minuten durch enges Gestrüpp gewandert waren, kam eine Höhle in Sicht, in die er nun hineingezogen wurde. Erst sah Xie nichts und hatte für einen Moment Anst. Doch nach einigen Sekunden erkannte er etwas, das aussah wie eine Buddha-Statue aus einem glänzenden hellen Material. Der Mönch bedeutete ihm, sich hinzuknien und die rituellen Verbeugungen mit ihm gemeinsam zu vollführen. Allmählich ließ Xies Misstrauen etwas nach. Wenn der Mönch ihm etwas hätte antun wollen, wäre dies bestimmt bereits geschehen. Xie versuchte schließlich ein Gespräch mit dem Mönch zu beginnen. Dieser zeigte jedoch stets nur mit dem Finger auf die Buddha-Statue und verneigte sich. Nach einer gefühlten Ewigkeit zog der Mönch ihn wieder am Ärmel aus der Höhle hinaus zu einem Ort in der Nähe, der von magischer Schönheit war. Sie traten aus dem Dickicht, und in ihrem Rücken lag nun eine Felsformation, auf der rechten Seite ein klarer Gebirgsbach und vor ihnen ein offenes Tal. Die Sonne stand hoch am Himmel. Der Mönch setzte sich im Lotussitz nieder. Er bedeutete Xie, dasselbe zu tun. Dann schloss er die Augen und bewegte seine Meditationskette zwischen dürren, wettergegerbten Fingern. Xie unternahm nun keinen Versuch mehr, ihn anzusprechen. Anfangs spielte er mit dem Gedanken, sich davon zu schleichen. Doch nach einigen Minuten spürte er eine starke innere Ruhe. Es gelang ihm sogar, die Kälte und Feuchtigkeit zu ertragen. Er konnte nicht einordnen, ob diese Ruhe von der Besonderheit der Umgebung herrührte. Später hatte er von sogenannten magischen Orten gehört. Möglicherweise ging die Ruhe von dem völlig in sich gekehrten heiligen Mann aus. Als Erwachsener sollte Xie erfahren, dass diese Praxis Meditation genannt wurde. Xie starrte stattdessen wie hypnotisiert auf die an Krallen erinnernden Fingerglieder des Mönchs, die jede einzelne Meditationsperle umfassten und nach einem Augenblick die nächste ergriffen und die Kette weiterdrehten.

Nach einer gefühlten Ewigkeit – der Stand der Sonne hatte sich um viele Grad verändert – stand der Mönch langsam auf, zog Xie zu einem dunklen Felsvorsprung, hob einige Steine über einem Loch auf und kramte einen Lederbeutel hervor, aus dem er verschiedene Lebensmittel hervorholte. Er teilte sein kärgliches Mal mit Xie, lächelte, und mit Grauen sah nun Xie, dass dieser Mann weder Zähne noch Zunge hatte. Er vermochte sich nicht vorzustellen, wie man ihn um seine Zunge gebracht haben mochte, oder wie der alte Mann es schaffte, Nüsse, Reis und Samenkörner zu essen. Trotzdem ging eine energiegeladene Güte von dem Alten aus, neben einem ebenfalls sehr intensiven Körpergeruch. Der Alte wies Xie unter dem trockenen Felsvorsprung eine Matte aus Bambus an, übergab ihm ein Bündel mit furchtbar schmutzigen, aber dicken Felldecken, gestikulierte Zeichen für Schlafen und zeigte auf Xie. Offensichtlich bot er Xie ein einfaches Quartier für die hereinbrechende Nacht an, und als Xie sich zu dem Mönch umdrehen wollte um sich zu bedanken, war dieser verschwunden, samt Lederbeutel mit den Nahrungsvorräten.

Seine Fußspuren verloren sich im Gestrüpp. Während des Abends gelang es Xie, einen Teil der meditativen Ruhe wiederzufinden, die er am Morgen mit dem Mönch geteilt hatte. Er verbrachte eine klirrend kalte, aber ruhige Nacht auf seinem Bambuslager. Nachts hatte der Wald tausend Münder, und er hörte tausend Stimmen. Der kleine Xie verbarg sich tief unter der stinkenden Decke, doch er hatte keine Angst, und die Decke war entweder aus Bären- oder Wolfsfell, so genau konnte Xie dies wegen des Schmutzes nicht sagen, aber sie war fast so warm wie das gemeinsame Lager mit Naren zuhause. Die Decke des Mönchs machte ihn zu einem Teil dieser geheimnisvollen

Welt im Wald der Kegelberge. Eine Welt, in welcher er nicht angegriffen werden konnte. In dieser Welt schlief er einen tiefen, ruhigen Schlaf.

Am nächsten Morgen faltete er die Decken ordentlich zusammen und folgte dem Wasserlauf des Baches talwärts. Sein Magen knurrte, doch sein aufgewühltes Inneres schien sich ein wenig beruhigt zu haben. Nach einigen Stunden kam er an einen größeren Fluss. Von dort aus fand er den Weg aus dem Wald heraus. Wie durch ein Wunder trug er noch immer ein Abbild der inneren Ruhe in seinem Herzen, die er in diesem Wald erfahren hatte. Er machte sich auf zum Bahnhof und erarbeitete sich durch einige Jobs als Lastenträger das Geld für die Rückfahrkarte nach Shenyang.

*

Zuhause in Köln angekommen war Xie erschöpft, aber glücklich über die Zuneigung, die ihm Bonian heute gezeigt hatte. Sein Herz hüpfte federleicht die Treppe zu seiner Wohnung hinauf. Der Abend war noch nicht einmal richtig angebrochen und einer spontanen Regung folgend fasste Xie den Mut, bei Constanze anzuklingeln.

„Ich wollte Ihnen Ihr Buch zurückbringen. Bitte entschuldigen Sie die Störung!" Unter Constanzes kritisch zusammengezogenen Augenbrauen glaubte Xie jedoch die Andeutung eines Lächelns auszumachen.

„Sie hätten sich doch Zeit damit lassen können." Ihre Stimme klang durchaus nicht verärgert. Er fasste sich ein Herz. „Ich würde Sie gerne als Dankeschön zu einem Tee einladen, wenn Sie noch nichts vorhaben."

Instinktiv holte Constanze zu einem förmlichen „Nein, Danke" aus, doch bevor sie genügend Luft eingesogen hatte, flutete ein Lächeln Xies Gesicht. Ein Gesicht, das so offen und klar vor ihr lag wie die weite tibetische Hochebene in der Morgensonne. Braune Augen, die eigentlich ein bisschen größer waren als bei den meisten Chinesen, die sie, zugegeben, nur als Kellner in einem Restaurant kannte oder als stille, an ihr vorbeihuschende Kommilitonen an der Uni, stets beladen mit einem Stapel voller Lehrbücher. Warum nicht, dachte sich Constanze. Ich war heute laufen, habe über eine Stunde lang Yoga gemacht. Eigentlich reicht es für heute. Die Ablenkung kam ihr nach kurzer Überlegung eigentlich ganz gelegen.

„Ich zieh mir nur was Frisches an. So kann ich doch nicht mit zu Ihnen", entschuldigte sie sich.

„Sie sind vollkommen in Ordnung", sprach er mehr zu ihren geringelten Strickstulpen an den Waden als zu ihr selbst. Die Stulpen umschlossen graue Leggings, die ihrerseits unter einem Oberteil hervorlugten, bei dem es schwer zu sagen war, ob es ein Kleid, ein Rock oder eine Tunika sein sollte. Darüber trug sie einen bunten Blumenschal in Türkis und undefinierbaren Sommerfarben. Am ehesten erinnerte sie ihn an einen tropischen Schmetterling, der vergessen hatte, den Rest seines Konkons abzustreifen, bevor er losgeflattert war. War das nicht ihre Gemeinsamkeit, nur, dass Xie nie gewagt hatte, aus seinem Konkon zu entfliehen? Doch so weit dachte Xie in diesem Moment nicht. Vielmehr glaubte er heute Abend auf einer erfrischenden Welle zu surfen und strahlte dieses auch auf Constanze aus.

Constanze zog ihre Wohnungsschlüssel vom Brett, flüsterte Bällchen ein paar beruhigende Worte zu, die dieser mit einem zufriedenem Fiepen quittierte, und schloss die Tür.

Sie hatte eigentlich nicht wirklich Lust, sich auf ein fremdes Gespräch einzustellen, doch die Neugier auf den komischen Kauz von nebenan obsiegte. Wie würde die Wohnung eines grundlangweiligen chinesischen Single-Kellners wohl aussehen?

Ihr erster Blick fiel auf ein hölzernes Täfelchen mit chinesischen Schriftzeichen in Schwarz.

„Allen unter diesem Dach ewiges Wohlergehen, steht darauf", kommentierte Xie. Er hatte ihren Blick bemerkt. Ein bisschen peinlich berührte sie, dass er sie beim Starren erwischt hatte. Sie lief wahrscheinlich gerade jetzt rot an.

„Es braucht Ihnen nicht peinlich zu sein, vielmehr wäre es sehr unhöflich von mir, wenn ich Sie im Ungewissen ließe. Seien Sie ganz zuhause, wie sagt man das?" Das fing ja gut an! Wehmütig dachte Constanze an den Tatort, den sie heute Abend hätte anschauen können. Gepflegte Langeweile, aber immerhin in den eigenen vier Wänden, ohne soziale Anstrengung.

Ihr Blick wanderte umher. Sie hätte eine altmodische Tapete erwartet, und geschmacklose Kaufhausgardinen. Sie wusste nicht, warum. Vermutlich, weil der Nachbar immer in drögen, grau-braunen Stoffhosen oder betont unmodischen Jeanshosen, die zwei Nummern zu weit sein mussten, erschien. Stattdessen fand sie makellos weiße Wände vor und wenige, sehr schlicht gehaltene Rollbilder im Zen-Stil. Alle Textilien waren äußerst dezent. Sie harmonierten in naturbeige, hellbeige oder dunkelbraun. Auf Fußhöhe war eine Bambusmattenbordüre angebracht, die alle Wände im Wohnbereich umfasste. Seltene Idee, aber sehr wirksam, dachte Constanze. Eine japanische Shoji-Schiebetür trennte zwei Wohnräume. Einer davon war etwas abgedunkelt, sodass die gesamte Wohnung die Wirkung eines Refugiums hatte, oder vielmehr eines Dojos.

„Dojo, Ort des Weges", erklärte er, während er mit einem Tee-Tablett aus der Küche, kam. Konnte er Gedanken lesen, fragte sich Constanze?

„Heimlicher Karate Kid?", entgegnete sie, während ihr zeitgleich die Dummheit dieser Bemerkung bewusst wurde. Sein Gesicht, schien ihr, ließ einen Bruchteil einer Sekunde ebenfalls diese Antwort wie eine kleine Gewitterwolke durchziehen, doch dann folgte sofort wieder strahlende Herzlichkeit.

Xie zeigte auf den Fußboden, der ausschließlich mit edel wirkenden Tatamis in Kirschholzoptik bedeckt war. Der Raum schien praktisch leer zu sein. Wo waren die Möbel?

„Ich hoffe, Sie finden einen Platz auf dem Sofa, machen Sie es sich bitte bequem!" Er zog einen kleinen Teetisch aus einer Raumecke, in der er bis jetzt nicht wahrnehmbar gewesen war, und lächelte glückselig. Aus ebendieser Ecke zauberte er auch zwei Sitzkissen hervor, die er jetzt zu einer kleinen freundlichen asiatischen Sitzgruppe vor dem bodenhohen Fenster arrangierte. Auf dem Balkon wuchs gepflegter Bambus in Holzkästen.

„Das hätte ich nicht erwartet", entfuhr es Constanze. „Ich meine, die Wohnung ist wunderbar. So gar nicht gewöhnlich." Seine Augen trafen die ihren, doch aus seiner Mimik war nichts, geradezu gar nichts abzulesen.

„Halten Sie mich für einen gewöhnlichen Menschen? Darf ich Ihnen trotzdem etwas Tee einschenken?", fragte er sanft.

„Bitte um Verzeihung, Sie sind sehr freundlich. Ich meinte nur..." Constanze fühlte sich wie ein Riesentrottel. Sie könnte jetzt im Schlafanzug vor dem Tatort einschlummern, ganz ohne Blamage.

„Schon gut, liebe Frau Herold, woher sollen Sie mich auch kennen? Wir begegnen uns seit Jahren nur im Treppenhaus, und jeder von uns ist auf dem Weg zur Arbeit in Eile. Vielmehr schätze ich mich sehr, sehr glücklich, dass ich Sie heute zum Tee einladen darf." Xie zeigte seine vollendete Höflichkeit und goss ihr Tee ein.

„Bitte, wenn Sie möchten, wir können auch gerne Du sagen. Wir sind schließlich Nachbarn und so alt sind Sie ja auch noch nicht. Ups. Auch das habe ich nicht so gemeint. Sorry. Heute ist mein Glückstag", schmämte sich Constanze.

„Meiner auch!", seine Freude schien tief aus seinem Inneren hervorzusteigen. Sie wärmte seine Umgebung, ja sogar die Wohnung. Mit seiner glücklichen Ausstrahlung hat er vermutlich das Teewasser ohne Herdplatte erwärmt, schoss es Constanze durch den Kopf. Seine Augen schienen den ganzen Raum auszufüllen. Erst jetzt sah sie die Fotowand in einem edlen weißen Rahmenarrangement.

„Wer ist der junge Sportler auf dem Foto? Ihr Bruder?", fragte sie.

„Nein, leider nicht." Er blickte traurig auf das Bild. Hatte er einen Bruder? Constanze wusste es nicht.

„Wieso leider?", fragte sie vorsichtig.

„Das würde ich Ihnen, äh, dir gerne später mal erzählen." Seine Stimme klang etwas belegt, so, als könnte er sich nicht recht entscheiden, was er sagen solle.

„Tut mir leid, da habe ich wohl in ein Wespennest gestochen."
Constanze wurde rot, während Xie überlegte: Wespennest? Diese Redewendung kannte er gar nicht. Das hatte er in dem Restaurant noch nie gehört.
„Wespennest", wiederholte er tonlos. Er wirkte nun unsicher.
„Oh, das sagt man in Deutschland, wenn man ein unangenehmes Thema angesprochen hat."
„Mein Bruder ist nicht unangenehm. Das nicht, nur ist es nicht so, wie Sie glauben", Sein Blick verfinsterte sich.
„Du."
„Du. Darf ich dir noch einmal nachschenken?", lenkte er vom Thema ab.
„Gerne, wer ist denn nun der überaus gut aussehende Junge an der Tischtennisplatte? Ein berühmter Sportler aus deiner Heimat?", bohrte Constanze nach. Als ob sie noch nicht genügend Fettnäpfchen getroffen hätte.
„Nicht gerade. Das war ich. Früher. Mit Sechzehn", antwortete Xie gefügig. Er konnte nicht glauben, dass Constanze, die leibhaftige Constanze jetzt und heute bei ihm zum Tee war. Eigentlich war es doch völlig egal, über was sie redeten. Sein Wunsch, sein großer Wunsch, war in Erfüllung gegangen. Und er hatte sich getraut!

Sprachlos musterte Constanze ihr Gegenüber. Es schien ihr fast unmöglich, diese männliche graue Maus in kurzer Turnerkleidung vorzustellen, schwebend über einer Tischtennisplatte, wie sie ihn auf den schwarz-weiß-Fotografien sah. Auf den zweiten Blick konnte sie jedoch unter seinem zwar sauberen aber unverkennbar preisgünstigen Supermarkthemd einen definierten Oberkörper ausmachen. Sie ertappte sich mit ihren Blicken auf seinen Oberschenkeln und hielt es zumindest für möglich, was er sagte. Nun erinnerte sie sich daran, dass ihr schon einige Male, bisher jedoch eher unbewusst, eine Besonderheit in seinem Gang aufgefallen war. Als Sportlerin hatte sie sich schon mehrmals darüber gewundert, dass er manchmal in gebeugter Haltung nachhause kam, in anderen Momenten jedoch eine gewisse Körperspannung zeigte. Nicht, dass es sie bisher interessiert hätte, warum ihr unbekannter Nachbar beim Ausleeren der Mülleimer im Hof die Körperspannung eines lang vergangenen Sportlerlebens hatte. Aber Sportler erkennen sich untereinander.

„Aha, also früher Leistungssportler gewesen", versuchte sie etwas aus ihm herauszubekommen.

„Ein paar Medaillen. In China. Jugendwettkämpfe in den 70ern. Nichts Besonderes."

„Und das Foto dort?" Sie zeigte auf das Foto daneben.

„Weltmeisterschaft in Indien. 1975." Unwillkürlich pfiff Constanze durch die Zähne und schalt sich im selben Augenblick dafür. Vermutlich war Xie von graziösen chinesischen Frauen ein anderes Verhalten gewohnt. Sie kam sich erneut vor wie ein Trampel und schämte sich. Doch sie musste es überspielen. Die Blamage war bereits groß genug.

„Hattest du da etwa einen Titel gewonnen?", fragte sie nach.

„Das war nicht so einfach. Wir hatten den Mannschaftstitel gewonnen. Aber wir sollten freundlich spielen und die Gegner lieber gewinnen lassen, als irgendwie unfair zu wirken. Politik halt." Seine Stimme klang nicht so wie die eines Sportlers, der von einem gewonnenen Weltmeistertitel schwärmte. Neben seiner grenzenlosen Bescheidenheit glaubte Constanze noch etwas anderes wahrzunehmen, wusste aber nicht, was. Er suchte währenddessen das Tablett nach Teekrümeln ab.

„Ja, und dann? Dann waren Sie, äh, dann warst du ja richtig gut. Warst du auch international bekannt?"

„Kann man jetzt nicht so sagen. Du läufst auch viel, nicht wahr? Ich glaube, du bist auch sehr sportlich." Für Constanze kam dies unerwartet und es war lange her, dass sich jemand für sie interessierte. Viel zu lange. Nicht die Art von mitternächtlichem Diskothekeninteresse, das am nächsten Morgen, wenn es dazu kam, auf natürlichem Wege verflog. Menschliche Neugier ohne Hintergedanken hatte man ihr schon lange nicht mehr entgegen gebracht.

„Na ja, was man so sportlich nennt. Aber damals war doch Mao bei euch an der Macht und meines Wissens durften die Chinesen doch an internationalen Wettkämpfen gar nicht teilnehmen." Sie gab nicht auf, dachte Xie.

„Tischtennis war keine olympische Disziplin und an den Olympischen Spielen hat das maoistische China tatsächlich nie teilgenommen, weil dort Taiwan vertreten war. Taiwan war jedoch aus dem internationalen Tischtennisverband ausgeschlossen und wir konnten dadurch teilnehmen. Deshalb war Tischtennis die einzige Sportart, die auch während der Kulturrevolution gefördert wurde. Mächtige Leute hatten die Hand über uns." In ihm wurden die Bilder von damals wieder wach, und er wusste nicht, ob es gut war, vergangene Geister wieder wachzurufen.

„Oh, ihr habt also für die Partei gespielt?", Enttäuschung stand auf Constanzes Gesicht. Xie verstand zu spät den kritischen Unterton dieser Frage.

„Unser Motto war *Schmettern für die Revolution*. Wir besuchten abgelegene Dörfer, bauten Tischtennisplatten auf und versuchten, die nationale Versöhnung von Sportlern, Arbeitern und Bauern zu befördern. Wenn einer von uns ein Spiel zu verlieren drohte, skandierten die Zuschauer Maos Sprüche zum Anfeuern." Seine Stimme verriet gleichsam Bitternis und Stolz.

„Aber Mao war ein Diktator." Er verstand. Die Deutschen machten immer diesen Vorwurf. Auch heute noch.

„Es gab in China damals geschätzte hundert Millionen Tischtennisspieler. Das ist eine echte Zahl, keine Metapher. So viele Einwohner hat Deutschland noch nicht einmal heute. Jeder von ihnen hätte sein Leben dafür gegeben, um in unserer Nationalmannschaft unter den zwanzig besten zu sein."

Stille. Sie sah, wie er um Fassung rang und seine innere Aufgewühltheit niederzukämpfen suchte. Er schluckte und blickte an ihr vorbei. Was hätte ich an seiner Stelle getan, fragte sich Constanze.

„Hast du an die Revolution geglaubt?", fragte sie sanft zurück. Sie wollte ihn wirklich verstehen, keine Vorwürfe mehr machen.

„Jeder hat versucht zu überleben. Und in meinem Schrank steht ein gepackter Koffer für den Fall, dass jemand in Deutschland meinen sollte, wir bräuchten noch eine Revolution. Als ich in den Sportkader kam, war ich zehn und hatte alle Gründe, meine Familie zu verlassen. Das war meine Revolution."

„Es tut mir leid. Möchtest du darüber reden?" Sie fühlte sich unglaublich tölpelhaft und auch traurig.

„Nein."

Constanze war die einsetzende Gesprächspause peinlich. Sie versuchte wieder zu erfreutlicheren Themen zurückzukehren.

„Da sind noch andere Fotos, ein kleiner Junge, zum Beispiel." Xies Gesicht durchfuhr in rasender Geschwindigkeit zuerst ein Blitz, dann das für einige Minuten vergangene selige Glückslächeln.

„Bonian, mein Sohn, er ist heute sechs geworden. Bonian ist chinesisch und bedeutet *tausend Jahre Glück*."

„Oh, wie schön", gab sie pflichtschuldig von sich und erwachte langsam wieder aus der peinlichen Starre.

„Lebt er bei seiner Mutter?" Xies Kopf flog schnell herum und sein Knie zuckte nach oben. Ein unsanftes Rütteln am Tablett bewirkte, dass er eine Teepfütze auf dem kleinen Tisch produzierte. Constanze begann sich wieder zu fühlen wie der sprichwörtliche Elefant im Porzellanladen. Noch ein gefährliches Thema. Viele gefährliche Themen. Sie entschuldigte sich wortreich. Xie überspielte seine Nervosität damit, in die Küche zu stürmen und ein Geschirrtuch zu holen. In seiner kurzen Abwesenheit wagte sie einen Blick durch den etwas geöffneten Türspalt des zweiten Raums. Ein ordentliches Futon im gleichen schlichten Stil wie die gesamte Wohnung lag im Schatten der Jalousien und ein kleiner Tisch mit befremdlich wirkenden Dingen darauf stand an der gegenüberliegenden Wand. Darauf sah Constanze eine Buddha-Statue, Räucherstäbchen und -öfchen, Plastikfrüchte, zwei Bücher, deren Titel sie nicht erkennen konnte, eine Kette mit Holzperlen und ein Foto. Es gab sicher einen Grund, warum gerade dieses Foto nicht bei allen anderen hing.

„Nein, seine Mutter ist zurück nach China. Haben Sie auch Kinder?" Xie kam wieder zum Tisch und begann den Tee aufzutupfen.

„Oh, nein, ich habe keine." Er hatte gewusst, dass sie keine hatte. Aber er brauchte einfach die Ablenkung vom Thema, und er wollte das Gespräch wieder auf Constanze bringen. Er fühlte sich zwar stark heute, die direkte Nachfrage nach all seinen tiefsten Geheimnissen hatte ihn jedoch überrumpelt. Er sah sich nicht im Stande, über den Rauswurf aus dem Sportprogramm oder über Mimi zu sprechen. All die Jahre der Einsamkeit hatten ihn vergessen lassen, wie bedrängt und unsicher man sich in Gesellschaft anderer fühlen konnte.
„Er lebt bei seiner Tante." Er zeigte sein entspanntestes falsches Lächeln.
„ Wie oft läufst du eigentlich?", fragte er Constanze unvermittelt. Diese Frage erinnerte Constanze daran, dass sie morgen unbedingt drei Kilometer mehr laufen musste als heute. Heute hatte sie wieder die zwanzig geschafft, aber das musste noch zu steigern sein. Sonst würde sie zurückfallen.

Was hatte er gefragt. Kinder? Sie driftete ab. Kinder? Ja, gewissermaßen hatte sie welche. Da waren Natascha, Milad, Marvin, der kleine Selim, den sie so mochte und viele, viele andere. Es waren immer mehr da, als sie Aufmerksamkeit verteilen konnte. Es wurde immer mehr von ihr abverlangt, als sie zu geben im Stande war, und wie sollte sie dann, wenn sie ausgewrungen wie ein alter Spülschwamm, aus dem die Fetzen nach allen Seiten heraushingen, noch eigene Kinder erziehen? Das Rätsel ihres Leben, das aber auch gar keine Rolle spielte, weil sie sich schon lange keinen Partner mehr vorstellen konnte, dem sie abends oder nach einer langen Wochenendschicht ihr ausgelaugtes, erschöpftes, geradezu gemartertes Wesen zumuten konnte. Sie war davon überzeugt, dass jede Beziehung innerhalb kürzester Zeit daran zerbrechen würde, dass sie vor emotionaler Erschöpfung nicht mehr auf die sozialen Bedürfnisse eines Partners, geschweige denn einer ganzen Familie würde eingehen können. Emotionale Bedürfnisse waren etwas für andere. Für die, die es sich leisten konnten. Für die Welt da draußen, nicht für sie.

„Es geht doch nur darum, den Tag zu überleben", murmelte sie vor sich hin, bevor ihr wieder bewusst wurde, dass sie nicht alleine war.

„Es muss an diesem Raum liegen, Xie, dass ich mich so gelöst fühle, aber auch, dass die unangenehmen Gefühle bei mir gerade hochkommen. Tut mir leid." Sie spürte seine ungeteilte Aufmerksamkeit, seine Augen blickten direkt in sie hinein und es gab kein Entrinnen. Sein Ausdruck zeigte echte, überwältigende Freundlichkeit. Er schien ihr ihren Faux-Pas von eben längst verziehen zu haben. Wenn er sie ansah, sah sie echte Wertschätzung in seinem Blick.

„Es geht darum, ihn zu *erleben*!", flüsterte er.

„Nun, es ist, unter diesen Umständen, so wie es sich verhält, ... im Moment halte ich es für möglich, dass ich eine schlechte Erzieherin bin." Constanze blickte tief in ihre Teetasse, doch es zeigte sich kein Orakel, welches ihr das Gegenteil versichern wollte.

„Woran willst du das festmachen?", fragte er, während er sich im Schneidersitz ihr gegenüber platzierte. Leise asiatische Wassermusik plätscherte im Hintergrund.

Sie berichtete ihm von den sozialen Umständen, von der Kriminalität vieler Jugendlicher oder den Familien, denen sie entronnen sind, von der gänzlich unromantischen Realität der Jugendlichen, die alles andere taten als zu warten, bis idealisierte Erzieherinnen sich ihrer annahmen. Das war eine Vorstellung von Vierzehnjährigen, bevor sie ihr erstes Berufsfindungspraktikum hinter sich gebracht hatten. Die Welt der Kids und der hinterhältigen Kollegen, von denen man nicht wusste, wer einem das nächste Messer in die Rippen rammen würde, sah anderes aus. Es war eine Welt aller gegen aller für ein lächerliches Gehalt, ein Job, der einen unfähig zum Genuss privater Beziehungen machen konnte, oder einem auch das Gefühl geben konnte, nutzlos und einflusslos zu sein. Alles umsonst zu machen. Da der Beruf auch Constanzes Lebensmittelpunkt war, war die Aussicht, dass ihr ganzes gelebtes Leben damit wertlos sein könnte, niederschmetternd. Es saugte ihr die Kraft aus den Knochen.

„Wenn du unabhängig von materiellen Zwängen leben könntest, wo würdest du dann sein?", fragte Xie.

„Weg, weit weg vom Heim", kam ganz spontan Constanzes Antwort. Kein Zögern.

„Also könntest du DOCH leben, ohne Erzieherin zu sein."

„Aber nicht, ohne eine GUTE zu sein, wenn ich eine BIN."

„Wo ist da der Unterschied?", grinste er. Er war ein Schelm. Er hätte mich eigentlich überzeugen sollen, dass ich irgendwo einen Menschen mit meinen Bemühungen erreichen könnte, und wenn ich auch nur ein einziges verdammtes Leben zum Positiven gewendet hätte, wäre auch mein Berufsleben nicht sinnlos vergeudet gewesen. Das Credo aller Pädagogen weltweit, auch der schlechten, dachte sie sich.

In Xies Gegenwart schien das Leben etwas anderes zu bieten, als das, was sie bisher kannte. *Sinn* konnte sie es noch nicht nennen. Das wäre voreilig gewesen. Eine andere Perspektive.

„Was genau, liebe Constanze, hast du emotional davon, wenn du arbeitest und nicht stattdessen auf Stütze zuhause bleibst und das Sofa wärmst?", fragte Xie sie jetzt direkt. Wollte er sie hochnehmen? Doch sein Blick zeigte sich immer noch ruhig und er legte ihr sanft die Hand auf ihren Unterarm und den Zeigefinger auf den Mund, er bedeutete ihr damit, dass sie jetzt nichts sagen müsse. Einige Minuten lang lauschten sie gemeinsam der Wassermusik. Aus Angst, eine Grenze überschritten zu haben, zog er seine Hand langsam wieder zurück. Draußen war es dunkel.

Später, nachdem Constanze gegangen war, stellte er sich vor seinen Badezimmerspiegel und betrachtete sein Gesicht. „Magst du mich?" Er wusste nicht, wen er fragte, doch das Spiegelbild warf einen optimistischen Blick zurück. In seinen Eingeweiden meldete sich indes eine leise Furcht. *Wenn mich je wieder jemand lieben könnte, würde ich ihn wieder verraten?*

„Lieber Bonian, ich wünsche dir eine gute Nacht. Du warst mir heute so nah, so wie du auf ewig in meinem Herzen sein wirst. Die Götter mögen dich beschützen", sprach er in die Dunkelheit.

11.

Lars empfand die Kälte der Straße jetzt als unangenehm feucht. Das Tageslicht schwand bereits und sein Körper meldete Bedarf nach mindestens fünfhundert Kalorien an, am besten schön in raffinierter Zuckerform und gerne auch mit Sahnehäubchen obendrauf. Er öffnete die Tür zur Konditorei, nahm die nach Kaffee und Schokolade duftende Wärme wahr und begab sich zufrieden zur Kuchentheke. Oh, dort drüben saß Constanze! Sollte er sie übersehen? Ihm war eigentlich nicht nach diesem treuen Depri-Blick. Nach dieser Gradwanderung zwischen *ich bin dir so dankbar, dass du da bist und wir haben doch Spaß, oder?* Und dem *Du bist schuld, du willst nur weg und überlässt mich meinem harten Schicksal.* Leute mit Hang zum Selbstmitleid gingen ihm auf den Geist. Nicht, dass er so kaltblütig jedes Mitgefühl von sich gewiesen hätte. Nein, es war die latente Schuldzuweisung, die diese Menschen in ihre Umgebung aussendeten. Die Botschaft dieser Leute lautete permanent: *Alle sind schuld an meinem Elend. Sie haben kein Recht darauf, dass es ihnen gut geht und mir nicht.* Lars stieß es ab, dass man sich permanent dazu aufgefordert fühlte, diese Menschen zu bemitleiden und für sie da zu sein. Er konnte diese Art von *Beziehungssaugern*, wie er sie nannte, nicht ertragen.

Andererseits, nach dem gestrigen Gefecht mit Nez konnte er möglicherweise mehr über deren wahre Absichten erfahren. Mit Nez war im Moment ja gar nicht zu reden. Constanze war ihre beste Freundin. Beste Freundinnen wissen alles voneinander. Wie sollte er es anstellen, dass ihm Constanze erzählte, was ihr Nez anvertraut hatte?

Ein bisschen ausquetschen konnte nicht schaden. Mann, dachte er. Eigentlich sieht sie ja gar nicht so schlecht aus. Wenn sie wenigstens ein paar Gramm auf den Knochen hätte! Rappeldürr war Constanze und hatte dazu schwarze Augen, die einen immerzu anzuklagen schienen. Was hatte er vor einigen Jahren für sie empfunden? Er spürte den kleinen Adrenalinstoß im Magen, bestellte schnell ein Stück Sachertorte zum Tisch und drehte sich um 45 Grad, sodass Constanze ihn nun ebenfalls sehen konnte.

Constanze genoss ihre Erdbeertorte, leider ohne Sahne, denn sie wollte nicht alle Erfolge des heutigen 25km-Laufes gleich wieder aufs Spiel setzen. Selbstkontrolle verlieh ihr jedes Mal ein Hochgefühl. Heute hatte sie bei Frau Maas einen Urlaubstag durchgesetzt, obwohl diese persönlich dafür vertreten musste. Sie fühlte sich gut. Constanze *spürte* erst die schwarz-grünen Augen, bevor sie sie mit eigenen Augen sah. War es nicht ...? Lars! Instinktiv winkte sie mit der Hand nach ihm. Was, wenn er gar nicht zu ihrem Tisch kommen wollte? Wenn es ihm unangenehm war? Er sah etwas abgehalftert aus. Wohl durch den Regen gelaufen. Sein knielanger, graublauer Mantel tropfte in langen Strähnen an ihm herab. Ein bisschen was von einem geprügelten Hund verrieten seine Schultern. Komisch. So kannte sie ihn gar nicht. Seinen Arbeitsrucksack hatte er nicht auf. Also musste er frei haben. Freudige Erregung breitete sich aus und wurde schlagartig von der Erkenntnis getroffen, dass sie nun beide alleine waren. Sonst war immer Nez dabei, wenn sie sich sahen. Nun gut, Gesellschaft tut mir auch mal gut, redete sie sich ein und: Sie würde schon nicht wieder rückfällig werden.

„Hallo Constanze. Ist bei dir noch ein Stuhl frei?", fragte Lars, als er näher kam.

„Wie sieht es denn aus?" Constanze setzte ihr Pokerface auf, glaubte sie.

„Wie geht es dir?" Lars zog den Stuhl zurück und legte den Mantel ab.

„Ach, naja. Ehrlich gesagt, ist es im Moment ein bisschen stressig. Und selbst?"

Vorsichtiges Abtasten zu Beginn, dachten beide gleichzeitig.

„Ja, danke. Ich vermute mal, du hast schon gehört, dass es mit Nez und mir momentan eher schwierig ist?" Er tastete sich langsam vor, zu dem, was er wissen wollte.

„Hm", antwortete Constanze.

Lars setzte sich auf den plüschigen Stuhl und achtete darauf, dass er Constanze direkt ansehen konnte.

„Was hm?", fragte er erneut.

„Ja", entgegnete Constanze knapp, während sie eine Erdbeere in zwei Hälften zerteilte und die eine der beiden Hälften genüsslich mit der Gabel aufspießte und verspeiste.

„Ich mach mir halt einfach Sorgen. Das ist alles. Wir müssen uns einfach einigen Dingen stellen. Überlegungen. Meine Eltern können nicht mehr so gut, und es sind Entscheidungen zu treffen. Ich weiß nicht mehr, ob Nez noch voll hinter mir steht", erklärte Lars.

„Hm." Constanze pickte mit der Kuchengabel wie ein Vögelchen in ihrer zerkrümelten Erdbeertorte. Dieses Zerfasern von Essen auf dem Teller hasste Lars!

Pause.

„Möchtest du noch ein Stück Torte, Constanze? Entschuldige, dass ich nicht gleich gefragt habe."

„Nein, danke. Ich hatte schon was", antwortete sie zufrieden. So kannte er sie ja gar nicht.

"Du könntest es doch vertragen." Ein bisschen Schmeicheln konnte nicht schaden, dachte sich Lars.

Früher war Constanze regelmäßig auf solche Floskeln hereingefallen. Für einen Moment hatten ihre braunen Augen wieder den warmen Schimmer, den er vor Jahren einmal aufregend gefunden hatte, nur für eine Sekunde.

„Hast du abgenommen, wenn ich das fragen darf?", versuchte Lars, nachzulegen, doch leider erfolglos.

Pause. Constanze zählte bis fünf und gewann! Sie schaffte es, nicht auf die fadenscheinige Schleimerei hereinzufallen. So langsam dämmerte ihr, dass dieses Gespräch nicht natürlich verlief. Es wirkte irgendwie unecht.

„Wie geht es denn Nez?", fragte Constanze. Lars schluckte laut.

„Also, du als Nez´ Freundin verstehst vielleicht viel mehr davon, wie sie so denkt. Hat sie dir etwas gesagt?"

„Eine Sachertorte für den Herrn und darf es sonst noch etwas sein?", flötete eine junge Kellnerin mit schwarzen kurzen Haaren und einer tortenaffinen Figur dazwischen.

„Nein, danke", sagte Constanze äußerst knapp.

Das läuft nicht gut, dachte Lars. Sie scheint etwas zu wissen, rückt aber nicht damit heraus. Die Kellnerin tänzelte rhythmisch davon. Warum können nicht alle Menschen so leicht und unbeschwert sein wie dieses Geschöpf, schoss ihm gerade durch den Kopf. Kein Stress, keine Verwicklungen. Kuchen, ja oder nein, heiraten, ja oder nein. Im nächsten Leben würde er sich nur noch in eine Konditorei-Kellnerin verlieben. Das schwor er sich.

„Liebst du sie noch?", hörte er Constanze fragen.

„Ja, sicher. Natürlich liebe ich sie. Seit Tagen möchte ich, dass sie über meinen Heiratsantrag nachdenkt. Aber sie ist seit der Geschichte mit der Frau an der Brücke komplett durcheinander. Als hätte sie eine traumatische Erfahrung gemacht. Wenn ich nur wüsste, was genau vorgefallen war."

„Ja. Wenn wir das wüssten", wiederholte Constanze und schien in der Ferne irgendetwas zu suchen. Vielleicht mehr von der Erdbeertorte?

„Weißt du etwas?", fragte er, den Tonfall der Beiläufigkeit wahrend. Jetzt hatte er sie an dem Punkt. Jetzt würde sie das geballte Expertinnenwissen über ihn ergießen (*Ich darf ja eigentlich nicht darüber sprechen, aber ich möchte nur, dass bei euch beiden wieder alles eingerenkt wird, bla, bla bla. So waren die Frauen!*).

„Nein!", hörte er.

„Wie?" Er konnte es nicht glauben!

„Ich weiß nicht, was in ihr vorgeht. Auch mir gegenüber ist sie komisch", gab Constanze zum Besten.

„Du weißt *was* nicht?", schnappte Lars zurück. Er war kurz davor, die Geduld zu verlieren. Was sollte das?

„Sie war am Telefon so – ich weiß nicht, wie ich das sagen soll. Sie erzählt mir stundenlang von dem Päckchen aus Indien, der Frau, einer Ahnung, dass beides zusammenhängt und von dir und dem Heiratsantrag und deinen Eltern."

„Und?"

„Ich konnte ihr gar nicht mehr folgen. Und mir geht es auch nicht gerade gut", begann Constanze die Aufmerksamkeit auf sich selbst umzulenken.

Peng. Jetzt hatte er es. So nah war er an den Insider-Informationen, mit deren Hilfe er vielleicht noch heute Abend bei Nez die richtigen Worte hätte finden können. Sein Blut verlangsamte sich, seine Ohren summten. Musste er sich jetzt wirklich die Geschichte von der enttäuschten Freundin anhören?

„Mir steht auf der Arbeit das Wasser bis zum Hals und ich fühle mich so orientierungslos. Manchmal würde ich den Krempel am allerliebsten hinwerfen." Constanzes Augen füllten sich mit Tränen. Lars´ Inneres leistete noch Widerstand. Er wollte sich das alles gar nicht anhören. Doch er zwang sich zu einer höflichen Nachfrage. Er war doch ein guter Mensch, fand er!

„Deinen Job? Du warst doch so glücklich, als du diese Stelle gefunden hast", fragte er.

„*Jeder* ist heutzutage glücklich, wenn er eine Festanstellung findet. Naja, bin ich ja auch. Wenn ich nicht die Sicherheit und das Geld bräuchte, würde ich mir aber schon überlegen, was anderes zu machen."

Musste er nicht dringend mal weg? Hatte er nicht noch einen Termin? Er blickte suchend im Café umher, suchte an der gegenüberliegenden Wand nach den passenden Antworten auf Constanzes Klagen. Er fand sie nicht.

„Du sagst ja gar nichts", erwiderte Constanze.

Lars blickte unfokussiert durch den Raum. Ein guter Zuhörer war er eigentlich noch nie gewesen, dachte Constanze. Aber er war nun mal da. Wenigstens hörte irgendjemand ihr zu. Wenn auch nur Lars.

„Was bedrückt dich denn?", gab er mechanisch zurück.

Aha, schon besser, dachte Constanze. Geht doch. Seine Augen wendeten sich ihr jetzt zu. Ergeben setzte er ein fragendes Gesicht auf, gabelte langsam und genießerisch seine dunkle Torte auf. Oh, genau die Art von langsamem Genießen, die wie warmes Badewasser auf einen verspannten Rücken tropft. Die kannte sie noch. Sie zwang sich in die Gegenwart zurück. Nein, sie würde nicht mehr rückfällig werden. Sie hatte es sich noch vor zehn Minuten versprochen. Statt dessen erzählte sie:

„Was mich belastet, ist, dass die Jugendlichen teilweise, aber halt schon eine ganze Menge von ihnen echt unverschämt sind, perspektivlos, vulgär, immer zu kriminellen Handlungen bereit, und viele sind sogar tatsächlich in die organisierte Kriminalität verstrickt. Manchmal ist das so richtig zum Speien, wenn du weißt, was ich meine."

„So extrem?" Er würde dem schmerzlichen Trostgespräch nicht mehr entkommen. Er winkte der flötenden Kellnerin noch um einen Kaffee zu. Wie sie lächeln konnte! Er ergab sich.

„Ja, gestern erzählte mir noch ein Junge, ein Flüchtling aus einem afrikanischen Kriegsgebiet, dass er ein Mädchen, welches er zweimal „gepoppt" hätte, so drückte er sich aus, jetzt auf dem Strich gesehen habe. Er lächelte schweinisch dabei. Ich war so geschockt. Ich hatte den Jungen bis dahin irgendwie in mein Herz geschlossen."

„Was hast du da gesagt?", fragte Lars, jetzt tatsächlich interessiert. Das waren ja zukünftige Zeitungsartikel. Er würde der Sache mal nachgehen.

„Dass, wenn er sich als Freund des Mädchens betrachten würde, es seine Verpflichtung sei, ihr da wieder heraus zu helfen. Und wenn er nicht ein wahrer Freund von ihr sei, dass er zumindest unterlassen soll, so herabwürdigend über Frauen zu sprechen."

„Und wie hat er reagiert?" Er schaute sie jetzt interessiert an, hinter ihr hing die große Uhr, die er fest im Blick hielt. Wie konnte er von hier verschwinden?

„Er hat sich von mir abgewendet, weil sein Kumpel ihn gefragt hat, wo sie denn arbeite und hat ihm erklärt, wo er sie finden würde und was sie kostet."

„Oh. Aber, ich muss sagen, du hast da toll drauf reagiert", lobte er sie geistesabwesend.

„Danke für die Blumen! Aber die Masse und die Flut von solchen oder ähnlich schlimmen Erfahrungen mit den Jugendlichen erdrückt mich manchmal, und ich weiß dann gar nicht mehr, ob ich sie noch mögen kann. Oder ob ich sie wegen ihres würdelosen Verhaltens hasse. Ich sage mir dann immer: du sollst sie mögen, sonst kannst du nichts mehr für sie tun. Aber sie wollen doch gar nicht, dass ich etwas für sie tue. Oft denke ich, sie wollen nur abzocken. Kindergeld, Sozialgeld, Heimerziehung, das glückliche Heim für Gestrandete aus allen Ecken der Hölle. Und dann sage ich mir wieder, die armen Kinderchen. Viele aus dem Ausland, viele aus Kriegsgebieten, viele mit schlimmer Verfolgungsgeschichte oder viel Elend in der Familie, viele traumatisiert und deshalb gar nicht zurechnungsfähig. Und dann versuche ich mich zu Mitleid oder Mitgefühl zu motivieren."

„Und klappt das?" Wie spät es wohl war, fragte sich Lars?

„Ich bin mittelmäßig erfolgreiche Erzieherin an einem eher ärmlichen Erziehungsheim in einer Stadt mit vielen kriminellen Vierteln. Meine Jugendlichen schreien oft, noch mit sechzehn und siebzehn Jahren, wie Geistesgestörte. Viele sind tatsächlich gestört, irrsinnig und blöd. Andere sind traumatisiert. Entschuldige, wenn ich das mal so sage, so ist es einfach. Nein, sie wollen überhaupt gar nichts lernen. Ich habe Erfahrungen, die sind so schmerzhaft, wenn ich da fünf Minuten später zur Arbeit ins Heim gehe und fünf Minuten eher rausgehe, muss ich noch die verbleibenden sieben Stunden und fünfzig Minuten innerhalb des Heims um mein Überleben kämpfen. Es kann jederzeit alles passieren. Jugendliche können ausrasten und mich anschreien, wenn ich einfach nur sage, sie möchten sich hinsetzen. Sie können jederzeit auf mich losgehen. In einer Arbeitsstunde in diesen Gruppen werde ich an manchen Tagen mehr als zehnmal anzüglich angesprochen. „Warum hängen Ihre Augenlieder so runter? Warum sind Sie so hübsch? Wie alt sind Sie? Sie haben aber eine gute Figur." Sie taxieren mich von Kopf bis Fuß, schauen sich alle Körperteile an und diskutieren in den Zimmern über die Form meines Gesäßes. Mobbing gibt es bei uns aber Gott sei Dank nicht, klingt ziemlich zynisch, nicht? Ist aber die Leitlinie der Heimleitung, dann muss es wohl so sein. Und offiziell haben wir ein tolles Betriebsklima. Das, was ich dir geschildert habe, das ist eigentlich nur der Normalfall. Hälst du den nicht aus, darfst du nicht an einer Wohngruppe mit Jugendlichen aus schwierigen Verhältnissen arbeiten. So einfach ist das." Constanze hatte sich regelrecht außer Atem geredet und sie war sich der Wirkung ihrer Worte durchaus bewusst.

„Mein Gott ist das schrecklich. Wie hälst *du* das denn aus?", staunte Lars erwartungsgemäß.

„Gar nicht", schoss sie wie aus der Pistole zurück, in einem Tonfall, der ihre Ernüchterung erkennen ließ.

„Was sagt die Heimleitung?", fragte Lars nach. Diese Frage hatte sich Constanze bereits selbst hundertmal gestellt.

„Stimmt alles nicht. Wenn man professionell genug ist, kann man mit den etwas schwierigen Jugendlichen bestimmt Formen finden, zu einem gemeinsamen Weg zu kommen. Man muss die Jugendlichen eben da abholen, wo sie stehen. Sie können einfach nicht anders, sagt die Heimleitung. Die Heimleitung schließt sich da ganz der Meinung von Frau Maas an und ist somit aus dem Schneider", erklärte sie. Lars sah sie lange an, doch sie konnten seinen Blick nicht im Geringsten deuten, als er fragte „Wie kannst du denn dann noch morgens zur Arbeit gehen?"

„Ich rede hier ja nicht von allen Bewohnern", entgegnete sie, „es gibt auch liebe. Aber in solchen Gruppen wirst du verheizt, du bist das Opfer, du darfst nichts machen. Wenn du ermahnst, lachen sie sich kaputt, die Regeln, die es gibt, interessieren sie nicht. Wenn du ausrastest, bist du der Täter. Wenn du nichts machst, unterlässt du deine Erziehungspflicht und bist für alles verantwortlich, was danach kommt. Wir reden hier von Leuten, die nach Klasse neun ohne Abschluss von ihrer Schule abgehen müssen, weil sie schon zehn Jahre lang Lehrer, Erzieher oder ihre eigenen Eltern in die Verzweiflung und die Psychiatrie gebracht haben. Das ließe sich nachweisen, wenn sich jemand dafür interessieren würde. Darunter sind Jugendliche, die als Schüler ihren Lehrern Prügel androhen, sie auf Türkisch, Arabisch oder in einer anderen Fremdsprache oder selbstverständlich auch auf Deutsch permanent, ich sage *permanent*, beleidigen, Jungs, die auf ihren Handys Videos mit sich herumtragen, die zeigen, wen sie am Wochenende alles mit ihrer Rotte verprügelt haben." Sie redete immer schneller, und Lars suchte noch einmal die Uhr hinter ihr. Es musste schon viel Zeit vergangen sein.

„Extrem!", antwortete er ihr. Lars wusste, dass Constanze den kritischen Punkt überschritten hatte. Nun war sie nicht mehr zu stoppen. Ergeben fügte er sich in sein Schicksal und überlegte, ob er dies mit einem weiteren Stück Torte versüßen sollte. Dann könnte er auch noch einmal mit der netten Kellnerin...

„Jugendliche, die mehrere Gewaltdelikte auf dem Kerbholz haben. Die in Ecken und Kaufhausparkhäusern herumlungern und ihre Opfer abziehen, das heißt, sie demütigen und ausrauben. Gewalt, Gewalt, Gewalt. Und du fragst mich, ob ich sie *mag*?" Sie stellte die Zuckerdose etwas zu heftig auf den Tisch zurück und schüttelte mit dem Kopf. Als der Herr am Nachbartisch neugierig herübersah, wurde ihr erst bewusst, dass sie mit dem Geschirr gescheppert hatte.

„Und die Lieben, von denen du sprichst?", fragte er.

„Ja, natürlich ist die Mehrheit *lieb* in dem Sinne. Aber du gehst in eine Gruppe rein, zwei haben Hausaufgaben probiert, zwei versuchen sich an ein bisschen Spülen und Saubermachen. Drei jedoch findest du beim Kiffen vor, die Bude zugemüllt, es stinkt. Sie sind nicht ansprechbar und dann das ganze Programm wieder von vorne. In Gesprächen kommst du nicht so weit, dass du die Leute zu irgendeiner Erkenntnis oder einer vernünftigen Einschätzung ihrer eigenen Lage kriegst. Du hast auch noch die ganze Verwaltung zu machen.

Alle müssten in solchen Gruppen intensiver betreut werden. Aber du reibst dich auf mit Verwaltungsaufwand, Listen führen, Anträge stellen, Eltern oder Ämter anrufen, Berichte schreiben, alles dokumentieren, begründen, denn du bist immer in der Nachweispflicht und potentiell immer in dem Verdacht, unprofessionell gehandelt zu haben. Es nimmt kein Ende und die Jugendlichen bilden sich ein, dass alles irgendwie schon gut wird. Natürlich kriegst du die Lieben nicht mehr dazu, am nächsten Tag irgendetwas anders zu machen als am Vortag."

„Ich muss zugeben, ich bin ein bisschen entsetzt. Ich wusste nicht, dass es so schlimm ist. Ich bewundere dich aber auch dafür. Du musst ja schon ein dickes Fell haben", sagte er mechanisch, während er Ausschau nach der Kellnerin hielt.

„Naja, danke, das sagen alle. Aber helfen kann dir keiner." Plötzlich war es Constanze peinlich, so viel von sich selbst preisgegeben zu haben. Sie spürte, wie seine Blicke umherwanderten.

Wie wahr. So ist es, dachte Lars, helfen kann dir keiner, und er blickte im Raum herum, als er zu einer Antwort ansetzte.

„Auch bei uns ist es manchmal hart. Wir müssen immer die super Artikel produzieren. Hauptsache Schlagzeile, Hauptsache, der Rubel rollt", lamentierte er im gleichen Beschwerdeton.

„Ja, nach außen müssen wir dann auch noch gut aussehen. Schöne Presse ist wichtig. Aber da sind wir ja bei deinem Metier." Sollte das ein Vorwurf sein? Er rechtfertigte sich:

„Ja, manchmal bedrückt es mich, dass ich so schnell und so oberflächlich arbeiten muss. Wenn du zum Beispiel über ein Konzert schreibst, musst du zur gleichen Zeit oft noch über zwei andere Veranstaltungen schreiben. Was tust du?"

„Du wirst katholisch und glaubst an die Dreifaltigkeit?", grinste sie.

„Sehr witzig", gab er einsilbig zurück. Nahm sie ihn überhaupt nicht ernst?

„Du bleibst nicht bis zum Ende?", lenkte Constanze ein.

„Nein, ich erkundige mich vorher, was genau ablaufen wird und bin auf drei Veranstaltungen gleichzeitig. So sieht´s aus. Die Artikel sind fertig, bevor das Konzert beginnt. Ich fahre die Veranstaltungen ab und checke, ob noch irgendetwas Außergewöhnliches war, das in den Artikel mit reingehört. Nach der Veranstaltung lese ich von zuhause aus die Twitter-Nachrichten, bevor ich die Artikel raussende." Constanze blickte ihm verständnisvoll in die Augen. Das konnte sie gut, und sie wusste es, dachte er.

„Muss die Welt denn so sein? Alles Lüge?", fragte sie einfühlsam.

„Alles Illusion. Sonst könntest du als Leser keine Zeitung mehr bezahlen und deine lieben Kleinen könnten vielleicht nicht alle versorgt werden, wenn man die Erziehungsarbeit finanziell und personell mit allem ausstatten würde, was wirklich fehlt. Früher haben solche Kids buchstäblich auf der Straße gesessen und mussten sich in den ganz schlimmen Zeiten, naja, du weißt schon was."

„Willst du das System auch noch in Schutz nehmen? Alles O.K., ja?" Von Verständnis lag in ihrem Ton jetzt allerdings keine Spur mehr.

„Nein, sorry. Ich wollte dich nicht verletzen", antwortete er rasch.

Was war los mit ihm? Er hatte es wirklich nicht so gemeint, und es schmerzte ihn jetzt, sie verletzt zu haben. Eine Welle der Sympathie erfasste ihn. Schade, dass sie so viel mitmachen musste. Das erklärte vieles. Vielleicht auch nicht. Ein bisschen hatte er das vertraute Gespräch doch noch genossen. Wenn es auch nicht so verlaufen war wie erhofft. Keine Ausbeute. Aber was seine Gefühle zu ihr anging, wusste er eigentlich nie so ganz, woran er war. Es tat auch immer gut, wenn man mit jemandem sprach, dem es schlechter ging als einem selbst. Das musste er sich eingestehen.

„Wollen wir mal aufbrechen?" Er stand auf und griff nach seinem Mantel.

Ein heißes Bad war jetzt keine schlechte Idee. Constanze schloss die Wohnungstür auf. Bällchen lag, dem spezifischen Bällchengeruch nach zu folgen, in seinem Körbchen und schlief. Irgendwas störte den inneren Fluss in Constanzes Wahrnehmung. Der Tag war doch noch recht gut verlaufen, wenn man bedachte, dass „gute" Tage eigentlich im Moment eher nicht zu ihrem Programm gehörten. Es hing mit dem Treffen zusammen. Heute Nachmittag im Café war sie plötzlich wieder da gewesen. Die seltsame Vertrautheit, die sich auch damals schon zwischen Lars und ihr eingestellt hatte. Vor fünf Jahren, als sie für eine Nacht ein Paar gewesen waren, hatte sie schon einmal so empfunden. Genauso hat es sich auch damals angefühlt. Sie erinnerte sich daran, wie er an ihrer Tür gestanden hatte und die Noten für eine Musikprobe vorbeigebracht hatte. Und ohne Vorankündigung fielen alle normalen zwischenmenschlichen Barrieren zwischen ihnen. Manchmal sah man in Science Fiction Serien Aliens, die in ein Becken mit irgendetwas darin eintauchten und dann plötzlich alle Gedanken und Gefühle miteinander teilten. Totale Empathen. Lars' grün-schwarze Augen, die ihr sonst eher ein beständiges Gefühl von Wachsamkeit und Provokation signalisierten, waren für sie wie ein Sog in ein solches Becken. Es gab keine Unsicherheiten, keine Peinlichkeiten, kein Infragestellen und keine Grenzen mehr zwischen ihnen beiden. Und Widerstand war zwecklos!

Hatte sie das nur alleine so empfunden, oder war es für Lars an jenem Tag auch so gewesen? „Ich werde es wohl niemals herausfinden", sprach sie in Bällchens Richtung und erntete ein hypnotisches Schnarchen. Gemütlich räkelte sich der Hund in seinem Körbchen, so als sei es sein persönliches kleines Paradies. So musste es sein! Damals war es überhaupt keine Frage, grübelte Constanze weiter, dass Lars eintreten würde, dass er sich ihr nähern würde und sie sich dem unwirklichen Sog dieser Augen überlassen würde. Alles hatte sich so richtig angefühlt, so körperlich und gut, dass sie erst am nächsten Morgen wieder die Stimme ihres Verstandes wahrgenommen hatte: *Du hast gerade den Freund deiner besten Freundin im Bett gehabt.* Und was noch viel erschreckender war: während es passiert war, war nicht mal die Idee eines Unrechtsbewusstseins in ihr vorhanden gewesen. Abscheu. Verunsicherung. *Wer bin ich?*, war in den Tagen und Wochen danach für sie die Frage, die wichtiger war als alle anderen Gedanken. Was sie an jenem Abend geradezu als biologische

Normalität und als unglaublich schön erfahren hatte, entpuppte sich unter Zuhilfenahme ihres Verstandes als eine menschliche Katastrophe und als Bruch ihres Vertrauens zu sich selbst. Wie konnte dies passieren? Sie hatte Nez betrogen.

Wann sollte sie, Constanze, Verführerin, depressiv, unzuverlässig und zu wahrer Freundschaft vielleicht nie wieder fähig, Nez die Wahrheit sagen? An diesem Abend ging sie früh zu Bett, doch sie wälzte sich von einer Seite auf die andere und der Schlaf wollte sich nicht einstellen.

12.

Als Constanze am nächsten Morgen die Augen aufschlug, konnte sie sich nicht daran erinnern, wie sie es geschafft hatte, einzuschlafen. Doch schließlich musste der Schlaf sie noch irgendwie übermannt haben. Sie erinnerte sich nur daran, nervös hin- und hergezappelt zu haben. Ihr Kopf fühlte sich an wie mit Beton gefüllt. Sie blickte sich in ihrem Zimmer um, das ihr ein Hort der Sicherheit war. Plötzlich erschien es ihr charakterlos, gemessen an Xies Wohnung. Es hätte die Wohnung jeder x-beliebigen Frau zwischen 30 und 55 sein können, dachte sie. Möbel aus Kiefernholz, Tisch, vier Stühle, blaugraues Sofa, gelblich helle Wände hinter einer kleinen Schrankwand mit Glasvitrine. Zwei Kunstdrucke, von denen sie nicht einmal wusste, von wem sie stammten. Bisher war ihr dies noch nicht einmal aufgefallen. Sie hatte die Bilder beim Einzug in einem großen Möbelhaus mit all den anderen Möbeln zusammen gekauft, im Vorbeigehen, kurz vor der Kasse, nur, damit irgendetwas an den Wänden hing. Zumindest die Farben passten zum Rest der Einrichtung. Aber in den zehn Jahren, die sie nun an den Wänden hingen, hatte Constanze sich noch nie die Mühe gemacht, Näheres darüber herauszufinden.

Wie unterschiedlich doch Xie und Lars auf ihre Geschichte reagiert hatten! Sie erinnerte sie sich an das Gespräch mit Xie, nach dem sie sich auf wundersame Art erleichtert gefühlt hatte. Möglicherweise bin ich doch gar nicht so schlecht, sagte sie sich. Und, vielleicht hatte er Recht. Vielleicht waren auch die anderen Kollegen nicht besser.

Dann spielte es wahrlich keine Rolle, ob sie selbst oder jemand anderes scheiterte und schließlich verdiente sie ihr Einkommen auf respektable Weise. Und sie gab sich ehrlich Mühe. Warum sollte sie sich also dauerhaft in Schuldgefühlen zerfleischen? Was wäre, wenn niemand diese Arbeit machte? Musste diese Arbeit überhaupt getan werden, oder konnte sie keinem dieser Kids mehr helfen? Litt sie an hemmungsloser Selbstüberschätzung, zu glauben, dass sie noch einen Einfluss auf Sechzehn- bis Achtzehnjährige hatte? Sie stand auf und setzte sich auf den Hocker vor der Kommode.

Ihr Schminkspiegel im Schlafzimmer zeigte ein liebevolles Arrangement von Fotos. Klassenfotos, eine Gruppe von Studenten mit ihr, ein Familienfoto und Constanze mit ihrer Schulfreundin Larissa. Die größere Menge Fotos jedoch zeigten Constanze mit jungen, gutaussehenden Männern. Es war eine Trophäengalerie ihrer Beutezüge der letzten Jahre, doch keiner der jungen Männer tauchte auf den Bildern zweimal auf. Constanze musste jedes Mal, wenn Nez sie besuchte, Lars´ Foto aus seiner Ecke am Frisierspiegel entfernen. Doch dies erfüllte sie mit einer prickelnden Spannung. Sie wollte auf keinen Fall gerade auf dieses Foto verzichten. Sie hatte ihn erbeutet! Zumindest für eine Nacht. Doch diese Nacht wollte sie von allen anderen am wenigsten vergessen. Neben Scham und Bedauern erfüllte die Erinnerung an die Nacht mit Lars sie mit einer romantischen Sehnsucht, mit dem Gefühl, lebendig sein zu können, wenn sie es nur zuließe. Aber auch mit einem erbärmlichen Gewissen gegenüber Nez.

Sie ging ins Bad. Heute sollte ein Tag der Klärung sein. Die Teamsitzung über den Vorfall mit Milad stand an, an der auch ein Vertreter des Heimträgers, ihres Brötchengebers also, und natürlich Frau Maaß als ihre direkte Vorgesetzte teilnehmen würde. Die feine Frühlingsluft und die Sonnenstrahlen nahm sie als gute Omen für den Tag. Sie gaben ihr Kraft. Draußen ließ sie sich sogar einen Moment Zeit, das volle Weiß und den süßlichen Geruch der Magnolienblüten zu genießen, die die Straße schmückten, bevor sie die schwere Glastür des Jugendheims aufstieß. Frau Maaß war bereits da und schenkte ihr einen aufmunternden Blick, der jedoch nicht ohne ein kritisches Abtasten auskam. Constanze machte sich daran, die herumstehenden Tassen und Teller in der großen Wohnküche einzusammeln. Die Teamsitzung sollte erst nach der Mittagspause stattfinden. Nervenaufreibende Wartezeit, fand Constanze.

Frau Maaß und Constanze umkreisten das heikle Thema, bis das Gespräch gleichsam einem natürlichen Fluss folgend, doch auf den „Vorfall" kam. Frau Maaß nickte und schüttelte abwechselnd den Kopf. Sie wirkte wie immer hundertprozentig konzentriert. Ihre kurzen, braunen und altmodisch geschnittenen Haare ließen ihr Gesicht offen und ohne persönliche Eitelkeit erscheinen. Nach einer langen Phase des Fragens, Nickens und Kopfschüttelns gab Frau Maaß ein bedeutungsschwangeres *Hm* von sich. Dann fuhr sie fort:

„Hm, also bei Frau Schale sind die Kids eigentlich ganz lieb. Die bringt da so etwas wie eine gemütliche, fast konstruktive Atmosphäre rein." Als Constanze dies hörte, war ihr, als hätte sie jemand mit einem schweren Felsblock in die Erde gerammt. Ihre eigene Unfähigkeit schmeckte wie Galle. Lisa Schale war ihre Freundin, und das wusste Frau Maaß. Lisa war es auch gewesen, die an dem besagten Wochenende krank zuhause lag und durch Nez vertreten werden musste. Durch Nez, die eigentlich ebenso erholungsbedürftig war und keine Bitte abschlagen konnte. Was hatte Lisa, was konnte sie, was Constanze nicht konnte? Oder bekam Lisa dasselbe genau anders herum erzählt? In ihrem letzten Gespräch mit Lisa fürchtete diese noch um ihren Arbeitsplatz. Constanze flehte still die Wände an, ihr zuzuflüstern, wer von den beiden sie anlog. Frau Maaß oder Lisa Schale.

„Glauben Sie mir denn nicht? Können Sie sich denn nicht vorstellen, wie Milad ausgerastet ist?", versuchte Constanze erneut, Frau Maaß ihre Lage zu erklären. Am schlimmsten waren die Zweifel an ihrer eigenen Wahrnehmung. Bin ich einfach nicht kompetent genug, wollte mir Frau Maaß genau das mit ihrer Frage signalisieren?

Constanze spürte schon wieder, wie ihre Hände zitterten und ihre Knie unter ihr zu Gelee werden wollten. Sie ging Frau Maaß schnell aus den Augen. Constanze streifte durch die Zimmer, wollte mit einigen Jugendlichen sprechen, das Hausaufgabenmachen oder was die Kids dafür hielten, kontrollieren. Sie stand die folgenden Stunden irgendwie durch. *Normalerweise merken die es, wenn du schwach wirst, aber heute haben sie es nicht bemerkt*, fiel ihr auf. Ibrahim arbeitete an einem kleinen Vortrag für die Schule. Er sollte sich einen Wunschberuf heraussuchen und im Internet recherchieren, wie viel man in diesem Beruf verdient, wie die Ausbildung gegliedert ist und welche Möglichkeiten man damit haben würde. So erwachsen hatte sie ihn noch nie gesehen, und sie war recht verwundert, als er *Busfahrer* sagte. „Das ist für mich schon viel, das wissen Sie, wenn ich das schaffe. Man bekommt Arbeit als Busfahrer, die werden immer gesucht. Man muss gut fahren und pünktlich sein." Sie hatte Mühe, ihr Erstaunen zu verbergen, aber sie zeigte ihm ihr poliertestes Sonnenlächeln. „Möchtest du, dass ich mir deine Unterlagen mal mit dir zusammen durchsehe?" Ungläubig starrte sie in ernsthafte Notizen und Computerausdrucke. Hatte jemand Ibrahim gegen einen gleichnamigen Klon ausgetauscht? Unerwartete Erfolgserlebnisse konnten jedoch auch Hiobsbotschaften ankündigen, das hatte sie in den letzten Jahren gelernt. Irgendwas konnte noch in der Ecke liegen und schlummernd auf seinen Auftritt warten.

Wie ein Wunder verging jedoch dieser Tag, und die Kids waren alle friedlich. Ich habe es so noch nicht erlebt, dachte sie. Wenn die meisten Tage so wären, würde ich in meiner Arbeit noch einen Sinn sehen. Als sie jedoch ihre Mails öffnete, traf sie der nächste Schlag unvorbereitet. Eine Dienstanweisung an alle Kollegen im Team, frisch verfasst von Frau Maaß: man solle die Aktennotizen über Vorfälle mit den Jugendlichen künftig nicht mehr als „Mittel der persönlichen Psychohygiene missbrauchen" und die Berichte tagebuchgleich vollschreiben. *Als würde mir jemand dicke Backsteine an den Kopf werfen*, dachte Constanze. Klar war sie gemeint! War dies eine gezielte

Provokation in ihre Richtung oder eine sachliche Reaktion mit einer vielleicht im Vorfeld nicht durchdachten Wirkung? Natürlich hatte sie den Vorfall mit Milad detailliert dokumentiert. Das war ihre Pflicht. Du stehst vor den Wahnsinnigen, Ausrastenden, die schreien, johlen, sich mit Sachen bewerfen und sich mit den gröbsten Ausdrücken beschimpfen. Du weißt gar nicht, wo du anfangen sollst mit Aufschreiben, Maßregeln und Eingreifen. Du schreibst nur einen Teil der Leute in deinen Bericht und die werte Frau Maas gibt dir gruppenöffentliche Ablehnung deiner Berichte und bezeichnet sie als Mittel, deine Psychohygiene zu pflegen. Constanze fühlte, wie sich ihr Blut im Kopf sammelte und wie sie sich selbst in höchste Alarmbereitsschaft versetzte. Alle würden wissen, worum es bei dieser Dienstanweisung wirklich ging.

Die Teambesprechung selbst begann nach dem gemeinsamen Mittagessen routiniert und geschäftsmäßig mit allseitigem Smalltalk und Händeschütteln, als die Vertreter des Heim-Trägers, der Jugendhilfe-Gesellschaft, Herr Mannig und Frau Dr. Parig eintrafen. Auch Josef stapfte gerade herein, mit einem IPod im Ohr und einem Thermo-Kaffeebecher in der Hand, als sich alle in den Besprechungsraum begaben. Er hatte etwas im Auftreten, das Constanze an die sagenhafte Königin von Saaba erinnerte. Prätentiös, bis zum Platzen von sich selbst überzeugt und zugegebenermaßen gefährlich attraktiv. Frau Maaß als pädagogische Leitung moderierte das Gespräch. Die Gäste von außerhalb waren in positiver und gesetzter Stimmung. Ob man denn schon das schöne Frühlingswetter genießen konnte und ob es bereits Urlaubspläne gab, erkundigten sie sich. Diesen Eiertanz beherrschte Constanze recht gut, wenn sie auch heute das Gefühl, auf einer dünnen Eisschicht zu schlittern, während der ganzen Zeit nicht loswurde. Selbstverständlich musste auch Milad zur Sache gehört werden. Er setzte seine ganze Energie daran, sich als verletzte Unschuld zu geben, doch an kleinen Widersprüchen und feinen Signalen seiner Körpersprache verriet er, dass seine Geduld heute eine mühsam einstudierte Maskerade war.

Zur allseitigen Verwunderung setzte er unaufgefordert sein Käppi ab und tat dies so selbstverständlich, als würde er sich nie anders verhalten. Seine Augen hielt er Respekt heuchelnd auf dem Boden, vor so vielen Herrschaften, seine Hände waren gefalten, sein Kopf geneigt. Just in dem Moment ertönte ein schriller Rap-Sound, Milad griff in seine Tasche und ging an sein Handy. Er rief in marktschreierischer Lautstärke: „Ey, Alda, jetzt nich. Is schlecht jetzt. Ruf dich gleich zurück!" und klickte das Gerät aus. Die eulengleiche Frau Dr. Parig zog die rechte Augenbraue stark nach oben, während sie mit dem darunterliegenden Mundwinkel ein Grinsen andeutete, sich jedoch gleich wieder zur Ordnung rief und mütterlich dreinschaute, während Milad seine Geschichte vom armen Opfer weiter erzählte. „Die Frau hat mich voll provoziert, eh, die hat voll kein Respekt", beteuerte er.

Als Constanze wahrnahm, wie überzeugt er selbst davon war, dass sie ihn zu Unrecht herausgefordert hatte und dass er beleidigt worden war, nicht nur er, sondern auch seine arme Mutter, seine Familie und seine Religion, spürte sie erst Unverständnis und dann Wut darüber, dass ihm die völlige Verzerrung der Wirklichkeit erlaubt wurde, um sein jugendliches Ego zu schützen, sie sich jedoch zwischen den Zeilen von ihm als grobschlächtig und ungerecht hinstellen lassen musste.

„Frau Herold hat mich beleidigt. Sie sagt, ich habe keine Erziehung. Die schreit immer nur so rum, echt, wir waren ganz lieb, und die war die ganze Zeit so aggressiv. Sie können alle fragen."

Wieso schaut mich die Parig so an? Der Blick eines Arztes auf einen Patienten? Constanze fühlte sich unwohl. Schleichend vollzog die Befragung eine Wende. Es kam ihr plötzlich in den Sinn, dass aus Sicht der Leitung, *sie* möglicherweise selbst „der Fall" war, um den es sich zu kümmern galt.

„Nun ja, liebe Frau Herold. Wir alle sind nur Menschen und Sie waren ja auch schon eine lange Zeit im Dienst an jenem Tag", gab Herr Mannig zu bedenken.

„Ungeschickt ist ein hartes Wort." Der Eulenschnabel von Frau Dr. Parig war nun etwas spitzer geformt. „Aber Sie provozierten wohl etwas unklug in der Situation, wie mir scheint. Wir wollen mal sehen, was die Kollegen vor Ort über Milad wissen."

„Milad ist ein besonderer Fall, der schon große Fortschritte gezeigt hat, aber man weiß ja, wie er ist und ja, man braucht eben ein besonderes Händchen für dieses Klientel", gab Josef zum Besten. „Diese Kids können einfach nicht alles. Sie nehmen oft selbst nicht wahr, wie sie sich verhalten. Dann muss man einfach mal mit ihnen sprechen", gab Josef in einem fachmännischen Ton preis.

Constanze fühlte, wie ihre Beine taub wurden, auf ihren Körper kein Verlass mehr war, wie sie ihre innere Struktur verlor, und sie wusste nicht einmal mehr, wie sie es von dort aus nach Hause schaffen würde. Sie fühlte sich völlig gelähmt, vernahm die Stimmen der anderen nur noch wie aus großer Entfernung und war doch nicht mehr bei sich selbst. Nicht mehr *in* sich selbst. Sie hörte, wie der Fall weiterverhandelt wurde und hörte ihren Namen, ohne nennenswert eingreifen zu können. Sie war nun „der Fall". Sie stammelte etwas und ihr einziger Gedanke war: *Himmel, wie soll ich den Weg hier raus finden, ohne lang hinzuschlagen oder völlig verwirrt auf der Hauptstraße zu stehen? Lieber Gott, zeig mir einen Weg nachhause!*

Sie vernahm aus der Ferne Milads Lügen. Frau Maaß schilderte noch seine im Grunde genommen positive Entwicklung der letzten Monate, und dass sie sich gar nicht vorstellen könne, was ihn dazu bewegt haben könnte, an diesem Tag unflätige Beschimpfungen auszustoßen. Sie hörte, wie ihr Kollege Joseph Milad als *eigentlich O.K.* einstufte, wie er nichts anderes auf dem Kerbholz habe, sie fühlte, wie alle *sie* anstarrten. Ibrahim, Milads Freund, mit dem sie vor einer Stunde noch seine Bewerbung durchgearbeitet hatte, behauptete, sie habe es darauf angelegt, Milad zu kränken und als Erzieherin müsste sie doch Respekt vor den Jugendlichen haben. Der kleine Selim, der ebenfalls dabei gewesen war, druckste herum. Er wüsste nicht mehr genau. Er schien die Staubkörner auf dem Boden zu zählen. Es könnte schon sein, dass die Frau Herold ein bisschen frech aufgetreten war, aber Milad hätte sich entschieden zu viel herausgeholt, als er „verfickte Fotze" nach ihr gerufen hatte. Milad hätte sich einfach zu schlecht benommen. Herr Mannig und Frau Dr. Parig bedachten Constanze über ihre Brillenränder hinweg mit diagnostischen Blicken. Warum analysierten sie nicht Milad, sondern sie, fragte sich Constanze. Was bedeutete jetzt die hochgezogene Braue der alten Eule? Ob sie gerade meine Zurechnungsfähigkeit prüften, drängte sich Constanze als Verdacht auf. Oder haben sie Mitleid mit mir? Sie wand sich unter den Blicken der Beteiligten wie ein Wurm auf dem Seziertisch. Gleich würde das Skalpell ihren Bauch öffnen oder ein Stückchen abtrennen und es ging unter das Mikroskop. Auch dort würde kein anderer Befund dabei herauskommen, als Frau Herold, die sich Mühe gab, aber mit ihrer pädagogischen Taktlosigkeit den armen, etwas verstörten Milad bis aufs Blut gereizt hatte und eine „Situation" heraufbeschworen hatte, die für alle Beteiligten gefährlich gewesen war. Fast wollte sie sich für den Aufwand entschuldigen, den sie verursacht hatte. Die Blicke der Anwesenden brannten auf ihr. Hallo? Sie musste sich wehren, atmete tief ein und gab sich einen Ruck. Sie stand auf und sagte mit fester Stimme: „Ich werde im Dienst schwer beleidigt und bedroht und habe es nicht herausgefordert, nur beharrlich aber mit aller gebührenden und bestimmten Höflichkeit die Heimregeln durchzusetzen versucht. Schaut nicht mich an, ich bin nicht krank!" *Noch nicht*, dachte sie. Niemand antwortete.

Schweigen lastete auf der Runde, bis Frau Maaß wieder in den Akten wühlte und Frau Dr. Parig erneut nach Milads sozialem Umfeld fragte. Constanze konnte nicht mehr sprechen. *Ich bin nicht in der Lage, von hier zu meiner Bahnhaltestelle zu gehen*, gestand sie sich. Ihre Beine gehorchten ihr noch immer nicht. Sie beobachtete sich noch immer von außen, sie war nicht mehr Teil des Geschehens. Zitternd setzte sie sich wieder hin und vermied es, jemandem in die Augen zu sehen. Die letzten Minuten der Besprechung zogen sich quälend in die Länge. Als Herr Mannig und Fau Dr. Parig endlich aufgebrochen waren, bat sie Frau Maaß widerwillig, ihr ein Taxi zu bestellen. Doch bevor das Taxi eintraf, löste sich ihre Starre teilweise auf, und sie konnte aufstehen. Ohne Gruß auf leisen Sohlen verließ sie das Haus.

13.

Nez starrte auf ihr Handy. Wie fühlte sich Einsamkeit an? Wie klang sie? Wie sah sie aus? Spontan fiel ihr eine Eisskulptur ein, die sie einmal gesehen hatte. Genauer gesagt, an jenem Tag war dem Eiskünstler ein Malheur passiert und er hatte an einem Windgeist aus Eis den oberen Teil abgebrochen. Die Figur endete nun uneben mit vielen kleineren Bruchkanten. Gänzlich irreparabel. War es das, dachte Nez, all die einsamen Menschen um uns herum, ein kleines göttliches Malheur? Upps, sorry, aber leider kaputt! Ihr Handy stellte sich noch immer tot, es meldete nichts. Es war nicht mit Sicherheit Einsamkeit, beschloss sie. Wünschte sie überhaupt wirklich, dass Constanze oder Lars oder gar ihr Vater noch einmal bei ihr meldeten? Nichts, was mit moderner Kommunikation zu tun hatte, konnte der völligen Trivialisierung entgehen. *Ich sitze hier, wie eine verdammte Schülerin und starre mein Handy an. Wie weit soll es noch mit mir kommen?*, fragte sie sich.

Nez fühlte sich dumm. Sie war sich in diesem Augenblick selbst peinlich, was ihre innere Klemme nicht gerade lockerte. Sie wusste nicht, wie Constanze ihr letztes Gespräch aufgefasst hatte. Es konnte sein, dass sie jetzt irgendwo saß und sich über Nez totlachen würde. Oder viel schlimmer, dass sie mit irgendjemandem zusammensaß, über ihre zerbrechende Freundschaft erzählte und Nez´ Vertrauen missbrauchte. Oder, was wahrscheinlicher ist, grübelte Nez, dass ich irgendetwas getan oder unterlassen habe, weswegen sie richtig sauer auf mich ist, und ich es einfach nicht mitbekommen habe. Und ich weiß nicht, was es ist. Das ist das Schmerzhafteste. Zu wissen, man ist unfähig, eine Freundschaft aufrecht zu erhalten, und sich zu darüber zu zermürben, was es ist, das einen selbst zu diesem tiergleichen Ungetüm macht, das nicht unter Menschen leben kann. Eine Welle des Hasses der Ungeliebten auf alle Glücklichen brandete in ihr auf, gefolgt von wärmendem Selbstmitleid, das sie aus ihrer mutterlosen Kindheit allzu gut kannte.

Wer so viel Mitleid mit sich selbst hat, der liebt sich doch, oder?, fragte sie einen der grauen Steine, die sie auf der Fensterbank gruppiert hatte. *Und wer sich selbst noch in einem seiner verborgensten Winkel liebt, dem ist doch noch zu helfen, der hat sich doch noch nicht aufgegeben?* Sie glaubte einen Hoffnungsschimmer hinter dieser bestechenden Logik auszumachen. Nur, wer langsam den Verstand verlor, fragte der dunkle Teil in ihr, was würde mit denjenigen geschehen? Die, die ihre eigenen letzten klaren Gedanken jagten wie eine junge Katze ihren Schwanz und doch nicht mehr als einen Schatten ihrer selbst erhaschten, was würde mit denjenigen geschehen?

Ihr Handy meldete einen entgangenen Anruf. Wie konnte das passiert sein, wo sie es doch seit einer gefühlten Ewigkeit fixiert hatte? Panisch drückte sie auf Rückruf. „Constanze, verdammt, heb schon ab! Heb ab!"

Besetztzeichen. Um es zu erzwingen hörte Nez sich noch genau zwanzig Besetztsignale an, rief dann noch dreimal durch und wartete noch je zwanzig Besetzttöne lang. Als ob die magische Zahl Zwanzig ein Abheben beschwören könne. Nichts. Absolution. O.k. Ich habe alles versucht, beruhigte sie sich. Du gehst nicht ran. Du bist schuld!

Sie verfiel in einen unruhigen Schlaf. Dunkle Äste und der Anblick schwarzer Spinnen durchzogen immer wieder die schwere Nacht, bis die Türklingel die Erlösung brachte.

Es schellte erneut.

Die beiden Kommissare hatten nun schon viermal geklingelt. Der Senior, Walter Kowolik, drückte seinen Bauch zielstrebig in Richtung der Wohnungstür. Die junge Kommissar-Anwärterin Selma Öztas verspürte den Drang, das Treppenhaus von allen Seiten im Blick zu halten. „Ich glaube, ich habe was gehört. Kann es echt sein, dass jemand so tief schlafen kann, morgens um neun noch?", knurrte Kowolik. Selma hatte sich mittlerweile an den Brummbär gewöhnt und war zur Verwunderung ihrer Kolleginnen eher entspannt im Umgang mit dem knarzigen Mittfünfziger. Die nicht mehr ganz junge Frau, die ihnen nun die Tür erst einen Spalt breit, dann weiter öffnete, überragte Kowolik um zwei Köpfe, blickte mit ihren großen blauen Augen offen, doch auch irgendwie verwirrt und ihre nahezu weiße Haut verriet nicht, ob sie gerade aufgeweckt worden war, oder ob der entrückte Gesichtsausdruck ihr Normalzustand war.

„Vanessa Reinhardt?", grunzte Kowolic. Selma bemühte sich um ein entspanntes Lächeln, während Kowolic in seiner rauhen Art fortfuhr: „Wir hätten da ein paar Fragen an Sie. Ich bin Kriminalkommissar Günther Kowolic und das ist meine Assistentin Selma Öztas. Aber wir würden lieber unter vier Augen mit Ihnen sprechen, nicht im Treppenhaus. Dürfen wir denn für eine Minute hereinkommen?"

Erst langsam drang das soeben Gehörte zu Nez durch, doch sie verstand „Kripo" und „Fragen" und „hereinkommen" und nickte.

„Ja, aber, was, ich meine. Kripo?"

Nachdem sie dem ungleichen Paar Platz und ein Glas Wasser angeboten hatte, gelang es ihr, sich einigermaßen auf deren Worte zu konzentrieren. Es waren Worte wie „am Abend des 10. April, zwölf bis dreizehn Tage im Wasser gelegen, sieht nicht schön aus, Augenzeugen, Severinsbrücke, Wasser, gefundener Kalender auf Ihre Adresse lautend, Alibi...?"

„Alibi?", stammelte sie verwirrt.

Später, nachdem die beiden schon lange gegangen waren, ließ die erste Betäubung allmählich nach und die Geschichte lag klar vor ihr. Die Frau, mit der sie vermutlich vor zwei Wochen auf der Brücke den Whisky geleert hatte, war dreizehn Tage später am Rheinufer hinter Leverkusen von einem Hundebesitzer gefunden worden. Die Todesursache war leicht festzustellen: Ertrinken. Den Untersuchungen zufolge hatte die Frau eine größere Menge Alkohol konsumiert und war nicht mehr in der Lage gewesen zu schwimmen. Ein Straßenbahnfahrer hatte ausgesagt, dass kurz vor dem vermutlichen Todeszeitpunkt eine große Gutaussehende Mitte Vierzig mit einer obdachlos wirkenden Frau und einer Schnapsflasche in der Hand auf dem Treppenabsatz der Severinsbrücke gesessen hätte. In dem Taschenkalender, den die Frau in der Beuteltasche um sich gewickelt mit sich trug, war als Besitzerin der Name Vanessa Reinhardt eingetragen, und so fügte sich eines zum anderen. Noch war Vanessa nicht offiziell angeklagt, doch die Kripo ermittelte wegen Totschlags, vermutlich unter Alkoholeinfluss. Was einer offiziellen Anklage noch im Wege stand, war ein fehlendes Motiv. Kowolic hatte dies nicht so deutlich gesagt, doch Nez hatte trotz ihrer Benommenheit immer wieder Fragen nach dem Grund des Zusammentreffens und nach einer möglichen Verbindung zu der Frau beantworten müssen.

Noch stundenlang, nachdem die beiden Kommissare gegangen waren, sagte sich diesen Satz vor: *Wir ermitteln wegen Totschlags und wie es aussieht, stehen Sie ganz oben in den Charts, Frau Reinhardt. Verlassen Sie nicht die Stadt. Melden Sie sich morgen früh um neun zur Befragung im Revier. Sollten Sie dem zuwider handeln, müssen wir Sie festnehmen.*

Panik stieg in Nez auf. Wir ermitteln wegen Totschlags. Wir ermitteln gegen Totschlags. „Nein!", schrie sie gegen die Wand. Sie kreischte es laut in das Dunkel ihres Schlafzimmers, und dann winsete sie in ihr Kopfkissen: „Ich bin keine Totschlägerin. Ich kann die Frau nicht von der Brücke gestoßen haben. Wir saßen doch gar nicht mehr über dem Wasser. Sie wäre auf dem Ufer aufgeschlagen. Ich wüsste doch, wenn ich eine Frau getötet hätte. Man tötet doch nicht einfach eine wildfremde Frau, steht am Morgen aus dem Bett auf und erinnert sich an nichts, außer dass man tatsächlich da gesessen hat. Oder?" Sie schluchzte.

Noch immer konnte Nez ihr Gehirn nicht dazu bringen, das Ende des Abends auszuspucken. Eine Frau getötet? Ich? Wenn es so sein sollte, möchte ich bitte weggesperrt werden. Dann bin ich eine Gefahr, für jeden, dem ich begegne. Oder für jeden, mit dem ich mich ins Koma trinke, ergänzte sie in Gedanken. Mindestens acht Stunden lang saß Nez daraufhin noch in verkrampfter Haltung am Küchentisch. Sie schaffte es, nicht zum Regal mit den hochprozentigen Tröstern zu gehen, aber eher aus vor Abscheu vor sich selbst. Ekel, Unsicherheit. Sie hatte einmal eine Reportage über den Beginn von Demenzerkrankungen gesehen. Es war ein Thema, mit dem sich niemand gerne auseinandersetzte. Wie stelle ich fest, dass mein Gehirn mich nicht mehr trägt, fragte sie sich. Mich betrügt? Mich zum Gespött macht, das komische Sachen sagt, nach Gegenständen fragt und nicht mehr weiß, wie sie heißen? Konnte man wirklich guten Gewissens sagen *Ich bin unschuldig*? Oder konnte potentiell jedes Gehirn seinen Träger belügen? Blackout, Filmriss, Suff?

Bodenlos verzweifelt und am Ende schlug sie die Zeit tot. An ihre Arbeit war gar nicht zu denken. Mit tiefhängenden schwarzen Ringen unter den Augen überstand sie am nächsten Morgen die Befragung der Kripo. Selma Öztas war geistesgegenwärtig genug, sie zu entlassen, bevor sie vollkommen kollabierte.

„Wo waren Sie, bevor Sie zur Brücke gegangen sind an dem besagten Abend des 10. April dieses Jahres?" Kowolic hielt sich nicht mit Nebensächlichkeiten oder gar Höflichkeiten auf. Er sprach deutlich in das Aufnahmegerät und Nez fühlte sich durch die rote Aufnahmelampe geradezu „ertappt". Dabei hatte sie doch gar nichts getan, oder?

„Ich war bei meinem Verlobten in der Südstadt, die Adresse kann ich angeben", sprach sie ruhig.

„Aha. Und Ihr Verlooobter", erstaunlich, wie Kowolic dieses Wort in die Länge ziehen konnte, so, dass es einen irgendwie anrüchigen Beigeschmack bekam.

„Ihr Verlobter also, begleitete sie im Anschluss an Ihr Treffen nicht zu dem nächtlichen Spaziergang auf die Brücke und deswegen mussten sie sich dort betrinken?" Scharfes Gehirn, dachte Nez, für so einen äußerlich eher unintelligent wirkenden Fleischsack. Kowolic schien Gefallen an dem Verhör zu finden und musste sich offensichtlich sehr anstrengen, ein süffisantes Grinsen zu verbergen.

„Ja, so in etwa", sagte sie kleinlaut.

„Bitte sprechen Sie deutlich in das Mikro und sagen Sie klar, ob die Aussage zutrifft", schnauzte Kowolic Nez an.

„Wir hatten uns gestritten. Ich habe an dem Abend unsere Beziehung beendet, und da brauchte ich frische Luft." Nez schaffte es kaum, eine feste Stimme zu finden, wenn Kowolic sie mit seinem Röntgenblick durchbohrte. Sie versuchte sich zu sammeln.

„Dann kam eine fremde Frau und hielt mir eine Flasche hin. Aus der habe ich einen Schluck genommen. Ich kannte die Frau überhaupt nicht." Sie versuchte, ihre Stimme ruhig zu halten und nicht auf den Fleischsack zu blicken, der sie einschüchterte.

„Es ist also für Sie selbstverständlich", jetzt setzte Kowolic mit geübtem Handgriff seine Lesebrille auf. Scheinbar fühlte er sich jetzt dem Kern der Sache ganz nah, und fuhr fort:

„Es ist also für Sie selbstverständlich, dass sie aus der Flasche einer Ihnen unbekannten Frau Alkohol trinken?" Er musterte sie kritisch über den Rand seiner Lesebrille hinweg.

„Nein. Ich war verwirrt. Ich hatte mich gerade von meinem Lebenspartner getrennt. Es war eine außergewöhnliche Situation." Nez wusste, das Einzige, was sie aus dieser Situation herausreiten könnte, war Seriosität und ein klarer Verstand. Sie presste ihre Gehirnzellen zusammen, während Kowolic nachhakte:

„Eine außergewöhnliche Situation, die außergewöhnliche Folgen hatte, wie wir alle wissen. Frau Reinhardt, ich kann nicht sagen, dass Ihre Lage besonders gut für Sie aussieht. Was war dann?"

Nez bat um eine kleine Pause. Ihr schwindelte.

Selma flößte Nez abwechseln Kaffee und Wasser ein und fragte, ob jemand sie nach der Befragung abholen sollte. Nez konnte trotz aller Versuche sich zu erinnern keinerlei Alibi vorweisen und noch immer nicht erklären, wie sie von der Brücke nachhause gekommen war. Auch ob die Frau noch zum Zeitpunkt ihres Aufbruchs neben ihr gesessen hatte, konnte Nez nicht mehr sagen. Sie war selbst fassungslos und vor allem zweifelte sie ernsthaft an ihrem eignenen Verstand. Selma schien ihr zu glauben, während Kowolic meinte, eine ganze Menge Tatverdächtige würden versuchen, sich mit einem Blackout herauszureden. Das würde ihr nichts nutzen.

Wie sollte sie denn auch vor Kowolic bestehen? Sie hatte vor den Augen der ganzen Stadt – sichtbar für jeden und zweifelsfrei - auf einer hohen Brücke mit der Frau gesessen, die wenig später ertrunken sein musste. Sie konnte noch nicht einmal genau sagen, was sie selbst getan hatte. Während des Verhörs hatte sie sich sogar geschämt. Kowolic hatte sie einsilbig angeraunzt und den schlauen Fuchs gespielt, Selma die liebe junge Polizistin mit tröstenden Worten und griffbereiten Tempotüchern.

Am Ende konnte sie aufgrund ihres unbeschadeten Rufes, ihrer sozialen Einbindung, der geringen Fluchtgefahr und vermutlich des immernoch fehlenden Motivs einer sofortigen Verhaftung entgehen, hatte jedoch die Auflage, sich zweimal wöchentlich auf dem Revier zu melden und die Stadt nur mit ausdrücklicher Erlaubnis Kowolics zu verlassen. Bis dahin durfte sie ihrer Arbeit nachgehen und hatte sich zur Verfügung zu halten.

Übernächtigt und verstört trieb es sie ohne nachzudenken zu Constanze. Jetzt war der richtige Moment für eine Umarmung unter Freundinnen - ohne Nachfragen.

Sie stieg die Treppenstufen des Mietshauses hoch. Das Treppenhaus roch immer abstoßend. Die grauen Steintreppen waren wohl vor Urzeiten in einem Pfeffer-und-Salz-Muster angelegt worden. Fünfzig Jahre später lag nur noch aufgerauter Dreck der Jahrzehnte darauf, der bei jedem Putzen tiefer in die Ritzen sank. Sie klingelte an der altmodischen rotbraun lackierten Tür von Constanzes Wohnung. Nichts. Dienst? Laufen? Nez hatte keine Ahnung. Sie setzte sich auf die oberste Treppenstufe und wollte Constanze eine Kurzmitteilung senden, doch ihr Handy zeigte keinen Funken Leben mehr. Vergessen zu laden im Chaos des gestrigen Abends. Ihre Beine wurden schwer. Trotz der Kälte, die von der Steintreppe hochzog, konnte sie sich nicht mehr zum Aufstehen zwingen. Die Erschöpfung der letzten Tage traf sie wie ein schwerer Hammer. Zu viel war seit gestern geschehen, seit zwei Wochen eigentlich. Auch in dieser Nacht würde sie nicht mehr schlafen können, und wenn sie aus den wüsten Schlaffetzen aufwachen würde, würde sich an dem Satz *Wir ermitteln gegen Sie* nichts geändert haben. Ihr Verstand würde weiter gleich einem schwarzen Tumor ihren Kopf mit Teer ausfüllen und sie würde nicht wissen, ob sie eine Mörderin oder nur eine Versagerin war. Die Unausweichlichkeit des Elends war auch durch Schlaf nicht zu bezwingen. Es würde vielleicht nur mit der Zeit besser werden. Als sie begann, mit dem Handy Striche in den Schmutz zu ritzen, öffnete sich die Nachbartür und ein nicht mehr ganz frisch aussehender Asiate lugte durch den Türspalt.

*

Constanze verließ auf wackeligen Beinen das Jugendheim. Sie hatte genug. Ihre Ohren summten, und ihr Kopf fühlte sich zum Bersten voll an. Angefüllt mit Wut, Ärger und Hass merkte sie erst auf der Straße, dass sie ihre Jacke und ihre Tasche samt privatem Haustürschlüssel in ihrem Schrankfach hatte hängen lassen. Jetzt kann ich nicht mehr zurück, sagte sie sich. Sie wollte bis zur Ablösung der Tagesschicht warten und später noch einmal zurückkehren, wenn andere Kollegen da waren. Die Kollegen von gerade wollte sie auf jeden Fall vermeiden. In ihrer Hosentasche fand sie noch zwei Euro. Ihr Magen knurrte. Allmählich nahm sie die Umgebung um sich herum wieder wahr, sie roch die Bäckereiauslagen und ausnahmsweise empfand sie den Strom der voll beladenen Einkäufermassen als wohltuend. Sie entschied sich für ein belegtes Brötchen für 1,95 und fand sogar einen halbwegs sauberen Platz auf einer Bank mit etwas Abendsonne. Der erste Biss in Freiheit, schmunzelte sie. Und vor ihr saß ein braunes Hündchen, fast einen halben Meter groß mit feinen Gesichtszügen und Augen, die sagten: „Liebes Fräulein, ich bin arm und hässlich und nur ein kleiner Hund, aber ich weiß, dass du ein gutes Herz hast." Und es funktionierte. Constanze zog den Aufschnitt aus dem zusammengedrückten Brötchen, teilte ihn in kleine Stücke und legte ihn vor das glückliche Tier. Beide freuten sich. Das Leben konnte so einfach sein. Die zwei Stunden wurden dann aber doch noch sehr lang für sie. Sie sehnte sich nach ihrem Wohnungsschlüssel und ihren Sachen. Den Heimschlüssel hatte sie noch wie immer an ihrer Arbeitskleidung befestigt.

Als sie wieder in den Flur des Heims trat, nahm sie gedämpftes Licht aus dem Gemeinschaftsraum wahr und eine ungewohnte Stille. Vermutlich habe ich zu selten Abenddienste, grübelte sie. Vielleicht ist die Arbeit dann einfacher und nicht so stressig. Sie wollte gerade zu einer lautstarken Begrüßung ansetzen, als sie etwas eindeutigere Geräusche hörte. Instinktiv ging sie auf Zehenspitzen. Ihre Neugier übernahm die Steuerung und ehe Constanze die Situation einschätzen konnte, sah sie Lisa Schale und Joseph miteinander auf dem Sofa, eng umschlungen, und Joseph grub soeben seine Finger in Lisas Unterwäsche. Lisa schien auf ihre Kosten zu kommen.

Ihre Instinkte erlaubten ihr, sich lautlos zurückzuziehen, schnell ihre Sachen zu nehmen und leise wie ein Dieb wieder zu verschwinden.

Lisa. Damit waren wirklich alle, die sie auf ihrer Seite wähnte, gestorben.

*

Xie hatte mehrfaches Klingeln an der Nachbartür gehört, Klopfen und ein Blick durch den Spion zeigte diese auffallend große, aber sehr schöne junge Frau, die er schon mehrmals zusammen mit Constanze gesehen hatte. Offenbar eine Freundin von ihr, die aber nach dem vergeblichen Klingeln nicht einfach ging, sondern, wie es aussah, mit einem Problem beladen, nicht von der Schwelle weichen wollte. Es war kalt im Treppenhaus. Die Frau hatte ihn bisher bei ihren kurzen Begegnungen immer nur distanziert gegrüßt, etwas von oben herab. Aber er war unfair. Wenn man als Frau weit größer als alle Umstehenden war, wirkte man immer von oben herab. Er haderte mit sich. Xie war sich darüber im Klaren, dass wenn man einem Problem die Tür öffnete, es gleich seine Brüder und Schwestern mitbringen würde. Schweren Herzens opferte er die Vorfreude auf ein paar stille, einsame Stunden, doch er konnte sie doch nicht einfach so im Treppenhaus sitzen lassen. Er öffnete die Tür und sprach sie an. Komischerweise war er heute gar nicht aufgeregt. Schließlich gab Nez der Einladung, sich bei ihm in der Wohnung etwas aufzuwärmen und auf Constanze zu warten, nach.

Nun saßen sie sich in der kleinen Küche gegenüber, verlegen und fremd, und musterten sich verstohlen. Nachdem Nez eher fahrig und pflichtschuldig seine Wohnung gelobt hatte, hatte er Tee aufgesetzt. Bereits während der ersten Tasse wurde beiden klar, dass sie überhaupt kein gemeinsames Gesprächsthema hatten, außer Constanze.

„Sie ist Ihre Freundin, nicht wahr, Frau Herold?", erkundigte sich Xie höflich.

„Ja, das ist sie. Schon lange. Sind Sie auch miteinander befreundet?", fragte sie zurück.

„Nein, ja, nicht so richtig. Wir sind nur Nachbarn." Er lächelte. Er konnte doch nicht ernsthaft sagen, wie es um ihn stand. Dass er seid Monaten versuchte, Kontakt mit Constanze zu knüpfen.

„Ah ja, O.K.", beendete Nez das Thema.

„Schmeckt der Tee?", fragte Xie auf der Suche nach irgendetwas, was er sagen konnte, ohne sich zu blamieren.

„Ja, danke.", antwortete Nez, ohne sich jedoch richtig für den Tee zu interessieren. Nez unterdrückte ein Gähnen. „Es ist mir so unangenehm, dass ich Sie störe und hier einfach in Ihrer Wohnung sitze."

„Bitte, ich lasse Sie doch nicht kalt und einsam im Treppenhaus alleine. Ich habe gesehen, dass Sie ein wichtiges Beiliegen haben und dass Sie auf Frau Herold warten müssen und dazu sind Nachbarn doch auch da.", entgegnete Xie.
„Dass ich was habe?", wiederholte Nez bergriffsstutzig.
„Ein Beiliegen?", fragte Xie voller Peinlichkeit.
„Ach, Sie meinen sicherlich ein *Anliegen*. Entschuldigung. Ich wollte Sie nicht korrigieren", fügte Nez noch schnell hinzu.
„Entschuldigung", sagte er kleinlaut. Er spürte wieder, wie seine Scham ihm den Rest seiner deutschen Sprache nahm und sein deutscher Wortschatz mal wieder auf „Hallo" zusammenschnurrte. Nun sagte auch er nichts mehr und starrte in seine Teetasse. Er schämte sich als Mann, so sprachlos und klein neben der wunderschönen Frau mit der edlen Haltung und der reinen Haut, auch wenn diese Frau sichtbar angegriffen wirkte.
„Kann ich Ihnen noch was bringen?" Er versuchte es erneut. Schließlich war sie sein Gast.
„Danke, Sie tun schon zu viel für mich, ich wollte jetzt auch auf den Weg." Nez straffte ihren Rücken durch, konnte sich aber noch nicht zum schnellen Aufstehen aufraffen.
„Warten Sie, ich gehe mal nachschauen, ob Frau Herold jetzt vielleicht zurück ist." Er öffnete die Tür und lauschte in den Flur. Er horchte. Nichts.

Als er zurück in die Küche kam, lag Nez mit dem Kopf auf dem Tisch und war eingeschlafen. Er spürte ihre innere Unruhe selbst noch, während sie schlief. Er schaltete das Licht aus und ging wieder zur Arbeit ins Restaurant. Was sollte sie schon von ihm stehlen?

Nez schreckte hoch. Im Traum hatte sie Bruchstücke des Abends auf der Brücke gesehen, dann eiserne Brückenpfeiler, überdimensionierte Gesichter. Der Schmerz auf ihrer Wange hatte sie geweckt. Festgedrückt auf der Tischkante war sie nach unten gesackt. Sie tastete sich im Flur zur vermuteten Badezimmertür und lag richtig.

Wieder zurück schwankte sie noch immer, vor Müdigkeit und Erschöpfung. Sie konnte es sich nicht erklären, aber plötzlich hatte sie das Gefühl, dass sie in dieser Wohnung würde einschlafen können, anders als zuhause. Vorsichtig lugte sie um die Ecke. Sie dachte nicht einmal nach, sondern folgte ihrem Impuls, sich einfach auf den Teppich im großen Zimmer zu legen. Die Ruhe dieser Wohnung in sich aufzusaugen und die Abwesenheit eines ihr wohlgesonnenen fremden Menschen zu spüren. In der Ecke lag fein säuberlich zusammengefalten eine Wolldecke. Diese zog sie sich über die Ohren, während sie sich vor die Heizung legte. Wäre Xie zuhause gewesen, hätte sie ihn nicht ertragen können. Doch ohne ihn – nur im Frieden seiner Wohnung – kam sie zur Ruhe. Sie tauchte tief in ein klares Becken ein und schöpfte Kraft.

*

Eine dünne Gestalt geht mit Rock und hohen Stiefeln, einer Beuteltasche und hängenden Schultern in den Wald. Genau genommen zittern ihre Schultern. Es dämmert. Sie beginnt zu laufen, erst langsam, dann rhythmisch und routiniert. Ein Spaziergänger schüttelt zunächst den Kopf, um ihn dann bewundernd wieder zu heben und der Dünnen mit dem Pferdeschwanz und den Ringelstrümpfen nachzusehen, denn sie scheint keine Anstrengung zu kennen.

14.

Als Nez erneut erwachte, lag Xies Wohnung komplett im Dunkeln. Die paar Stunden Schlaf wirkten wohltuend und heilend. In Gedanken ging sie den verrückten gestrigen Tag noch einmal durch. Totschlag? Konnte doch gar nicht sein. Die besagte, angeblich tote Frau war doch vor sieben oder acht Tagen noch vor ihrer Redaktion aufgetaucht. Nez hatte sie sogar bis zur Haltestelle verfolgt. Mysteriös, aber nicht hoffnungslos. Wo keine Tote, da auch keine Totschlägerin. Wieso war ihr das denn nicht in dem Verhör eingefallen? Nur, wie kam eine Leiche an Nez´ Kalender? Und vor allem war ärgerlich, dass ihre wichtigen Adressen und Termine in diesem Kalender notiert waren. Und wer war die Leiche, wenn sie nicht die Frau auf der Brücke war? Was überhaupt wollte die Frau von ihr, als sie ihr vor der Redaktion auflauerte? Und das Päckchen aus Indien? Hing es mit der Fremden in Rock und gemustertem Schal zusammen? Oder war alles blöder Zufall?

Sie sammelte mit steifen Gliedern ihre Sachen ein und machte noch einen Kontrolldurchgang durch die Wohnung. Sie merkte zu spät, dass sie in Xies Schlafzimmer eingedrungen war, zwar verlassen, weil Xie gerade seine Spätschicht im „Peking" hatte, jedoch blieb ihr Blick auf dem kleinen buddhistischen Altar mit dem Foto einer jungen Chinesin, eines kleinen chinesischen Jungen, sowie einer wunderschönen chinesischen Frau auf einem kleinen, alten schwarz-weiß-Foto hängen. Mit dem schlechten Gewissen eines Eindringlings zog sie die Tür wieder hinter sich zu und verließ die Wohnung. In der gegenüberliegenden Wohnung bei Constanze reagierte einzig Bällchen auf ihr erneutes Anklingeln. Frauchen war noch immer ausgeflogen. Bällchen kratzte und fiepte auf der anderen Seite der Tür.

„Halt durch, Junge! Frauchen ist bestimmt bald wieder da und bringt dir einen leckeren jungen Mann zum Abendessen mit."
Nachdenklich machte sich Nez auf den Heimweg. Ihre Mailbox wartete zuhause auf sie und spie eine zweistellige Anzahl von Aufträgen und Anfragen für sie aus. Arbeit, und nichts als Arbeit. Vielleicht würde sich Constanze ja direkt auf dem Festnetz melden, so hoffte Nez. Oder sie war - wie so oft, wenn sie frustriert von der Arbeit kam - nach dem Laufen noch einmal ausgegangen. Dann konnte es dauern.

Constanze rief nicht zurück. Am Abend nicht und auch am folgenden Tag nicht, den Nez selbstvergessen ausnutzte um lokale Events nach Hintergrundinformationen zur Kulturszene abzuklopfen. Sie würde „ihre" Stelle nicht kampflos aufgeben. Sie musste den verlorenen Tag aufarbeiten.

Spät am nächsten Abend rief schließlich Xie bei Nez an. „Ich habe die Wohnung geöffnet. Der Hund saß in seinem eigenen Kot und hatte Hunger", sagte er aufgeregt am Telefon.

„Wie bitte, Sie haben *was?*" Nez brauchte einen Augenblick um zu begreifen, wer überhaupt am Apparat war. Unter dem Druck ihrer Redaktionsarbeit hatte sie Constanze wieder völlig in den Hintergrund gedrängt. Der komische Chinese mit der unerwartet schicken Wohnung war nun am Apparat.

„Was heißt, Wohnung geöffnet?", hakte Nez nach.

Xie berichtete, wie er seit zwei Tagen und Nächten die Hundegeräusche gehört hatte, Scharren an der Tür, Winseln, leises dumpfes Bellen. Und es hatte begonnen, unangenehm zu riechen. Seiner starken Vermutung nach sei Constanze Herold seit zwei Tagen nicht mehr in ihrer Wohnung gewesen. Nez zischte durch die Zähne. Ein Anflug von schlechtem Gewissen streifte sie, aber auch Verärgerung.

„Wie kommen Sie überhaupt in die Wohnung rein? Sind Sie ein Krimineller?", bellte sie ihn durch die Leitung an.

„Nun, sagen wir, wenn man jahrelang Tür an Tür wohnt, lernt man die Gewohnheiten seiner Nachbarn kennen", entgegnete Xie ausweichen.

„Wollen Sie mir Angst machen?" Nez wusste nicht, was sie von diesem Menschen halten soll. Was wollte er jetzt von ihr? Er fuhr fort: „Nun, in Betracht auf den Verbleib Ihrer Freundin Constanze bin ich nicht unbedingt beruhigt."

„*In Bezug auf*", schoss es aus Nez heraus, bevor sie wusste, wie ihr geschah. Im gleichen Augenblick fühlte sie sich widerlich.

„In Bezug auf sie. Wissen Sie, sie hat häufig so genannte One-Night-Stands, wenn ich es so sagen darf, aber sie war noch nie so lange weg", ergänzte Xie, hörbar um Sachlichkeit bemüht.

„Was sollen wir Ihrer Meinung nach tun?", fragte Nez, die langsam begriff.

„Bei der Polizei nachfragen, ob es einen Unfall gegeben hat." Xie schien auf diese Frage vorbereitet zu sein.

„Warum haben *Sie* das denn noch nicht getan?" Lange hörte Nez nichts mehr. Das passte zu dem Einbruch.

„Kann ich auf Ihre Hilfe zählen? Ich habe schon den merkwürdig riechenden Hund zu mir genommen. Er war halb verhungert und hatte nichts zu trinken", sprach Xie, merkwürdig distanziert.

Jetzt spürte auch Nez, wie eine eiserne Kralle sich um ihr Herz legte. Das würde Constanze niemals zulassen. Bällchen war ihr Leben!

„Um Gottes Willen, ja, ich werde nachforschen." Sie legte auf.

Xie befand sich während dieses Telefonats noch in Constanzes Wohnung und blickte voller Abscheu auf ihren Frisierspiegel. Er wusste, dass Constanze keine Heilige war, doch was er nun sah, erfüllte ihn doch mit Unbehagen. Ja, sogar mit Ekel. Er machte sich die Mühe, die Fotos von jungen Männern in allen erdenklichen Posen zu zählen. Einunddreißig. Widerlich. Wenn sie nicht mit ihnen verkehrt hätte – warum hätte sie sie in aufreizenden Stellungen ablichten und neben ihr Bett an den Spiegel heften sollen? „Das perverse Miststück", murmelte er vor sich hin. „So etwas hat noch nicht mal ein stinkender Hund verdient, wie du es bist." Auch Bällchen ekelte ihn, doch Xies Mitgefühl für die arme Kreatur war stärker. Was sollte er mit dem Vieh anfangen, in seiner mit Räucherstäbchen und Feng Shui gereinigten Wohnung? Oder sollte er ihn sofort ins Tierheim bringen? Seine vom Gemüsehacken flinken Finger öffneten die Nachttischschublade.

Welche Geheimnisse die Nachbarin, für die er über ein Jahr Mut angesammelt hatte, einzig um sie zu einem Tee einzuladen, noch hatte, wollte er nun auf seine eigene Art herausfinden. Er durchwühlte rote und lilafarbene Slips, BHs und Hemdchen. In der nächsten Schublade fand sich das Arsenal von geringelten, gepunkteten und geblümten Strümpfen, die Constanze auf ihre Cord- und Wollminis trug, wenn es draußen ungemütlich wurde, zusammen mit dicken Overknee-Strümpfen in einer anderen Farbe und hohen Stiefeln. Hinten in der Schublade stieß er auf Widerstand. Ein smaragdgrünes Tagebuch im Seidencover mit einem asiatischen Muster darauf kam zum Vorschein. Xie lauschte nochmal zur Straße hin. Alles schien ruhig. Keine Absätze klapperten im gewohnten Rhythmus auf dem Bürgersteig in Richtung Haustür. Die Ungeheuerlichkeit seiner Entdeckung verlieh ihm nun die Berechtigung, in Constanzes Privatsphäre einzudringen, so glaubte er. War die Frau, die so unerreichbar für ihn gewesen war, ein mieses Stück Dreck, das einunddreißig nackte Männer an ihrem Frisierspiegel hängen hatte, und wahrscheinlich mit allen im Bett gelegen hatte? Er wehrte sich dagegen, sie sich dabei vorzustellen, doch je heftiger er den Gedanken verdrängen wollte, umso deutlicher wurden die Bilder vor seinen Augen.

Zitternd hob er den Einband des Büchleins und sah die lebendige Handschrift, mal ruhig, mal in hektischen, aufgewühlten Zügen. Der Sog der Buchstaben ließ nicht zu, dass er das Tagebuch wieder schloss. Er las.

Ich kenne die Einsamkeit, die keine Farbe hat, die bitter, schmerzhaft und kalt ist. Das Sein ist nicht im Jetzt sondern in einer Abseits-Zeit, der man nicht entweichen kann. Die immer und immer wieder ist, die Hölle in einer Million Jahren oder in einem einzigen Augenblick. Das ist alles gleich. Zwei Stunden Abend in dieser Einsamkeit verbracht sind kein Abend, sondern eine quälende Masse, in der ich ertrinke. Wie ein Insekt im Honigglas gefangen. Nicht süß. Ich frage mich: Bin ich schuld, habe ich den Menschen vertrieben, vergrault? Ja, ich bin es bestimmt gewesen. Ich mit meiner Lieblosigkeit. Mit meinem Egoismus. Vielleicht fühle ich mich nur einsam, weil ich noch nie gelernt habe, mit Menschen zusammen zu sein und das zu schätzen. Ich habe ihn wirklich geliebt. Vor einer Zeit. Was sind schon fünf Jahre?

Ja, ich war lieblos. Ich werde es nicht verwinden können, dass ich ihn selbst aus meinem Leben gestoßen habe, ich, mit meinem Ehrgeiz, alles bestimmen zu wollen. Mit Lars hätte ich es geschafft. Nez würde es mir nie verzeihen, wenn sie es herausfinden sollte. Ich hätte es ihr einfach damals sagen sollen, aber dann wäre der letzte Mensch, der mich ertragen konnte, auch noch aus meinem Leben gegangen. Nez, verzeih mir!

Lars. Die Lieblosigkeit jeder Ecke in meinem Zimmer, die Selbstvorwürfe, wichtige Menschen aus meinem Leben vertrieben zu haben. Die Empfindung der eigenen Hässlichkeit und nicht zu ertragende Unruhe. Nichts ist gut. Nichts ist gemütlich oder nett. Dinge, die ich früher gerne gemacht habe, fühlen sich schal an. Das Schlimme ist, sogar der Weg ins Bett, zum Ausruhen, das Einzige, das ich noch wirklich will, ist so weit weg, dass ich jede minimale Tätigkeit unerträglich finde. Unerträglich die Zahnbürste zu benutzen, die Toilette, die Creme, die Haare zu kämmen, die Sachen anzuziehen. Je länger ich darüber nachdenke, umso schlimmer erscheint es mir. Nein, ich kann nicht mehr aufstehen. Ich kann auch nicht mehr schreiben.

Eine erlernte Bindungsangst, wie man immer so schön liest? Ich habe gelernt, dass immer, wenn ich einen Menschen liebe, irgendwann der Zeitpunkt kommt, wo ich verlassen werde. Ich bin nicht liebenswert. So lange ich das glaube, werde ich selbst nie geliebt werden können. Das sagen die Therapeuten. Ich weiß, dass sie Recht haben.

Xie nahm wahr, wie eine Träne sein Gesicht verließ, auf das Blatt fiel und ein Wort in einen Tintenklecks verwandelte. Ertappt wollte er das Buch zuklappen, doch ein Bild war aus dem Tagebuch herausgefallen. Ein junger Mann mit einem auffälligen Muttermal unter dem linken Auge. Er hoffte, dass er das Foto wieder an die richtige Stelle zurücksteckte. Auf der Rückseite des Fotos stand der Name *Lars*. Er steckte schnell alles an seinen Platz zurück und wandte sich wieder dem ungewaschenen Stinktier zu seinen Füßen zu.

*

Nez wählte die Frankfurter Nummer. Constanzes Bruder Matthäus, von allen Matzi genannt, war nicht gerade ein herzlicher Mensch, mit dem sie gerne eine Runde plauderte. Er war vier Jahre jünger als Constanze und er war das, was man allerorts einen „Überflieger" nannte. Er hatte nach seinem Wirtschaftsstudium ein erfolgreiches Immobilienbüro aufgebaut. Er investierte viel Geld in merkwürdige Namen, die Constanze und Nez nicht einmal wiederholen konnten. Der Oberbegriff seien „Derivate", belehrte er sie gönnerhaft und es sei nicht weiter verwunderlich, wenn die Normalsterblichen davon keine Ahnung hätten. Ständig belehrte er irgendjemanden.

Nez war einen Moment sprachlos vor Verwunderung, dass sie einen Geschäftsmann dieses Kalibers sofort am Handy hatte.

„Das ist, wie du weißt, das Privathandy. Ich hoffe, es ist wichtig." Seine Stimme klang verärgert.

„Matzi, ich mache mir Sorgen um Constanze. Weißt du etwas von ihr?", fragte sie mit schlechtem Bauchgefühl. Etwas stimmte hier nicht.

„Naja, gestern Abend habe ich einen seltsamen Anruf erhalten. Das stimmt schon", räumte Matzi ein.

„Sag schon, Mensch, was hat sie gesagt?", drängte Nez. Sie konnte nicht glauben, dass dies Matzi gar nicht interessiert hatte. Er hatte einfach *nichts* gemacht nach dem Anruf.

„Ich weiß nicht, ob ich dich einweihen kann. Ehrlich gesagt", zögerte er.

„Was?", schrie Nez von Köln nach Frankfurt. Der Lautstärke nach hätte sie gar kein Telefon gebraucht. „Ich mache mir hier Höllengedanken um Constanze, und wenn du mir nicht sofort was sagst, rufe ich augenblicklich die Polizei an."

„Ich glaube, das wäre sowieso angebracht", klang es mehr als sachlich durch die Leitung.

„Nez, ich muss jetzt wieder ins Meeting, es geht um viele, viele Millionen." Matzis Ungeduld war nahezu greifbar.

„Oh ja, entschuldige, deine Schwester...", gab Nez zynisch zurück.

„Sie sprach nur auf den AB", entgegnete Matz jetzt etwas friedlicher.

„Es war Folgendes: Sorry, Brüderchen, ich habs leider nicht geschafft. Sag Ma und Pa, dass ich sie liebe und dass ich ganz allein alles verbockt habe."

„Und du hast *nichts* unternommen?", schrie Nez noch einmal durch den Hörer, doch sie schrie nur gegen die tote Leitung. Sie hasste Matzi.

Nez begann durchzudrehen. Sie wählte und wählte. Keine Stelle bei der Polizei war zuständig, niemand konnte irgendwo nachsehen. Der betreffende Kollege hatte gerade keinen Dienst, die Systeme arbeiteten gerade nicht. Eine Telefonnachricht zu hinterlegen war ganz unmöglich, „Nein, so etwas machen wir nicht. Melden Sie sich einfach später wieder." Verzweifelt schlug sie das Handy auf den Tisch. Schließlich zog sie sich erneut an und suchte die nächste Polizeiwache auf.

„Ich möchte eine Vermisstenanzeige aufgeben." Eine knappe Stunde später waren alle Formalitäten erledigt. Sie hatte dem Polizeiwachtmeister erzählt, dass sie selbst einen Schlüssel zur Wohnung hatte und den Hund versorgt hatte, nachdem Constanze zwei Tage lang nicht geöffnet hatte. Aus irgendeinem Bauchgefühl heraus hielt sie es für besser, Xie ganz aus der Schilderung heraus zu halten. Aber es war kein gutes Gefühl.

Jetzt auf einmal gab es auch Einsicht in die aktuellen Meldungen.

„Hier, könnte das auf Ihre Freundin zutreffen: Eine junge Frau mit lila-rot-gestreifter Strumpfhose, Alter 33, Größe 1,68, schlanke sportliche, fast etwas dürre Figur."

„Ja, ja, das ist sie. Niemand trägt sonst diese Strümpfe und die Figur stimmt auch. Das ist Constanze Herold. Was ist passiert?"

„Nun, es gab einen Unfall. Sie wäre fast unter einen Zug nach Stuttgart gekommen. Ein neben ihr stehender Student hat blitzschnell reagiert und sie am Arm zurückgerissen. Sie liegt nun im Marienkrankenhaus in der Nordstadt."

„Oh Gott, ich danke Ihnen." Erleichtert seufzte Nez und verabschiedete sich von dem Beamten.

15.

Vorsichtig öffnete Nez die Tür zum Krankenzimmer und blickte um die Ecke. Das Bett an der Tür war durch eine junge Frau ungefähr in Constanzes Alter besetzt, die zu schlafen schien. Als Nez Constanze im Bett am Fenster sah, fühlte sie eine Welle der Erleichterung. Sie schickte ein Stoßgebet zu Gott oder wem auch immer, der gerade in der Leitung war. Die Krankenhausluft erschien Nez so dick, als ob man durch sie schwimmen müsste. Sie bewegte sich auf Constanze zu. Deren Wangenknochen stachen noch stärker hervor als gewöhnlich. Ihre Haut wirkte verletzlich und dünn, und ihre schulterlangen Haare schimmerten rötlich-braun im Sonnenlicht, das durch die Jalousien in breite Streifen geschnitten wurde. Sie schlief.

„Nez!" Constanze wachte auf. Sie schien ehrlich erfreut über den Besuch, und die Unsicherheit, welche Nez auf dem Weg hierher gehabt hatte, ließ etwas nach. Sie ging zu Constanze, nahm sie in die Arme und hielt sie gut eine Minute lang fest umschlungen. „Kleines. Da bist du ja!", stieß sie erleichtert aus.

„Du zerdrückst mich ja." Constanze zupfte ihren Schlauch an der Kanüle in der linken Hand wieder frei. Die ersten Sekunden, dachte Nez, entscheiden immer über ein Treffen. Sie tasteten sich mit Blicken ab. Nez suchte sich einen Stuhl im Zimmer und schob ihn nah an Constanzes Bett. „Ach Nez, setz dich doch einfach auf die Bettkante. Dann muss ich nicht so laut reden." Erleichtert nahm Nez den warmen Tonfall wahr, das weiche Singen von Constanzes kurpfälzischer Mundart, das sie so vermisst hatte. Constanze hatte sich im

Laufe der Jahre in Köln einwandfreies Hochdeutsch angeeignet, weil in Köln alle, die erkennbar von außen kamen, als „Immis" galten. Sprach man eine andere als die Kölner Mundart oder Hochdeutsch, war man ein Außenstehender, der in keine „inneren Kreise" vordringen konnte. Nur in besonders privaten Momenten färbte sich Constanzes Sprache wieder in den ursprünglichen süddeutschen Singsang, den Nez so an ihr liebte.

„Wie geht es dir?", fragte Nez.

„Heute kein Zwanzigkilometer-Lauf." Constanze versuchte ein scherzhaftes Lächeln. Dann fragte sie „Wie hast du mich gefunden?"

„Matzi."

„Matzi hat dich angerufen?" Ungläubig starrte Constanze sie an.

„Nein, ich habe Matzi angerufen."

„Wie kommst du dazu, einfach Matzi anzurufen? Ich meine, wir beide haben doch die ganze Zeit nur telefoniert und wir hatten uns gar nicht mehr gesehen."

„Wir haben dich vermisst, uns Sorgen gemacht, dann habe ich Matzi angerufen." Constanze wandte den Kopf und blickte aus dem Fenster. Dann drehte sie sich wieder zu Nez.

„Wir?", fragte sie kritisch.

„Dein Nachbar von der anderen Seite, der Chinese, wie heißt er nochmal, Chi, oder so. Er hat Bällchen gehört."

„Oh Gott, Bällchen!" Constanze sank geschockt in ihr Kissen zurück. Offensichtlich hatte sie Bällchen tatsächlich vergessen.

„Wie geht es ihm? Bällchen! Welchen Tag haben wir überhaupt?" Das Blut wich aus Constanzes Gesicht und Nez erschrak. So desorientiert hätte sie sich Constanze doch nicht vorgestellt. Bällchen, die Retrievermischung aus dem Tierheim, war ihr Ein und Alles. Niemals hätte sie eine Mahlzeit des Tieres vergessen. Nun wusste Constanze nicht einmal, welcher Tag heute war! Nez begann sich ernsthafte Sorgen zu machen. Die anfängliche Erleichterung verflog so schnell, wie sie gekommen war. Sie berichtete Constanze.

„Hätte nicht gedacht, dass mich jemand vermissen würde", murmelte Constanze. „Und wie ging es dann weiter?"

„Die Polizei hat uns das Krankenhaus genannt", berichtete Nez. Bei dem Wort *Polizei* zuckten beide unmerklich zusammen, jeder aus einem anderen Grund. Nez wurde wieder unsanft an ihre Totschlags-Geschichte erinnert, doch sie entschied sich, Constanze jetzt auf keinen Fall damit zu belasten. Gott sei Dank, dachte Nez, fragt Constanze gar nicht, ob und wie wir in ihre Wohnung gekommen sind. Sie muss wirklich ganz schön fertig mit allem sein. Das will ich auch lieber nicht erklären. Nez nahm Constanzes rechte Hand und streichelte sie an der Oberseite sanft.

„Schön, dass dir nicht mehr passiert ist. Und, Constanze, ich will dich um Verzeihung bitten. Ich war dir in den letzten Wochen keine besonders gute Freundin", sagte Nez reuevoll.

Nez suchte ihren Blick und Constanze wich diesmal nicht aus. Ihre schwarzen Augen ließen zum ersten Mal seit langem wieder so etwas wie Nähe zu. „Ich fürchte, beim Freundinnen-Wettbewerb hätte ich auch nicht gerade den ersten Preis gemacht. Ich kann gerade nicht, ich muss laufen. Ich kann gerade nicht, ich muss arbeiten. Ich muss tanzen gehen. Ich muss, ich muss. Es tut mir auch schrecklich leid", sagte Constanze zerknirscht.

Nez tätschelte ihre Hand. „Hauptsache, wir beide haben uns noch, und das meine ich ernst." Jetzt gelang Constanze ein echtes Lächeln, das aber wie die schüchterne Frühlingssonne gleich wieder verschwand. „Was wissen meine Eltern?"

„Vermutlich sind sie in heller Aufregung. Du hast Matzi einen ziemlich komischen Spruch auf den AB diktiert, so was von, sag Mama und Papa, dass es mir leid tut. Soll ich sie denn gleich mal anrufen, oder möchtest du selbst Bescheid sagen, dass es dir gut geht?"

„Nein!" Unerwartet heftig wehrte sich Constanze. Aber sie dämpfte gleich wieder ihre Stimme, als sie fortfuhr: „Ich hab wahrscheinlich gestern meinen Job verloren, und da war ich verzweifelt. Ich wollte Matzi anrufen, aber er war bestimmt gerade wieder dabei, armen Leuten ihr Geld abzuknöpfen. Er ging jedenfalls nicht ans Telefon und da war ich einfach wütend."

„Verstehe. Und deshalb der Spruch", fragte Nez.

„Vielleicht war ich ein bisschen zu wütend. Ich bin einfach nicht so intelligent wie Matzi. Er ist vier Jahre jünger als ich, aber er hat's immer gebracht!", beschwerte sich Constanze verbittert.

„Aber, du *bist* nicht Matzi! Und Geschwister und Familie sind kein Wettbewerb", widersprach Nez mit Nachdruck.

„Ich hätte sowieso bei *nichts* den ersten Preis gewonnen." Constanze wirkte verzweifelt.

„Das Leben ist keine Casting-Show. Niemand von uns gewinnt irgendwelche Preise", versuchte Nez sie wieder zu beruhigen, doch Constanzes Verzweiflung ließ sich dadurch nicht aufbrechen.

„Du verstehst das nicht." Constanze blickte verzweifelt, ihre Stimme verriet Anspannung. „Meine Eltern haben immer an mich geglaubt. Ich war das Pferd, auf das sie gesetzt haben."

„Deine Eltern glauben auch immer noch an dich und sie lieben dich, genau wie Matzi."

„Das ist es eben nicht!", entgegnete Constanze gepresst. „Sie haben mir alles ermöglicht, Abitur, das Studium bezahlt und ich bin damals durch die Zwischenprüfung im Studium in Englisch gefallen und habe die Uni abgebrochen. Dann habe ich sie davon überzeugt, dass ich Erzieherin werden will und jetzt habe ich auch das abgebrochen."

„Abgebrochen?", wiederholte Nez.

„Naja. Ich glaube einfach nicht mehr daran, dass ich jetzt noch Menschen erziehen kann."

„Constanze, nun fass doch keine voreiligen Entschlüsse. Schlaf dich doch erst mal ein paar Tage aus, lass dich hier ein bisschen auf fremde Kosten verwöhnen, dann kommst du wieder langsam zu Kräften." Nez versuchte ihre ganze Zuversicht in diesen Satz zu legen. Beschwörend sah sie Constanze an und verstärkte den Druck auf ihre Hände.

„Ich habe an etwas geglaubt, Nez. Ich habe daran geglaubt, eine gute Erzieherin zu werden. Meine Eltern werden mich jetzt auch verachten." Sie blickte aus dem Fenster in eine unbestimmte Ferne.

„Constanze, sieh mich an! Eltern lieben ihre Kinder immer." Nez traute sich nun, Constanze leicht über die Stirn zu streicheln.

„Sieh mal, du hast ihnen gezeigt, dass du alles gegeben hast, um etwas aus ihrer Unterstützung zu machen. Du hast dich ja nicht auf die Straße gesetzt, mit dem Bettelhut vor dir und dir einen Schuss gedrückt."

„Das ist es ja", entgegnete Constanze weinerlich, „ich konnte es ihnen nicht beweisen. Ich bin eine miserable Tochter, unterbelichtet und unfähig zu Allem."

Nez fiel nichts mehr ein, was sie angesichts einer solchen Verzweiflung sagen sollte. Die Worte „Das stimmt nicht", für die sie sich schließlich entschied, klangen ihr selbst so schal und abgegriffen, dass es sie schmerzte. Doch in solchen Situationen fand sie sich selbst überfordert. Constanze fuhr mit ihren Klagen fort. „Ich habe keinen Mann, keine Kinder, ein abgebrochenes Studium und gestern meinen Job hingeschmissen. Ich weiß überhaupt nicht mehr, wohin mit mir, oder was ich noch soll."

„Hast du denn wirklich schon gekündigt?", erkundigte sich Nez.

Constanze schüttelte trotzig den Kopf und schniefte in ihren freien Ärmel. Krampfhaft suchte Nez in ihrem Hirn nach Möglichkeiten, Constanze zu trösten. Sie musste nun einfach alles geben.

„Liebes, du bist für mich der wertvollste Mensch auf der Welt. Und deinen Eltern würde das Herz bluten, wenn dir gestern etwas zugestoßen wäre."

Das schien Constanze ein wenig von ihrem Frieden zurück zu geben. Vorsichtig wagte sich Nez noch ein weiteres Stück vor: „Wie ist das denn passiert, dass du gestern fast mit der Bahn zusammengestoßen bist? Du hast ja so ein Glück gehabt, habe ich gehört, dass dich jemand am Ärmel gepackt hat."

„Mir ist nach dem Krach im Heim schlecht geworden. Ich hatte zu wenig gegessen, war zu lange unterwegs und dann wurde mir im Bahnhof schwindelig." Constanzes Hände waren ganz kalt trotz des schwülen Krankenhausklimas. Nez stand auf und öffnete trotzdem das Fenster ein wenig, atmen musste schließlich jeder! Sie fragte

Constanze noch, ob sie etwas zu essen mitbringen sollte und welche Wäsche sie packen sollte und was sie sonst noch brauchte.

„Bitte bring mir einfach das Foto von meiner Familie auf dem Nachttisch mit. Ich will sie bei mir haben und, kannst du meine Eltern anrufen und sagen, nach dem Schwächeanfall von gestern würde es mir schon wieder besser gehen? Ich hätte nur kein Telefon im Krankenhaus. Warte, ich gebe dir noch meinen Wohnungsschlüssel mit."

Einigermaßen beruhigt machte sich Nez auf die Suche nach dem verantwortlichen Arzt, der jedoch im Moment nicht greifbar war. Um die Wartezeit zu überbrücken setzte sie sich in die Krankenhaus-Cafeteria und hoffte auf ein vernünftiges Frühstück. Eine junge Frau im Morgenmantel trat auf Gehhilfen gestützt an ihren Tisch, und sie schien Nez gezielt anzusteuern. Nez erkannte Constanzes Zimmergenossin an ihren dünnen, blonden Haaren. „Möchten Sie sich gerne zu mir setzen?" Die junge Frau schien dankbar zu sein und zog sich den Stuhl zurecht. Nez besorgte ihr ebenfalls ein Brötchen mit einem Milchkaffee.

„Hören Sie, ich möchte mich ja nicht einmischen. Es ist mir etwas unangenehm", sagte die Frau.

„Was gibt es denn?", fragte Nez zurück.

„Also wenn Sie das ungehörig finden, was ich jetzt tue oder sage, stoppen Sie mich bitte und sagen mir bitte einfach, ich solle aufhören." Nez fand diese Einleitung so abgefahren, dass sie schon ihre Ohren auf den typischen Geschwätz-von-verwirrten-Fremden-Durchzug stellen wollte, den man in einer Großstadt immer brauchte. Doch etwas im Unterton der blonden Mittdreißigerin gefiel ihr nicht. Die Fremde wirkte nicht wie ein Junkie oder eine Depressive. Sie wirkte bodenständig und auf eine alltägliche Art seriös.

„Ich bin Vanessa Reinhardt", stellte sich Nez selbst vor, weil sie etwas mehr über ihre Gesprächsgenossin erfahren wollte. Diese reichte ihr die Hand über den Tisch und stellte sich mit Christine van Bernen vor.

„Dann fang ich mal an. Ich sage das nur, weil ich glaube, dass Sie es gut mit Frau Herold meinen. Ich bin davon überzeugt, und das sagt mir mein Gefühl, mit Verlaub, dass Sie eine echte Freundin meiner Zimmergenossin sind." Sie machte eine kurze Pause, um sich das bestätigende Nicken von Nez einzuholen. So spricht eigentlich keine geistig Verwirrte, dachte Nez.

„Meine Zimmergenossin ist nicht zufällig vor die Bahn gefallen."

„Aber, was, was wollen Sie damit andeuten?", stotterte Nez.

„Ja!", entgegnete die Fremde knapp.

Nez spürte die Hitzewelle, wie sie ihren Rücken hinunter lief und ihr Shirt einnässte, als sie verstand. Sie begriff das Unaussprechliche.

„Und noch mehr. Während der Visite dachten alle, ich hätte geschlafen. Ich habe aber deutlich gehört, wie die Ärzte von einer Beschriftung auf ihrem Bauch gesprochen haben, mit wasserfestem Kajalstift."

„Sind Sie hundertprozentig sicher? Das klingt ja ziemlich ... abgefahren." Frau van Bernens fester Blick sprach Bände.

„Und haben Sie auch gehört, was sie sich auf die Haut geschrieben haben soll?", fragte Nez nach.

„Es stand auf ihrem Körper *Für die Welt: Ich habe Milad nicht provoziert.*"

„Oh mein Gott." Sprachlos starrte Nez sie an. Sie konnte nicht glauben, dass Constanze so etwas tun würde. Nicht ohne zuvor in dramatischen Szenen am Telefon Nez eine Katastrophe anzukündigen und damit ihre Hilfsbedürftigkeit zu signalisieren. Oder doch nicht? Sollte sie sich so sehr in ihrer besten Freundin getäuscht haben? Hatte Constanze in der letzten Zeit am Telefon nicht mehrmals ihre Probleme angesprochen? Niemand könnte sagen, sie hätte getan, als ob alles in Ordnung gewesen wäre.

„Und noch etwas", fügte Frau van Bernen überaus sachlich mit fast unbewegter Miene hinzu, „Ihre Freundin ist hochgradig suizidgefährdet und verweigert momentan jede Nahrungsaufnahme. Bei der Visite wurde gesagt, in spätestens zwei Tagen würde, bei gleichbleibendem Verhalten, eine Sonde in den Magen eingeführt und ab Montag, wenn sich nichts ändert, würde sie auf Station eingewiesen."

„Das verstehe ich nicht, ehrlich gesagt. Was bedeutet das?" Was war Frau von Bernen wohl von Beruf? Seltsames Auftreten.

„Das bedeutet Zwangsernährung und Einweisung in die Geschlossene bis auf Weiteres, wenn sich Frau Herolds Lage nicht verbessert."

Sie war Frau van Bernen sehr dankbar. Aber das bedeutete ohne Zweifel, dass sie ihre Freundin so sehr vernachlässigt hatte, dass sie ihren Selbstmordversuch einfach nicht mitbekommen hatte. *Sind wir denn für alle bekloppten Einfälle verantwortlich, die unsere Mitmenschen haben?* In Nez´ Kopf entwickelte sich ein zerstörerischer Taifun, der sämtliche Haltepunkte ihres Ichs aus den Angeln reißen würde. Sie fühlte sich grauenhaft und war sich noch nicht sicher, ob es nicht besser wäre, einfach eine gehörige Wut auf Constanze zu entwickeln. Constanze hatte ihren Selbstmordversuch selbst beschlossen. Sie war erwachsen, ohne hormonelle Störungen und konnte sprechen. Warum hatte sie nichts gesagt?

Weil du nicht gehört hast, sprach der Teufel auf ihrer Schulter. *Weil du nicht hören wolltest. Und du warst zu sehr mit deinen eigenen kleinen Karriereplänen beschäftigt. Du hast deine Freundin einfach ihrem Schicksal überlassen, als sie dir am Handy ihr Leid geklagt hat. Es war dir gleichgültig.*

„Das stimmt nicht!", entgegnete Nez laut und sah im selben Moment, wie Frau van Bernen sie mit zusammengezogenen Brauen kritisch musterte.

Nach dem Frühstück wartete sie noch einmal zwanzig Minuten auf den Arzt. Dieser bemühte sich zunächst um professionelle Freundlichkeit, doch er wirkte auf Nez völlig abgehetzt und fahrig.

„Sind Sie in direkt verwandschaftlich mit Frau Herold verbunden?", forschte er.

Was sollte diese Fragerei? „Nein, ich bin Ihre Freundin", antwortete Nez.

„Dann könnte ich bitte Ihre Vorsorgevollmacht sehen, bitte?" Der Arzt trat schon von einem Bein auf das andere und prüfte gleichzeitg mehrere andere Patientenblätter auf seinem Klemmbrett. Dann blickte er auf. „Haben Sie überhaupt eine Vorsorgevollmacht?" „Nein. Wieso? Ich wollte doch nur fragen, wie es Frau Herold geht", sagte Nez verunsichert. Selbstverständlich erhielt Nez keine Auskunft. Wütend stampfte sie davon.

Sie quälte sich auf ihrem Nachhauseweg in einer überfüllten Straßenbahn mit ihren Schuldgefühlen. An der Haltestelle war es beim Einfahren des Zuges für sie nahezu unerträglich gewesen. Natürlich dachte sie an Constanze. Doch so leicht gab sie nicht auf. Sie schaffte es in der Bahn – ihr eigenes Auto sollte eigentlich schon lange repariert sein – eine Liste zu schreiben. Genau wie Vater, dachte sie. Wenn ich gar nicht mehr weiter weiß, schreibe ich eine To-Do-Liste und setze mich auf den Rücken des Tigers. Dann reite ich los und wer mir in die Quere kommt... Nein, *niemand* kommt mir in die Quere. Ihr Kalender mit allen Adressen fehlte ihr schlimmer, als ihr die rechte Hand fehlen würde, doch er war als Beweisstück bei der Kripo und sowieso hinüber, nachdem er zwei Wochen in der Tasche einer Toten im Wasser gelegen hatte. Es war mühsam, alle Adressen und Termine zu rekonstruieren. Als Allererstes musste sie diesen Kommissar Kowolic erreichen, um ihm mitzuteilen, dass die Frau, mit der sie auf der Brücke gesehen worden war, eine Woche später doch noch vor ihrer Redaktion gesehen wurde und folglich nicht dreizehn Tage im Wasser gelegen haben konnte. Es musste sich um eine Verwechslung handeln. Außerdem musste sie dringend den Anhörungstermin von Freitagvormittag verschieben, das war morgen! Niemand in der Redaktion sollte ihre Geschichte mit der Polizei mitbekommen. Dann musste die Autowerkstatt angerufen werden und geklärt werden, wann ihr Wagen endlich wieder abgeholt werden konnte. Und sie musste einige kleinere Artikel schreiben, ihre Mails beantworten und Anfragen starten, um im Rennen zu bleiben.

Sie würde das schaffen. Wenn es ganz schlimm kam, das wusste sie, würde sie es irgendwie hinkriegen. Solche Krisensituationen hatten den fragwürdigen Vorteil, dass man seine letzten Reserven aufbringen musste, aber dass man hinterher feststellte, dass man es wieder irgendwie geschafft hatte. Anders als im gewöhnlichen Alltag: da konnte die Erschöpfung eines normalen Arbeitstages einen bereits umbringen.

Als sie die Tür aufschloss, war ein Anruf von ihrem Vater auf dem AB. Er sagte, es gäbe Neuigkeiten, aber diese wollte er lieber persönlich berichten. Es klang nicht nach guten Neuigkeiten, weiß Gott nicht, aber der Ernstfall schien es auch nicht zu sein, schließlich war keine Rede von Krankenhaus oder Ähnlichem. Das konnte also warten.

Zuerst erreichte sie die Autowerkstatt. „Ihr Wagen ist leider Totalschaden. Wir haben versucht, die Achse wieder zu richten, aber alles war zu stark verzogen."

„Hätten Sie mir das nicht eher mitteilen können?"

„Glauben Sie, wir würden hier Däumchen drehen, junge Frau? Wann kommen Sie den Wagen abholen? Oder wollen Sie, dass wir ihn verschrotten lassen?", fragte der Mechaniker frech. „Auf Ihre Kosten natürlich. Der Wagen ist praktisch nichts mehr Wert."

Nez wählte den schnellen Weg, sie hatte jetzt ganz andere Sorgen. Sie gab ihre Einwilligung zur Verschrottung und knallte den Hörer auf. Vermutlich würden sie sich jetzt totlachen und noch ein Geschäft mit dem Wagen machen. Doch sie hatte einfach keine Kraft, sich darum zu kümmern. Was sollte sie mit einem fahruntüchtigen Schrotthaufen mitten in Köln anfangen? Anderes ging jetzt vor. Als sie den Wagen in die Werkstatt gegeben hatte, hatte sich der Werkstattmeister ganz anders angehört. Freundlich, respektvoll. Aber die alte Möhre konnte wirklich keine fünfhundert Euro mehr wert sein, auch ohne Unfallschaden. Nez versuchte, ihre aufsteigende Wut zu bändigen und machte nun einen weiteren Versuch, den Kommissar oder wenigstens seine Kollegin ans Telefon zu bekommen. Auch das scheiterte. „Die Kollegen sind im Außeneinsatz. Tut mir Leid."

„Können Sie bitte eine Nachricht für Herrn Kommissar Kowolic hinterlegen?"
„Nein, das kann ich von hier aus leider nicht. Sie können ab morgen früh wieder anrufen, da ist das Büro besetzt."
Nez konnte das alles nicht glauben. „Morgen früh ist es zu spät. Ich kann morgen nicht zur Anhörung, weil ich arbeiten muss. Ich habe aber wichtige Informationen, die die Sache vielleicht weiterbringen können."
„Sie können also morgen früh nicht. Dann rufen Sie bitte morgen früh um acht Uhr die Durchwahl an und sagen Bescheid. Sie erhalten dann einen anderen Termin." Die Telefonistin klang völlig uninteressiert.

Nez knallte erneut den Hörer auf die Ladestation und gab es auf. Sie überlegte, ob sie sich jemals so machtlos der Obrigkeit gegenüber gefühlt hatte wie jetzt. Sie war doch eine unbescholtene Bürgerin, die ihre Steuern zahlte, nichts Verbotenes tat, nicht einmal unangeschnallt Auto fuhr und jetzt durch einen dummen Zufall, eine Verwechslung, nichts sonst, ins Fadenkreuz der Ermittlungen geraten war. Auch die Gleichgültigkeit, mit der die Zentrale bei der Polizei ihr Anliegen behandelte, ließ sie vor Wut glühen. Sie hatte ein echtes Problem und die Dame war nicht dazu in der Lage, von ihrem Platz aus eine Telefonnotiz an Herrn Kowolic zu verfassen. Wie sollte ein Land funktionieren, wenn die Polizei keine Telefonnotizen weiterreichen konnte? Hatten diese Leute keinen Schulabschluss? Unfassbar eigentlich und sie als Bürgerin? Sie stellte bei diesen Überlegungen erstaunt fest, dass ihr Ruf als Unbescholtene, eine, die gerade auch als Journalistin sich immer für Recht und das Richtige stark machte, Teil ihres Selbstkonzeptes war. Es war ihr wichtig, und jetzt im Verlauf der Ermittlungen schrumpfte sie zu einem lästigen Etwas, dem man beliebig Termine setzen konnte und das man wie ein Insekt abschütteln konnte. Ihre Wut befand sich auf dem Höhepunkt, als es an der Tür klingelte.

„Domenica, jetzt bin ich aber erstaunt. Komm doch bitte herein!"
Domenica Kosic hielt ihre Handtasche fest umschlossen und stapfte

beherzt in die Wohnung. Nez ahnte, dass dies wohl mit den Neuigkeiten zu tun haben musste, die ihr Vater auf dem Anrufbeantworter angekündigt hatte.

„Ich mache es kurz", lamentierte Domenica mit ihrem polnischen Akzent und dem rollenden R, das Nez im Laufe der Jahre lieb gewonnen hatte. Sie wäre wohl nie auf die Idee gekommen, dass Vaters Haushaltshilfe Domenica in irgendeiner Weise die Mutterrolle für sie hätte einnehmen können, doch das eindeutig auch sexuelle Verhältnis zwischen Domenica und ihrem Vater verschaffte dem Haushalt zumindest so etwas wie Normalität. Männer brauchen Sex, sonst werden sie aggressiv, hatte Domenica in ihrer praktischen Art vor einiger Zeit einmal gesagt. Damit schien das Thema abgehandelt zu sein. Und Nez war, wenn sie ehrlich war, auch froh, dass ihr Vater in dieser Hinsicht versorgt war. Es war für alle eine erträgliche Lösung.

„Nez, ich muss dir mitteilen, dein Vater und ich, wie soll ich sagen...Ich habe gekündigt und gehe zurück nach Polen." Nez hatte damit überhaupt nicht gerechnet. Es traf sie unvorbereitet. Domenica schlürfte an ihrem Wasser und zog ihren Mantel aus. Ihre Miene verriet Entschlossenheit und bitteren Ernst.

„Du machst jetzt keine Witze, hoffe ich. Ist das wirklich wahr?", stutzte sie. Das sah nicht gut aus, dachte Nez. „Aber warum nur?", fragte sie.

„Das, was ich in einer Familie suche, gibt es hier nicht. Vielleicht sind die Deutschen so. Vielleicht nur eure Familie. Mir ist es gleich. Ich gehe zurück in mein Dorf."

„Was ist denn vorgefallen?"

„Dein Vater ist ein Tyrann. Es gibt keine Wärme, keine Herzlichkeit, kein In-den-Arm-nehmen in diesem Haus. Er zeigt einem nicht, dass er einen schätzt. Oder" und nun blickte sie zu Boden und zwirbelte an der Schnalle ihrer altmodischen Handtasche herum, „oder er schätzt *mich* einfach nicht. Und ich glaube, das ist die Wahrheit."

Nez´ Gehirn schaltete blitzschnell. Jetzt war ihr Vater nicht mehr Domenicas Problem, sondern ihr eigenes. Diese Erkenntnis sorgte schon jetzt für einen spürbaren Druck auf ihrer Lunge. Sie versuchte ruhig zu atmen. „Domenica, lass uns offen sprechen. Wir haben nie viel gesagt, aber du hattest doch ein recht vertrautes Verhältnis zu meinem Vater. Und du warst so lange bei uns."

„Ja, wir waren miteinander im Bett. Dein Vater kann zwar nicht kochen und braucht jeden Tag sieben Sorten Tabletten. Aber er ist ein Mann. Aber das ist es nicht. Ich bin zwar arm, aber ich bin eine ehrliche Haut.", schniefte sie, jetzt mit erhobenem Haupt.

„Aber was ist es denn? Willst du ... willst du, dass er dich heiratet? Bist du deshalb hier?"

„Ach liebes, junges Kind. In meinem Alter ist auch das so unwichtig geworden, wie wenn ein Sack Rrreis in China umfällt." Das R in Reis betonte sie wie in alten Zeiten, als noch alles in Ordnung war. Nez dämmerte schmerzhaft, dass Domenica auch ihr fehlen würde. Wie würde es ihrem Vater ergehen? Ein einsamer alter Mann, das würde schwierig werden. Nez sah Domenica in die aufrichtig blickenden blauen Augen, die keine Geheimnisse zu verbergen schienen.

„Nein, ich wollte menschliche Wärme, wenigstens ein bisschen Interesse an meiner Person – echtes Interesse. Ich wollte, dass er mich einfach als Mensch sieht. Ein Mensch, der auch mal ein Dankeschön braucht, einen aufmunternden Blick und ein Lächeln.", sagte Domenica leise. Ihre Augen füllten sich mit Tränen, doch sie versuchte, ihr Fassung zu bewahren.

„Hat mein Vater dich schlecht behandelt?", fragte Nez.

„In deiner Familie, bitte jetzt um Entschuldigung, in deiner Familie geht es nur darum, dass man beweist, wie schlau man ist. In jedem Gespräch versucht einer den anderen zu belehren oder in den Dreck zu ziehen. Dein Vater wollte jemanden, der ihn bewundert und mit dem Alter ist es immer schlimmer geworden. Widerspruch oder dass auch ich mal was weiß, da wurde er sofort frech und bockig. Das muss ich mir nicht gefallen lassen."

„Ja, so kenne ich ihn auch", pflichtete Nez Domenica bei. Domenica musste ziemlich viel ertragen haben in all den Jahren.

„Er hatte immer Recht", wetterte Domenica, die sich jetzt in Fahrt geredet hatte, weiter. „Er wusste alles und in Wahrheit wusste er nur, was in der Bild am Sonntag stand. Er las die Titelseite und wurde sofort aggressiv, wenn jemand widersprochen hat. Er sprach abschätzig über alle und in der letzten Zeit auch über mich und zwar auch, wenn ich dabei war. Das hat mich gekränkt."

„Das tut mir leid.", sagte Nez. Sie konnte Domenica nur zu gut verstehen.

„Ich mag zwar eine dumme Polin sein und so dumm gewesen sein, dass ich mich ins Bett habe kriegen lassen, aber ich habe mein Herz auf dem rechten Fleck." Trotzig zog sie die Nase hoch und drückte ihre umfängliche Brust heraus.

Nez verstand genau, was sie meinte. Sie betrachtete das mütterliche Gesicht, das so feine, weiche Züge hatte und so sehr um Fassung rang. In den letzten Jahren hatte sie Domenica als eine mütterliche Figur in ihrem Elternhaus schätzen gelernt, die auch nie versucht hatte, ihr das Andenken an ihre wirkliche Mutter zu nehmen. Domenica war zu einer festen Größe geworden und nun wollte sie fortgehen. Aber offensichtlich hatten alle ihr zu wenig gezeigt, dass sie geschätzt wurde. Aus ihr sprachen lange Jahre der Demütigung. Für Nez war Domenica deutlich mehr als die Haushaltshilfe ihres Vaters.

„Und was hast du jetzt vor?"

Schweigend kramte Domenica ein Bündel aus ihrer altmodischen braunen Ledertasche. Sie legte es Nez auf den Tisch. Dann ergriff sie Nez´ Hand und sagte „Mein Kind, hör mir jetzt genau zu." Nez hasste das elektrische Kribbeln, das sie jetzt durchfuhr, dass sie dieser Frau, so gerne sie sie auch mochte, jetzt ausgeliefert war. Sie wand sich, aber Domenica ließ ihre Hand nicht los, sondern verstärkte noch den Griff und rückte noch ein wenig näher an sie heran.

„Was ich dir jetzt sage, ist die Wahrheit. Das schwöre ich bei Gott, dem Allmächtigen." Domenica bekreuzigte sich. Nez wurde es unwohl.

Domenica blickte Nez bis auf den Grund ihrer Seele an.

„Sag schon. Was ist es?"

Domenca zitterte. Sie griff nach dem Wasserglas, und schneller als sie es retten konnte, fiel es mitsamt seiner Füllung auf den Boden.

„Ist nicht schlimm. Ich hole schnell einen Lappen." Nez rannte in die Küche und drückte dann einen Lappen auf die Wasserstelle. Was wolltest du mir denn sagen?"

Domenica rückte ihre Brille zurecht und sah Nez in die Augen.

„Bevor ich aus eurem Leben verschwinde, habe ich die Pflicht, dir die Wahrheit zu sagen. Diese Briefe sind von deiner leiblichen Mutter. Deine Mutter ist nicht bei deiner Geburt gestorben. Man hat dich angelogen."

Nez blieb der Atem weg. Ein roter Blutschwall wischte jeden Gedanken aus ihrem Kopf. Sie hörte aus der Ferne Geräusche und ihr schwindelte. Die Worte, die sie hörte, waren so unglaublich, dass sie aus einer anderen Welt zu stammen schienen. Domenica fuhr mit behutsamer, aber fester Stimme fort.

„Jedes Jahr um deinen Geburtstag herum hat deine Mutter einen Brief an dich geschrieben. Die Familie deines Vaters hat die Briefe alle abgefangen, aber nicht vernichtet."

Als Nez wieder sprechen konnte und Worte in ihrem Kopf fand, fragte sie „Woher weißt du das und seit wann?"

„Ich habe sie nach unserem letzten Streit gefunden, als ich vor Wut auf den Dachboden gegangen bin und mich dort austoben wollte. Ich wollte alten Plunder aussortieren. Sie waren in einer Truhe in einem uralten Schrank. Ich bin dann mit den Briefen, die an dich adressiert sind, zu deinem Vater und habe ihn zur Rede gestellt. Wir haben uns fürchterlich gestritten. Er hat mich grob beleidigt, wie noch nie. Er hat *billige Nutte* zu mir gesagt." Ihre Brust hob und senkte sich schnell, sie hatte Mühe zu atmen und umklammerte ein Tempotuch.

„Das, es tut mir so leid." Stammelte Nez. „Bitte erzähl mir alles. Alles, hörst du", beschwor sie Domenica.

„Ich weiß nicht mehr viel, mein Kind. Aber vor sechs Wochen kam ein neuer Brief, nachdem jahrelang wohl nichts mehr gekommen ist. Und, naja, ich dachte mir so, wenn es jetzt wichtig ist, dann hat dein Vater nicht das Recht, dir das zu verheimlichen. Du bist jetzt eine erwachsene Frau, die mitten im Leben steht. Und das meinte ich damit, dass ich zwar arm bin, aber so etwas nicht mitmache. Ich habe die Briefe gestohlen, um sie dir zu bringen." Nez konnte ihre Tränen nicht mehr stoppen. Auch Domenica konnte sie nicht weiter ansehen. Diese zog sie jetzt an sich, aller gesellschaftlichen Unterschiede zum Trotz, und drückte sie an ihre Brust. Nez weinte wie ein Kind. Beide ließen nun ihren Tränen freien Lauf. Ihre Gefühle waren so vielfältig, so schön und so hässlich zugleich, dass Nez die Kontrolle über sich selbst verlor.

Später am Abend, als Domenica schon lange weg war, hielt sie das Bündel Briefe noch immer in ihrem Schoß. Ihre Hände hatten noch nicht aufgehört zu zittern. Werke aus achtzehn Jahren, so oft hatte ihre Mutter an sie geschrieben, jedes Jahr zum Geburtstag. Vermutlich hatte sie es aufgegeben, als nie irgendeine Antwort gekommen war. Sie schien noch zu leben, denn vor sechs Wochen war noch ein letzter Brief gekommen. Domenica hatte ihr vor ihrem Aufbruch noch geraten, den neuesten Brief zuerst zu lesen, denn möglicherweise stünde dort etwas Wichtiges drin. Vielleicht eine Einladung zu einem Treffen. Und dass sie sich mit den anderen Briefen Zeit lassen solle, um alles zu verarbeiten. Dieses Versprechen musste ihr Nez in die Hand gegeben, bevor sie sich herzlich voneinander verabschiedeten. Domenica machte sich aufrichtig Sorgen um Nez. Wenn sie an ihren Vater dachte, überschwemmte Nez jetzt die schwärzeste Wut, die ein Mensch kennen konnte. Er hatte ihr ihr ganzes Leben lang verheimlicht, dass sie eine lebende Mutter hatte. Nez war in dem Glauben erzogen worden, dass ihre Mutter bei ihrer Geburt gestorben war. Was dies für ein Kind und später für eine pubertierende junge Frau hieß, hatte Nez Tag für Tag am eigenen Leib erfahren müssen. Es ging so weit, dass sie, als sie noch an Gott glaubte, als kleines Mädchen gebetet hatte: *Lieber Gott, bitte nimm mich in den Himmel und lass meine Mutter wieder leben. Sie kann doch nichts dafür, dass sie bei meiner Geburt sterben musste. Das war meine Schuld. Lieber Gott, bitte nimm mich dafür.*

Sie konnte es nicht ertragen, Freundinnen zusammen mit ihren Müttern zu sehen. Sie wusste, dass sie ihrer Mutter den Tod gebracht hatte. Erst später im Geschichteunterricht hatte sie erfahren, dass im Mittelalter die Frauen sehr häufig bei der Geburt ihrer Kinder gestorben waren. Nach dem Unterricht hatte sie ihren Lehrer angesprochen. „Warum hat Gott all die Mütter zu sich genommen?" „Im Mittelalter hatte man noch geglaubt, dass die Menschen für etwas bestraft wurden. Heute weiß man einfach, dass die hygienischen Verhältnisse so schlecht waren, dass die Frauen oft keine Chance hatten, die Geburt zu überleben. Das war keine Seltenheit, es kam sehr oft vor." Dieses Gespräch hatte Nez etwas getröstet. Seit diesem Tag hatte sie ihre Gebete geändert und später, als sie die Einsamkeit nicht mehr ertragen konnte, hatte sie schließlich ganz aufgehört zu beten. Das Gefühl, Menschen Unglück zu bringen, konnte sie jedoch nie ganz aus ihrem Bewusstsein löschen.

All diese Gedanken wanderten wie dunkle Schatten durch ihren Kopf. Aber auch das Bewusstsein, dass irgendwo da draußen eine Mutter war, hoffentlich noch am Leben, die ihr Briefe schrieb. Dieser Gedanke fühlte sich fremd an. Wie war es, eine Mutter zu haben? Ihr Vater würde nie begreifen, wie sehr er sie geschädigt hatte. Heute Abend hasste sie ihn abgrundtief. Ihre Finger waren eiskalt, als Nez den jüngsten Brief öffnete, datiert vor sechs Wochen.

16.

„Komm, mein Kleiner, komm zum lieben Onkel Xie, der hat Leckerchen für dich." Xie wedelte mit dem Hundeknochen vor Bällchens Nase hin und her und versuchte ihn zur Wohnungstür zu locken. Bällchen zog bedeutungsschwer seine Augenpartie zusammen. Er hatte jetzt einen besorgten Ausdruck im Gesicht, fand Xie. „Komm, sei brav und lass dich von Onkel Xie an die Leine legen. Das tut doch nicht weh." Bällchen setzte sich auf seine Hinterläufe und sah sich nun in Ruhe an, wie der Mensch mit der Leine vor ihm stand, herumgestikulierte und in verschiedenen Tonlagen Wörter aussprach, die Bällchen irgendwo schon einmal gehört hatte. Xie, völlig unerfahren mit Hunden, war die Sache nicht geheuer, doch er musste Bällchen an die Leine und in seinen alten Volvo bekommen. Xie wusste nicht, wie man einen Hund anfasst, oder ihn gar dazu bringt zu tun, was man von ihm wollte. Er gab sich einen Ruck, setzte sein schönstes Lächeln auf, weil er in einer Zeitschrift gelesen hatte, dass Hunde stark auf die Mimik des Menschen achteten – oder waren es doch Katzen gewesen? - und ging mit der Leine auf den Hund zu. Er wunderte sich, dass Bällchen keinen Versuch machte, sich gegen die Leine zu wehren. „Braver Hund!" Er war sich des Inhalts der Worte noch nicht völlig sicher, aber schaden konnten sie auch nicht. Als Nächstes galt es nun, das Tier ins Auto zu bugsieren.

„Was machen Sie denn da? Entführen Sie etwa den Hund von Frau Herold?" Die alte Nachbarin aus dem Erdgeschoss streckte den Kopf aus der Wohnungstür und dirigierte ihren Kochlöffel im Takt ihrer Frage, als Xie, den Hund in den Armen die Treppe herunter schleppend, an ihr vorbei keuchte.

„Frau Herold musste für ein paar Tage ins Krankenhaus und ich bringe den Hund in Pflege", stand er Rede und Antwort.

„Krankenhaus? Hoffentlich ist es nichts Schlimmes?" Mit ein paar höflichen Floskeln versicherte Xie Frau Hahnenbutt, dass es nichts Schlimmes sei. Nur eine Untersuchung. Er und ihre Freundin würden sich um sie kümmern. Zufrieden über eine exklusive Neuigkeit schloss Frau Hahnebutt die Tür wieder hinter sich. Obwohl Constanze keinen Wagen besaß, schien Bällchen das Mitfahren im Auto gewohnt zu sein. Stoisch saß er im Kofferraum und hechelte die Rückscheibe voll. Erst als sie vor dem städtischen Tierheim standen, schien er den Braten zu riechen, im wahrsten Wortsinne. Wenn man genau hinhörte, konnte man auch schon die Geräusche der Tiere hören. Oder war es Einbildung? „Du bist ein braver Hund, aber ich kann dich nicht bei mir in der Wohnung halten. Ich arbeite zehn Stunden am Tag und du stinkst mir alles zu", rechtfertigte sich Xie. Bällchen schien jedes Wort zu verstehen, machte sich jedoch trotzdem schwer und bockig an der Leine. Als ob er ahnen würde, was kommen sollte.

„Und Sie sind sich sicher, dass Sie das Tier Ihrer Nachbarin nicht doch für ein paar Tage versorgen können?", fragte die junge ehrenamtliche Helferin. Ihre Ohren waren mindestens fünffach gepierct, ihr Haar so rot gefärbt, dass es in den Augen brannte, und sie trug einen langen, sackigen grauen Wollpullover. „Wir sind gerade überbelegt", fuhr sie fort. „Ist der denn geimpft?"

„Woher soll ich das wissen? Ich bin nur der Nachbar." Allmählich fühlte sich Xie wie auf frischer Tat bei Tierquälerei ertappt. Tierheime waren doch dazu da, Tiere zu versorgen, oder?

„Dann müssen wir ihn erst einmal isolieren, bis der Tierarzt ihn untersucht hat. Der kommt einmal die Woche, ehrenamtlich. Die Aufnahme eines gefundenen Tieres ist kostenlos. Möchten Sie trotzdem eine Kleinigkeit spenden? Wir leben hier hauptsächlich von Spenden der Bürger."

Xie öffnete seine Brieftasche und erleichterte diese und sein Gewissen um dreißig Euro. „Ich zeige Ihnen noch, wo wir ihn unterbringen, dann können Sie sich von ihm verabschieden." Als hätte er jedes Wort verstanden, gab Bällchen leichten Druck auf die Leine, wollte zum Ausgang ziehen und fiepte. Das Fiepen wurde zum jaulenden Gewinsel und Xie spürte Bällchens Nervosität. Wie schlau die Tiere doch sind, dachte er. Die junge Rothaarige schloss die Verbindungstür zu den Boxen auf. Xie wurde von einer grausigen Beklemmung getroffen. Die Atmosphäre von eingesperrten Tieren, Käfiggittern, abwaschbaren Fliesen und dem Gebräu der Gerüche raubte ihm den Atem. Mehrere Katzen kauerten in einem Raum, blickten ihm nach, als er an ihnen vorbei zog. Der nächste Raum wurde von kleineren Hunden, Terrier und ihm unbekannte Rassen mit kurzem Fell, bewohnt. Hinter den nächsten Gittern saß aufrecht, aber still und stumm ein Retriever und blickte ihn groß an. Wenn die Tiere denken können, schoss Xie durch den Kopf, was denken sie bloß von uns?

„Das wäre dann erst einmal die Box von Ihrem, entschuldigen Sie, dem Hund Ihrer Nachbarin, bis wir wissen, ob er mit anderen zusammengelegt werden kann." Die junge Frau klang professionell und geschäftsmäßig. Xie machte den Abschied kurz, übergab ihr die Leine und drehte sich zum Gehen. In seinem Rücken hörte er Bällchens charakteristische Winsellaute, die er mittlerweile schon im Dunkeln erkannte. Hier ist der Hund gut versorgt, beruhigte sich Xie in Gedanken, als er in sein Auto stieg. Er blickte auf die Uhr. Es war noch eine Stunde Zeit, bis er im „Peking" an der Grilltheke stehen musste. Er war erleichtert. Dieses Problem war er los. Irgendwann würde Constanze wieder aus dem Krankenhaus entlassen werden und dann würde er ihr anbieten, sie und Bällchen mit dem Auto wieder nachhause zu bringen. Bis dahin brauchte er nur seine Arbeit im Restaurant zu schaffen. Er rollte langsam vom Parkplatz herunter. Nach Hause zu fahren lohnte eigentlich nicht. Bis er sich durch die Stadt gequält hätte, wären nur noch ein paar Minuten übrig. Er bog auf den Militärring ab und von dort in eine Zufahrt zum

Grüngürtel. Frische Luft würde ihm gut tun, nach dieser schrecklichen Tierheimluft. Als er aus dem Auto ausstieg, merkte Xie jedoch, dass etwas nicht stimmte. Etwas in ihm war nicht im Gleichgewicht. Ein paar Schritte, sagte er sich, ein bisschen Bewegung macht mich wieder fit. Er beschleunigte seinen Schritt, doch er bekam die Bilder dieser eingesperrten Tiere nicht aus dem Kopf. Es hatte keinen Sinn. Er setzte sich auf eine Parkbank am Wegesrand mit Blick auf eine weit angelegte Grünfläche. Er versuchte in seinem Inneren die Quelle dieser plötzlich aufziehenden Verstimmtheit auszumachen und spürte erst, als es zu spät war, dass er in seine Vergangenheit entglitten war.

Eine halbe Stunde später rollte Xie noch einmal vom Parkplatz des städtischen Tierheims. Bällchen roch im Regenwetter nach Moder und ungewaschenen Socken und befeuchtete für heute schon zum zweiten Male die Heckscheibe. Doch Xie fühlte sich erleichtert. Anders erleichtert als vor einer halben Stunde, als er den Hund abgegeben hatte. Er hatte jetzt das Gefühl, das Tier vor wirklich schlimmen Erfahrungen bewahrt zu haben. Bällchen war Zeit seines Lebens nur verwöhnt worden. Trotz der sich aufopfernden Helfer im Tierheim wäre es für ihn eine schlimme Erfahrung von Verlassensein und Einsamkeit in einer Isolationszelle geworden. Er hatte das Tier davor bewahrt. Auf der Parkbank hatte sich bei Xie der Gedanke gefestigt, dass Tiere in solchen Quartieren, fern von ihrer gewohnten Umgebung sehr wohl leiden können. Irgendetwas in seiner Selbstachtung machte gerade Sprünge in seinem Bauch. Trotz der Aussicht, jetzt einen unwillkommenen Hund in seiner Wohnung aufnehmen und versorgen zu müssen, spürte Xie sogar körperlich, dass er das Richtige getan hatte. Er drehte das Radio laut und sang ohne Nachzudenken falsch und glücklich einen Song von Grönemeyer mit. Erst an der roten Ampel merkte er, dass er das Fenster offen hatte, als eine Schar von Schülern in einem alten Peugeot rappende Handbewegungen zu ihm hin machten, ebenfalls das Fenster herunter drehten und „Yo, alter Chinese" riefen. Ihm war es egal. Bällchen auch.

Als er die Haustür öffnete, schwer beladen mit Körbchen, Decke, Napf und Bällchen an der Leine, prallte er um ein Haar mit Nez zusammen, die ebenfalls schwer beladen mit Reisetasche, Plastiktüte und Handtasche entgegen kam.
„Ah, hallo Herr Chi!", stieß sie keuchend aus.
„Xie, ja, hallo. Wie geht es Ihnen?", entgegnete er. Mit ihr hatte er jetzt gerade gar nicht gerechnet.
„Waren wir nicht schon beim Du? Ich bin Nez, habe immerhin bereits in deiner Wohnung geschlafen. Danke übrigens nochmal für Letztens."
„Oh, zu höflich." Ihre Blicke machten ihn ganz verlegen.
„Ich habe gerade Wäsche für Constanze geholt, die ich gleich in die Klinik bringe", fügte Nez hinzu. Xie nahm die dunklen Schatten in ihren Augen wahr, als Nez fragte „Und du, gehst du mit dem Körbchen Gassi, falls Bällchen sich mal zwischendurch hinlegen möchte?" Ertappt und beschämt blickte Xie weg. Doch dann gab er sich einen Ruck. „Können wir später vielleicht noch eine Tasse Tee zusammen trinken?" Er hatte sich getraut.

Am Abend saßen beide auf den asiatischen Bodenkissen. In der Ecke schnarchte Bällchen, umgeben von leisen, ihm mittlerweile vertrauten Stimmen, denn Nez kannte Bällchen schon lange. Um ihn herum waren acht Halter mit angezündeten Räucherstäbchen aufgestellt, die seinen Geruch bannen sollten. „Wie geht es Constanze?", fragte Xie, während er den dampfenden Tee in kleine elegante graue Tässchen goss. Er versuchte seine Stimme neutral klingen zu lassen. Er empfand nicht mehr die ferne Bewunderung für Constanze, doch er konnte nicht so tun, als sei er „nur der Nachbar". Als er die Entdeckung an ihrem Spiegel gemacht hatte, hatte er das ganze Ausmaß seiner Gefühle für sie erkannt. Er gestand sich ein, dass er weit mehr als Sehnsucht nach ihr empfunden hatte. Sie hatte sich im Verlauf des letzten Jahres in seine Träume geschlichen. Doch jetzt fühlte er sich verletzt, gepaart mit Abscheu und gleichzeitig Mitleid wegen ihrer tiefen Traurigkeit. Er hätte nicht gedacht, dass ihn eine

Frau – noch dazu eine, mit der er noch nicht einmal eine Beziehung hatte – noch so aus dem Gleichgewicht bringen konnte. Konnte er Nez darauf ansprechen?

Selbstverständlich hatte er Nez nichts von den Nacktfotos gesagt. Er hatte sie in den Mülleimer geknüllt und dann unter einem Stapel Werbung beerdigt. Man wusste nicht, was aus Constanze werden würde und wer noch in ihre Wohnung eindringen würde, am Ende sogar Verwandte. Nein, er würde auch nicht mit Nez sprechen. Was erhoffte er sich davon? War Constanze nicht einfach für alle Zeiten für ihn tabu? Niemals würde er eine Frau lieben können, die einunddreißig Aktfotos von offensichtlich sexbesessenen Männern im Alter von schätzungsweise 25 bis 40 an ihrem Spiegel aufgehängt hatte. Eine Psychopathin, fand er. Wehmütig dachte er an die feinen, zurückhaltenden Gesichtszüge von Mimi zurück, seiner großen Liebe, die vor sieben Jahren so gewaltsam aus seinem Leben entfernt worden war. Er stand auf, schloss die Schlafzimmertür, nicht ohne einen Blick auf das Foto von Mimi zu werfen, und seufzte.

„Was hast du heute Mittag mit dem Körbchen vorgehabt?" Nez wärmte ihre Hände an der Teetasse und saß offensichtlich nicht zum ersten Mal auf asiatischen Sitzkissen. Xie gefiel ihre graziöse Haltung.

„Um ehrlich zu sein, ich wollte ihn im Tierheim abgeben", gestand er.

„Das hätte ich dir nicht zugetraut." Sie stellte die Teetasse ab und setzte sich aufrecht.

„Wieso?" Xie fiel nichts anderes ein. Ein heißer Schwall durchflutete sein Gesicht. Jetzt werde ich auch noch rot wegen eines Hundes, fluchte er innerlich.

„Die Tierheime in Deutschland sind bequemer als in anderen Ländern Internate und Krankenhäuser", versuchte er sich zu rechtfertigen.

„Das ist jetzt nicht dein Ernst, oder?" Nez wand sich zum Aufstehen und fragte:

„Soll ich Bällchen mitnehmen? Obwohl, das geht nicht, ich muss bald aufbrechen. Ich werde einige Tage nicht zuhause sein."

„Urlaub?", fragte Xie zurück.

„Nein, das kann man nicht sagen. Es ist eine längere Geschichte. Möchtest du sie hören?" Xie empfand Nez heute bei Weitem nicht so distanziert wie sonst. Bei ihrem ersten Zusammentreffen hatten sie nicht gewusst, was sie außer über Constanze miteinander reden sollten. Es war eine peinliche Schweigepartie gewesen. Heute hatte er den Eindruck, als würde sie ihn geradewegs anschauen, direkt anschauen, ohne Umwege und ohne die Möglichkeit einer Lüge.

„Wir haben noch Tee für einige Kannen", erwiderte er und sein Lächeln war spontan. Nez ließ sich durch sein Lächenl umstimmen und setzte sich wieder. Sie erzählte die ganze Geschichte der letzten zwei Wochen, einschließlich des Päckchens mit dem Schlüssel, der Karte mit der geheimnisvollen Nummer und der Toten. Draußen hüllte die Dunkelheit die Fenster ein. Xie verzichtete darauf, das Licht einzuschalten, um Nez nicht zu unterbrechen.

„Vor sechs Wochen kam schließlich der letzte Brief der Frau, die meine Mutter zu sein scheint. Sie bittet mich, auf die Insel Langeoog zu kommen. Dort sei ein Bankschließfach, lautend auf die letzten drei Ziffern, die auf einer Visitenkarte stünden, die mir zugestellt würde. Es könnte die Karte sein, die ich in meiner Jackentasche gefunden hatte, dachte ich. Ich habe sonst keine Karte erhalten. Das alles kann kein Zufall sein."

Als sie geendet hatte, schwiegen sie lange. „Xie, bist du noch wach?" fragte Nez eher im Scherz.

Er lehnte mit dem Rücken an der Wand, die Augen geschlossen. „Ich höre jedes Wort."

„Bisher hat mir noch nie jemand so intensiv zugehört." Sie schwiegen noch eine Weile, bis die Dunkelheit das ganze Zimmer füllte.

„Du hast ein großes Geschenk erhalten, sagte Xie mehr zu sich selbst als zu Nez, „die Möglichkeit, deine Mutter kennen zu lernen."

Nez hielt sich an der Teetasse fest und lehnte jetzt gegen die Wand. Bällchens Anblick, wie er sich in seinem Körbchen vor der Heizung lang machte, beruhigte sie.

„Ich fühle mich so verwirrt. Lars, mein Freund, mein Ex-Freund, er meint, es wäre eine Falle. Zum Beispiel ein Werbetrick, oder ein neuer Trick einer Drogenmafia oder sonst was. Aber er hatte mir auch nie richtig zugehört."

Der Name *Lars* kam Xie plötzlich sehr bekannt vor, doch entschied er, erst mal nichts von dem heimlich gelesenen Tagebuch und dem Foto zu erzählen. Es konnte sich ja auch um einen anderen Lars handeln.

„Was fühlst du?", fragte Xie Nez stattdessen. Sie zuckte mit den Schultern.

„Hm, Aufregung zu allererst, und ich glaube es noch nicht richtig. Und für den Fall, dass sie ... dass sie wirklich meine Mutter ist, weiß ich nicht, dann kann ich es mit Worten gar nicht beschreiben. Du darfst nicht vergessen, dass ich nie wusste, wie sich eine Mutter anfühlt, nur, wie es sich anfühlt, sie zu vermissen", flüsterte sie in ihre Teetasse.

Xie zuckte zusammen.

„Habe ich einen Nerv getroffen bei dir? Entschuldige", sagte Nez schnell.

Xie war erstaunt, dass die noch vor einigen Tagen so arrogant wirkende Nez tatsächlich Einfühlungsvermögen zu haben schien. Für einen Moment war er tatsächlich in die Vergangenheit entrissen worden.

„Ja, einen schmerzhaften Nerv", sagte er, doch sie sah im Dunkeln nicht, wie sehr er wirklich getroffen war.

„Möchtest du darüber reden?" Nez klang aufrichtig interessiert.

Zögernd antwortete er: „Nein, die Zeit ist noch nicht gereift."

„*Reif*, sagt man. Sorry. Können wir noch eine Kanne Tee aufgießen? Meine Tasse ist schon ganz trocken und du hast eben etwas versprochen", schloss Nez das Thema.

Xie nahm ihre angenehm lockere Ablenkung dankbar an. „Gerne."

Und er hatte plötzlich das Bedürfnis, die Wahrheit zu sagen. „Ich habe dir noch nicht gesagt, warum ich den Hund NICHT im Tierheim gelassen habe."

„Ja? Ist dies auch eine Geschichte?", fragte Nez zurück.

Xie berichtete. Anfangs fiel es ihm schwer, die Worte auf Deutsch zu wählen, er hatte noch nie jemandem von jenen Tagen erzählt, die sein Leben auf drastische Art verändert hatten.

Er erzählte auch heute nicht alles, aber er schilderte Nez von seinen Erinnerungen an die Verhaftung und die Verhöre.

„Wir waren damals alle auf der Straße. Eure Welt kennt nur die Bewegung am Platz des Himmlischen Friedens von 1989. Fast niemand weiß, dass es schon dreizehn Jahre zuvor Massenproteste gegeben hatte. Es war 1976, ein Jahr nach dem Foto an der Wand von der Olympiade in Indien, wo ich mit der Tischtennismannschaft teilgenommen habe."

„Wie alt warst du damals?" Nez sah den strahlenden, gutaussehenden Sportler, der größer als alle Umstehenden war, auf dem Foto.

„Siebzehn, als Zhou Enlai beigesetzt wurde. Es gab einen Massenauflauf bei seiner Beisetzung, mehr als eine Million Menschen alleine auf und um den Platz des Himmlischen Friedens herum."

„Und dann?" Aufmerksam blickte sie ihn an.

„Genau, was du dir denken kannst. Das Militär hat mit voller Wucht zugeschlagen." Tiefe Furchen durchzogen Xies Stirn. Sie passten nicht zu seiner gewohnten Mimik, fand Nez.

„Warum aber bei einer Beerdigung?" Sie verstand nicht.

„Zhou Enlai wollte die schlimmsten Auswüchse der Kulturrevolution Chinas stoppen. Damit wendete er sich gegen die offizielle Politik Maos. Er konnte sich nicht damit durchsetzen. Die vielen Menschen bei seiner Beisetzung stießen die damalige Führung vor den Kopf. Es war ein offener Affront. Das geht bei euch im Westen, aber in China verliert die Führung durch so etwas ihr Gesicht und muss handeln."

„Hm, und du warst einer der Gegner des Systems?", entgegnete Nez verwirrt.

„Das ist es, was mich seitdem beschäftigt. Ich weiß es ehrlich gesagt gar nicht." Er klang tief besorgt. Offenbar bereitete diese Frage ihm wirklich Kopfzerbrechen.

„Wie, du weißt es nicht?", stutzte Nez.

„Ich weiß nicht, was ich an diesem Tag genau draußen gemacht habe. Wohin ich unterwegs war. Sicher war ich auch neugierig. Vielleicht wollte ich auch wissen, wie weit wir gehen konnten. Zhou Enlai kannte ich aus den Zeitungen. Plötzlich wurde nicht mehr viel von ihm berichtet, obwohl er Premierminister war, aber ich war nicht das, was ihr heute „politisch" nennt. Ich war kein edler Freiheitskämpfer, wenn du das meinst."

Nez zog es vor zu schweigen, zu zu hören, und sie wollte später über alles nachdenken. Sie schenkte beiden noch eine Tasse Tee ein. Wie durch ein Wunder traf sie im Dunkeln seine Teetasse. Xie sah dies als Signal, seine Erzählung fortzusetzten.

„Wir waren Sportler. Wir hatten Träume. Ich war siebzehn, und seit ich der Hölle in meinem Elternhaus entkommen war, kannte ich nichts anderes als zehn Stunden Training am Tag und jeder von uns wollte der Beste sein. Denn nur der Beste zählte. Als dann an dem Tag Zhou beigesetzt wurde, war es überhaupt keine Frage, dorthin zu gehen und ihm die letzte Ehre zu erweisen. Wir wussten genau, dass er für etwas Besseres, für mehr Freiheit gestanden hatte, aber es war nicht so, dass wir – wie ihr in den berühmten 6oer Jahren – uns in studentischen Zirkeln den Kopf heiß diskutiert hätten. Andere vielleicht, aber ich nicht. Als ich dann irgendwo am Rande des Menschenstroms war, erkannte ich ich Liu De keine zehn Meter neben mir und ich sah, dass er mich gesehen hatte."

„Was war denn mit diesem Liu De?" Nez begriff noch immer nicht.

„Er war in unserem Team. In jeder Gruppe gibt es einen Menschen, den man am wenigsten mag. So war es bei mir und bei ihm. Was ich machte, war in seinen Augen immer falsch, und ich fühlte mich von allem, was er sagte, angegriffen. Wir waren im Tischtennis in etwa gleich gut, aber ich glaube, dass da auch jeder den anderen schlagen wollte. Jeder von uns wollte an der Spitze stehen. Liu war ein ganz parteitreuer Genosse und nichts, was Liu sah, entging dem Verbindungsoffizier zum Internat. Ein Spitzel der KP."

„Und was geschah dann? Schließlich war Liu ja selbst auf dieser Demonstration gewesen."

„Ja, doch, er war als Beobachter dorthin entsandt worden und er hatte alle – alle gemeldet, die er dort gesehen hatte", berichtete Xie mit einem bitteren Unterton.

„War das denn so schlimm? Du hast doch nicht mit Steinen geworfen, oder so?"

„Du denkst wie alle in Deutschland denken. Wir waren eine Elitetruppe, die auch zu ausländischen Wettkämpfen durfte, das Aushängeschild des Systems. Wer politisch nicht zuverlässig war, war raus aus der Mannschaft. Plötzlich warfen Leute neben mir mit Steinen. Überall rauchte und qualmte es, die Soldaten kamen mit Schlagstöcken und ich hörte Schüsse. Ich bekam kaum noch Luft und wurde nervös. Einige Meter vor uns rollte ein Panzer vorwärts. Alles wurde unübersichtlich und es brach Panik aus. Dass ich mit alledem nichts zu tun hatte, interessiert niemanden, der dich sowieso loswerden will."

„Was passierte dann?", fragte Nez.

„Irgendwie kam ich aus der Menge heraus. Es war das totale Chaos. Ich lief nachhause und reinigte meine Kleidung. Sie kamen dann am Morgen in der Frühe. Vier Soldaten holten mich ab. Mich und alle, die Liu verpfiffen hatte, wie ich später erst hören sollte. Sie befragten mich im Keller des Amtes. Im Amtsgebäude waren auch unsere Zellen und immer, wenn ich zum Verhör abgeholt wurde, ging ich an diesen vergitterten Zellen vorbei. Ich sah meine Mitschüler in der Ecke liegen, ich sah sie stöhnend auf dem Boden, verkrümmt, oder mit den Händen am Gitter."

„Du meinst, du hast dich im Tierheim eben daran erinnert?", fragte Nez zögernd.

Er schwieg. Erst nach einigen Sekunden bestätigte er.

„Bitte, lach mich nicht aus."

„Um Gottes Willen, nein, das meinte ich nicht." Nez streifte im Dunkeln kurz seine Hand.

„Nez, es war der Blick. Sie hatten denselben Blick", sprach er, und er wirkte, als flehte er um Vergebung.

„Aber die Tiere, ich meine, im Tierheim werden sie pfleglich behandelt. Da sind viele Ehrenamtliche, die mittags mit den Hunden spazieren gehen", widersprach Nez. Sie wollte mehr wissen.

„Es war die Mischung von Verlassensein, von verstörtem Unverständnis seiner Lage und Hoffnungslosigkeit in den Augen", erklärte sich Xie.

„Was haben Sie dir angetan?" Nez wusste nicht, ob diese Frage nicht zu indiskret war, doch es wäre nicht richtig gewesen, sie nicht zu stellen.

Xie schwieg. Nez wollte ihn nicht bedrängen. Er hatte schon so viel von sich preisgegeben. Doch dann fuhr er leise fort. „Ich hatte damals einen besten Freund. Wir haben zusammen trainiert und anders als bei Liu haben wir uns gegenseitig unterstützt. Jeder wollte für den anderen das Beste. Wir wussten, dass wir gemeinsam am besten die Strapazen überleben würden und jeder erkannte auch den anderen in sich selbst wieder. Sein Name war Min An.

Am Tag meiner Freilassung musste ich noch einmal an seiner Zelle vorbei. Wie sagt man in Deutschland, ich brach mir das Herz."

Nez seufzte tief. Es war nicht der geeignete Moment, um Xies Sprache zu korrigieren. „Wurde er auch freigelassen?"

„Nein, jedenfalls nicht, bis ich wegmusste", antwortete er resigniert.

„Weg?"

„Ja, wieder einmal steckte mein Onkel Wang Wei dahinter, wie so oft in meinem Leben. Er hatte von einem Parteigenossen Wind davon bekommen, dass ich auch unter den Festgenommenen war und meinen Mentor in der Sportschule bearbeitet. Mein Mentor war wirklich auf meiner Seite. Beide setzten ihre Verbindungen für mich ein, aber da an dem Tag eine Menge Sicherheitskräfte getötet worden waren, wollten die Verantwortlichen erst einmal ein paar Exempel statuieren und das sollten wir sein."

„Und dann haben sie euch trotzdem rausgelassen?" Sie sah, wie die Umrisse von Xies Schultern zusammensanken. Er wirkte plötzlich kleiner als vorhin.

„Mich. Ich werde nie den letzten Blick von An vergessen, als ich an ihm vorbeigehen musste, und er musste dableiben."

„Das ist schlimm." Nez fühlte mit ihm. Er musste sich schrecklich fühlen.

„Ja, es ist jedes Mal schlimm, wenn du einen Menschen, zu der zu dir gehört, im Stich lassen musst, weil die anderen mächtiger sind als du", sage er.

„Was ist deinem Freund passiert?"

„Ich habe nichts mehr herausbekommen. Alles war in dem Fall möglich, öffentliche Demütigung, Exmatrikulation, jahrelanges Straflager, Hängen. Keine Ahnung. Ich selber musste ein Geständnis unterschreiben, dass ich zu den Aufwieglern gehörte und gleichzeitig einen Ausreiseantrag. Ich wurde praktisch ausgewiesen, damit war meine Sportkarriere und alles, wofür ich gekämpft und gearbeitet hatte, vorbei. Onkel Wang Wei hatte Beziehungen nach Deutschland. Es gab ein gefälschtes Sportlervisum für einen Wettkampf in Deutschland und ich war ihm fortan hier ausgeliefert. Seitdem arbeite ich für seinen entfernten Vetter im Restaurant. Familie eben."

Seine Stimme war so leise geworden, dass Nezz die letzten Worte nur noch erahnen konnte.

„Das ist eine schlimme Geschichte. Es tut mir leid." Nez konnte sich in Wahrheit ein Leben in solchen Verhältnissen nicht einmal vorstellen, aber sie verstand, dass Xie eigentlich alles verloren haben musste. Und sein bester Freund? Hatte er Schuldgefühle ihm gegenüber? Xie fuhr fort:

„Die erste Zeit war es sehr schlimm. Statt zu trainieren musste ich zwölf Stunden täglich in einem Affentempo in der Küche schuften. Die ersten zwei Jahre kam ich gar nicht mehr raus, traute mich auch nicht vor die Tür. Aber irgendwann habe ich angefangen. Ich bin auf die Straße gegangen, in die Geschäfte, habe mir Deutschbücher besorgt, habe versucht, in den Geschäften einfache Sätze zu sprechen und alles war sehr mühsam." Nez suchte in seinem Profil nach Spuren von all diesen Strapazen, doch es war jetzt zu dunkel im Zimmer. Seltsamerweise störte sie diese Vertrautheit in diesem Moment gar nicht.

„Wie hast du das alles geschafft, ich meine, du hattest hier niemanden und das war bestimmt schwer für dich?", wollte sie wissen.

„Ja, das Restaurant und die Familie waren immer eine geschlossene Welt und ich war ein entfernter Vetter, der aus Mitleid aufgenommen worden war, weil er woanders in Ungnade gefallen war. Stell dir das nicht so harmonisch vor. Chinesen lassen es einen schon spüren, wenn man versagt hat. Ich war nie so richtig Teil der Familie." Dies klang bitter.

„Und wie hast du so viel Kraft aufgebracht, das alles auszuhalten?"

„Am Anfang habe ich mir in jeder freien Minute das Bild meines Mentors vorgestellt. Das war mein Erzieher in der Sporthochschule. Wir hatten mit unseren Erziehern ja mehr Kontakt als mit unseren richtigen Eltern. Ich habe mir vorgestellt, dass er immer noch über mich wacht."

Nez spürte, wie Xie über dem Thema ermüdete, es schien ihn sehr zu belasten. Sie schaute sich um. „Hast du vielleicht eine Kerze hier oder eine Lampe? Es ist dunkel geworden."

Xie schaltete eine Ecklampe aus schlicht und elegant wirkendem Reispapier ein, die den Raum in sanftes Licht hüllte. Er spürte ebenfalls, dass es Zeit war, das Thema zu wechseln.

„Also reist du jetzt nach Langeoog, um das Schließfach zu öffnen", erkundigte er sich.

„So einfach ist es nicht", sagte sie. Gedankenversunken suchte Nez im Schein der Lampe nach Zeichen von Unordnung in Xies Wohnung, doch noch nie hatte sie eine derart aufgeräumte Wohnung gesehen. Noch dazu eine Junggesellenwohnung. Xie brachte noch ein paar Reisplätzchen auf einem Teller und stellte diesen auf ein kleines niedriges Tischchen.

„Was ist nicht so einfach?"

„Constanze. Sie macht mir ernsthafte Sorgen. Noch einmal werde ich sie nicht im Stich lassen." Bereitwillig berichtete Nez über die Tragweite von Constanzes Unfall. „Sie muss dort raus. In der Klinik wollen sie sie ab übermorgen zwangsernähren, wenn sie keine Nahrung anrührt. Und noch schlimmer, ab Montag kommt sie möglicherweise auf die Geschlossene. Dann wird es wirklich ernst, und ich weiß nicht, wie wir sie dort wieder herausbekommen sollen."

Xie sog hörbar Luft ein und legte seine Stirn in Falten. Seine Lachfältchen, die er sonst um die Augen trug, waren nun ganz verschwunden.

„Dann nimm doch Constanze mit nach Langeoog und dann kannst du beides unter einen Hut bringen", schlug er schließlich vor.

„Daran habe ich auch schon gedacht", warf Nez ein. „Aber sie ist total down, körperlich völlig fertig. Sie hat sogar Bällchens Futter vergessen. Eher würde sie sonst selbst verhungern wollen, als Bällchen zu vergessen. Sie konnte heute nicht einmal aufstehen. Ich glaube nicht, dass ich sie in diesem Zustand in die Bahn kriege und unbeschadet bis nach Langeoog transportieren kann. Dort oben fahren nicht mal genügend Busse. Wir stehen dann an der Straße und kommen nicht weiter. Ich glaube auch, jedenfalls will das die Zimmernachbarin so mitgehört haben, dass sie sie jetzt nicht mehr so einfach auf eigene Gefahr nach Hause entlassen würden. Das ist ein bisschen schwierig. Und was mache ich, wenn sie mir kollabiert?"

„Einen Arzt rufen?", antwortete Xie eine Spur zu lässig.

„Sehr witzig, Xie. Ich brauche Hilfe."

„Hast du denn jemanden, den du mitnehmen kannst?", fragte er.

Nez schaute ihn geradeheraus an, kroch in seine Augen, von dort aus in seinen Bauch, wendete sich ein paarmal um, bohrte durch sein Herz und prallte jedoch dann mit voller Wucht gegen seinen Verstand. Dieser protestierte lauthals:

„Warum sollte ich bei dem Plan mitmachen?" Xie setzte sich blitzschnell aufrecht und distanzierte sich regelrecht.

„Du hast ein Auto." Nez versuchte, seinen Blick wieder einzufangen. Nur so hatte sie eine Chance.

„Wie ungefähr fünfzig Millionen weitere Einwohner in Deutschland", pampte er zurück.

„Du bist ihr Nachbar", antwortete sie schlagfertig.

„Wenn ich neben einem Serienmörder lebe, der mein Nachbar ist, werde ich nicht automatisch auch losziehen und Menschen umbringen. Ich muss arbeiten, ich kann nicht weg. Außerdem habe ich diesen Hund hier zu versorgen, wenn ihr beiden weg seid." Xie dachte, damit sei er raus, doch er kannte Nez nicht. Sie klärte ihn eifrig auf:

„Der Hund kann mitkommen. Auf Langeoog gibt es viele Unterkünfte, wo Hunde erlaubt sind." Ihre Stimme klang jetzt wie die eines kleinen Mädchens, das auf gar keinen Fall wollte, dass Papa sie alleine lässt. „Bitte, komm mit uns. Zu dritt schaffen wir das alles und einer ist immer bei Constanze, dann kann auch nichts passieren."

„Du meinst, dass sie sich dann nicht direkt bei der ersten Gelegenheit etwas antut, während du der Geschichte deiner Mutter auf der Insel nachspürst?" Er klang jetzt verärgert. Er hatte Nez´ Anliegen ziemlich schnell kapiert. Aber war denn etwas Unehrenhaftes dabei, ihn um diesen Gefallen zu bitten?

„Naja, auch", quengelte Nez regelrecht. Sie machte sich kleiner, schaute von unten in Xies Gesicht. Bei ihrem Vater hatte, als die Welt noch „in Ordnung war", dies immer funktioniert. Xie dachte an seinen sicheren aber zugegeben bescheidenen Arbeitsplatz.

„Wie machst du das mit deiner Arbeit?", erkundigte er sich. „Nicht, dass ich mitkommen würde", schob er schnell nach.

„Ich gehe morgen früh erst einmal zum Arzt und lasse mich krankschreiben. Bis morgen fällt mir etwas ein. Dann kommt auch gleich das Wochenende und allerspätestens Mitte nächster Woche sind wir wieder da. Wir verpassen höchstens drei Arbeitstage. Das ist jetzt lebenswichtig. Die Geschichte meines Lebens könnte sich aufklären, und da ist meine beste Freundin, die am liebsten sterben will." Jetzt klang ihre Stimme trotzig und fordernd.

Xie fühlte, wie sich sein Widerstand regte: „Ich kann mich nicht so einfach krankschreiben lassen. Bei mir sind es fünf Arbeitstage, auch das Wochenende übrigens! Und ich brauche den Job, den ich habe."

„Och bitte, dann nur drei, vier Tage, dann sind wir wieder hier. Kannst du nicht mal um Urlaub fragen? Lass uns doch nicht hängen!" Urlaub? Seit drei Jahren mindestens hatte Xie keinen Tag Urlaub mehr gehabt. Er hätte nicht gewusst, wozu, für wen, wohin, noch dazu ohne Papiere. Aber er fühlte, wie das Drängen ihm zu viel wurde.

„Nein." Sicherheitshalber blickte er jetzt an Nez vorbei, um gar nicht erst an ihren großen Augen hängen zu bleiben.

„Entschuldigung, dass ich gefragt habe!" Nez war eine Spur lauter als beabsichtigt. Es wurde langsam Zeit zu gehen, fand sie. Vom flauschigen Mantel der Vertrautheit zwischen ihnen beiden war jetzt nur noch ein kleiner Zipfel übrig.

„Nez", begann Xie erneut, „für mich steht sehr viel auf dem Spiel. Ich könnte ausgewiesen werden, wenn sie mich erwischen."

„Bist du deshalb nicht zur Polizei gegangen, als Constanze verschwunden war? Vielleicht steckt ja unter der Fassade des lächelnden Fremden noch was ganz anderes, das weiß ich ja überhaupt nicht. Vielleicht hast du ja noch was auf dem Kerbholz und willst deshalb von den deutschen Behörden nicht behelligt werden." Nez redete sich in Fahrt. Sie klang jetzt gemein, ihre Stimme war die eines plärrenden kleinen Mädchens. Sie selbst sah sich in ihrer grundlegenden Haltung bestätigt: Man sollte doch niemandem vertrauen, war ihr Credo. Da hatte man es wieder.

„Ja, ich bin die chinesische Ausgabe von Jack the Ripper und habe die Leichen von fünf Jungfrauen in meiner Tiefkühltruhe." Allmählich klang auch Xies Stimme explosiv.

„Wenn das so ist, dann gehe ich lieber, aber wenn du es nur auf Jungfrauen abgesehen hast, muss ich mir ja keine Gedanken mehr machen. Bis ein ander Mal!"

„Keine Angst, bei euch deutschen Frauen macht sich darauf sowieso keiner mehr Hoffnungen." Xie empfand das drängende Bedürfnis, ihr von dem Fund in Constanzes Wohnung zu berichten, doch er kam nicht mehr dazu. Nez stand auf, überragte Xie um anderthalb Köpfe und blickte ihm von oben herab geradewegs in die Augen.

„Und wieder gehst du an einem Menschen vorbei, der dich braucht, und bringst dich selbst in Sicherheit."

Damit griff sie nach ihrer Handtasche, ihrer Jacke und schnappte sich ihre Schuhe, um sie draußen vor der Tür anzuziehen. Die Wohnungstür flog mit einem lauten Krachen hinter ihr zu.

„Arschloch", murmelte sie.

17.

Geliebter Bonian,

wenn du dies liest, dann ist etwas Unvorhergesehenes geschehen. Ich habe einst geschworen, nichts zu unternehmen, das meinen Aufenthalt in Deutschland gefährden könnte. Ich weiß, dass du bei Cousine Wang gut aufgehoben bist. Du bist ihr Augapfel und ihr größtes Glück. Doch auch ich, als dein Onkel, möchte über dich wachen und da sein, wann immer du mich brauchst. Aber vielleicht brauchst du mich gar nicht. Vielleicht bilde ich mir alles nur ein. Ich weiß ja, dass es dir gut geht. An deinem Geburtstag sahst du überaus glücklich aus.

Ich spüre jedoch noch eine andere Verpflichtung. Zwei Menschen brauchen mich, was mich möglicherweise in Schwierigkeiten bringen könnte. Nicht, dass es etwas Unmoralisches wäre, jedoch habe ich immer noch keine „Papiere" in Deutschland. Wenn du größer bist, wirst du lernen, dass Papiere überall auf der Welt das Wichtigste sind, um irgendwo leben zu dürfen. Falls ich also nicht mehr zu euch zurück kommen sollte, sollst du wissen, dass es damit zusammen hängt und dass ich dich für immer in meinem Herzen bei mir trage. Du warst lange Zeit das Einzige, das mir Kraft zum Leben gegeben hat, obwohl du davon gar nichts wusstest. Du warst so klein und deine strahlenden Augen konnten die ganze Welt zum Erleuchten bringen.

Sollte ich dich nicht mehr besuchen können, mein geliebter Bonian, bewahre dir dein strahlendes Kinderlachen und deine Güte im Herzen, mir zum Andenken. Solltest du jemals nach meiner Hilfe suchen, wende dich an die Dame, die dir diesen Brief überbracht hat, und deren Adresse im Absender steht. Mit ihr werde ich Kontakt halten, damit du mich finden kannst.

Dein Onkel Li He Xie

Schweren Herzens schloss Xie den Füllfederhalter, faltete das marmorierte Papier zusammen und steckte es in einen passenden Umschlag. Lange hatte er über dem Brief gegrübelt, drei Bögen angefangen und jeweils wieder verworfen. Er hätte um ein Haar einen ganz anderen Brief geschrieben, hätte so gerne seinem Sohn die Wahrheit gesagt. Jetzt, wo alles passieren konnte, würde er die Wahrheit vielleicht für immer begraben. Die innere Unruhe machte ihm jede geplante Tätigkeit unmöglich. Oder sollte er die ganze Sache abblasen?

Er fühlte sich zwar nicht unbedingt glücklich in seinem Leben, jedoch auch nicht unglücklich. Von Zeit zu Zeit, so auch heute Abend, drückte ihn eine heftige Sehnsucht nach seiner alten Heimat. Bei dem Gedanken an seine richtige Familie verknotete sich sein Magen zu einem Klumpen Blei. Heimat? Dann stellte sich Xie die Kegelberge vor, wie sie sich hinter den Häusern in die Höhe streckten und die Stadt beschützten. Die Stadt selbst war schlecht zu ihm gewesen. Ungnädig, rau und mörderisch. Im Internat zählten nur Durchhaltevermögen und Härte, doch die abgeriegelte Welt war kalkulierbar. Genau wie seine jetzige kleine Welt zwischen der Restaurantküche und seiner Wohnung seit nahezu dreißig Jahren. Er wollte nicht ausbrechen und seine Zuflucht aufgeben. Obwohl die Wohnung auf seinen legal in Deutschland gemeldeten Vetter gemietet war, war sie doch sein Zuhause. Hier konnte er sich vor der Welt in Sicherheit bringen und genau hier wollte Nez ihn rauslocken und zu einem fragwürdigen Abenteuer überreden, in dem er die Fahrerrolle übernehmen sollte. Der Chauffeur ohne Führerschein. Noch dazu mit einer suizidgefährdeten Schlampe, wie er Constanze jetzt in Gedanken nannte, im Schlepptau, für die er Babysitter spielen musste. Sein gesunder Menschenverstand und sein Bauchgefühl liefen Sturm. Nicht einmal sein Tee wollte ihm heute schmecken. Seine Unruhe übertrug sich auf Bällchen, der von Tür zu Tür pilgerte und seine Runden durch die Wohnung zog. Xie zündete Weihrauch-Räucherstäbchen an. Trotz der Vorbehalte gegen japanische Produkte hatte er immer eine Packung von den besten Japanischen im Schrank. Er öffnete sie mit ungeduldigen Händen und riss sich dabei einen Fingernagel ab. Dann zündete er drei Stück an und rückte sich sein Meditationskissen zurecht. Er stellte sich die Meditationsuhr auf dreimal eine halbe Stunde für die einzelnen Phasen, die er durchlaufen wollte. Dann setze er sich hin, richtete seinen Körper aus und atmete tief ein.

Anfangs zuckte seine Hüfte unwillig, sein rechtes Bein schlief ein und sein Rücken beugte sich immer wieder nach vorne. Wieder und wieder richtete er sich neu aus, bis er schließlich die Position halten konnte. Er beobachtete seinen Atem und fand langsam zu der Konzentration und Gelassenheit, die ihm die weiteren Schritte erlaubte. Er durchlief den kleinen Energiekreislauf und ließ dann seine Schmerzen in Hüfte und Rücken wie Wasser abfließen. Daraufhin nahm er Kontakt zu seinem Inneren auf. Es war die Verknüpfung der Meditation mit einer hypnotherapeutischen Methode. Er visualisierte seine Angst als ein Wesen, stellte sich vor, wie dieses aussah, wie es sich in seinem Körper anfühlte und wie es Unbehagen verursachte. Dann versuchte er mit dem Wesen zu kommunizieren. Er versuchte herauszufinden, was es wirklich wollte. Wollte es ihn zerstören oder auf dem guten Weg halten? Wozu war Angst im Stande? Unter Angst konnte man keine Entscheidungen treffen, jedenfalls keine guten. Angst konnte einen jedoch auch vor idiotischen Plänen bewahren. Er versuchte, seine Angst in Form des visualisierten Wesens zu akzeptieren, und nicht zu bekämpfen. Er ließ nun die Angst beiseite liegen und ging weiter.

Er trat in die nächste Stufe der Meditation ein und stellte sich seine Energiezentren als strahlende Lichtbündel vor, bündelte die Energie, das Qi, und ließ es in die schmerzenden Stellen fließen. Er versenkte sich immer tiefer und ging auf die innere Wanderschaft. Die Meditation hatte er nach einer uralten überlieferten mönchischen Tradition von seinem Mentor Zheng Laoshe an der Sportschule gelernt. Sie hatte nicht offiziell auf dem Lehrplan gestanden, doch eine Hand voll auserwählter Schüler wurde in den Abend- und Nachtstunden nach dem Unterricht in Philosophie und Meditation unterrichtet. Vermutlich waren es nur diejenigen Schüler, denen Zheng Offenheit und Lernfähigkeit zutraute. Oder vielleicht waren es diejenigen, die ihm besonders am Herzen gelegen hatten. Auf jeden Fall waren es nur die verstrauenswürdigsten Schüler, denn Einiges, was er bei Zheng Laoshe erlernte, war zu dieser Zeit streng verboten gewesen. Doch es war das, was Xie in seinem Leben immer wieder weitergeholfen hatte. Unendliche Stunden hatten sie mit Meditationen und Betrachtungen zugebracht, während viele andere, darunter auch der Parteispitzel Liu De, ihre Abende mit Musik und Herumalbern verbrachten und höchstens heimlich Zigaretten rauchten. Alkohol wurde strengstens geahndet. Dankbar dachte Xie an Zhengs gütigen Blick, den dieser aufsetzte, wenn er über die Schwierigkeiten des richtigen Weges philosophierte, oder Xies Fragen zur Meditation beantwortete. Er war ein wahrer Lehrer gewesen und sein Bild hatte sich tief in Xies Seele eingebrannt. Unter persönlicher Gefahr hatte Lehrer Zheng ihnen ihr eigentliches Rüstzeug mit auf den Weg gegeben. Was sie tagsüber in der Sporthochschule lernten, waren reine Techniken gewesen. Doch dieses war mehr. Er stellte sich Zheng vor, wie er Xie ansah, wie er mit ihm sprach und memorierte die wichtigsten Ratschläge, die er von ihm erhalten hatte, und die sich ihm seinerzeit in sein Herz eingebrannt hatten. Er befragte seinen Mentor in der Meditation. Als dies geschehen war, folgte Xie wieder seinem Atem und rief sich allmählich wieder in die Gegenwart zurück. Inzwischen war die Nacht hereingebrochen und er hatte seine innere Balance wiedergefunden.

Und er hatte eine Entscheidung gefällt.

*

Nez packte. Auf dem AB war ein Anruf ihres Vaters, doch sie war noch außerstande, mit ihm zu sprechen. Stattdessen hatte sie vor zwei Stunden bei der Nachbarin des Vaters angerufen, nach einem Kuchenrezept gefragt und sich beiläufig versichert, dass ihr Vater wohlauf schien. Das musste erst einmal genügen. Von Lars war keine Mitteilung auf dem AB. Sie hätte auch gar nichts anderes erwartet. Und sie hätte ihm auch gar nichts von der Fahrt sagen wollen. Am Ende würde er noch Geschichten über sie in der Redaktion erzählen, wie sie trotz Krankschreibung in den Urlaub fuhr. Und an regulären Urlaub war im Moment sowieso nicht zu denken. Sie wusste nicht mehr, auf wessen Seite Lars überhaupt stand. Bis zur Mitte der folgenden Woche war sie erst einmal krankgeschrieben. Sie hatte bei ihrem Hausartzt glaubhaft die Anzeichen eines beginnenden Burnouts hervorgezaubert, was nach so kurzer Zeit noch nicht medizinisch hinterfragt werden würde. Für eine knappe Woche würde es genügen, Anfragen und plötzliche „Notfälle" aus der Redaktion von sich fern zu halten. Es stand ja keine namentliche Erkrankung auf der Bescheinigung. In der Redaktion würde sie „Grippe" vortäuschen. Sie musste nur aufpassen, dass die Gerüchteküche nichts in die Welt setzte, was ihre Beförderungschancen beeinträchtigte. Deshalb hatte sie gestern bei allen Telefonaten äußerst erkältet geklungen. Eine Woche. Dann würde alles erledigt sein.

Was würde in dem Schließfach auf sie warten? Eine Todesnachricht, ein Testament ihrer leiblichen Mutter, oder eine Einladung zu einem Geburtstagsfest? Würde sie ihrer Mutter in diesen Tagen begegnen? Sie fand dieses Katz-und Maus-Spiel grausam. Es zehrte an ihren Nerven, und doch hatte sie tief in ihrem Innersten eine Ahnung, dass alles einen Sinn ergeben würde. Bei dem Gedanken an Kommissar Kowolic wurde ihr siedend heiß. Sie hatte versucht, den Befragungstermin von morgen früh zu verschieben, aber keine Möglichkeit gefunden, ihn darum zu bitten. Sie musste morgen um neun also wieder auf der Hauptwache erscheinen. Danach würde sie Constanze irgendwie aus dem Krankenhaus bugsieren, einen Mietwagen ordern, nein, am besten schon vor dem Anhörungstermin, dann würden sie den direkten Weg nach Norden einschlagen. Der Gedanke daran, einen Mietwagen zu fahren verunsicherte sie zusätzlich. Sie fühlte sich nur im eigenen Wagen sicher. Diese Unsicherheit musste sie nun auf sich nehmen. Die Würfel waren gefallen.

Das war jedenfalls der Plan, als das Telefon schellte. Nez schaute erst auf den Display, um Ärger aus dem Weg zu gehen. Unbekannte Nummer. Ihre Hand schwebte einen Zentimeter über dem Hörer. Es konnte eine List von einem Kollegen sein, sie trotz Krankheit einzuspannen, oder ein Vorgesetzter, der sie von seinem Privathandy mit Arbeit eindecken würde. Sollte sie zum Beispiel einen Fehler begangen haben, musste sie ran, egal um welche Uhrzeit und dass sie einen Krankenschein hatte, interessierte in diesem Fall niemanden. Sie ließ den Anruf verstreichen und den Anrufbeantworter anspringen. „Hier Xie, ich wollte..." Nez stürzte sich auf den Hörer und hob ab.

„Hier Nez, hallo?" Xie räusperte sich.

„Ich wollte nur sagen, ich bin bereit. Wann geht es los?", sagte Xie. Nez schrie ein lautes „Ja!" in den Hörer und flog geradezu vor Erleichterung an die Decke. Sie war Xie so unendlich dankbar. Sie hätte ihn durch den Hörer am liebsten umarmt und geküsst und wusste nicht einmal, wie sie ihre Dankbarkeit ausdrücken konnte.

„Es tut mir leid, dass ich gestern so ruppig gewesen bin. Wirklich, ich schäme mich", entschuldigte sie sich bei ihm.

„Liebe Nez, auch mir tut so vieles leid. Aber um mich mach dir keine Sorgen. Ich habe gründlich nachgedacht. Mein Mentor hätte dasselbe getan."

„Danke!", stieß sie erleichtert aus.

„Ich komme morgen mit dem Wagen, dann können wir losfahren."

„Prima. Das beruhigt mich. Dann kann ich den Mietwagen ja wieder abbestellen. Da ist nämlich noch ein anderes Problem. Ich darf im Moment die Stadt nicht verlassen, wegen der Sache mit der Ertrunkenen. Ein Mietwagen hätte mich unter Umständen in Schwierigkeiten bringen können", erklärte sie.

Nez wusste in diesem Moment nicht mehr, was am wichtigsten war, doch am drängendsten war das Problem „Wie kriegen wir Constanze aus dem Krankenhaus, und zwar unauffällig für den Fall, dass sie sie schon dabehalten wollen?"

Xie schien nachdenklich. „Also, ich will nicht rückwärts rudern."

„Zurückrudern. Entschuldigung, ich wollte dich nicht unterbrechen", unterbrach sie ihn und biss sich im gleichen Moment dafür auf die Zunge.

„Aber ist es richtig, ich meine, moralisch in Ordnung, Constanze aus dem Krankenhaus zu entführen, falls sie wirklich suizidgefährdet ist, wie der Arzt behauptet hat?"

„Du willst mich doch jetzt nicht schon gleich wieder im Stich lassen?", entgegnete sie misstrauisch.

„Nein, die Frage müssen wir uns aber stellen, Nez. Du bist ihre Freundin und du musst dir die Frage stellen, ob du ihr wirklich etwas Gutes tust." Nez sah peinlich berührt ein Fünkchen Wahrheit in seiner Aussage. Es war nicht so ganz leicht, sich das einzugestehen. Doch sie musste Constanze einfach helfen. Sie waren Freundinnen. Schwestern, und sie glaubten beide daran, dass Wahlverwandtschaft dicker war als Blut.

„Sie ist bei Bewusstsein und war heute im Krankenhaus relativ gefasst. Und sie hat nach langem, langem Betteln ein Schälchen von dem Gemüse gegessen, das ich ihr extra gekocht habe. Ich habe es gewusst. Wenn ich es richtig lecker für sie koche, dann isst sie es."

„Warum *gewusst?*", stutzte er.

„Weil sie mich liebt und weil ich ihr aus Liebe gekocht habe. Dann kann Constanze nicht ablehnen. Es wäre wie ein Verdurstender, der ein kühles Glas Wasser ablehnen würde."

Xie wurde still am anderen Ende der Leitung.

„Was ist?", fragte Nez verunsichert.

„Würde das Constanze auch alles für dich tun?" Xie dachte dabei wieder an den Tagebuchauszug, den er gelesen hatte. Constanze hatte ihre dunklen Seiten und er wusste nicht, wie Nez darauf reagieren würde. Und er wusste nicht, ob er das mit dem geheimnisvollen Lars richtig aufgefasst hatte. Er war verwirrt.

„Klar würde sie. Schon alleine deshalb müssen wir sie mitnehmen. Kannst du dir Constanze mit einer Sonde im Magen und angeschnallten Händen vorstellen?"

Nez spürte selbst, wie sie schon wieder genervt klang, versuchte jedoch ihre Stimme ruhig zu halten.

„Kannst du dir Constanze vorstellen, wenn sie versucht, sich das Leben zu nehmen, während wir beide gerade einkaufen sind?", entgegnete Xie ernst.

„Das Leben sollte niemandem aufgezwungen werden. Nicht mal den Menschen, die du liebst. Das wäre nicht *moralisch*. Das wäre blanker Egoismus, weil du die Schuld nicht auf dich nehmen willst, die dir andere dann einreden würden. Aber ich werde versuchen, sie wieder ins Leben zurück zu holen, sie mit leckerem Essen und Liebe zu locken, und dazu muss sie aus diesem Krankenhaus heraus." Sie ließ eine Pause, um Xie die Möglichkeit zu einer Antwort zu geben.

Dieser zögerte, aber schließlich hörte sie seine ruhige Stimme: „Offensichtlich hast du bereits über dieses Thema nachgedacht."

„Können wir denn auf dich zählen?", entgegnete Nez.

„Ja."

Erleichtert atmete Nez auf. Und Xie versprach, sich bis zum nächsten Tag etwas auszudenken, wie man Constanze unentdeckt aus dem Krankenhaus herausschmuggeln konnte.

„Mach dir keine Sorgen, ich werde morgen einen Plan haben." Es klang fast wie früher zuhause „Papa macht das schon!", dachte Nez wehmütig.

Die Anhörung am folgenden Morgen verlief mit professioneller Geschäftsmäßigkeit. Selma Öztas nahm Nez´ Aussage auf, ließ Nez unterschreiben und wies sie an, nicht die Stadt zu verlassen und sich in genau einer Woche nochmal zu melden, falls die Kollegen sie nicht vorher kontaktieren würden. Nez erkundigte sich, ob es denn etwas

an den Ermittlungen ändern würde, dass sie die fremdartige Frau nach einigen Tagen noch in der Stadt gesehen hatte. Doch Selma Öztas blickte ungläubig drein, als sie sagte „Sie können sich doch nicht selbst als Entlastungszeugin angeben."
Verdammt, dachte Nez, da hatte die junge Kommisar-Anwärterin Recht. Sie schien sich nicht so leicht beeindrucken zu lassen. Nicht einmal durch die Wahrheit, die zugegebenermaßen nicht gerade überzeugend klang. Nez gehörte immer noch zum Kreis der Verdächtigen, die Obdachlose getötet zu haben, wenn auch noch immer ohne erkennbares Motiv. Den Kommissaren war es auch noch nicht gelungen, eine Verbindung zwischen Nez und der Toten herzustellen. Umgekehrt konnte Nez immer noch keine Informationen zur Aufklärung des Falls beitragen. All ihre Versuche, sich das Hirn zu zermatern, hatten Nez nicht mehr zur Erinnerung an den furchtbaren Abend verholfen. Schließlich kamen auch hohe Politiker und Beamte mit dem Blackout als Erklärung durch, das war ihr einziger Trost. Doch die Angelegenheit zog an ihr wie ein Mühlstein um ihren Hals.

Als sie Xie mit dem goldmetallic farbenen, fast antiken Volvo 240 auf sie warten sah, musste sie jedoch lächeln. Mit laufendem Motor stand das museumsreife Stück vor der Polizeiwache. Sie stieg ein und konnte sich ein „Wir haben Sonnenbrillen, es ist Nacht, auf nach Chicago!" nicht verkneifen.

Xie fragte nach: „Ich dachte, wir würden zu der Nordseeinsel Langeoog fahren." Nez musste trotz aller Anspannung laut und feucht losprusten.

„Ihr habt in China wohl nie die *Blues Brothers* gehört, was?", lachte sie.

„Ist das Rock´n Roll?" Xie strengte sich wirklich an.

„Hm, naja, sowas. Auf jeden Fall Kult. Und was ich gesagt habe, heißt, *los, in die Eisen.*"

„Eisen?"

„Oha", nölte Nez, erklärte die Redewendung und kurbelte die Fensterscheibe herunter. Also Redewendungen waren wirklich nicht

Xies Stärke. Dafür beherrschte er den Konjunktiv besser, als manche Muttersprachler. Das hatte er sich aus den Grammatikbüchern in zähem Fleiß selbst erarbeitet. Doch Redewendungen konnte man nur in Gesprächen lernen. Erleichtert über die beginnende Reise kramte Nez nach einem Leckerchen für Bällchen, der seine Schnauze durch das frisch eingebaute Fanggitter quetschte und ein begeistertes Begrüßungsschlabbern abgab.

„Und, wie machen wir das jetzt im Krankenhaus? Ich nehme an, in China habt ihr auch nie das A-Team gesehen?"

„Das *was*?" Xie schaute zerknirscht zu ihn hin, lenkte seinen Blick dann aber schnell wieder auf die Straße.

„Das A-Team. Moment, zu dieser Zeit warst du aber schon lange in Deutschland. Das müsstest du aber kennen", protestierte Nez „Wenn so etwas läuft, müssen Küchenhilfen gerade arbeiten." Er klang etwas eingeschnappt.

„Ach ja, stimmt auch wieder. Also, was machen wir?"

Xie entging nicht, dass Nez ihn jetzt offen anlächelte. Es war ein anderes Lächeln als das von den Restaurantgästen, die den Teller auf die Grilltheke stellten. Unterhalten durfte er sich mit den Gästen sowieso nicht. Er stellte das Auto vorsichtig auf dem Krankenhausparkplatz ab und zog die Handbremse, die mit einem lauten Knirschen fasste. Das kastenförmige Armaturenbrett erinnerte Nez unwillkürlich an die ersten Folgen von Raumschiff Enterprise, aber sie verzichtete darauf, Xie erneut aus dem Konzept zu bringen. Stattdessen ließ sie sich von ihm in den Fluchtplan einweisen. Gott sei Dank hatte er an alle notwendigen Utensilien gedacht.

„Wir müssen Constanze einweihen. Ich gehe hoch und bereite sie vor und sorge dafür, dass sie Straßenkleidung unter den Trainingsanzug zieht. Du kannst inzwischen in der Kantine etwas essen. Bring für uns auch ein paar Sandwiches mit, die wir dann auf der Fahrt knabbern können. Für Constanze bitte unbedingt etwas Vegetarisches und frische Weintrauben aus dem Laden, die isst sie bestimmt!" Eine halbe Stunde später konnte es losgehen.

Eine junge Frau mit Hund spazierte durch den Seiteneingang ins Treppenhaus bis zum zweiten Stock und betrat dann den Stationsflur. Augenblicklich startete das Gezeter. „Halt, Sie können nicht mit dem Hund hier rein. Das ist ein Krankenhaus!", rief eine korpulente Schwester mit ihrer Nebelhornstimme. Sie hatte die Verfolgung bereits aufgenommen und wackelte hinter Nez durch den Flur. Aus dem Schwesternbüro kam eine weitere, jüngere Kollegin, die zuerst kurz grinste und dann, als sie die ältere Kollegin wahrnahm, sich sofort pflichtschuldig auf Nez stürzen wollte. Nez rannte mit voller Kraft einen Servierwagen um. Die Teekannen schepperten wie ein ganzes Bataillon Fußsoldaten. Dann bog sie mit Bällchen blitzschnell um die Ecke und warf das vorbereitete Hundehäufchen auf den Krankenhausboden. Schnell beugte sie sich darüber und tat so, als wolle sie das Missgeschick beseitigen, als die beiden Schwestern angestürmt kamen.

„Sehen Sie, was er gemacht hat. Er hat auf den Flur gemacht. Das ist eine bodenlose Sauerei, junge Frau", gellte die kräftigere von den beiden nun.

„Es tut mir so leid. So etwas macht Bällchen normalerweise nie, nur wenn er sich erschreckt." Nez gab sich von ihrer höflichen Seite. Unterdessen schrie die Krankenschwester sich so in Rage, dass sie rot anlief. Blitzschnell kam der Arzt um die Ecke. Es war derjenige, der sonst nie zu sprechen gewesen war, von dem Geschrei aber jetzt in Sekundenschnelle angelockt wurde. Auch Ärzte standen unter erbärmlichem Zeitdruck, und so war der junge Stationsarzt auch jetzt abgehetzt und genervt, noch bevor er die Hunde-Schweinerei zu sehen bekam. Er näherte sich Nez und schaute zu Boden. In diesem Moment erhob sich Nez, mittlerweile von einer Menschentraube umgeben, und blickte dem Arzt in die Augen. Dann legte sie lauthals los:

„Da ist ja mein Schatz, Dieter, wie habe ich dich vermisst, mon Amour. Immer sagst du, du hast keine Zeit, doch, mon Dieu, dass ich dich hier sehe, ist so ein Glück. Aber was du mit Jeanette gemacht hast, das kann ich dir einfach nicht verzeihen." Der

Arzt stand da und klotzte. Er schien in Schockstarre verfallen zu sein.

Dann stammelte er „Ich bin nicht Dieter."

Nez nutzte den Überraschungseffekt und schrie nun im Stil einer chinesischen Oper:

„Aber du hast mich verlassen, du Schuft, erst Jeanette, dann mich. Du bist ein Verräter, ein Ehebrecher, ein Schwein. Du bist ein Frauenmörder." Aus den Augenwinkeln sah sie, wie das Publikum sich amüsierte, grinsende Gesichter. Die Sensationsgier stand selbst im Gesicht der versammelten Krankenschwestern. Der Flur stand nun dicht gedrängt voll. Man sah ja nicht jeden Tag seinen jungen ehrgeizigen Stationsarzt in einer solchen Lage.

Nez nutzte alles, was ging und zeterte weiter, bis der Arzt sich gefangen hatte und seine Stimme wiedergefunden hatte: „Ergreift sie, das ist eine Wahnsinnige, ich kenne sie nicht und ich kenne keine Jeanette. Holt den Sicherheitsdienst!" Der Arzt griff zum Telefon.

Nez ließ sich nicht beirren und sah aus den Augenwinkeln, wie Constanze aus dem hinteren Flurzimmer, gestüzt auf Xie, in die andere Richtung abbog. Leider witterte Bällchen ebenfalls sein Frauchen, das er so vermisst hatte, preschte los und wetzte in einem Affentempo über den Flur zu Constanze.

Um die Aufmerksamkeit weiterhin aufrecht zu halten, gab Nez dem Arzt jetzt eine schallende Ohrfeige und zeterte noch zwei Sätze, dann sah sie in der Ferne zwei uniformierte Sicherheitsleute näherkommen. Gott sei Dank aus der anderen Richtung, so dass sie nun Constanze und Xie nachsetzen konnte. Diese waren bereits durch die Glastür zur Kinderstation entwischt. Sie rannte, so schnell ihre Schuhe es zuließen und holte die beiden ein.

Sie rief ihnen nach „Schnell, Constanze und ich ins Damenklo! Wir warten, bis die Luft rein ist. Xie, schaff Bällchen sofort hier raus, sonst kriegt der Sicherheitsdienst ihn!"

Xie fasste die Leine und drückte die Tür zum Treppenhaus auf. In verschiedenen Richtungen verschwanden sie von der Erdoberfläche.

Zehn Minuten später saßen alle vier im Auto und lachten sich besinnungslos. Sie hatten auf einem Parkplatz angehalten. „Ich liebe es, wenn ein Plan funktioniert," kicherte Nez.

„Hey, das A-Team", trumpfte Constanze auf und Xie verzog das Gesicht. Selbst Constanze beteiligte sich am hysterischen Lachen.

„Das war vielleicht ein Plan. Xie, wie bist du auf so einen Mist gekommen?", wieherte Nez.

„Ein alter Kampfkunstmeister sagte einst, ich zitiere: *im Osten lärmen und im Westen angreifen.*"

„Nicht alles, was alt ist, ist schlecht", prustete Constanze. „Und jetzt?", fragte sie?

„Du wolltest doch schon immer mal an die Nordsee", sagte Nez. Das war Constanze neu, aber sie kicherte noch eine Weile weiter und entspannte sich.

Teil II

18.

„Ich schlage vor", sagte Nez, „wir machen uns erst einmal auf die Autobahn und verschwinden aus Köln. Und irgendwo machen wir dann eine gemütliche Pause."

„Wollt ihr wirklich an die Nordsee, oder wolltet ihr mich gerade verschaukeln?", fragte Constanze mit halb zugekniffenen Augen. Mit der rechten Hand schirmte sie ihre Augen gegen das Sonnenlicht ab und mit der Linken wischte sie sich noch die Lachtränen aus den Augenwinkeln.

„Ich muss wissen, was an der Geschichte dran ist", sprach Nez ernst in den Rückspiegel, während sie gleichzeitig ihre Handtasche auf alle wichtigen Dinge hin überprüfte.

„Die Buchungsbestätigung für das Appartement ist hier." Nez´ Stimme klang bei Weitem nicht so von sich selbst überzeugt wie sie es sich gewüscht hätte.

„Und was ist, wenn überhaupt nichts an deiner Geschichte dran ist und es gar kein Schließfach und keine Botschaft an dich gibt?", zweifelte Constanze. Sie würde doch hoffentlich mitziehen, dachte Nez. Überhaupt, was wollte Constanze? Sie war doch nun aus dieser Klinik raus und unter Freunden.

„Ich verlange ja nicht gleich von dir, dass wir losziehen und einen Drachen töten!" Nez musste ihren Tonfall künstlich ruhig halten. Constanze sollte jetzt nicht aufgeregt werden, das war wichtig.

Xie musterte ebenfalls Constanze im Rückspiegel. Durch die schwarzen Ringe unter ihren Augen sah sie abgekämpft aus.

Ihre Haare waren strähnig in einen Pferdeschwanz zusammengebunden.

„Ich habe überhaupt keine Sachen dabei, wenn ihr an die Nordsee wollt", quengelte Constanze weiter. Nez hatte mit dieser Frage gerechnet.

„Wir haben uns erlaubt, dir noch ein paar Sachen einzupacken. Wir wollen auf jeden Fall, dass du uns auf dieser Reise begleitest."

„Ein bisschen frische Luft wird dir gut tun", schob Xie gleich hinterher, der das Thema weg von Constanzes Kleiderschrank und Schlafzimmer bringen wollte. Nez lächelt vielleicht eine Spur zu stark, dachte Xie. Nez hingegen hoffte inständig, dass Constanze nicht darauf bestehen würde, nachhause gebracht zu werden. Sie würde es definitiv nicht wieder riskieren, ihre Freundin todunglücklich alleine zulassen. Wer weiß, was sie dann anrichten würde? Aber sie musste dieser Sache mit dem Schließfach nachgehen, die ihr den Schlaf raubte.

„Was denkst du?", bohrte Nez nach.

Constanze starrte aus dem Fenster heraus. „Ich dachte gerade an das Heim. Hat mich jemand dort krankgemeldet?"

„Ja, ich habe gestern die Aufnahmebescheinigung des Krankenhauses dort abgegeben und gesagt, du hättest dir eine Verletzung beim Laufen zugezogen. Es würde bestimmt eine Woche dauern."

„Ich weiß ja noch nicht mal, ob ich überhaupt dort noch arbeiten kann." Sie knibbelte an ihren Nagelrändern und wurde still. Nez fiel ein Stein vom Herzen. Es sah so aus, als ob Constanze mit ihnen kommen würde. Xie schien einen stummen Dialog mit der Autobahn zu führen. Er bewegte die Lippen konzentriert, ohne nach rechts oder links zu schauen, äußerst konzentriert. War das Autofahren für ihn so schwierig? Wie auch immer, für den Moment war jedenfalls Ruhe eingekehrt und Nez lehnte sich gemütlich in dem breiten Volvo-Sitz zurück. Vielleicht würde sie am Ziel ihrer Reise ein bisschen mehr darüber erfahren, wer sie war. Oder vielleicht … nein, sie sollte aufhören zu träumen. Kribbelige Vorfreude verhinderte, dass sie eindöste. So nahm sie den jüngsten Brief ihrer Mutter aus ihrer Tasche, denjenigen, der vor knapp sechs Wochen aus Indien geschickt worden war, und las.

Liebe Vanessa,

aus sicherer Entfernung schreibe ich dir diesen Brief, und ich weiß noch nicht einmal, ob du von meiner Existenz weißt, von mir, deiner Mutter, und ob dich dieser Brief überhaupt erreichen wird. Das hängt davon ab, wie sehr bei deinem Vater alte Wunden verheilt sind. Möglicherweise hast du keinen der Briefe erhalten, die ich dir von deinem ersten bis zu deinem achtzehnten Lebensjahr geschrieben habe.

Jetzt jedoch hat sich eine gewisse Notwendigkeit eingestellt, mit dir, meiner lieben Tochter Kontakt aufzunehmen. Es ist keine materielle Notwendigkeit, denn ich habe nichts zu vererben. Vor vielen Jahren bin ich – nachdem ich Deutschland endgültig verlassen habe – in einen buddhistischen Orden in Indien eingetreten. Mein Vater, dein Großvater, der bei der britischen Armee gedient hatte und auch einige Jahre in Indien gelebt hatte, hatte mich seit meiner frühesten Kindheit für dieses Land begeistert. Indien war damals der Ort meiner Träume gewesen, an dem alles möglich sein sollte. Damals. Im Laufe der Jahre wurde es dann zu meiner wirklichen Heimat. Dorthin werde ich auch bald zurückkehren, um in Frieden und meiner vertrauten Umgebung die restlichen Wochen meines Lebens zu verbringen.

Es tut mir leid, dass ich dich bei der Familie deines Vaters zurückgelassen habe. Bitte verzeih mir! Doch verzeih mir auch, meine Tochter, wenn meine Gefühle des Bedauerns und des Hasses mich heute nicht mehr peinigen. Ich kann sie heute aus der Distanz, ganz ohne Schmerzen betrachten. Die Angst hat ihre Macht über mich verloren.

Dies ist auch der Grund, warum ich mich dir nicht sofort, oder vielleicht überhaupt nicht zeigen möchte. Ich möchte alte Wunden nicht mehr aufreißen, sie sind verheilt. Nur möchte ich, bevor ich diese Welt verlasse, dass auch bei dir alle vielleicht noch offenen Wunden heilen können. Ich habe in den vergangenen vierzig Jahren nie erfahren, was man dir über mich erzählt hat. Niemand hat mir die Wahrheit gesagt oder geschrieben.

Ich möchte dich von allen Fragen in diesem Zusammenhang befreien. Du sollst keine Angst mehr haben, oder nicht denken, du hättest etwas mit meinem Weggehen zu tun gehabt. Ich bin heute – obwohl erst neunundfünfzig Jahre alt – eine alte Frau. Ich habe ein langes, friedliches Leben im Orden gehabt und ich würde sagen, die Erkenntnis und die innere Ruhe, die ich dort erfahren durfte, würden auch für ein neunzigjähriges Leben ausreichen. Fühle dich also nicht traurig, dass ich schon gehen muss! Ich lebe im Frieden mit mir selbst und der Welt. Ich bin mir selbst nahe gekommen, um das Schlimme in mir zu überwinden: Den Hass auf die Familie deines Vaters, meine Schuldgefühle dir gegenüber, das große Bedauern, dass ich dich auf diese Weise verloren habe. Ich empfinde keine Schuld, da zur damaligen Zeit mein Weggehen das Beste für dich war. Heute lägen die Dinge anders. Ich bin auch heute nicht mehr diejenige, die ich war, als deine Tante Barbara mir nach deinem 18. Geburtstag verboten hatte, die Familie Reinhardt noch länger mit meinen Briefen zu belästigen. Tante Barbara schrieb mir, sie hätten dir erklärt, dass ich tot sei. Ich habe viele Jahre gebraucht, um diesen Schock zu überwinden, und mich immer gefragt, wie ich damit umgehen sollte, und was das Beste für dich sei. Doch ich hatte auch mit jedem Jahr, das ich weg war, weniger den Mut, nach Deutschland zurück zu kehren, und mich dir zu stellen. Die Zeit dazu ist nun gekommen.

Deine Großmutter mütterlicherseits ist gestorben, als ich fünfzehn war. Dein Vater ist mit der Rheinarmee nach England zurückgegangen, sobald ich mit dem Studium begonnen habe. Er blieb in der Armee und ich habe den Kontakt zu ihm verloren. Möglicherweise lebt er heute noch. Ich habe die Familie deines Vaters zwar nie gemocht, aber ich konnte mir damals, neunzehnjährig alleine in Deutschland, mittellos und schwanger, voller Scham und Selbsthass, auch vorstellen, dass es tatsächlich für dich besser sein würde, dich von einer „missratenen Mutter" fernzuhalten. Die Familie deines Vaters hat mich verachtet und eingeschüchtert. Verzeih mir, dass ich das Leben in dieser Familie nicht auf mich nehmen konnte. Ich suchte Abstand von all dem, und diesen fand ich schließlich in der Sangha, der buddhistischen Gemeinschaft des Ordens, dem ich vor vielen Jahren beigetreten bin. Ich habe meine innere Ruhe gefunden, doch

es wundert mich, dass ich trotzdem diesen tödlichen Tumor in mir trage. Kann es eine späte Folge des schlechten Karmas sein, das ich in jungen Jahren auf mich geladen habe? Ich gehe in dem Gefühl des Glückes darüber, dass ich der Welt eine Tochter geschenkt habe. Und mein letzter Faden, der mich an diese Welt bindet, ist der, dass ich dir gerne Befreiung schenken möchte. Von allen Fragen, die du vielleicht noch über deine Herkunft hast, und von allem möglichen Ängsten oder Schuldgefühlen. Befreiung von mir.
Mein Kind, in meinem Herzen habe ich dich immer geliebt. Jeden Tag, an dem die Sonne aufging, warst du mein erster Gedanke. Du wirst immer ein Teil von mir sein und ich werde immer ein Teil von dir sein. Selbst wenn ich meine ewige Ruhe gefunden habe, weißt du – sollst du wissen, dass ich mit jedem Herzschlag in dir bin, aber als Geschenk meines Lebens an dich, nicht mehr. Kein Zwang.

Gehe frei und achtsam, ohne Schuld durch jeden Tag deines Lebens!

Deine Mutter

Anne Wellington, Gujarat, 24.02.2007

Nez hätte den Brief schon auswendig aufsagen können, doch sie konnte es nicht lassen, ihn in ihren Händen zu halten und wieder und wieder zu lesen. Ohne Domenica hätte sie niemals von den Briefen erfahren. Ihr Vater schien noch immer so voller Hass zu sein, dass er ihr bisher nichts von ihrer Mutter erzählen wollte. Sie musste auch nach dem hundertsten Lesen noch hemmungslos weinen, doch es war auch ein glückliches Gefühl. Plötzlich sah sie so viele Dinge aus ihrer Kindheit in einem anderen Licht. Auch Vaters Reaktionen auf die Nachfragen nach ihrer Mutter konnte sie jetzt nachvollziehen - aber niemals akzeptieren. Er hatte ihre Mutter für sie auf dem Gewissen. Hätte Nez heute schon eigene Kinder, wenn sie nicht unter diesem Konglomerat von Schuldgefühlen und Sehnsüchten aufgewachsen wäre? Sie war aufgewachsen mit den Träumen von einer eigenen kleinen Familie und gleichzeitig der Angst davor, in einem Haus der Traurigkeit wie demjenigen ihrer eigenen Familie, festgenagelt zu werden. Sie hatte wohl doch mehr Gemeinsamkeiten mit ihrer Mutter, als sie geahnt hatte. Und sie hatte dies alles bisher nicht gewusst.

Hätte, wäre, wenn... die Freunde ständiger Seelenqualen. Es hatte keinen Sinn zu denken, was sein *könnte* oder was *gewesen wäre*.

„Ich muss mal Pipi", tönte es von Constanze. Xie hatte schon lange nichts mehr von sich hören lassen. Konnte jemand derartig vom Autofahren vereinnahmt werden, oder brütete er etwas aus?

„Hast du gehört, Xie, ich glaube, wir sollten alle mal Rast machen. Bällchen könnte auch mal um die Ecke gehen. Wir sind ja schon eine gute Stunde unterwegs", pflichtete Nez bei.

Schweigend fuhr er die nächste Autobahnraststätte an. Die Frauen steuerten die Örtlichkeiten an.

„Das ist für dich", sagte Constanze beim Rausgehen. Sie hielt Nez einen Schlüsselanhänger hin. Es war ein Stein in Herzchenform, den sie soeben an der Raststätte erworben hatte.

„Ein kleines Dankeschön. Nur eine Kleinigkeit, aber kommt von Herzen", schob sie nach.

„Oh". Nez war mal wieder von der überraschenden Gefühlswendung ihrer Freundin überfordert, freute sich jedoch, dass sich die Stimmung gebessert zu haben schien.

„Ich bin so unendlich froh, dass du mich aus der Klinik herausgeholt hast, Nez!" Constanze atmete tief durch. „Die Luft im Krankenhaus hat mich fertiggemacht!"

Die beiden bestellten sich noch einen Kaffee an der Theke und gingen schnell noch eine Runde durch den Verkaufsraum der Raststätte.

„Ich danke dir." Constanze nahm Nez in die Arme und wollte sie gar nicht mehr loslassen. „Es ist gut, eine Freundin zu haben".

Nez war glücklich. Die ganze Sache fühlte sich stimmig an und es war gut, dass sie Constanze einfach eingepackt und mitgenommen hatten.

„Das würdest du doch auch für mich tun", sagte Nez überzeugt und rührte ihren schwarzen Kaffee.

„Nun, Gott sei Dank bist du nicht so durchgeknallt und lebensunfähig wie ich", lachte Constanze. Sie schien jetzt ein wenig lockerer zu sein als eben im Wagen, fand Nez. Sie gingen zurück zum Wagen.

„Ich habe, das heißt Xie hat dir eben in der Cafeteria noch ein paar leckere Weintrauben besorgt. Sie zog die Tupperdose aus ihrer Beuteltasche und hielt Constanze die gewaschenen Weintrauben unter die Nase. Um Constanze zum Essen zu motivieren nahm sie auch einige. Constanze machte mit. Braves Kind, dacht Nez. Vielleicht haben wir die Kuh vom Eis.

„Welche Rolle spielt eigentlich Xie bei uns?", fragte Constanze, die eine halbe Weintraube noch einmal halb abbiss.

„Wie?" Nez verstand nicht.

„Naja, läuft was zwischen dir und ihm?", hakte sie nach.

„Häh?" Constanze konnte Nez doch immer wieder in Erstaunen versetzen.

Nez berichtete, wie Xie sie in den letzten Tagen unterstützt hatte und dass er die Versorgung von Bällchen übernommen hatte, während Constanze im Krankenhaus gelegen hatte.

„Oh, das habe ich mir noch gar nicht so klar gemacht", gab Constanze zu.

„Hast du was gegen ihn?", fragte Nez, die Schwierigkeiten witterte.

„Nö, der ist nur komisch. Spricht heute gar nichts", plauderte Constanze unbeschwert.

„Er ist aber nicht immer so. Muss sich wahrscheinlich darauf konzentrieren, das riesige Schiff nicht gegen die Klippen zu steuern." Nez bemühte sich, Constanzes lockeren Plauderton zu übernehmen.

„Naja, wäre auch schön gewesen, wenn nur wir beide losgefahren wären. Eine Mädchen-Tour", sagte Constanze dann doch.

Nez musste sich schon wieder gegen den aufsteigenden Ärger wehren. Schließlich hatte sie Xie geradezu angefleht, ihr bei dieser Fahrt beizustehen. Nur konnte sie Constanze den wahren Grund natürlich nicht sagen.

„Sei doch froh, dass er uns fährt. Mein Auto ist gerade in der Schrottpresse und der öffentliche Nahverkehr dort oben ist eine einzige Katastrophe. Wolltest du gerne nach Langeoog laufen?"
„Ich meine ja nur, es ist schön, wieder mit dir unterwegs zu sein", schob Constanze nach.
„Ja, lass uns mal unseren Helden einsammeln, dann fahren wir weiter."

Als sie zum Wagen zurückkamen, hatte sich Xies Miene verfinstert. Nez ahnte nichts Gutes. Sie versuchte, seinen Blick zu erhaschen. Doch er wich ihr aus. Starr und steif saß er da, die Hände am Steuer, den Blick geradeaus auf den Parkplatz gerichtet.
„Was ist los, hast du irgendwo Räuber gesehen?", scherzte Constanze. Nez sah, wie sich die Kinnmuskeln in Xies Gesicht verspannten.
Schweigen.
„Nur noch zweihundert Kilometer bis zum Ziel", imitierte Constanze eine Navigationsstimme.
„Nun lass ihn doch mal", zischte Nez nach hinten. „Was ist denn, Xie?"
„Ich werde umdrehen und nachhause fahren. Ich schaffe noch den zweiten Teil meiner Schicht im Restaurant. Ich sage, dass mir heute Morgen nicht gut gewesen ist."
„Was?" gellten beide Frauen gleichzeitig.
Nez sah Bonians Kinderfoto aus dem Seitenfach herauslugen und ihr wurde klar, was in Xie vorging.
„Xie, du kannst die Dinge nicht ändern und in drei-vier Tagen sind wir spätestens wieder zurück. Vielleicht auch schon eher." Er antwortete nicht.
„Bitte! Wir brauchen dich!" Nez beugte sich zu Xie hin, doch er wirkte wie versteinert.
„Nez, sagst du mir mal bitte, was hier gespielt wird?", fragte Constanze nach vorne.
„Jetzt nicht, Constanze, lass mal", gab Nez einsilbig zurück.

Auch Constanze blickte nun wieder aus dem Fenster heraus, in eine andere Richtung. Toll, dachte Nez, genau so kommen wir keinen Schritt weiter.

„Xie, bis jetzt hat doch alles gut geklappt. Wir können auch einen Tag früher nachhause fahren, wenn es dich beruhigt. Bitte lass uns doch jetzt nicht im Stich!" Nez versuchte, ihre Augen möglichst groß und hilfsbedürftig scheinen zu lassen, doch dies erzielte wie immer keine Wirkung bei Xie.

„Xie, schau mal, wir haben nur uns drei und wir müssen das jetzt machen. Wir brauchen einander. Du weißt, was ich meine. Du hast mir versprochen, dass du mitkommst... dass du uns nicht im Stich lässt", hängte sie noch kaum hörbar an. „Du hast mir dein Wort gegeben."

Xie drehte langsam, ganz langsam, den Schlüssel um und startete den Wagen. Langsam rollten sie vom Parkplatz. Noch immer blickte seine versteinerte Miene streng geradeaus.

„Danke", sagte Nez und drückte kurz seinen Unterarm. Sie erhaschte einen schnellen, flüchtigen Blick von der Seite, der Gift und Galle sprühte.

Stille kehrte ein. Jeder für sich war in Gedanken bei den Scherben seines Lebens und in der Gewissheit, nicht alleine weiter irren zu müssen. Nez rekapitulierte die vielen Ereignisse des Tages. „Ihr habt mich noch gar nicht gefragt, wie die Vernehmung bei der Polizei heute Morgen gelaufen ist."

„Wie ist die Vernehmung bei der Polizei heute Morgen gelaufen?", leierten Xie und Constanze im Chor, und dies klang so spontan komisch, dass sie trotz ihrer Gedankenverlorenheit unerwartet lachen mussten.

„Nicht so gut. Für die Polizei könnte ich immer noch die Mörderin der Obdachlosen sein. Sie finden einfach nichts heraus." Nez wollte sich die Folgen gar nicht erst ausmalen. Sie wäre für alle Außenstehenden ein Monster. Ja, ein schreckliches Monster. Eine Frau, die sich nachts betrinkt und nicht mehr weiß, dass sie eine andere wehrlose Frau von einer Brücke gestoßen hatte. Und wer war die Tote?

Die Ungewissheit nagte an Nez, zumal ... zumal: „Ich werde einen Gedanken nicht los. Jetzt stellt euch mal vor, es wäre tatsächlich meine Mutter gewesen, die mir gefolgt war und etwas über mich herauskriegen wollte. Stellt euch vor, diese Frau hätte sich an mich dran gehängt, und es war in Wirklichkeit meine Mutter, die sich zurzeit in Deutschland aufhält, und ich hätte sie ..."
„Nein, du bist verrückt", stoppte Constanze diesen Gedanken, bevor er sich richtig entfalten konnte. „So etwas darfst du gar nicht erst denken."
Nez zog die Sonnenblende herunter und blickte in den kleinen Spiegel. Was würde in den nächsten Tagen alles herauskommen? Es war ihre Mutter und sie hatte sie ... Oder es gab überhaupt keine Mutter, die in ihr Leben zurückgekehrt war, und bis auf alte Briefe war alles andere bloße Einbildung und die Verkettung merkwürdiger Umstände, wie Lars behauptet hatte? Die Sache mit dem Werbezettel in ihrer Tasche Zufall?
Constanze spürte, dass sie log, als sie sagte „So viel Zufall gibt es überhaupt nicht auf der Welt. Du ziehst los und trinkst was, O.K. Und dann findet dich deine Mutter, die dich vor knapp vierzig Jahren in der Schwiegerfamilie zurückgelassen hat, auf der Rheinbrücke, betrinkt sich mit dir, und schwupp, du schubst sie in den Rhein. Das kannst du nicht mal mir erzählen, und du weißt, wie gutgläubig ich bin!" Tatsächlich glaubte Constanze aber daran, dass solche Dinge vorkommen konnten, doch Nez verlangte schon ganz schön viel Phantasie und Gottvertrauen von ihnen. Allmählich war Constanze sich auch nicht mehr so sicher, dass Nez mit der notwendigen verstandesmäßigen Klarheit an die Sache heranging. Aber es war Nez´ Suche, Nez persönliches Abenteuer, und sie würden für sie da sein. „Das ist so irre, du spinnst dir was zusammen!", schob Constanze sicherheitshalber noch einmal nach.

Doch warum war Constanze wirklich noch hier? Die ach so freundschaftliche Constanze war zwar auch aus Solidarität mitgekommen. Nez hatte sie aus dem Krankenhaus rausgeholt und jetzt würde sie dies mit Nez durchstehen. Aber Constanze konnte bereits erahnen, was sein würde, wenn sie wieder zuhause in ihren vier Wänden auf und ab schritt, sich die Haarsträhnen am liebsten ausreißen würde, ihre Laufschuhe überstreifen und losziehen würde, auf den langen Lauf von sich weg. Sie würde nicht ewig weglaufen können. Sie musste eine Entscheidung treffen, wie es in ihrem Job und in ihrem Leben weiter gehen sollte. Hier war sie in der Geborgenheit eines engen Kreises von Menschen, die ihr zumindest nichts Schlechtes wollten. Sie konnte in Ruhe nachdenken. Xie konnte sie zwar noch nicht so einschätzen, aber immerhin hatte er während ihrer akuten Krise Bällchen versorgt. Dieser legte seine Schnauze jetzt auf Constanzes Oberschenkel und hob fragend sein Pfötchen, um noch ein paar Schmusezentimeter gut zu machen. Eigentlich sollte Bällchen im Laderaum des Volvos mitfahren, doch er hatte unaufhörlich mit seiner schlabberigen Zunge das Gitter abgeleckt und und gefiept, was alle Mitfahrenden unerträglich fanden, nicht zuletzt wegen des Mundgeruchs, den er damit verströmte.

„Wenn ich sie aber gestoßen habe, ich glaube, das würde ich überhaupt nicht aushalten. Ich trauere mein Leben lang um meine verstorbene Mutter, dann taucht sie auf und ..." Nez konnte nicht weiterreden. Tränen traten ihr in die Augen. Sie setzte ihre Sonnenbrille auf und kramte nach einem Tempotuch.

„Du hättest es körperlich gespürt, wenn es deine echte Mutter gewesen wäre", versuchte Xie sie zu beruhigen. Nez schniefte in seine Richtung. *Woher will er wissen, dass ich nichts gespürt habe?*

„Du hast doch diese Frau vor dem Redaktionshaus wiedergesehen, und zwar nach dem Abend auf der Brücke. Jetzt mal angenommen, es war deine Mutter, dann ist sie ja unbeschadet nachhause gekommen", redete Constanze auf Nez ein, als ginge es darum, eine Bank von Geschworenen zu überzeugen.

„Ja, das glaube ich auch", sagte Nez schließlich. „Es ist nur, diese Kommisarin, Öztas, heißt sie, die meinte, es könne Einbildung gewesen sein. Man glaubt, man sieht jemanden, aber in Wahrheit war es jemand ganz anderes."

„Ich glaube eher", schmunzelte Contanze, „dass du hackedicht irgendwo gelandet bist, vielleicht ja auch mit einem Typen. Lange, nachdem du die Tante auf der Brücke verlassen hattest. Es ging wahrscheinlich alles ganz natürlich zu."
„Nicht alle sind so wie du. Schließ nicht von dir auf andere!", schnauzte Xie mit plötzlicher Heftigkeit los, und im gleichen Augenblick ertönte lautes Hupen. Ein BMW-Fahrer schnitt sie nur knapp beim Überholen und gestikulierte wild durch die Scheibe.
„Arschloch!", brüllte Xie. „Du blödes deutsches BWM-Arschloch!"
„Was ist denn mit dir los?", fuhr Nez dazwischen? Auch sie hatte mitbekommen, dass Xie um Haaresbreite die Spur gewechselt hatte, ohne es zu merken.
„Soll ich mal weiterfahren?", bot Nez an.
„Nein!" schnaufte Xie.

Für die anderen unhörbar vibrierte Constanzes Handy. Sie grub sich durch ihre Handtasche, fand das Gerät und klappte es auf. Eine SMS: „Frau Herold, Bitte. Ich brauch sie! Bitte, ist dringent. Bin jetzt ganz alleine. Natascha."
Ein heftiger Schreck fuhr Constanze in die Glieder. Sie starrte auf den kleinen Display, las noch einmal. Und da war er, der Krampf in den Gedärmen, der sie immer heimsuchte, wenn sie sich aufregte.
„Halt an, sofort, ich muss mal. Mir ist nicht gut. Sofort!"
„Was? Wir haben doch gerade..."
„Sofort. Anhalten, Krämpfe!", stieß Constanze hervor. Sie wischte ihre Schweißperlen weg, die ihr plötzlich auf die Stirn schossen. Ein Blick von Xie im Rückspiegel und der Wagen schob sich gerade noch rechtzeitig auf eine rudimentäre WC-Raststätte. Er stand noch nicht ganz, als Constanze die Tür aufbrach und sich über den Wiesenrand hängte. Sie würgte, und sie wusste nicht, was schlimmer war: die Krämpfe unten, oder das Würgen oben. Sie fühlte eine Ewigkeit verstreichen und Nez, die ihr sanft die Hand auf den Rücken legte. Plötzlich war alles wieder da: die Angst, von allen Seiten attackiert zu wer-

den, das Wissen, dass jederzeit alles passieren konnte. Der Unwille, sich der enormen psychischen Belastung eines Arbeitstages im Jugendheim zu unterziehen und die Triebfeder von allem: das Bedürfnis, sich um die Kids zu kümmern. Sie brauchten sie. Und die SMS war nur die Spitze des Eisbergs. Noch während sie sich aufrappelte, liefen Constanzes kleine Rädchen in ihrem Hirn heiß. Sie musste zu Natascha. Wie sollte sie die anderen beiden zur Rückfahrt bewegen? Oder sollte sie sich alleine auf den Rückweg machen? Und wenn sie jetzt eine Magen-Darm-Cholik vorschützte? Nicht gut, fiel ihr ein. Wenn sie irgendwo zusammenbrechen sollte, dann würde sie wieder geradewegs in eine Klinik marschieren. Und ihr war schwindelig. Natascha bleuffte nicht, das wusste Constanze. Etwas Schreckliches musste passiert sein.

„Alles wieder ruhig. Entschuldigung. Das waren wohl die Weintrauben eben. Die gingen durch meinen Magen wie nichts!" Sie strich sich eine Strähne aus dem Gesicht und sah, wie Nez aufatmete. Xie schaute noch etwas kritisch drein.

„Mach dir keine Sorgen. Es ist bestimmt nichts." Bekräftigte Constanze, ohne Xie anzusehen.

„Trink doch noch was." Er gab ihr eine Flasche Wasser aus dem Kofferraum heraus.

„Dann können wir ja wieder", sagte Nez. „Oder sollen wir noch eine Pause machen?"

„Ich weiß nicht", zweifelte Constanze.

„Was, *ich weiß nicht?*" Nez´ Augenbrauen konnten sich zusammenziehen wie eine Gewitterfront in den Alpen. Ihr Blick verdunkelte sich.

„Naja, ehrlich. Du bist müde, Xie will nachhause, und was machen wir hier? Wir fahren durch die Gegend und ich weiß ehrlich gesagt nicht, was das ganze Manöver hier bringen soll."

Nez richtete sich auf, dann beugte sie sich mit Kopf und Hals nach vorne und kaum hörbar zischte sie zu Constanze:

„Sag mal, geht es dir noch ganz gut? Vor einer halben Stunde hast du gesagt, gut, dass wir mal wieder unterwegs sind, danke, alles gut. Freundinnen und so weiter. Und was soll das jetzt?"

„Ich meine nur, vielleicht hat Xie Recht", maulte Constanze.
„Ich?" klang es erschrocken von vorne. „Was redet ihr über mich?",
rief Xie nach hinten.

Nez´ Stimme nahm langsam an Volumen zu, während sie noch über ihre 1,81 Meter hinaus zu wachsen schien und schrie:
„Was zur Hölle bist du denn für eine Freundin? Soll ich mich alle fünf Minuten nach deinem Befinden erkundigen? Soll ich dir vielleicht den roten Teppich zum Auto auslegen, damit wir jetzt weiterfahren können? Bist du noch auf Drogen, oder was?", schrie sie jetzt. „Steig jetzt in das verdammte Auto ein und halt die Klappe. Wo willst du denn jetzt hier hin, mitten im Nichts?"
„Wer von uns spinnt denn hier mehr? Frau „Ich habe meine Mutter beim Whisky-Trinken ermordet"? Überleg dir mal, wie abgefahren diese Scheiße ist!", schrie Constanze voller Kraft zurück.

Xie schritt nun so langsam zwischen die beiden zankenden Frauengestalten, dass sie unwillkürlich zurücksprangen, als er sich plötzlich zwischen ihnen zu materialisieren schien. Auch seine Stimme hatte jeden schüchternen Klang verloren.
„Ich werde jetzt in dieses Auto einsteigen. Ganz langsam. Dann werde ich losfahren. Und wer dann im Wagen ist, fährt mit."
Er drehte sich um.
„Das macht der doch nicht wirklich?", fragte Constanze den Mülleimer neben sich. Dieser gähnte weiter, während er unzählige Fastfoodverpackungen zu verdauen schien. Sie blickte Nez an. Hastig sprangen Constanze und Nez in den Wagen. Etwas in Xies Stimme war total überzeugend gewesen.

Blöder Typ, dachte Constanze. Xies Miene spie noch immer Feuer und Galle. Nez dachte über Constanze, dass sie ein verwöhntes kleines Miststück sei. Constanze überlegte weiter, wie sie Nez zum Umkehren bringen könne. Aber sie musste Natscha antworten. Sie sehnte sich danach, für sie da zu sein. So ein liebes, armes Ding!
„Liebe Natascha. Was ist los?", tippte sie auf den Display ihres Handys.

„Fühl mich schrecklich. Milad. Bin verletzt" Die Antwort hatte keine dreißig Sekunden gedauert.
„Liebes, schreib, was los ist!" Constanze überprüfte, ob sie beobachtet würde, doch die beiden vorne schienen jeder mit sich selbst beschäftigt zu sein.
„Kommen Sie?", antwortete Natascha.
„Ich kann nicht."
„Sind sie noch krank?"
„Ja. Kann nicht weg."
„Wo sind sie?"
„Natascha, sei stark. Bin in drei Tagen bestimmt wieder da. Bis dahin halt durch", tippte Constanze heimlich, immer den Blick halb nach vorne gewandt.
„Kann nicht aufhören zu weinen", schrieb Natascha als Antwort und fügte einen weinenden Smiley ein. Verrückt, dachte Constanze.
„Wer hat Dienst?", antwortete sie. Constanzes Nerven lagen blank.

... Keine Antwort.
„Wer hat Dienst?", wiederholte sie ihre SMS.

Es kam keine Antwort mehr.
„Was machst du denn da die ganze Zeit?" Nez drehte sich zum Rücksitz um.
„Nichts." Constanze nahm schon den leichten Tonfall der Versöhnung in Nez´ Stimme wahr, den sie all zu gut kannte. Doch sie wollte nichts von Nataschas SMS erzählen.
„Schreibst du Nachrichten?" Nez hatte es also doch mitbekommen!
„Nein, ich schau nur, ob ich welche gekriegt habe." Constanze gab sich Mühe, betont unschuldig zu klingen, doch sie kannte Nez viel zu gut.
„Und?", hakte Nez nach.
„Nur Werbung", antwortete Constanze leise, doch innerlich arbeitete es in ihr.

Warum log sie Nez an? War der Faden des Vertrauens so dünn und zerreißbar? Bei dem Gedanken an Natascha wurde ihr mulmig. Was war mit Milad...? Sie stelle sich vor, wie Natscha jetzt in ihrer Mulde in der Sofa-Ecke lag, wieder einmal packungsweise Tempotücher vollweinen würde. Nur hätte sie jetzt ihre Vertrauensperson nicht da. Hoffentlich hatte Joseph keinen Dienst. Natascha brauchte jetzt ernstzunehmende Unterstützung. Es juckte ihr in den Fingern, Lisa Schale anzusimsen. Doch wie vertrauenswürdig war Lisa noch, wenn Frau Maas sie ausquetschte? Offiziell lag Constanze mit einer Verletzung vom Laufen im Krankenhaus. Es würde noch einige Tage dauern, bis sie die Wahrheit herausfinden würden. Wenn überhaupt. Und wenn sie Selim ansimste? Aber auch der würde seine Klappe nicht halten können. Ihr blieb nichts anderes, als in Deckung zu bleiben. Noch war sie nicht so weit, ihre Stelle endgültig zu riskieren. Dabei wusste Constanze besser als jeder andere, dass sie längst innerlich gekündigt hatte.

Sie sah im Rückspiegel, wie Xie schnüffelte.

„Was ist?", fragte sie nach vorne.

„Der Hund", antwortete Xie tonlos.

„Was ist mit dem Hund?", fragte Constanze?

Im selben Augenblick schlug sich Nez mit der flachen Hand auf die Stirn. Und ein Blitz schlechten Gewissens durchfuhr Constanze.

„Es riecht nicht nach Hund", sagte Xie. Er ist nicht hier drin."

„Oh Gott, fahr zurück. Er muss auf der Raststätte rausgesprungen sein. Und als wir uns gestritten haben, haben wir ihn vergessen", flehte Constanze panisch.

„Verdammt!" Das wütende Gewitter brach nun von Xies Seite über sie herein. Er knallte seine Hände zweimal mit voller Wucht auf das Steuer.

„Wie kann man nur so unendlich, so un-end-lich blöde sein!" Xies Augen brannten schwarze Löcher durch den Rückspiegel.

„Danke, vielen Dank!", konterte Constanze, „kannst du jetzt zurückfahren?"

„Lass ihn", beschwichtigte Nez sie. „Er dreht sonst noch mitten auf der Autobahn um und fährt gegen die Fahrtrichtung zurück."
„Herr Gott nochmal! Warum habe ich mich nur auf diese Scheiße eingelassen?" dröhnte es von vorne.
„Das frage ich mich auch gerade", motzte Constanze zurück.
„Danke, sehr nett von euch. Danke, dass ihr mich nicht im Stich lasst.", maulte Nez zynisch zurück.
Bis zur nächsten Abfahrt herrschte Schweigen. Kein Einträchtiges.
Jeder der drei grübelte darüber nach, wie er am besten der Gruppe entkommen konnte und wie er so unendlich blöde hatte sein können, an dieser Fahrt teilzunehmen, die nun schon einen halben Tag dauerte, ohne dass sie auch nur hundertfünfzig Kilometer weit nach Norden gekommen wären.
Endlich fuhren sie zum zweiten Mal an der unglückseligen Raststätte raus. Wieder sprang Constanze noch beim Ausrollen aus dem Wagen. Diesmal rief sie herzzerreißend „Bällchen"! „Bällchen, wo bist du, Bällchen!"
Sie lief alle Stellen ab, wo sie gewesen waren. Nichts. Ihr schossen die Tränen in die Augen, sie konnte es nicht verhindern. „Mein armer, wer hat dich mitgenommen? Wo bist du?"
„Die Autobahnpolizei", die weiß bestimmt was, sagte Nez instinktiv.
„Polizei?" fragte Xie und wirkte ernsthaft eingeschüchtert.
„Guck mal, da wedelt was hinter der Hütte", jauchzte Constanze und rief erneut seinen Namen.
„Hey, der hat sich durch den Zaun in ein fremdes Grundstück gebuddelt."
„Bällchen!", riefen nun alle drei.
Nach zahlreichen weiteren Rufen kam Bällchen in aller Seelenruhe, mit wedelndem Schwanz angewatschelt, mit etwas Undefinierbarem in der Schnauze.
„Leg das hin, pfui!", versuchte es Constanze. Und Bällchen gehorchte. Er deponierte ein totes Kaninchen vor ihre Füße und wedelte freudig mit dem Schwanz.

„Mir wird schlecht", kommentierte Nez und wendete sich ab. Erleichtert packte Constanze Bällchen wieder zu sich nach hinten in den Wagen. Erneut ließ Xie schweigend den Wagen an. Erleichtert und dennoch mit schwerem Herzen malte Constanze sich wieder Natascha aus. Wer würde ihr über den Kopf streichen, ihr frische Tempos besorgen, und ihr später etwas zu Essen einflößen? Sie hatte sich vorgenommen, für Natascha da zu sein. Wie so vieles, was sie sich in der Vergangenheit vorgenommen hatte. Sie genoss die Wärme von Bällchens Fell. Während die Landschaft um sie herum immer baumloser und flacher wurde, döste sie ein.

19.

Es war später Nachmittag, als sie allmählich steif von der Fahrt Bensersiel erreichten, von wo aus sie die Fähre nach Langeoog nehmen wollten. „Hoffentlich kommen wir noch mit. Sieht ganz schön voll aus", bemerkte Constanze. Xie lenkte „das Schiff", wie sie den riesigen alten Volvo liebevoll nannten, durch die Parkplatzeinfahrt. Die Sperre hob sich und er zog ein Ticket. Ganz hinten auf dem Gelände gab es noch Parkplätze. Das alte Fährhaus lag scheinbar unverändert von den vergangenen fünfzig Jahren am Pier. Von der Straße aus war der Anleger nur durch die Rollwagen für die größeren Gepäckstücke zu erkennen. Xie schnüffelte wieder. „Es riecht hier ganz anders. Das kenne ich gar nicht."

„Bällchen war´s diesmal nicht." Constanze zog Bällchen schützend zu sich hin.

„Nein, ich meine das Meer. Man riecht das Meer.", entgegnete er. Als hätte sie es gehört, schnitt eine Möwe in einer scharfen Kurve seinen Weg. „Ui, das war knapp."

„Pass auf, die schießen auch schon mal scharf!", rief Nez. Die grauen Möwen unterschieden sich kaum vom Grau des Himmels und doch, dachte Xie, und doch haben die Küstenbewohner hier bestimmt auch fünfzehn Worte für *grau*. Dieser Teil von Deutschland war neu für ihn. Wie auch? Aus seiner Restaurantküche war er nur für die notwendigsten Besorgungen und seine kurzen Pausen herausgekommen. Die Landschaft und der Blick aufs Meer rührten ihn. Satte grüne Wiesen reichten bis ans Wasser. Das alte, etwas schrammelige

Fährhaus verströmte eine derb-gemütliche Atmosphäre. Als könne Nez Gedanken lesen, murmelte sie von hinten: „Schade, wenn das hier mal alles nach betriebswirtschaftlichen Aspekten modernisiert wird. Und Fastfood-Ketten mit Leuchtschrift und Mitarbeiter mit auswendig gelernten Servicesprüchen in gelben Schürzen die Leute umzingeln und ein Kaffee drei Euro fünfzig kostet. Dann ist die Ruhe hier raus." Beide standen am Anleger, die Kragen gegen den kühlen Wind hochgestellt.

Auf der Fähre entspannten sich schließlich Xies Gesichtszüge etwas. Nez kam zu ihm an die Rehling: „Das Autofahren hat dich gestresst, hm?", versuchte sie ihn wieder etwas fröhlicher zu stimmen.

Xie musterte sie. In dieser Umgebung war sie ihm so fremd - in ihrer dunkelblauen Windjacke, dem grauen Stirnband, die Haare vom Wind zerstrubbelt. Ihre grau-blauen Augen schienen sich der Farbe des Nordseehimmels anzupassen. Von der Größe abgesehen, eine selten schöne Frau, musste Xie sich eingestehen. Klassische offene Gesichtszüge. Eine Frau, die alles erreicht, was sie will.

„Hm, ja, ich bin froh, dass der Wagen steht", entgegnete er. Man sah ihm die Erleichterung wirklich an, fand Nez. „Gerade warst du noch ziemlich nervös."

Was wollte sie, fragte sich Xie? Vielleicht war es besser, ihr reinen Wein einzuschenken. Wer weiß, in welche Situationen sie noch auf dieser Fahrt kommen würden.

„Du weißt, dass ich keine Papiere in Deutschland habe.", sagte er ernst.

„Aber den Führerschein wirst du doch wohl haben", scherzte Nez. Sie blickte ihn an. Erwartete eine Antwort. Stille. Dann fuhr sie fort: „Du hast überhaupt keinen Führerschein, nicht mal einen ausländischen?" Ungläubig zog sie ihre Brauen zusammen. Xie suchte etwas zwischen seinen Füßen, was nicht da zu sein schien.

„Nein, ich sagte, *gar keine* Papiere." Er wich ihrem Blick noch immer aus.

„Pass?" Xie schüttelte widerstrebend den Kopf.

„Reisepass, wahrscheinlich auch nicht. *Irgendeinen* Ausweis? Bücherei?", setzte sie hilfesuchend nach.

„Nicht mal Bücherei."

„Und wie hast du dein Auto zulassen können?" Das Ganze war Nez unverständlich.

„Das ist der Wagen von meinem Vetter, genau wie die Wohnung auch auf ihn gemeldet ist", klärte Xie sie auf.

Nez fühlte sich begriffsstutzig, fragte jedoch noch einmal nach: „Was wäre, wenn sie uns angehalten hätten?"

„Rate mal!" Xie fühlte sich allmählich wie in einem Verhör, doch ewig konnte er dies nicht verbergen. „Dann würde ich eine Strafanzeige für das Fahren ohne Führerschein bekommen und wahrscheinlich auch unter dem Verdacht stehen, das Auto gestohlen zu haben. Und da mein Vetter nicht dafür belangt werden will, dass er wusste, dass ich keinen Führerschein habe, würde er auch aussagen, dass ich mir den Wagen ohne seine Erlaubnis ausgeborgt habe. Wie definiert man Diebstahl?"

„Oha!" Nez´ Stimme klang blechern, sie schämte sich, als sie langsam begriff: „Das bedeutet, für jemand, der keine Papiere hat ... hast du etwa auch keine Duldung in Deutschland?"

Xie schüttelte den Kopf in den Wind. Er zog die Schultern hoch, um die Kälte von seinem Körper abzuhalten. Am Horizont sah man weitere kleine Inselchen. Nur ganz allmählich dämmerte Nez das Ausmaß des geradeeben Gehörten. Sie hatte sich Xies Lage nicht so konsequent vor Augen geführt. Nach dem vertraulichen Gespräch neulich hatte sie zwar Mitgefühl für seine Lage empfunden, sich jedoch die rechtlichen Konsequenzen nicht so drastisch vorgestellt. Sie hatte keinerlei Erfahrung mit diesem Thema. Und sie war naiv gewesen!

„Sie würden wohl kurzen Prozess mit mir machen. Ein illegaler Küchenchinese, Schwarzarbeiter ohne Papiere. Verdacht auf Autodiebstahl. Mehr bin ich nicht für die Behörden" fuhr Xie mit Bitterkeit in der Stimme fort.

„Aber du bist Xie. Du bist nicht irgendeiner. Du warst in Olympia dabei. Du bist Vater und ..."

„Und was?", entgegnete er zynisch.

„Naja, und unser Bekannter, hm, *Freund*, wollte ich sagen", sagte Nez hoffnungsvoll.

„Ich bin Nummer zweiundfünfzigtausenddreihunderteinundachtzig in der Statistik und ein elfstelliges Aktenzeichen in der Kartei der abzuschiebenden illegalen Nicht-EU-Schwarzarbeiter, wenn sie mich kriegen." Xies Härte in der Stimme ließ sie das Ausmaß dieser Erkenntnis erahnen.

Nez schwieg. Sie wollte nicht wahrhaben, dass es mitten in Deutschland Menschen gab, die vollkommen unsichtbar waren und rechtlos, komplett ohne Bürgerrechte. Jeder wusste es. Doch, dass es jemand war, der so „normal" war wie Xie, der jetzt real neben ihr stand, war ihr eine neue Erfahrung. Und was würde es für Xie bedeuten? Sie begann zu verstehen – wenigstens glaubte sie dies.

„Würdest du denn deinen Sohn mitnehmen können?", fragte sie.

„Vor dem Gesetz und für Bonian bin ich nur der Onkel. Nicht mal Bonian weiß, dass ich sein Vater bin. Vielleicht würde ich ihn nie wieder sehen." Eine Furche zog sich über seine Stirn. Nez glaubte zu sehen, wie er innerlich schrumpfte.

Xie hatte noch nie mit jemandem außer den unmittelbar Betroffenen darüber geredet. Geteilte Geheimnisse verbanden. In den vergangenen Jahren hatte er nicht viel Gelegenheit gehabt, darüber nachzudenken. Er hatte in seiner kleinen abgeschlossenen Welt gelebt, zwischen Grillplatte und Meditationskissen zuhause. Nez´ offenes Ohr tat ihm trotz aller Wirren gut. Sie fragte: „Wie haben sie das denn von dir verlangen können, dass du deinen eigenen Sohn verleugnest? Entschuldige, es geht mich eigentlich nichts an."

„Doch", beeilte sich Xie zu sagen. „Ich werde es dir erzählen, aber zu einem anderen Zeitpunkt." Jetzt sah auch Nez, dass Constanze mit Bällchen an der Leine im Anmarsch war. Constanze grinste.

„Bällchen hat den Rettungsring markiert. Ich konnte ihn leider nicht davon abhalten. Als ich es bemerkte, war er schon fertig." Sie grinste unschuldig.

„Also wenn wir jetzt untergehen, dann möchte ich bitte ertrinken dürfen – bitte keinen Rettungsring für mich.", meinte Xie mit einem angeekelten Blick auf Bällchen.

„Der hat ja auf einmal richtig Humor", knöterte Constanze, und niemand wusste, ob sie selbst in diesem Moment Humor zeigte. Allmählich breitete sich Unruhe auf der Fähre aus und die Gäste machten sich fertig für die Anlandung.

Xie war in seinem ganzen Leben noch nie auf einer Insel gewesen. Er fand auf Langeoog alles klein und niedlich und fragte sich, wie groß die Insel tatsächlich war. Alles sah aus wie in einer Puppenstube. Mit dem bunten kleinen Zug, der nicht größer war als ein Kinderfahrgeschäft, fuhren sie zur Ortschaft, der einzigen auf der Insel. Dann suchten sie das Gästehaus unter den vielen hübsch herausgeputzten Häuschen aus, das Nez wegen seiner Hundefreundlichkeit ausgewählt hatte. Es lag nah am Hundestrand, direkt hinter den hohen Dünen und man hätte glauben können, auf der Welt gäbe es außer der Miniaturinsel und dem Meer nichts anderes mehr.

Die Leiterin der Pension *Kleen Langeoog* wurde schnell zu Bällchens neuer Herzensfreundin, fütterte sie ihn doch ohne Frauchen zu fragen mit Hundekeksen aus ihrer Tüte. Als Bällchen sich dankbar an ihre Beine drückte und mit dem Pfötchen den Aufstieg auf ihre Schultern wagen wollte, zog sie sich jedoch schnell wieder zurück.

Ihre Ferienwohnung war geräumig, jeder hatte ein eigenes kleines Zimmer, und das große Wohn- Esszimmer hatte ein Fenster und einen Balkon zu den Dünen hin. Bällchen besetzte gleich den Teppich vor dem Fernseher. Sie waren angekommen. In Nez stieg allmählich eine kribbelige Unruhe auf. Die Geschäfte hatten noch eine halbe Stunde geöffnet. Doch die Bank, dies hatten sie auf dem Hinweg bemerkt, war bereits geschlossen. An das Schließfach würden sie erst morgen früh ab 9 Uhr kommen. Was würde sie dort erwarten? Nez verglich nun jede Frau auf der Straße mit der Fremden. Konnte sie ihr ähnlich sehen? In anderer Kleidung? Strahlende blaue Augen wurden von Nez angestarrt. Zwei oder dreimal sah Nez Frauen mit solchen Augen im Gedränge. Wie ein herrenloses Hündchen hatte sie beide Male eine Kehrtwende gemacht und war den Fremden gefolgt. Bis zu einem Zeitpunkt, da sie sie unverholen anstarren konnte und sich eingestehen musste, dass es diese Frauen nicht sein konnten. Weder die Tote noch die Lebende. Lebte sie noch? Nez wurde bei dem Gedanken an die Ermittlungen ganz schwach in den Knien. Eigentlich, bei genauer Betrachtung war sie nun auch straffällig geworden. Sie hatte die strenge Auflage, nicht die Stadt zu verlassen, missachtet. Na und, sie war auch nicht schuldig. Dachte sie. Jetzt aber wuchsen die Zweifel in ihr. Wie würde die pfiffige Selma Öztas diesen Ausbruch werten? Als Schuldeingeständnis? Quatsch. Wäre Nez schuldig gewesen, hätte sie sich niemals so weit aus dem Fenster gelehnt. Das musste doch sogar die Kripo verstehen. Die Kripo, die es nicht fertig gebracht hatte, eine Telefonnotiz weiterzuleiten? Ihr wurde heiß. Möglicherweise hatte Kowolic bereits eine Fahndung nach ihr eingeleitet. In ihren Gedanken stiegen bereits die aus ihrer Kinderzeit bekannten RAF-Fahndungsfotos auf, die damals in den Postämtern aushingen. „So sehen Terroristen aus", hatte ihr Vater sie damals jedesmal belehrt, wenn er mit ihr in die Stadt gegangen war. *Vater, wenn du wüsstest, wie ICH jetzt aussehe! Und wenn du wüsstest, wie ich dich hasse...* dachte sie. Doch die Angst vor den Folgen ihrer dummen Entscheidung ließ sie nicht mehr los. Es klopfte an der Tür und Constanze trat zögernd ein, als Nez zusammenzuckte.

„Hey, alles ok mit dir?", fragte Constanze mit sanfter Stimme.

„Ja, ich bin nur ein bisschen müde von der langen Fahrt. Du nicht?"

„Doch. Aber auch hungrig", entgegnete Constanze, so als wenn nichts gewesen wäre.

„Sag das nochmal!", sagte Nez ungläubig.

„Ich könnte jetzt echt was essen", sagte Constanze.

Nez sprang ihr entgegen, umarmte Constanze und beide landeten auf dem quietschenden Bett. Jetzt konnten sie lachen, im Glück des Augenblicks.

„Ach, ich liiiiebe dich, Constanze, und heute Abend sollst du etwas richtig Leckeres zum Essen bekommen", sagte Nez.

„Hörte ich hier *Essen?*", kam Xie nicht ohne anzuklopfen durch die offene Tür.

„Da ihr mich heldenhaft befreit und meinen Hund vor dem Hungertod durch die Dummheit seines Frauchens gerettet habt, möchte ich heute Abend was richtig Tolles für euch kochen", verkündete Constanze.

„Aber du kannst doch gar nicht kochen", platzte es aus Nez heraus.

„Sorry", schob sie schnell hinterher.

„Stimmt auch wieder. Ich könnte euch schön ins Restaurant einladen", räumte Constanze ein.

„Ich habe eine andere Idee", schaltete sich Xie ein, der Auftritte an öffentlichen Orten gerne vermied. „Constanze und ich zaubern heute Abend zusammen ein thailändisches vegetarisches Menü, so richtig mit allem Dran und Drum."

„Drum und Dran", gab Constanze mechanisch zum Besten.

„Was?" Xie verstand nicht.

„Es heißt *Drum und Dran*", stellte Constanze richtig.

Bevor die Stimmung erneut umschlagen konnte, jauchzte Nez: „Das ist wundervoll. Macht das mal. Aber, dann müsst ihr auch zusammen einkaufen gehen."

Sowohl Constanze als auch Xie taten so, als würde es ihnen nichts ausmachen, als sie „O.K., gut" sagten.

„Dann kann ich mal nach meinen dringendsten Mails sehen. Nicht dass in der Redaktion Notstand ist", meinte Nez.

„Du bist doch krankgeschrieben, dachte ich", erinnerte sie Constanze lehrerhaft.

„Und du hörst dich schon an wie deine Heimkinder. Wenn es dringend ist, so richtig dringend, interessiert das keinen."

Die beiden verließen die Wohnung. Gut, dachte Nez, erst einmal eine halbe Stunde für mich!

Nez fuhr ihr Notebook hoch, freute sich, dass das versprochene w-Lan funktionierte und öffnete ihre private Mailbox. Zwei Kollegen, die ebenfalls freie Mitarbeiter waren, wünschten gute Besserung. Man hielt eben zusammen, am unteren Ende der Nahrungskette. In ihrer dienstlichen Mailbox hatte sie eine Abwesenheitsmitteilung eingerichtet und die Post war auf andere Kollegen umgeleitet worden. Alles ruhig. Sie atmete auf. Um auf dem Laufenden zu bleiben wählte sie sich in das Mitarbeiter-Netz ein. Das redaktionseigene Intranet enthielt Termine, Informationen und für alle gültige Änderungen. Und dort blieb ihr Auge hängen! Wie elektrisiert griff sie zu ihrem Handy, wählte Lars´ Nummer. Und wartete. Zählte die Sekunden, die Klingeltöne. Da, jetzt, jemand hebt ab.

„Lars!" rief sie ins Handy, doch sie hörte ein dumpfes Grumpfen in der Leitung und dann war die Verbindung unterbrochen. Er hatte sie weggeklickt!

Ärger und Wut ließen sie etliche Runden in der Wohnung drehen. Das konnte er ihr nicht antun! Das musste geklärt werden. Der verlogene Hund! Sie war richtig wütend, verunsichert und fühlte sich hintergangen. Sie fand keine Ruhe, sich irgendwohin zu setzen. Ihr Lebensziel war schließlich in Gefahr. Sollte er das tatsächlich tun? Sie packte mit ruppigen Bewegungen ihre Tasche aus und griff in das Bündel von Briefen, die Briefe ihrer Mutter. Doch sie musste dies hier durchziehen. Auch dies schloss einen Kreis in ihrem Leben. Sie konnte nicht einfach heute Nacht noch zurück und morgen alle in der Redaktion zur Rede stellen. Sie musste ihren innersten Kreis schließen, die Suche, das Verlangen, die Sehnsucht nach Informationen über ihre Mutter. Als sie die Briefe auf ihrem Nachttisch ablegte, schossen ihr Tränen in die Augen und zum ersten Mal an diesem Tage fühlte sie sich unbeobachtet und alleine genug, ihnen freien Lauf zu lassen. Sie drückte altes, zerknittertes Papier an sich und las den ältesten Brief ihrer damals neunzehnjährigen Mutter.

Liebe Vanessa,

ich hoffe, dass du später einmal diesen Brief erhalten wirst. Bald feierst du deinen ersten Geburtstag und der Trennungsschmerz ist schlimmer denn je. Meine Eingeweide werden von der Sehnsucht nach dir zerfleischt. Warum bin ich nicht bei dir, fragst du mich in meinen Träumen? In meinen schlimmsten Nächten beginne ich meine Sachen zu packen, um zu dir zurück zu kommen. Doch am nächsten Morgen weiß ich dann immer, dass es kein Zurück mehr für mich gibt.

Es geht um mein Leben, oder ist dies schon verwirkt? Ich wünsche mir so sehr, dass du eines Tages verstehen wirst, warum ich nicht bei dir bleiben konnte. Ich werde jetzt zwanzig Jahre alt, seit fünf Jahren ist meine Mutter (deine Großmutter) verstorben und mein Vater ist zurück nach England. Wer weiß, wo er jetzt stationiert ist? Seit meiner Schwangerschaft habe ich keinen Kontakt mehr mit ihm. Ich schäme mich zu sehr. Und ich glaube, er würde mich zu Tode prügeln. Aussichtslos. Denn ich bin nicht mit deinem Vater verheiratet. Er hat mir – widerwillig – einen Antrag gemacht, nachdem ich ihm von der Schwangerschaft mit dir berichtet habe, doch auch er war zu dieser Zeit gerade erst zwanzig und sollte wie sein eigener Vater ein großer Ingenieur werden. Dein Vater ist noch selbst ein Kind.

Ich würde dich so gerne aufwachsen sehen, dir alles geben und deine Liebe spüren. Mein Weinen und Schreien nützen nichts, denn jeder Tag, den ich im Haus deines Vaters und in dieser Familie verbringen würde, wäre ein langsames Sterben für mich. Wir sind jung, dein Vater und ich, und du bist in seiner Familie sicher. Du wirst in Wohlstand und mit einer guten Schulbildung aufwachsen. Dich lieben sie. Mich verachten sie.

Ich könnte die Abhängigkeit von einer solchen Familie, die so abwertend auf alles, auch auf mich blickt, nicht ertragen. Dein Opa, ich muss es dir leider sagen, war im Brückenbau für die Nazis ein wichtiger Mann und er hat es nie wirklich bereut. Ich habe einmal gehört, wie er mich im Nebenraum mutterloses Tommy-Flittchen genannt hatte. Hätte dein Vater zu mir gestanden und eine kleine Wohnung mit mir gemietet, so hätten wir eine Chance gehabt. Doch in diesem Herrenhaus hätte ich keinen Tag überlebt, ohne mich unter der Übermacht dieser Schwiegerfamilie selbst zu verleugnen und schließlich aufzugeben. Ich hätte dir nichts von meinem Wesen, meinem Freiheitshunger, meiner Kreativität geben können. Du hättest erleben müssen, wie wir uns täglich streiten und verachten würden. Ich wollte meine Kinder immer in Freiheit aufziehen, nicht in einem Gefängnis. Dabei war dein Vater anfangs so süß, als wir uns kennen gelernt hatten, und ich eine naive, unschuldige Studentin, die an das Gute in ihm glaubte. Siegfried war rührend altmodisch und charmant, ein aussterbendes Exemplar an Liebenswürdigkeit, als wir uns verliebten. Dachte ich. Doch als du auf die Welt kamst, war er bereit, mich zu verleugnen, um nicht seine Eltern, seine Lebensweise im Herrenhaus und deine konservative Erziehung zu gefährden. Er hätte dich nur als Kind angenommen und mich geheiratet, wenn ich mich bedingungslos seinen Vorstellungen unterworfen hätte. Ich hätte sogar zum katholischen Glauben übertreten müssen. Mein Leben wäre in jedem Punkt eine einzige Lüge geworden. Ich selbst habe keine Eltern mehr, die mich unterstützen könnten. Ich war tatsächlich „mutterlos" und mittellos. So wählte ich den für dich besten Weg und ließ dich in der Obhut der Familie deines Vaters, die dir alles bieten wird, sogar ein Studium, wenn du später möchtest. Und ich, ich verlasse dieses Land, in dem ich einsam und chancenlos bin. Den Weg als ledige Mutter, die von der Stütze leben muss, und dein Weg als benachteiligtes Kind einer unglücklichen Mutter möchte ich nicht verantworten. Dir wird es an nichts fehlen. Ich hingegen habe nichts mehr zu verlieren und kann nun auf die Reise gehen. Wer weiß, was ich finden werde?

Ich hoffe, liebe kleine Vanessa, dass du mir irgendwann verzeihen kannst. Ich bin Kindes- und Muttermörderin zugleich. Ich bin eine Frau, die sich nicht binden lässt, nicht durch metallene, und nicht durch goldene Fesseln. Lieber wäre ich gestorben, geliebte Tochter, und dieselbe Freiheit, die ich mir gewährte, möchte ich dir jetzt schenken.

Deine dich liebende Mutter

Anne Wellington

Nez lag noch lange auf dem Bett, bis sie irgendwann die Wohnungstür hörte und dann, im Bewusstsein, nicht mehr alleine zu sein, in einen tiefen Schlaf fiel.

20.

Constanze entschwand unauffällig aus der Küche, um noch einmal auf ihrem Handy nach eingegangenen Nachrichten zu sehen. Nichts. Seit sechs Stunden schon von Natascha keine Antwort mehr. Das konnte in Nataschas Fall kein gutes Omen sein. Sie war geradezu mit ihrem Handy verwachsen. Hatte einer der Erzieher es ihr aus irgendeinem Grunde abgenommen? Heute Mittag schien sie komplett die Nerven verloren zu haben. Kein Wunder, wenn Milad auf einen losging, zitterte man wie Espenlaub, wenn man überhaupt noch aufrecht stand. Sie hatte auch nicht richtig erfahren, wie verletzt Natascha nun wirklich war. Und sie konnte im Moment nicht dort anrufen. Nicht mit der Krankschreibung. Falls sie es sich doch überlegen würde, im Heim zu bleiben, würde es ihre Stelle ernsthaft gefährden, wenn herauskam, dass sie statt im Krankenhaus zu liegen ein „Urlaubswochenende" auf Langeoog verbrachte. Und sie würde sich bestimmt verplappern, wie sie sich kannte! Denn so würden sie es auslegen: Urlaub mit Krankenschein. Sie sendete noch eine SMS und gesellte sich dann wieder zu Xie. Dieser war wider Erwarten ein geduldiger Lehrmeister in der Küche. Er wusste, was er tat. Beim Gemüsehacken bewegten sich seine Finger so schnell wie die Flügel einer Libelle. Den tanzenden Küchenmessern ging sie dabei zur Sicherheit aus dem Weg. Er war so routiniert, dass für sie eigentlich nur noch das Tischdecken übrig blieb. Als er ihr die Teller überreichte, glaubte sie einen langen prüfenden Blick zu empfangen. Ein bisschen komisch war er schon.

Aber wer von ihnen Dreien konnte schon von sich in Anspruch nehmen, normal zu sein?

Nez erwachte von einem exotischen Geruch nach scharfer Soße und Kokosmilch. Sie hörte die Dunstabzugshaube und plätschernde Gespräche. Constanzes Stimme war unter diesen beteiligt, also war alles in Ordnung. Diese dauerhafte Angst um Constanze zehrte neben allem anderen an ihren Nerven. Nach ihrer Rückkehr würde Nez versuchen, Constanze zu einer freiwilligen Therapie zu bewegen. Vielleicht würde sie auch ein ganz klein wenig Druck auf sie ausüben. Auf jeden Fall nahm sie sich vor, Constanze nicht mehr aus den Augen zu verlieren. Und plötzlich fiel ihr auf, wie viel wichtiger Constanze ihr gerade war als die Arbeit, die sie die ganze Zeit über von ihren Freunden ferngehalten hatte. Musste erst immer jemand zu Schaden kommen, bevor man aufeinander achtete? Ihre Nase meldete den Duft nach leckerem Essen schnell an ihren Magen weiter, so dass sie jetzt von plötzlichem Hunger getrieben aufstand.

„Wie siehst *du* denn aus?", fragte Constanze, als Nez den Kopf in die Küche steckte. „Hast du etwa geweint?" Constanze kam näher und drückte Nez. Sie nahm sie herzlich in die Arme und betrachtete sie dann aus der Nähe. „Was ist denn los?"

„Ich habe gerade ins Intranet geschaut: Lars ist als neuer Kollege in der Kulturredaktion bekannt gegeben worden." Erneut kamen Nez die Tränen, als sie dies berichtete.

„War das nicht die Stelle, für die du so lange gearbeitet hast?", fragte Constanze. Nez nickte und schniefte. Das war ein ganzes Jahr Schufterei und hunderte Überstunden, die ich nirgendwo festhalten konnte. Ich bin ja nur freie Mitarbeiterin." Sie schnäuzte sich die Nase.

„Und außerdem war das DIE Stelle meines Lebens. Ich bin gut darin. Es ist die Stelle, die ich wollte, genau die. Und der alte Ressortleiter Warringer, der jetzt versetzt wird, kann gut mit mir und findet meine Arbeit in Ordnung. Ich weiß genau, er hätte mich in seinem Team gutgeheißen."

„So ein Schwein!", fluchte Constanze. „Ein fieses Schwein, dir deine Stelle wegzuschnappen, während du krank bist. Das ist seine Rache an dir", fügte Constanze noch hinzu, und sie wetterte weiter:

„Lars war zu feige, sich vorzudrängen, als du da warst. Aber eine Krankmeldung, und schwupp, ist Lars sofort am Start. Das ist doch bezeichnend." Zweifelnd blickte Nez Constanze an. Ihre Augenbrauen waren zusammengezogen, und ihr Blick verriet, wie unsicher sie sich über die ganze Geschichte war.

„Ich weiß nicht, ob er sich rächen will. Er muss ja auch eine vernünftige Arbeit haben. Seinen Eltern geht es finanziell sehr schlecht im Moment." Constanze fuhr hoch. Sie schien sich fast mehr aufzuregen als Nez selbst. Während Nez sich noch im Zustand gelähmter Verzweiflung befand, brauste Constanze auf: „Du nimmst ihn auch noch in Schutz. Der Mann, der dir deine Arbeitsstelle abspenstig gemacht hat!"

„Ich hatte sie ja noch nicht", entgegnete Nez kleinlaut. Sie fühlte sich erbärmlich.

„Wie hat er das überhaupt hingekriegt?", hakte Constanze nach.

„Sein Freund Kalle Reiter leitet das Ressort Stadtpolitik. Er geht auch immer zu Lars´ Konzerten. Kalle ist Lars´ treuester Fan." Betretenes Schweigen breitete sich in der Runde aus, durchbrochen durch ein dezentes *Plopp*, als Xie den Wein öffnete.

„Lass uns erst mal ein bisschen essen", versuchte Xie die trübe Stimmung aufzuhellen. „Constanze hat eine vorzügliche Thai-Gemüse-Pfanne mit grünen Bohnen gezaubert. Und es gibt einen mittelschweren Merlot dazu."

Constanze grinste, weil sie es gerade einmal geschafft hatte, die Teller auf den Tisch zu stellen, bevor Nez kam, aber sie sagte nichts. Sie warf Xie das Geschirrtuch an den Kopf und setzte sich.

„Hm, lecker. Waaahnsinnig gut! Constanze, habt ihr einen Schnellkochkurs gemacht, als ich geschlafen habe?", fragte Nez voller Begeisterung. Beide strahlten bis über ihre Ohren. Was hatten sie nur in das Essen getan? Nach einigen Bissen erfasste eine angenehme

Hitzewelle auch Nez und erwärmte Magen und Herz von innen. Doch das Thema ließ die Gruppe nicht los. Nez wandte sich an Xie und erklärte: „Lars ist oder war vielmehr mein Verlobter, bis vor drei Wochen. Dann hatte ich die Verlobung gelöst." Xie war nun schon dabei, dann sollte er wenigstens wissen, worüber sie sich grämte.

„Warum? War er nicht gut für dich?", erkundigte Xie sich mit großen Augen. In seinem Kopf erschien wieder das Foto, welches aus Constanzes Tagebuch gefallen war.

„Wenn ich das die ganze Zeit über gewusst hätte. Ich weiß es noch immer nicht." Sie erzählte von den letzten Treffen mit Lars und den Verwicklungen in der Redaktion.

„Ich möchte schreiben und in der Redaktion Erfolg haben. Ich möchte für das, was ich kann, anerkannt werden. Ich wollte schon immer schreiben. Das ist mein Weg."

„Lars hätte dir das nicht ermöglicht?", fragte Xie nach. Es tat Nez gut, mit einem „Außenstehenden" darüber zu reden. Er konnte vielleicht objektiver urteilen. Nez sah beruhigt, wie Constanze ein paar Bissen zu sich nahm. Xie müsste immer für sie kochen, dachte sie.

„Weißt du, Deutschland ist ein emanzipiertes, freies Land, solange, bis du ein Kind hast", wandte sie sich wieder an Xie.

„Das verstehe ich ehrlich gesagt nicht. Klar, ihr dürft in Deutschland Kinder haben, so viel ihr wollt. Ihr müsst ja noch nicht einmal eine Genehmigung auf dem Amt einholen. Das gibt es in China nicht."

„Ja, aus deiner Warte ist das auch schwer zu verstehen. Aber wenn erst einmal ein Kind da ist, hast du als Frau keine gleichwertige Position mehr. Du bist immer in der Position des Bittstellers. Die Kindertagesbetreuung reicht niemals für alle. Es ist ein Hauen und Stechen, das beginnt, sobald du einen Mutterpass in der Hand hast. Versuch mal in Städten wie München, Berlin oder Köln einen Kindertagesstättenplatz zu ergattern. Freunde von mir haben vierunddreißig Ablehnungen bekommen. Du musst dich bewerben wie um einen Arbeitsplatz. Du musst zum Kita-Casting vorsprechen. Du wirst zu deinem Job, deinen Ernährungsgewohnheiten und deinen politischgesellschaftlichen Ansichten befragt. Dasselbe setzt sich fort, wenn du einen Kindergartenplatz suchst. Die ganze Zeit über steht deine berufliche Karriere kurz vor dem Aus. Und die Betriebe wissen das. Wenn also eine Frau im gebährfähigen Alter sich um eine verantwortungsvolle Stelle bewirbt, steckt dieser Gedanke, dass sie wegen Kindern ausfallen könnte, die ganze Zeit über im Hinterkopf der Geschäftsleitung." Nez redete sich in Fahrt und Xie blickte sie sprachlos an, als sie leidenschaftlich fortfuhr:

„Würdest du, wenn du Geschäftsleitung wärest, so jemandem ein lebenswichtiges Projekt anvertrauen? Jemandem, der jeden Tag anrufen kann und sagen kann *Entschuldigung, mein Baby hat Durchfall, ich kann heute nicht zu dem Meeting mit dem Firmenvorstand von Sowieso kommen.* Tja, nach sechs Jahren Studium. Dann heißt es: *Liebling, bitte, kannst du mal einen Tag zuhause bleiben, sodass ich ein bisschen arbeiten gehen kann?* Das musst du deinen Mann mal fragen. Denn über 99% der Männer würden ihre Karriere nicht für Familienzeit opfern. Die meisten, die sich vorher emanzipiert geben, sagen dann, *nein, ich bleibe keinen Tag die Woche zuhause, denn dann bin ich in der nächsten Beförderungsrunde nicht dabei.* Dazu gibt es Umfragen, die das belgen. Zuhause musst du für jede Abwesenheit *bitte, bitte* sagen. Du hast dich durch das ganze Studium geackert, machst einen Abschluss, der in vielen Fällen besser ist als derjenige der männlichen Kollegen, und dann musst du dich entscheiden, alles für das Familienpaket auf eine Karte zu setzen und das volle Risiko zu nehmen."

Xie blickte verständnislos drein. „Aber Nez, du sagtest doch, du *hast* überhaupt keine Kinder."

„Ja, und? Das ist der Geschäftsleitung völlig egal. Frauen sind bei der Besetzung einer Stelle grundsätzlich wandelnde Zeitbomben. Risikofaktoren. Als Frau begegnet man dir von vornherein mit Misstrauen, wenn du eine gute Stellung übernimmst. Dann kommen auch schon mal blöde Sprüche! Und wenn dann noch ein Mann mit dir um die Stelle konkurriert, der die richtigen Beziehungen hat ..."
Verbissen stocherte Nez auf ihrem Teller herum.

Sprachlos starrten Xie und Constanze Nez an. Woher kam diese ganze Aggression? Xie ließ gedankenverloren seine Gabel fallen, die klirrend die rote Soße auf dem Fußboden verteilte. Bällchen stürmte heran wie ein Kugelblitz und hatte im Nu die Zunge in der scharfen thailändischen Chili-Kokos-Soße. Das darauffolgende Gejaule setzte ein, bevor er richtig geschluckt hatte. Feuerwehrsirenenähnliche Töne schwellten auf und ab, mal aus der Küche, mal aus dem Bad. Nach zwei Minuten machte Nez sich ernsthafte Gedanken. Es klopfte an der Haustür. Der Nachbar von nebenan fragte, ob er den Tierschutz holen müsse, oder ob sie freiwillig mit der Tierquälerei aufhören würden. Nur allmählich war Bällchen wieder zu beruhigen, nachdem er seinen Napf mit frischem Wasser in der Küche verteilt hatte, in den Flur gepinkelt hatte und Constanze ihm hingebungsvoll am Hals kraulte.

Nachdem sich alle wieder gesammelt hatten, öffnete Xie noch eine weitere Flasche Merlot.
Nez schien noch immer fortfahren zu wollen: „Es ist vorbei, wenn du mal vierzig bist, als Frau meine ich jetzt."
„Siehst du das nicht ein bisschen zu sehr in Schwarz-Weiß? *Was* ist vorbei?", fragte Xie.
„Dein Leben, wie du es bisher kanntest. Alle Chancen zu haben. Gut ausgebildet zu sein. Wenn du mal über das Alter bist, dann bist du für Jüngere nicht mehr attraktiv. Du gehörst in allem zu den „Alten". Du spielst einfach nicht mehr mit."
„Wie kommst du darauf?" Erstaunlich, wie ruhig Xie bleiben konnte, dachte Constanze, obwohl er all das überhaupt nicht nachvollziehen konnte. Wie sollte er auch!
„Du merkst es daran, wie bestimmte Menschen dich einfach nicht mehr ansehen. Menschen, zu denen du dich aber selbst noch zählen würdest. Und so ist es auch auf der Arbeit. Jüngere kommen von der Uni, kosten nur die Hälfte, oder sie arbeiten gleich ein ganzes Jahr auf Praktikantenbasis für nichts. Und das ist der Punkt, wo

auch einige Frauen aussteigen und sich entschließen, Mütter zu werden."

„Die Spätgebärenden ab siebenunddreißig", ergänzte Constanze.

„Ja."

„Aber viele genießen das doch auch dann. Du sagst es so, als sei die Mutterschaft ein Straflager." Xie fand diese Einstellung befremdlich. In China hatten die Menschen ganz andere Gedanken.

„Ihr habt hier alle Freiheiten und beschränkt euch selbst. Ihr dürft so viele Kinder bekommen, wie ihr möchtet, dürft Elterninitiativen, Firmen und Parteien gründen, und macht es nicht. Und beschwert euch noch."

„Ab einem bestimmten Zeitpunkt schließen sich Türen, die sich nie wieder für dich öffnen. Risikoschwangerschaft, jüngere und gut ausgebildete Konkurrenz...", entgegnete Nez resigniert.

„Ja, das stimmt jetzt", pflichtete Constanze bei.

„Aber ihr wisst, doch, wo sich eine Tür schließt, öffnen sich immer mindestens drei andere", sagte Xie.

„Die Wege, die sich erschließen, sind Wege, die ich tief in meinem Herzen aber auch nie gehen wollte. Sonst wäre ich sie bereits gegangen", entgegnete Nez und dachte dabei an Lars´ Heiratsantrag.

Xie entgegnete nachdenklich: „Ein Umweg ist meist der einzige Weg, der uns tatsächlich ans Ziel führt. Ich bin glücklich, wenn ich Umwege gehe. Denn Umwege führen mich dorthin, wo mein Innerstes schon lange verweilt, aber ohne, dass ich es bewusst wahrgenommen habe", meinte Xie bestimmt.

„Hrmmpf", murmelte Constanze.

Xie fuhr fort: „Durch Umwege finde ich mich selbst wieder, während die geraden Wege im Leben uns meist von uns selbst wegbringen. Sie sind gefährlich und führen zum Tod aller Dinge."

„Das Alter aber auch!" Nez war diese Diskussion zwar eigentlich ein bisschen zu hoch. Aber irgendwo fand sie sich doch wieder. Sie selbst befand sich auch gerade auf einem solchen Umweg.

„Ihr seht das alles zu pessimistisch. Alter ist nur relativ. Das Wichtigste im Leben ist die Freiheit, sich zu entfalten, und die passenden Menschen gefunden zu haben, die einen dabei begleiten", sagte Xie.

Nez glaubte, ein Blitzen in seinen Augen gesehen zu haben. „Und, wie ist es mit dir? Hast *du* den passenden Menschen jemals gefunden?", fragte sie neugierig.

Xie stellte sachte sein Weinglas ab und strich eine Delle im Tischtuch glatt. Er schien gleichzeitig zu schrumpfen und in die Vergangenheit zu entschwinden. Er wirkte jetzt fremder und abwesender, und durch die beginnenden Falten in seinem Gesicht hindurch strahlte ein tieferer Glanz, der an längst vergessene Tage erinnerte.

„Mimi war... Mimi war wie ein Engel. Sanft, graziös, wunderschön. Alles, was sie tat, tat sie in vollkommener Harmonie. Alles was sie sagte, war wahr. Niemals hätte sie etwas Schlechtes gesagt, oder niemals irgendwelche Lügen verbreitet. Sie war wirklich ..."

Xie fiel es schwer, Worte zu finden, die das ausdrücken konnten, was Mimi wirklich für ihn gewesen war. Würde er jemals darüber sprechen können, wie ihre Haut samten und weich die seine liebkoste? Ihre zarten Brüste auf seine Haut trafen, wie Regentropfen auf ein Lotusblatt? Ihre Augen, sie waren wie zwei schwarze Diamanten in der Nacht - wie Tore in eine andere Welt. Bei Tage versprühte ihr Blick Liebe und Herzensgüte. Nein, er würde niemals davon berichten können, wie sehr er sich gleich beim ersten Zusammentreffen in sie verliebt hatte. Und wie sie ihn aus seinem Zustand der Lethargie, des lebendig Begrabenseins, herausgeholt hatte.

„Sie war vor acht Jahren ins Restaurant gekommen. Sie kam – genau wie ich viele Jahre zuvor – direkt aus China. Auch sie hatte keine legale Aufenthaltsberechtigung. Durch Schleuser über London hat die Familie sie reingeholt. Sie war in Deutschland um ihre Eltern zu unterstützen, die in Zentralchina auf dem Land wohnten und bitterarm waren. In China sind Millionen Menschen als Wanderarbeiter unterwegs, weil sie zuhause nicht überleben könnten. Und wer ganz großes Glück hat, der schafft es ins Ausland."

Nez nahm das Zittern in seiner Stimme wahr. Niemand von den beiden wagte, seine Erzählung zu unterbrechen.

„Anfangs habe ich gar nicht begriffen, dass auch sie Gefallen an mir gefunden haben musste. Sie war als Hilfskellnerin eingesetzt und oft sind sich unsere Blicke im Laufe des Abends begegnet. Eigentlich waren wir schon ein Paar, bevor wir das erste Gespräch miteinander geführt hatten. Ihre Welt war ebenso beengt wie die meine, doch ihre Seele war weit und voller Zuversicht und Liebe. Sie glaubte sogar an eine gemeinsame Zukunft für uns beide in Deutschland."

Xie wischte sich etwas aus den Augen und traute sich nicht, die beiden anderen anzublicken. Doch die andächtige Stille bedeutete ihm, fortzufahren.

„Nun, nach anderthalb Jahren ist Mimi schwanger geworden. Wir waren unvorsichtig. Ich hatte mich von ihrem Glauben an eine gemeinsame Zukunft in Deutschland anstecken lassen. Wir haben im Glück geschwelgt, und da war es passiert. Wenn man seine Wachsamkeit verliert..." Er wischte sich noch einmal über die Augen, strich über seine Augenbrauen und atmete hörbar aus. „Im Nachhinein war das schon mein Fehler. Aber was ich mir nie verzeihen kann, das ist..."

Constanze sah, wie er mit sich rang und überlegte, ob sie ihm die Hand auf den Arm legen solle, entschied sich aber dagegen.

„Es ist, sie haben sie nach China geschafft, sobald sie unseren Sohn geboren hatte. Gewaltsam. Ich hätte das nie zulassen dürfen. Sie war zu gut für diese Welt, und ich war zu dumm. Zu feige. Ich ... ich wusste nicht, wie ich für sie hätte kämpfen können, selbst rechtlos und ... heute ... heute hasse ich mich dafür. Ich habe sie im Stich gelassen."

Alle drei hielten einen Moment der Stille aus, sie war das Einzige, das Xies Verzweiflung gerecht werden konnte. Dann richtete er sich wieder auf. Sie hingen an seinen Lippen, als er fortfuhr.

„Als klar war, dass sie einen Jungen bekommen würde, haben sie sie in Deutschland gebären lassen, natürlich nicht in einem offiziellen Krankenhaus, und nach zwei Monaten haben sie Hals über Kopf eine Ausreise für sie mit gefälschten Papieren organisiert. Sie haben sie als „Schlampe" und Schlimmeres bezeichnet. Ein so verdorbenes Flittchen könne man nicht im Restaurant arbeiten lassen. Man setzte sie psychisch unter Druck und machte ihr klar, dass sie im Restaurant untragbar geworden war. In China gilt es immer noch als verdorben und verboten, ledig schwanger zu werden. Es ist das Schlimmste, was einem Mädchen passieren kann. Sie sagten, sie hätten ihrer Familie mitgeteilt, dass sie ihnen die größte Schande bereitet habe und daraufhin sei ihre Mutter zuhause zusammengebrochen. Sie könne jetzt nur noch nachhause fahren und ihre Mutter pflegen. Sie setzten sie unter Druck, ob sie auch noch ihre Mutter auf dem Gewissen haben wolle. Mimi konnte in dieser Zeit nicht mehr schlafen. Sie zerfleischte sich vor Schuldgefühlen gegenüber ihren Eltern und glaubte an die Geschichte, die man ihr erzählt hatte."

„Und das habt ihr mit euch machen lassen?" Constanze schämte sich augenblicklich wegen ihrer unsensiblen Reaktion und presste ihre Lippen aufeinander. Doch sie konnte nicht glauben, dass sich erwachsene Leute so unter Druck setzen lassen.

„Es hatte Mimi das Herz gebrochen. Sie weinte sehr viel und klagte unentwegt über ihre Mutter."

„Und dann?", flüsterte Nez.

„Wir haben die Familie auf Knien angefleht, uns heiraten zu lassen, doch wir beide waren illegal hier. Wir hätten hier nicht auf eigene Faust legal heiraten können, allein aufgrund der ganzen Papiere, die Ausländer vom Amt in der Heimat beantragen müssen. Wir waren – sind – komplett abhängig von der Familie. Sie hätten uns helfen müssen. Aber das haben sie nicht getan."

„Aber sie haben euch hängen lassen." Diesmal war Nez es, die ungläubig dazwischenfragte.

„Hätte Mimi sich nicht gefügt, hätte die Familie sie komplett verstoßen. Früher oder später wäre sie aufgeflogen. Sie war hilflos in Deutschland und wir waren völlig abhängig. Als Illegaler kannst du noch nicht mal eine Wohnung auf deinen Namen mieten. In der Abschiebehaft hätten wir auch nicht zusammenbleiben können. Vor dem Gefängnis hatte Mimi die allerschlimmste Angst.

Lieber wollte sie die Schande auf sich nehmen und zurück zu ihrer Familie gehen. Das schlechte Gewissen, ihre Mutter im Stich gelassen zu haben, verzehrte sie. Und nachdem sie wusste, dass ihre Mutter krank ans Bett gefesselt war, war sie auch nicht mehr zu halten. Es gab furchtbare Szenen des Streits. Ich habe versucht, sie zu überzeugen. Ich habe ihr alles vorgeschlagen: zu fliehen, in den Niederlanden eine neue Existenz zu versuchen, heimlich zu heiraten, Papiere zu fälschen, alles! Doch sie hatte total die Nerven verloren. Das Kind haben sie – zu unserer beider „Entlastung" – Cousine Wang gegeben. Auf diese Weise konnte sie zumindest in ihrem Dorf das Ansehen der Familie wahren, wenn auch ihre Eltern die Wahrheit kannten. Cousine Wang hat den kleinen Jungen auf dem Amt offiziell als ihr eigenes Baby angemeldet. Sie hat den deutschen Behörden gefälschte chinesische Papiere vorgelegt. Wir mussten uns damit einverstanden erklären. Und ich konnte mir gerade erbitten, dass ich als „Onkel Li" in der Reichweite des Jungen bleiben und sein Aufwachsen verfolgen darf." Xie machte eine Pause. Gebeugt hing er über seinem Teller und starrte in die Kerze.

„Wie brutal." Constanze stützte ihren Kopf auf ihre Hände und griff dann zu ihrem Rotweinglas. Konnte man so eine Geschichte glauben? Mitten in Deutschland?

„Manchmal fragte ich mich in den vergangenen Jahren, ob dies nicht ein teuflicher Plan von meiner Cousine und ihrem Mann gewesen war. Sie hatten seit Jahren auf einen Sohn gewartet, und eine chinesische Frau, die keinen Sohn zur Welt bringen kann, gilt in vielen Kreisen heute noch als unfähig und die ganze Familie als glücklos. In China bedeutet ein Sohn Landzuteilung und Versorgung im Alter. Dieser Gedanke, dass man einen Sohn haben muss, hat sich bei vielen noch bis heute gehalten. Frauen, die keinen Sohn zu Welt bringen, sind oft sehr unglücklich."

„Eine Intrige innerhalb der Familie also. Die haben damals eure Hilflosigkeit ausgenutzt. Hattest du keinen Rechtsanwalt?", erkundigte sich Nez. Sie versuchte, die Wut aus ihrer Stimme zu nehmen, um nicht alles noch schlimmer zu machen. Es musste die Hölle für Xie sein.

„Keine deutschen Kontakte, kein Geld, keine Papiere und nein, damit auch keinen Rechtsanwalt. Offen gestanden, damals war ich selbst einfach zu naiv. Heute würde ich vielleicht nicht mehr alles mit mir machen lassen. Doch ich erlebte täglich, wie Mimi an der Sache litt und konnte dies nicht mehr ertragen ... Aber Bonian, mein Sohn, wächst jetzt zumindest in einer kompletten Familie auf", versuchte er sich zu rechtfertigen. Während er fortfuhr, hellten sich seine Augen auf, und als Xie über Bonians Zukunft zu sprechen begann, wirkte er selbst plötzlich wieder um Jahre jünger.

„Sie verwöhnen ihn wie einen kleinen Prinzen, lieben ihn wie ihr eigenes Kind, dasjenige, das meine Cousine Wang niemals kriegen konnte. Sie haben jetzt einen Sohn als Nachfolger. Er kann sogar später das Restaurant übernehmen, wenn er es möchte. Er hat Papiere und ist ein legales Kind. In China werden illegale Kinder sogar vom Schulunterricht ausgeschlossen. Sie erhalten keinen Personalausweis und können niemals legal studieren oder verreisen. Ihr könnt euch das hier überhaupt nicht vorstellen. Und Cousine Wang und ihr Mann sind beide wahnsinnig gut zu dem Kleinen. Ich glaube, sie würden ihm sogar ein Studium finanzieren. Alles nur unter der einen Bedingung: dass er niemals erfährt, dass er nicht ihr eigener, sondern mein Sohn ist. Solange es *ihr* Sohn ist, tun sie alles für ihn." Aus seiner Stimme erfuhr man, das Bonian Xies Ein und Alles sein musste.

„Uff! Und du bleibst in der Nähe und wachst über ihn?", fragte Constanze fassungslos.

„Er lebt in Bochum, in einem Zweig unserer weit verstreuten Familie. Und alle paar Wochen darf Onkel Li mal zu Besuch kommen."

„Das ist Kindesraub. Und wenn du ihm die Wahrheit erzählen würdest?" Constanze konnte nicht glauben, dass Menschen mitten in Deutschland sich so erpressen ließen.

„Dann würde ich seine Zukunft zerstören. Und er ist ja auch nicht einsam. Er hat Eltern", gab Xie zurück.

„Aber er lebt in einer Lüge", zweifelte Constanze.

„Die er aber nur als Wahrheit kennt. Kannst du einem Sechsjährigen sagen, dass seine Eltern nicht seine Eltern sind, nur damit er es später wesentlich schlechter hat als jetzt?" Ratlos schüttelte Xie den Kopf.

„Hast du noch Kontakt zu Mimi?" Nez hätte sogerne gehört, was aus ihr geworden war.

Beinahe unmerklich schüttelte er den Kopf.

„Ich hätte sie nur weiter in Schwierigkeiten gebracht. Ihr hättet sie sehen sollen. Ein Engel, dem man die Flügel abgesägt hat. So haben sie sie aus meinem Zimmer gezerrt, als sie abreisen musste. Mir geht dieses Bild nie wieder aus dem Kopf. Nie wieder!" Seine Augen füllten sich mit Tränen, als er geendet hatte. Xie verlor seine disziplinierte Haltung, stützte seinen Kopf auf die verschränkten Hände und weinte. „Ich habe sie im Stich gelassen. Ich hätte für sie kämpfen müssen. Ich war so ein Feigling. Ich hatte nicht daran geglaubt, dass wir es auf eigene Faust, ohne die Familie, schaffen würden." Er zitterte am ganzen Körper.

Beide, Constanze und Nez strichen ihm über den Kopf und die Arme.

„Ist ja gut. Es geht ihr heute bestimmt wieder besser." Xies Oberkörper vibrierte.

„Ich verzeihe mir nur nicht, dass ich so dumm und so feige gewesen bin. Wir hätten fliehen müssen."

„Aber es war auch gefährlicher. Du hast dafür gesorgt, dass euer Sohn sicher und behütet aufwächst", versuchte Nez ihn zu trösten.

Es dauerte lange, bis er sich beruhigt hatte. Nez dachte an den Brief ihrer Mutter. Überall auf der Welt schienen sich die Dinge zu wiederholen.

Nach einer Ewigkeit entschuldigte Xie sich und begab sich ins Bad.

„Es war die schöne Frau auf dem Bild neben seinem Bett", vermutete Constanze.

„Hast du es auch gesehen?", fragte Nez.

„Ja."

Als Xie wieder hereinkam, schien er sich gefasst zu haben. Innerhalb weniger Minuten hatte er sich vom zusammengebrochenen Verzweifelten zum altbekannten lächelnden Asiaten zurückverwandelt. Wie machte er das bloß, grübelte Nez. Daher fand auch Nez den Mut, nachzufragen: „Wie schaffst du das Ganze? Ich meine, du leidest doch bestimmt sehr unter all dem?"

„Jeder leidet. Niemand schafft es, erwachsen zu werden, ohne zu leiden", entgegnete Xie philosophisch.

„Wem sagst du das?", stimmte Constanze zu. Und Bällchen schnarchte aus dem Hintergrund. Er schien von einem Land zu träumen, in dem es keine Chilisoßen gab und man trotzdem stundenlang gekrault wurde.

„Wir unterscheiden uns nur darin, wie wir damit umgehen", sagte Xie.

„Wie meinst du das denn?", wollte Constanze wissen.

„Wir entwickeln unterschiedliche Kräfte, Schmerz zu transformieren. Aufzunehmen und zu umwandeln."

„Umzuwandeln, sorry", fuhr Constanze mal wieder dazwischen und Nez verdrehte die Augen.

„Ja."

„Ja, wie?" Constanze fürchtete schon wieder, nichts zu verstehen. Sie blickte verwirrt und leicht säuerlich drein, als Xie sich erklärte:

„Das bedeutet zunächst einmal, dass du den Schmerz annimmst, aber dann, nachdem er durch dich hindurchgezogen ist, wie eine Gewitterwolke durch den Frühlingshimmel, sollst du ihn weiterziehen lassen."

„Klingt abgefahren. Magst du noch einen Wein?" Constanze drängte ihn durch Blicke, weiter zu erzählen, während Nez seltsam still geworden war. In ihrem Leben war *sie* das Kind gewesen, das jemand zurückgelassen hatte, damit es besser aufwachsen konnte, in geregelten Verhältnissen und in Wohlstand. War es eine richtige, eine gute, oder eine egoistische Entscheidung gewesen? Sie lauschte Xies Erklärung, ohne jedoch viel davon aufzunehmen.

„Und wenn der Schmerz dann nicht geht, nachdem er wie eine Gewitterwolke durch dich hindurch gezogen ist?", hakte Constanze nach.

„Dann kannst du ihm helfen. Du kannst die negative Energie, die er dir gibt, nutzen, um etwas zu tun, das am Ende dir selbst positive Energie gibt", antwortete Xie, der langsam ruhiger wurde. Er schien wieder in seiner Mitte zu sein. Bewundernswert, dachte Nez.

„Wie Sport zum Beispiel?" Jetzt war Constanze wieder voll dabei. Das verstand sie.

„Ja, aber es kann auch eine Meditation sein, oder etwas Gutes kochen, etwas, was deinem Körper wirklich guttut. Keine Pommes, kein Alkohol", sagte er im Brustton der Überzeugung.

Über dem Gespräch hatte Constanze fast vergessen, ihre SMS zu checken. Sie entschuldigte sich zur Toilette und prüfte ihr Handy.

Natascha! „Bin bis morgen früh im Arrest. Wann können sie kommen? Bitte!"

Verdammt, was war da los? Während sie hier saß und sich Geschichten anhörte, ging bei Natascha alles drunter und drüber.

„Was ist los?", simste sie.

Es dauerte keine Minute, bis ein leises Pling Nataschas Antwort verkündete:

„Habe Milad schlecht getroffen, Hat Hirnblutung."

„Waas? Wie passiert?"

„Hat mich heut nochmal produziert. Hab ihn gehauen und Treppe runtergestoßen."

Constanze spürte, wie ihre Hände feucht wurden und ihr Herz raste. Das schlechte Gewissen, jetzt nicht bei Natascha zu sein, materialisierte sich in Form einer Kralle, die sich kalt und eisern um ihren Magen legte. Hätte sie durchgehalten, nur dieses eine Mal, anstatt sich ihrer Schwäche hinzugeben, dann wäre sie heute oder gestern im Dienst gewesen. Vielleicht hätte Natascha dann Milad nicht zu Brei geschlagen, oder ihn die Treppe hinunter gestoßen. All das wäre nicht passiert. Vielleicht hätte Milad jemand anderen angegriffen, oder hätte sie selbst wieder herausgefordert. Irgendwen, aber nicht Natascha. Sie war diejenige, die sich am wenigsten wehren konnte. Naja, nicht ganz, wie man sah. Und sie hatte noch einen Rest dieser emotionalen Unschuld, die Menschen haben, wenn sie mit offenem Herzen und guten Absichten auf andere zugehen. Doch dies konnte schnell umkippen, das wusste Constanze. Einen Teil dieser Eigenschaft hatte Natascha in den letzten Monaten sicherlich verloren. Constanze versuchte, Nataschas Mutter zu erreichen. Doch deren Handy schien abgemeldet zu sein. Sie wusste nur, dass sie mit einem Dealer in einer ungemütlichen Zwei-Zimmer-Dachgeschosswohnung zusammenhauste und selbst süchtig war. Früher hatte sie immer gedacht, dass es so etwas in Deutschland nur in Filmen und Büchern gab. Willkommen in der Realität!

„Du warst aber lange weg!", bemerkte Nez, als Constanze wieder zurückkam. Noch eine halbe Stunde verbrachten alle damit, die Reste des leckeren Essens aus den Schüsseln zu knabbern, denn es war einfach zu köstlich, um es stehen zulassen. Um die drei Reisenden legte sich ein Band der Vertrautheit, und für ein paar Momente war es, als hätten sie immer schon zusammen in dieser Küche gelebt. Doch Constanze suchte insgeheim nach einer Gelegenheit, sich für die Nacht zurückzuziehen. Als die Schüsseln leer waren, setzte sie ein unbekümmertes Gesicht auf und wünschte allen eine gute Nacht. Dann nahm sie ihr Handy und verschwand in ihr Zimmer.

„Kein Problem. Ihr habt so schön gekocht, ich mache dann den Abwasch", rief Nez noch hinterher.

Xie und Nez begaben sich an die Spüle. Nez sah auf den ersten Blick, dass ein Küchenprofi am Werk gewesen sein musste, der gleich alle benutzten Gerätschaften abgespült und weggeräumt hatte. Alles sah irgendwie systematisch aus. Auf Xies altmodischer Stoffhose war kein einziger Soßenspritzer gelandet. Ganz anders als bei ihr, wenn sie kochte. Auch Nudeln mit einfacher Soße forderten ihre Konzentration heraus. Sie brachte es fertig, sich in die Badewanne zu legen, während ein Topf Reis auf dem Herd sich zu einem schwarzen Klumpen zusammenbrannte. Vitamine und Gewürze verteilten sich jetzt auf angenehme Weise in ihrem Körper. Asiatisches Essen konnte gleichermaßen entspannen und anregen. Wie lange hatte sie schon wieder nur von Pizza und Broten gelebt?

„Hast du denn auch nähere Verwandte in Deutschland, Leute, die dir wohlgesonnen sind?", erkundigte sich Nez, die noch immer von Xies Geschichte betroffen war.

„Nein, wieso?", entgegnete er überrascht.

„Nur so", meinte Nez eine Spur zu unschuldig. Doch Xie ließ sich nicht so einfach damit abspeisen.

„Das kaufe ich dir nicht ab. Du hast bestimmt auf meinem Nachttisch das Foto meiner Mutter gesehen."

„Naja, bevor ich deine Wohnung damals verlassen habe, habe ich alle Räume kontrolliert, ob noch etwas an war." Nez fühlte sich in die Defensive gedrängt.

„O.K." Xie wendete sich wieder der Spüle zu.

„Darf ich dich denn etwas fragen?" Sie sah ihn offen heraus an, während sie einen Topf abtrocknete. Xie wusste, was Nez wissen wollte. Er beugte sich über das Spülbecken, als er fortfuhr.

„Die Frau auf dem Bild, meine Mutter, sie lebt nicht mehr. Mein Vater ... ich weiß es nicht. Ich musste ihn damals verlassen, und als ich Kopf über Hals abreisen musste, konnte ich ihn nicht mehr verständigen."

„Das muss schwer für dich sein", antwortete Nez einfühlsam.

„In China waren die politischen Verhältnisse damals sehr gefährlich. Da ich nach meiner Flucht als Klassenfeind galt, hätte ich auch meinen Vater kompromittiert. Wenn jemand Feinde hatte, hatten die falschen Kontakte zu dieser Zeit schon gereicht, einen ins Gefängnis oder in ein Straflager zu bringen."

Xie schwieg und polierte auffällig lange an einem Glas herum. Dann tat er es wieder zurück ins Spülwasser. Er wirkte zögerlich, und Nez wollte ihn nicht weiter mit alten Erinnerungen quälen.

„Es ist O.K., wenn es heute Abend zu viel ist. Vielleicht sollten wir alle schlafen gehen", schlug sie ihm vor.

„Nein. Setz dich. Wenn du es wirklich wissen willst." Xie wies ihr einen Platz am Tisch zu und gab sich einen Ruck.

„Ich erinnere mich an ihr Gesicht. Das Gesicht meiner Mutter. Tiefe Furchen. Sie war noch keine dreißig, als sie starb. Als Kind hatte ich keine Vorstellung vom Alter. Mütter waren eben in einem bestimmten Alter. Sie lächelte, als ich sie zum letzten Mal besuchen kam. Ihr Name war Mayleen. Ich war sieben. Sie lag auf ihrem Bett in unserem Haus, neben der rußgrauen Wand, und ich weiß noch, wie ich sie direkt fragte, ob sie jetzt sterben müsse. Ich war ja noch ein Kind. Sie lächelte einfach nur und sagte „Mein Sohn, ich habe starke Schmerzen. Von jetzt an muss ich nicht mehr weinen. Und ich will, dass auch du nicht mehr um mich weinen musst. Ich gehe weiter, zu den Ahnen, zu Oma Li und Xü Luwei und werde es bestimmt besser haben, als ihr, mein Kind. Verzeih mir."

„*Sind Oma und Opa wirklich auch da?*, bohrte ich damals nach."

„Ja, Mein Kind. Wenn du ein guter Sohn bist, sei nicht traurig darüber, dass ich jetzt woanders hingehe. Nimm mich mit in deinem Herzen, wo immer du auch hingehst. Und immer wenn du lächelst, bin ich bei dir, sagte sie. Sie war noch auf ihrem Sterbebett die schönste Frau, die ich mir jemals vorstellen konnte.

Dann riss Vater mich unsanft von ihr weg. Mein Bruder beugte sich über das Fußende und krallte sich in die schmutzige Decke, sein kleines verknautschtes Gesicht ebenso schmutzig. Rauch qualmte aus dem schwarzen Kamin. Hinter dem Haus dröhnte der Güterzug durch die Nacht. Dahinter lag das Stahlwerk. Keine Zikaden. Keine Vögel. Keine Sterne. Als ich sie wieder ansah, war sie seltsam verändert. Sie war fortgegangen."

Nez erlaubte sich, über dem Tisch Xies Hand zu greifen. „Und woran war deine Mutter gestorben?"

„Sie haben sie totgeprügelt. Eine Rotte von Schülern, die sich den Roten Garden angeschlossen hatten, und Jagd auf Lehrer, Ärzte, Händler und eigentlich alle tragenden Säulen der Gesellschaft machte. Ein Ausbund der Gewalt. Es waren ihre eigenen Schülerinnen gewesen, so sagte man später", ergänzte Xie mit steinerner Miene.

Er gestand nicht, dass er selbst Zeuge dieser Gewalt gewesen war. Das wollte er Nez und sich selbst nicht zumuten. In einer der dunkelsten Ecken seines Herzens hatte er dies auf ewig, so hoffte er, vergraben.

Als er geendet hatte, stand Nez auf und umarmte ihn einfach, ungefragt. Er ließ es zu und minutenlang schwiegen sie in die Nacht.

Die Vertrautheit von eben schützte sie noch immer und zum ersten Mal erinnerte sich Xie an dieses Gefühl, nicht in einem Schneckenhaus mit seinen Erinnerungen alleine zu sein.

Er war der Erste, der sich wieder aus der Umarmung frei machte.

„Und immer, wenn du lächelst, bin ich bei dir. Die letzten Worte meiner Mutter. Vielleicht lächle ich deshalb so oft", sagte er – und er lächelte.

Nez überlegte, wie sie ihn wieder ein wenig von dieser traurigen Erinnerung ablenken konnte.

„Wir können doch mal, falls du möchtest, zusammen deinen Sohn besuchen fahren." Jetzt strahlte er. Und gleich darauf fand er die Vorstellung von Cousine Wangs Blick zum Lachen komisch, wenn er mit einer um anderthalb Köpfe größeren und mindestens fünfzehn Jahre jüngeren, sehr attraktiven deutschen Frau zu Besuch kam. Besuchen war nicht verboten. Verboten war nur die Wahrheit.

„In Ordnung, du versprichst mir, dass du das Schreiben und den Kampf und deine Stelle nicht aufgibst, Frausein oder nicht. Und ich werde Bonian, meinen Sohn nicht aufgeben, und für ihn kämpfen, bis er auf eigenen Beinen steht."

„Abgemacht", sagte Nez, verwundert, dass ihr jemand so ernsthaft und interessiert zugehört hatte.

„Möchtest du mir denn mal von Lars erzählen?" Xie ließ dieses Thema nicht los.

Auf Nez´ Vorschlag hin machten sie noch einen Spaziergang mit Bällchen. Die frische Nordseeluft tat allen gut. Aber die Kälte durchfuhr blitzartig alle unbekleideten Stellen.

„Ich weiß gar nicht, ob das mit Lars noch erzählt werden sollte", grübelte sie, während sie am alten Langeooger Kino vorbeispazierten, *eines der wenigen erhaltenen Kinos, wie sie früher einmal waren.* „Es ist ja schon zuende mit Lars", fuhr sie fort.

„Warum glauben die Deutschen immer an ein schlechtes Ende? Sie sind auf der ganzen Welt wegen ihrer tollen Märchen bekannt. Trotz aller Riesen, Hexen und bösen Zwerge geht in den Märchen am Ende immer alles gut aus. Aber in der Realität seid ihr immer so negativ", sagte Xie.

„Ach, deswegen liebst du die deutschen Märchen so?", fragte Nez.

„Ja. Du musst einfach an das glauben, was du machst, auch wenn es zuerst nicht gut aussieht. Dann kannst du zumindest *glauben*, dass alles gut wird. Und du weißt ..."

„Allein der Glaube öffnet wieder jeweils drei Türen ... jaja, ich weiß!", ergänzte Nez wie eine Leier. Beide mussten nun lachen.

„*Woher* weißt du das?" Xie tat betont ernst.

Beide sahen sich an und prusteten auf einmal frei heraus los. Dann kam Xie wieder zum eigentlichen Thema zurück: „Hast du eigentlich ein Bild von Lars?"

„Wieso, kannst du so eine Art Foto-Orakel? Da bin ich aber mal gespannt." Unter einer Laterne kramte Nez in ihrer Brieftasche und zog ein drei Jahre altes Foto von Lars bei einem Auftritt heraus.

Das war die Gewissheit, die Xie gebraucht hatte. In Constanzes Tagebuch war ihm zum ersten Mal dieser Name aufgefallen. Und der Mann auf diesem Foto war definitiv der gleiche wie an Constanzes Spiegel und auf dem Foto in Constanzes Tagebuch, das er so dreist eingesehen hatte.

„Du sagst ja gar nichts." Nez fragte sich, ob Lars für Chinesen irgendwie hässlich aussah. Sie spürte wohl, dass Xie mit sich rang, ob er irgendetwas sagen sollte. Sie schob es auf Lars´ Aussehen.

Xie fragte sich indessen, ob er die Verantwortung für die Wahrheit auf sich nehmen könne, oder ob er es verantworten könne, nichts über die Wahrheit zu wissen. Das würde alles verändern.

21.

Lars drehte vorsichtig am Wirbel und spannte die Saite noch ein wenig nach. Die meisten seiner Musikerfreunde hassten es, neue Saiten aufzuziehen. Aber er selbst fand in dem handwerklichen Gefriemel immer ein gutes Stück weit Entspannung. Die Gitarre wollte liebevoll gepflegt werden. Zog man zu fest an der Saite, konnte sie reißen. Spannte man zu lasch, kam man nie zu einem vernünftigen Ton. Er wunderte sich selbst über seine ruhige Hand, obwohl er das gestrige Gespräch mit seinen Eltern noch nicht ganz abgehakt hatte. Gestern hatte er ihnen endlich reinen Wein eingeschenkt. Nez würde wahrscheinlich niemals zu ihm zurückkehren. Waidwund wie ein angeschossenes Reh dachte er an ihren letzten Streit zurück. Eine rote Wand aus Wut schob sich zwischen ihn und sein Selbstmitleid. Nez´ Selbstgefälligkeit hatte ihn so sehr abgestoßen, dass er sie problemlos hassen konnte. Jedenfalls im Augenblick noch. Seine Mutter hatte wie erwartet fassungslos auf die Nachricht reagiert. Auch die Tränen seiner Mutter rechnete er jetzt zu Nez´ Schuldenberg hinzu, der beständig wuchs. Er sah seine Mutter noch vor ihm sitzen, nach Luft schnappen und aufrecht wie eine Schaufensterpuppe um Fassung ringen. Ihre zitternden Hände hinterließen Fingerabdrücke auf dem Wasserglas. Vater hatte sofort die Wohnstube verlassen und Kreise durch den Garten gezogen.

Mit einem lauten *Ratsch* schrammte das Stimmgerät über die Gitarre. Offensichtlich waren seine Hände doch noch nicht so koordiniert wie erhofft. Er hatte noch zehn Minuten, bis er zur Redaktion aufbrechen musste.

In seinen neuen Jeans und seinem graublauen Leinenhemd, das nach Waschmittel duftete, öffnete er die schwere Glastür zum Redaktionsflur. Früher hätte er sich diese innere Ruhe beim Betreten der Redaktion nie vorstellen können. Gespannte Konzentration lag über den Schreibtischen, als er vorbeischritt. Er grüßte mit kurzem Kopfnicken, während er die studentische Praktikantin, die heute an Nez´ Tisch arbeitete, wehmütig musterte und drei weitere Redakteure hinter sich ließ. Er hätte lieber Nez an diesem Schreibtisch gesehen. Trotz allem. Er fand seinen eigenen Schreibtisch an der Fensterfront, vor der prallen Sonne durch halb geschlossene Jalousien geschützt. Noch war die Schreibtischplatte leer, doch in wenigen Tagen würden die Spuren der Arbeit, private Utensilien, Kaffeetassen, Fotos und Nippes den Platz als sein eigenes Revier markieren, dachte er. Mit Befriedigung ließ er sich in seinen ergonomisch geformten Schreibtischstuhl sinken, wohl wissend, dass er ihn nicht so schnell mehr mit Praktikanten und anderen Volontären würde teilen müssen. Hier würde niemand mehr sitzen, außer er selbst.

Kalle Reiter steuerte zielstrebig auf Lars´ Platz zu. Er war mit der Auswahl von Lars als neuem Redakteur im Feuilleton sichtlich zufrieden. „Was ist eigentlich aus dem Obdachlosen-Mord am Rhein geworden?", löcherte Kalle ihn.

„Wieso?", fragte Lars. Sein Handy begann leise zu summen. Nez! Ohne zu zögern klickte er den eingehenden Anruf weg. Kalle ignorierte die Störung routiniert.

„Ich bin im Moment total mit Arbeit zu und dachte, ich frage dich mal, ob du was gehört hast."

„Ich weiß auch nichts, keine Ahnung", entgegnete Lars. Und dachte sich, das ist doch nichts für meinen Kulturteil. Was geht mich das überhaupt an?

„Ich könnte mir vorstellen, dass da ´ne schöne Story drinsteckt. Hast du Zeit?", drängte Kalle.

Hatte Lars die Möglichkeit, nein zu sagen, wo doch Kalle ihm gerade seine feste Stelle verschafft hatte? Er hatte eine dunkle Vorahnung und diese bestätigte sich schon beim ersten Blick in die bisherigen Informationen: Es handelte sich um Nez´ Geschichte mit der Obdachlosen. Das konnte unmöglich Absicht von Kalle gewesen sein! Oder doch? Sollte er die Zusammenhänge durchschaut haben und Lars damit auf eine Bewährungsprobe stellen wollen? Lars hatte keine Alternative. Er musste den Auftrag annehmen.

Widerwillig schaufelte er sich durch die bisher recherchierten Informationen und wählte Kommissar Kowolics Dienstnummer. Eine Stunde später hatte er sich ein Bild vom bisherigen Stand der Dinge gemacht. Verrückt. Wenn er jetzt Nez zurückrief, war sie dann eine Zeugin, die er interviewte, eine Tatverdächtige, oder seine Ex-Verlobte? Sein Magen zwang ihn mit einem dunklen Knoten in die Knie. Magenschmerzen hatte er bisher noch keine gekannt. Zu dumm. Schnellen Schrittes suchte er die Örtlichkeiten auf, und verließ danach die Redaktion, um draußen auf der Straße Nez mit seinem privaten Handy zurückzurufen. Doch stattdessen hatte er jetzt eine Männerstimme an Nez´ Anschluss. Beim ersten Mal legte er in dem Glauben auf, sich verwählt zu haben. Doch beim zweiten Versuch erfuhr er von einem Mann mit asiatisch wirkender Sprachfärbung, dass sie gerade nicht an den Apparat könne und ziemlich erschöpft sei. Im Hintergrund klapperte jedoch Geschirr. Wie von tausend Volt gegrillt legte Lars auf, ohne zu fragen, von was sie denn gerade erschöpft sei. Er ging zur Verwaltung und fragte, wann Vanessa Reinhardt wieder Dienst habe, und erfuhr, dass sie noch bis Ende der Woche krankgeschrieben sei.

Infames Miststück! So machte sie es also. In Lars wuchs eine riesige Wut heran, und diese brütete bereits die nächste Generation aus.

Noch immer spürte er diesen Wutknoten im Bauch, als er einige Stunden später auf der Bühne des Monky stand, einer echten Südstadt-Kultkneipe, die am Wochenende Live-Abende veranstaltete. Im Laufe des Tages hatten ihn einzelne Wellen des Zweifels heimgesucht, ob er heute das Richtige getan hatte, doch seine Wut hatte die Zweifel jedesmal besiegt. Sollte sie doch mal sehen! Jeder verursacht sein eigenes Schicksal, beruhigte er sich selbstgerecht. Wie naiv er doch war! Als ob Rache jemals zur Befriedigung geführt hätte. Nach dem letzten Song brandete begeisterter Applaus auf. Sein Blick streifte die knapp zweihundert Gäste, die heute Abend dicht gedrängt zwischen Theke und Bühne standen. Der Getränkeumsatz brummte. Der Wirt schäumte über vor Freude und wies seine aufgestellten wurstigen Daumen in Richtung Band. Alles gut! Teenies und Mittzwanzigerinnen schwitzten Lars entgegen. Sie hopsten im Rhythmus seiner Gitarre und taten so, als könnten sie jeden der Songs auswändig. Lars war high. Sein Hirn saugte das Adrenalin pur aus seinem Blut, als Wolle, sein Schlagzeuger, zur Zugabe ansetzte.

Fünfzehn Minuten später schwamm Lars durch Schweiß und Hitze zur Theke, wo Kai wartete. Dass Kai heute Abend im Publikum war, hatte ihm den letzten noch fehlenden Kick gegeben. Kai, sein Bruder. Wie lange hatte dieser Lars nicht mehr spielen hören?

„Ziemlich beeindruckend, Kleiner. Willstn Kölsch?" Kai nannte Lars immer „Kleiner", wenn er sich ihm ganz nahe fühlte, das wusste Lars. Es war das alte Spiel der beiden Brüder, sich so zu nennen, und Lars war glücklich, dass Kai dies wieder aufgenommen hatte. Lars war erleichtert, dass Kai heute nicht auf Krawall gebürstet schien. Oder hatte er etwa noch nicht von der Trennungsgeschichte gehört?

„Es tut mir leid, dass sie weg ist", fuhr Kai fort. „Mutter hat gestern Abend noch angerufen und am Telefon geheult."

„Danke. Es tut mir auch leid. Es ist einfach nicht so gelaufen, wie ich, wie wir es wollten", gab Lars kleinlaut zurück.

„Weißt du", sagte Kai, „eigentlich war sie nie die Richtige für dich. Sorry, Brüderchen. Aber jetzt kann ich es dir ja sagen." Er nickte Lars zu und wartete etwas unsicher auf dessen Reaktion.

Das kam allerdings unerwartet. Die ganze Zeit über hatten sie alle so getan, als sei Nez *die* Traumfrau für Lars. Er solle bloß mit ihr zusammenbleiben, so eine intelligente, fähige Frau, hatten alle gesagt.

„Echt? Seit wann?", fragte Lars überrascht.

„Hm, nur so ein Eindruck. Aber lass uns nicht streiten. Wie geht es jetzt weiter?" Kai war sichtlich bemüht, nicht zu provozieren. Stattdessen war er heute Abend erstaunlich vernünftig. Wie kam das, fragte sich Lars, der Kai eigentlich immer als den Loser und die Dumpfbacke der Familie gesehen hatte. Mit Nez an seiner Seite und seiner Aussicht auf den Redaktionsjob hatte Lars sich insgeheim immer als das Gehirn der Familie betrachtet. Ein Rollentausch wäre mal etwas Neues.

„Woran denkst du?", murmelte Kai in sein Kölsch.

„Ich glaube, mit Nez habe ich alles falsch gemacht", erwiderte Lars.

„Oder es war einfach nur die falsche Frau. Das wird sich zeigen. Aber du hast wenigstens irgendwas im Leben geschafft, im Gegensatz zu mir."

„Gemessen an was?", fragte Lars zurück, der dieses Pauschalurteil nicht gelten lassen wollte.

„Du wolltest früher immer die Welt verbessern. Aber heute bist du vernünftig geworden. Ich muss dir gratulieren. Zur der festen Stelle, meine ich", fügte Kai noch schnell hinzu.

„Vernünftig geworden klingt wie: Iss das, es ist gut für dich!", antwortete Lars kritisch.

„Und, ist es nicht gut für dich?" Kai proteste Lars zu und nahm einen großen Schluck aus dem Bierglas.

„Für mich selbst oder für euch?", schob Lars eine Spur zu schnell nach.

Auf dem Grund seines Glases schien sich ein Tor zu einer anderen Dimension zu öffnen, die Kais Aufmerksamkeit anzog. Er glotzte betreten hinein. Lars legte den Arm um seine Schultern und lenkte ein: „Komm Großer, war nicht so gemeint. Tut mir leid!"

Lars hätte vor Glück weinen können. Einfach so. Sein Bruder war wieder bei ihm, und er spürte heute keine peinliche Distanz mehr zwischen ihnen. Niemand wusste, wie sehr er seinen großen Bruder wirklich liebte.

„Ich entschuldige mich, dir letztens Vorwürfe gemacht zu haben", sprach Kai wie ein in der Schule erzwungen auswendig gelerntes Gedicht. Das zeigte Lars, dass Kai dies lange für sich geprobt haben musste.

„Und außerdem...", fuhr dieser fort, „außerdem, *du* bist das Gehirn der Familie und ich das dicke Baby."

„Soll ich mich jetzt schämen?", fragte Lars nach einer kleinen Weile zurück.

„Zu lange gezögert, Kleiner. Prost!" Kai hielt Lars die Flasche hin und ein „Prost" konnte man nicht ausschlagen. Doch Kai schien noch etwas anderes auf dem Herzen zu haben, als er weitersprach.

„Du musst das nicht tun, ich meine, uns Geld geben. Du solltest sparen. Famile und so", grummelte Kai weiter.

„Mit wem?" fragte Lars und knibbelte sorgfältig das Papier von seiner Flasche ab, als Wolle, der Schlagzeuger in die Runde platzte.

„Ey, voll geil", durchbrach Wolle die traute Familienszene. Er knallte die Sticks auf die Theke, gestikulierte drei Kölsch nach vorne. Dann nahm er die Sticks wieder auf und trommelte damit auf Lars´ Oberschenkel.

„Das"

„war ... dmmm dmm dmm"

„so ... dmm dmm"

„geil! Dmm dmm dmmm dmmm!"

„Aua!", sprang Lars davon und zog seinen Bruder etwas abseits und sagte:

„Kai, hör mal, ich wollte den Eltern ein Angebot machen. Ich habe nachgedacht."

„Hm?", fragte Kai nach.

„Was hältst du davon, wenn wir das mit dem insolventen Wäschegeschäft ganz sein lassen und aus dem Ladenlokal eine moderne Trinkhalle, ein Büdchen für alles, machen? An dieser Stelle geht das bestimmt super gut. Und du ..." Er ließ den nächsten Gedanken offen.

„Und was?", fragte Kai etwas begriffsstutzig nach.

„Du kannst mit deinem Knie doch nicht ewig LKW fahren. In einer Trinkhalle könntest du dich frei bewegen, die körperliche Belastung ist nicht so extrem, und mit ein bisschen Geschick könntest du einen ordentlichen Verdienst machen."

Kais Augen leuchteten wie früher nur an Heiligabend.

„Und die Renovierung? Die Investition?", stotterte er.

„Ja oder ja?", fragte Lars und fühlte plötzlich wieder seine alte Energie in ihm aufsteigen.

22.

Am nächsten Morgen fragte sich Nez für einen Moment, wo sie war. Doch dann fiel ihr alles wieder ein. Nach einem eigentlich wundervollen Spaziergang war Xie schweigend mit ihr zurückmarschiert. Nachdem er Lars´ Bild gesehen hatte, war er einsilbig und komisch geworden. Oder war dies Einbildung? Er hatte in seiner gewohnten Art nach einigen Minuten wieder gelächelt und so getan, als sei alles in bester Ordnung. Vielleicht war ihm einfach die Erzählung über Mimi und Mayleen zu nahe gegangen.

Heute war der große Tag, an dem das Schließfach geöffnet werden sollte. Der Grund ihrer Reise. Unschlüssig betrachtete Nez ihren Kofferinhalt. Die graublaue Strickjacke? Oder doch die dunkelrote Lederjacke? Warum war dies so wichtig? Sie würde doch ihrer Mutter heute nicht begegnen. Oder? Ihr Kopf schwirrte vor Aufregung. Ihr war, als krabbelte eine Ameisenstraße durch ihr Hirn, die jeden vernünftigen Gedanken zerstreute. Sie hielt sich die graublaue Strickjacke vor und betrachtete sich im Spiegel. Die Farbe betonte ihre hellen Augen. Die Ringe unter ihren Augen konnte sie jedoch nicht vertuschen. Wann bin ich so alt geworden, fragte sie sich, und zog die beginnenden Stirnfältchen zwischen den Augenbrauen glatt.

„Das sind Ärgerfältchen", stichelte Constanze, die Nez eine Zeit lang vom Türrahmen aus beobachtet hatte.

„Du bist mir eine große Hilfe." Nez grinste Constanze an und überzeugte sich davon, dass Constanze einen stabilen Eindruck machte.

„Kann ich euch denn mal zwei Stunden alleine lassen?", fragte Nez.
„Wieso dauert die Leerung eines Schließfaches denn zwei Stunden?" Constanze blickte ungläubig drein.
„Ich dachte nur." Nez wusste nicht ganz, wie sie ihr Bedürfnis, alleine zu sein den beiden mitteilen sollte, doch die Enge der Ferienwohnung konnte sie heute Morgen nicht mehr ertragen.
„Nez findet in dem Schließfach jetzt bestimmt ein dickes Aktienpaket, das seit zehn Jahren dort liegt und eine Stange Geld wert ist. Das möchte sie natürlich nicht mit uns teilen. Aber geh nur Nez, und wenn du wiederkommst, bist du bestimmt unglaublich reich." Constanze funkelte sie gut gelaunt an. Wenigstens das, dachte Nez. Sie zitterte trotzdem und ließ ihren Kajalstift fallen. „Mist, gebrochen!"
Xie kam aus der Küche, noch einige Besteckteile vom Frühstück abtrocknend.
„Nez, du bist bestimmt ein bisschen aufgeregt. Sollen wir nicht doch mitkommen? So als moralische Unterstützung?", schob er nach.
Sie schüttelte nur mit dem Kopf, blickte noch einmal zurück und umarmte jeden der beiden noch einmal.
„Das Schlimmste ist, meine Mutter hat geschrieben, sie hätte nur noch ein paar Monate zu leben. Das kann jetzt alles und nichts sein, in diesem Schließfachl"
Oder sie steht irgendwo unauffällig an der Straße und möchte dich einfach beobachten, ohne selbst erkannt zu werden.
„Was für ein Quatsch! Sorry. Ich geh dann mal." Klar, dachte sie jedoch, das vermute ich auch.
Und die gutaussehende große Frau in der grauen Strickjacke, Jeans und grauen Sportschuhen trat in das helle Sonnenlicht. Leicht gebeugt und mit großen Schritten tauchte sie in den Menschenstrom auf der belebten Hauptstraße ein. Je näher sie der Sparkasse kam, umso kleiner wurden ihre Schritte. Sie meldete sich am Schalter an und betrat dann zögernd den Tresorraum mit den Schließfächern. Jetzt zog die Mitarbeiterin der Bank sich zurück und Vanessa kramte

den Schlüssel und die Karte, der sie die Schließfachnummer entnehmen konnte, aus ihrer Tasche hervor. Der Schlüssel fiel mit einem lauten Klirren zu Boden, doch dann gelang es Nez trotz zitternder Hände das Fach zu öffnen. Sie schwitzte.

*

Constanze prüfte bereits zum vierten Mal ihr Handy. Gerade in diesem Augenblick traf eine SMS von Natscha ein: „Heute Jugendrichter, habe Angst." Wahrscheinlich fühlte sich Constanze gerade eben so schlecht wie Natascha selbst bei dem Gedanken, wie das eingeschüchterte Mädchen vor Gericht vorsprechen musste. Ihr graute vor diesem Gedanken.

„Hast du einen heimlichen Verehrer?", knurrte Xie aus der Sofa-Ecke, dem nicht entgangen war, dass Constanzes Aufmerksamkeit nur um ihr Handy kreiste. Constanze fühlte sich viel zu sehr ertappt um zu lügen.

„Ich mache mir Sorgen um eine Heimbewohnerin. Sie ist sehr lieb, aber auch sehr unselbstständig und sie steckt in Schwierigkeiten."

Ohne zu ahnen, wie sehr sich Constanze tatsächlich mit Natascha verbunden fühlte, betrachtete Xie Constanze. Ihre fliederfarbene Yoga-Hose und das elfenbeinfarbene T-Shirt betonten die frisch gebräunte Haut. Sie war schlank und grazil, wog höchstens 57 Kilo. Wie konnte er sie jemals für hässlich gehalten haben?

„Warum schüttelst du den Kopf, Xie? Habe ich was Falsches gesagt?", gab Constanze skeptisch zurück.

„Hm, nein, ich denke nach. Was ist mit der Jugendlichen los?" Er versuchte seinen Blick von ihrer Figur zu lösen.

Sie erzählte ihm den Fall und achtete bei jedem einzelnen Satz darauf, nicht zu sehr involviert zu klingen. Sie wollte ihn nicht beunruhigen, aber eine unabhängige Meinung würde vielleicht nicht schaden, fand sie. Sie waren alleine und Nez würde von ihrer heftigen Besorgnis nichts mitbekommen. Xie kannte sie ja noch nicht so gut.

Xie hatte Mühe, gleichzeitig in ihre Augen zu sehen, die noch immer eine magische Anziehungskraft auf ihn ausübten, und dem Inhalt ihrer Erzählung zu folgen. Ihre Augen wurden beim Erzählen nahezu schwarz. Ihm schien, sie würden von Sekunde zu Sekunde größer und tiefer, und eine eigene emotionale Welt in sich bergen. Dabei meldete sich eine Stimme aus seinem Inneren: *Du hasst sie! Sie hat dich bitter enttäuscht, sie hat weder Ehre noch deinen Respekt verdient. Wenn du auf sie hereinfällst, dann wirst du einen Platz in ihrer Spiegelgalerie ernten und mit einem gebrochenen Herzen wegen irgend eines dummen Fehlers abgeschoben werden.* Doch ihre weiche singende Stimme und ihre körperliche Präsenz zogen ihn in ihren Bann. Wenn ich jetzt frei sprechen könnte, dachte er, würde ich ihr davon erzählen, dass ich schon fast zwei Jahre in sie verliebt war, bevor sie mich überhaupt wahrgenommen hat. Dass ich morgens, abends und mehrmals täglich an sie gedacht habe. Wie einsam ich in Deutschland eigentlich bin und wie nett sie immer auf mich wirkte, selbst, wenn sie so knapp grüßte. Vielleicht würde sie mir daraufhin ebenfalls etwas Nettes entgegnen. Möglicherweise hätte sie Mitleid mit mir und würde mir anbieten, dass wir „gute Freunde" bleiben würden. Oder könnte ich ihr Herz berühren? Und ich würde ihr sagen, dass mir auch ihre Einsamkeit aufgefallen war, trotz all der Männergeschichten. Aber dann, grübelte er, dann müsste ich ihr auch sagen, dass ich in ihrem Tagebuch geblättert habe, dass ich seitdem erst um das wirkliche Ausmaß ihrer Einsamkeit weiß. Aber auch, wie sehr ich sie auf dem tiefsten Grund meines Herzens verachte.

Xie drängte seine eigene Verwirrung gewaltsam beiseite und konzentrierte sich auf Nataschas Geschichte. Er konnte einfach nicht zulassen, dass Constanze sich dadurch selbst in Gefahr brachte.

„Bevor du dir ganz sicher bist, würde ich jetzt nicht riskieren, deine Stelle zu verlieren. Übermorgen bist du vielleicht schon wieder auf der Arbeit und kannst dich dann professionell um Natascha kümmern. Sie wird es noch drei Tage schaffen und bis dahin hast du auch mehr emotionalen Abstand. Dann kannst du dich richtig um sie kümmern." Xies Stimme klang ruhig und professionell. Er stand vom Sofa auf und sah aus dem Fenster.

„Man könnte meinen, du hättest Pädagogik studiert, wenn man dich so hört", entgegnete Constanze, „aber da ist was dran." Sie war nun ein kleines bisschen lockerer. „Nur, nach meinem fantastischen Abgang letztens müssen die mich erst mal wieder dort arbeiten lassen. Ich bin bestimmt bis auf Weiteres suspendiert. Aber ich denke mal darüber nach."

„Ja. Tu das. Wie verbringen wir denn unseren Vormittag, bis Nez wiederkommt?", wechselte Xie das Thema.

Constanze musterte ihn von oben bis unten und dann wieder zurück.

„Hast du etwas Geld?", wollte sie von ihm wissen.

„Ja, etwas. Wieso?"

„Wir könnten dir etwas Vernünftiges zum Anziehen besorgen. Ich möchte dir nicht zu nahe treten, aber so alt wie diese graue Stoffhose aussieht, kannst du gar nicht mehr werden."

Für einen Moment wollte Xie sich umdrehen und die Tür hinter sich zuknallen. Doch er erkannte nichts Bösartiges in Constanzes Blick. Er ließ die Anspannung einfach los und lachte.

„OK, du bist meine Beraterin und ich gehorche." Noch vor vier Wochen wäre er bei einem solchen Gedanken im siebten Himmel gewesen. Jetzt musste er sich zu seiner Fröhlichkeit zwingen. Doch sie mussten die Zeit sowieso irgendwie totschlagen. Vielleicht hatte sie Recht. Um sein Outfit hatte er sich in den letzten dreißig Jahren tatsächlich nicht mehr gekümmert.

„Wirklich?", feixte sie.

„Großes Ehrenwort" Bei dem Wort „Ehre" wollte sich bereits wieder die Abneigung gegen sie hochkämpfen, doch er schluckte diese einfach herunter und ignorierte alle seine Alarmglocken.

„Dann erst mal ab zum Friseur." Bevor sich Xie sicher war, ob er sich überrumpelt fühlen sollte oder nicht, waren sie unterwegs.

Gleich darauf saß er auf einem Frisierstuhl.

*

Zwei Stunden später schloss Nez die Tür auf und stutzte. Für eine Sekunde hatte sie geglaubt, ein Fremder stünde im Flur.

„Xie?" Ein relativ großgewachsener Chinese im mittleren Alter sortierte gerade einen Packen Kleidung. Er selbst trug eine gut sitzende Jeans, ein schlichtes, aber lässig elegantes schwarzes Shirt und seine Haare... Was war mit seinen Haaren passiert? Sein Lächeln erwärmte wie immer den Raum um drei Grad Celsius.

„Constanze sitzt noch beim Friseur. Kann noch zwei Stunden dauern, sagte die Friseurin. Sollen wir zum Strand?", fragte er, einen Packen T-Shirts in eine Schublade verstauend. Nez war dankbar darüber, nicht gleich mit Fragen bestürmt zu werden.

In dicke Windjacken gehüllt durchquerten sie die breite Dünenlandschaft, bis sie zu dem weißen, nahezu unberührten Sandstrand kamen. Xie sah, dass Nez geweint hatte. Ihr Gesicht schien voller Furchen zu sein.

„Möchtest du darüber reden, was in dem Schließfach war?" Sie saßen auf einer Bank und blickten auf die grauen Wellen.

„Es ist so unendlich schwer, seine Mutter zu verlieren", flüsterte Nez, nach einem Taschentuch suchend. Xie bot ihr seine Tempotücher-Packung an. Er blickte sie an und nickte. Nach einigen Minuten begann Nez zu berichten, während sie auf die Wellen starrte.

„Es waren mehrere Dinge im Schließfach. Meine Mutter hat alles aufgelistet. Ein Verdienstabzeichen meines Großvaters, der für die Briten gegen die Nazis gekämpft hatte und später hier in der Rheinarmee stationiert war. Das Lieblingsamulett meiner Großmutter, mit einem Aquamarin darin. Eine Perlenkette meiner Urgroßmutter mütterlicherseits. Ein Stammbaum, der den britischen Zweig der Familie abbildet, der zeigt, dass ich neben meinem Großvater möglicherweise auch noch eine lebende Großtante in England haben könnte. Ein Fotoalbum aus der Kinderzeit meiner Mutter, das bis zu ihrem Abitur reicht, und, das berührt mich am meisten, der damalige Verlobungsring meiner Mutter, den mein Vater ihr geschenkt hatte, bevor es zum Streit zwischen ihnen gekommen war. Dann war dort noch ihre Meditationskette, die sie in ihrem weiteren Leben als buddhistische Nonne jeden Tag benutzt hat."

„Jetzt hast du es wohl zum ersten Mal richtig gesagt", warf Xie ein.

„Was?", fragte Nez.

„Die Worte *Meine Mutter*". Xie legte freundschaftlich den Arm um ihre Schulter und drückte sie.

Nez schluckte hörbar. „Und doch ist es so unendlich grausam. Sie wird bald sterben."

„Sicher?", fragte er.

„Ja, es war noch ein Brief darin. Der bestätigt es definitiv. Zwei, maximal drei Monate. Sie lehnt eine Behandlung in einem Krankenhaus aus weltanschaulichen Gründen ab."

„Hm." Xie musste nachdenken. „Hat das was mit ihrem Buddhismus zu tun?"

„Nein. Sie schreibt, dass sie schon einmal fast ihre Würde und Freiheit verloren hätte, und dass sie auf keinen – auf gar keinen Fall – bereit wäre, dies in einem Pflegeheim, für den Fall, dass es so kommen würde, tatsächlich zu tun. Sie schreibt, dass sie über Pflegeheime schreckliche Dinge gehört und gelesen hätte. Davor hat sie die allergrößte Angst." Nez drehte das Tempotuch in ihren Händen hin und her. Beide schwiegen eine Weile, bis Nez fortfahren konnte:

„Sie schreibt auch, sie möchte mich nicht sehen. Sie wollte sich und mir den schlimmen Kummer ersparen, sich erst kennenzulernen und sich aneinander zu gewöhnen, und sich dann schon nach kurzer Zeit wieder zu verlieren. Es würde sie emotional zu sehr aufrühren, sich dann noch einmal von mir trennen zu müssen. Das könnte sie nicht ertragen. Das würde sie auch mir nicht zumuten wollen. Deshalb hätte sie diesen indirekten Weg gewählt, mit mir zu kommunizieren. Und außerdem ... denkt sie, es wäre auch für mich zu hart, sie gleich zweimal zu verlieren." Wieder verstummte sie. Kleine Fitzelchen des Tempotuchs waren mittlerweile um sie herum verteilt und die Möwen, die dies für Essensreste hielten, näherten sich gierig von der Seite. „Ich verstehe." Xie konnte diesen Gedanken tatsächlich nachvollziehen. Er hielt ihn sogar für sehr weise.

„Du verstehst das?" Jetzt verlor Nez ihre bisher gefasste Haltung. „Du verstehst, dass ich nach vierzig Jahren meine Mutter finde, die ich totgeglaubt hatte, und die sich versteckt, und sagt, *ich will dich nicht kennen lernen, ich sterbe sowieso in zwei Monaten?* Das versteeeehst du?"
Ihre Schultern bebten, sie begann wieder zu weinen und verlor völlig ihre Fassung.
„Es ist buddhistisches Denken. Kennst du den Begriff der *Anhaftung?*", fragte er.
„Nein!" Ihre Stimme klang trotzig wie die eines dreijährigen Kindes vor dem Süßigkeitenregal in der Fastenzeit.
Xie erklärte sanft, ohne Nachdruck: „Je mehr du an den Dingen oder an Menschen hängst, um so verletzlicher bist du und um so größer wird das Leid, das wir dadurch erfahren. Wir entwickeln Begierden, Unzufriedenheiten und inneren Druck, den wir dann an andere weitergeben. Wir produzieren Schuldgefühle."
Nez schaufelte Sand auf ihre Fußspitzen und ließ den Sand von dort aus wieder auf den Boden rieseln.
„Das ist mein Leben. Sand. Nichts als Sand. Zerrinnt im Dreck." Ihre Augen füllten sich mit Tränen, und der kalte Wind schmerzte.
„Was genau hat sie noch geschrieben?", fragte Xie behutsam.
„Sie schreibt:

Ich wollte sehen, wie du lebst, ich wollte in deinen Kreis eintreten, ohne dich zu beeinflussen, denn dazu habe ich mein Recht verwirkt. Du hast mich vermutlich im Hintergrund wahrgenommen, ohne dass ich dein Leben gestört habe. So hoffe ich. Ich werde auch nach meinem Ableben immer in deiner Nähe sein. In irgendeiner Form werde ich immer da sein. In den Zellen deiner Hand, im Universum, in allen deinen Vorstellungen, die du von mir hast und die ich jetzt nicht mehr enttäuschen möchte. Muss ich dir sagen, dass ich dich liebe? Vielleicht sind unsere Gedanken das, was die Kirchen der Welt den „Heiligen Geist" nennen? Allein diese Worte hier hätten genügt, mich damals aus der streng katholischen Familie deines Vaters auszuschließen, der Familie, die für die Nazis Brük-

ken gebaut hat. Wenn du dich öffnest, wirst du überall meine Gegenwart wahrnehmen, denn der Geist vergeht nicht. Was ist, kann nicht nicht sein. Denke daran, dann weißt du, dass ich niemals weg bin.
Deine Mutter, auf ewig!

Anne Wellington

Langeoog 2007"

Xie legte den Arm um Nez und ließ sie weinen. Ihre Hände zitterten in der kalten Luft und krallten sich an dem Brief fest. Sie schluchzte laut und ließ ihrer Verzweiflung freien Lauf. Es würde ihr danach besser gehen. Es war immer so. So war es auch damals bei ihm gewesen, dachte Xie, als er seine Mutter verloren hatte. Kein Mensch auf dieser Welt konnte sich dem entziehen. Einige Minuten verharrten sie in ihren Gedanken.

Eine Möwe zog einen Halbkreis um die Sitzenden und suchte mit scharfem Blick Hände und Strand nach ausgepackten Butterbroten ab. Die Wellen boten ihr gleichförmiges Rauschen wie eine sich allabendlich wiederholende Theatervorstellung, unbeeinflusst vom Lauf aller Dinge. In der ewig feuchtkalten Nordseeluft wirkten Xies Gesichtszüge wie aus Wachs modelliert. Und die entspannte Haltung eines ehemaligen Leistungssportlers ließ seine Silhouette jünger wirken, als er tatsächlich war.

Nez schnäuzte sich die Nase und versuchte Xies Blick von der Seite auszuweichen, obwohl sie ihn selbst heimlich gemustert hatte. Dann atmete sie erneut tief ein und sagte „Weißt du, ich will einfach nur, dass ich sie kennenlernen kann, bevor sie stirbt. Ich hätte sie pflegen können, bevor sie in ein erbärmliches Heim gehen müsste."

„Fühlst du dich abgelehnt?", erwiderte Xie. Nez wunderte sich erneut, wie schnell Xie die Zusammenhänge erfassen konnte. Sie hätte es sich selbst nicht so schnell eingestehen können. Doch als Xie es ausgesprochen hatte, war es offensichtlich. Das war es, was sie verletzte.

„Ja!"

„Es wird schlimmer für dich, wenn du sie pflegst, nicht leichter. Da hat sie Recht", gab Xie zu bedenken.

„Aber", beharrte Nez trotzig, „ich habe ein Recht darauf, sie kennenzulernen. Sie ist meine Mutter!" Ihre Augen waren rot gerändert und ihre Lippen färbten sich leicht blau in der Kälte.

„Das ist nicht fair. Sie ist aus Indien zurückgekommen, um dir die Wahrheit zu schenken, deine Lebensgeschichte und deine innere Ruhe. Nun musst du für sie dasselbe tun. Ihr ihre innere Ruhe lassen. Und besonders, wenn sie tödlich krank ist. Du musst nichts tun, als ihr Geschenk anzunehmen." Xie klang entschlossen.

„Bin ich denn schlecht, wenn ich festhalten will, was ich liebe? Eine Familie, zumindest eine Mutter?", drängte sie.

„Du selbst hast gesagt, jeder habe deiner Meinung nach die Freiheit zu sterben, wann und wie er will. Gilt das nicht auch für deine Mutter?" Seine Entschlossenheit ließ an dieser Stelle keinen Widerspruch zu. Trotzdem wehrte sich Nez noch immer wie ein trotziges kleines Mädchen, fand Xie.

„Aber sie ist doch noch nicht tot! Noch könnte ich eine Familie haben, eine echte!", schrie Nez zurück, lauter als beabsichtigt.

„Familie kann aber auch heißen, sich Freiheit zu schenken, WEIL man sich liebt, nicht TROTZDEM."

Nez entdeckte neben der Bank einen hellen Kieselstein und hob ihn auf.

„Ich würde gerne wissen, wo ich hingehöre. Ich fühlte mich Zeit meines Lebens in allen Gruppen wie ein Eindringling, das fünfte Rad am Wagen und all das. Und ich würde doch so gerne irgendwo zugehören." Sie streichelte den weißen Kiesel in ihren kalten Händen.

„Was hindert dich denn daran?", hakte Xie nach.

„Ich weiß nicht, ob mich die anderen wirklich mögen und denke mir, *was genau könnte man denn an mir mögen?* Dann bin ich immer relativ schnell frustriert und gebe es auf."

„Was heißt *mögen* oder nicht *mögen?*", entgegnete Xie. „Es gibt kein Mögen oder *Nichtmögen*. Die Europäer sehen immer alles in Schwarz-Weiß. In Wahrheit gibt es immer Dinge, die jemand an dir mag, und Dinge, die jemand an dir nicht mag", sagte er in ruhigem Tonfall. In solchen Momenten erschien Xie Nez immer etwas entrückt. Sie antwortete erst nach einer kurzen Weile.

„Aber ich will doch hoffen, dass jemand, der sich mein Freund nennt, mich mag."

„Das ist es ja. Es gibt niemanden auf der Welt, der dich ausschließlich mag, nicht mal dein bester Freund. Entscheidend ist, was von allem übrig bleibt und das, worauf du schließlich reagierst. Wenn du jeden Grund nimmst, jemanden nicht zu mögen und deine Reaktionen daran festmachst, dann wird auch dich niemand mögen, weil du niemanden finden kannst, dem du das zu hundert Prozent zumuten kannst."

Xie schien noch etwas ergänzen zu wollen, hielt dann aber inne.

„Das ist mir zu hoch, sorry." Nez hasst das leise Flehen, das sich in ihre Stimme stahl.

„Schreib einen Artikel darüber, dann wirst du es verstehen", konterte Xie prompt.

„Hmpf." Nez warf ihre zerknüllten Papiertaschentücher in den Mülleimer. Xie gab nicht auf:

„Was ich dir sagen möchte ist: Du würdest ganz bestimmt nicht *alles* an deiner Mutter mögen. Du bist dabei, sie zu verklären. Vielleicht hat auch sie Angst davor, dass du sie auf den letzten Meter noch ablehnen würdest. Die Vorstellung, jemanden aus der Entfernung zu kennen ist oft weniger schmerzhaft, als sich tatsächlich mit einem Menschen auseinandersetzen zu müssen." Das klang nun nach eigener Erfahrung.

„Ja, vielleicht", gab Nez zögerlich zu.

„Und noch was", drängte Xie, „sie hat dir ein riesiges Geschenk gemacht."

„Was?"

„Deine Geschichte. Mit den Gegenständen, die in dem Schließfach lagen, hat sie dir deine eigene Geschichte geschenkt, zumindest den

Teil, den du bisher noch nicht kanntest. Deine Großeltern mütterlicherseits, deinen Familienzweig in England, die Geschichte, dass dein Großvater mütterlicherseits gegen die Nazis gekämpft hat, samt Orden. Die Möglichkeit, nach England zu fahren und noch lebende Verwandte ausfindig zu machen. Bilder davon, wie deine Mutter als junge Frau aussah, Vorstellungen, wie alles gewesen sein könnte und letztendlich auch die Gewissheit, dass Domenicas Geschichte die Wahrheit ist."

„Du hast Recht", gab Nez überrascht zu.
Wie so oft hatte Xie es geschafft, sie das Positive einer Sache erkennen zu lassen. Ein kleiner Hoffnungsschimmer begann in ihr zu klimmen.

„Also urteile nicht so hart über sie", fügte er in einem etwas sanfterem Tonfall hinzu und seine Augen zeigten wieder dieses offene Lächeln, das Eis zum Kochen bringen konnte. Die Wellen brandeten in dichten, dunklen Grautönen und es begann zu nieseln, als sie aufbrachen.

Nez packte, als sie zuhause angekommen waren, die Gegenstände sorgfältig in einen Schmuckkarton, den sie im Schreibwarengeschäft dafür ausgewählt hatte. Während sie noch über Xies Worte nachsann, startete sie ihren Laptop. Ganz schön langsam heute, die Kiste, dachte sie. Sie wählte die Kölnpress von heute, denn schließlich musste sie sich wenigstens auf dem Laufenden halten.
Auf der Titelseite, fett gedruckt in schwarzen Lettern, unübersehbar für alle stand:

Der Obdachlosenmörder – eine Frau?

Unter dringendem Tatverdacht steht, so aus Quellen, die der Redaktion schriftlich vorliegen, eine Kölner Journalistin, die am betreffenden Abend zuletzt mit dem Opfer gesehen wurde. Welche Verbindung besteht zwischen der verdächtigen Vanessa R. und der Toten? „Da war auf jeden Fall eine Menge Alkohol am Start", war aus oben genannter Quelle zu erfahren.

Der Bericht stieß noch weiter in diese Richtung vor, doch Nez war nicht mehr in der Lage, weiterzulesen. Sie war auch nicht mehr in der Lage, sich zu bewegen. Mit rasendem Herzschlag und gelähmten Gliedern saß sie an ihrem Schreibtisch und alles, was zu hören war, war ein tiefer, lauter Schrei: „Lars."

23.

Lars achtete darauf, sich beim Rasieren nicht mit dem langen Messer an der schwarzen Stelle zu verletzen. Er hatte sein Muttermal immer gehasst. Nicht dass es ihn entstellt hätte. Frauen mochten die ein oder andere unebene Stelle an einem Mann, wovon er in seinem unerschütterlichen Glauben an seine Attraktivität überzeugt war. Mit Befriedigung dachte er an seinen gestrigen Artikel zurück. Kalle hatte ihm mit beiden Händen gratuliert. Dr. Ohrig hatte ihm höchstselbst eine persönliche Mail gesendet: „Dreieinhalb Tausend zusätzliche Exemplare verkauft. Gratuliere!" Seine Kollegen hatten Lars mit der besonderen Mischung von freundschaftlicher Bewunderung und Futterneid gemustert, als er in der Redaktion ankam. Noch immer suhlte sich Lars in dem elektrisierenden Prickeln ihrer Blicke auf seiner Haut, als sein Handy summte. Ratsch, geschnitten, und das Blut tropfte von seiner Wange in das schaumige Rasierwasser.

Es war Nez. Misslaunig nahm er den Anruf entgegen: „Ja?"

„Ich wollte dir zu deinem Artikel gratulieren", hörte Lars vom anderen Ende der Leitung.

„Danke", erwiderte er, noch im Erfolgston von gestern schwelgend, bis ihm klar wurde, wer da überhaupt am Apparat war. Er musste ihre Ironie überhört haben. So früh am Tage arbeitete Lars´ Prozessor noch nicht. Um seinen Faux Pas zu überspielen fragte er betont sachlich „Was kann ich für dich tun?"

„Ich wollte nur mal hören, wie ein Judas am Telefon klingt", entgegnete sie mit Eis in ihrem Herzen.

„Häh?" Er versuchte, die Blutung mit einem Tempotuch zu stillen.
„Der seinen Nächsten für drei Silberlinge verkauft", fuhr sie in zynischem Ton fort. Jetzt fiel der Groschen.
„Es waren dreißig", knurrte er mürrisch.
„Das ehrt dich." Nez bedauerte, dass man auf diese Distanz niemanden vergiften konnte, so sehr hasste sie ihn im Augenblick.
„Du hörst dich gar nicht mehr so erkältet an", bohrte Lars giftig nach und er gab sich keine Mühe, seine Häme zu verbergen.
„Wie bitte?", stotterte Nez. Sie hatte sich von seiner Unverfrorenheit überrumpeln lassen.
„Aha, ich glaube, das mit der Krankmeldung habe ich jetzt auch verstanden." Lars setzte noch einen drauf.
„Ist das alles, was nach acht Jahren von uns übrig ist?", fragte Nez, und sie hätte sich am liebsten noch im gleichen Augenblick dafür geohrfeigt.
Für Lars klang diese Frage wie ein ungerechtfertigter Vorwurf. Schließlich hatte *sie ihn* hingehalten, ihn von sich gestoßen, ihn für ein karrieregeiles Arschloch gehalten. Nun sollte sie erfahren, wie sich so etwas wirklich anfühlte. Sie hatte ihn dazu getrieben! Und er war davon überzeugt, dass sie sich mit einem anderen Mann traf. Wer hätte das sonst an ihrem Handy sein sollen? Ihre Frage war also reichlich dreist.
„Du bist derjenige, der gegangen ist", sagte er.
Es hatte keinen Zweck mehr, Öl ins Feuer zu gießen, fand Lars. Was geschehen war, war geschehen. Das Kapitel war abgeschlossen.
„Und dafür musst du mich in der Zeitung als mordverdächtig verleumden? Du weißt doch genau, dass ich niemanden umgebracht habe", fauchte Nez. Wie immer, wenn sie sich aufregte, empfand sie ihre Stimme selbst nun als schrill und hässlich.
„Hast du denn in der Zwischenzeit dein Gedächtnis wiedergefunden?", fragte Lars und man konnte förmlich hören, wie er die Provokation genoss. Ein Tiger vor dem Sprung, bereit zu zuschlagen.
Nez schwieg erst und gab dann kleinlaut zu „Nein."

Lars konnte sich der Versuchung nicht erwehren. „Ich weiß, dass du mir die Stelle nicht gönnst. Aber du hattest eine faire Chance, Nez."

„Glaubst du, wenn es umgekehrt wäre, ich hätte dich öffentlich gesteinigt? Das ist Rufmord."

„Ja, klar", nölte er.

„Wie soll ich denn jetzt noch in der Redaktion arbeiten?", fragte Nez. „Du hast mich zum Gespött aller gemacht."

„Wer glaubt, von einer indischen Geisteskranken verfolgt zu werden und heimliche Botschaften von einer vor vierzig Jahren verstorbenen Mutter zu bekommen, hat glaube ich, ganz andere Probleme. Aber wenn es dich beruhigt, aus Loyalität zu dir habe ich genau das nicht geschrieben. Auch ich habe Prinzipien." Sie wusste für einen Moment nicht, ob er dies ironisch meinte, doch ihre Wut kochte unaufhaltsam hoch. Jetzt galt es nur noch, auszuteilen. Sie atmete tief ein, um selbstbewusster zu klingen, da sie sich ihrer Stimme schämte: „Da muss man es ja mit der Angst bekommen, wenn du zu jemandem *loyal* bist. Hoffentlich haust du deine eigene Familie nicht ebenso rein." Treffer. Lars zögerte. Sie hörte ihn am anderen Ende schnaufen.

„Du siehst immer nur das Schlechte an mir. Dabei habe ich jetzt einen Kredit aufgenommen für die Trinkhalle."

„Trinkhalle?", fragte Nez? Das war ihr neu.

„Ja, das mit dem Wäschegeschäft ging nicht mehr. Wir ziehen die Insolvenz durch und ich investiere in eine Trinkhalle. Aber warum erzähle ich dir das eigentlich noch? Lass gut sein", beendete er seine Ausführungen resigniert.

„Hm, so langsam wird mir alles klar", entgegnete sie.

„Wie meinst du das?", fragte Lars begriffsstutzig.

„Du hast dich entschieden und ich bin das Bauernopfer. Du *musstest* den Artikel schreiben, weil du unter Druck standest und du die Stelle haben wolltest, und du hast deiner Familie finanzielle Hilfe versprochen."

„Ja, du bist ein armes Opfer. Immer schon gewesen. Das ist dein Problem. Sei mal froh, dass ich nicht weitererzähle, dass du dich mit Krankenschein mit irgendeinem Typen, der nicht mal richtig Deutsch kann, irgendwo herumtreibst. Zuhause bist du jedenfalls nicht ans Telefon gegangen."

„Wie kann ich dir jemals danken?", fragte Nez lakonisch. Lars fand Nez' Antwort gefühlskalt und insgesamt ihr Verhalten der letzten drei Wochen herzlos und widerlich. Sie konnte ihm wirklich danken, dass er sie nicht noch stärker reinritt. Wenn er erst einmal wühlen würde, würden sich in der Obdachlosengeschichte bestimmt noch ganz andere Dinge auftun. Von wegen Visitenkarte mit 0180er-Nummer und so weiter! Konnte er sich so viele Jahre in ihr getäuscht haben?

Und sie hatte Recht. Er hatte keine Wahl gehabt, er *musste* Kalle einen Artikel über den Brückenmord liefern. Und das hatte er getan, nicht mehr und nicht weniger. Er hatte ganz vergessen, dass Nez noch in der Leitung war, und einfach aufgelegt.

Doch je länger er grübelte, umso stärker konnte er sie in seinen Gedanken hören: *Du wolltest Musiker und Musikjournalist werden. Sieh dich an! Sieh in den Spiegel, und was siehst du da? Einen billigen Boulevardschmierfinken von Kalles Gnaden, der seine Freundin für einen Artikel verkauft. Judas.*

Nez tobte vor Wut, als er einfach aufgelegt hatte. Es war nicht zu ändern. Es war vorbei. Aus und vorbei. Sie zog das Foto ihrer Mutter hervor, wie sie mit Nez hochschwanger in einer Eisdiele saß, einen Eisbecher löffelte und selig lächelte. Ihre graublauen Augen überstrahlten die Wirkung der damals furchtbaren Frisuren. Ein warmes Glücksgefühl durchzog Nez bei dem Gedanken, mit irgendetwas auf dieser Welt verbunden zu sein, und wenn es auch nur die gemeinsame Geschichte mit dieser schönen und geheimnisvollen Frau war, die beteuert hatte, sie zu lieben. *Wenn du mich kennen würdest, würdest du dir das noch einmal gut überlegen,* dachte Nez. Liebevoll streichelte sie über das Foto. Die Frau auf dem Bild hatte auffällig große helle Augen, so wie sie selbst.

24.

Nach dem Telefonat mit Lars war Nez gestern Abend früh schlafen gegangen. Sie konnte weder Gespräche noch irgendeine Art von Nahrungsaufnahme ertragen. Xie und Constanze hatten sich in dem nostalgischen Inselkino einen alten Film angesehen. Sie hatte keine Ahnung, wie sie es schließlich geschafft hatte, einzuschlafen. Endlich, sie hatte die Nacht überstanden. Mit schmerzenden Gliedern zwang sie sich, aufzustehen. Es war noch früh, die Insel schlief noch.

Sie nahm ihre Jacke und verließ die Wohnung. Sie musste alleine sein und sich den Wind durch die Poren wehen lassen! Nez schlenderte durch die sanftgrüne Dünenlandschaft in Richtung Strand. Die Morgensonne am Horizont war wunderschön und blendete sie. Die Tage wurden wieder länger und die Natur warf ihr buntes Gewand jetzt über alles. Sie stieg auf den kleinen Dünenhügel und genoss die Aussicht auf den kilometerlangen Sandstrand. Balsam für die Nerven, gerade an einem solchen Tag. Nur gut, dass niemand sonst daran dachte, was für ein Tag heute war. Der Himmel war klar und hell, und die Sonne durchflutete die Spinnweben in ihrem Kopf.

Sie machte sich an den Abstieg über die versandeten Holzlatten hinunter zum Strand. In der Ferne, nah am Wasser, sah sie eine Gestalt in einem schwarzen Anzug. Eigenartige Bewegungen, langsam und graziös führte diese aus, und sie schien völlig in ihre Bewegungen versunken zu sein. Sie wusste, dass es Xie war, der dort drüben für sich Tai Chi übte. Man könnte fast denken, die Welt sei in Ordnung, dachte Nez, wenn jemand am Strand Tai Chi praktiziert. Die Bewegungen vermittelten Ruhe, Frieden und Konzentration, eben wie Meditation in Bewegung. Xie hatte ihr erzählt, dass die Bewegungen ursprünglich Kampfkunstbewegungen gewesen waren, die im Laufe der Jahre durch die großen Meister zu kunstvollen Formen zusammengesetzt worden waren. Sie hielt Abstand und setzte sich ein Stück weiter in den Sand. Xie sollte nicht gestört werden. Nez wusste nicht, ob sie am heutigen Tag besonders glücklich oder unglücklich sein sollte. Im Moment war sie noch unentschieden und reckte ihre Nase der Sonnenwärme entgegen. Trotz der Sonne musste man sich vor dem scharfen Nordseewind in Acht nehmen. Die Sonne war verführerisch. Nez beobachtete die Möwen, wie diese sich in gebührendem Abstand in Xies Nähe tummelten, stets auf der Suche nach Essbarem.

So gesehen hatte Nez ihre persönliche Heldenreise hier beendet. Sie hatte es geschafft, das Schließfach zu öffnen und Xie hatte Recht: sie war reich beschenkt worden. Der Gedanke, dass ihre Mutter dort draußen irgendwo todkrank unterwegs war und Nez nicht einmal persönlich kennen lernen wollte, versetzte ihr zwar jedes Mal einen Stich, doch vielleicht hatte Xie Recht. Es war ihre freie Entscheidung und Nez blieb gar nichts anderes übrig, als sie zu akzeptieren. Möglicherweise würde sie das irgendwann in ferner Zukunft wirklich einmal tun, es respektieren, ohne die eigene Herabsetzung dabei zu empfinden. Aber heute, an diesem besonderen Tag gelang ihr dies sicherlich nicht. Von Xie hatte sie viel gelernt. Wenn sie ihn so beobachtete, hatte sie von ihm doch mehr Optimismus und Gelassenheit erlebt, als sie es bisher von Personen erfahren hatte. Auch jetzt wirkte er ganz im Einklang mit sich selbst, als er seine Bewegungen abschloss, sich das Handtuch um die Schultern zog und zu ihr hinkam.

„Guten Morgen! Schön, dass du da bist. Wie fühlst du dich?", fragte er. Das würde Nez nach dieser Fahrt fehlen. Xie hatte sich als ein einfühlsamer Gesellschafter entpuppt. Wer hätte das gedacht, dieser schrullige, altmodische verhuschte Chinese, als den sie ihn kennengelernt hatte? In seiner Gegenwart fühlte man sich einfach nie alleine. Er war immer hundertprozentig präsent.

„Ich habe ihr einen Brief in das Schließfach gelegt. Ich nehme an, sie hat auch noch einen Schlüssel und könnte mit so etwas rechnen", berichtete Nez.

„Eine gute Entscheidung. Willst du mir sagen, was darin steht?", erkundigte er sich.

„Verzeihung."

„Was?" Xie stutzte.

„Dass ich ihr verzeihe." Nez klang jetzt innerlich ruhiger als am Vortag, stellte Xie mit großer Erleichterung fest.

„Sonst nichts?" Xie hob fragend die Augenbrauen.

„Nein. Ich bin noch nicht so weit", entgegnete sie.

Xie nickte verständnisvoll - wie immer. Egal, welche Entscheidung man traf, Xie brachte immer Respekt dafür auf. Hauptsache, man entschied sich und stellte sich der Verantwortung. Auch das hatte Nez von ihm in dieser kurzen Zeit gelernt.

„Ich glaube, sie wird es richtig verstehen", schloss er das Thema.

„Aber ... Ich sehe Sorgenfalten auf deiner Stirn. Sprich!" Ihm entging auch nichts.

„Du solltest zum Geheimdienst gehen", erwiderte Nez.

„Wer sagt dir, dass ich nicht schon lange dabei bin? Schließlich öffne ich auch fremde Türen." Xie grinste. Doch die Anspannung war nicht wirklichlich verflogen.

„Wo ist eigentlich Constanze?" Besorgt blickte sich Nez am Strand um.

„Sie wollte Lebensmittel einkaufen. Sie war so, wie soll ich sagen, auf jeden Fall guter Dinge. Mach dir keine Sorgen", antwortete Xie. Da war doch noch was, fand Nez. Irgendwie klang er nicht echt. Sorgen meldeten sich in ihrem Hinterkopf. Doch sie wollte Xie noch von dem Telefonat erzählen.

„Ich habe mich gestern sehr über Lars geärgert. Er war am Telefon mehr als komisch. Und, hat er eventuell mit dir gesprochen, als ich geschlafen hatte?"

Xies Stirn zeigte den Schatten einer Wolke, der gleichsam seine vorher so unbeschwerten Gedanken durchzog.

„Ja, sorry, ich hatte wirklich vergessen, dir Bescheid zu geben. Du warst gerade im Badezimmer und dein Handy hatte geklingelt. Tut mir leid, ich wusste nicht, ob ich rangehen durfte."

Nez nickte.

„Lars war am Apparat und hatte aber dann wieder aufgelegt", antwortete Xie schuldbewusst. Das klärte einiges.

„Mach dir keine Sorgen. Die Sache ist sowieso so chaotisch. Er bildet sich jetzt ein, dass wir was miteinander hätten, weil du an mein Handy gegangen bist und gesagt hattest, ich könne gerade nicht", entfuhr es ihr, ohne, dass sie über die mögliche Wirkung dieser Worte nachgedacht hätte.

Instinktiv rückte Xie zwei Zentimeter von Nez ab und straffte seinen Rücken.

„Du sagst ja gar nichts", bohrte Nez. Hatte er was?

Xie malte Kreise in den Sand und fragte nach einigen Sekunden „Was ist das eigentlich für einer, dieser Lars. Ist er treu?"

„Davon gehe ich mal aus. Er ist ... oder vielmehr, er *war* mein Verlobter. Da bin ich mal davon ausgegangen, dass er treu war. Aber du fragst eigentlich nie etwas ohne Hintergedanken. Was ist los?" Nez setzte ihren strengsten Gesichtsausdruck auf und sah in geradeheraus an. Sie spürte, dass Xie irgendetwas ausbrütete.

„Wollte nur wissen, ob du jetzt noch mit ihm verlobt bist", gab Xie kleinlaut zurück.

„Nein, ich habe richtig mit ihm Schluss gemacht, naja, mehr oder weniger. Ich weiß nicht ... Doch, schon."

„Klingt sehr überzeugend. Wer kommt denn da vorne?" Xie atmete vor Dankbarkeit über die Ablenkung auf, als er Constanze über den

Strand staksen sah. Sie trug ein Stirntuch, doch das nützte ihr nichts. Die braunen Haare wehten ihr ins Gesicht und sie sah fast nichts. In beiden Händen trug sie stolpernd einen roten Picknick-Korb. Ihre Schuhe hatte sie an den Schnürsenkeln zusammengebunden und um den Hals gehängt.

Als sie näher kam, sahen sie, dass Constanze fröhlich lächelte und sich dann auf die Knie in den weichen Sand fallen ließ.

„Hallo Leute! Euch fehlt eindeutig etwas zu trinken", rief sie guter Dinge.

Fröhlich halfen alle, den Picknick-Korb auszupacken. Sie breiteten feine Törtchen vom Konditor, ein Baguette, eine Portion Lachs und ein appetitliches Stück Käse aus.

„Champagner?", fragte Xie, als er die gekühlte Flasche und drei Champagnerkelche aus Plastik dazu aus dem Korb hob.

„Gibt es etwas zu feiern?", fragte Nez, ohne dass sie selbst in diesem Augenblick an den Grund gedacht hätte.

„Ja", sagte Constanze feierlich, „wir dürfen jetzt Nez ein Ständchen singen. Alles Liebe zu deinem Geburtstag, mein Schatz!" Constanze umarmte Nez, dann tat Xie es ihr nach. Die Umarmungen waren lange und herzlich.

Nez fuhr das Blut in die Wangen und sie spürte, wie die wohlige Wärme der Freundschaft sich in ihr ausbreitete. Ihr vierzigster Geburtstag und trotz all der Wirren und Turbulenzen hatte Constanze daran gedacht!

Ihr wurde gratuliert, sie wurde geherzt und geküsst, und in diesen Minuten schwamm Nez im Glück auf ihre eigene kleine Insel zu. Sie stießen mit Champagner an und aalten sich in der Sonne. Bällchen hörte gar nicht mehr auf, sich im weichen Sand zu wälzen. Als geballtes Glückspaket hopste er über den Strand, jagte die vorderen Wellen, patschte mit den Pfoten ins Wasser und lief wieder zurück zur Gruppe, wo er erneut vor Freude fiepend den Bauch in die Luft streckte und seinen Rücken im Sand wälzte. Er sah aus, wie ein haariges paniertes Schnitzel.

„Was willst du eigentlich vom Leben noch mehr? Gute Freunde, ein rundes Gefühl, dass du das Wichtige in deinem Leben ange-

gangen hast, und ein sonniges, ruhiges Eckchen mit lecker Essen!"
Nez konnte gar nicht mehr aufhören zu schwärmen. Sie spürte Xies Wärme neben sich und das prickelnde Champagnergefühl in ihren Adern. Sie war froh, dass Constanze eine gute Phase hatte.
„Es gibt einen Sänger!", erzählte Xie, „Bob Dylan. Kennt ihr den?" Nez und Constanze sahen sich feixend an. !"Ja?", gaben sie im Chor zurück.
„Auf jeden Fall sagte der, du bist erfolgreich, wenn du vom Aufstehen bis zum Schlafengehen tust, was du *gerne* tust." Xies dozierender Tonfall wirkte in diesem Augenblick wie Comedy.
„Darauf trinken", fiel Constanze ein, „wir", ergänzte Nez und sie stießen erneut an und kicherten.
„Aber ich glaube", philosophierte Xie weiter, „dass dies nicht reicht. Es geht darum, zu wachsen und einen Weg zu gehen. Sich immer weiter zu vervollkommnen, zu verbessern, egal, was man gerade tut. Man muss immer wachsen."
„Aber jetzt mal ehrlich. Wir sind so unbedeutend, so klein", entgegnete Constanze. „Wen interessiert es denn wirklich, was wir tun? Keinen. Und genau das ist der Grund, warum nirgendwo wirklich ein Sinn verborgen liegt. In nichts." Eine emotionale Wolke drohte sich vor die sonnige Gruppenatmosphäre zu schieben. Nez schaute sie fragend an. Constanze schien sich hinein zu steigern.
„Alles, was wir machen, machen wir irgendwie mittelmäßig. Nichts machen wir wirklich gut. Wir sind nicht wirklich gute Erzieher, Journalisten, Köche. Es gibt da draußen Millionen, die das besser machen. Wenn du heute von der Erde fällst, sitzt morgen jemand anderes auf deinem Platz, der es viel besser macht und dafür mehr gelobt wird und so weiter. Und du hast dir vorgestellt, unersetzlich und etwas Besonderes zu sein..." Wenn sie so in Fahrt ist, könnte sie auf der Kanzel predigen, dachte Nez verärgert. Doch Xie unterbrach Constanze, was er sonst eigentlich nie tat:
„Hast du dir schon einmal vorgestellt zu leben, ich meine *richtig zu leben*, zu empfinden und lebendig zu sein, *ohne* gerade in jedem Moment einen Sinn oder einen höheren Zweck zu erfüllen?", fragte er.

„Ohne Sinn? Das widerspricht ja gar nicht dem, was du gerade gesagt hast. Du sollst wachsen, aber bitteschön, ohne Sinn." Constanzes Augen glühten wie Kohlen. Xie blieb indessen ruhig, als er antwortete: „Vieles von dem, was wir glauben, glauben wir, weil wir gelernt haben, dass wir es glauben *sollen*. Es ist aber nicht alles davon notwendig, um das Gefühl zu haben, lebendig zu sein". Das Thema schien ihm zu liegen.

Constanze schien sich ebenfalls an dieser Frage festzubeißen, während Nez bereits wünschte, überhaupt nicht davon angefangen zu haben. Schließlich war es ihr Geburtstag. Constanze blitzte Xie an: „So, als würdest du zu einem Fisch sagen, *hey, das Wasser ist nur eine Illusion. In Wahrheit brauchst du es gar nicht zum Schwimmen*. Und, was würde dein Fisch darauf antworten?"

Xie entgegnete „er würde es nicht verstehen". Er blickte über die Brandung, die jetzt kraftvoller und weniger sanft war als noch vor einer Stunde.

„Aber er würde auch nicht wissen, dass er zwangsläufig sterben muss", fügte er mit ernstem Gesichtsausdruck hinzu.

Constanze griff den Gedanken auf: „Du meinst, da er erst im Augenblick seines Todes merken würde, dass ihm etwas Lebenswichtiges fehlt, wäre es sein Leben lang ein glücklicher Fisch."

„Darum beneiden wir die Tiere. Das ist das Sein", entgegnete Xie in stoischer Ruhe, ohne sich an ihrem spitzfindigen Zwischenton aufzuhalten.

„Beati pauperi spiritu", entgegnete Constanze schnippisch. Nez wollte Xie, der natürlich nie Latein gelernt hatte, nicht in Verlegenheit bringen und übersetzte „Glücklich sind die, die im Geiste arm sind."

„Ich würde es *Leben im Hier und Jetzt* nennen", sagte Xie unbeeindruckt, ohne sich auf weitere Diskussionen über das Glück der Fische einzulassen. Er schien wirklich mit sich und der Welt im Reinen, dachte Nez. Zumindest mit dem, was er vom Leben erwartete. Constanze fiel keine weitere Weisheit mehr ein, mit der sie Xie hätte herausfordern können, und so suchte sie ebenfalls versonnen den Horizont ab und nippte dabei weiter an ihrem Champagner.

Nez setzte ihr Glas ab und fasste Xie und Constanze an den Händen. „Ich möchte euch beiden danken, dass ihr mit mir gekommen seid. Das war mir sehr wertvoll und eine große Hilfe. Ihr habt mich nicht alleine losziehen und an meinem vierzigsten Geburtstag vor einem Bankschließfach stehen lassen, auf der Suche nach meiner todkranken irren Mutter." Es war das erste Mal gewesen, dass sie etwas lockerer über die ganze Geschichte gesprochen hatte.

„Ach, sei nicht so höflich", sagte Xie. Sie blickte ihm offen in die Augen, hielt die Spannung aus und sagte „Das habe ich von dir. Wie überhaupt einiges. Danke!"

„Und als Nächstes werden wir für Constanze da sein, bis sie wieder fest im Sattel sitzt, und wir müssen mal Xies Sohn kennenlernen und ihm und seiner Cousine Wang zeigen, dass sein Onkel ein feiner Kerl ist, der in Deutschland Freunde hat und dem es gut geht."

Das kleine Grüppchen wurde still und rückte unmerklich ein bisschen näher zusammen. Die Zeit verlor jede Bedeutung. Als die Sonne irgendwann hinter den Dünen abtauchte, verschwand mit ihr auch die restliche Wärme und sie beschlossen, am Abend noch etwas Leckeres zu kochen, um Nez´ Geburtstag gebührend zu feiern.

„Aber nicht chinesisch", warf Xie ein. „Könnt ihr auch was richtig Deutsches?"

„Spaghetti kann ich", pries Constanze stolz an.

„Sonst noch was typisch Deutsches?", löcherte er sie.

„Ich wäre für Ratatouille", warf Nez ein. Xie verdrehte die Augen. Er war mit zwei Frauen auf einer Insel und keine konnte richtig kochen! Sie einigten sich schließlich auf Backofenkartoffeln, feine Steaks und Salat.

Diesmal lud Nez die beiden zum Essen ein und wollte gerne als Dankeschön für beide kochen. Constanze verschwand mit dem Handy hinter der Tür und Xie spülte das Besteck vom Picknick ab.

„Du hast schon wieder diesen Grübelblick", sprach Xie in die Stille.
„Habe ich gar nicht gemerkt, sorry." Nez hatte wirklich nicht gemerkt, wie ihre Gedanken wieder zu kreisen begannen. Plötzlich störte sie die Stille auch. „Soll ich das Radio einschalten?"
„Was denkst du?", fragte Xie. Sie sah nur seinen Rücken.
„Nur über meine Mutter ...", gab sie zu.
„Lass es einfach mal auf sich beruhen. So etwas braucht auch Zeit", sagte Xie, „Oder kann ich dir dabei irgendwie helfen?" Er drehte sich zu ihr um, einen Salatkopf in der Hand.
„Wie lange hat es bei dir gedauert?", traute sich Nez schließlich zu fragen.
„Was?" Ihm war unklar, was Nez wissen wollte.
„Bis du das alles hinter dir hattest. Mimi, Bonian..." flüsterte sie leise.
Seine Mine verfinsterte sich. Seine Stimme klang brüchig, als er antwortete. „Nie."
„Ich meine, wie war es für dich, dein Kind wegzugeben?" Diese Frage traf Xie wie ein Blitz. Er ließ den Löffel fallen, der laut auf die Küchenfliesen auftraf. Xie schreckte sichtlich zusammen und bückte sich nach dem Löffel.
Constanze kam nun herein, sie hatte anscheinend doch mitgehört und zeterte:
„Dein Taktgefühl ist wieder mal umwerfend, Nez!"
„Gerade du!" maulte Nez zurück.
„Was willst du denn damit sagen?", fuhr Constanze sie von der Seite an.
„Hier richtet sich doch alles nur nach dir. Sag nicht, du merkst das nicht einmal. Soviel also zum Thema *Taktgefühl*", erwiderte Nez mit deutlich lauterer Stimme.
„Was genau soll ich merken?", Constanze baute sich mit in den Seiten aufgestützten Armen vor Nez auf.
„Na, alles ... wie anstrengend das manchmal mit dir ist. Du weißt auch nie, wann man mal nicht mehr kann." Zwei Frauen, die jede

auf ihrem Pulverfass stehend, mit dem Streichholz vor der Nase der jeweils anderen herumfuchtelten. Niemand achtete indessen auf Xie. Dieser setzte sich langsam auf einen Küchenstuhl und wirkte sichtlich angegriffen.

„Ich habe ihn nicht weggegeben. Sie haben ihn mir weggenommen", presste er hervor.

„Entschuldige, aber du wolltest, dass er im Wohlstand aufwächst", schob Nez nach, jetzt die Aufmerksamkeit von Constanze abziehend.

Was hatte sie nur Falsches gesagt, dass plötzlich beide auf sie einhackten? Nez ging es doch nur darum, ihre eigene Situation zu verstehen. Ihre Mutter, ihre Kindheit, ihr Leben. Beide starrten sie jetzt giftig an. Xie fuhr leise fort:

„Ich wollte, vielmehr Mimi und ich wollten, dass er legal aufwächst, mit einer Familie und zur Schule gehen kann. Er sollte Rechte haben, die Möglichkeit, die deutsche Staatsbürgerschaft zu bekommen und legal in einem freien Staat aufzuwachsen. Er sollte ein freier Mensch mit Chancen werden, damit ihm solche Dinge wie mir nicht passieren müssten." Xie schien plötzlich wieder kraftlos und gealtert zu sein.

„Ich wollte ja auch nichts Schlimmes damit sagen, ich wollte es nur verstehen", beschwichtigte Nez. Was war heute los mit ihnen?

„Ich habe schon verstanden", gab Xie schnippisch zurück, „es sagte aus, Mimi und ich wären Vogel-Eltern gewesen..."

„Rabeneltern", korrigierte Constanze von der Seite.

„Sei *du* mal ganz ruhig, mich immer zu korrigieren. *Du* musst mir gar nichts sagen", giftete Xie nun nach der anderen Seite. Nez verstand nicht mehr, was hier los war, aber mit Spaß hatte das nichts mehr zu tun.

„Was hat denn der auf einmal?", fragte Constanze genervt und verdrehte die Augen.

„Ach, du weißt es also nicht. Bei dir ist alles top in Ordnung, was?" Xie baute sich geradezu vor Constanze auf. So dünn war er gar nicht.

„Was hab ich dir denn jetzt getan?" Constanze ließ ihre Beherrschung fahren. Schließlich ließ sie sich nicht von jedem anmaulen.

„Ich sage nur *Spiegel*!", fauchte Xie sie an.

„So wie das Wochenmagazin? *Der Spiegel*?" Sie verstand nicht. Die Verwirrung stand Constanze ins Gesicht geschrieben. Für einen Moment wirkte es auf Nez so, als ob Xie die Hand heben wollte. Doch dann schien er sich wieder zu kontrollieren. Er steckte die Hand in die Hosentasche und drehte sich zum Fenster um. Musste er sich wirklich so stark beherrschen? Sie nahm von der Seite wahr, wie seine Mundwinkel zuckten.

Xie selbst war tatsächlich kurz davor, sich zu vergessen. Die Bemerkung von Nez hatte auf ihn so ungeheuerlich gewirkt, so vorwurfsvoll, so, als hätte er Bonian und Mimi leichtfertig aufgegeben. Und dann kam Constanzes Selbstgerechtigkeit dazu, das war einfach zu viel. Wer sagte, dass die beiden Frauen nicht ein egoistisches Spiel mit ihm trieben, ihn als Mädchen für alles, Bodyguard und Fahrer durch die Gegend schickten, während er gerade sein bisheriges Leben für sie aufs Spiel setzte, und sie warfen ihm sein Leben auch noch vor?

Er versuchte seine Stimme gewaltsam ruhigzuhalten und drehte sich wieder um, als er fortfuhr.

„Männerfotos – am Spiegel", sprach er betont langsam aus, während er Constanze in die Augen sah.

„Huch, was gehen dich denn meine Fotos an?" Constanze wirkte beleidigt. „Wie kommst du überhaupt ...", schnappte sie zurück, bis ihr wieder einfiel, dass er Bällchen in ihrer Abwesenheit gefüttert hatte.

„Mich nichts, aber vielleicht deine beste Freundin hier?" Zu lange hatte Xie das Geheimnis schon schweren Herzens mit sich herumgetragen. Bereits am Strand wollte er heute Nez einen Hinweis geben, doch dann war alles anders gekommen. Er wusste, dass in solchen Fällen immer der Bote geköpft wurde, doch er konnte auch nicht mehr mit der Last des Wissens leben. Was war, wenn in drei-vier Tagen Nez wieder mit Lars zusammenkam, mit dem notorischen Lügner, und er gleichzeitig auch wieder mit Constanze oder einer anderen sein Spiel treiben würde. Er könnte verhindern, dass Nez erneut gedemütigt würde. In den letzten beiden Tagen hatte er viel von Nez erfahren. Und er fühlte sich ihr verbunden. Verbunden genug, um nicht verantworten zu können, dass sie von ihrer sogenannten besten Freundin vorgeführt wurde.

Constanze und Xie funkelten sich an wie zwei Katzen nach Stunden des Anfauchens. Fast bewegungslos schien sich ein unhörbarer Dialog zwischen ihnen zu entspinnen. „Was ist hier los?", schaltete sich Nez ein. „Ich merke doch, dass hier was im Busch ist."

„Gar nichts, der Chinese hat nur eine schmutzige Fantasie." Constanze betonte jedes Wort in geschnitten scharfer Artikulation.

„Der Chinese hat einen Namen." Zornesröte füllte Xies Wangen. Selbst seine Augen schienen rot zu funkeln und von Schwäche war keine Spur mehr, als er ebenso langsam und betont das Wort „Lars" aussprach. Stille.

„Lars 2002", wiederholte er.

„Jetzt pack mal aus, um was es hier geht." Nez verlor allmählich die Geduld.

Xie starrte noch immer Constanze an. Diese machte auf dem Absatz kehrt, verließ die Küche und schloss sich im Badezimmer ein.

Nez klopfte und rüttelte an der Tür. „Nun sag mir verdammt nochmal, was los ist hier. Was wird hier gespielt? Mach sofort die Tür auf. Constanze! Was war mit Lars 2002?" Keine Reaktion. Minutenlanges Trommeln blieb erfolglos. Nez ließ sich an der Tür auf den Boden herabgleiten. Xie fühlte sich immer noch schlecht, dass er diesen Streit schließlich verantworten musste. Jetzt war es an der Zeit, den Boten zu köpfen. Bereitwillig setzte er sich neben Nez.

„Constanze und Lars haben was miteinander?", fragte Nez zögernd.

Xie nickte erst, dann schüttelte er den Kopf. „Jetzt nicht mehr. Es war im Jahre 2002. Wart ihr damals schon zusammen?"

Jetzt nickte Nez. „Wie sicher ist das?", fragte sie.

„Es ist hundertprozentig sicher. Ich habe es erfahren, als ich in der Wohnung war und mich um Bällchen gekümmert habe."

„Wie, in der Wohnung *erfahren*?", hakte sie nach.

„Ihre Wohnung strotzt vor Beweisen." Xie hoffte, dass er nicht mehr sagen musste.

„Und du bist sicher, es ist *mein* Lars?" Nez blickte ihn von unten herauf an, unsinnige Hoffnung lag in dieser Frage. Sie wirkte wie ein kleines Mädchen auf Xie, das fragte, ob es den bösen Wolf wirklich da draußen gäbe. Hässliche Sache.

„Hat er ein Muttermal unter dem linken Auge?", fragte Xie.

„Allerdings", antwortete Nez tonlos. Xie fand, dass sie sehr gefasst wirkte, doch das konnte auch noch der Schock der unverarbeiteten Neuigkeit sein.

„Wie genau ist der Beweis beschaffen? Ich glaube, ich habe ein Recht darauf, das zu erfahren", sagte Nez, auf alles gefasst, wie sie glaubte.

„Ihr Tagebuch sprach eine eindeutige Sprache", gab Xie schließlich zu. Es hatte keinen Zweck, sich in erneute Lügen zu verstricken.

„Du liest mein Tagebuch? Einfach hinter meinem Rücken? Du mieses Schwein!", drang es durch die Badezimmertür. Mist, Constanze hatte alles mit angehört. Constanze tobte tatsächlich wie ein wildes Ferkel durch das Bad, schlug jetzt ihrerseits gegen die Türe und die beiden wussten nicht, ob sie sie rauslassen oder einschließen sollten. Teile aus Glas und Porzellan gingen scheppernd zu Boden. Ein dumpfer Aufschlag gegen den Spiegelschrank war zu hören.

Xie flüsterte Nez zu „Hast du irgendetwas Scharfes im Bad? Scheren, Messer?" Nez´ schüttelte den Kopf. Zugleich schrillten alle ihre inneren Alarmglocken. Dort mussten jetzt haufenweise Scherben liegen.

„Constanze, mach sofort die Tür auf, oder ich trete sie ein", schrie sie mit Leibeskräften.

„Ihr seid beide gleich. Wahrscheinlich hast du auch in meinem Tagebuch gelesen und ihr beide habt euch dann über meine Dummheit kaputt gelacht!", schrie Constanze aus dem Bad.

Xie musste handeln. Der Aufschub machte es nicht besser.

„Geh von der Türe weg, Constanze, ich trete sie jetzt ein."
In seiner Stimme musste etwas gelegen haben, was der Drohung Glaubwürdigkeit verlieh, genauso wie auf der Autobahnraststätte. Sie hörten, wie der Schlüssel im Schloss gedreht wurde. Mit einem Ruck öffnete Constanze die Tür und brach mit der Kraft eines Nilpferdes durch die beiden hindurch. Rumms. Ihre Schlafzimmertür war geschlossen, aber sie drehte den Schlüssel nicht mehr herum.

„Du liest also anderer Leute Tagebücher, richtig?", fragte Nez Xie mit distanzierter Verachtung.

Er blickte zu Boden. Darauf hatte er keine schlaue Erklärung, das wusste auch er.

Das zweite Donnern verkündete, dass auch Nez hinter ihrer Schlafzimmertür verschwunden war. Vielleicht war es auch besser so. Alle mussten sich jetzt irgendwie abkühlen. Mit Worten war heute Abend nichts mehr zu heilen. Sie brauchten Zeit.

Wie ein geprügelter Hund schlurfte Xie zurück in die Küche und räumte die letzten Dinge auf. Dann nahm er einen Müllsack und ging ins Badezimmer. Ein Bild der Verwüstung, voller Scherben! Verschiedene Fläschchen und alles aus den Kulturbeuteln waren wild umhergeworfen.

„Herzlichen Glückwunsch, Nez. Ich hätte dir einen schöneren Geburtstag gewünscht", sprach Xie zu sich selbst, als er über den Boden kroch und vorsichtig die Scherben aufsammelte.

*

Nez musste sich erst orientieren, als sie im dunklen Zimmer erwachte. Dann dämmerte ihr plötzlich wieder, was vorgefallen war. Die schlechte Neuigkeit schoss in ihr Bewusstsein. Ich wollte, ich könnte das irgendwie rückgängig machen, dachte sie. Den Tag, die Neuigkeit, alles irgendwie. Der Gedanke, fünf Jahre von Lars und Constanze belogen worden zu sein, war furchtbar. Nicht nur Lars hatte die Frechheit gehabt, sich mit ihr verloben zu wollen, ohne die vergangene Affäre mit Constanze zu beichten. Auch Constanze ihrerseits hatte in den vergangenen Tagen immer wieder ihre Freundschaft zu Nez bekräftigt, stets in dem Bewusstsein, dass sie die vergangene Geschichte mit Lars vor ihr verheimlichte. Gab es auf der Welt überhaupt ein Gefühl der Verbundenheit zwischen den Menschen? Vermutlich musste jeder seinen Weg alleine gehen. So war es nun mal auf der Welt. Heute Nachmittag, während der kleinen Geburtstagsfeier am Strand hatte sie für eine kurze Weile an den Traum von Freundschaft und Zugehörigkeit geglaubt. Es war *zu* schön gewesen. Sie seufzte, als sie sich leise anzog, ihren Parka nahm und sich auf Zehenspitzen aus der Wohnung stahl. Bällchen nahm ein Stück Schokolade als Schweigegeld an und verriet sie nicht. Leise zog sie die Tür hinter sich zu.

Der kalte Wind und die nahezu gespenstige Ruhe der Insel in der Dunkelheit hatten etwas Eigenes. Rau und eisig empfing sie die Nacht, doch genau so wollte Nez es haben. Sie suchte die Kraft der Elemente, als sie durch die Dünen zum Strand marschierte. Mit ihrer kleinen Taschenlampe fand sie den Weg, ohne im Gestrüpp zu landen. Als sie den Sand erreichte, schaltete sie die Taschenlampe aus und grub sich durch die feuchte Masse weiter. Es war mühsam. Nachts wirkte die Brandung viel lauter als tagsüber und das Gefühl, klein und ohnmächtig zu sein, stellte sich ein. Was sind wir gegen die Elemente? Wir bilden uns ein, alles unter Kontrolle zu haben, grübelte sie, während sie sich den Wellen näherte. Doch in Wirklichkeit sind wir nicht viel mehr als eine Muschel im Sand. Getrieben von allem um uns herum, strampeln wir mit unseren kleinen Beinchen und meinen, wir würden unser Leben selbst gestalten. Wir erfinden Freundschaften und Familienbande, um uns daran festzuhalten, weil wir sonst unser sinnloses Umhertreiben in der Langeweile des Universums nicht aushalten würden. Es tat gut, sich der eigenen Kleinheit bewusst zu werden und die Kraft des Windes und die Macht der Wellen zu spüren. Hier oben, am westlichen Rand der Insel Langeoog, auf einem Fliegenschiss in der kalten Nordsee, mitten in der Nacht am Ufer des Meeres wurde einem bewusst, dass man eigentlich nur nehmen konnte, was das Leben hergab und dass mehr zu fordern ein Ausdruck menschlicher Hybris war.

Ähnliche Gedanken wälzte die Person, die hundert Meter hinter Nez durch die Nacht wanderte. Sie achtete darauf, nicht zu nah heranzukommen, um nicht entdeckt zu werden. Doch für den Fall, dass Nez Hilfe brauchte, wollte sie schnell zu Stelle sein. Als Nez auf das Wasser zuging, spannte die Person die Muskeln an und zwang sich, nicht überzureagieren. Beruhigt sah die Gestalt, dass Nez wieder Abstand zu den Wellen gewann und nur am Strand entlang wanderte. Kein Wunder, dass Nez nach diesen Neuigkeiten erst einmal frische Luft durch ihre Gedanken jagen wollte. Das war mehr als verständlich.

Es musste gut eine Stunde vergangen sein, bis Nez sich auf eine Bank am Strand setzte. Sie war jetzt innerlich etwas ruhiger. Im Nachhinein machte alles irgendwie Sinn. War ihr Misstrauen, das sie die ganzen Jahre gegenüber ihrer Umgebung gehabt hatte, nicht doch irgendwie begründet? Diese Geschichte konnte auch heißen, dass ihre Instinkte all die Zeit über funktioniert hatten, und dass mit ihr nichts „nicht in Ordnung" war. Nicht *sie* war das Problem, sondern die Menschen in ihrer Umgebung. Die Ordnung um sie herum war nur ein trügerischer Schein gewesen. Ihr engster Freundeskreis war ein fauler Apfel. Aber jetzt, jetzt war sie der Gedanken müde. Sie wollte einfach nur sitzen und nicht mehr denken müssen, als sie sah, wie sich eine dunkle Gestalt aus der Nacht herausschälte und auf sie zu zukommen schien. Mist. Ob es Kriminelle auf der Insel gab? Weglaufen hat keinen Sinn, dachte Nez, dafür ist die Person schon viel zu nah. Wenn sie mich kriegen will, kriegt sie mich. Ich kann nicht fünf Kilometer über den dunklen einsamen Strand fliehen, dazu habe ich keine Ausdauer. Sie blickte neben die Bank und hob zwei der großen schweren Steine auf, langsam und unverdächtig, sodass sie notfalls die Person überraschen konnte. Sie steckte die Steine in ihre großen Parkataschen.

Wenige Sekunden später begann sie jedoch die Person zu erkennen. Sie wusste nicht, ob sie sich freuen sollte, hier nicht länger alleine zu sitzen und sich an den Steinen in ihren Jackentaschen festzuhalten, oder ob sie verärgert sein sollte, dass schon wieder Probleme auf sie zusteuerten. Aber die Person hatte etwas dabei: eine Isomatte zum Unterlegen und eine der dicken Kamelhaarwolldecken aus der Ferienwohnung. Xie stand vor ihr. Sie blickte ihn stur an. Doch die Kälte siegte. Sie stand auf und ließ sich wortlos die Isomatte unterlegen. Dick eingekuschelt und von einer Seite gewärmt saßen sie nun gemeinsam auf der Bank.

„Zwei Dinge, um es gleich zu sagen. Erstens: ich will jetzt weder denken noch reden", sagte Nez in die Stille, „und zweitens bin ich von dir arg enttäuscht. Die Sache mit dem Tagebuch."

„Dafür", stammelte Xie „kann ich mich auch nicht entschuldigen. Es war einfach so."

„Sag mir nur eines, das ist mir sehr wichtig, aber sei ehrlich. Ich werde es dir nicht mehr verzeihen, wenn du mich anlügst", sagte Nez abweisend. Er nickte.

„Aus welchem Grund hast du ihr Tagebuch gelesen und dazu wahrscheinlich ihre Schränke durchsucht? Suchtest du Geld? Ich verlange eine ehrliche Antwort."

„Nein!" Xie war entsetzt. Dass sie so etwas von ihm denken konnte. Aber er hatte es nicht anders verdient. Es war das Verhalten eines Diebes gewesen. Er musste sich nun erklären. Sonst würde Nez ihn für immer für einen Betrüger halten.

„Ich war zu diesem Zeitpunkt, bitte lach jetzt nicht, ich war sehr in Constanze verliebt. Und als ich diese ganzen Aktbilder von den Männern an ihrem Spiegel sah, war ich einfach nur schockiert und angewidert. Ich musste herausfinden, was für eine Person sie ist. Um meinetwillen. Deshalb habe ich ihre Sachen durchsucht. Ich musste wissen, ob ich sie noch akzeptieren konnte. Und dann habe ich das von Lars gelesen." Nez verzog keine Miene und fixierte einen Punkt auf dem Schwarz des Meeres, als er weitersprach.

„Sie hatte nur eine Nacht mit Lars. Aber das Schlimme ist, es war für sie etwas Ernstes, sie wäre immer noch gerne mit ihm zusammen. Das wollte ich dir nur sagen. Vermutlich ist es wichtig für dich.

Für Lars war es bestimmt nur ein Ausrutscher gewesen. Sagt man so?"

„Passendes Wort." Ihre Selbstbeherrschung reichte an diejenige der Queen Elizabeth von England bei den Krönungsfeierlichkeiten heran. Noch immer verzog sie keine Miene.

„Möchtest du etwas trinken?" Xie zog eine ordentliche Flasche Whisky aus seinem Stoffbeutel.

„Das letzte Mal, dass ich mit jemandem Whisky getrunken habe, hat es eine Wasserleiche gegeben", sagte Nez lakonisch.

„Nun, das Meer ist groß", grinste er zurück.

„Na dann..."

„Ich möchte mich bei dir entschuldigen, dass ich das Ganze aufgebracht habe. Ich habe dir deinen Geburtstag verdorben", sprach Xie leise und er schaffte es sogar, einen echten Hundeblick aufzusetzen. Endlich zeigte Nez eine Gefühlsregung und blickte ihn an.

„Bei dir habe ich das nicht", grübelte sie laut vor sich hin.

„Was?", fragte er ratlos.

„Das Gefühl, *nicht* dazu zu gehören, das Gefühl, dass alles zerbrechlich ist, dass alles nichtig ist", antwortete sie.

„Ist das gut?" Er konnte ihr nicht so ganz folgen.

„Sehr gut", bestätigte Nez. Dann erhob sie ihren Becher.

Sie stießen mit den kleinen Becherchen, die Xie aus der Pension mitgebracht hatte, an, heute schon zum zweiten Mal am Strand. Xie genoss ihre Körperwärme unter der Decke. Doch er wusste, dass dieser Augenblick nur Teil einer schönen, kleinen Illusion sein würde. Was dachte sie in Wirklichkeit über ihn? Schweigend genossen sie die Stille, hingen ihren jeweiligen eigenen Gedanken nach und spürten irgendwann nicht mehr den Unterschied zwischen Wärme und Kälte.

25.

Nez goß das restliche Wasser über das Kaffeepulver. Von je her hatte sie, wenn sie Zeit hatte, den Kaffee von Hand aufgegossen. Ein einfacher Kaffeefilter über einer Kanne genügte ihr. Kaffeemaschinen verdarben irgendwie den natürlichen Kaffeegeschmack und waren nur für hektische Arbeitstage gedacht. Xie kam mit steifen Gliedern in die Küche geschlurft. Ein kurzes Lächeln huschte über sein Gesicht, als er sah, dass Nez schon Frühstück machte. Dann hörte sie die Badezimmertür. Die Kälte der Nacht steckte ihr ebenfalls noch in den Knochen, doch eine heiße Dusche würde die Lebensgeister gleich wieder wachrufen. Heute würde sie noch einmal viel unterwegs sein, sich in der Nähe der Bank aufhalten und nach der geheimnisvollen Fremden, die vermutlich ihre Mutter war, Ausschau halten. Sie war sicher, dass die Fremde noch auf der Insel war und sie vermutlich ebenfalls beobachtete. Das Katz- und Mausspiel würde ihr letzter Versuch sein, etwas mehr zu erfahren. Vielleicht würde es ihr sogar gelingen, die Frau – ihre leibliche Mutter - noch einmal aus der Distanz zu sehen. Es würde die Geschichte real machen. Möglicherweise würde Nez dann auch die Nerven verlieren und fliehen müssen. Sie würde jedoch ihren Wunsch akzeptieren, wie Xie gesagt hatte, und sie nicht ansprechen oder zu einem Kontakt mit ihr nötigen. Doch tief in ihrem Innersten hegte sie diese Begierde, die Dinge zu beeinflussen, mehr zu bekommen, als ihr eigentlich zugedacht war. Doch dazu würde es nicht mehr kommen.

„Ist Constanze noch nicht wach?", fragte sie Xie, der jetzt mit nassen Haaren und in seiner neuen, sportlichen schwarzen Jeans aus dem Bad kam. In diesem Outfit nahm man ihm den Leistungssportler von damals auf jeden Fall ab.

„Soll ich sie wecken?", fragte er.

„Ja, wir frühstücken."

Nach einigen Klopfzeichen und ein paar Augenblicke später stand Xie blass im Türrahmen und sagte nichts.

„Oh nein!", rief Nez und drückte sich an ihm vorbei in Constanzes Zimmer. Die Rolläden waren noch oben, das Bett sauber gemacht. Alles Gepäck weg. Keine Hinweise darauf, dass Constanze jemals dieses Zimmer benutzt hatte. Kein Fussel, kein Haar, nichts im Mülleimer. Das Zimmer war komplett leer. Bällchen quetschte sich durch ihre Beine hindurch und watschelte im Zimmer auf und ab. Er schnüffelte ratlos. Wo war Frauchen?

Alle drei waren entsetzt. „Armes Bällchen, hat dich Frauchen wieder sitzen lassen." Nez tätschelte dem Tier die Schultern und den Rücken. Bällchen schien alles zu verstehen und ließ die Ohren hängen. Dann legte er sich in seine Ecke im Wohnzimmer wie ein müffelndes Häufchen Elend. So fühlten sich auch Nez und Xie.

„Wir müssen nochmal gut nachsehen, ob irgendwo ein Abschiedsbrief hinterlegt wurde. Auch in den Schränken", sagte Nez.

„Ist irgendwas auf deinem Handy?", versuchte Xie es.

„Nein", antwortete Nez. Verzweifelt durchsuchten sie die Wohnung, während ihr Frühstückskaffee erkaltete.

„Wo kann sie von hier aus hin sein?", erkundigte sich Xie.

„Irgendwo anders an der Nordsee, Dänemark, Niederlande, oder zurück nach Köln. Die erste Fähre für heute ist jetzt jedenfalls weg."

„Was glaubst du?" Er blickte sie nun mit hellwachen Augen an. Der Schock hatte die letzte Müdigkeit aus seinen Adern gefegt.

Nez grübelte nach. Sie konnte einfach in ihre Wohnung zurück sein und versuchen, mit ihrer Arbeitsstelle Kontakt aufzunehmen. Sie konnte ebensogut ausgerastet sein und mit der Bahn zu irgendeinem x-beliebigen Ziel aufgebrochen sein, oder, auch - das war Constanze zuzutrauen -, mitten auf einer Strecke an einem zufällig ausgewählten Bahnhof ausgestiegen sein. Constanze wusste, wie man nicht gefunden werden konnte, wenn man nicht wollte. Und sie war kreativ, wenn sie Chaos verursachte.

„Was auch denkbar ist", überlegte Nez, „sie könnte Kontakt mit ihrem Bruder aufgenommen haben."
„Würde sie dorthin fahren?" Xie kannte Matzi nicht.
„Nach Frankfurt? Eher nicht. Vor allem weil der Bruder ständig auf Reisen ist, und sie keinen Schlüssel für seine Wohnung hat, ist das relativ unwahrscheinlich." Nez setzte sich auf die Sofa-Lehne, jederzeit bereit zum Aufspringen, falls ihr eine Idee käme. Da musste es doch etwas geben.
„Was hat sie denn in den letzten zwei Tagen alles gesagt und gemacht? Ergibt dies vielleicht einen Hinweis?", fragte Xie.
Xie dachte wieder logisch, ging es Nez durch den Kopf. Während sie selbst kurz vor dem Ausrasten stand, ging er die logischen Alternativen durch.
„Also, sie hat wenig gesagt, außer gestern an deinem Geburtstag", fuhr er fort.
„Was sie völlig umgehauen hat, war die Sache mit dem Tagebuch. Wenn man es recht überlegt, war das das Letzte, was man von ihr gehört hat. Dann ist sie verschwunden." Nez versuchte krampfhaft, ohne Vorwürfe zu sprechen.
Schuldbewusst seufzte Xie und setzte sich hin. Nez überprüfte nun zum dritten Mal Constanzes Schlafzimmer. „Sie hat nichts, aber auch wirklich gar nichts in ihrem Zimmer hinterlassen, wodurch man Hinweise finden könnte."
„Was ist mit dem Badezimmer?", fragte Xie. Guter Mann, dachte Nez. Sie mussten das Badezimmer noch einmal durchkämmen. Im Nachhinein fiel Nez auf, dass Constanze recht viel Zeit im Badezimmer, und wenig mit ihnen zusammen bei Tisch oder im Wohnzimmer verbracht hatte. Was hatte sie dort getrieben? Durch die gestrigen Verwüstungen war es auch hier schwer, Spuren festzustellen, auch weil Xie bereits alle Schäden beseitigt hatte. Sie nahm alle Döschen, Sprays und

Packungen in die Hand und stellte sie wieder hin. Auf einer Packung mit Kosmetiktüchern war etwas gekritzelt. Konnte dies Constanzes Schrift sein? Es sah nicht so aus und die Packung gehörte zum Inventar der Wohnung. Es konnten ebenso gut die Vormieter gewesen sein. „Am Büschchen 5", las sie. Xie war sofort zur Stelle.

„Wir müssen diese Adresse checken, vor allem, in welcher Stadt sie sich befindet. Du hast doch hier Internet, nicht?"

Nach kurzer Zeit hatten sie einen Schrebergarten in Köln ausfindig gemacht, der diese Adresse trug. „Das ist gar nicht so abwegig. Sie möchte sich verstecken oder mit jemandem in diesem Schrebergarten treffen und wollte das nicht mit uns diskutieren", grübelte Xie. Allmählich fand Nez, dass er seinen Beruf verfehlt hatte.

„Warum bist du damals nicht zur Polizei gegangen?" Das fragte sie sich wirklich. Ein bitteres Beinahe-Grinsen quittierte diese Frage. Wieder hatte sie eine Fußangel seines Lebens gefunden.

„Mit wem hatte sie in den letzten Tagen Kontakt, nachdem, du weißt schon, nach dem Vorfall mit der Bahn?", forschte er.

„Natascha weiß ich, weil ich einmal gesehen hatte, wie sie an sie eine SMS gesendet hatte. Und es schien ihr irgendwie peinlich zu sein, dass ich etwas gesehen hatte. Ich war mir aber auch gar nicht so sicher, dass sie es war", sinnierte Nez.

„Dann ist das unser erster Anhaltspunkt. Wer ist Natascha?", fragte Xie.

„Eine Jugendliche in dem Heim, zu der sie eine enge Beziehung hat." Und plötzlich fiel es ihr selbst wie Schuppen aus den Augen, dieses ständige heimliche SMS-Schreiben, das lange Verschwinden in Schlaf- und Badezimmer. Keiner von ihnen hatte mitbekommen, dass irgendetwas im Gange war.

„Wir waren blind. Blind und blöd. Wir haben angenommen, bei Constanze sei im Moment alles ruhig.", sagte sie. Und nun fiel auch Xie wieder ein, was Constanze ihm über eine Jugendliche erzählt hatte. Hätte er damals nur besser zugehört! Er erklärte:

„Jetzt, wo du es sagst ... als du weg warst, hat sie mir erzählt, dass eine Heimbewohnerin, die ihr nicht ganz gleichgültig ist, in Schwierigkeiten steckt", erzählte Xie. Warum war ihm das nicht gleich eingefallen, schalt er sich.

„Verdammt. Das könnte schon eine Erklärung sein, zusammen mit dem Ärger von gestern Abend. Vielleicht wäre sie auch ohne die Sache mit dem Tagebuch heute Nacht ausgebüchst", rätselte Nez weiter und bemühte sich dabei, versönlich zu klingen. „Fällt dir was ein, Xie?"

„Du könntest einen harmlosen Anruf im Heim tätigen und irgendetwas vortäuschen, wobei du nach Natascha fragst. Wenn du Natascha dann am Apparat hast, könntest du nach Constanze fragen, und ob sie irgendetwas weiß", schlug er vor.

Nez blickte ihn erstaunt an, schwieg einen Moment und griff dann zum Hörer. Sie gab vor, eine Vertretung im Jugendamt zu sein und noch eine Frage zu einem laufenden Antrag zu haben. Natascha sei nicht da, genau genommen seit gestern vermisst, erfuhr sie. Da Natascha noch minderjährig sei, hätte man heute sowieso Meldung beim Jugendamt erstatten müssen. Die Erzieherin, die sich mit „Maas" gemeldet hatte, fragte Nez, ob sie die Meldung innerhalb des Jugendamtes weiterleiten könne. Seit ihrer Nacht im Jugendarrest sei Natascha ziemlich verstört gewesen, verriet Frau Maas. Als Nez auflegte, waren sie nicht eben beruhigt, hatten jedoch das Gefühl, ein Stückchen weitergekommen zu sein.

„Die Adresse mit dem Schrebergarten könnte ein Anhaltspunkt sein, muss aber nicht. Da es aber das Einzige ist, was wir haben, sollten wir einfach schnell packen und aufbrechen."

In Windeseile rafften sie ihre Sachen zusammen. Die Schlüsselübergabe gestaltete sich als schwierig. Als die Vermieterin das Badezimmer sah, bestand sie auf fünfhundert Euro Kaution für die Reparatur des Spiegelschrankes und drohte mit der Polizei. Nez besorgte sich das Geld über ihre EC-Karte und hinterlegte es zähneknirschend, bevor sie losfuhren.

Die Rückfahrt verlief diesmal problemlos. Sogar Bällchen vergrub seine Schnauze zwischen seinen Pfoten und gab keinen Laut von sich. Drei Stunden später waren sie bereits in Köln. Dort verfransten sie sich jedoch noch eine Stunde auf der Suche nach dem betreffenden Schrebergarten.

„Jetzt haben wir keine Ahnung, welche der Hütten es sein könnte, wenn sie denn überhaupt hier sind", murmelte Nez. Das konnte schwierig werden.

„Aber ich weiß, wie wir das herauskriegen." Xie schien für alles einen Plan zu haben. Er fuhr fort: „Dort drüben ist ein alter Rentner, der seinen Dackel spazieren führt. Der hat Zeit."

„Was heißt das?", antwortete Nez begriffsstutzig, bis ihr plötzlich eine Erleuchtung kam. „Ja!"

„Solche Leute wissen alles, was vor sich geht", erklärte Xie. „Sag ihm einfach, dass du vom Jugendamt bist und eine von den Schützlingen die Erzieherin überredet hat, eine Spritztour zu machen und du würdest sie suchen", antwortete Xie mit nervenaufreibender Gelassenheit.

„Warum tust *du* das nicht?", fragte Nez in der Hoffnung, dass Xie durch seine Geistesgegenwart besser mit der Situation zurecht käme.

„Wem würdest du eher Fragen über den Verbleib eines jungen Mädchens beantworten", gab er in einem betont sachlichen Tonfall zum Besten, „einem Ausländer, noch dazu männlich, oder einer seriös und deutsch aussehenden Frau, die relativ offiziell auftreten kann, wenn sie es darauf anlegt?"

Nez öffnete kommentarlos die Tür und sprach den alten Herrn mit dem Dackel an.

„Zwei Frolleins, ja die sind heute Morgen in aller Frühe hier eingezogen. Hab mich schon gewundert. Aber dann muss ich mir ja keine Sorgen mehr machen, junge Frau, wenn Sie jetzt da sind. Worum geht es denn? Liebeskummer?" Nez nickte bedeutungsschwer und bedankte sich.

Der alte Herr war schwer abzuschütteln. Er schien wirklich alle Bewegungen im Schrebergarten mitzubekommen. Nez und Xie parkten den Wagen und machten sich auf zur Hütte.

Erst nach langem Klopfen hörten sie eine dumpfe Stimme von drinnen. „Ja?"
„Constanze, hier ist Nez. Mach bitte auf!", rief Nez mit voller Kraft.
„Hier ist keine Constanze", rief eine junge Mädchenstimme. Das musste Natascha sein, vermutete Nez. Bingo!
Nez ließ nicht locker. „Natascha, wenn du keine Schwierigkeiten willst, mach jetzt die Tür auf."
„Woher wissen Sie, wie ich heiße?", tönte es mürrisch zurück. Zweiter Treffer! Nez und Xie strahlten sich kurz bestätigend an. Nez setzte atmete tief ein, richtete sich auf und rief im Brustton der Überzeugung:
„Ich weiß noch viel mehr, und wenn ich nicht augenblicklich die Polizei holen soll, machst du genau jetzt die Tür auf. Was ist dir lieber: Jugendamt oder direkt die Polizei? Noch kannst du entscheiden."
Das war ein gewagter Bleuff, denn Nez fiel siedend heiß ein, dass sie inzwischen selbst von der Polizei gesucht würde. Sie hätte wegen der Auflage, die Stadt nicht verlassen zu dürfen, jederzeit verhaftet werden können, und Lars´ Artikel war ja schon eine öffentliche Verurteilung. Danach hatte Kommissar Kowolic bestimmt versucht, mit ihr Kontakt aufzunehmen. Sie realisierte in diesem Moment, dass sie eine flüchtige Mordverdächtige war.
„Schreien Sie doch noch lauter!" Ein misslauniges blasses Teenie-Gesicht lugte durch den Türspalt.

Constanze hatte gehört, dass an der Tür gerüttelt wurde. War dies der Besitzer der Hütte? Natascha hatte geschworen, dass der Besitzer, ein Nachbar ihrer Mutter, derzeit nicht da sei. Natascha war irgendwie an den Schlüssel für die Hütte gekommen und Constanze wollte lieber nicht wissen, auf welche Weise. Sie zog sich eine Weste über und ging nachsehen.
„Nez, Xie!" Mit offenem Mund starrte sie die beiden an. „Wie zum Teufel ... habt ihr uns gefunden?"
„Tja, ich bin nicht so blöd, wie man meinen mag." Nez´ Stimme schien immer noch aus Eis und Constanze vergegenwärtigte sich

noch einmal das ganze Drama, die Sache mit Lars, das Tagebuch, den Streit. All das war eine grauenhafte Situation und schon wieder hatte die Wahrheit sie eingeholt. Sie hatte gehofft, ein paar Tage in Ruhe mit Natascha hier bleiben zu können. Beiden hätte der Abstand vom Heim und allem anderen gutgetan. Sie wollten beide nachdenken, wie es weiter gehen sollte und sich in der Zwischenzeit erholen. Von Natascha hatte sie gestern Abend spät noch eine SMS erhalten, sie habe das Heim verlassen. Seitdem Milad auf Intensiv lag, machten ihr die anderen Bewohner das Leben zur Hölle. Milad lag immer noch im Koma und sie wussten noch nicht, wie groß die Schäden sein würden, die an seinem Hirn zurückbleiben würden.

„Da kann ja nicht viel kaputt gehen", hatte Natascha pampig geantwortet, als man ihr das mitgeteilt hatte, und sogar der kleine Selim hatte sie daraufhin voller Verachtung angespuckt. Anspucken war unter Türken und Arabern eine besonders grobe Beleidigung. Natascha hatte es mit der Angst bekommen, sich unbemerkt aus dem Staub gemacht und sich einzig Constanze über ihr Handy anvertraut.

Constanze war sich sicher gewesen, als sie die erste Fähre in der Frühe genommen hatte, dass für sie beide ein paar Tage Untertauchen das Beste sein würde. Sie selbst wollte während dieser Zeit entscheiden, ob sie versuchen sollte, ihren alten Arbeitsplatz wieder zu erlangen. Und jetzt standen sie da, Nez, die sie wegen der Geschichte mit Lars hassen musste, und Xie, der heimlich ihr Tagebuch gelesen hatte, und den sie erst recht hasste.

„Warum lasst ihr mich nicht einfach in Ruhe?", knurrte Constanze.

„Dir auch guten Tag!", fuhr Nez mit scharfer Stimme dazwischen. „Und nein, mir geht es *nicht* gut, und willst du wissen, warum?" Nez entfaltete ihre Größe wie ein schwarzer Drache seine Flügel ausbreitete. Sie war kurz davor, Feuer zu speien. Xie ging vorsorglich auf Abstand, weil er Nez´ Reaktionen mittlerweile gut vorhersagen konnte.

„Na gut, jetzt hast du mich hier aufgespürt. Bist du nun zufrieden?" Constanze baute sich ebenfalls auf und schien von Nez nicht sonderlich beeindruckt.

„Nein!" Beide standen sich jetzt gegenüber. Constanze musste zu Nez hochsehen, doch ihr Trotz ließ sie gut einen halben Meter größer erscheinen, als sie wirklich war.

„Diesmal habt ihr nicht in meinem Tagebuch nachsehen können, was ich mache. Ich frage mich wirklich, wie ihr uns gefunden habt. Und wozu? Die Dinge sind doch klar, oder?" Constanze konnte sich nicht vorstellen, was Nez jetzt noch von ihr wollte. Nach Versöhnung sah dies jedenfalls nicht aus. Dabei waren die vergangenen zwei Tage fast schon wie früher gewesen. Früher ... als sie zusammen durch die Diskotheken gezogen waren, Yoga gemacht hatten und einfach nur Freundinnen gewesen waren. Nez blickte Constanze ernst und verbindlich an und sagte mit fester Stimme:

„Du wirst Natascha zurückbringen und selbst eine Kur bzw. Therapie beantragen. Ich werde dich dabei begleiten, weil ich mich für dich verantwortlich fühle." Xie schaute bewundernd zu Nez hoch. Dies war eine weise Entscheidung, fand er. Und angesichts der Misere mit Lars konnte dies Nez nicht sehr leicht fallen.

„Warum sollte ich?", antwortete Constanze verächtlich und ihre Augenbrauen zogen sich eng zusammen, als sie die Hände in die Hüften stützte. Sekundenlang fixierten sich die beiden.

„Ich muss dich nicht daran erinnern, dass Natascha minderjährig ist und in Schwierigkeiten steckt", schnitt Nez´ Stimme in die explosive Stille. Gerade die ruhige, überlegene Art, um die sie sich bemühte, war es, was Natascha einschüchterte.

„Ey, was die alles weiß", quängelte Natascha dazwischen.

„Liebe Constanze, weißt du, wie man das nennt, wenn man Minderjährige wegführt von dort, wo sie sich von Gesetzes wegen aufhalten sollen, und diese dann gesucht werden?" Nez kam bedrohlich nah an Constanze heran, sie schien noch immer an Größe zuzunehmen, als sie sich nach vorne beugte und ihre schwarzen Drachenflügel ausbreitete.

„Urlaub?", entgegnete Constanze frech.

„Kindesentführung!", schrie Nez sie nun voller Wucht an. Der Luftdruck um sie herum schien zu sinken und die elektrische Spannung wartete nur darauf, sich zu entladen.

„Wenn du einen echt miesen Richter bekommst, kann er dich wegen Kindesentführung drankriegen. Aber du bist ja nicht mal zurechnungsfähig. Ich werde jedenfalls nicht dabei zusehen, wie eine suizidgefährdete Wahnsinnige, die gerade versucht hat, sich umzubringen, eine Minderjährige, die nicht Herr ihrer Sinne ist, aus dem Heim entführt und für alles, für echt alles, was Natascha in den nächsten Tagen anstellen wird, haftbar gemacht wird. Bist du so schlau, das zu begreifen?", fauchte Nez und die Feuersäule ihrer Wut schien zum Himmel aufzusteigen.

Constanze war es, als sei eine Ladung Steine über ihr niedergegangen. Woher wusste Nez... Sie konnte das doch unmöglich alles wissen! Und, hatte sie am Ende Recht?

„Und hör auf mich für blöd zu verkaufen," schrie Nez ihr noch hinterher. „Oder habe ich eine Tätowierung auf dem Rücken, auf der steht *Verarsch mich!?"*

„Frau Herold, Sie wollten was? Stimmt das?" Natascha machte große Augen und wirkte so hilflos wie die lächerlichen Figuren, die sich jeden Nachmittag in Talkshows vorführen ließen. Ihr schossen die Tränen in die Augen. Constanze setzte sich apathisch auf den neben ihr stehenden Stuhl und fühlte sich völlig überfordert. Sie sah, wie Xie die Luft anhielt und vergaß dabei selbst, auszuatmen. Doch sonst nahm sie nicht mehr viel um sich herum wahr. Eine Weile war Stille. Natascha nahm Constanze in den Arm und drückte sich an sie.

„Natascha kann nicht zurück. Egal, was du tust", presste Constanze schließlich hervor. Sie klang jetzt nicht mehr frech, nur noch resigniert.

„Das dulde ich nicht", entgegnete Nez bestimmt. Sie war ein bisschen über sich selbst erschrocken, aber auch stolz auf sich. Ihr Auftritt schien zu wirken.

„Dann nimm sie doch mit zu dir. Dort sucht sie niemand. Und wenn du so viel Wert darauf legst, dass es mir besser geht, entlastest du mich auch damit und ich könnte dann auch wegen einer Therapie zum Arzt gehen", schlug Constanze vor. Da war es wieder, dachte Nez: *Constanze als Opfer, hilf mir, tu für mich, bade meine Probleme aus...* Doch diesmal hatte sich Constanze geschnitten. Nez explodierte ihr mitten ins Gesicht: „Du wagst es. Nicht dass du dir mal gelegentlich meinen Freund ausborgst, jetzt soll ich auch noch meine Wohnung als Unterschlupf für irgendwelche gewalttätigen Halbkriminellen zur Verfügung stellen." Nez war außer sich und schnappte nach Luft.

„Ja, siehst du, wie weit deine Freundschaft geht. Aber du hast Recht. Das war nicht richtig mit Lars. Und ich verlange zu viel von dir", gab Constanze zurück.

Constanze stützte die Stirn in ihre Hände und wirkte gealtert. Ihr Kampfgeist von gerade schien verschwunden und Xie befürchtete, dass gleich die nächsten Tränen fließen würden. Aus den Augenwinkeln nahm er wahr, wie Natascha sich mit der geschulterten Handtasche an ihm vorbeistehlen wollte. Er packte sie am Ärmel, schüttelte mit dem Kopf und drückte sie auf den Stuhl vor sich.

„Autsch, das tat weh!", knatschte Natascha. Xie verstellte ihr den Weg zur Tür.

„Jetzt hör mir mal gut zu" Nez´ Gesicht ließ keinen Zweifel an ihrer Ernsthaftigkeit aufkommen, und ihre Stimme ging Constanze unter die Haut, als sie fortfuhr:

„Über das Wort Freundschaft rede ich mit dir erst wieder, wenn ich mich abgeregt habe. Das ist noch zu früh. Aber ich habe dir und mir versprochen, dich nicht im Stich zu lassen. Du wirst Natascha zum Heim zurückbringen. Was ihr denen als Geschichte auftischt, ist mir ganz egal. Aber wenn ich heute Abend um 20 Uhr dort anrufe und *nicht* erfahre, dass Natascha wieder da ist, dann werde ich sofort eine Aussage bei der Polizei machen. Ich werde sagen, du seist nicht zurechnungsfähig, du seist außerdem vor mir weggelaufen, als ich dir helfen wollte, und du wüsstest nicht, was du tust... Ich werde verraten, wo ihr seid, und dass du suizidgefährdet und verwirrt bist. Das schwöre ich. Dann bekommst du wenigstens mildernde Umstände. Ich lasse nicht zu, dass du dich in noch größere Schwierigkeiten bringst. Und ich verantworte nicht, dass ihr beide euch hier verschanzt, und euch hirnrissigen Blödsinn ausbrütet, der vielleicht für einen von euch tödlich ausgeht." Nez sprach so langsam und betont wie irgend möglich, denn das beeindruckte Constanze am ehesten.

„Dann weisen sie mich ein, das weißt du ganz genau", klagte Constanze.

„Dann hast du einen Grund, gut über mein Angebot nachzudenken. Wenn du aber vernünftig bist und Natascha ablieferst, biete ich euch an, und das meine ich ernst, dass Natascha mich mit Erlaubnis der Heimleitung gelegentlich besuchen und von mir aus auch am Wochenende in Lars ehemaligem Proberaum in meiner Wohnung übernachten darf, damit sie mal in eine andere Umgebung und zur Ruhe kommt. Ich habe ja jetzt ein Zimmer frei, sozusagen."

„Echt?" Nataschas Augen funkelten und sogar Constanze musste zugeben, dass dies ein vernünftiger und großzügiger Plan war. Doch so schnell wollte sie nicht nachgeben.

„Habe ich Bedenkzeit?", fragte sie, als ob sie eine Wahl hatte.

„Heute Abend, 20 Uhr Anruf. Bis dahin habt ihr beiden hier eine Menge Zeit zum Denken", entgegnete Nez souverän.

Nez schien wirklich an das zu glauben, was sie sagte. Constanze zweifelte keine Sekunde an der Wahrhaftigkeit ihrer Drohung, als Nez und Xie die Hütte wieder verließen, ohne sich zu verabschieden.

26.

Mühsam schleppte Nez ihre Reisetasche die Treppen hoch und schloss die Wohnungstür auf. Zuhause! Die schwere Tasche wuchtete sie in die Diele, warf einen kurzen Blick in Lars´ ehemaliges Gästezimmer und ließ sich dann erschöpft auf ihr Bett fallen. Zuhause, dachte sie. Die Bilder in ihrem Kopf jagten sich noch gegenseitig und ein wirres Durcheinander verfolgte sie, egal ob wach oder schlafend. Jetzt nur nicht einschlafen, dachte sie und quälte sich unwillig wieder von der Matratze hoch. Ihr Anrufbeantworter blinkte und mit schlurfenden Schritten stellte sie sich der Realität. Mit schlechtem Gewissen hörte sie den Anruf von Kommissar Kowolic ab: „umgehend zurückrufen, dringend". Ihr Vater war ebenfalls auf dem Band. Er klang beunruhigt und seine Stimme vibrierte auf eigenartige Weise. Hatte er bemerkt, dass Domenica die Briefe gestohlen hatte? Noch immer wusste sie nicht, wie sie auf ihn reagieren sollte. Die Autowerkstatt wollte noch einhundert Euro für die Differenz zwischen Schrottwert und Kosten ihres Wagens. Sie hätte zu wenig gezahlt. Diese Reihe unerfreulicher Nachrichten ließ Nez wünschen, noch immer an der Nordsee zu sein.

Kommissar Kowolic war gleich beim ersten Versuch zu erreichen. Verunsichert meldete sie sich. Er klang wütend und irgendwie locker zugleich. „Also, Frau Reinhardt, damit das gleich klar ist, wir haben Sie drei Tage lang nicht erreicht. Sie hatten die Auflage, die Stadt nicht zu verlassen. Sie haben sich nicht bei uns gemeldet. Unter normalen Umständen würde ich Sie jetzt heute noch zur Untersuchungshaft einbestellen und dann würden Sie erst einmal weggeschlossen, bis Ihr Fall geklärt ist. Ihr Verhalten war fahrlässig und ließ eine Schuldvermutung gegen Sie aufkommen. Außerdem erwartet Sie noch ein Strafverfahren wegen des Verstoßes gegen unsere Auflagen."

Nez schluckte und wusste nicht, was sie sagen sollte, um ihre Situation nicht noch schlimmer zu machen. „Sind Sie noch dran, Frau Reinhardt?", bellte Kowolic unerbittlich durch die Leitung.

„Ja. Es tut mir leid", antwortete sie vorsichtig. Sie fühlte sich wirklich klein.

„Sie haben sicherlich etwas zu Ihrer Entschuldigung vorzutragen. Da hege ich keinen Zweifel."

„Ja, ich ..."

„Sparen Sie sich das für ihr Verfahren auf. Sie werden dafür wahrscheinlich zu einigen Tagessätzen Ordnungsgeld verdonnert."

Erleichtert atmete Nez auf. Das war zu schaffen. Und was kam jetzt?

„Sie sagen ja noch immer nichts. Also, in Ihrem Fall hat sich etwas Neues ergeben. Das ist auch der Grund, warum Sie jetzt nicht zur Untersuchungshaft antreten, denn Sie sind entlastet worden."

„Was?" Fassungslos presste Nez den Hörer ans Ohr. „Sagen Sie das nochmal".

„Es liegt eine Aussage von einem Taxifahrer vor, der Sie eindeutig identifiziert hat, nicht zuletzt anhand Ihrer Körpergröße und Ihrer blauen Augen, die auf ihn einen großen Eindruck gemacht haben mussten, dass Sie ihn auf der Brücke angehalten hätten und er Sie dann nachhause gefahren hatte. Alle Daten stimmten überein, der Fahrer ist seriös. Er sagte ebenfalls aus, dass zu dem fraglichen Zeitpunkt noch zwei weitere Personen am Rand der Brücke gesessen hätten und offensichtlich alkoholisiert waren. Eine ältere Frau mit einem exotisch wirkenden Schal oder Kopftuch und ein Mann, dem Anschein nach ein Obdachloser. Der Taxifahrer hat einwandfrei bestätigt, dass die beiden, also auch die Frau, noch auf der Brücke geblieben waren, als er Sie nachhause gefahren hat. Damit sind Sie entlastet."

„..."

Nez traten die Tränen in die Augen. Sie hörte weiter die knarzige Stimme des Kommissars:

„Sie müssen trotzdem – nur der Form halber – noch zu einer persönlichen Gegenüberstellung mit dem Taxifahrer erscheinen. Das können Sie auch gleich heute oder morgen erledigen. Dann können wir die Akte im Hinblick auf Sie schließen."

Nez unterdrückte einen Freudenschrei. Tränen liefen ihr über die Wangen. Sie hatte ihr Leben wieder! Sie war keine Totschlägerin oder Schlimmeres, und wer auch immer die tote Frau war, sie konnte auch nicht den Tod ihrer Mutter auf dem Gewissen gehabt haben. Ausgeschlossen! Die Frau lebte noch, als sie mit dem Taxi davonfuhr. Und außerdem war sie sich noch immer sicher, dass die Fremde – möglicherweise ihre leibliche Mutter – ein paar Tage nach der besagten Nacht vor ihrer Redaktion gestanden hatte.

„Ich muss mich erst einmal setzten, entschuldigen Sie. Können Sie mir noch sagen, wie mein Kalender in die Tasche einer Leiche kommen konnte?", traute sich Nez nun zu fragen. Sie hatte wieder Mut.

„Auch diese Angaben stimmten überein. Wir konnten den Obdachlosen von der Treppe ebenfalls ausfindig machen. Er gab nach einer Weile zu, dass er den Kalender aus Ihrer Tasche gestohlen hatte, irrtümlich, wie er sagte, da er angetrunken war. Er dachte, es sei die Geldbörse und war dann bitter enttäuscht. Als er aber dann festgestellt hatte, dass es sich um einen sehr schönen Kalender handelte, schenkte er ihn seiner Lebenspartnerin, eine andere Frau, nicht diejenige auf der Brücke. Die war leider dann auch später unser Todesfall. Aber das ist eine andere Geschichte. Sie hat mit Ihnen nichts mehr zu tun."

Nez schluchzte in den Hörer: „Das heißt, die Tote und die Frau, die mit mir getrunken hat, waren zwei verschiedene Frauen?"

„Ganz eindeutig. Kommen Sie doch morgen früh um neun bitte vorbei, und damit können Sie das dann abschließen. Nur das Ordnungsgeld, dafür, dass Sie sich unerlaubt entfernt haben, das wird fällig werden", meinte Kowolic etwas versöhnlicher.

Nez wäre gerne durch die Leitung gekrochen, um Kommissar Kowolic um den Hals zu fallen. Sie musste jetzt irgendjemanden umarmen! Es war ein Alptraum für sie gewesen: die Ungewissheit, in Trunkenheit etwas Schreckliches getan zu haben. Für immer ein Monster zu sein, das sich selbst für etwas hassen würde, an das sie sich nicht erinnern würde. Mr. Hyde.

Und jetzt war sie einfach nur Nez. Nez mit einem Blackout, die jedoch immer noch in der Lage gewesen war, ein Taxi zu ordern und ordentlich nachhause zu kommen. Alles in Ordnung. Jetzt konnten die Aufräumarbeiten beginnen. Sie war wieder da. Sie fühlte, wie ihre alte Stärke wieder zurückkehrte. Auch in ihrer Kindheit, wenn die Jungs aus der Klasse sie verprügelt hatten, hatte sie immer Kontra gegeben. Sie hatte irgendwann zurückgeprügelt und war dann für den Rest ihrer Schulzeit ohne Verletzungen durchgekommen. Irgendwann hatte sie kapiert, dass die Flucht nach vorne aus der Falle heraus führte.

So fuhr sie nun ihren PC hoch, um sich die Redaktions-News und die letzte Ausgabe der Kölnpress anzusehen. Sie wollte den Kampf nicht blind und taub eröffnen. Unscheinbar auf Seite drei stand die Auflösung des Brückenmords: Eine obdachlose Frau war mit einer Gruppe anderer in Streit geraten. Es ging um den Lagerplatz. Die Situation hatte eskaliert, und es hatte eine Schlägerei gegeben. Die Frau war anscheinend mehr unglücklich gestürzt als geprügelt worden. Zwei der Anwesenden waren in Panik geraten und hatten versucht, sie im Rhein verschwinden zu lassen.

Das musste die Freundin von ihrem armen Trinkgenossen gewesen sein. Obwohl er sie bestohlen hatte, war sie nahe dran, ihm eine Beileidskarte zu schreiben. Bloß wohin? Sein Leiden war bestimmt größer als ihres. Ach du je! *Xie ist immer und überall. Das hätte er gesagt haben können*, dachte sie. Sie vermisste Xie. Um keine Zeit zu verlieren packte sie den Stier bei den Hörnern, verpasste sich ein passables Outfit und brach zur Redaktion auf.

Sie spürte die peinlichen Blicke ihrer Kolleginnen und Kollegen, als sie ihren Schreibtisch ansteuerte. Wie gut, dass die Studentin heute nicht da war, dann hatte sie freie Bahn auf ihrem Platz. Sie legte ihre Unterlagen ab und startete den Rechner.

„Wieder gesund?", fragte ihre Kollegin über den Tisch hinweg und Nez verspürte freundliche Dankbarkeit.

„Ja, ich bin wieder an Deck!", antwortete sie beschwingt und nickte bestätigend.

Gleich darauf betrat sie das Sekretariat, darauf bedacht, dass ihre Körperhaltung ihre Entschlossenheit spiegelte, Kopf hoch, Brust raus, das Übliche. „Guten Morgen. Ich möchte mich wieder gesund zurückmelden und bitte Herrn Reiter sprechen."

„Herr Reiter ist sehr beschäftigt. Haben Sie einen Termin?", näselte die Sekretärin gestresst, ohne zu Nez aufzublicken.

„Nein, ich war zu krank um Termine zu machen, wie Sie wissen. Aber während meiner Krankheit ist hier etwas geschehen, was ich zur privatrechtlichen Anzeige bringen werde", erklärte Nez ruhig. Es war die selbe Stimmführung, die auch Constanze überzeugt hatte.

„Waaaas? Anzeige?", fragte die Sekretärin. Nun wandte sich die Sekretärin Nez zu und starrte sie ungläubig an.

„Ich möchte gerne Herrn Reiter die Möglichkeit geben, Stellung zu nehmen, *bevor* ich jetzt zur Polizeiwache aufbreche, natürlich nur, wenn er eine Minute erübrigen kann", fügte Nez hinzu.

„Einen Moment bitte ..." Sie verschwand in Reiters Büro. Eine Minute verging, bis sie mit versteinerter Miene zurückkehrte.

„Ja, Sie können rein", gab die Sekretärin klein bei.

Nez grinste innerlich von einer Backe zur anderen, ließ sich jedoch nichts anmerken. Das mit dem Pokerface begann ihr zu gefallen.

Kalle Reiter, der Oberarsch unter allen Schmierfinken, dachte sie, nimmt sich Zeit für mich. Erhobenen Hauptes und gemessenen Schrittes betrat sie Reiters Büro. Sie erkannte intuitiv, dass er ebenfalls ein geübtes Pokerface aufsetzte. Er war kein Anfänger! Freundlicher Ernst, die Portion Ernst jedoch ein kleines bisschen stärker betont als die Freundlichkeit, und jederzeit offen für eine glückliche Wendung des Geschehens. Hier begegneten sich zwei Tiger auf einem Berg. Und Reiters sezierender Blick, ein Blick mit dem mächtige Menschen diejenigen betrachteten, die sie für unwichtig und ein bisschen irre hielten, glitt an Nez herab.

„Was höre ich von einer Anzeige? Setzen Sie sich doch bitte!", eröffnete er betont lässig. Auch er beherrschte das Spiel der betonten Ruhe.

„Sie kennen das Presserecht und ich muss Ihnen nicht sagen, dass Vorverurteilung bei einer Straftat und Rufmord in das Persönlichkeitsrecht eines Bürgers eingreifen und strafrechtlich zu verfolgen sind", eröffnete Nez.

„Aber liebe Frau Reinhardt, möchten Sie einen Kaffee?" Er stand geschmeidig auf und rückte sein Jackett zurecht.

„Nein. Danke", erwiderte Nez, ebenso betont gelassen.

„Was möchten Sie denn?" Nun schlich sich ein vorsichtig lauernder Tonfall ein. Kalle Reiter setzte sich wieder hin.

„Denken Sie an den Artikel vor drei Tagen, als ich mit einer schweren Grippe zuhause lag. Sie wissen gut, welchen ich meine. Den von der mutmaßlichen Brückenmörderin Vanessa R. aus Köln, der Journalistin. Dürfen Mitarbeiter der eigenen Zeitung beliebig für Mordstories missbraucht werden, selbst wenn sie gar nicht beteiligt sein *konnten*? Wie schätzen Sie es presserechtlich ein, vor der ganzen Stadt und Ihrer eigenen Redaktion als Mörderin und Betrunkene hingestellt zu werden?" Nez blickte Reiter fest in die Augen.

Kalle Reiter straffte sich. Offensichtlich musste er sich kontrollieren. Er biss seine Zähne aufeinander und seine Kiefermuskulatur zuckte. Also doch. Sie war auf dem richtigen Weg.

„Ich frage Sie nochmal, was wollen Sie hier?", wiederholte er, nun aggressiver.

„Nun, was bieten Sie denn an? Ich wollte Ihnen eigentlich Gelegenheit geben, zu Ihrer Freigabe des Artikels Stellung zu nehmen, bevor ich Anzeige erstatte." Nez fühlte sich wahnsinnig professionell, als sie Kalle Reiter sichtlich getroffen auf kleiner Flamme grillte. Doch Reiter gab nicht so einfach auf.

„Sie wissen genau, wer den Artikel geschrieben hat, beschweren Sie sich doch bei dem. Aber ich glaube, hier geht es um etwas anderes, Frau Reinhardt. Wenn Sie Ihr Liebesleben nicht unter Kontrolle bekommen, dann behelligen Sie bitte nicht mich damit", entgegnete er aalglatt und herablassend.

Vor Entsetzen vergaß Nez auszuatmen und verschluckte sich beinahe. Dieser dreckige Hund! Mit so viel Frechheit hatte sie nicht gerechnet. Das war hochgradig unverschämt. Auch er pokerte. Lass dich nicht aus der Ruhe bringen, dachte sie. Das ist kein Spiel.

„Ich will", sagte sie mit fester Stimme, „einen Festanstellungsvertrag und eine öffentliche Entschuldigung von Herrn Bové".

Kalle Reiter lehnte sich in seinem Sessel zurück, schaukelte einmal nach links und einmal nach rechts. Dann nahm er seinen Bleistift auf und untersuchte dessen Spitze. „Sie haben sich ein bisschen zu weit aus dem Fenster gelehnt, meine liebe Frau Reinhardt. Ein netter Versuch. Für einen kurzen Moment war ich versucht, Ihnen zu glauben." Er untersuchte noch immer die Spitze seines Bleistiftes.

„Ihre Reaktion zeigt, dass ich hier meine Zeit verschwende." Nez tat so, als wolle sie aufstehen, doch noch entsetzter war sie, als Kalle Reiter ebenfalls aufstand und ihr grinsend die Hand zum Abschied anbot.

„Wissen Sie, Frau Reinhardt, Mitarbeiter, die versuchen Ihre Vorgesetzten zu erpressen, benötigen wir hier nicht länger. Die Vertrauensbeziehung, die ohnehin nie besonders gefestigt war, ist jetzt endgültig zerstört und in Ihrem Fall werde ich mich für eine umgehende Entlassung wegen Erpressungsversuchs einsetzen. Und glauben Sie mir, bei all den Verleumdungen und fristlosen Kündigungen, die ich in meinem Berufsleben schon hinter mich gebracht habe, sind Sie Peanuts für mich. Passen Sie auf, dass Sie beim Räumen Ihres Schreibtisches heute nicht mehr meinen Weg kreuzen. Ich habe seit einigen Wochen die Prokura hier, falls sie das noch nicht wussten. Unser Arbeitsverhältnis mit Ihnen ist hiermit aufgelöst und Sie haben das Recht, dagegen zu klagen. Doch bis dahin bleiben Sie Ihrem Arbeitsplatz fern. Alles Nötige wird Ihnen umgehend schriftlich zugestellt."

Wie sie aus dem Büro gekommen war, wusste Nez nicht mehr, doch die Betäubung ließ erst nach einigen Minuten wieder nach. Um Reiters Kündigung zu manifestieren, begleitete die Sekretärin sie zu Ihrem Schreibtisch, in beiden Händen einen faltbaren Pappkarton und sagte demonstrativ laut, sodass jeder im Großraumbüro es hören konnte: „Noch eine Stunde und Sie sind hier verschwunden. Anweisung von Herrn Reiter."

Die Blicke der Kollegen waren interessant, doch Nez nahm sie leider nicht mehr wahr.

27.

Als Nez um 20 Uhr wieder unter einem Vorwand im Heim anrief, bekam sie Natascha sofort ans Telefon. „Rufe morgen früh sofort im Jugendamt an und verlange, dass du in ein anderes Heim oder eine betreute Wohnung vom Jugendamt verlegt wirst. Sage, du fühlst dich nicht mehr sicher. Die Situation scheint mir tatsächlich nicht so ratsam zu sein", riet ihr Nez.

„Danke, Frau Reinhardt, und ... das Angebot mit dem Gästezimmer, steht das noch?", fragte Natascha so, als könne sie es gar nicht glauben.

„Ja, du brauchst zumindest zeitweise eine andere Umgebung und mir würde etwas Gesellschaft auch guttun. Wir können es einfach mal miteinander versuchen. Ich spreche mit den Leuten vom Jugendamt, das ist bestimmt kein Problem. Du besuchst mich, und kannst dich dann auch jeweils für einige Stunden in dem Zimmer aufhalten, wenn ich dir vertrauen kann, dass du keinen Mist machst." Nez versuchte sicherer zu klingen, als sie sich fühlte.

„Ich danke Ihnen wirklich sehr, klasse!", jubelte Natascha. Nez hörte auf der anderen Seite der Leitung erleichtertes Ausatmen. Das Angebot, das Nez ursprünglich aus rein taktischen Gründen unterbreitet hatte, erfüllte sie jetzt wider Erwarten mit Zufriedenheit. Eigentlich war es wirklich so, wie sie es Natascha gesagt hatte. Sie sollte öfter auf ihre inneren spontanen Entscheidungen hören. Von Natascha hatte sie erfahren, dass Constanze sich zuhause aufhielt. Sie würde später noch dort anrufen. Hoffentlich blieb Constanze vernünftig.

Das Gespräch mit Kalle Reiter lag nun acht Stunden zurück. Noch immer wartete sie auf die einsetzende Schockwirkung. Das Wort „Kündigung" klang wie eine spezielle Form der Hinrichtung. Doch nichts geschah. Nichts Negatives. Der Gedanke „Ich muss da nie wieder hin" legte sich mild und warm um ihr Bewusstsein, wie eine besonders weiche Kuscheldecke. Sie wunderte sich darüber, wie leicht ihr Atem ging – an solch einem Tag. Nicht einmal der schändliche Rauswurf im Beisein aller Kollegen hatte sie verletzt. Sicherlich hatte sie mit hochrotem Kopf und in einer Blase der Betäubung ihren Arbeitsplatz geräumt. Sie hatte sich in dieser grenzenlos peinlichen Situation nicht einmal formell von ihren Kollegen verabschiedet. Sie war einfach aus der Redaktion gegangen, hatte ihre Personalkarte der Sekretärin auf den Tisch geknallt und die Tür hinter diesem Abschnitt ihres Lebens geschlossen. Jetzt, wo sie in bequemen Socken mit einer Tasse Kaffee am Fenster saß, fiel auch diese Anspannung von ihr ab. Nie wieder von dieser Sekretärin abgekanzelt werden, nie wieder vor Kalle Reiter buckeln, nie wieder Intrigen gegen ihre Artikel aufdecken, nie wieder langweilige Fleißartikel am Fließband schreiben und sie überbeschäftigten Redaktionsleitern aufdrängen, nie wieder Lobartikel auf gähnend öde Kleinveranstaltungen schreiben... Einfach *nie wieder*! Eine prickelnde Freude ließ sie lächeln. Das sollten wir doch mit einem Gläschen Sekt feiern, sagte sie zu sich, und sie nickte sich aufmunternd zu. Genau. Sie nahm die Sektflasche aus dem Kühlschrank und hielt inne. Dann stellte sie die Flasche wieder zurück und räumte das Glas wieder in den Schrank.

„Nein", sprach sie laut zu sich „...glücklich wie ein Baby. Es ist meine zweite Chance und ich brauche jetzt keinen Sekt. Ich möchte diesen Moment in voller Nüchternheit erleben." Endlich war sie frei! Warum hatte sie vorher nie bemerkt, wie sehr sie sich in ihrer Bindung an die Redaktion gefangen sah? Ihr ganzes Streben hatte einer festen, unbefristeten Redaktionsanstellung bei der Kölnpress gegolten und gerade jetzt, nachdem sich diese Aussichten unwiederbringlich zerschlagen hatten, jetzt fühlte sie sich näher zu sich selbst als in den ganzen vergangenen zehn Jahren. Mann weg, Stelle weg, und das Überraschende ist: ich bin nicht traurig! Mir ist, dachte Nez, als sei ich tief in mein Inneres zurückgekehrt. Und ich fühle mich soooo wohl mit mir!

In die dahintreibenden Gedanken schellte es an der Tür. Constanze trat mit zusammengekniffenen Lippen ein. „Wir müssen reden", sagte sie und ließ sich in einen Sesses fallen.

„So beginnen alle schlechten Gespräche. Können wir nicht anders anfangen?", frage Nez, während Bällchen um ihre Beine strich und seine Schnauze an ihrem Oberschenkel rieb. „Gutes Baby", Nez nahm seinen Kopf in beide Hände und rubbelte ihn hinter den Ohren. Dann ging sie sich die Hände waschen. Als sie zurückkam, sah Constanze sie direkt an.

„Also gut", sagte Constanze, „ich möchte dich um Verzeihung bitten wegen der Sache mit Lars."

„Die normale Reaktion, die du jetzt verdient hättest, wäre, dir eine zu knallen, dich *Schlampe* zu nennen und zu sagen, dass du dich künftig von meinem Leben fernhalten sollst", flüsterte Nez. „All das können wir uns sparen, wenn du mir einfach sagst, wieso du mir so lange nichts davon erzählt hast. Das ist das Schlimmste für mich."

Constanze kramte sich ein Taschentuch aus ihrem Beutel, zwang sich jedoch, Nez geradeheraus anzusehen. „Du warst die einzige Person, die mich all die Zeit nicht für eine Versagerin gehalten hat. Einschließlich mir selbst. Ich wollte dich nicht verlieren. " Ängstlich starrte sie Nez an.

Wenn du wüsstest, dachte Nez.

Dabei fiel Constanze wieder in ihren alten kurpfälzischen Singsang zurück, wie jedesmal, wenn sie sich nicht verstellte. „Ich schämte mich so sehr vor dir und vor mir und vor meinen Eltern und überhaupt." Constanzes schwarze Augen funkelten jetzt wie schottische Hochlandseen in der tiefsten Nacht. „Wahrscheinlich denkt jeder auf der Welt, dass ich völlig nutzlos und dumm bin", fuhr Constanze fort.

Nez´ Geduldsfaden war straff gespannt. Er konnte auch reißen. Sie fühlte sich seit dem „Unfall" mit der Bahn für Constanze moralisch verantwortlich, und das war vor der Enthüllung der Affäre mit Lars gewesen. Wie verwirrt Gefühle umeinander liegen konnten!

„Nun ja, du hast gerade bei dem Wettbewerb in der Disziplin „mieseste Freundin" den Hauptgewinn gewonnen. Das muss man ja auch erst einmal hinbekommen." Nez´ Blick wanderte die grauen Synthetikgardinen hinunter bis zu einer toten Fliege auf der Erde. Wann hatte sie zuletzt gesaugt? Wann war der letzte „normale" Tag in ihrem Leben gewesen?

„Nez, kannst du mir irgendwann verzeihen?" Constanze winselte geradezu und sah sie mit roten Augen an.

„Ja. Irgendwann", sagte Nez tonlos und wandte sich Bällchen zu.

Vanessa Reinhardt wusste, dass sie log und hoffte, dass die Wunde mit der Zeit tatsächlich heilen würde. Denn sie wusste, dass sie Constanze erst einmal stabilisieren musste, und sie konnte nicht wissen, wie es bei Constanze weitergehen würde. Im Moment musste sie alle Energie aufwenden, sich NICHT vorzustellen, wie Constanze und Lars miteinander die Nacht verbracht hatten, und vor allem, wie arglos Nez am folgenden Tag vermutlich mit Lars zusammen gewesen war. Einfach widerlich. Nez rechnete Constanze hoch an, dass sie Natascha wieder sicher im Heim abgeliefert hatte und dass sie jetzt alles daran setzte, um Entschuldigung zu bitten. Das war zumindest ein Anfang.

Constanze gab nicht auf. „Ich bin unzuverlässig, depressiv, ja, ich gebe es zu, zu ehrlicher Freundschaft vielleicht nie fähig gewesen, etwas unterbelichtet, habe noch nie etwas bis zum Ende durchgezogen, doch eines weiß ich sicher: dass du meine Freundin bist und ich im Leben alles für dich tun würde", sprudelte es aus Constanze heraus.

Nez stellte Espressotassen auf den Tisch und blickte auf die Uhr. Zehn Uhr. Sie spürte den langen Tag in ihren Knochen. „Du musst dich einfach mit deinen eigenen Gespenstern in dir drin auseinandersetzen." Sie redete auf Constanze ein wie auf eine Jugendliche, und diese schien jedes ihrer Worte von Nez´ Lippen aufzusaugen.

„Da ist ja nicht nur die Geschichte mit Lars. Auch dass du immer denkst, dass du den anderen unterlegen seist und dich alle nutzlos fänden, das ist doch krank. Wenn man sich das lange genug einredet, dann glaubt man auch eines Tages daran." Nez klang mehr als belehrend, und Constanze nickte brav. Sie gab Nez Recht.

„Das liegt vielleicht auch an meinem Beruf. Als Pädagoge denkst du immer, du hast zu wenig getan. Immer hättest du mehr tun können", entschuldigte sich Constanze.

„Nun mach mal halblang", konterte Nez, „ihr Erzieher habt schon einen Hang dazu, immer nur euch selbst zu sehen. Meinst du, der Bäcker ist erfreut, wenn er nachts um halb eins anfängt zu backen, die ganze Nacht durcharbeitet, und nach dem nächsten Verkaufstag beim Blick in die Kasse klar wird, er steuert seinen Familienbetrieb geradewegs in den Ruin, weil jetzt jedes Kaufhaus minderwertiges Billigbrot auf den Markt wirft? Was hat er falsch gemacht? Er zerfleischt sich dann ebenso das Hirn und denkt, wenn ich meine Brote noch ein bisschen besser machen könnte, werde ich vielleicht nicht aufgeben müssen."

Constanze war nicht sicher, ob sie nicht einen Hauch von Verachtung in Nez´ Blick wahrnahm. Aber sie traute im Moment ihrer eigenen Wahrnehmung von Menschen am allerwenigsten. Sie entgegnete: „Ich hatte mal einen Traum, eine gute Pädagogin zu sein. Und der hat sich als meine persönliche Hölle herausgestellt. Seitdem ich morgens nicht mehr aufstehe und denken muss, *jetzt mault mich Milad an, Selim sieht in mir die Ersatzmutter, weil seine wirkliche eine Prostituierte ist, Natascha wird bestimmt am Wochenende wieder verprügelt und ich muss sie dann tagelang wieder aufbauen, Cem beleidigt mich auf Türkisch, mein Kollege Joseph lästert heimlich über mich bei der Chefin, die Chefin hält mich für unfähig...* Seit dem ich all das nicht mehr denken muss, kann ich wieder atmen." Was Constanze gerade gesagt hatte, klang so ehrlich und so wahr, und plötzlich konnte Nez sie wieder verstehen.

„Komisch." Flüsterte Nez.

„Was?" Verwirrt sah Constanze sie an.

„Ich muss den Sekt doch noch öffnen. Trinkst du einen mit?", fragte sie unvermittelt Constanze.

„Heißt das, wir sind noch Freundinnen?" Constanze hob den Kopf und blickte sie hoffnungsvoll an.

„Freu dich nicht zu früh, aber wir sind auf jeden Fall irgendwie miteinander verbunden und haben heute etwas gemeinsam." Nez stand auf und ging zur Vitrine. Constanze wirkte wie um den Druck von zehn Tonnen Stein erleichtert.

Beim Anstoßen gestand Nez ihr, dass sie ebenfalls nicht mehr in ihre Redaktion zurückkehren würde. „Deswegen der Sekt", tippte Constanze. „Auf die Freiheit!" Mit heiterer Miene stieß Nez ebenfalls an. „Wovon sollen wir denn jetzt überhaupt leben?", fragte Nez, während sie genüsslich den letzten Tropfen aus dem Glas schlürfte.

„Also, ich habe im Studium schon eine ganze Menge gemacht. Notfalls gehe ich wieder ins Fitness-Studio und gebe Hausfrauenkurse für zehn Euro die Stunde. Und da hat man Feierabend, wenn man nachhause kommt. Keine Berichte schreiben, keine Nächte voller Sorgen." Beinahe konnte Constanze an diese Idylle glauben.

„Hm, und ich könnte im Journalismus eine ganze Menge machen. Ich könnte eigentlich alles schreiben. Und jetzt, wo ich frei bin, wieso sollte ich nicht mal in ein anderes Land gehen? Ich habe ja nichts mehr zu verlieren. Außerdem habe ich mich so lange für miese Verträge herumgequält, warum sollte ich nicht mal ein paar Monate vom Amt leben und während dieser Zeit etwas Vernünftiges schreiben?" Nez fühlte sich plötzlich so leicht und unbesorgt.

„Darauf stoßen wir an." Unglaublich, dachte Nez. Wenn ich mich selbst vor einem Jahr gehört hätte, hätte ich mir nicht geglaubt. Früher war die Idee, „zum Amt zu gehen" etwas für Leute, die ihr Umkreis „asozial" nannte. Wie sich die Zeiten ändern können! Oder die Menschen, dachte sie. Sie vermisste Xie in dieser Runde.

Bei dem Gedanken daran, wie ihr Vater auf ihre Entlassung reagieren würde, fühlte sie sich wieder wie das zehnjährige Kind, das seine erste mangelhafte Arbeit in Mathematik nachhause brachte. Aber diese Zeiten waren vorbei. Ich werde erst noch ein paar Tage warten, bis ich anrufe, dachte sie. Und außerdem hat er bei mir auch noch was gut, pflichtete sie sich innerlich bei, wegen der Briefe von Mutter. *Mutter.* Ungewohntes Wort. Sie merkte, wie Constanze sie mit einer Wolldecke zudecken wollte und schreckte hoch.

„Schlaf ruhig ein", beruhigte sie Constanze. Nez wollte sie so nicht gehen lassen, fühlte sich jedoch von den Ereignissen des Tages wie gerädert. „Ich habe eine Idee. Hast du keine Lust heute Nacht, hier auf dem Schlafsofa zu bleiben? Bällchen hast du ja dabei, Futter haben wir noch von der Fahrt, und morgen früh brunchen wir in Ruhe." Nez hörte ein leises Flehen in ihrer Stimme, doch es war ihr egal. Sie wollte nicht alleine bleiben. Sollte es Constanze ebenso gehen?

„Das ist schön. Ich bin so erleichtert, das glaubst du mir gar nicht", seufzte Constanze zufrieden.

Wie hatte Nez Constanzes kurpfälzisches Sprachgetänzel vermisst! Allein deshalb würde sie den Kontakt mit Constanze nie abbrechen wollen. Und zugegeben, nach der Verleumdung durch den Zeitungsartikel hielt sie Lars für ein rückgratloses Arschloch. Lars war für immer verloren. Sie würde niemals mehr nur ein Quäntchen Vertrauen an ihn verschwenden.

„Ich habe auch eine Idee", rief Constanze aus der Küche, wo sie das Geschirr abstellte.

„Wir können Xie gleich nach seiner Schicht anrufen und Natascha eine SMS senden, sodass wir morgen alle zusammen brunchen können. Wir feiern dann das gelungene Ende der Reise. Das steht ja eigentlich noch aus."

„Irgendwie klingt das gut. Du könntest Natascha schreiben, dass sie vorsorglich schon mal ein paar ihrer Lieblingsdinge und einen Schlafrucksack mitbringen und bei mir deponieren kann, damit sie weiß, dass sie immer einen Rückzugsort für ein paar Stunden oder ein Wochenende hat, wenn sie es im Heim nicht mehr aushält", schlug Nez vor.

„Das ist so nett von dir. Ich kann dir gar nicht sagen, wie sehr ich mich darüber freue." Constanze strahlte sie an. „Warum tust du das?"

„Es fühlt sich richtig an", antwortete Nez knapp. Man musste nicht alles hundertfach erklären.

„Also ich organisiere das mit dem Brunch morgen, elf Uhr? Und ich gehe um neun einkaufen und du ruhst dich jetzt mal schön aus. Du siehst richtig geschafft aus", bemutterte Constanze sie. Wenn Constanze etwas zu tun hatte, vergaß sie einfach für ein paar Stunden ihre Depression. Dieser Gedanke beruhigte Nez und gab ihr den inneren Frieden für ein paar Stunden ruhigen Schlaf.

Beim Einschlafen noch dachte Nez *Wann habe ich erlebt, dass sich Constanze mal um mich gesorgt hat? Sonst war es immer umgekehrt gewesen.*

Als sie am Morgen wach wurde, ließ sie sich Badewasser ein und war eigentlich ganz glücklich, dass sie Gesellschaft in der Wohnung hatte. Constanze streckte den Kopf herein: „Ist alles in Ordnung mit dir?" Nez tat die ungewohnte Fürsorge gut. Sie scheute sich nicht, es zu genießen. Sie zögerte kurz mit der Antwort.

„Ja. Ich habe eine Bitte an dich. Ich habe noch was gut bei dir." Nez hatte langsam wieder die Übersicht über die Dinge.

„Alles, was du willst", entgegnete Constanze bereitwillig und kam ins Badezimmer.

„Nach dem Brunch können wir ein paar Umzugskartons nehmen und alles, was Lars noch in seinem früheren Hobby-Gästezimmer und in der ganzen Wohnung hier verteilt hat, hineinpacken und es ihm vor die Redaktionstür stellen. Rein darf ich ja nicht mehr, aber wir können ihm eine SMS schicken, dass der ganze Plunder unten auf der Straße abgeholt werden möchte." Ein leicht bösartiges Lächeln umspielte Nez´ Augen, das sich sogleich auf Constanze ansteckend wirkte.

Auch sie grinste jetzt verschwörerisch. „Wow. Geht klar."

„Naja, ich dachte, da er unser gemeinsames Problem war, können wir ihn auch gemeinsam entsorgen. Von mir aus darfst du ihn auch hinterher übernehmen, wenn du immer noch mit ihm zusammen sein möchtest. Aber ich muss dich warnen, er ist nicht so besonders treu."

Constanze spürte immer sofort, wenn sie rot anlief. War dies ein Affront? Wenn ja, hatte sie die volle Ladung verdient. Aber Nez´ Augen sprachen eine andere Sprache. Auch sie hatte schon wieder einen Teil ihres alten Schalkes zurück. Vielleicht würde zwischen ihnen irgendwann alles wieder gut werden.

„Wir können das auch gleich nach deinem Bad machen. Danach gibt es keinen Lars mehr in deiner Wohnung. Ich kann auch gerne selbst die Kartons an der Redaktion abliefern. Ich gebe mich dann als privaten Paketdienst aus." Constanze schien voll auf die Idee einzusteigen.

„Au ja, das ist ja wie im Möbelladen: *der kleine Lars kann im Bälle-Land abgeholt werden*", alberte Nez herum und ahmte die Stimme eines Lautsprecher-Aufrufes im Kaufhaus nach. „Auch gut!"

„Und ich kann dir später ausführlich von seinem Gesichtsausdruck berichten, wenn ich wieder zurück bin", ergänzte Constanze dienstfertig.

„Abgemacht!" Beide klatschten ihre Hände aufeinander.

In der Badewann genoss Nez das Gefühl aufgeweichter Knochen. Verspannungen und Sorgen, die sich erst in heißem Wasser lösen, und dann nach dem Bad im Abfluss verschwinden würden, ließen langsam von ihr ab. Bällchen lugte neugierig über den Badewannenrand, mit beiden Pfoten auf den Randfliesen. „Ooh nein!", schrie Constanze aus dem Flur, doch es war zu spät. Er machte einen Satz und landete mit seinem gewaltigen Hintern in der Wanne. Mit einem lauten Platsch verwandelte sich das Badezimmer in einen Tsunami-Strand und Constanze kam schon blitzschnell mit einem Putzeimer bewaffnet angelaufen.

„Jetzt haben wir dich", lachte Nez. Sie packte ihn am Nackenfell und verpasste ihm eine brutale Einreibung mit Kinderschampoo. „Das machst du nicht nochmal. Und morgen werden wir einen herrlich duftenden Hund haben." Jaulend und winselnd strampelte Bällchen um sein Leben. Doch es sollte ihm nichts nützen.

Nez hörte kurze Zeit später Geschirrklappern in der Küche. Im Unterbewusstsein dachte sie *Lars, Frühstück, Sonntagmorgen* ... Dann jedoch trat ihr Bewusstsein auf den Plan und sagte *kein Lars, arbeitslos, Constanze, Samstagmorgen Brunch* und für einen Augenblick wollte sie sich bedauern, bis sie wieder die innere Entspanntheit wahrnahm, gar nichts mehr bedauern zu müssen. Dann dachte sie *Constanze, Natascha, Xie* ... und lächelte.

Zuerst traf Natascha ein. Sie hatte tatsächlich einen Rucksack und eine kleine Tasche gepackt und machte große Augen, als sie Lars´ ehemaligen Hobbyraum sah. „Hier darf ich mich aufhalten?"

„Ja, unter der Bedingung, dass du im Heim die Erlaubnis dazu bekommst, mich zu besuchen, und dort alles vernünftig mit dir läuft, ja. Du musst mitarbeiten und darfst dich in diesem Zimmer weder beim Rauchen, noch mit Drogen oder Jungs erwischen lassen. Aber dann bist du jederzeit herzlich willkommen", wies Nez sie streng ein, nicht ohne hinterher herzlich zu lächeln. Natascha entspannte sich leicht.

„Echt jetzt?" Sie machte große Augen und Constanze meinte, die alte kindliche Freude wieder zu erkennen. Das, was sie an Natscha immer so sehr geliebt hatte, und was letzte Woche nicht mehr da gewesen war, schien noch irgendwo verborgen zu sein. Die Fähigkeit, offen wie ein leeres Blatt auf Menschen zuzugehen und sie mögen zu können. Ihre Herzlichkeit. Es wäre wunderschön, wenn sie diese hier in einer ruhigen Umgebung wiederentdecken könnte, gestand Constanze sich ein. Natascha war wie eine kleine Wiesenblume, auf die jemand getreten war. Sie würde sich wieder aufrichten.

„Och, das ist so klasse. Darf ich jetzt rein gehen?", fragte Natascha unsicher.

„Klar doch", sagte Nez, „und ich verspreche dir, ich gehe nicht in deinen Kram schnüffeln, den du hier lässt. Es sei denn, ich würde irgendwann mal herausfinden, dass etwas mit Drogen oder krummen

Sachen liefe. Dann würde ich die Sachen auch der Polizei übergeben." Nez dachte, besser am Anfang eine klare Ansage zu halten, als später unklare Diskussionen führen zu müssen.
„Aber Frau Reinhardt, wofür halten sie mich?" Nataschas Reaktion war so spontan ehrlich, dass sie ihr sogar glaubte und hinter Nataschas Rücken schüttelte Constanze unmerklich den Kopf. Genug des Verhörs. Jetzt war die Zeit für Vertrauen. „Sag doch bitte *du* zu mir, jetzt wo wir eine kleine WG haben", lächelte Nez, als Natascha aufstand. Geradezu kindliche Freude erschien auf Nataschas Gesicht. Überglücklich entschwand sie in ihr eigenes kleines Ruhereich.

Unterdessen versammelten sich Xie, Constanze und Nez schon am Frühstückstisch. Es duftete herrlich nach Kaffee und frischen Brötchen. Xie hatte tiefe Ringe unter den Augen und wirkte unausgeschlafen. .
„Ganz ehrlich, ich freue mich, aber soweit ich weiß, ist Constanze mir noch immer böse wegen des Tagesbuchs", sagte er zu niemand bestimmtem.
„War ich auch ziemlich", entgegnete Constanze. „Aber ich habe beschlossen, einen neuen Anfang zu machen. Die Geschichte mit Lars war von Anfang an Scheiße. Ich gebe es zu und habe gestern Abend schon Abbitte bei Nez geleistet. Und ganz ehrlich, vielleicht habt ihr mich wirklich vor irgendwas gerettet, als ihr mich aus dem Krankenhaus abgeholt habt. Wo wäre ich denn jetzt? Auf der Geschlossenen? Und Bällchen? Den habt ihr auch gerettet. Also, Xie, wenn ich nicht so einen guten Nachbarn gehabt hätte, ginge es mir jetzt wirklich schlecht. Und, ganz ehrlich, ich bin auch sehr erleichtert, dass ich jetzt keine Geheimnisse mehr haben muss." Nez fand Constanze so vernünftig, als sie dies sagte. Es klang zwar wie auswändig gelernt, aber wie ehrlich bemüht und frei von Effekthascherei. Es war einfach Constanze.
Xie schien um zehn Zentimeter zu wachsen und zumindest seine Augen gewannen wieder ein bisschen von dem alten Strahlen zurück. Constanze packte aus ihrem Beutel zwei kleine Päckchen aus:

„Das ist für dich, Xie, als kleines Dankeschön, und das ist für dich, Nez", verkündete sie feierlich.

Inzwischen hatte sich auch Natascha zu ihnen gesellt und sie schaute sich mit sichtbarer Freude ihre neue kleine „Familie" an. Sie traute sich selbst noch nicht, das Wort „Familie" zu denken, doch sie hätte sich so gerne an das wohlige Gefühl gewöhnt. Xie packte mit zitternden Händen sein Päckchen aus. Es war eine kleine schwarze, sehr edel wirkende Teekanne. Er nickte nur, und blickte dann zu Boden. Nez kramte aus dem Papier einen hellen Aquamarin an einer Silberkette hervor. „Er betont deine Augen und soll dir beim Start in dein neues Leben Kraft und Durchblick geben. Du musst dein Licht nicht mehr unter den Scheffel stellen", sagte Constanze mit fester Stimme.

Sie umarmten sich alle gegenseitig und schließlich umarmten auch alle Natascha und strichen ihr freundschaftlich über den Kopf.

„Was wünschst *du* dir denn?", fragte schließlich Nez Constanze. Du solltest dir auch etwas wünschen. Wenn du nicht gewesen wärest, hätten wir alle nicht zusammengefunden!"

Constanze überlegte. „Ja, ich wünsche mir tatsächlich etwas. Wir könnten ein schönes Gruppenfoto machen, mit Stativ und richtiger Einstellung und allem. Wenn wir einen Selbstauslöser haben, können wir auch alle vier auf das Bild." Als sie lächelten und die Sekunden für den Selbstauslöser zählten, wussten sie noch nicht, dass sie für lange Zeit zum letzten Mal glücklich vereint sein würden.

„Xie, auf allen Bildern ziehst du ein Gesicht", meckerte Constanze. Sie hatten die Bilder vom digitalen Speicher der Kamera direkt auf Nez´ Laptop geladen. Xie antwortete nur mit einem Schulterzucken. „Was ist denn los?", bohrte Nez.

„Ich bin etwas müde", erwiderte er lustlos.

„Dabei haben wir den Brunch extra für dich auf elf Uhr gelegt, damit du nach der Spätschicht im Restaurant ausgeschlafen bist", nölte Nez.

„Das war sehr liebenswürdig von euch." Komische Antwort, fand Nez. Sie wollte ihn ins Gespräch hineinziehen, deshalb fragte sie „War es denn gestern Abend anstrengend? Bist du deshalb müde?"

Er schüttelte den Kopf.

„Musst du denn gleich wieder los zur Arbeit?" Sie gab nicht auf. Er schüttelte wieder nur den Kopf. Jetzt blickten auch Constanze und Natascha auf. Es stimmte hier etwas ganz gewaltig nicht.

„Xie, sprich mit uns!" Constanze wollte nicht locker lassen.

„Sie haben meine Entschuldigung für die drei Fehltage nicht akzeptiert und haben mich entlassen."

„Sie haben waaas?", riefen alle wie im Chor.

„Das kann doch nicht sein", hakte Nez sofort nach. Wegen einem Mal krank kann man doch nicht entlassen werden.

„Sie haben gesagt, in den letzten Wochen wäre ich unkonzentriert gewesen, Gäste hätten sich beschwert, und dass ich jetzt anfange, unentschuldigt zu fehlen, wäre nicht akzeptabel. Ich bin raus."

„Aber hast du denn keinen Urlaub genommen?", fragte Constanze überrascht.

„Ich hatte es versucht", entgegnete er. „Aber ich habe keinen bekommen."

„Und dich krankschreiben lassen?", fragte Natascha.

„Ich habe keine Krankenversicherung, keine Karte und keinen Hausarzt". Er schien auf dem Boden nach unsichtbaren Markierungen Ausschau zu halten. Nez setzte sich ihm gegenüber, richtete seine Schultern auf und fasste ihn an den Oberarmen.

„Also nochmal, man hat dir keinen Urlaub gegeben, und du bist nur um uns nicht im Stich zu lassen, einfach von der Arbeit weggeblieben, um uns zu helfen?"

Stummes Nicken von Xie.

Nez stieß hörbar Luft aus und stützte dann das Gesicht in die Hände. Constanze stand auf und legte Xie die Hand auf die Schulter.

„Aber das kann doch nicht alles gewesen sein. Ich meine, deswegen wird man doch nicht entlassen."

Nez versuchte das Dunkel in Xies Augen zu durchdringen. Das alles leuchtete ihr nicht ein.

Xie begann zögernd: „Ich glaube, in der letzten Zeit ist mein Verhältnis zu Cousine Wang schlechter geworden. Sie merkt, dass es mir immer schwerer fällt, das Geheimnis von Bonian zu wahren. Sie ist zwar an der Oberfläche freundlich zu mir, doch ich glaube, sie sieht eine Bedrohung in mir."

„Hat sie denn was gesagt?", fragte Constanze.

„Nein, aber ich kenne ihre Blicke. Sie ist eine Schlange. Ich weiß das. Sie hat Angst, ich würde ihr Bonian wegnehmen."

Nach einer Weile fragte Nez in die eingetretene Stille „Und jetzt?"

„Ich muss auch die Wohnung räumen, die auf meinen Cousin läuft. Irgendwas stimmt in unserer Familie nicht. Nach außen hin sagen sie, ich hätte mich verändert. Ich sei bockig und unzuverlässig geworden. Aber in Wahrheit wollen sie mich loswerden. Und jetzt haben sie einen Grund."

„Das gibt es nicht. Das halte ich nicht aus. Können wir irgendetwas tun? Sag uns das bitte!", flehte Nez.

„Nein." Xie saß da, mit versteinerter Miene.

„Was ist mit einer Kündigungsschutzklage?", fragte Constanze verzweifelt. Nez zog die Augenbrauen zusammen und blickte Constanze strafend an. Der Blick wog Tonnen.

Xie blickte zerknirscht hoch und jetzt erst sah man, dass er die ganze Nacht wachgelegen haben musste. Seine Augen waren nahezu dunkelrot.

„Ich bin noch nicht einmal angemeldet. Wo sollte ich klagen können?", fragte er verzweifelt.

Betroffen setzte Natascha die Kaffeetasse auf. Alle versuchten in Xies Gesicht zu lesen, wie es weitergehen würde. Natascha war es, die schließlich das Wort ergriff. „Na, unter der Brücke musst du schon mal nicht schlafen. Du kannst bestimmt bei Constanze oder Nez wohnen, bis du was anderes findest." Nataschas Lebensoptimismus schien langsam wieder zu erwachen. Und sie hatte Recht. Für jemanden, der in den miesesten Verhältnissen aufgewachsen war, war dies noch nicht das Ende. Es gab immer einen Weg!

Constanze und Nez, beide gleichermaßen wie von einem Stromschlag erwischt, dass es jetzt wirklich wieder ein Problem zu lösen galt, versicherten fast übereifrig „Ja, auf jeden Fall." „Ganz bestimmt. Wir lassen dich doch nicht im Stich."
„Oh Mann, deine schöne Wohung. Das ist so schade", jammerte Constanze. „Aber ich habe auch noch ein Zimmer, das ich nicht unbedingt nutze", fuhr sie fort. „Auf jeden Fall bleibst du bei einem von uns. Das ist schon mal klar", versicherte sie.
„Ist das wirklich *ehrlich* gemeint?" Xies Stimme klang jetzt nicht mehr so gelassen wie in den vergangenen drei Wochen. Da war er immer der ruhende Fels gewesen, an dem man Unterschlupf und kluge Worte finden konnte. Er klang verunsichert, aus seiner Mitte gebracht, total verstört. Er klang jetzt wie das zehnjährige Kind, das an die Tür der Nachbarn klopfte und rief, und dem niemand geöffnet hatte. Würde ihm heute jemand öffnen?
„Ehrenwort", pflichtete auch Nez bei. „Wir finden eine Lösung. Entweder kommst du zu mir, dann geht Natascha zu Constanze. Oder du gehst zu Constanze, und wenn du keines von beidem kannst, dann bekommst du meine Wohnung vorübergehend und ich ziehe zu Constanze. Wir finden einen Weg. Auch ohne Papiere. Das verspreche ich dir hiermit. Ich könnte sogar deine alte Wohnung incognito übernehmen, als neue Mieterin sozusagen, die dich offiziell gar nicht kennt, und erlauben, dass du als Vormieter nicht renovieren musst. Wenn wir das hinkriegen, dann musst du nicht mal deine Zelte abbrechen und kannst einfach nach ein paar Wochen wieder rein. In Deutschland darf ein Vermieter nicht unangekündigt Zutritt zu einer Mietwohnung verlangen. Wir werden es schaffen." Sie hielt Xie die Hand zum Einschlagen hin und zum ersten Mal sah sie ihn hilflos weinen. Er konnte seine tiefe Dankbarkeit kaum ertragen. Nicht so sehr, dass es nur um die Wohnung an sich gegangen wäre. All die Jahre in Deutschland war er der Fremde gewesen, der Ungebetene, der in Ungnade Gefallene. Sollte er jetzt angekommen sein?

Als sie sich ein wenig gefasst hatten, begann Nez, den Tisch abzuräumen. Sie kam an ihrem Handy vorbei und sah eine Nachricht blinken. Sie öffnete die Kurznachrichten. Als sie die Nachricht zweimal gelesen hatte, realisierte sie, dass ihr Vater mit einem erlittenen Herzinfarkt heute Nacht auf die Intensivstation eingeliefert worden war. Ihre Tante Barbara ließ keinen Zweifel am Ernst der Lage und bat sie, sofort zu kommen. Barbara ist die Tante, die meiner Mutter hinter meinem Rücken verboten hatte, mir Briefe zu schreiben, dachte Nez.

Nez berichtete, was geschehen war.

„Wir begleiten dich", stellte Constanze fest. „Kommt gar nicht in Frage, dass du da alleine hinfährst."

Xie nickte. Und sie leistete keinen Widerstand.

28.

Constanze fuhr den Volvo, Xie saß auf dem Beifahrersitz und krallte sich am Türgriff fest. Er war totenblass.

„Hast du Angst, wenn Frauen Auto fahren?", fragte Constanze. Xie versuchte eine Art Lächeln, doch nicht einmal das funktionierte heute.

„Ich muss den Wagen am Wochenende abgeben. Mein Cousin fordert alles zurück, jetzt, wo ich aus dem Laden rausgeflogen bin", presste er hervor.

„Tolle Familie!" Constanze ließ keinen Spielraum für Interpretation. Xies Miene versteinerte.

„Entschuldige", schob Constanze kleinlaut nach. Um das Thema zu wechseln blickte sie in den Rückspiegel und sah nach, ob Nez schlief. „Ist bei dir alles in Ordnung?"

„Hm". Nez war nicht zu Gesprächen aufgelegt. In Windeseile hatten die drei alles Notwendige für ein paar Tage eingepackt, Natascha wieder im Heim abgesetzt und sich auf den Weg gemacht.

„Wir sind in einer Viertelstunde da." Für Nez klang dies wie eine Drohung. Seit ihrem letzten Streit mit Vater mussten jetzt vier Wochen vergangen sein. Seitdem hatte sie auch nicht mehr persönlich mit ihm gesprochen. Die Landschaft zog im Zeitraffer am Fenster vorbei. Was sollte sie ihm sagen?

Wie viel musste sie preisgeben?

„Wir beziehen erst einmal schnell Quartier im Haus und fahren dann ins Krankenhaus. Dann sind wir ungebunden und können in

der Nacht falls nötig Krankenwache halten", plante Constanze. Jetzt, wo sie sich um Nez kümmern musste, verdrängte sie einen Teil ihrer eigenen Depression und hatte die Kraft, die Dinge in die Hand zu nehmen. So etwas hatte Nez zuvor nie für möglich gehalten, aber Menschen mit Helfer-Syndrom funktionierten oft so.
„Meinst du, es steht ernst?", fragte Constanze einfühlsam.
Nez nickte.

Tante Barbara, die im väterlichen Haus jetzt die Stallwache hielt, war zunächst überquellend freundlich, herzte sie und drückte sie, und es war alles genauso, wie Nez sich immer die Geschichte vom verlorenen Sohn vorgestellt hatte. Als sie jedoch merkte, dass auch Constanze und Xie Übernachtungsgepäck dabei hatten, wurde ihr Lächeln steifer und ihre Körpersprache distanzierter. Sie betrachtete die beiden wie seltsame Insekten unter dem Vergrößerungsglas.

„Sind die beiden zusammen, oder, ich meine, der Chinese, was macht der denn hier?"

„Er ist unser Freund und unterstützt uns", entgegnete Nez eine Spur zu bestimmt. Nichts hat sich hier geändert, stellte sie fest. Das *Elternhaus*, bereits die Bezeichnung verdiente den Namen nicht, war dunkel und muffig. Noch nie zuvor war ihr diese Licht- und Farblosigkeit in dem Maße aufgefallen. Hatte ihr Vater nach dem Tod ihrer Großeltern in den Achtzigerjahren jemals renoviert? Sie konnte sich nicht erinnern.

„Dann muss ich aber noch zwei Betten aufziehen", bemerkte Tante Barbara schnippisch von der Seite. „Ja, aber ich kann das doch auch tun. Mach dir bitte keine Mühe", wollte Nez ihr entgegenkommen.

„Ihr seid Gäste. Ich mache das schon. Setzt euch hin und ruht euch aus. Aber, ähnm, wer schläft denn jetzt in welchem Schlafzimmer?" Dies schien für Tante Barbara ein ernstes Problem zu sein.

„Jeder getrennt", antwortete Nez bestimmt. Tante Barbara zog mit einer Mischung von Irritation und Erleichterung davon, in dem Bewusstsein, das Schlimmste verhindert zu haben. Offensichtlich war sie mit der Idee einer bloßen Freundschaft unter Erwachsenen nicht vertraut, dacht Nez. Als ob sie selbst dieses Konzept bereits lange kennen würde, schob sie gleich hinterher. *Gast im eigenen Haus*, dachte Nez. Merkwürdig.

Als sie Xie das „große Zimmer" zeigte, musterte dieser befremdet das Hirschgeweih über dem Kamin. Die dunkle Kassettendecke drohte, einem jeden Moment auf den Kopf zu fallen.Tante Barbara wischte demonstrativ noch den Staub von Nachttisch und Kamin, so, als wolle sie sich beschweren, nicht vorher schriftlich wegen der Übernachtung zusätzlicher Gäste gefragt worden zu sein.

Constanze bekam das frühere Jungenzimmer von Nez´ Vater, eine kleine, feucht riechende Kammer mit Dachschräge. „Hier bist du also aufgewachsen", versuchte Constanze Konversation zu treiben. Nez war ihr für ihre demonstrative Unbeschwertheit dankbar.

„Ich hoffe, dass es nicht zu lange dauert. Fühlt euch trotzdem wohl, so gut es geht." Nez konnte es nicht ändern. Sie hatte schließlich versucht, ihnen die Begleitung auszureden.

Im Krankenhaus machten sich Constanze und Xie auf die Suche nach der Cafetéria , um Nez mit ihrem Vater erst einmal alleine zu lassen. Der typische Krankenhausgeruch hüllte sie ein und versetzte sie in eine unruhige Erwartungshaltung. Was würde auf sie zukommen? Nez desinfizierte sich die Hände, wie das Schild neben der Zimmertür es verlangte. Nirgends wurde einem der schmale Grad zwischen Tod und Leben so bewusst wie auf einer Intensivstation. Sie musste sich zwingen, die Tür zu öffnen. In ihrem Inneren kämpften Aufregung und Widerwillen gegen ihr schlechtes Gewissen und vergessen geglaubte Liebe. Alles war verworren. Doch so schlimm hatte sie sich Vaters Anblick nicht vorgestellt: Wenn das ihr Vater war, dort drüben in der Ecke des Zimmers unter der Ansammlung von Geräten, musste er in den letzten zwei Wochen stark geschrumpft sein. Klein und zusammengesunken hing er an seinen Schläuchen. Sie schritt langsam ins Zimmer, sich an den Geruch von Menthol, Wäsche und Desinfektionsmittel gewöhnend. Wie roch Krankheit? Wie roch der Tod, kam ihr unvermittelt in den Sinn. Als ihr Vater sie erkannte, huschte ein Leuchten durch sein Gesicht. Seine Augen machten klitzekleine Freudensprünge. Nez indessen schämte sich, sich nicht zu freuen und zwang sich, Freude zu heucheln. Sie konnte nicht umhin, wegen all der Wahrheiten, die sie erfahren hatte, schrecklich enttäuscht und wütend zu sein. War ihr Vater ein guter Mensch? Nein, befand sie.

„Bekomme ich keine Begrüßung?", stieß er mühevoll aus. Unter normalen Umständen hätte sie ihn spätestens jetzt angeschrien, ob er noch richtig ticke, nach all dem, was er ihr und ihrer Mutter angetan hatte. Wer war das blasse Bündel blauer Adern dort in diesem Bett?

Sie beugte sich hinunter, hielt die Luft an und gab ihm einen Kuss auf die Wange.

„Mein Mädchen. Gut, dass du da bist. Setz dich." Seine Stimme klang schwach. Sein Mund ohne Gebiss erinnerte sie an einen Zeichentrickfilm. Sie schalt sich selbst, schließlich lag sein Gebiss auf dem Nachttisch in einer Reinigungslösung, gleich neben seiner dicken Hornbrille. Hatte sie ihren Vater jemals ohne seine schwarze Hornbrille gesehen? Im Angesicht des Todes sind wir alle nackt, dachte sie und und versuchte das, was ihr Vater ihr angetan hatte, mit dem kleinen schwachen Menschen vor sich in Einklang zu bringen. Es klappte nicht. Sie konnte nichts empfinden. Keinen Hass, keine Liebe. Sie wäre am liebsten sofort wieder aufgebrochen. *Im Zimmer geirrt.*

Sie versuchte das Gespräch mit den üblichen Standardfloskeln zu führen, wie es ihm ginge, seit wann es ihm schlecht ginge, was passiert sei. Er ging einsilbig darauf ein. Er musste einsam gewesen sein.

„Wer hat dich denn gestern besucht?", fragte sie.

„Tante Barbara war gleich gekommen", ließ er abwesend verlauten.

„Sonst noch niemand?" Es war nicht einfach, sich mit ihm zu unterhalten. Selbst in gesundem Zustand war er immer der schweigsame Typ gewesen, der unterhalten werden wollte. Hatte er kein Bedürfnis nach Konversation, konnte er stundenlang schweigen. Nach ein paar Momenten der Stille begann er jedoch von sich aus:

„Jeder muss seinen Weg alleine gehen. Letzten Endes kommt für jeden der Punkt, wo Weggefährten andere Pläne haben und wo dir klar wird, dass niemand mehr zu dir hält."

„Du solltest nicht so negativ denken, Vater", sprach sie mit dem Ton, den man Kranken gegenüber anschlug, um sie zu beruhigen. Nez behagte das Thema nicht. „Du brauchst jetzt ein paar Tage und dann kommst du wieder auf die Beine."

„Du wirst schon sehen. Am Ende, wenn es dir richtig schlecht geht", er unterdrückte einen Hustenanfall und Speichel lief zum Kinn hinunter, „wirst du alleine sein. Das, was wir Verwandtschaft oder Freundschaft nennen, ist nichts als das Überlebensprogramm einer Spezies, deren Halt und Trost es war, sich gegenseitig Ungeziefer aus dem struppigen Fell zu suchen. Dieses Bedürfnis ist in uns tief verankert. Wir halten uns Katzen und Hunde, weil es den Blutdruck senkt und uns beruhigt, einen Pelz zu streicheln, der dann dankbar schnurrt. Menschen meiden wir indessen, weil wir Gefahr laufen, ebendies zu erkennen." So viele Sätze am Stück hatte sie in den letzten Jahren selten von ihm gehört. Er musste sich in den vergangenen Tagen viele Gedanken gemacht haben. Und das Reden hatte ihn angestrengt. Erschöpft lag er in seinem Kissen.

„Was?", fragte sie überrumpelt zurück.

„Dass wir den letzten Weg alleine gehen müssen", ergänzte er mit belegter Stimme. Er wandte den Kopf ab und krallte mit seiner freien Hand in die Bettdecke. War das ein Vorwurf an sie, dass sie sich so lange nicht zurückgemeldet hatte? Sie entgegnete, ohne sich etwas anmerken zu lassen: „Vater! Hör auf mit der Schwarzmalerei, was soll das denn? Du bist doch nicht alleine hier. Wir sind doch jetzt da."

So viel Elend würde sie nicht lange ertragen können. Das stand fest. Nicht nur die Krankheit an sich machte ihr Angst. Schließlich stand es nicht gut um Vater. Aber eine solch morbide Einstellung konnte jeden Funken Hoffnung zunichtemachen. Sogar als gesunder Mensch lief man mit einer solchen Haltung Gefahr, vor Verzweiflung zu resignieren. Oder wollte er gerade dies erreichen?

„Wo warst du, als ich krank wurde?", fragte er nun direkt. Sein Ton klang wie immer, wenn er etwas sagte, vorwurfsvoll und undankbar.

„Ich hatte etwas Wichtiges zu erledigen. Und um ehrlich zu sein, Papa, ich hatte ziemlichen Stress und mich auch über unseren letzten Krach geärgert. Entschuldige." Sie versuchte, sanft zu klingen und ihn nicht aufzuregen.

„Entschuldige, entschuldige. Ich liege hier im Sterben und wo bist du? Tingelst in Köln herum und meldest dich nicht." Nez spürte, dass ihr Geduldsfaden immer dünner wurde und dass sie sich nicht mehr lange beherrschen können würde. Sie hatte alle guten Vorsätze gehabt, das schwache Bündel im Krankenbett nicht unnötig aufzuregen, doch er schien es darauf anzulegen.

„Wo warst du denn, als meine Mutter dich brauchte?" Es war raus. Und es schlug ein wie eine Fliegerbombe.

Das Piepen der Herztöne auf dem Monitor wurde schneller. Und augenblicklich fühlte Nez sich schlecht und schuldig. Doch da war etwas zwischen ihnen, so groß und so schwer wie ein dunkler Stern. Es musste bearbeitet werden. Jetzt – oder vielleicht nie.

Vater schnappte nach Luft und tastete mit der linken Hand, die nicht verkabelt war, nach seiner Hornbrille auf dem Nachttisch. „Ich gebe sie dir." Nez hätte gerne wieder den letzten Satz ungeschehen gemacht. Er setzte sich selbst mit zitternden Fingern die Brille schief auf die Nase.

Sie sah, wie er versuchte, Haltung zu bewahren und mit der Brille die väterliche Miene aufzusetzen, die ihr Leben lang ein Zeichen für Respekt und Autorität gewesen war. Bis vor einigen Wochen zumindest. Er schwieg verbissen.

„Gut, du möchtest nicht reden. Dann werde ich ein bisschen reden." Nez hatte sich ebenfalls wieder gefangen. Ungeschehen konnte man hier eh nichts mehr machen. Hatte sie ein ängstliches Flattern in seinen Augen wahrgenommen?

„Ich habe die Briefe von meiner Mutter gefunden. Und ich kenne die Geschichte und weiß, dass sie noch lebt." Nez sprach ruhig und sachlich, um das ganze Ausmaß des Inhaltes zur Geltung zu bringen.

Ihr Vater wollte zunächst mit dem Kopf schütteln, schien es sich jedoch anders zu überlegen, versuchte das Wasserglas zu greifen und erlitt einen Hustenanfall. Nez gab ihm Wasser zu trinken und er beruhigte sich etwas. Doch sie ließ ihn nicht mehr davon kommen. Sie hakte nach: „Deshalb frage ich dich, wie konntest du mir all die Jahre diese Lügen erzählen? Und starr jetzt nicht aus dem Fenster heraus." Noch vor vier Wochen hätte sie es niemals gewagt, so mit ihm zu reden. Was gab ihr jetzt die moralische Überlegenheit, ihn derart anzugehen? Dass er schwach war? Der dunkle Stern ihn ihrem Herzen nahm an Masse zu und drohte zu implodieren. Es würde eine gewaltige Entladung geben, wenn Vater nicht bald redete.

„Rede mit mir!" Ihre Stimme klang grausam, fand sie. Sie hasste sich dafür. Doch jetzt wurde ihr klar, dass sie ihn nicht so einfach von dieser Welt gehen lassen würde, ohne dass er sich zu ihrer Geschichte bekannt hatte. Das war er ihr schuldig.

Als hätte er ihre stille Drohung verstanden, begann er zögerlich, wirkte dabei schwach und elend.

„Deine Mutter war wunderschön, sie wirkte fremd und nicht von dieser Welt. Sie wirkte wie eine Art Zauberwesen, so frei, so locker, bunt, interessiert an allem und mitfühlend. Sie war eine wunderbare Frau." Nez schwieg und nickte. In einem Anflug von Mitgefühl, weil sie sah, wie sehr er sich quälte, drückte sie seine Hand. Sie fühlte, wie ihre Augen heiß und feucht wurden. Doch sie bewahrte Haltung.

„Ich hätte wissen müssen, dass zwei Menschen, die so verschieden waren, in unserer Welt niemals zusammen eine Chance haben würden", sprach Vater mit brüchiger Stimme, kaum hörbar.

„Das ist Quatsch", entgegnete Nez ruppig.

„Sie war eine beeindruckende Erscheinung. Sie wollte ihre spätere Doktorarbeit über Bildungsprogramme in Asien und die Aufstiegschancen von Frauen dort schreiben, damals ein progressives Thema. Es gab verschiedene Alphabetisierungsprogramme, die für die Frauen in Asien, die in die Familienarbeit eingebunden waren, jedoch gar nicht erst erreichbar waren. Dies wollte sie ändern. Nur, dass du weißt, was für eine Frau sie war." Das schien im wirklich wichtig zu sein. Er durchbohrte sie geradezu mit seinen Blicken.

„Und warum hat sie das nicht?", hörte sich Nez fragen.

„Die Schwangerschaft."

„Du hättest sie unterstützen können", entgegnete Nez. Sie gab sich keine Mühe mehr, rücksichtsvoll zu klingen.

„Das wollte ich. Doch meine Familie war dagegen." Nun klang seine Stimme absolut farblos. Er wandte sich ab, wie jemand, der sich schuldig bekennt.

„Und dafür hast du sie im Stich gelassen?", fragte Nez erneut.

„Du machst dir keine Vorstellung von den Zeiten, die wir damals hatten", versuchte er sich zu verteidigen.

„Nein." Sie entzog ihrem Vater die Hand und fuhr fort „ich begreife dich nicht. Es war die Zeit der Studentenunruhen, der freien Liebe, der Bürgerrechte und so weiter. Da soll das ein Hindernis gewesen sein? Eine Schwangerschaft zwischen Verlobten?"

„Als sie mit dir als Säugling auf dem Arm aus dem Krankenhaus entlassen wurde, hat meine Familie das Haus vor uns tatsächlich verschlossen. Sie haben uns buchstäblich nicht herein gelassen. Das kannst du dir nicht vorstellen. Ohne Heirat kein Zusammenleben, sagten sie. Ich war Student und wohnte noch zuhause. Ich war komplett von meiner Familie abhängig. Man muss ihnen zu Gute halten, dass sie damals alle tiefgläubige Katholiken waren. Da wäre das auch wirklich undenkbar gewesen." Da war wieder dieses Flehen im Blick.

„Du hast nicht zu deiner eigenen Frau gehalten, weil deine katholische Familie sich dagegen gestellt hatte? Das ist ..." Nez fehlten regelrecht die Worte, sie schnappte nach Luft. Wie ein Dampfkochtopf kurz vor der Explosion saß sie neben seinem Bett und registrierte nicht, dass die Maschinen immer schneller piepten, die Kurven der Herzsignale immer heftiger ausschlugen. Seine Stimme klang verkrampft, doch er schien den Drang zu haben, sich zu rechtfertigen: „Ich war noch im Studium, meine Eltern unterstützten mich, aber auch nur für den Fall, dass ich das Studium nicht abbrach. Sie duldeten aber auf keinen Fall deine Mutter unverheiratet in unserem Hause. Eine Heirat mit ihr aber auch nicht."

„Und mich nicht", ergänzte Nez lakonisch.

„Ja. Aber deine Mutter", plötzlich krampfte er wieder, Nez begann sich Sorgen zu machen, aber er ließ sich jetzt gar nicht mehr stoppen, griff ihre Hand und ließ sie nicht los, „deine Mutter wollte mich nicht heiraten. Selbst wenn wir die Erlaubnis meiner Familie gehabt hätten. Sie sagte, dann würde es ihr genauso ergehen wie den Frauen, über die sie ihre Doktorarbeit schreiben wollte. Unfrei und an die Schwiegerfamilie gefesselt. Lieber wollte sie dich frei und vaterlos erziehen", schloss er und Bitterkeit floss aus seinen Worten.

„Und warum hat sie das schließlich nicht?", fragte Nez. Ihr eigener Tonfall erinnerte sie an die Kinderfragen, die sie vor langer Zeit ihrem damals fast allmächtigen Vater gestellt hatte. „Warum ist die Sonne gelb?" Das war in den Zeiten gewesen, als es noch Antworten auf ihre Fragen gab.

„Ihr eigener Vater hätte sie totgeschlagen, ihre Mutter war schon lange verstorben", presste ihr Vater heraus.

„Deine Familie hasste sie, nicht wahr? Ihr habt ihr nie eine Chance gegeben?", vermutete Nez.

Ihr Vater wollte sprechen, doch es kamen keine Worte mehr. Seine freie Hand krallte sich in die ihre wie Klauen. Er bäumte sich auf, und Nez sprang auf, um nach einer Schwester zu rufen. Ihr Vater schaffte es schließlich, den Notknopf zu drücken. Nach Luft hechelnd hing er in seinem Kissen, er schien ersticken zu müssen. Nez wollte seine Hand wieder ergreifen, doch plötzlich wurde sie von einer kräftigen Krankenschwester weggezerrt. Ein Arzt und ein Pfleger stürmten in das Zimmer „Lassen Sie uns bitte jetzt allein. Bitte gehen Sie jetzt raus." Und Nez ließ sich unter Schock aus dem Zimmer führen. „Wir tun unser Möglichstes. Bitte gehen Sie aus dem Weg!"

Draußen warteten Xie und Constanze und erkannten sofort, dass Nez in einem elenden Zustand war.

„Oh je, meine Arme!" Constanze nahm sie in die Arme, und sie und Xie setzten Nez zwischen sich auf einen Plastikbesucherstuhl. „Alles wird gut." Constanze drückte sie und streichelte ihr über die Haare. Nez saß unter Schock auf ihrem Stuhl und rühte sich nicht. Sie konnten die Ärzte, Pfleger und Krankenschwestern, die das Zimmer im Laufschritt betraten und wieder verließen, nicht zählen. Stunden vergingen. Die Krankenhausuhr tickte erbärmlich langsam durch die Nacht. Unter kalter Neonbeleuchtung verbrachten die drei gemeinsam die Nacht auf ungepolsterten Besucherstühlen, dem metallischen Ticken der übergroßen Wanduhr ausgeliefert. Sie hatten ihre Jacken über Nez aufgetürmt, um sie warm zu halten. Endlich kam eine Nachtschwester an ihnen vorbei, um die Anzeigen an den Krankenbetten zu kontrollieren.

„Wie steht es jetzt mit Herrn Reinhardt?", fragte Xie diese.

„Im Moment hat er sich wieder stabilisiert. Er hatte eben, als er kurz einmal bei sich war, nach einem Dominik oder einer Dominike gefragt. Gibt es eine solche Person in seinem engeren Kreis? Wenn ja, wäre es gut, sie zu benachrichtigen. Auch andere engere Verwandte. Das dürfte ihnen eigentlich nur der Arzt sagen, aber der ist heute Nacht für drei Stationen zuständig und hat unten einen Notfall."

Constanze verstand die Sprache der Mediziner, die nicht so sehr entfernt von derjenigen der Pädagogen war. Siegfried Reinhardt würde noch maximal einen, vielleicht zwei Tage leben. Seine Zeit lief ab.

Als Nez aus ihrer unruhigen Schlafphase erwachte, berichtete Constanze vom Wunsch ihres Vaters. „Domenica wollte Vater nie wieder sehen müssen. Er hat sie sehr verletzt.", entgegnete Nez. „Soll ich sie wirklich wieder so aufwühlen? Sie haben sich zuletzt nur noch gestritten."

„Nez, du weißt wirklich nicht, entschuldige, wie viel Zeit deinem Vater noch tatsächlich bleibt. Wenn er seine Sachen in Ordnung bringen möchte, darfst du ihm das nicht verweigern." Der Ernst in Constanzes schwarzen Augen sprach Bände, die sogar Nez in ihrer Erschöpfung verstand. Sie suchte Domenicas Nummer heraus und ging telefonieren. War das das Ende einer langen Geschichte? Sie fühlte sich wie in einem Film über ihr Leben, doch nicht eigentlich dabei. Andere führten jetzt Regie. Auf dem Flur traf sie zufällig den Oberarzt, der ihr in einer ruhigen Ecke, nicht im Arztzimmer, mitteilte, ihr Vater habe in der Nacht einen weiteren Herzinfarkt erlitten, hielte sich aber den Umständen entsprechend tapfer. *Ärztegewäsch*, dachte sie. Was war schon Tapferkeit?

Als sie zurückkam – Domenica hatte buchstäblich noch während des Telefonats begonnen ihre Reisetasche zu packen – wurde sie bereits erwartet.

„Die Schwester hat gerade gesagt, er sei wieder wach. Du darfst reingehen", sagte Constanze und versuchte, optimistisch zu klingen.

„Was schreibst du da?", wunderte sich Nez.

„Ich schreibe meine Kündigung für das Jugendheim", antwortete Constanze. Sie lächelte befreit und rückte ihr Notizblöckchen auf dem Schoß zurecht. Nez registrierte es, aber verstand nicht und wandte sich zum Krankenzimmer hin.

„Wie geht es dir, Vater?" fragte Nez, als sie sich dem Bett zögernd näherte. Die Morgendämmerung versprach neue Kraft für den Tag. Doch ihr Vater wirkte matt und noch weiter zusammengeschrumpft. Immer stärker bildeten sich seine ursprünglichen Gesichtszüge heraus, diejenigen, die man unter der Alltagsmimik und der üblichen Fettschicht unter der Haut meist nicht wahrnimmt. Doch jetzt schien Siegfried Reinhardt auf seine wenigen Wesenszüge reduziert. Er erkannte sie. Sie erkannte ihn kaum.

„Vanessa. Schön, dass du da bist." Das Reden fiel ihm schwer.

„Guten Morgen, Vater. Geht es wieder etwas besser?", fragte sie.

„Das weißt du genau. Ich werde hier nicht mehr herauskommen." Seine Augen flehten bitterlich.

„Sag doch nicht so etwas." Es war geradezu nicht mehr auszuhalten, mit welchen Mitteln man immer wieder versuchte, einem Kranken Mut zu machen, dachte Nez. Dabei wirkte Siegfried Reinhardt unendlich fremd auf Nez, wie er - entstellt durch den nahenden Tod - die Hände nach ihr ausstreckte.

„Du siehst mich so vorwurfsvoll an. Du bist doch alles, was ich habe", flehte er mit traurigen Augen. „Du hast mir gestern Abend von meiner Mutter erzählt. Gibt es noch etwas, was ich wissen sollte?", fragte Nez geradeheraus.

Er schüttelte den Kopf unmerklich und versuchte, seine Hand zum Nachttisch zu bewegen, doch ihm fehlte die Kraft.

„Schau bitte in die Schublade. In dem Mäppchen ist ein Foto, das ich dir geben möchte", flüsterte er zahnlos.

Nez ging um das Bett herum und öffnete die Schublade. In einem abgegriffenen Ledermäppchen fand sie tatsächlich ein Bild: eine junge Familie im Krankenhaus. Vermutlich das Kindbett der Mutter. Die Mutter hält strahlend einen Säugling in den Armen, der Vater hinter ihr hält sie im Arm. Eine kleine heile Welt lachte ihr entgegen. Fragend blickte sie ihren Vater an.

Er nickte wieder. Sprechen war mühsam.

„Sie war wunderschön", staunte Nez. „Bin ich das Baby dort?" Er nickte wieder und plötzlich fühlte Nez das Gewicht der ganzen Welt auf ihren Schultern. Dieses Glück, diese Liebe, die Schönheit ihrer Mutter. Sie hätte sich frei fühlen müssen. Ihre Mutter war *nicht* bei der Geburt gestorben. Dieses Foto bewies Vaters Lebenslüge. Deshalb hatte er es vor ihr all die Zeit verheimlicht. Nez musste jetzt einfach sprechen, sonst würde dieses Gewicht niemals wieder aufhören, sie zu erdrücken. Das war die Kindheit, die sie hätte haben können.

„Der Platz an meiner Seite war leer. Ich hatte keine Geschwister. Der Platz über mir war leer. Ich hatte keine Mutter, die mir schützend die Hand auf die Schultern legte. Ich war durch meine ganze verdammte Kindheit hindurch der Giftstachel, der diese wunderbare Frau getötet haben sollte. Hässlich, totbringend, ich sollte nicht auf dieser Welt sein. So bin ich aufgewachsen, Vater. Es tut mir leid. Ich muss es dir sagen." Ihre Augen waren heiß und Tränen nahmen ihr die Sicht.

Nez schluchzte nun wie ein Kind. Sie konnte es nicht aufhalten, hielt sich ein Taschentuch vor ihr Gesicht und lehnte sich an die Fensterbank. „Ich habe dich gehasst. Und doch will ich jetzt nicht, dass du stirbst." Weinend blickte sie ihm in die Augen.

Sie sah, wie die Tränen auch dem gebrochenen Mann durch das furchige Gesicht liefen und in das Kopfkissen einsickerten. Ein hilfloses Bündel blickte sie an. Sein Blick war nicht zu deuten. Verbitterung, Hoffnung, Enttäuschung. Er gab sich Mühe zu sprechen.

„Ich habe euch ernährt, alles zusammengehalten und dich großgezogen", protestierte er, als wolle er noch einmal ihren kindlichen Respekt einfordern.

„Du hast sie für mich getötet. Für mich war sie tot, weil du gesagt hast, sie sei bei meiner Geburt gestorben. Du warst der Mörder meiner Mutter. Ein Mädchen ohne Mutter. Du weißt überhaupt nicht, was das heißt. Du hast mir meine Kindheit genommen", warf sie ihm tonlos vor.

„Ich war die Hand, die dich gefüttert hat", entgegnete er kraftlos.

„Stimmt nicht, das war Oma", trumpfte Nez auf. Ein schaler Triumpf.

„Ich war der, der für uns alle geschwiegen hat und den Preis bezahlt hat. Glaubst du, ich hätte deine Mutter nicht geliebt?", insistierte er. „Du solltest mir dankbar sein."

„Wofür?", fragte sie resigniert.

„Dafür, dass du in einer ordentlichen Familie aufwachsen konntest, dass deine Mitschüler nicht mit den Fingern auf dich zeigten, dass nicht täglich zuhause gestritten wurde, dass du nicht unter einer unglücklichen Mutter aufwachsen musstest, die mit allem unzufrieden war, dafür, dass du Sicherheit, Ordnung und ein bisschen Wohlstand hattest und dafür, dass du Chancen in deinem späteren Leben haben würdest und studieren durftest", zählte er sichtlich erregt auf. Die Erregung gab ihm noch einmal Kraft, aber nur für kurze Zeit. Er hustete und sank matt in das Kissen zurück.

Nez hatte Mühe, ihre Wut zu zügeln. Neben all der Schwäche hörte sie auch die Verlogenheit und Härte der Familie heraus, die ihre Mutter so kaltblütig hat abgewehrt hatte.

„Das Leben ist jetzt, Vater" sagte Nez tonlos.

„Und, hatte ich Recht?" fragte er, nicht ohne die Überzeugung, dass es so sein musste.

In Nez jedoch löste diese Selbstgewissheit der Verlogenheit auch noch den Rest ihres Hasses aus. Er hatte es noch immer nicht eingesehen. Jemanden zu ermorden erfordert eine unmenschliche Kaltblütigkeit. *Wie viel müsste mir ein Mensch antun, dass ich ihn ermorden könnte*, denkt Nez am Sterbebett ihres leiblichen Vaters. Wo wird er von hier aus hingehen und was wird er von dort aus sein? Ist es mein Recht, noch an deinem Sterbebett die Last meines ganzen Lebens auf dich abzuladen? Meinen Hass, meine Enttäuschung. Dir meine Last auf deine Brust zu legen und langsam dabei zuzusehen, wie du an deiner eigenen Schande erstickst? Warum hast du mich mein ganzes Leben lang belogen? Deine Haut ist bereits grau, tiefe Furchen führen vom Mund zum Hals. Kein Gebiss stabilisiert mehr dein Gesicht. Deine großen Augen durchbohren mich mit deinem Flehen. Hättest du mich nur einmal in meiner ganzen Kindheit so geradeheraus angesehen und mir die Wahrheit gesagt, anstatt meine Herkunft zu verleugnen! Mit meiner Mutter hast du auch mich verleugnet. Du hast mich niemandes Kind sein lassen, dachte sie in der Finsternis ihres Herzens.

Nez fühlte sich schmutzig und schuldig, als sie dies dachte und dabei den Tanz der Signale auf dem Monitor beobachtete. Es wird bald zuende gehen. Wer sind wir, dass wir über Todgeweihte urteilen dürfen?

Ungeduldig wand sich ihr Vater.

„Vanessa, Vanessa, kannst du mir verzeihen?" Eine bisher nicht wahrgenommene Ehrlichkeit alarmierte sie. Seine Hände reckten zitternd nach ihr. Sie sah geistesabwesend die dicken blauen Adern aus der Hand hervortreten. Es war die Frage, die sie befürchtet hatte. Vor der sie sich die gesamte Fahrt hierher gedrückt hatte.

Wenn ich dich beruhigte, dachte Nez, täte ich das nur für mein eigenes Gewissen, Vater? Und, wäre ich dann frei von dir für den Rest meines Lebens? Wenn ich dich unter meinem Hass begraben würde, vor Respekt ehrlich zu dir sein würde, könnte ich dann jemals wieder aufrecht gehen?

Sie gab ihm die Hand, und er presste diese panisch wie ein Ertrinkender die Hand des Rettungssanitäters. Er keuchte und seine Bronchien rasselten. Das Wasser in seiner Lunge ließ ihn kaum mehr atmen, und seine Augen fixierten sie. Er versuchte zu husten, doch es war zu anstrengend!

„Verzeihst du mir?", bettelte er. Diese großen Augen!

Nez erschrickt vor seinen langen Fingernägeln, die sich in ihre Handoberfläche krallen. Vater scheint sich jetzt aufzuregen, die Signale piepen schneller, er hechelt.

„Was bleibt von mir, wenn ich gehe?", flüstert er kaum hörbar. Er starrt sie weiter an.

Was du angerichtet hast, denkt Nez.

„Alles, was du geschaffen hast", antwortet sie laut.

„Von mir bleibt nur eine Schraube im Hüftgelenk und ein paar Katheder in meinen Venen übrig, wenn du nicht zu mir hältst", flehte er.

Das halte ich nicht aus, denkt sie.

„Was kann ich für dich tun?", beeilt sie sich zu sagen. Die Zeit ist knapp.

„Versprich es mir", flüstert er, während er sie mit schwindenden Kräften an sich zieht. „Lars, Kinder. Mach keinen Fehler. Wie alt bist du jetzt?"

„Vierzig, Vater", sagt Nez. Siegfried blickt irritiert, so, als schaue er durch ein Zeitfenster zurück.

„Versprich es deinem sterbenden Vater, dass du dein Leben nicht für deinen Egoismus wegwirfst."

Lichtblitze und Bilderfragmente schießen durch Nez´ Blickfeld. Sie hört die hysterischen Töne der Maschinen um sich herum, ohne zu begreifen. Die Zeit bleibt stehen und rast doch durch die Jahrmillionen davon. Alles ist eins, und alles ist nichts. Für den Bruchteil eines Augenblicks will sie diesem Alptraum widerstehen und sagen *Stirb doch, dann wache ich auf und alles ist normal scheiße, so wie immer*. Doch tiefer und tiefer wird sie in den Sog gezogen, den Sog des Todes, der Schuld, des Glaubens und im Angesicht des Todes zerfällt alles, was sie seit ihrer Kindheit erlernt hat. Zurückgeworfen auf das existenzielle Vater-Kind-Verhältnis, nichts um sie herum hat noch irgend eine Bedeutung, wenn die Schatten bereits die Stirn bedecken und den Augen unaufhaltsam ihren Glanz entziehen, verspricht sie ihm alles. Die Signale rasten aus, doch sie hört nicht hin. Niemand drückt den Notknopf.

Sie verspricht ihm alles.

„Ich verspreche es dir." Sie wird später nicht mehr wissen, was sie ihm versprochen hat, doch sie fühlt die krampfende Hand, hält den alten Mann im Arm, um ihn zu beruhigen. Ihre großgewachsene Gestalt beugt sich tief über den alten Mann, neigt sich zu seinem Ohr und flüstert die erlösenden Worte „Ich verzeihe dir."

In diesem Augenblick wird sie von der Wucht der organisierten Medizin hinfort gestoßen. Eine kräftige Ärztin zerrt sie weg von ihrem sterbenden Vater: „Bitte warten Sie draußen. Wir tun alles Menschenmögliche, um Ihrem Vater zu helfen, nur lassen Sie uns jetzt unsere Arbeit tun."

Alles ist gesagt. Für sie ist alles getan. Die Ärztemannschaft tut das Ihre noch, doch am Ende ist alles gleich.

Xie nimmt die fast besinnungslose Nez zwischen sich und Constanze und wieder streichelt Constanze ihr über den Kopf, der an Xies Schulter lehnt.

Nachdem die Ärzte das Ihre getan haben, kommt die kräftige Oberärztin heraus, setzt ihre empathische Miene auf und bedauert, dass sie nichts mehr für den Herrn Vater hatten tun können.

Sein Herz sei einfach zu schwach gewesen. Die Ärzte hätten alles Menschenmögliche unternommen. Sie wünscht ihr herzliches Beileid.

29.

Während sie ihren toten Vater im dafür eigens eingerichteten Stille-Raum betrachtet, fühlt Nez nur Erschöpfung. Als hätte sie in den vergangenen vierundzwanzig Stunden alle ihre Gefühle aufgebraucht, ist sie nun einfach nur dankbar für die Wahrnehmung eines inneren Friedens. *Ein Einzelner ist allenfalls der Klang einer Saite im Rauschen des Universums*, hatte Xie einmal gesagt. Nichts lässt sich aufhalten. Zum ersten Mal in ihrem Leben betet sie im Angesicht eines Verstorbenen kein Vaterunser. Sie stellt sich vor, wie ein Einsiedler durch eine stille Landschaft wandert. Sie weiß nicht, wie sie auf dieses Bild kommt.

Weiß
Schneeweiß, silbergrau
der Weise, lautlos,
stille Reise über den See
auf dem Weg.

Weiße Decke von Nichts
unter dem Himmel
Schritt für Schritt
Menschen und Stille
in seinem Herzen

Nichts macht Wellen,
wenn ein Stein herabbricht,
außer ein Tropfen
im Schnee

30.

Endlich waren alle Formalitäten erledigt und sie konnten die Klinik verlassen. Constanze raffte ihre Papiere zusammen. Sie hatte während dieser langen Nacht viel Zeit gehabt. Das Leben auf einer Intensivstation verlief nach eigenen Gesetzen. Es war eine kleine geschlossene Welt, die mit der Welt da draußen nichts mehr zu tun zu haben schien. Und doch konzentrierte sich das bisschen Sein zwischen Leben und Tod auf einen Punkt: das Jetzt. Plötzlich war es ihr so leicht gefallen, einen Zettel aus ihrem Notizblock zu reißen und „Kündigung" darauf zu schreiben. Hiermit kündige ich meinen Anstellungsvertrag zum 30.06.2007 aus persönlichen Gründen. Wie sauber und rein sich das Ganze anhörte! Glatt und vorzeigbar! Die persönlichen Gründe, die mit einem Gewicht von mindestens dreißig Tonnen auf ihrer Seele lasteten, aufzuzählen, wäre schon schwieriger gewesen. Hatte es sich tatsächlich um Mobbing gehandelt? Oder nur um gewöhnliche Unachtsamkeit aller gegen alle und der Leitung gegenüber dem, was wirklich vor sich ging? *Fehlende Solidarität* war das Modewort. Oder waren das „normale" Zustände in einem Jugendheim in einer „normalen" deutschen Großstadt mit „normalen" sozial schwierigen Vierteln?

Sie hatte die Begriffs-Feilscherei satt! Sollten sie sich ihre Lügen doch in die eigenen Taschen stecken. Lieber einen Job suchen, in dem man hart, aber ehrlich sein bisschen Geld verdiente und nicht ständig zwischen schlechtem Gewissen, psychosozialer Überforderung, Angst vor den Jugendlichen mit kriminellen Neigungen und

Selbstverteidigung hin und her strampeln musste. Erniedrigungen und Ängste würden fortan keinen Platz mehr in ihrem Leben finden. Wenn sie sich die Gespräch mit ihren Kollegen in letzter Zeit vergegenwärtigte, fiel ihr auf, dass alle mehr Angst haben mussten, als sie zugaben. Sie genoss die frische Luft und die Sonnenstrahlen, als sie die Düsternis der Klinik hinter sich ließen und auf den Parkplatz gingen, Nez zwischen sich. Nez sprach noch immer nicht richtig offen mit Constanze, was zweifellos mit ihrer Vergangenheit und Lars zu tun hatte. Das belastete sie, doch es war kein Wunder. Solche Wunden brauchten Zeit. Und auch hier war kein Verstecken mehr notwendig. Trotz des traurigen Todesfalls fühlte sie sich so unendlich leicht. Wie viele Jahre lang hatte sie nicht mehr so unbelastet einem Tag entgegen geblickt? Der Zettel mit der Kündigung, die sie gleich zuhause noch abtippen und formgerecht ausdrucken würde, schien in ihrer Handtasche lebendig zu werden. Von ihm ging das wärmende Gefühl von Sicherheit und Glück aus. Ihr Herz schwebte federleicht in ihrem Brustkorb, und sie wusste, dass sie für sich als Mensch die einzig richtige Entscheidung getroffen hatte.

Wie würde Natascha darauf reagieren? Sie gestand sich ein, dass unter all den Menschen, die sie im Heim täglich um sich hatte, allein Natascha ihre Seele berührt hatte. Sie war mehr als ein „Fall". Sie wollte sie weiterhin sehen und unterstützen, dann jedoch privat, ohne Berufsbezug.

„Kommst du Samstag zur Beerdigung?", fragte Nez mit müden Augen.

„Wird Lars ebenfalls da sein?", wollte Constanze wissen. Auf keinen Fall würde sie ihm noch einmal beggnen wollen, nicht unter den Augen von Nez und dem Rest ihrer Verwandtschaft.

„Von mir wird er nicht eingeladen werden, doch es könnte sein, dass er davon hört und zum Friedhof kommt", entgegnete Nez.

„..."

„Du bist es uns schuldig, Constanze", sagte Nez mit einer Stimme, die keinen Widerspruch duldete.

Während Xie sich schon einmal ans Steuer setzte – Constanze hatte nicht ein Auge zugetan in dieser Nacht – nahm Nez hinten im Wagen Platz. Constanze war beruhigt, dass Nez wenigstens einen gefassten und stabilen Eindruck machte. Oder täuschte dies? „In Ordnung. Ich werde kommen. Xie auch?", fragte Constanze. Er nickte, und schien wieder völlig aufs Fahren konzentriert zu sein.

Xie löste die Handbremse. Er dachte an das, was auf ihn einstürzen würde. Auseinandersetzungen mit der Familie Wang. Er würde noch einmal um seine Stelle betteln. Vielleicht würden sie ein Auge zudrücken, vielleicht gegen eine entsprechende Summe. Ausgeschlossen war nichts. Er würde es in Kauf nehmen, sein Gesicht zu verlieren. Nach neunundzwanzig Jahren als Küchenhilfe in einem Familienbetrieb. Wo würde er von jetzt an unterkommen, wenn sie hart blieben? Die chinesischen Restaurantbetreiber würden spüren, dass etwas vorgefallen sein musste und ihn dies bei den Verhandlungen um einen Stundenlohn spüren lassen. Andererseits, weniger als drei Euro die Stunde würde er kaum verdienen können. Das, was er jetzt hatte, war sicherlich die Untergrenze. Da war natürlich noch der Punkt, dass er noch nicht einmal Papiere vorweisen konnte. Ein ewiger Irrgarten.

Aber dieses Mal hatte er wenigstens seine Freunde nicht im Stich gelassen. Er hatte einmal dieses deutsche Sprichwort gehört: *Mitgefangen – mitgehangen*. Jetzt steckte er in Schwierigkeiten. Doch anders als damals, als er an seinem Freund im Gefängnis mit peinlich gesenkten Blicken vorbeigegangen war, konnte er jetzt wieder in den Spiegel sehen, ohne sich zu schämen.

Der kleine Krankenhausgarten erinnerte Xie an den Qianshan National Park in der Nähe seiner Heimatstadt Anshan, wo keine Marienstatue, sondern große Buddhafiguren aus Jade den Besucher anblickten. Alles war überall auf der Welt ähnlich, dachte er, und überall auf der Welt konnte Heimat sein. Doch ob die beiden Frauen wirklich seine Freunde waren, würde sich spätestens dann zeigen, wenn er aus der Wohnung ausziehen musste, wie angekündigt. Möglicherweise hatte Onkel Wang auch nur geblufft, als er seinem Ärger über die unerlaubte Abwesenheit Luft gemacht hatte. Auf jeden Fall würde er jetzt wieder etwas anderes als „Feigling" von sich denken können. Er lächelte sich probehalber im Rückspiegel zu und übersah den Kleintransporter, der im Kreisverkehr Vorrang hatte.

Mit einem lauten Krachen ruckte der Volvo zur Seite und blieb dann stehen. Die Frauen kreischten. Xie realisierte ganz langsam, dass es jetzt passiert war. Es hatte laut geknallt und geknirscht, unmissverständlich ein Unfall. Blitzschnell schossen ihm seine verschiedenen Alternativen durch den Kopf: er konnte jetzt- und zwar schnell – fliehen, über die Seitenbegrenzung laufen und in dem Gewimmel der Stadt untertauchen, weiter als Illegaler leben, das Bundesland wechseln, untertauchen und die Frauen im Auto alles regeln lassen. Ihnen würde nichts Ernsthaftes geschehen. Sie würden wenigstens ihre Existenz behalten können, denn sie hatten Papiere.

Er konnte auch einfach nichts machen und sich seinem Schicksal ergeben. Und das tat er. Warum? Eine innere Stimme in seinem Bauch, die nicht einmal in Worten zu ihm sprach, sagte ihm: *du willst nicht mehr fortlaufen.* Er legte den Kopf auf das Lenkrad, konzentrierte sich auf seinen Atem und ließ den Fahrer des Transporters vor der Beifahrerscheibe schreien und tanzen, bis die Polizei eintraf.

„Ihre Papiere, bitte!", sagte der jüngere Polizist vor der verschlossenen Fahrertür mit amtsmäßig bestimmtem Ton.

„Sagt niemals, dass ihr davon gewusst habt, dass ich keine Papiere habe. Das wird teuer, die versuchen euch, meine Abschiebungskosten in Rechnung zu stellen. Sagt, ich wäre nur ein ganz normaler Nachbar, der euch in einem Notfall geholfen hat", zischte Xie den beiden zu, als er die Tür öffnete und mit halb erhobenen Händen ausstieg.

Constanze und Nez wagten daraufhin nicht, ein Wort zu sprechen. Sie blickten sich mit großen Augen an und versuchten dann heraus zu finden, worüber der Polizist und Xie redeten. Sie standen einige

Meter weiter am Auto, der Polizist mit dem Funksprechgerät in der Hand. Xie mit gebeugten Schultern, so, wie sie ihn damals kennen gelernt hatten. Die Unfallaufnahme zog sich eine gute Stunde lang hin und Nez konnte den Polizisten deutlich machen, dass sie unter Schock stand. Mit dem Totenschein ihres Vaters und ihrem übernächtigten Gesichtsausdruck glaubten sie ihr alles und fuhren sie nachhause. Was würde mit Xie werden?

„Fahr schon mal, das dauert hier noch lange", rief Xie ihr zu, trotz der ärgerlichen Miene des Streifenpolizisten, der mittlerweile noch vier Kollegen zur Verstärkung am Unfallort versammelt hatte. Der Kreisverkehr wurde in einer Spur abgesperrt. Gott sei Dank hatte es keine Verletzten gegeben! Wenigstens das, dachte Constanze, aber das mit Xie gefällt mir nicht. Constanze blieb, bis sie ihn mitnahmen und der Volvo abgeschleppt wurde. Xie blickte sie hilfesuchend aus dem Fond des Polizeiwagens heraus an.

„Wo werden Sie ihn hinbringen?", versuchte Constanze etwas von dem Polizisten herauszubekommen, als dieser in den Wagen einsteigen wollte.

„Zur Wache erst einmal. Dann sehen wir weiter. Der Herr hat keinerlei Papiere."

Constanze sah, wie Xie unmerklich, aber beharrlich im Wageninneren mit dem Kopf schüttelte und sie durch die Scheibe anstarrte. Sie sollte offensichtlich nichts preisgeben.

„Das mit den Handschellen wäre nicht notwendig gewesen", versuchte sie auf den Polizisten einzuwirken. „Das ist ein friedlicher Mann, der nichts getan hat. Es ist mein Nachbar."

„Bitte bleiben Sie zurück und kommen Sie morgen früh zu einer Zeugenaussage auf die Wache", antwortete er in amtsmäßigem Tonfall, stieg dann ein, winkte kurz grüßend und fuhr davon.

So schnell kann unsere vertraute Welt auseinanderbrechen, wenn man nicht aufeinander Acht gibt, dachte Constanze auf dem Weg nachhause.

*

Der Polizeiwagen hielt vor Nez′ Elternhaus. Trotz ihrer Benommenheit versuchte Nez, herauszufinden, ob Xie ernsthaft in Schwierigkeiten steckte. Sie sagte dem Streifenpolizisten, sie habe gehört, wie dessen Kollege gesagt habe, der Mann habe keinen Ausweis. Die Antworten, die sie bekam, waren wage. Falls er wirklich keine Papiere habe, sagte der Beamte, hielte er sich illegal in Deutschland auf. Dann werde man entsprechend des deutschen Aufenthaltsgesetzes verfahren müssen. Bla Bla Bla. Sie war nicht mehr in der Lage, jemanden zu verstehen. Die Organisation der Beerdigung lag vor ihr. Wie würde sie das bewältigen? Mit bleiernen Gliedern verließ sie den Streifenwagen und wühlte in der Handtasche nach ihrem Haustürschlüssel, als sich die Tür von selbst öffnete.

„Domenica!" Domenica stand in vollem Trauerstaat vor ihr. Man sah, dass sie geweint haben musste, und doch strahlte sie, als sie Nez sah. Weinend und glücklich über das Wiedersehen zugleich lagen sie sich in den Armen. Wie hatte sie die treue Seele vermisst! Man merkt immer erst, wenn es zu spät ist, dass man eine treue Seele verloren hat.

„Aber diesmal werde ich dich nicht mehr gehen lassen", schluchzte Nez. Wenn es auf der Welt jemanden gab, der der Vorstellung von einer Mutter für Nez am nächsten kam, dann war es Domenica. Sie sah, wie Tante Barbara mit einem Packen Bettwäsche um die Ecke bog, nicht ohne ihr einen vorwurfsvollen Blick zu zuwerfen. Tante Barbara, die Schwester ihres Vaters, würde niemals eine mütterliche Figur für sie sein. Und sie würde niemals die „polnische Putzfrau", wie Barbara Domenica verächtlich nannte und dabei die Augen verdrehte, als ein vollwertiges Mitglied in ihren Kreisen akzeptieren.

Sie setzten sich formlos an den kleinen Küchentisch und Domenica nahm wie selbstverständlich die Küche in Besitz. Sie setzte Kaffee auf, packte ein paar am Bahnhof frisch gekaufte Hefeteilchen aus, und bestrich diese dick mit Butter.

„Hier, Liebes, du musst was essen. Du musst die nächsten Tage durchhalten", redete sie zärtlich auf Nez ein. Sie steckte ihr förmlich ein Stück Teilchen in den Mund und tätschelte ihr dann die Hand. „Iss, mein Kind!"

„Mein Papa, mein Papa ist tot", wiederholte Nez und ihre Gefasstheit zerbröckelte.

„Aber schau mal, das ist r-richtig", wie hatte ihr Domenica mit dem rollenden R gefehlt, „aber du bist doch nicht ganz alleine auf der Welt. Es geht immer weiter, Kindchen. Alles geht seinen Weg", sprach sie und brach dann selbst wieder in Tränen aus.

„Ich weiß nicht, wie man eine Beerdigung organisiert. Mir ist nicht nach Anrufen und Verhandeln. Ich weiß noch nicht einmal, wen ich alles einladen muss. Hilfst du mir? Schaffen wir das?" Nez rührte in ihrer Kaffeetasse. Domenica nickte zuversichtlich.

„Und ob wir das schaffen. Ich habe alles. Adressen, Telefonnummern. Lass mich das machen. Ich organisiere dir genau das, was dein Papa sich gewünscht hatte", versprach Domenica beherzt.

Unendliche Dankbarkeit durchflutete Nez. Sie drückte Domenicas Hand fest.

„Eigentlich gehörst du doch auch zur Familie. Ich finde es nicht richtig, dass sich Tante Barbara dir gegenüber so distanziert verhält", beschwerte sich Nez und knabberte geistesabwesend an einer Ecke des Teilchens.

„So sind die Menschen eben. Und deine Familie ist eben auch so", entgegnete Domenica schicksalsergeben. Wenigstens sie schien seit ihrer letzten Begegnung innerlich zur Ruhe gekommen zu sein.

Nez folgte einem spontanen Bedürfnis, als sie Domenica fragte: „Ich freue mich so sehr, dass du gekommen bist. Darf ich dich ab jetzt ... *Tante Domenica* nennen?"

Domenicas Augen sprachen Bände. Sie erzählten Geschichten von verlorenen Menschen, Jahren der Suche und vergessenen Träumen, und sie tastete schon wieder nach ihrem Taschentuch.

„Lass mich dich in den Arm nehmen. Man kann heutzutage doch alles. Männer heiraten Männer, Hunde erben ein Vermögen, dann kann man auch Putzhilfen als Tante adoptieren, nicht wahr?", schluchzte sie.

Mit festen Schritten platzte Tante Barbara in die Küche und knallte einen Suppentopf auf die Arbeitsplatte. „Dann kommt ihr ja wohl zurecht hier, auch ohne mich, nicht?" Bevor die beiden wussten, was geschehen war, schlug die Haustür mit einem lauten Donner zu.
„Besser ist das", sagte Domenica, und ihre Stimme klang dabei sehr weise.

*

Es regnete in Strömen. Der Mann im schwarzen Gewand schwang mit ausgebreiteten Armen die Kugel mit dampfendem Weihrauch. Seine näselnde Stimme schallte über den ganzen Friedhof. Nez blickte in das offene Schlammloch, in dem der Sarg ihres Vaters lag. Die Verwandten blickten wahlweise zu dem Mann mit dem schwarzen Gewand und zu Domenica. Nez sah, wie Bilder aus ihrer Kindheit an ihr vorbei zogen, dann Bilder von Lars, von ihr selbst nach dem Studium im Buchverlag und bei der Zeitung, von Xie, von Constanze und wieder das schlammige Loch vor sich. Wir müssen achtgeben auf die Menschen, die wir lieben, dachte Nez. So schnell hast du keinen Verlobten mehr, keinen Job mehr, keinen Vater mehr. Und hinterher, wenn alles vorbei ist, kannst du darüber nachgrübeln, was du wirklich geliebt hast. Lars war nicht gekommen.

Mit nassen Füßen trat sie auf der Stelle, die Füße mittlerweile schmerzend vor Kälte. Die Gebete des schwarzgekleideten Pastors schienen ewig zu dauern. Der Weihrauchgeruch verursachte ihr Übelkeit. Domenica hielt den Schirm über sie beide, doch beide waren bereits bis auf die Knochen durchnässt. Das anschließende Kaffeetrinken mit dem engeren Kreis von Familie und Freunden der Familie war ein einziges Spießrutenlaufen. Sie konnte sich der wieder aufkeimenden Lebendigkeit der Gäste nicht anschließen. Die Frauen zerrissen sich die Mäuler über Domenica. Ihre Anwesenheit provozierte offensichtlich. Nach kurzer Zeit bestellten sich die Männer unter den giftigen

Blicken ihrer Ehefrauen das erste Bier und den ersten Schnaps, und Nez wurde von allen Verwandten ausgefragt wie ein seltener Gast. Sie war Domenica unendlich dankbar, die sie so gut es eben ging, von den meisten Fragen durch lebhaftes Geschwätz abschirmte. Die Gäste brachen nach einer empfundenen Ewigkeit auf, und am Ende standen Domenika, Constanze und Nez wieder auf der Straße im Regen.

„Was ist mit Xie?", fragte Nez.

„Ich war heute auf der Polizeiwache. Es sieht schlecht für ihn aus. Er hat tatsächlich seit neunundzwanzig Jahren illegal in Deutschland gelebt", berichtete Constanze. Domenica riss die Augen auf. „Oh, mein Gott!", stieß sie aus.

„Er wird auf jeden Fall ausgewiesen. Es ist jetzt ein schwebendes Verfahren." Constanze war die Traurigkeit anzusehen.

„Kommt er wieder frei, oder wird er so lange eingesperrt?", fragte Nez besorgt.

„Das wissen wir nicht." Domenica sog die Luft ein und wirkte seltsam angespannt. Offensichtlich wusste sie mehr über das deutsche Ausländerrecht, als sie in diesem Moment preisgeben wollte.

„Wir müssen eurem Freund helfen", sagte sie, und plötzlich waren sie nicht mehr ganz alleine.

Am Abend hatten sie alle Kondolenzkarten gesichtet und niemand von beiden konnte schlafen. Domenica stellte wortlos einen Wodka auf den Tisch, nahm zwei der edlen Kristallgläser aus der Vitrine und schenkte Nez aus.

„Was wirst du jetzt tun?", fragte sie Nez und sah, wie diese offensichtlich zum ersten Mal über diese Frage nachzudenken schien. Die Sekunden krochen durch die Nacht. Nach einiger Zeit begann Nez zu sprechen.

„Auf jeden Fall nicht hierbleiben. Das ist schon mal klar." Sie schwenkte das Wodka-Glas und beobachtete die Flüssigkeit. Nez hing zusammengerollt in der Sofaecke, Domenica neben sich, und beide teilten sich eine Decke. „Ich werde wahrscheinlich so schnell es geht das Haus verkaufen. Das war noch nie ein Zuhause für mich", sinnierte sie.

„Ich habe dir noch nicht alles erzählt, bitte verzeih mir", sagte Domenica, „aber damals war ich einfach zu aufgewühlt, es dir zu erzählen."

Stumm wartete Nez, bis Domenica so weit war.

„Es gibt noch eine Adresse von einer Großtante in Leeds, in England. Dein Opa war ja Soldat bei der Rheinarmee. Er weiß gar nichts von deiner Geburt. Deine Mutter hatte sich seinerzeit nicht getraut, ihm die uneheliche Schwangerschaft mitzuteilen. Er soll ziemlich konservativ gewesen sein und eine lockere Hand gehabt haben. Sie hatte eine Menge Angst vor ihm. Seine Ursprungsfamilie stammte aus Irland, und sie haben ihre Heimat verlassen, um in Leeds Arbeit im Stahlwerk zu finden. Du hast also irische Vorfahren mütterlicherseits." Nez brauchte lange, um alle Informationen zu verstehen. Sie fühlte sich noch von der Beisetzung benommen. Sie dachte an die großen hellen Augen der fremden Frau – irische Abstammung?

„Und dann habe ich vermutlich noch irgendwo einen Großvater und eine Großtante, aber die wissen überhaupt nichts von mir?", fragte Nez ungläubig?

„Ja. Und ich habe Anhaltspunkte zumindest von da, wo sie sich vor ein paar Jahren noch aufgehalten haben. Aber deine Tante könnte noch am selben Ort sein. Sie hatte einen kleinen Laden für Schreibwaren, Lotterie und Zeitschriften. Dein Großvater ist zu seiner aktiven Zeit, ebenfalls in der Armee, sehr oft versetzt worden. Das könnte schwieriger werden", gab Domenika preis und nippte an ihrem Wodka.

„Hm." Nez fühlte sich überfordert.

„Was sagst du?", fragte Domenika mit anklingender Enttäuschung in der Stimme. Sie beugte sich zu Nez. „Freust du dich denn gar nicht?"

Nez stellte ihr Glas ab und goss beiden noch einmal nach.

„Ich weiß nicht, ob ich im Moment noch weitere dickköpfige Greise um mich herum gebrauchen kann. Ich überlasse es einfach meinem Gefühl, aber jetzt weiß ich gar nicht, ob ich darüber nachdenken will. Was machst du denn hier nach?", wollte sie von Domenica wissen.

Diese suchte unspezifisch die Wand neben sich ab und trank ihr Glas auf Ex leer.

„In Polen war es nicht mehr so schön. Ich war zu lange aus meinem Dorf weg. Die Leute sind komisch geworden. Ich werde in Deutschland bleiben und wieder eine Arbeit suchen." Ihr Gesicht verhärtete sich.

„Darauf stoßen wir an, *Tante Domenica*. Dann bleibst du uns ja hier erhalten." Nez freute sich aufrichtig. „Wo wirst du wohnen?"

„Wo ich Arbeit finde, wahrscheinlich", antwortete Domenica, und ihre Stimme verriet all die Unsicherheit und das Gefühl der Heimatlosigkeit, die sie in den letzten Monaten durchlitten haben musste. Sie hatte mit Siegfried Reinhardt ihr Zuhause verloren.

Nez fuhr fort : „Hm, ich habe sowieso einen Plan. In den letzten Tagen habe ich sehr gründlich darüber nachgedacht, das kannst du mir glauben. Es ist keine spontane Idee, sondern das, was ich mir in den letzten Tagen überlegt habe." Domenica war gespannt auf Nez´ Idee, traute sich aber nicht, sie zu unterbrechen. Es dauerte einen Moment, bis Nez fortfuhr:

„Du wirst von mir die Hälfte des Hauses überschrieben bekommen. Als Erbteil. Du hast an die zwanzig Jahre mit meinem Vater zusammengelebt, irgendwann wart ihr Mann und Frau, ob mit oder ohne Trauschein, das spielt für mich gar keine Rolle. Du hast seine Launen ertragen, seine Wünsche erfüllt und ihm in allem geholfen, als ich nicht da war. Du hast ihn in den letzten Jahren gepflegt, als er krank wurde, so, wie eine Frau ihren Ehemann pflegt. Du hast alle Arbeit und Kraft in dieses Haus gesteckt. Er hätte dich heiraten sollen. Dass er es *nicht* getan hat, war ein Fehler, das war nicht richtig. Dir steht ein ordentlicher Erbteil zu, nicht nur eine kleine Anerkennung!", sprach Nez im Brustton der Überzeugung, und es klang wirklich wie ein gut überlegter Entschluss. Nez war ruhig und gefasst, als sie dies sagte.

Domenica blieb wahrhaftig die Luft weg. Darauf zu antworten, das auch nur in Erwägung zu ziehen, war absurd. Sie wehrte sich im Laufe des Abends mit Händen und Füßen. Es gab Gezeter und heftige Diskussionen, doch in der Mitte der Nacht war Nez sich so sicher wie noch nie. Es fühlte sich alles richtig an. Domenica würde das Haus übernehmen, sie hätte ein Zuhause und das Haus würde in guten Händen sein und in Vaters Sinne weitergeführt werden. Die eine Hälfte des Wertes würde Domenica als Erbteil erhalten. Das war Nez ein moralisches Anliegen. Die andere Hälfte würde Domenica im Laufe der nächsten Jahre in Form eines zinsfreien Mietkaufs an Nez abzahlen können. Dies war auch mit einem bescheidenen Gehalt als Altenpflegerin oder Haushaltshilfe zu schaffen. Es war nicht mehr als eine normale Miete. Irgendwann würde Domenica das Haus ganz besitzen und Nez würde in den nächsten Jahren noch ein kleines finanzielles Zubrot erhalten. Mit dieser Lösung war beiden gedient, und das Haus blieb erhalten.

„Du würdest mir einen riesengroßen Gefallen tun. Das Haus wäre in deinen guten Händen. Ich wüsste dich gut versorgt, und ganz ehrlich, ich wäre frei! Ich wäre frei von diesem Haus, frei von Vater und allen Erinnerungen. Ich hätte keine Sorgen mehr", beschwor Nez sie. „Bitte, tu es für mich!", flehte Nez.

Gerührt blickte Domenica sie an. „Und ich würde immer dafür sorgen, dass ein schön gemachtes Zimmer als Refugium bei Tante Domenica auf dich wartet. Du hättest auch immer einen Unterschlupf, so lange du willst. Man weiß ja nie, was im Leben noch kommt."

„Darauf stoßen wir an!", freute sich Nez. Ein Gedanke schoss ihr durch den Kopf, doch in diesem herrschte noch zu viel Durcheinander, als dass er sich hätte einnisten können. Der Gedanke blieb draußen vor der Tür und wartete beharrlich, bis er eintreten durfte.

31.

Drei Tage waren seit der Beerdigung vergangen. Nez und Domenica hatten beschlossen, das Kapitel „Siegfried Reinhardt" für alle Beteiligten möglichst zügig zu einem Abschluss zu bringen. Domenica würde ab sofort das Haus bewohnen. Es war der einzige Trost, den Nez in dieser Hinsicht empfinden konnte. Und Domenica war die Einzige, die je so etwas wie eine Seele in dieses Haus gebracht hatte. Das Aussortieren von Vaters Gebrauchsgegenständen hatte für beide eine befreiende Wirkung. Kleidung und Alltagsgegenstände wurden, soweit es ging, an das Kaufhaus der Diakonie gegeben, ebenso wie die Möbel seines eigenen Schlafzimmers. Dieses und die Wohn- Essräume sollten einen frischen Anstrich bekommen, sowie leichtere Möbel, die eine positivere Ausstrahlung haben sollten als dunkle Eiche massiv aus den Siebzigern. Alle restlichen Erinnerungsstücke, wie Taschenuhr, Manschettenknöpfe und seine Notizbücher sollten auf dem Dachboden in verschlossenen Kisten aufbewahrt werden. Nez hatte keine Kraft und bei ehrlicher Betrachtung auch einfach keine Lust mehr, die persönlichen Notizen ihres Vaters durchzusehen. Es war Zeit, nach vorne zu blicken.

„Hast du die Türklingel nicht gehört?", rief Domenica durch den Flur. Sie öffnete.

Vor der Tür stand ein Xie, wie Nez ihn fast nicht wiedererkannt hätte. Nicht, dass es ihm im Polizeigewahrsam besonders schlecht ergangen sei. Doch sein Gesichtsausdruck ließ nichts Gutes erwarten.

Ohne Worte fiel Nez ihm um den Hals. Sie drückte ihn, sah in an und drückte ihn erneut. Dann zog sie ihn in den Eingang und stellte ihm Domenica vor. „Das ist meine gute Tante Domenica, und das", sie zeigte auf Xie „ist mein Freund Xie." Xie atmete erleichtert aus ob des herzlichen Empfangs und ließ sich in die heimelige Küche führen. Ob Nez tatsächlich zu ihrer Freundschaft stand? Wenn er schon Deutschland verlassen musste, wünschte er sich mehr als alles andere, dies im Bewusstsein zu tun, echte Freunde zu haben.

„Domenica, wärm die Suppe auf, und gib Xie erst mal einen guten Teller davon. Und dann, Xie, musst du erzählen", kommandierte Nez aufgeregt. Sie setzten sich an den Küchentisch.

Xie berichtete alles.

„Welche Möglichkeiten hast du?", fragte schließlich Nez. In der Geborgenheit der Küche schien die drohende Abschiebung etwas Irreales zu sein.

„Glaub mir, das geht ganz schnell, wenn sie dich erst einmal haben. Nichts machen ist das Falscheste. Man sitzt dann, ehe man verstanden hat, was los ist, in Abschiebehaft. Oft in einem Gefängnis, ohne Handy, kaum Telefonrechte, kaum Besuchszeit", dozierte Domenica. Nez staunte, was sie alles wusste.

„Das kann doch nicht sein. Seit neunundzwanzig Jahren in Deutschland. Die schieben dich doch nicht einfach ab", protestierte Nez.

„Warum sollten sie nicht?" Xie wirkte abgeklärt. Wo war sein gesunder Grundoptimismus? Er schien jetzt hoffnungslos zu sein. Nez gab noch nicht auf: „Du arbeitest doch. Du hast noch nie Geld vom Sozialamt genommen. Du bist meines Wissens noch nie kriminell gewesen, außer als du Constanzes Tür aufgebrochen hast."

„Das habe ich nicht", gab er entrüstet zurück. Sein Körper versteifte sich.

„Ich mach doch nur Spaß. Was haben die denn mit dir gemacht da drin?", fragte Nez besorgt.

„Nichts. Aber was glaubst du, was meinem Großonkel mit seiner Familie und seinem Restaurant passiert, wenn ich den Behörden sage, ich arbeite seit neunundzwanzig Jahren dort schwarz und übrigens, ich nutze auch eine Wohnung, in der ich nicht gemeldet bin. Die werden eine Steuernachzahlung aufgebrummt bekommen, die so monströs ist, dass sie den Laden schließen müssen." Geschlagen ließ er die Schultern hängen.

„Bist du sicher?", entgegnete Nez. Domenica nickte vielsagend vom Küchenherd her.

„Meinst du, ich sei der einzige Kellner aus der Familie dort"?, fragte Xie lakonisch.

Nez fühlte sich ratlos und von den Ereignissen überrollt. Sie konnten doch nicht einfach ... oder konnten sie etwa...? Doch Xie fuhr fort:

„Schau doch mal ins Internet oder in Berichte von Flüchtlingshilfe-Organisationen. Es wimmelt von Abschiebungen von Leuten, die seit über zehn oder zwanzig Jahren in Deutschland sind. Die meisten haben auch die ganze Zeit über gearbeitet. Für einen Hungerlohn natürlich, sie durften ja nicht auffliegen."

„Und dein Sohn? Könnte er nicht der Grund sein, dass du hier geduldet wirst?" Nez sah einen Hoffnungsschimmer.

„Ist ja offiziell nicht mein Sohn. Nicht mal er selbst weiß es. Außerdem werden auch eine ganze Menge Familien auseinander gerissen. Das ist an der Tagesordnung. Kein Quatsch." Er wirkte fast wie ein Fremder auf sie.

Alle drei suchten in ihren Kaffeetassen nach einer Lösung. Alles könnte jetzt gut werden, wenn sie vorsichtiger gewesen wären. Nez fühlte sich schuldig. War Xie nicht ihretwegen mitgekommen? Er hatte seine Deckung verlassen, die ihn fast dreißig Jahre lang geschützt hatte. Sie hatte schon wieder einen entscheidenden Fehler begangen. Bringe ich den Menschen eigentlich nur Unglück? Ich sollte keine Menschen mehr an mich ziehen. Nicht wenn ich sie mag, sagte sie sich.

„Ich lebte mein gesamtes Erwachsenenleben als Rechtloser, im Schatten derer, die alle Rechte hatten, die alles bestimmten. Ich glaubte, unmündig zu sein. Ich brauchte Jahre, um herauszufinden, dass es in Deutschland ein Asylrecht gibt. Doch dann hatte ich einfach Angst, dass mich niemand mehr ernst nehmen würde. Deshalb bin ich immer unter der Linie geblieben. Ich bin sogar tatsächlich aus politischen Gründen geflohen, damals. Wenn ich mich damals ausgekannt hätte, wäre vielleicht alles anders gelaufen. Ich glaube, ich habe alles falsch gemacht", murmelte Xie. Er hing zusammengesunken über dem Küchentisch.

„Nein", widersprach Nez, „ich hätte besser auf dich Acht geben müssen. Wir waren so unvorsichtig und es tut mir schrecklich leid, dass ich dich überredet habe, mitzukommen. Du weißt schon."

„Aber das ist das einzig Sinnvolle, das ich seit Jahren getan habe. Nimm mir das nicht auch noch."

Er blickte sie an und sie fassten sich an den Händen.

„Was machen wir jetzt?", Nez blickte Xie tief in die Augen. Was wollte er wirklich? Sie würde ihm sogar helfen, erneut unterzutauchen, das wusste sie.

„Nun", fuhr er fort, „sie haben mir einen Ausreisetermin gesetzt, der in zwei Wochen liegt. Wenn ich dann ausreise, sagten sie, werde ich als freier Mann aus dem Flugzeug steigen. Ich habe eine Erklärung unterschrieben, dass ich bereit bin, freiwillig auszureisen. Sonst wäre ich jetzt nicht hier. Wenn ich es darauf ankommen lasse und sie mich in Abschiebehaft setzen, dann könnte es sein, dass ich den Abschiebeflieger als Häftling, vielleicht sogar in Handfesseln, verlasse."
Sein Tonfall machte klar, dass er das nicht ertragen würde.

Nez und Domenica fühlten sich von Minute zu Minute schlechter, als sie sich ihren Freund mit Handschellen in einem Abschiebeflugzeug vorstellten. Manchmal kamen die Flüge nicht zustande, wusste Domenica aus Berichten von Bekannten, da sich die Piloten weigerten. Dann mussten wieder alle zurück ins Abschiebegefängnis und die Wartetortur begann von Neuem. Eine nervenaufreibende Warterei auf die Abschiebung lag dann vor Xie. In manchen Fällen dauerten die Berufungsverfahren und Abschiebeprozesse mehrere Jahre.

„Das Problem ist in beiden Fällen, dass ich in China ohne die richtigen Papiere sofort verhaftet werde und sobald sie aus mir herausgequält haben, wer ich bin, stehen ein bis drei Jahre Straflager mit harter Strafarbeit vor mir." Stille erfüllte die Küche. Er blickte weg, als er weitersprach. „Viele, die kräftiger und jünger sind als ich, überleben das nicht", sagte er leise.

„Ist es auch heute noch so schlimm in China?", fragte Nez ungläubig.

„Die meisten Lager gibt es noch. Die Leute wollen wegblicken und die Lager werden dann mal umbenannt, sobald doch etwas herauskommt. Es darf ja noch immer nicht alles berichtet werden."

„Hm". Nez zerbrach sich das Hirn, was sie für ihn tun konnten. Sie war sich im Klaren darüber, dass sie alles, und das schloss auch das ein, was nicht im Gesetzbuch stand, für ihn tun würde, um ihm dieses Schicksal zu ersparen. Xie richtete sich auf und blickte beide an.

„Also habe ich beschlossen, den Stier an den Hörnern zu packen und mein Schicksal selbst in die Hand zu nehmen. Wenn ich mein Leben schon täglich in der Angst verbringen muss, entdeckt zu werden und verhaftet zu werden, einfach nur, weil ich bin, wer ich bin, und nicht die richtigen Papiere habe, dann will ich wenigstens von jetzt ab mein Leben selbst bestimmen." Nez glaubte ihm.

„Und das heißt?", fragte Domenica hoffnungsvoll. Gab es doch noch einen Weg?

„Ich werde den Ausreisetermin wahrnehmen. Ich kenne jemanden, der gut darin ist, Papiere zu machen, kostet halt etwas. Aber ich will mich nicht einfangen lassen wie ein räudiger Hund, ohne dass ich etwas Böses getan habe. Ich bin vor dem Ausreisetermin hier verschwunden, mit guten Papieren und einem neuen Namen. Alles perfekt, eine neue Identität. Ich werde in Kanada geboren und kanadischer Staatsbürger sein, reise durch Frankreich, um entfernte „Verwandte" zu besuchen und reise von dort aus dann in China ein, mit einem Touristenvisum. Dann beantrage ich offiziell die Einbürgerung, weil ich – jetzt als kanadischer Sohn einer unbescholtenen Einwandererfamilie - an China Gefallen gefunden habe und meinen Wohnort wechseln möchte." Er richtete sich auf und wartete auf eine Reaktion. Ganz so hoffnungslos wirkte er gar nicht, als er dies erzählte. Nez brauchte ein paar Sekunden, bis sie den Plan nachvollziehen konnte. Klang eigentlich gut. Er konnte jedoch auch gefährliche Untiefen enthalten.

„Warum dann überhaupt wieder nach China?" Er setzte sich damit schon wieder unnötiger Gefahr aus.

„Ich muss wissen, ob es noch eine Heimat für mich gibt", entgegnete er.

„Das verstehe ich sehr gut", bestätigte ihn Domenica spontan. Xies Ehrlichkeit ließ alle anderen Fragen verblassen. Rationale Argumente hatten keinerlei Chancen mehr, erkannte Nez. Sie hätte ihm gerne ausgeredet, sich erneut in Gefahr zu begeben. Er hätte mit den neuen Papieren auch nach Kanada gehen können. Er schien gewählt zu haben. Wieso hatte er nicht eher diesen Mann mit den falschen Papieren kontaktiert? Er hätte doch auch deutsche Papiere „machen" können? Sie fragte Xie. Dieser antwortete: „Tante Wang hatte ihn mir vorgestern genannt. Sie ist froh, wenn ich aus ihrer Reichweite bin. Sie tat natürlich sehr selbstlos", fügte Xie zynisch hinzu und verdrehte die Augen.

„Vertraust du ihr denn? Sie war doch bisher eher schwierig, wie du erzähltest", zweifelte Nez.

„Sie hat mehr davon, wenn ich in China bin und nicht mehr zurückkann, als wenn ich in einem deutschen Gefängnis sitze und auf die Idee kommen könnte, einen Vaterschaftstest zu verlangen", sagte Xie. In diesem Fall hatte er Recht. Grausame Welt, dachte Nez.

„Ich muss dir nicht sagen, dass ich dich in allem unterstütze. Selbst wenn du untertauchen würdest, würde ich dir meine Wohnung anbieten, ohne Fragen zu stellen. Und ich weiß, dass ich mich damit vor deutschem Gesetz strafbar mache", sagte Nez schließlich mit fester Stimme.

„Danke." Xie nickte.

Trotz allem wirkte er jetzt in sich ruhend, mehr noch als zum Zeitpunkt ihres Kennenlernens.

„Wann sind deine Papiere fertig?", fragte Domenica.

„Übermorgen. Mein Flug geht in drei Tagen", ergänzte er, und es gelang ihm nicht, seine Traurigkeit zu verbergen.

„Oh" machten beide Frauen gleichzeitig. Nez sog Luft ein. Es war einfach zu viel. Anfangs hatte sie Xie nicht sonderlich gemocht. Er war der notwendige Helfer zur rechten Zeit gewesen. Und jetzt? Wie würde sie ohne dieses freundliche Wesen auskommen, das in den letzten Wochen eigentlich nie von ihrer Seite gewichen ist und sie während der schlimmsten Zeiten begleitet hatte? Wie würde sie ihm danken können und wie sehr würde sie ihn vermissen!

„Ich bin kein Freund langer Abschiede. Ich muss meine persönlichen Sachen auf das Nötigste packen, mich um Papiere und Flug kümmern, mich in meine neue Identität einarbeiten, ein paar Brocken Französisch lernen, und habe nur drei Tage Zeit. Aber es ist gut so. Das elende Leben als Schattenmensch wird ein Ende haben", sagte er bemüht gelassen und Nez glaubte, neben all der Traurigkeit auch einen Hauch von Abenteuerlust wahrzunehmen. Doch sie würden sich lange nicht wiedersehen können.

Domenica sah, wie Nez in sich zusammensank und ihre Augen rot wurden. Nez blickte abwechselnd zwischen Domenica und Xie hin und her. „Es kann doch nicht sein... willst du mir jetzt damit weismachen, dass wir uns heute zum letzten Mal sehen?"

Er nickte, jetzt selbst mit roten Augen und senkte dann den Kopf.

Vor Nez tat sich ein schwarzes Loch auf. Die altbekannte Erfahrung des Verlassenseins kehrte zurück und umklammerte sie mit voller Wucht. Sollte sie ihm sagen, wie sehr sie sich an ihn gewöhnt hatte? Blödsinn, dachte sie, *gewöhnt*. Liebte sie ihn? Nicht wie ein Paar sich liebt, sicherlich nicht. Doch auf eine gewisse Weise liebte sie ihn. Sie dachte daran, wie sehr sie seinen aufmunternden Blick, sein verschmitztes Lächeln, sogar seine Fehler in der deutschen Wortbedeutung vermissen würde. Mehr noch. Er schien ein treuer, ein guter Freund zu sein. Er hatte seine Existenz aufs Spiel gesetzt um Constanze und ihr zu helfen. Und er hatte verloren.

Wollte sie so sehr, dass er dableibt, dass sie die Worte *Ich will nicht, dass du gehst* für ihn aussprechen würde, selbst auf die Gefahr hin, dass er monate- und jahrelange Haft in Deutschland oder China vor sich haben würde? Nez, schalt sie sich, *sei einmal nicht egoistisch!* Nein, sie hatte kein Recht darauf, ihn aufzuhalten.

Sie erinnerte sich an ein diffuses Versprechen an ihren Vater auf dem Sterbebett. Dort ging es auch um egoistisches Verhalten. Es wäre noch so viel zu reden gewesen. Leere Verzweiflung breitete sich in ihr aus.

„Ich könnte einen guten Anwalt einschalten. Oder zum Petitionsausschuss des Landtages schreiben", bot sie hoffnungsvoll an.

„Ohne die Möglichkeit, meine Arbeitsstelle anzugeben oder eine Familie in Deutschland zu haben ist das aussichtslos. Ich habe mich ebenfalls umgehört", sagte er resigniert.

„Du könntest deine Vaterschaft gerichtlich feststellen lassen. Es gibt Tests." Nez suchte nach Alternativen.

„Und Bonian aus seinem gewohnten Leben reißen? Ins Ungewisse? Er lebt jetzt legal in sicheren Verhältnissen. Die beiden lieben ihn und tun alles für ihn. Wäre es richtig, wenn ich sein Leben, seine Sicherheit zerstörte? Könnte ich das jemals verantworten? Was würde dann auf ihn zukommen, wenn meine Vaterschft öffentlich wäre und ich trotzdem abgeschoben würde?"

„Besser als eine Lebenslüge?", konterte Nez.

„Manchmal kann eine Lüge die Wahrheit erzeugen. Es ist besser so, es ist jetzt *seine* Wahrheit."

Nez versuchte ihn zu verstehen und schwieg. Wieder zur Wand gewandt fuhr Xie fort:

„Was wäre denn, wenn er mich gar nicht als Vater wollte? Oder wenn er mich akzeptieren würde und dadurch seine gewohnte Familie verlieren würde? Er wäre viel alleine, wenn ich woanders zehn Stunden am Tag Arbeit finden würde. Wäre er dann glücklich? Alleine in einer kleinen Wohnung in einem schäbigen Viertel. Wer weiß, an welche Freunde er geraten würde. Jetzt ist er in einem sicheren Umfeld. Das Ganze ist ein Moloch, und ich passe in diese Welt einfach nicht mehr rein. Ich bin hier zu viel." Xie schien vor der Küchenwand zu schrumpfen.

„Nein, das bist du nicht!" Nez hatte das Bedürfnis, noch viel mehr zu sagen. Ihm zu sagen, wie gerne sie ihn hier gehabt hätte. Sie wollten doch noch gemeinsam Bonian besuchen. Sie hätten noch so vieles gemeinsam tun können.

„Mein Sohn soll es einmal besser haben als ich. Das ist die einzige Gewissheit, die mir erhalten bleibt. Und dass ich so nicht mehr weiterleben will." Xies Stimme war fast unhörbar geworden.

„Was kann ich denn für dich tun? Es muss doch etwas geben?" Sie quengelte wie ein verzweifeltes Kind.

„Eine Bitte habe ich an dich. Gib nach einigen Wochen diesen Brief an meinen Sohn weiter. Die Adresse und alles Notwendige findest du im Umschlag. Es ist zu gefährlich, noch einmal dorthin zu gehen. Ich habe mich gestern Abend heftig mit Cousine Wang – ich würde sagen – gestritten. Im Moment würde ich ihnen alles zutrauen. In dem Brief steht auch – unter der Voraussetzung, dass du das für mich tun würdest - dass wir über dich miteinander Kontakt halten könnten. Ich würde dir dann, sobald ich nach einiger Zeit in China Fuß gefasst habe, meine Adresse zukommen lassen, und meinen neuen Namen natürlich." Er schien sich seines Planes sicher zu sein.

„Du kannst an diese Adresse hier schreiben", schaltete sich Domenica hilfsbereit ein. „Ich werde alles weiterleiten. Dieses Haus wird sicher nicht verkauft, nicht wahr? Und *meine* Adresse ändert sich voraussichtlich nicht mehr so schnell", ergänzte sie großmütterlich.

Bedeutungsschwer sah sie zu Nez herüber. Als hätte sie Nez´ Entschluss der letzten Nacht geahnt. Nez nickte zustimmend.

Der Abschied war schmerzhaft. Obwohl sie sich noch nicht lange kannten, hatten sie doch das Gefühl, schon immer beieinander gewesen zu sein. Sie hatten eine Krisenzeit gemeinsam überstanden, was zusammenschweißte. Nez drängte Xie ihre Girokarte und ihre Geheimzahl auf. Etwas, was sie noch vor zwei Monaten nicht einmal im Zustand völliger geistiger Umnachtung getan hätte. „Ich habe mal von Freunden gehört, dass selbst in Bejing in jedem größeren Hotel EC-Automaten hängen. Du brauchst nur diese Geheimzahl einzugeben, wenn du etwas Geld brauchst. Vielleicht musst du ja wieder etwas für neue Papiere abdrücken. Was auch immer. Scheu dich nicht, es zu benutzen. So wirst du die erste Zeit finanziell in Sicherheit leben können."

Xies Lippen bewegten sich, doch er schaffte es nicht, darauf zu antworten. Er übergab ihr den Umschlag für seinen Sohn. „Zu deinen treuen Händen alles, was mir auf der Welt lieb ist", sagte er.

„Hast du ihm die Wahrheit geschrieben?", fragte Nez einfühlsam.

„Du darfst es lesen", sagte er, „von nun an sind wir eine Familie."

Alle drei herzten sich lange. Nachdem die dritte Runde Umarmungen abgeschlossen war, nahm Nez Xies Gesicht in die Hände „Darf ich dich einmal zur Erinnerung abtasten?"

Er nickte. Sie fuhr ihm langsam die Wangen herunter und verspürte das Bedürfnis, ihm einen Abschiedskuss zu geben. Doch sie hielt sich zurück, um keine Verwirrung bei ihm zu verursachen.

„Ich sollte es dir nicht sagen, aber du bist ein schöner Mann", feixte sie, um ihm den Abschied zu erleichtern.

„Und jetzt raus mit dir, aber schwöre mir, dass du dich meldest, sobald du sicher bist", sprach Domenica ein Machtwort.

Er nahm Nez noch ein viertes Mal in die Arme, flüsterte ihr etwas ins Ohr und verschwand.

Die nächsten Tage verstrichen damit, Vergangenes in die Hände zu nehmen, sich zu erinnern oder sich zu fragen, welche Bedeutung dies jemals gehabt hatte, und es wieder abzulegen. Nez und Domenica räumten das gesamte Haus vom Dachboden bis zum Keller durch. Vieles landete als Sperrmüll vor dem Haus, anderes wurde umgestellt, frisch poliert und die muffigen Räume wurden in hellen Farben gestrichen. Mit jedem Stück Ballast, das sie abwarfen, kam frischer Wind in ihre Seelen. Es war der Abschied von Vater, den sie sich hier erarbeiteten. Doch am Ende der Woche musste Nez sich zugestehen, dass sich noch ein sehr, sehr dicker Knoten in ihrer Magengegend befand.

Sie schleppte sich die Treppen zu Constanzes Wohnung hoch. Es war ein heißer Tag Anfang Juni. Je höher sie kam, umso schwerer fühlten sich ihre Beine an. Xies ehemalige Wohnungstür stand offen. Sie konnte nicht daran vorbei gehen, ohne einen Blick hinein zu werfen. Drei Handwerker waren darin zugange. Offensichtlich sollte die Wohnung renoviert werden. Das Bambusdekor an den unteren Wandseiten war verschwunden, im Bad waren Waschbecken und WC herausgerissen und neue Teile standen bereits in der Diele. Die Wohnung hatte nichts mehr von einem Refugium. Was wir nicht mit beiden Händen festhalten, dachte Nez, wird in kürzester Zeit nicht mehr sein. Seufzend drückte sie die Klingel von Constanzes Wohnung.

Noch immer war das Thema *Lars* zwischen Constanze und Nez nicht endgültig abgeschlossen. Es lag zwischen ihnen wie ein Blindgänger aus dem Zweiten Weltkrieg. Die Zwanzig-Tonnen-Bombe konnte jederzeit hochgehen. Obwohl sie sich gedanklich noch nicht vom Tod ihres Vaters und von Xies überstürzter Abreise erholt hatte, musste Nez sich diesem Thema stellen. Am ehesten würde sie darüber hinweg kommen, wenn sie weder Lars noch Constanze mehr sehen würde. Sie wollte mit den Vorstellungen von Constanze und Lars hinter ihrem Rücken abschließen. Auch den Verlust des Redaktionsjobs hatte sie noch nicht bis ins Innerste verarbeitet. Nur die Erleichterung, nicht mehr täglich unter diesem Konkurrenzdruck zu stehen, gab ihr die Kraft, heute hier zu sein.

Eine Constanze, die kaum noch wiederzuerkennen war, öffnete die Tür. Freundlich und aufgeräumt begrüßte sie Nez. Sie war in leichten Sommerfarben geschminkt und ihr Gesicht ließ die tonnenschwere Bürde vermissen, die sie in den letzten Jahren zur Schau getragen hatte. Aus dem Nebenzimmer kam Natascha angeschlurft.
„Hi, Nez! Super. Ich wollte auch noch bei dir anrufen. Aber jetzt bist du ja da", plauderte sie ungezwungen. Natascha verkündete ihr stolz, dass sie jetzt in einem neuen Jugendheim untergebracht sei

und die Heimleitung damit einverstanden sei, dass sie viel Zeit bei Constanze verbrachte.

„Sie hat jetzt damit begonnen, für den mittleren Schulabschluss zu lernen. Wir konnten sie noch auf den letzten Drücker in einem Berufskolleg unterbringen und wenn sie es schafft, könnte sie innerhalb eines Jahres den mittleren Abschluss bekommen." Constanze wirkte so glücklich, als ginge es um ihre eigene Tochter. Nez drückte sie. „Wir sind so stolz auf dich, Natascha. Dann könntest du eine richtig schöne Ausbildung machen. Schwebt dir schon etwas vor?"

„Bloß nichts mit Menschen. Mit Tieren was, das wär toll", gab Natascha in ihrer ehrlichen Art preis.

„Natascha und Bällchen haben sich miteinander angefreundet. Und ich bin auch froh, dass Bällchen jetzt ein bisschen mehr Bewegung bekommt." Constanze lächelte. Sie wusste aber auch, was jetzt kommen würde.

„Wir setzen uns mal auf den Balkon. Wir haben noch etwas zu besprechen", sagte sie zu Natascha und diese verstand sofort.

„Kann ich mit Bällchen eine halbe Stunde in den Park?" Natascha schien sich um Lichtjahre entwickelt zu haben, seitdem sie aus der alten Wohngruppe heraus war.

„Aber klar", antwortete Constanze.

Nez legte den Anhänger mit dem grauen Steinherzen auf den Tisch. „Den wollte ich dir zurückgeben." Es war der Schlüsselanhänger, den Constanze ihr auf der Autobahn-Raststätte geschenkt hatte, als Zeichen ihrer Verbundenheit.

„Nicht", rief Constanze entsetzt. „Bitte nicht, tu das nicht." Ihre Augen sandten eine dringende Bitte.

„Nenn mir einen Grund, warum ich das *nicht* tun sollte", entgegnete Nez scharf und ließ den Stein über dem geöffneten Mülleimer baumeln.

„Weil...", stammelte Constanze. Nez´ Hand sank tiefer in Richtung Mülleimer.

„Weil du meine Freundin bist."

Nez ließ die Hand mit dem Anhänger noch ein Stück tiefer zum Müll sinken.

„Weil du versprochen hast, mich nicht im Stich zu lassen." Constanzes Stimme klang jetzt dünn, wie die eines Mädchens. Ihr Gesicht wirkte jetzt so unschuldig, dass Nez das alles nicht mehr glauben konnte. Constanze und Lars, ihr wurde schlecht bei der Vorstellung, wie sie sich in den Kissen gerollt hatten.

Wütend knallte Nez mit voller Wucht den Anhänger auf den kleinen Balkontisch. „Hier, als Leihgabe, bis du mal denkst, du seist zu einer ehrlichen Freundschaft fähig, ohne mit dem Freund deiner Freundin ins Bett zu springen." Sie drehte sich fort, um die Feuchtigkeit in ihren Augen zu verbergen.

Constanze kauerte auf dem wackeligen Klappstuhl. Der Balkon war eng. Unter ihnen auf der Straße schaukelten Fahrräder durch die Mittagshitze. Die Stadt schien erlahmt.

„Nez, ich weiß, es ist keine Entschuldigung. Ich war so einsam. Ich wollte dir bestimmt nichts wegnehmen", flehte Constanze den Rücken ihrer Freundin an.

„Denkst du auch nur ein einziges Mal bei dem, was du tust, an andere?", fauchte Nez arrogant zurück. Für einen Moment fühlte sie einen kalten Schauer über ihren Rücken huschen. Klang sie nicht gerade wie ihr verstorbener Vater? Jetzt war sie selbst in dieser überheblichen Rolle. Dort, wo sie niemals hinwollte. Doch, bestimmt hatte Constanze ihr Lars wegnehmen wollen. Davon war sie überzeugt.

„Nun sei wenigstens einmal ganz ehrlich zu mir", sagte Nez. Sie drehte sich langsam und kontrolliert um, stützte sich auf Constanzes Armlehnen, sodass ihre Nasenspitzen sich fast berührten. Sie kam jetzt zu dem Punkt, der sie die ganze Zeit über umgetrieben hatte. Sie würde Constanze nicht mehr als Freundin ertragen können, bevor sie diese Frage gestellt hatte.

„Sag mir eines: Wenn Lars gewollt hätte, hättest du dann eine richtige Beziehung mit ihm begonnen? Hättet ihr mich abserviert?"

Constanze riss an einem Faden ihres Stuhlkissens. Ihre sonst so sonnengebräunte Haut konkurrierte heute mit dem verbrauchten Aschgrau des alten Kissens. Sie wusste die Frage nicht zu beantworten. Und schon gar nicht *ehrlich*. Sie hatte sich diese Frage immer und immer wieder selbst gestellt.

Sie hörte Nez' blecherne Stimme: „Das genügt. Du hast zu lange gezögert."

„Ich habe selbst noch nie die Antwort auf diese Frage gefunden." Beschämt blickte Constanze zu Boden, während sie dies sagte. Nez setzte sich. Constanze fühlte sich noch immer so schmutzig und schuldig wie am ersten Morgen danach. Ihr blieb nichts anderes übrig, als Nez ihre Kehle darzubieten und zu hoffen, dass diese nicht zubeißen würde. Constanze machte einen weiteren Versuch:

„Lars ist sehr attraktiv und ich war nie ganz immun gegen ihn. Er hat so was... "

„Das musst du mir nicht beschreiben, was mein Ex hat. Das weiß ich selbst", ächzte Nez.

„Weißt du, das ist so lange her, Nez. Wir kannten uns alle noch nicht so gut." Constanze selbst erkannte augenblicklich, wie dumm dies klingen musste.

„Wir kannten uns bereits fünf Jahre, Constanze. Erzähl keine Märchen. Ich weiß ja gar nicht mehr, ob wir jemals Freundinnen waren, wenn du sagst, nach fünf Jahren kannten wir uns noch nicht."

„Du warst die ganze Zeit meine Freundin, das schwöre ich dir!", beteuerte Constanze.

„Schwöre nichts, was dir leidtun könnte." Nez Worte klangen düster und bedrohlich.

„Ich weiß nur, dass mir unendlich leidtut, dass ich dir wehgetan habe und dass es mir unendlich leidtun würde, wenn wir jetzt auseinandergehen würden", sagte Constanze kleinlaut. „Es wäre für uns beide ein Fehler", fügte sie hinzu.

Nez blickte weg. Constanze wollte so einfach nicht aufgeben. „Bitte, bleib bei mir, Nez. Bleib meine Freundin", bettelte sie regelrecht.

„Du hättest mich für Lars verraten", sprach sie tonlos, während sie sich aufrichtete. Wie ein Richterspruch stand der Satz zwischen ihnen.

„Ich kann nicht leugnen, dass ich ihn mir sehr gewünscht hatte. Das war zu der Zeit, als ich Contrabass spielen wollte. Als Musiker war er so anziehend. Ich war in der Prüfungsphase mit meiner Erzieherausbildung. Mein Bruder war gerade mit seinem Studium durch und der Star der Familie. Ja, ich hätte mir gewünscht, einen Partner wie Lars an meiner Seite zu haben, noch dazu in seiner Band zu spielen. Alles war so anziehend für mich. Ja, ich war in ihn verliebt. Ich gebe es zu. Und ja, ich habe mich die ganze Zeit dir gegenüber schlecht gefühlt und trotzdem ... bitte, Nez, geh nicht."

Nez schien gerührt von ihrem Geständnis, blickte sie jedoch noch immer nicht an.

„Sag doch was", bat Constanze nach einer Weile des Schweigens. Sie hatte alles preisgegeben und erwartete nun ihren Urteilsspruch. Sie würde schon zurechtkommen, wenn Nez nun ging. Alles würde von vorne losgehen. Einsamkeit, Phasen der Erleichterung, wenn sie sich in neue Kreise begeben würde, Hoffnungen, neue Enttäuschungen. Alles würde im Fluss bleiben, wie eh und je. Aber zumindest würde sie nicht mehr lügen müssen. Alles andere würde sie auch noch schaffen. Seitdem sie wieder einen Teil ihrer Würde zurückhatte, glaubte sie auch, den Rest ihres Lebens meistern zu können. In ein paar Tagen würde sie auch wieder den Kontakt zu ihren Eltern aufnehmen. Wenn sie sich ein wenig gefestigter fühlte. Denn sie würde mit einer weiteren Batterie von Vorwürfen fertig werden müssen.

Nez schien zu einem Entschluss gekommen zu sein. Langsam sprach sie: „Wenn du vom Grund deiner Seele meine Freundschaft willst, wirst du dafür etwas tun müssen. Denn auch ich bin es leid, dass alle mit mir machen, was sie gerade wollen. Du musst etwas opfern."

Constanze schwieg und versuchte Nez´ Blick einzufangen. Sie nickte.

„Ich möchte das Tagebuch lesen, in welchem du schreibst, was du mit Lars hattest. Ich will alles wissen. Dich verstehen vielleicht, das wird sich zeigen. Ich will die Wahrheit von dir. Deine Wahrheit. Und ich will wissen, wie oft du ihn getroffen hast. Alles."

„Oh, Nez." Sie würde sich noch stärker offenbaren müssen. Ihre peinlichsten Geheimnisse vor Nez ausbreiten. Das war noch mehr als die offene Kehle anzubieten und sich zu unterwerfen. Das war sich nackt auf den Kölner Neumarkt zu stellen und zu rufen, *seht her, wie verdorben ich bin*. Was sollte sie antworten? Nez war keine Person, mit der man verhandeln konnte, wenn sie den Tonfall ihres Vaters anschlug. Und Nez fühlte die Kälte in sich, die sie hasste, doch sie konnte nicht anders.

„Hat das noch Zeit?", versuchte Constanze es doch.

„Jetzt oder nie. Ich werde in zwei Minuten gehen, wenn du es nicht bringst. Du hast mit Lars mein Innerstes verletzt. Meinen Intimbereich ebenfalls. Als Gegenleistung will ich in dein Innerstes blicken. Wenn du das nicht aushalten kannst, dann ist es mit deinem Freundschaftsangebot nicht ernst", schloss Nez. Das Klischeehafte in ihrer Stimme störte sie nicht. Eine Minute, gefühlt wie eine Ewigkeit, des Schweigens verging.

Zögernd stand Constanze auf, noch immer nicht entschlossen, wie sie vorgehen sollte. Sie könnte in letzter Minute behaupten, das Tagebuch vernichtet, verloren oder verliehen zu haben. Wer verleiht ein Tagebuch? Sie kam auf den Balkon zurück. Sie legte das zierliche Büchlein in dem grünen Seidencover zwischen sich und Nez. Nez nahm es behutsam an sich und fing bei Seite eins an.

Nez ließ sich Zeit. Sie las jedes einzelne Wort. Sie verzog keine einzige Miene, als sie die Seiten studierte, auf denen Constanze die Nacht mit Lars beschrieb.

Es dauerte eine ganze Weile, in der Constanze sich mit den Fingernägeln an den Handgelenken herumkratzte, mit den Fußspitzen den Lack vom Geländer schabte und dann in die Weite über die Dächer Kölns starrte. Die Sonne zog ihren Kreis über den Balkon.

Hatte sie einen Fehler begangen? Ja, definitiv. Eine Kette von Fehlern, die damit begonnen hatte, dass sie auf die Welt gekommen war. Das Telefon läutete. Sie ließ es durchklingeln und dann den Anrufbeantworter anspringen. Ihre Anspannung wuchs mit jeder Minute. Endlich legte Nez das Büchlein zurück auf den Tisch. Sie hatte es bis zur letzten Seite gelesen. Krank vor Anspannung wartete Constanze auf eine Reaktion.

*

Während nur wenige Kilometer weiter Lars auf dem Boden kniete und die Zeitschriftenregale der künftigen Trinkhalle „Kais Eck" zusammenschraubte. Kai hielt die Regalböden fest, während Lars den Akku-Schrauber bediente. Lars hatte sein bescheidenes Erspartes in den Laden gesteckt und zusätzlich für Kai gebürgt, der daraufhin einen Existenzgründer-Kredit erhalten hatte. Er hatte sich etwas überrumpelt gefühlt, als die Eltern vorgeschlagen hatten, er solle für Kai bürgen. Das sei unter Brüdern doch so üblich, dass man sich gegenseitig helfe, hatte Vater gesagt. Wenn schon, denn schon. Als Lars gezögert hatte, hatte Vater direkt einen Rückzieher gewittert.

„Ist schon in Ordnung. Wir wollen dich nicht unter Druck setzen. Schließlich kann keiner wissen, ob Kai es diesmal schafft. Aber es war zumindest nett von dir, Hilfe angeboten zu haben." Was Vater aber wirklich damit sagen wollte, war: *Wir sind enttäuscht von dir. Du, dem alles zufliegt, der jetzt auf der Erfolgsseite steht, hilfst noch nicht einmal deinem Bruder. Aber du hast wenigstens den Schein gewahrt.* Schließlich hatte Lars eingelenkt.

Aber die Eltern hatten Recht. Lars ging es jetzt gut mit seiner Festanstellung. Bei Kai ging es um die blanke Existenz, ebenso bei den Eltern. Wenn diese Trinkhalle nicht erfolgreich würde, würde das Elternhaus samt Ladenlokal vermutlich nicht mehr zu halten sein. Schließlich hatte er den Bürgschaftsvertrag unterschrieben, und somit war jetzt auch seine eigene Existenz auf Gedeih und Verderb mit Kais Geschäftserfolg verbunden. Bereits am darauffolgenden Tag hatte er sich in einer ruhigen Minute gefragt, wie er so etwas hatte tun können. Banken vollstreckten Bürgschaften gnadenlos. Doch Blut war dicker als Wasser.

„Autsch, pass doch auf", jaulte Kai, dem Lars die Schraube haarscharf am rechten Daumen vorbeigetrieben hatte.

„Tschuldigung, aber pass auf, wo du hin greifst." Beide Brüder waren in ihre Arbeit versunken. Es war, als wären sie wieder in ihre Zeit als Jugendliche zurückversetzt.

Die Familie hatte erleichtert auf Lars' Unterstützung reagiert. Erleichtert und beschämt. Wer war schon gerne von einem Sohn oder Bruder abhängig und wollte bei jeder Gelegenheit fürchten, Vorwürfe zu hören oder Ratschläge, wie man es besser machen sollte? Aber der Stolz und die Freude des Vaters, die Erleichterung der Mutter waren die Investition wert gewesen. Sie waren vorerst wieder im Rennen. Und für Lars' Eltern, die an die Regeln der bürgerlichen Existenz und der christlichen Familie glaubten, war die Welt wieder in Ordnung. Lars hingegen war bereits in der vorletzten Woche klargeworden, wie sehr er von der Redaktion und speziell von Kalle Reiter abhängig geworden war.

Der Artikel über die Brückenmörderin war ein Verkaufsschlager gewesen, der ihm zunächst Lob von allen Seiten eingebracht hatte. Als jedoch Dr. Ohrig ihn am Telefon wegen einer bevorstehenden presserechtlichen Anzeige der betroffenen Kollegin regelrecht verhört hatte, änderte sich der Tonfall schnell. Er selbst hatte in der darauffolgenden Redaktionssitzung erlebt, wie Kalle Reiter, der ihm den Artikel in den Mund gelegt hatte und ihn regelrecht dazu genötigt hatte, sich davon distanziert hatte und alleine dem „jungen und noch unerfahrenen Kollegen Lücken in der Hintergrundsrecherche" vorgeworfen hatte. Daraufhin musste Lars einen Rückzieher machen und in der nächsten Ausgabe eine Gegendarstellung veröffentlichen. Peinliche Sache. Bei den alten Hasen galt Lars jetzt als ambitionierter, aber sehr unerfahrener Kollege, der aufgrund von Herrn Reiters Gutmütigkeit jedoch noch einen gewissen Welpenschutz hatte.

Bisher hatte Lars immer angenommen, alle Menschen, mit denen er zu tun hatte, hätten ebenso unschuldige Motive. Wäre es aber möglich gewesen, dass Kalle die ganze Geschichte mit einer bestimmten Absicht inszeniert hätte? Am Ende hatte Kalle davon profitiert, den jungen ambitionierten Kollegen, der sogar schon bei Dr. Ohrig Aufmerksamkeit erregt hatte, in seine Grenzen verwiesen zu haben. Lars war damit zu Kalles Helferfigur geworden. Oder bildete sich Lars etwas ein?

Er durfte solche Dinge nicht denken. Vermutlich hatte er in den letzten Jahren zu viel von Nez´ Misstrauen übernommen. Solche Dinge sollten ja ansteckend sein. Er hatte jetzt jedenfalls die Stelle, auf die er eigentlich jahrelang hingearbeitet hatte. Er hatte seine Familie wieder in trockenen Tüchern und in der Band lief alles wieder richtig gut an.

Glücklich und erschöpft setzte er sich auf eine Bierkiste und wischte sich den Schweiß von der Stirn. „Eine Runde Brötchen für die Handwerker", kam seine Mutter strahlend mit einem Tablett an. Kai sah sich demonstrativ um und durch Lars hindurch. „Wo sind denn hier Handwerker?"

Lars versetzte Kai einen Knuff an den Arm, den Kai postwendend mit einem Schwitzkasten beantwortete. Er war zwar das „dicke Baby" der Familie, doch auch das kräftige. Lars kniete vor ihm, mit dem Kopf unter Kais Arm eingeklemmt.

„Und, bittest du um Vergebung, Ritter?", fragte Kai herrschaftlich.

„Ich gestehe alles. Bitte verschone mich", antwortete Lars.

„So sollst du zu ewiger Knechtschaft verurteilt werden", intonierte Kai und ließ Lars aus dem Schwitzkasten. Erstaunlicherweise kam Lars die Bürgschaft nicht in den Sinn...

„Den Eindruck habe ich auch, euer Ehren", witzelte Lars zurück und fing für den Bruchteil einer Sekunde einen ängstlichen Blick seiner Mutter auf, bis sie sich dann doch entschied, die Szene als ein harmloses Gerangel unter Brüdern zu werten.

Glücklich erschöpft von der geleisteten Arbeit bissen die Brüder in ihre Frühstücksbrötchen.

*

Nez legte das Büchlein auf den Tisch. Sie sagte nichts, während Constanze neben ihr immer mehr hin und her zappelte. Nez hatte all ihre Peinlichkeiten gelesen. Sie war jetzt ein offenes Buch, im wahrsten Sinne des Wortes. Aber Nez hatte auch ihren Partner mit Constanze teilen müssen und das Wissen um fünf Jahre Lügen aushalten müssen. Gleichstand?

Die quälende Stille kroch dahin, die Vögel in den Bäumen klangen schrill und die Hitze legte sich wie ein zähflüssiger Brei feucht um ihre Körper.

„Hat Xie sich noch bei dir verabschiedet?", fragte Nez.

„Was?" Constanze verstand nicht. Was war jetzt mit dem Tagebuch, der Sache mit Lars?

„Xie", wiederholte Nez. „Hast du ihn noch gesehen?"

„Ja, er ist vorgestern noch bei mir gewesen und hat mir alles erzählt. Er ist dann ziemlich überstürzt abgereist. Aber er hatte einen Plan. Er wollte sich nicht wieder kampflos irgendwelchen höheren Mächten ausliefern."

„Hm." Nez schien in Gedanken zu versinken.

„Und Natascha?"

Constanze verstand nicht, was hier ablief. Aber solange sie nicht gesteinigt oder geköpft wurde, war ihr im Moment alles Recht.

„Sie kommt jetzt drei-vier Mal die Woche nachmittags zu mir. Büffelt für die Schule wie verrückt und führt Bällchen gassi. Ich freue mich wahnsinnig darüber. So langsam bekommt sie wieder ein bisschen ihre fröhliche unschuldige Art von früher zurück. Der Jugendrichter scheint auf ein paar Sozialstunden hinauszuwollen, wegen Milads „Sturz" vom Treppenabsatz. Ein Vorsatz konnte ihr nicht nachgewiesen werden. Es war eher eine Notwehrsituation. Und Natascha scheint der Wechsel des Heims gut zu tun. Sie ist wie ausgewechselt. Im neuen Heim sind sie zwar auch nicht viel besser. Aber allein die Nachmittage bei mir scheinen ihr die nötige Ruhe zu geben."

„Ich finde es toll, wie du dich um sie kümmerst", sagte Nez. „Ich rede in dem Zusammenhang nicht gerne von „retten", weil das in der Regel die übereifrigen Sozialpädagogen mit Helfersyndrom machen, die ihre persönliche Unfähigkeit zu konsequentem Handeln durch so ein dummes Geschwätz kaschieren. Aber du, in dem Fall, ich glaube, du ziehst Natascha gerade aus dem Sumpf heraus und verhilfst ihr zu einem normalen Leben." Nez hoffte, dass sie nicht gönnerhaft klang.

Glück durchzog Constanzes Gesichtszüge, gefolgt von der Wolke der Unsicherheit.

„Du?", fragte Constanze, „Was ist denn jetzt? Ich meine, du weißt schon." Sie legte den Kopf schräg.

Nez wandte sich ihr zu. „Wir sollten die Menschen, die wir lieben, nicht von uns stoßen. Ich weiß nicht, ob und wie sehr ich dich noch als beste Freundin liebe. Ich verurteile, was du getan hast, und ich fühle mich sehr verletzt. Verlieren möchte ich dich aber auch nicht. Das ist das Problem" , sagte Nez. Nez hörte erleichtertes Ausatmen von Constanze, die ihren Kopf wieder hob.

„Ich möchte also, dass wir zusammenbleiben", fuhr Nez fort, „aber ich kann dir im Moment noch nicht sagen, als was, und in welcher Tiefe."

„Danke! Danke dir! Ich bin so froh darüber!" rief Constanze aus und verfiel wieder in ihren kurpfälzischen Singsang, den Nez so mochte. „Awwá, jetzt mach ich uns erscht amal noch einen schönen Kaffee." Glücklich sprang sie auf.

Die Welt drehte sich wieder richtig herum, doch ob sie eine bessere war, wer wusste das schon?

Als beide mit einem Pott Kaffee die Füße über das Balkongeländer streckten und Natascha mit Bällchen im Wohnzimmer lag und Harry Potter las, begann es langsam dunkel zu werden.

„Was machst du denn jetzt?", wollte Nez von Constanze wissen.

„Beruflich."

„Das mit der Kündigung ist durch. Die Bestätigung habe ich erhalten. Sie haben noch nicht einmal versucht, mich zurückzuhalten." Sie klang jedoch überaus entspannt damit.

„Schade trotzdem für die anderen", hörten sie Natascha aus dem Hintergrund. Das gab Constanze ein wärmendes Gefühl. Dann atmete sie tief durch und sagte: „Ich möchte überhaupt nichts mehr mit all dem Pädagogenkram zu tun haben. Wenn die Politiker und die Verantwortlichen glauben, mit den zur Verfügung stehenden Mittel könnten wir vernünftig arbeiten, bitte, sollen sie sich doch mal selbst eine Woche fertig machen lassen. Mit mir nicht mehr! Ich möchte nicht von Sozialgeldern leben. Echt nicht. Aber ich will fortan nur noch für die Zeit arbeiten, für die ich auch bezahlt werde, und wenn ich nachhause komme, ist Feierabend. Auch mental." Constanze wollte noch ein kräftiges „Basta!" hinzufügen, doch sie fand, sie sollte es nicht übertreiben.

„Klingt nach einem konkreten Plan", schmunzelte Nez ironisch.

„Es ist nichts Tolles. Aber das Fitness-Studio, wo wir Mal Yoga gemacht haben, sucht Service-Kräfte für elf Euro die Stunde", erklärte Constanze ruhiger, und Nez meinte, eine Rechtfertigung zwischen den Zeilen gehört zu haben.

„Das ist doch toll!", entgegnete Nez aufrichtig. Das Wichtigste an all dem war, dass bei Constanze tatsächlich eine Art Selbsterhaltungstrieb eingesetzt hatte. Sie wusste nicht, wodurch dieser letztendlich in Gang gekommen war. Ob es das Zusammensein mit Natascha war? Sie dachte spontan an die Geschichte mit dem Lahmen und dem Blinden, die zusammen aus dem Sumpf fanden. Oder war es doch auch mit ein Erfolg davon, dass sie sie mit auf die kurze Reise genommen hatten? Sie wusste es nicht. Doch die Aussicht darauf, dass Constanze ihr Leben wieder selbst in die Hand nehmen konnte, erfüllte sie mit tiefer Erleichterung. Glücklich nahm sie Constanzes Hand. „Ich freue mich für dich. Es ist eine ganz andere Welt, und es macht dir bestimmt Spaß."

„Ich werde vermutlich noch vorübergehend eine Putzstelle zusätzlich machen müssen. Aber ich werde es schaffen", versicherte Constanze. Und es klang echt. „Und ich habe mir überlegt, zusätzlich eine Yoga-Fortbildung zu beginnen. Ich mache sowieso mindestens viermal die Woche Sport. Dann kann ich auch gleich was daraus machen und später in der Erwachsenenbildung Unterricht erteilen, wenn ich möchte. Auf diese Art kann ich mich dann noch ein bisschen weiterentwickeln für die Zeit, wenn Service im Fitness-Studio oder Putzengehen nicht mehr so prickelnd sind." Nez war beeindruckt. Soviel konstruktive Planung hatte sie Constanze gar nicht zugetraut.

„Eigentlich hättest du den Weg viel eher einschlagen können", grübelte Nez und nahm einen großen Schuck Milchkaffee. Gab es solche Wege in ihrem Leben vielleicht auch?

„Ich musste erst richtig mit dem Kopf gegen die Wand laufen, um mich zu trauen, mit dem anderen aufzuhören. Wenn du mal ein Studium abgebrochen hast, und das schwarze Schaf unter den Geschwistern bist, überlegst du dir, ob du den zweiten Beruf auch noch aufgibst.

Und was ist mit dir?"

Es war das erste Mal, dass Nez über ihren Plan mit einem anderen Menschen sprechen sollte. Dadurch würde eine bloße Idee zu einer künftigen Wirklichkeit befördert werden, die ihren Tribut forderte. Sie nahm noch eine Schluck Kaffee und sagte dann: „Ich werde ins Ausland gehen."

Constanze verschluckte sich an ihrem Kaffee. Natascha kam mit Bällchen im Schlepptau, weil sie spürte, dass es jetzt eine wichtige Neuigkeit kommen würde.

„Ezähl!" forderte Constanze auf und es wurde ein langer Abend.

Teil III

32.

Qianshan National Park, China 2010

Sie stampften über schmale, lehmige Trampelpfade steil bergauf. In diesem Jahr hatte sich die erste Hitzewelle ungewöhnlich früh durchgesetzt. Dabei konnte man erst seit drei Wochen von Frühling sprechen. Beide keuchten unter ihren Wanderrucksäcken. Die beige-grauen Gesteinsformationen ragten an ihren Spitzen aus dem satten Grün heraus. Nez beäugte die zwei Äffchen, die aus dem Wald auf den Weg herausgetreten waren. Sie blieben neugierig auf dem Pfad sitzen und schienen nicht genau zu wissen, wie sie die beiden Eindringlinge einschätzen sollten. So setzten die schlauen Tiere sich Rücken an Rücken. Sie konnten beide Personen bequem im Auge behalten und erst einmal abwarten. Nez hatte in einer TV-Sendung erfahren, dass man die Affen lieber nicht provozieren oder wegscheuchen sollte. Sie konnten sehr schnell wütend werden oder mit ihrer riesigen Rotte zurückkommen. Die kleinen Knopfaugen in den pelzigen Gesichtchen musterten sie vom Scheitel bis zu den dicken Wanderstiefeln. Dreist besetzten sie den Wanderweg.

„Ich habe ein paar Nüsse und Rosinen dabei. Die lege ich einige Meter abseits vom Weg ab. Bin mal gespannt, ob sie neugierig genug sind, darauf hereinzufallen." Die beiden Äffchen folgten Nez tatsächlich und beschäftigten sich dann konzentriert mit dem Knabberzeug. Die beiden Wanderer kraxelten daraufhin unbehelligt weiter den steilen Geröllpfad hinauf, vorbei an kieferbewachsenen Hängen und schroffen Felsvorsprüngen.

„Die Aussicht ist so unglaublich", rief Nez, ungeachtet dessen, dass ihr Begleiter schon seit Stunden ehrfürchtig still war. Nez brauchte ebenfalls ihre ganze Kraft, um die Steine, die sie in ihrem Rucksack transportierte, zu packen. So schwiegen sie weiter, bis sie an eine kleine Lichtung kamen. Ihr Begleiter schien genau zu wissen, nach was er suchte. Nach der linken Seite fiel der Hang steil ab. Kleine blaue Blüten leuchteten in der Sonne. Nach der rechten Seite bildete das Gestein eine kleine Einbuchtung.

„Hier könnte es gewesen sein, muss aber nicht. Es ist siebenunddreißig Jahre her." Er schritt die kleine freie Fläche ab, bis er hinter einem Busch den Eingang in eine kleine Höhle fand. „Mir ist damals gar nicht aufgefallen, wie eng die Höhle ist."

„War sie es denn wirklich?", fragte Nez. „Autsch!"

„Ich wollte noch sagen, pass auf!", rief Xie und hielt Nez die Hand hin, um ihr durch den Höhleneingang zu helfen. Drinnen empfing sie kalte Dunkelheit. Nez schaltete die Taschenlampe ein. Ein Häufchen Schmutz lag in einer Ecke. Darin lag zusammengekrümmt ein kleines Skelett, das entweder von einem Kaninchen oder eine Ratte stammen musste. Auf der anderen Seite des höchstens fünf Quadratmeter großen Raumes, in dem Nez nur knien konnte, nicht aber stehen, war eine Einbuchtung mit einer eingearbeiteten Erhöhung.

„Hier könnte der Buddha-Altar gewesen sein. Es ist leider keine Figur mehr da", stellte Xie bedauernd fest.

„Dann haben auch noch andere die Höhle entdeckt", gab Nez zu bedenken.

„Nicht unbedingt", überlegte Xie. „Es könnte auch sein, dass der alte Mönch sie mitgenommen hat. Irgendwohin."

„Meinst du, er lebt noch", fragte Nez.

„Schwer zu sagen. Aber ich würde einfach mal sagen, ja, er lebt noch." *Und wenn es nur in meinem Herzen ist*, dachte Xie für sich. *Er lebt sicherlich noch.*

„Dann würde ich sie hier ablegen", bestimmte Nez.

„Hast du jemals nachgeschaut, ob sie den Brief aus dem Schließfach herausgenommen hat?"

„Nein" Sie klang nachdenklich. Xie wartete nicht, bis sie weitersprach.

„Warum?"

„Wer sein Leben lang ohne Hoffnung verbracht und dann einen Blick in das Licht geworfen hat, der erträgt es nicht, in diesen dunklen Zustand zurückzukehren." Sie blickte sich in der Höhle nach einem geeigneten Platz um.

„Ich lasse dich dann mal alleine." Xie krabbelte rückwärts aus der Höhle hinaus. Nez öffnete ihren Rucksack.

„Euch brauche ich jetzt nicht mehr", sagte sie zu ihren Steinen, die sie seit ihrer Kindheit gesammelt hatte, und nahm jeden einzelnen in die Hand. Sie legte ihre Sammlung von knopf- bis faustgroßen Kieselsteinen liebevoll auf dem kleinen Altarvorsprung ab. „Ich habe euch mein Leben lang mit mir herumgeschleppt. Ich möchte euch danken. Ihr habt mir vieles erleichtert und wart immer noch da, wenn alle anderen weg waren. Von nun an werde ich meine Reise alleine fortsetzen." Sie fuhr mit der Hand über die ein oder andere Oberfläche, fühlte sich nur einen Moment lang an der Grenze zur Lächerlichkeit. *Andere sprengen Gebäude in die Luft, führen Kriege, ermorden Menschen. Ich sammelte Steine und lege sie nun an einem heiligen Ort ab. Was ist verrückter?* Grinsend über ihre Leichtigkeit krabbelte auch sie rückwärts aus der Höhle heraus, stieß sich noch einmal an dem kleinen Vorsprung den Kopf und kam wieder ins Freie.

Xie saß mit dem Rücken zu ihr. Auf seinem rechten Knie saßen drei Zitronenfalter und bewegten sanft ihre Flügel. Sie setzte sich auf einen flachen Felshocker. Die Ruhe der Landschaft übertrug sich auf sie. Drei Jahre lagen die Ereignisse nun zurück. Konnte die geheimnisvolle Frau überlebt haben? Sie öffnete ihre Handinnenflächen und erinnerte sich an einen der Briefe ihrer Mutter:

Ich werde immer bei dir sein, auch wenn ich diese Welt verlassen habe. Mein Herz und meine Erinnerungen werden in dir eingraviert sein, so wie die Linien in deiner Hand. Wenn du Sehnsucht nach mir hast, schau deine Hände an. Ich bin in jeder Zelle bei dir.

Sie wartete geduldig, bis Xie seine Meditation beendet hatte. Seine Gewohnheiten und Rituale waren ihr mittlerweile so vertraut geworden, dass sie darüber nicht mehr reden mussten. Nach knapp zwei Jahren war damals sein erhofftes Lebenszeichen bei ihr angekommen. Er hatte sich wie versprochen bei Domenica gemeldet, die Nez daraufhin in Shanghai erreicht hatte, wo sie sich schließlich auch getroffen hatten. Seitdem hatten sie sich nicht mehr aus den Augen verloren.

Als Xie sich zu rühren begann, stand Nez auf. „Jetzt müssen wir uns ein schönes sonniges Plätzchen suchen und picknicken. Ich könnte einen Bären futtern."
„Sag das nicht zu laut, nicht dass wir Besuch bekommen", entgegnete Xie feixend. Nez fragte lieber nicht, ob das ernstgemeint sei. Aber auf dem weiteren Weg untersuchte sie den Wald rechts und links von ihrem Pfad mit Argusaugen. Da war nichts, außer ein paar grau-braune Affen, die sie von Ast zu Ast zu begleiten schienen, und Vögel in allen Farben.
„Hier ist ein toller Picknick-Platz, ein kleiner Bach, in den runde Steine zum Überqueren eingelassen sind und auf der anderen Seite eine ebene Fläche, wo man gut rasten kann."

Als sie die Picknickdecke und die mitgebrachten Leckereien ausgebreitet hatten, legte Xie einen gut gefüllten roten Umschlag vor Nez nieder. Sie begriff schnell und gab ihm den Umschlag zurück. „Kommt überhaupt nicht infrage!", wehrte sie sich vehement. Er jedoch schützte beide Arme vor und verhinderte die Rücknahme des Päckchens. „Du beleidigst mich, wenn du es nicht nimmst."

„Und du verletzt mich, wenn du es mir zurückgeben willst. Es war die Hilfe für einen Freund."

„Und weil du ihm geholfen hast, kann er dir auch alles zurückgeben." Er blitzte sie mit schalkhaften Augen an.

Nez durchbohrte ihn mit eisernen Blicken und drängte ihm mit aller Kraft den Umschlag wieder auf: „Unter echten Freunden muss man sich nicht alles zurückgeben, sonst wären es keine Freunde", rief sie mit Nachdruck. „Weißt du, unter Freunden hilft man sich und rechnet nicht auf Heller und Pfennig ab."

„Was?", fragte Xie mit verwirrtem Blick.

„Das war unsere Währung, als es noch keinen Euro gab, vor langer Zeit, eine alte Redewendung. Das meint *genau abrechnen*."

„Ich habe das Geld für die falschen Papiere und für die „Gebühren" auf der Einwohnermeldestelle hineingetan, dazu das für die ersten Mieten und die ersten Monate. Du hast mir sehr geholfen. Ohne dein Geld hätte ich nicht alles hier bezahlen können. Ohne die „richtigen" Papiere und das alles hätten sie mich auch schon gleich bei der Einreise verhaftet, und ich würde wahrscheinlich noch ein zwei Jahre in einem Arbeitslager schuften, wenn mich dort nicht schon eine schlimme Krankheit geholt hätte. Ganz im Ernst. Hast du mal Berichte von Rückkehrern gelesen?" Für einen Moment schien es Nez, dass ein Zittern seine Hände ergriffen hätte. Sein Gesichtsausdruck untermauerte den bitteren Ernst seiner Aussage.

Nez legte ihm die Hand auf den Arm. „Ist gut, Xie du hast damals vor drei Jahren dein Leben eingesetzt um uns zu helfen. Ich werde dir das nie vergessen und nur darum bist du ja in solche Schwierigkeiten gekommen."

„Naja, nicht ganz. Ich hätte jederzeit auffliegen können", räumte er ein.

„Aber es war damals nicht richtig von mir, dich so zu bedrängen. Ich habe mir all die Zeit viele Vorwürfe gemacht. Wir kannten ja die Verhältnisse gar nicht. Die Situation von Menschen ohne Papiere in Deutschland, oder dass es in China tatsächlich noch Arbeitslager gibt, die heute nur anders heißen."

„Komm lass uns essen und trinken und nicht mehr von den schrecklichen Zeiten sprechen", lenkte Xie ein, während er den Geldumschlag wieder auf Nez´ Seite schob.

„Ich nehme das Geld nicht. Schließlich habe ich doch den besten Chinesisch-Lehrer mit dem nettesten Privatunterricht. Den kann ich doch nicht ausplündern." Jetzt sprühte Nez der Schalk aus den Augen. Xie strahlte. Nez fuhr fort: „Aber die drei Jahre waren trotz allem so schnell vergangen." Sie knabberte an einem Stückchen Melone, die sie gekühlt mitgebracht hatte. Auch die Ameisen, Schmetterlinge und Bienen interessierten sich bereits für ihr Picknick. Sie reckte den Kopf in die Sonne und streifte ein paar Ameisen von der Decke ab.

„Du wirkst so nachdenklich", fragte sie Xie. „Ist etwas?"

„Hättest du damals auch den Schritt gewagt, nach China zu gehen, wenn du nichts von deinem Vater geerbt hättest?", wollte Xie wissen.

„Na, so viel habe ich ja nicht geerbt. Es reichte nur für die ersten acht Monate in Shanghai", erklärte Nez, während sie ihre Finger ableckte. „Die ersten drei Monate war ja das Zeitungs-Praktikum bei der ‚That´s Shanghai'. Das war alles ziemlich teuer, ein Zimmer nehmen, umziehen, überhaupt in Shanghai zurechtzukommen. Doch als ich erst einmal herausbekommen hatte, wie begierig die Chinesen darauf sind, Englisch zu lernen und dass man an jeder Ecke einen Englisch-Lehrer suchte, war ich gewissermaßen gerettet. Erst habe ich privat ein paar Stunden Englisch in der Woche unterrichtet. Nach einem halben Jahr hat mir die Zeitung dann ein Angebot gemacht, unter voller Bezahlung in der Redaktion mitzuarbeiten. Offenbar waren sie zufrieden mit mir. Und um mich zusätzlich abzusichern habe ich noch an einer privaten Schule weiter Englischkurse gegeben. Das mit der Zeitungsstelle war ja nicht so fest und verbindlich, wie man das von Deutschland her kennt. Eher *hire and fire*."

„Haha, gerade Deutschland. Da haben sie dich ja auch jahrelang mit freier Mitarbeit ohne Festanstellung vertröstet. Von wegen *feste Stelle!*", bemerkte Xie verächtlich.

„Ja, hier war es auch so. Mit den Zeitungen bin ich jetzt echt durch. Sollte eben nicht sein." Sie sagte dies ohne einen Anflug von Bedauern in ihrer Stimme.

„Das hast du ja gar nicht mehr nötig mit deiner Unternehmensberatung."

„*Unternehmensberatung* ist eher ein blöder Name. Das hört sich zu sehr nach überbezahlter Heuschrecke an, die in ein Unternehmen geht um herauszufinden, welche Mitarbeiter gekündigt werden können und dafür Millionenhonorare kassiert."

„Entschuldige, *Wirtschaftsberatung*" korrigierte Xie. Nez nickte.

„Ich hätte auch niemals gedacht, dass es so gut laufen würde. Kunden aus ganz Europa suchen Geschäftspartner in Shanghai, Vermittlungen von möglichen Handelskontakten, oder einfach Informationen vor Ort. Und ich begleite und berate sie, gebe ihnen juristische und praktische Informationen und habe mittlerweile eine Menge Kontakte. Das gibt mir aber immer noch Zeit, nebenher an meinem Ratgeber zu arbeiten. Ich habe auch schon ein Verlagsangebot dafür. Also mach dir keine Sorgen um mich", sagte sie freimütig.

„Aber...", Xie errötete. Das Thema war ihm offensichtlich peinlich. „Möchtest du denn irgendwann mal Kinder?"

„Das wäre so ungefähr das Letzte, was gerade jetzt anstehen würde", entgegnete sie energisch.

„Wieso?", hakte sie nach. Xie war von diesem Aspekt europäischer Frauen noch immer irritiert.

„Naja, wenn du mal das Bedürfnis hättest, ich meine, versprich mir, dass du mich zuerst fragen würdest. So rein unter Freunden, natürlich", sagte Xie und lächelte.

„Ein Freundschaftsangebot?" Sie freute sich über Xies unbeschwerten Humor und konterte.

„Dann würde das Kind aber mit Nachnahmen *Wellington* heißen, so wie seine Mutter jetzt seit einem Jahr." Sie hatte ihre Namensänderung noch vor dem Umzug nach Shanghai beantragt. Das Umschreiben aller Dokumente hatte sich kompliziert gestaltet, doch sie fühlte sich jetzt näher an sich selbst.

„Wellington-Li?", Xie setzte ein verführerisches Lächeln auf, von dem Nez jedoch mittlerweile wusste, dass Xie Spaß und ernst auf wundersame Weise miteinander verbinden konnte. Sie waren kein Paar. Eher ein Teil von etwas Größerem. Manche Fragen waren am besten, wenn man sie überhaupt nicht stellte, auch nicht für sich alleine im stillen Kämmerchen. Wichtig war nur das Gefühl, dass jetzt gerade überhaupt nichts fehlte und dass für alles andere irgendwie gesorgt war.

„Ich werde es in Betracht ziehen", feixte sie zurück. Und die Frage, ob sie ein Paar waren, oder irgendwann einmal werden würden, war unerheblich.

Zufrieden lächelnd schob sie den Umschlag mit dem Geld wieder zu Xie herüber, der dies angestrengt ignorierte.

„Hast du es je bereut, nach Shanghai zu gekommen zu sein?" fragte Xie.

„Nein. In den ersten drei Wochen hatte ich Angst vor meinem eigenen Mut und hatte schon so was wie ein emotionales Schleudertrauma. Ich bin aus dem Adrenalinrausch gar nicht mehr herausgekommen. So eine Stadt. Einundzwanzig Millionen Einwohner. Die Wolkenkratzer. Der Lärm. Die Enge. Das haut einen erst einmal um. Aber ich hatte immer noch den Notausgang. Ich wusste, wenn alles zusammenbricht, könnte ich immer noch für einige Zeit wieder bei Domenica unterkriechen und würde bei ihr zuhause wieder aufgepeppelt werden. Das gab mir einen ungeheuren Rückhalt." Sie sah dankbar in die Ferne, als sie an Domenica dachte.

„Nimm dir noch von den Litschis", sagte Xie. „Zur Feier des Tages können wir eigentlich die kleine Champagnerflasche öffnen, oder?" Xie nestelte bereits am Verschluss der Flasche. Seine Züge waren entspannt und die Wanderkleidung, eine beige Mikrofaserhose und ein schwarzes Shirt, standen ihm außerordentlich gut. Er hatte sich in den letzten drei Jahren stark verjüngt. Oder war es nur die schicke Sonnenbrille? Nez zwang sich, ihn nicht so auffällig zu mustern.

„Jetzt müssen wir die Zeit anhalten. Genau jetzt", schwärmte Nez und streckte sich auf der Decke aus.

„Und wer brät dann nächste Woche wieder meine Würstchen?", beschwerte sich Xie lachend.

„Wie bist du eigentlich darauf gekommen, in Shanghai eine Currywurst-Bude zu eröffnen?" Nez konnte dies immer noch nicht fassen.

„Eigentlich nicht schwer. Ich hatte Heißhunger auf eine gute Currywurst und es gab höchstens drei Läden in Shanghai, die so etwas Ähnliches anboten: einer davon im Pudong-Center, aber keine davon konnte man essen, ohne Brechreiz zu bekommen. Die Würstchen waren kalt, die Soße nicht gewürzt oder fast verdorben. Also dachte ich, gutes Essen läuft hier bestimmt. Das könnte ich auch. Und vergiss nicht, ich habe mein Leben lang in der Restaurantküche gearbeitet."

Er reckte stolz die Brust und schob, scheinbar unauffällig den Geldumschlag wieder zurück zu Nez, zwischen Nez´ Wanderutensilien.

„Mit richtig guten Currywürstchen kann man in Shanghai Millionen machen", trumpfte er auf.

Nez tat so, als hätte sie den Umschlag nicht bemerkt und fragte nach.

„Wie bist du eigentlich an die entsprechenden Genehmigungen und Lizenzen gekommen? Du hast doch keine Ausbildung als Koch?"

„Ich hatte Gott sei Dank vorher zufällig jemandem auf dem Einwohnermeldeamt geholfen, dessen Bruder einen Auftrag eines deutschen Unternehmens erhalten hatte. Das war ein glücklicher Zufall. Als er hörte, dass ich die deutsche Sprache kann und Landeserfahrung habe, Umgangsformen und Informationen über alles andere, bat er mich, mich ein-zwei Abende mit seinem Bruder zu treffen und ihm ein wenig bei seiner Vorbereitung auf den Geschäftskontakt zur Seite zu stehen. Ich habe seinen Bruder gut beraten, ...nun, und der Beamte hatte ebenfalls gute Kontakte. Und dann musste ich nur noch die richtigen Leute begeistern."

„Bestechen?", fragte Nez naiv.

„Das gibt es in der chinesischen Gesellschaft ja nicht", grinste Xie und schenkte Nez noch Champagner nach.

„Hey, ich muss den Berg auch wieder runter kommen. Oder möchtest du mich gerne tragen? Das wäre ein lustiges Bild", kicherte Nez mit dem Champagner-Becher in der Hand.

„Notfalls würde ich dich in der Steinhöhle gut warm einpacken und davor die ganze Nacht lang Wache halten, gegen Bären und so", tat Xie ernst.

„Aha." Wurde Nez langsam etwas angeschickert? Egal. „Am besten gefällt mir der Name deiner Bude, *CurryTower*."

„Ja, in Sichtweite des Pearl Towers, passt das doch, oder?", entgegnete er fröhlich.

„Und wann machst du deine Fengshui-Ausbildung?"

„Ich habe sogar schon angefangen." Xie lehnte sich auf seinen Unterarmen zurück und ließ seinen Blick ruhig über die Landschaft gleiten. Ein offenes Tal lag vor ihnen. „Ich habe meinen Lehrer schon gefunden. Es ist ein großer Meister. Die Ausbildung dauert sieben Jahre. Danach kann ich mich als Feng-Shui-Berater selbstständig machen, falls ich keine Lust mehr habe, Currywürstchen zu verkaufen. Und glaub mir, in Shanghai sucht jedes Unternehmen, das sich einrichtet und die meisten Privatleute, die umziehen, zuvor einen Feng-Shui-Berater auf." Seine Gesichtszüge waren vollkommen entspannt. Nez freute sich, dass er seine Berufung gefunden hatte.

„Genialer Plan", entgegnete Nez. „Aber eine solche Ausbildung ist bestimmt teuer?" Sie schob den Umschlag wieder zurück zu Xie, in seine Tasche und rief, „Schau, dort oben ist ein Vogel."

„Schlechte Ablenkung, aber netter Versuch", lachte Xie. „Die Ausbildung ist sehr teuer. Allerdings kommt es gar nicht so selten vor, dass die Schüler ihrer Meister, vor allem wenn die Meister schon etwas betagter sind, später auch die Schule fortführen dürfen. Dann hätte ich eine eigene."

„Da sitzen wir nun, hoch über den Tausend-Lotusblumen-Bergen und schlürfen Champagner. Lass uns darauf anstoßen", freute sich Nez und hob ihren Becher.

„Darauf, dass wir die guten Augenblicke erkennen mögen, wenn wir sie leben", sprach Xie feierlich.

Für einige Sekunden genossen sie die stille Natur, die so still gar nicht war.

„Ich habe einen Vorschlag für dich." Jetzt klang Xie geschäftsmäßig. Wenn du wirklich das Geld nicht zurück möchtest, du hast es schon wieder in meine Tasche geschmuggelt, dann könntest du ja eine Beteiligung an meinem Currywurst-Stand erwerben. Mit anderen Worten, wenn das Geschäft wachsen würde, dann hättest du eine gute Kapitalanlage, von sagen wir mal, mindestens neun Prozent Rendite."

„Du klingst ja wie ein Anlageberater. Ist ein Currywurst-Stand denn so viel wert?", staunte Nez.

„Der nicht, aber wenn man noch ein Bistro mit kompletter Bestuhlung mit Blick auf den Pearl Tower eröffnete, dann ja!" Nez konnte mittlerweile Xies Gesichtszüge lesen wie ein Buch, etwas, das ihr zu Beginn ihrer Bekanntschaft unmöglich gewesen war. Er hatte Humor und Abenteuersinn, und beide blitzten sie jetzt an.

„Hm, ich wäre daran beteiligt und du würdest die Geschäfte führen und die Arbeit leisten?", fragte sie nach. Dumm klang das nicht.

„Ja, nur eine stille Beteiligung, dachte ich", ergänzte er. „Dann werden wir zusammen reich und berühmt",

„Als Currywurst-Magnaten von Shanghai. Abgemacht." Von dem verschmitzten Tonfall ließ sich Nez nicht trügen. Sie wusste, dass Xie solche Dinge tief in seinem Herzen sehr ernst nahm.

Sie gaben sich die Hände und bekräftigten ihre Abmachung. Und sie konnte sich vorstellen, dass Xie, wenn er schon so fragte, bereits ein Ladenlokal ins Auge gefasst hatte und nur noch wartete, bis er das entsprechende Kapital zusammenhatte.

„Und nun lass uns mal genau das kommende Wochenende besprechen. Schließlich haben wir noch einiges vorzubereiten", fuhr Nez ebenso geschäftsmäßig fort und zog pflichtbewusst ein Blöckchen aus ihrem Rucksack.

„Lass uns erst nochmal die Ankunftszeiten unserer Gäste notieren", entgegnete Xie. „Es ist so schade, dass Constanze nicht mitkommen kann! Aber die Pflicht ruft."

„Ja, wer hätte es gedacht. Aber die Arbeit geht in diesem Falle tatsächlich vor", pflichtete Nez ihm bei.

„Seit wann leitet sie schon dieses Fitness-Studio?", fragte Xie.

„Hm, seit ein paar Monaten nun. Sie hatte erst als Aushilfe angefangen. Dann sind drei Studenten abgesprungen und der Geschäftsführer hatte erkannt, dass man einen Betrieb nicht nur allein mit Aushilfen führen kann. Constanze ist dann erst in Teilzeit, später sogar in Vollzeit eingestiegen. Nach ein paar Monaten hatte der Laden plötzlich geboomt. Sie ist noch immer in ihrer traditionellen Yoga-Ausbildung. So etwas dauert oft bis zu sieben Jahren. Aber sie erteilte zu dieser Zeit schon viermal die Woche selbst Unterricht im Studio. Dadurch erweiterte sich der Kundenkreis des Studios. Statt ausschließlich Jugendlichen kamen plötzlich auch eine Menge Frauen in allen Altersgruppen, die auch schon mal nebenbei ein paar T-Shirts kauften und nach dem Training noch etwas trinken wollten. Zahlungskräftige und dankbare Kunden. Umsatz und Mitgliederzahl stiegen rasant an. Sie hatte es auch geschafft, einen TV-Beitrag über traditionelles Yoga im WDR zu platzieren und seitdem gab es einen regelrechten Run auf das Fitness-Studio." Nez war erleichtert, dass Constanze in ihrer neuen Aufgabe aufging. Sie standen noch immer in regem Mailkontakt miteinander. Constanze schien sich während der letzten drei Jahre tatsächlich stabilisiert zu haben. Sie hatte die Arbeit als Erzieherin nie vermisst. Jedenfalls hätte sie, so glaubte Nez, ihr dieses geschrieben.

„Nach einem weiteren halben Jahr hatte der Eigentümer dann noch ein Studio eröffnet und Constanze die Leitung dieser Filiale überlassen", ergänzte sie.

„Ja, wirklich traurig, dass wir sie nicht sehen. Ich hätte auch so gerne ihren Tanzlehrer kennen gelernt." Xie versuchte sich vorzustellen, wie dieser wohl aussehen mochte. Er freute sich aufrichtig über Constanzes Glück.

„Ja, ich auch. Auf den Fotos sieht er äußerst sympathisch aus", meinte Nez.

„Und ich bin sicher, du hast ihn dir genau angesehen." Nez fing einen spöttischen Blick von der Seite ein.

„Von allen Seiten, wie es sich gehört", gab sie fachmännisch zurück.

„Also, dann lass uns nochmal die Gästeliste durchgehen ..."

33.

Shanghai Pudong Airport, 12. April 2010

„So ein Mist. Der Flug hat eine halbe Stunde Verspätung." Nez kam von der Anzeigetafel zurück. Sie sprachen chinesisch, damit Meister Chung Kwan Hai nicht in Verlegenheit geriet. Xie hatte ihn bereits eine halbe Stunde zuvor am Pudong Airport aufgegabelt.

„Es ist uns eine große Ehre, Sie heute unter unseren Gästen zu wissen. Bei uns feiert man heute das Osterfest. Es gilt in der christlichen Welt als das höchste Fest und es ist neben Weihnachten und Pfingsten das Fest, in dem man die wichtigsten Menschen gerne zum Feiern einlädt. Deshalb freuen wir uns ganz besonders", sprach Xie zu Meister Chung, seinem Mentor und Feng Shui Meister. Er verbeugte sich tief.

„Sei nicht so förmlich. Danke, dass ich in deiner Familie zu Gast sein darf", antwortete dieser entspannt und lächelte. Die beiden haben sich gesucht und gefunden, dachte Nez. Er hat genau denselben verschmitzten Ausdruck, wenn er lächelt.

Es war Xies Idee gewesen, in diesem Jahr ihre engsten Freunde zu einem verlängerten Osterwochenende einzuladen. Es gab so vieles, was sich zu feiern lohnte, am wichtigsten, das Leben an sich. Domenica hatte in diesem Jahr ihren fünfundsechzigsten Geburtstag zu feiern, Natascha ihre erfolgreiche Zwischenprüfung in der Ausbildung zur tiermedizinischen Fachangestellten. Xie selbst feierte seine einjährige Geschäftseröffnung, wie er selbst sagte, „besser erst nach einem Jahr feiern und dann aber richtig." Und Nez? Für sie galt jeder einzelne Tag, den sie hier erlebte, als Feiertag.

„Da sind sie", rief Nez und winkte mit dem Blumenstrauß zum Portal. Da kamen Domenica, Natascha und Bonian. Sie wirkten ein wenig geschafft von dem achtstündigen Flug, aber alle strahlten glücklich und voller Vorfreude. Es war ein herzliches Wiedersehen. Domenica weinte die ganze Zeit über und war so sehr mit allem überfordert, dass Nez den Blumenstrauß wieder an sich nehmen musste, als sie immer wieder an Domenicas umfängliche Brust gedrückt wurde. Natascha flog Nez jauchzend um den Hals und strampelte mit den Beinen. Bonian stand klein und still bei der Gruppe und sagte sein auswendig gelerntes Sprüchlein auf.

„Lieber Onkel Xie. Ich soll dich von Cousine Wang grüßen und dir ein schönes Osterfest wünschen." Bis zuletzt hatte Nez nicht geglaubt, dass Cousine Wang es wagen würde, Bonian in Shanghai zu ihrem „Onkel" in Ferien zu schicken. Es waren wochenlange Überredungskünste und etliche Schwüre und Domenicas persönliche Vermittlung notwendig gewesen, um Cousine Wang zu versichern, dass Xie sich an ihre Abmachung halten würde. Schließlich hatte Cousine Wang nicht zuletzt deshalb eingelenkt, weil Xie alle Kosten für die Reise übernommen hatte und eine Woche Shanghai für Bildung und Horizont des kleinen Bonian nur zuträglich sein konnte. Domenica hatte Bonian selbst bei der Familie abgeholt und noch einmal ihr Wort für seine sichere Rückkehr und für Xies Vereinbarung gegeben. Cousine Wang hatte am Ende einfach keine Energie mehr gehabt, dem wochenlangen Bombardement von Anfragen und Bitten und Bonians Quengeln auszuweichen. Nicht zuletzt erhoffte Cousine Wang, dass ein Auslandsaufenthalt des Kleinen seine Lehrer beeindrucken würde, wenn er in der Klasse von seinem Onkel, der Unternehmer in Shanghai war, erzählte. Komische Frau, fand Nez, und sie sah, wie Xie seine Tränen wegdrückte.

Später, als sie bereits um den runden Esstisch in Nez´ Wohnung versammelt waren, traf der letzte Ehrengast ein. „Darf ich vorstellen, der emeritierte Sportprofessor Zheng, mein Mentor während meiner lange verstrichenen Studienzeit an der Sporthochschule. Er hat mich stets unterstützt." Alle applaudierten. Das kleine Männlein wankte auf dünnen, krummen Beinen in den Raum, sein faltiges Gesicht hinter einer Brille wirkte jedoch vollständig aufmerksam. Graue Haare fielen ihm in die Stirn. Er streifte seine abgetragene graue Jacke ab und bewegte sich langsam, Schrittchen für Schrittchen zum Esstisch. Natascha stand auf und war ihm behilflich.

„Danke, zu höflich", sagte er freundlich durch seine Zahnlücken hindurch. Natascha, die die ersten chinesischen Brocken aufsaugte wie ein Schwamm, antwortete freundlich „keine Ursache". Dann begann das Festmahl mit selbstgemachten Wan Tans. Xie hatte darauf bestanden, das chinesische Mahl selbst zu zubereiten und wochenlang zuvor geübt. Er hatte sich nach der Lieblingsspeise jedes einzelnen Gastes erkundigt und daraus eine chinesische Tafel kreiert.

Es war eine bunte und fröhliche Runde am Tisch. Sie erhoben die Gläser auf ihr Wiedersehen. Auf ihr Leben, auf die Freunde und auf den glücklichen Augenblick.

*

Köln, Ostern 2010

Knappe 9000 Kilometer westlich schritt eine Frau in einem langen Strickpullover, einem blauen Cordrock, grün-lila Ringelstrümpfen und hohen braunen Stiefeln in aufrechter Haltung über die Severinsbrücke. Sie genoss die frische Luft und den Geruch nach Stadt, Rhein und beginnendem Frühling. Sie lehnte sich über das Geländer und betrachtete die Lastkähne, die schnaufend ihren Weg den Rhein hinunter zogen. Nach einer Weile packte sie einen kleinen Karton aus ihrer Beuteltasche, öffnete ihn und kippte den Inhalt in den Rhein.

Kleine Schnipsel von zerstückelten Fotos flogen wie Schneeflocken unter der Brücke hindurch und verteilten sich im Wind. Sie dachte an blühende Pflanzen, die Kraft des Wassers, an Tod, an Geburt und das Universum – und unsere Bedeutungslosigkeit inmitten all dieser Dinge, die uns von Schuld und Zwängen befreit. Sie blickte glücklich von der Brücke aus über die Stadt. Hoch oben durchstachen die Pylonenpfeiler der Brücke die milchig-weiße Wolkenschicht und sie dachte an Nez und Xie und an die Türme Shanghais, wie sie sich glitzernd im Huangpu spiegelten.

Printed in Germany
by Amazon Distribution
GmbH, Leipzig